KB109039

겨울 방학

겨울 방학

최진영 소설

민음사

차례

돌
담

기차역에서 고향 집까지 천천히 걸어오는 동안 먼 산이 검어졌다. 대문을 열고 마당에 들어서자 집의 창도 산처럼 검었다. 엄마에게 전화를 걸어 나 집에 왔다고, 엄마는 어디 있느냐고 물었다. 엄마는 밤에 집이, 아니 집에 밥이 없을 거라고, 냉장고 문에 전화번호가 붙어 있을 테니 그 번호로 전화해서 치킨을 시켜 놓으라고 했다.

엄마는 어딘데.

나는 가는 길이야.

어디를?

집에.

언제 오는데?

치킨보다 먼저 간다.

전화를 끊고 치킨 가게에 전화를 걸었다. 통화 대기음이 오래 울렸다. 끊으려 할 때 목소리가 들렸다.

네, 말씀하세요.

치킨집 맞나요?

네, 말씀하세요.

지금 배달하시나요?

네, 기기기 어딘데요.

여기 문주로 8번길 10 다시…….

그렇게 말하면 우리는 몰라요.

네?

그렇게 말하면 우리는 못 찾아가.

제가 방금 주소를…….

그런 거 말고 그 집의 특징을 말해야지.

나는 당황해서 집을 둘러봤다. 흔한 골목길 중간에 있는 뻔한 단층 가옥. 이 집의 고유한 특징이라곤 주소뿐인데.

여기 대문이 파란색이고요.

…….

기찻길 뒷동네인데요. 대촌 올라가는 방향으로요. 앞집에 돌담이 있는데…….

돌담집요?

네. 돌담 뒷집이에요.

돌담집이면 파란색 대문이고 뭐고 거기 뒤에는 집이

없는데?

아니요. 여기 집 많은데. 이 골목에만 대여섯 채가 주르륵 있는데요.

그럼 그 집에는 뭐가 있어요?

나는 계속 당황했다. 치킨을 시키려면 우리 집에 뭐가 있는지 말해야 하나?

대문이 파란색이고 마당에 감나무가 있는데 그게 지금 잎이 다 떨어져서 누가 보더라도 저게 감나무인지…….

아, 감나무 집. 상고동 오 형제 맞은 집 그 집?

네?

거기 알지. 늘상 시키는 그걸로 가져가면 되지요?

그게…….

알았어요. 곧 갑니다.

정말 곧 왔다. 20분도 지나지 않아 환갑은 넘은 것 같은 남자가 자기 집처럼 태연히 대문을 열었다. 남자는 왼손에 헬멧을, 오른손에 치킨 봉지를 들고 마당을 가로질러 현관으로 걸어왔다.

이 집은 감나무 집이라고 여기 아줌마랑 내가 벌써 말을 맞춰 놨는데.

남자가 봉지를 건네주며 말했다. 치킨보다 먼저 올 거라던 엄마는 아직 오지 않았고, 나는 다 몰랐다. 여기 아줌마, 그러니까 우리 엄마가 치킨을 자주 시켜 먹는 것, 우리 집이 감나무 집이라는 것, 앞집에 아들이 다섯이라는 것도. 앞집에는 내 키보다 높은 돌담이 있고 진작부터 그 돌담이 무척 인상적이라고 생각했었다. 하지만 아까 남자가 전화로 말하길 그 집은 돌담집이 아니라 상고동 오 형제 집이다.

돌담 뒷집이라고 하면 아실 줄 알았어요.

여기 돌담은 저 아랫집에 대면 암것도 아니지. 저 밑에 어마어마한 돌담집이 있는데. 다음부터는 감나무 집이라고 하면 내가 딱 알아듣고서 이렇게 옵니다. 맛있게 들어요!

남자는 한 손을 번쩍 들어 보이면서 대문을 닫고 나갔다. 멀어지는 오토바이 소리를 들으며 봉지를 열어 봤다. 엄마가 늘 시킨다는 그거는 간장치킨이었다.

그리고 엄마가 왔다. 엄마가 말하길 앞집 돌담은 그 집 할아버지가 쌓은 건데, 중학교 수학 선생이었던 할아버지는 퇴직한 다음 날부터 강과 산을 돌아다니며 돌을 주워 와 시멘트도 바르지 않고 돌담을 쌓았다고 했다. 오래 걸릴 줄 알았는데 한 계절도 채 걸리지 않았다고, 퇴직하고 마음이 허전하니까 담을 쌓은 거라고 했다.

그럼 그다음엔?

응?

담을 다 쌓고 그다음에는 허전한 마음을 어떻게 하셨

대?

그런 걸 어떻게 할 수는 없는 거고, 익숙해지는 과정이 필요한 거지. 그러다 보면 이것저것 섞여서 본래 마음에 가까워지는 거지.

본래 마음이 뭔데.

그건…… 바다 같은 거지.

바다?

바다에는 고래도 상어도 있고 꽁치도 해파리도 있고 미역도 있고 플랑토큰가 그것도 있는 거 아니냐. 다 같이 섞여서…….

엄마 요즘…… 뭐 배우는 거 있어?

뭔 소리냐.

엄마 말이…… 뭔가 예전이랑은 다른 것 같으니까…….

BTN을 본다.

뭘 본다고?

넌 일은 어쩌고 왔냐. 휴가 썼어?

……그만뒀어.

엄마는 입에서 뼛조각을 빼내며 나를 빤히 쳐다봤다. 나는 시선을 피하며 흐리게 중얼거렸다.

나도 과정이 있어.

니가 나온 거야? 아님 잘린 거야?

근데 엄마 저 밑에 어마어마한 돌담집이 있어?

엄마는 주먹으로 가슴을 툭툭 치다가 콜라를 들이켰

다. 회사 사람들에게 나는 입 속의 뼈 같은 존재였고 결국 나오는 수밖에 없었다. 그래도 퇴사는 가장 나중으로 미루고 싶었는데…… 부장이 나를 배신자로 몰면서 내게는 아무 일도 주지 말고 어떤 정보도 공유하지 말라고 사람들에게 명령하는 것을 보았을 때, 내게는 다음 정거장이 없음을 깨달았다. 가장 나중에 도착한 것이다. 엄마에게 그 과정을 다 말할 수는 없었다.

*

어린이용 장난감과 문구를 만드는 회사에서 4년 넘게 일했다. 사장의 남동생이 영업부장, 아내가 회계팀장이고 아들은 상품 허가와 유통 담당이었으며 교외에 있는 공장은 처남이 운영했다. 사장 가족을 제외한 직원은 다섯 명에서 두어 명씩 늘거나 줄었는데, 모두 계약직으로 시작했고 2년 뒤 무기 계약직이 되거나 퇴사했다. 나는 사무실 구석 책상을 차지하고 앉아 상품 디자인과 자잘한 서류 업무를 도맡아 했다.

사장은 빼어난 디자인이나 창의력을 원하지 않았다. 무난한 디자인을 빠르게 뽑아내고 어떤 일에서건 상상력을 발휘하지 않길 원했다. 사장은 돌돌 만 신문을 들고 다니면서 매일 소리 질렀다. 누구한테든 생각 좀 하고 일하라고, 돈이 썩어 나냐고 말하면서 책상을 탕탕

치거나 문을 쾅쾅 닫았다. 뭘 묻는 걸 극단적으로 싫어하면서도 묻지도 않고 마음대로 일을 처리한다고 화를 냈다. 영업부장은 늘 술에 취한 사람처럼 보였다. 허풍을 떨다가도 갑자기 비굴해졌고 잠깐씩 음흉한 표정을 지었다. 회계팀장은 매사 걱정이 많아서 잠시도 입을 다물지 못했다. 아들은 부모를 애정하고 증오하며 열심히 일했다.

입사했을 때 영업부장은 내게 '일머리가 제일 중요하다'고 말했다. '일머리가 없어서', '일머리가 나빠서' '일머리는 어따 팔아먹고' 같은 말을 하루에도 수십 번씩 들었다. '일머리'란 단어에 노이로제가 생겨서 그 말만 들으면 귀에서 뇌까지 벌레가 기어 다니는 것 같았다. 가족이 아닌 사원들은 묵묵했다. '안 됩니다', '잠깐만요', '곤란합니다' 같은 말은 거의 하지 않았다. 나보다 오래 일한 직원은 두 명이었다. 김 과장과 정 과장. 김 과장은 15년차였고 정 과장은 10년차였다. 사장은 그들을 대단히 신뢰하면서도 은근히 깔봤다. 그 두 가지 대우가 어떻게 공존할 수 있는지, 신뢰와 경멸의 배합으로 사람을 어떻게 단련시킬 수 있는지 그곳에서 조금 배웠다. 나는 단련되었던가? 모르겠다. 나는 나빠졌다. 매일 조금씩 나빠지다가 어느 순간 급격히 나빠졌다.

다음 날 엄마 몰래 담배를 피우러 나왔다가 즉흥적

으로 어마어마한 돌담집을 찾아 걸었다. 치킨 가게 남자가 '저 아랫집'이라고 했던 것 같은데, 아래가 어느 쪽을 가리키는지 알 수 없어서 내키는 대로 방향을 잡았다. 골목을 빠져나가 기찻길을 왼편에 두고 걸었다. 겨울바람이 쉼 없이 불었다. 나는 트레이닝 바지에 후드 티셔츠만 입고 슬리퍼를 신고 있었다. 오래 걸을 수 없는 상태였는데도 집으로 돌아가길 자꾸 미뤘다. 조금만 더 가 보자. 어마어마하다니까 멀리서도 알아볼 수 있겠지. 이상한 오기가 겨울바람처럼 내 등을 떠밀었다. 아니다. 이상할 것도 없이 그게 그냥 나다. 나는 자주 그런 식으로 걸었다. 길은 끝이 없다는 걸 알면서도, 끝이 없으니까, 지쳐 화날 때까지 걷다가 포기하는 사람.

눈보라가 불기 시작했다. 얼굴과 손발이 얼어 감각이 사라졌다. 무서울 정도로 추웠다. 휘청거리며 돌아설 수밖에 없었다.

그쪽 아니고 반대쪽. 연못까지 가야 돌담이 보여.

엄마가 말했다.

저쪽에 연못이었던 데가 있어. 지금은 물이 없는데 얼마 전까지 물이 있었어.

나도 알아. 연못. 근데 물이 없다고?

연못을 안다고?

어릴 때 연못 근처에서 자주 놀았는데.

거기서 놀았다고?

응.

왜?

노는 데 뭔 이유야. 근데 연못에 왜 물이 없어?

엄마가 멈칫했다.

말랐을걸.

못이 말라? 마르기도 해?

말랐는지 어쨌는지…….

엄마는 말끝을 흐리며 텔레비전으로 눈을 돌렸다. 저녁 예불이 끝나 가고 있었다.

*

다음 날 운동화를 신고 점퍼를 입고 털모자에 목도리까지 두르고 집을 나섰다. 집에서 할 일도 없었고 서울로 올라가기도 싫었다. 가면 바로 구직을 시작해야 할 테고, 나는 분명 쫓길 것이다. 시간과 세금과 잔금과 기타 등등에. 일단 돌담을 보자. 얼마나 어마어마한지 보자. 그리고 다음을 생각하자. 이젠 말라 버렸다는 연못을 보고도 싶었다.

생각할 일이 없어 여태 잊고 살았지만 연못은 어린 시절 장미와 나의 아지트였다. 연못과 장미 집이 가까웠다. 장미의 풀 네임은 장미루. 열한 살부터 열두 살까지

우린 아주 친했다. 장미는 마당 넓은 이층집에 살았고 장미 부모는 과수원을 했다. 나는 장미 부모를 '땅 부자'로 알고 있었다. 누가 내게 그런 얘기를 해 주었을까? 모르겠다. 어쨌든 장미는 좋은 집에 살았다. 당시 우리 가족은 단층집 구석에 딸린 셋방에 살았다. 방은 한 칸뿐이었고 화장실은 바깥에 있었다. 욕실이 따로 없어 부엌에서 씻었다.

또래 아이들 중 열에 아홉은 재잘재잘 떠들고 이야기 지어 내기 좋아했는데, 장미는 열에 하나에 속했다. 말수가 적었고 천천히 움직였고 편을 가르는 놀이를 싫어했다. 장미는 여섯 살 어린 동생을 무척 아꼈다. 같이 놀다가도 동생이 보고 싶다며 먼저 집에 가 버릴 때가 많았다. 다락방이 있는 이층집 쪽으로 서둘러 걸어가는 장미의 뒷모습을 보면서 나는 때로 놀라워했다. 저런 아이가 내 친구라니.

장미는 귀족이고 나는 하인인데 우리는 피로 맺은 사이여서 우리를 떼어 놓으려는 어른들의 방해와 음모를 함께 헤쳐 나가는 상상에 빠지기도 했다. 현실에서는 아무도 우리를 떼어 놓으려고 하지 않았다. 우리가 친한 사이라는 걸 어른들은 몰랐으니까. 알았더라도 무심했을 것이다. 자기 자식이 누구와 친한지, 하루 종일 뭘 하고 지내는지 관심을 가지는 어른은 없었다.

연못에서 놀다가 지루해지면 장미 집 마당으로 갔다.

장미 집에는 담도 대문도 없었다. 어른 허리 높이로 자란 사철나무가 담 대신 마당을 대충 둘러싸고 있었는데, 사철나무는 꼭 박제된 것처럼 더 자라지도 마르지도 않았다. 넓디넓은 마당 안쪽에 덩그러니 2층 가옥이 있었고, 마당 양옆으로 광활한 과수원이 펼쳐져 있었다. 장미는 종종 집에 들어가 물에 씻은 앵두나 청포도를 가지고 나왔다. 나는 흙 묻은 손을 바지에 대충 문질러 닦고 그것들을 집어 먹었다. 집에 엄마 아빠 없느냐고 물어보면 장미는 드넓은 과수원을 가리키며 "저기 어딘가에 있을 거야." 하고 대답했다.

나는 2층 가옥에 들어가고 싶었다. 집 안에 있을 게 분명한 나무 계단을 천천히 밟아 보고 싶었고 장미의 방도 구경하고 싶었다. 거실에는 커다란 가족사진이 걸려 있겠지. 화장실에는 쪽배 같은 욕조가 있을 거야. 주방에는 등받이가 높은 의자 여러 개가 있겠지. 커다란 창의 양옆에는 새하얀 레이스 커튼이 달려 있을 거야. 하지만 장미는 나를 집 안으로 초대하지 않았다. 방에 들어가서 놀면 안 되느냐고 물어보면 장미는 늘 동생 걱정을 했다. 내 동생이 잠에서 깰 거야, 내 동생에게 나쁜 게 묻을 거야, 내 동생이 겁을 내고 울지도 몰라……

장미와 뭘 하고 놀았던가. 한쪽이 이기면 다른 쪽이 지는 놀이는 전혀 하지 않았다. '가위바위보 하나 빼기'나 '묵찌빠'조차 하지 않았다. 마당이나 연못 테두리를 맴맴 돌면서 풀 따고 흙 만지고 돌멩이 줍고 돌멩이 던지면서, 이따금 터무니없는 이야기를 나누었던 것 같다. 장미는 나를 무척 편하게 생각했다. 경쟁적으로 떠들지 않아도 되고 강박적으로 편 가르지 않아도 되고, 혼자 있는 것처럼 같이 있을 수 있는 사람이 나였던 것이다. 나도 장미가 편했던가? 모르겠다. 나는 내가 장미루 친구여서 가치 있다고 느꼈다. 그 외에는 별로 없었다. 스스로를 가치 있다고 느꼈던 순간은.

장미와 멀어진 뒤에는 연못 쪽으로 가지 않았다. 중학생이 되고 나와 다른 교복을 입은 장미를 길에서 마주치기도 했지만 그럴 때마다 못 본 척했다. 장미를 생각하면, 그렇게라도 만나 버리면 나는 화끈거렸고 내가 너무 싫어서 일부러 하루를 망쳐 버렸다.

*

진동이 느껴졌다. 주머니에서 휴대폰을 꺼냈다. 모르는 전화번호였다. 사장일 수도 있고 영업부장일 수도 있다. 증거를 남기지 않으려고 다른 사람 휴대폰을 사용하는 것일지도 모른다. 전화가 끊어지고 다시 진동이 시작되었다. 그러기를 다섯 번. 잠잠해졌다. 문자도 음성 메시지도 오지 않았다. 내가 겁낼 것은 없지만 겁이 났다. 내가 잘못한 것은 아니지만 내 잘못도 있다. 다른 사람은 몰라도 나는 안다. 계속 회사에 있었다면, 뱉어지지 않았다면, 그래도 신고했을까? 고민하고 갈등하면서 1년, 2년을 보내고 그렇게 10년을 채웠을지도 모른다. 100년을 근무해도 부장이 될 수 없는 과장으로 살며 단련되었을지도 모른다.

대개 2년을 채우지 않고 퇴사했다. 사장은 사람이 자주 바뀌는 것을 싫어하면서도 정규직으로 계약하지는 않았다. 사장의 머릿속에는 정규직이란 단어 자체가 없었다. 아니, 무기 계약직이 바로 정규직이었다. 사장은 두 가지가 다르지 않다고 생각했고 실제로 그렇게 말했다. 그렇다면 정규직으로 사람을 써도 상관없을 텐데, 아무도 사장에게 그렇게 되묻지는 않았다. 김 과장과 정 과장 머릿속에는 어떤 질문이 들어 있었을까? 어쨌든 그들은 그 회사를 다니며 적금과 청약 저축을 부었다. 결혼을 하고 아이를 키웠다. 사장은 가족 대하듯 직원을 대했다. 집안 사업 하는데 야근이나 주말 근무가 무슨 대수냐, 장사가 잘돼서 회사가 돈을 많이 벌면 모두에게 이로운 일 아니냐는 식으로 말했다. 사장의 이득은 결코 나의 이득이 되지 않았다. 사장의 손해는 나의 손해가 되었다.

아무도 연차휴가를 따지지 않았다. 여름휴가는 주말과 붙여서 사흘이었고 사장이 정해 주는 날짜에 쉬어야 했다. 피치 못할 사정으로 휴가를 내야 할 때면 부장과 사장에게 사정을 말하고 허락을 구해야 했다. 당당하게 요구하려고 해도 그들 앞에 서면 비굴해졌다. 명절이나 연말 보너스도 사장 마음대로 주거나 주지 않았다. 여자는 출산하면 회사를 그만둬야 했고 남자는 아내가 아이를 낳은 날만 쉴 수 있었다. 한때 나는 김 과장과 정 과장도 사장의 먼 친척이 아닐까 생각했었다. 묻지는 않았다. 친척이라도 맥 빠지고 아니라도 황당할 것 같아서 상상만 해 보고 말았다.

2년 만기 적금이 끝나면 이직하려고 했는데, 만기 때 원룸 월세가 올랐다. 이곳을 떠나게 되는 계기가 오리라 막연히 짐작했다. 더 나은 조건의 다른 회사에 입사한다든가 어느 날 우연히 나도 모르던 재능을 발견한다든가 하는 식으로, 내게 좋은 방향으로만 그 계기를 상상했다. 그러던 어느 날 알게 되었다. 제품 안전성 인증을 받기 위해 공장에서 만드는 제품이 따로 있으며, 인증을 통과한 다음부터는 사용 금지된 화학 첨가제를 쓰고 있다는 사실을.

그 첨가제를 쓰면 제품이 훨씬 부드러워진다고 했다. 제조 단가도 현저히 떨어진다고 했다. 사장과 영업부장과 생산부장이 사장실에 모여 앉아서 하는 얘기를 들었다. 몰래 들은 것도 아니다. 그들은 내가 자기들 옆에 서 있는 걸 알면서도 태연히 그런 말을 주고받았다. 뭐지? 나도 가족이 된 건가? 그런 생각을 하지 않을 수 없었다. 그들은 첨가제 이름을 제대로 말하지 않고 '그것'이라고만 했다.

사장실을 나오자마자 인터넷 검색을 시작했다. 잠깐의 검색만으로도 '그것'이 '프탈레이트 가소제'라고 확신할 수 있었다. 회사 이름과 프탈레이트 가소제를 붙여서 검색 버튼을 눌렀다. 웹 페이지 가득 블로그가 떴다. 가장 위에 뜬 블로그에 들어갔다. 독성 물질을 사용한 회사와 장난감 목록을 정리해 둔 블로그였다. 그 목록에 사장의 회사도 있었다. 이미 몇 년 전에 프탈레이트 가소제 기준치 초과로 단속에 걸렸었고 제품 수거 명령을 받았던 것이다. 내가 막 입사했던 시기였다. 리콜 사건으로 다들 신경이 날카로웠던 게 그제야 기억났다. 그땐 아무도 내게 뭐가 문제인지 말해 주지 않았다. 눈치만 살피다가 눈이 닳아 없어질 것만 같던 때였다.

리콜 사건이 잠잠해지자마자 다시 그 첨가제를 사용하고 있는 것이다. 모르는 채로 나는 나쁜 짓에 가담하고 있었다. 그렇다는 걸 알게 된 다음부터는 알고서도 가담하는 거였다. 어디에 신고하지? 경찰서? 시청? 환경부? 중소기업청? 소비자 보호원? 신고한 다음엔? 리콜되겠지. 시간 지나면 또 사용하겠지. 난 내부 고발자가 되는 건가? 당연히 잘리겠지? 대출금 이자는 어쩌지? 신고하기 전에 다른 회사를 알아봐야 하나? 바로 이직할 수 있을까? 내부 고발자인데? 이거 정확한 정보일까? 괜히 신고했다가 무고죄 같은 걸로 고소당하면 어쩌지?

며칠 동안 편두통이 심해지도록 고민했다. 아침저녁마다 초조한 마음으로 프탈레이트 가소제를 검색했다. 생식기관에 유해한 독성 물질이었다. 환경호르몬 추정 물질이며 발암물질이라고 했다. 그런데도 장난감뿐 아니라 각종 생활용품에서 자주 검출된다고 했다. 다들 알고도 쓰는 건가? 그렇게 나쁘지는 않은 건가? 당장 해를 끼치지는 않는다는 말인가? 독성물질인데? 생각할수록 헷갈렸다. 내가 바로 옆에 서 있는 걸 알면서도 사장과 부장들이 그런 얘기를 나눴던 걸 보면 비밀이 아닐 수도 있다. 다른 회사에서도 다 쓰는 건지도 모른다. 나쁜 짓이 아니라 사업 수완일 수도 있다. 플라스틱 제품에 많이 쓰인다면 내가 쓰는 물건들에도 첨가되었을 것이다. 하지만 난 괜찮잖아. 아프지 않잖아. 몸에 쌓이겠지. 언젠가는 병들겠지. 지금도 병들어 가고 있겠지. 나를 병들게 하는 게 환경호르몬뿐인가? 그렇게 하루하루가 지나갔다. 두어 달 뒤에는 플라스틱에 담긴 음식을 전자레인지에 데울 때나 잠깐씩 고민했다.

필드에서 일할 때는 좋은 대학 좋은 스펙 그런 거 다 필요 없거든요.

그렇게 말하고 있었다.

일머리가 있어야 돼. 일머리가. 일머리 없으면 자기도

자기지만 주변에서 죽어나거든요.

수습사원인 이찬양 씨 옆에 앉아 편의점 도시락을 먹으면서, 다른 사람도 아닌 내가, 그렇게 말하고 있었다.

찬양 씨 있잖아요. 설탕 말이야. 그거 많이 먹으면 몸에 나쁘잖아요? 근데 적당히는 먹어 줘야 사람이 살잖아요.

도시락의 돈가스에서 플라스틱 맛이 났다.

프탈레이트 가소제라고 있어요. 그게 뭐냐면 화학 첨가제인데, 혹시 들어 봤어요? 내가 진짜 오래 고민해 봤는데, 내 생각에는 그게 설탕 같아. 그게 좀 들어가 줘야 사람이 쓰기 편한 제품이 되는 거지. 그렇지 않으면 나쁜 줄 알면서도 왜들 그렇게 쓰겠어요? 그게 기준치 넘게 검출되면 리콜되는 건데요. 근데 기준치란 말도 웃기지 않아요? 기준치를 딱 맞추면 해롭지 않은데 기준치에서 1만 넘어가면 갑자기 해로워진다 이건가? 음주 측정이랑 뭐가 다르지? 난 세상의 모든 기준치라는 게 너무너무 이상해. 그렇지 않아요?

이찬양 씨는 아무 대꾸도 하지 않았다. 고개를 끄덕이지도 가로젓지도 않았다. 햄버거를 천천히 씹으며 다른 생각을 하는 것 같았다. 도시락의 숙주나물무침을 입에 넣자마자 쉰 맛이 올라왔다. 뱉지 않고 먹었다. 괜찮을 테니까. 상한 것 좀 먹는다고 죽진 않을 테니까.

*

앙상한 나무들이 연못을 둘러싸고 있었다. 메마른 이
파리와 오래된 쓰레기가 여기저기 흩어져 나뒹굴었다.
기억 속 연못보다 훨씬 작고 초라했다. 연못 너머 2시 방
향으로 돌담이 보였다. 완성된 돌담이 아니라 진행 중인
돌담이었다. 작은 노인이 느리게 움직이며 담을 쌓고 있
었다. 그 담 너머에는 집이 한 채뿐이었다. 예전에는 거
기 장미 가족이 살았다.

장미 동생이 되고 싶었다. 장미가 세상에서 제일 사
랑하는 그 아이가 되고 싶었다. 나를 집 안으로 초대하
지 않는 장미에게 서운한 마음도 들었다. 그래도 좋았
다. 연못 근처 작은 버드나무 아래에 우리만의 보물 창
고를 만들기도 했다. 연못과 마당을 돌아다니며 주먹만
한 돌을 주워 버드나무 아래로 날랐다. 그 돌을 동그랗
게 쌓아 작은 동굴을 만들었다. 걷다가 예쁜 것을 발견
하면 그 동굴에 보관했다.

청색 빛이 나는 돌, 붉은빛이 나는 돌, 과수원에서 발
견한 조개껍데기, 마른 꽃잎과 나뭇잎, 야광 별과 도토
리, 기찻길 옆에서 주운 손바닥만 한 액자, 길을 걷다 주
운 펜던트, 빨간색 파란색 노란색 분필…… 사탕이 예
뻐서 넣어 뒀는데 다음 날 개미가 바글바글해서 기겁한

적도 있다. 겨울에는 작은 눈사람 두 개를 만들어서 넣어 두기도 했다.

여름에 비가 많이 내려서 연못이 넘쳐도 동굴은 무너지지 않았고 보물들은 안전했다. 동굴에 보물을 넣을 때마다 우리는 그것이 보물인지 아닌지 회의했다. 한 명이 보물이냐고 묻고 다른 한 명이 보물인 이유를 말하면 회의의 끝이었다. 장미는 작은 수첩에 날짜를 적고 보물의 내용과 의미를 기록했다. 그럴 때 장미는 정말 특별했다. 나는 흉내도 못 낼 품격이 느껴졌다.

돌담을 쌓는 노인을 쳐다보다가 버드나무를 찾아 연못을 돌았다. 버드나무 밑동에 쌓인 눈이 얼어 있었다. 돌 하나를 주워 들고 쪼그려 앉아 눈을 파냈다. 아직도 장미 집일까? 저 노인은 장미 아버지일까? 여전히 땅 부자겠지? 그럼 장미도 부자겠지? 그냥 인부 아닐까? 설마 직접 담을 쌓겠어? 그런데 왜 담을 쌓지? 이층집은 그대로 있을까? 보물들은? 보물은 무슨, 죄다 쓰레기지. 쓰레기를 보물이라고 주워 모은 거지. 장미 방에는 더 예쁜 보물들이 있었겠지. 돌을 쌓아 보물 창고라고 이름 붙이고 나하고는 거기 쓰레기만 모아 놓고, 진짜 예쁜 것들은 혼자만 보고 만지고 간직했겠지. 나는 더러우니까 집에도 못 들어오게 했겠지. 자기 예쁜 것들을 함부로 만지고 망칠까 봐. 동생한테 나쁜 게 묻을 수도 있다고 했었지. 그건 무슨 뜻이었을까? 나랑 그러고 노는 게 재밌었을까? 내가 신기했나 장미는? 쓰레기를 보물이라고 모으는 내가? 열두 살에 그런 생각들을 했었다. 나를 보호하기 위해 장미를 가식적인 나쁜 애로 만들려고 애썼다. 그러면 마음이 좀 편해질 줄 알았는데 더 비참해졌다.

돌이켜 보면 그리 가난하지도 않았다. 장미네 집과 비교하면 그렇게 느껴졌을 뿐. 부모님은 사글세 판잣집에 살면서 부지런히 돈을 모았고, 내가 중학생이 되고 얼마 지나지 않아 아파트로 이사했다. 10년 융자를 끼고 들어갔지만 어쨌든 그곳에는 나만의 방이 있었다.

우리 가족이 머물렀던 마지막 셋방으로 이사 가기 며칠 전 엄마는 나의 일기장과 스케치북을 모두 버리겠다고 했다. 내 것을 왜 버리느냐고 울며 대들었다. 엄마는 이사 갈 때 이런 걸 다 정리해야 한다고 대답했다.

우리 또 이사 가?

…….

왜 또 가? 멀리 가?

아니야. 옆 동네로 가는 거야.

그럼 전학 안 가도 돼?

집만 옮기는 거야.

그러면 아무것도 버리지 말고 그냥 여기 살면 되잖아.

더 좋은 데로 가는 거야.

뭐가 좋은데.

방이 두 개야.

내 방이야?

골방이어서 추워. 거기서 잠도 못 자. 창고처럼 쓸 거야.

그래도 내 방이야?

여름에는 그럴 수도 있고.

옆 동네 어디로 가는데?

제일교회 바로 뒤에 하얀색 양옥집이 있어. 거기로 갈 거야.

바로 뛰쳐나가 제일교회를 향해 달렸다. 교회 뒤에는 정말 양옥집이 있었다. 오래되고 낡아서 벽에 때가 많이 묻어 있었지만 어쨌든 하얀색 양옥집이었다. 창살로 된 대문에 매달려 집 안을 엿봤다. 좁지만 마당도 있었다. 창문이 여러 개 인 걸 보면 방이 두 개보다는 많을 것 같았다. 엄마는 왜 거짓말을 했지? 아닌가? 커다란 방이 두 개인 건가? 아무튼 양옥집이다. 내 방이 생긴다. 장미를 초대할 수도 있을 것이다. 다음 날 학교에서 장미를 만나자마자 기쁜 소식을 전했다. 나도 이제 양옥집에 살 거야. 거기엔 내 방도 있대. 이사하면 꼭 놀러 와. 장미는 나만큼 기뻐하지는 않았고 차분하게 고개를 끄덕였다. 그래서 나는 또 서운해졌다.

이사하는 날, 수업이 끝나자마자 제일교회 쪽으로 달려갔다. 어서 내 방을 구경하고 싶었다. 심장이 아프도록 뛰어 양옥집에 도착했다. 대문을 지나 엄마에게 다가가면서 나는 이상한 느낌에 사로잡혔다. 텔레비전을 짊어진 아저씨가 양옥 옆에 코딱지처럼 붙은 판잣집으로 들어가고 있었다. 엄마가 나를 돌아봤다. 나는 엄마를 보고 판잣집을 쳐다봤다. 그리고 다시 엄마를 봤다. 엄마가 판잣집의 검은 문으로 쑥 들어갔다. 나는 쭈뼛거리며 검은 문으로 다가가 그 안을 들여다봤다. 우리 밥솥과 냉장고와 옷장이 그곳에 있었다. 방은 두 개였다. 엄마는 거짓말을 하지 않았다. 작은 방은 연탄 창고처럼 좁고 어두웠다. 장미 말고 유령을 초대해야 어울릴 것 같았다. 하지만 나는 이미 장미에게 신신당부해 놓은 참이었다. 금요일 학교 끝나면 우리 집에 놀러 가자고. 금요일은 다음 날이었다.

장미의 이층집을 부러워했었다. 그렇다고 판잣집을 부끄러워하진 않았다. 그런데 부끄러워졌다. 이젠 나도 장미처럼 양옥집에 살 거라고 믿었는데, 계속 판잣집에 살아야 한다는 걸 알아 버린 그 순간.

*

수습 기간이 끝나는 날, 퇴근 시간 넘어서야 영업부장은 이찬양 씨에게 계약을 할 수 없다고 통보했다. 지난 석 달간 이찬양 씨가 주로 한 일은 서류 작성과 복사와 전화 연결과 청소 같은 잔심부름뿐이었다. 사장은 영업 뛸 사람이 부족하다는 영업부장의 말을 듣고 이찬양 씨를 뽑았다. 하지만 영업부장은 이찬양 씨를 없는 사람 취급했다. 영업부장은 자기 일을 김 과장 아닌 다른 사람과는 나누기 싫어 했다. 자기가 쌓아 온 리스트와 노하우를 공유하면 언젠가는 배신당하리라고 확신했다. 경력 사원을 뽑아 놓으면 일하는 스타일이 구려서 같이 못 해 먹겠다고, 거래처 다 떨어져 나갈 판이라고 대놓고 배척했다. 신입 사원이 들어오면 일머리가 없어서 성가시다고 잘라 버렸다. 그래 놓고 회삿돈은 자기 혼자 다 벌어 오는 것 같다면서 우는소리를 했다.

조용히 사무실을 나가는 이찬양 씨의 등을 보면서 나는 지겨운 환멸을 느꼈다. 저 사람은 왜 저토록 조용히 나가는가. 어째서 나가는 순간까지 영업부장에게 고개 숙여 인사하는가. 저 사람은 왜 석 달을 버텼나. 이 회사에서 계속 일하고 싶었을까? 여기서 나오는 돈으로 살고 싶었나? 그럼 나는? 프탈레이트 가소제를 알게 되고 석 달 가까이 지났다. 공장은 쉼 없이 돌아갔고 장난감은 매일 쏟아져 나왔다. 이찬양 씨라면 어떻게 했을까. 주저 없이 신고했을까? 어쨌든 나는 남아 월급을 받고 있었다. 장난감을 팔아서 받는 월급이었다. 그러지 말라고 말해야 했다. 내 정당한 월급을 그런 돈으로 주지 말라고. 그런 돈으로 내가 살아가게 하지 말라고.

정 과장에게 같이 점심을 먹자고 했다. 정 과장은 무엇을 어디까지 알고 있는지, 진짜 친척인지 아닌지 알고 싶었다. 정 과장은 김 과장과 같이 나왔다. 둘보다는 셋이 낫지. 밥은 여럿이 먹을수록 맛있는 거야. 정 과장이 어색하게 웃으며 말했다. 김 과장이 맛있는 걸 사 주겠다며 중국집에 가자고 했다.

맛있는 거 시켜. 비싼 요리 시켜도 돼.

테이블에 앉으며 김 과장이 말했다. 나는 볶음밥을 시켰다. 김 과장과 정 과장은 짬뽕으로 통일했다. 볶음밥은 반도 먹지 못했고 나는 아무것도 알아내지 못했다. 그들은 내가 질문할 틈도 주지 않고 자기들끼리 계속 이야기를 나눴다. 그들보다 뒤처져 중국집을 나오면서 나는 결론 내렸다. 그들이 친척이든 아니든, 프탈레이트 가소제를 알든 모르든 상관없다고. 그들은 자기들이 모른다는 것조차 몰라서 아무 죄도 짓고 싶지 않은 사람들이었다.

요즘 사람들이 하도 유난스러워 그렇지, 그게 그렇게 나쁜 게 아니야. 그거 사용 금지된 지도 얼마 안 됐고, 우리 어릴 때는 다 그거를 물고 빨고 하면서 컸어. 근데 봐, 내가 죽었나? 아니잖아? 이 사원 어릴 때 쓰던 장난감에도 그거 다 들어갔어. 그래서 이 사원이 잘못됐나? 아니잖아? 지금 내 앞에서 따박따박 말대꾸하고 있잖아? 우리 공장에서 만든 장난감을 내가 우리 애들한테는 안 줬을 것 같아? 연필 한 자루 만들어 본 적도 팔아 본 적도 없는 사람들이 현장 일은 뭣도 모르고 유해물질이다 뭐다 그러는 거라고. 막말로 우리가 고무로 고기 만드는 회사도 아니고, 제품에 청산가리 바르는 것도 아니고, 아니잖아? 겨우 장난감이잖아. 그 정도로 나쁜 거는 세상에 널렸다 이거야.

영업부장에게 프탈레이트 가소제 얘기를 꺼내자마자 돌아온 대답이었다. 독성 물질을 쓴다고 자신 있게 말할 사람은 없다. 포장이 필요하고, 영업부장은 뭐든 잘 포장하는 사람이었다. '독성 물질이므로 절대 쓰면 안 된다'는 원론적인 말로는 영업부장을 이길 수 없었다.

우리 때문에 사람이 죽었나? 우리 제품 때문에 누가 죽었다는 기사라도 떴어? 우리 모두 잘 살고 있잖아. 사람 그렇게 쉽게 죽거나 병들지 않는다고. 그러니까 우리가 그런 걸 쓰는 거보다 당신이 떠들어서 사람들 불안하게 하는 게 더 큰 문제다 이 말이야. 문제 삼지 않으면 문제 될 게 없는 거야.

그렇다. 당장 죽지는 않을 것이다. 병들 뿐이다. 병들어 죽을 때, 어느 누가 어릴 적 갖고 놀던 장난감이 원인이라고 지목하겠는가. 영업부장 말대로 세상에는 이렇게 나쁜 게 널렸는데. 나쁜 걸 서로 조금씩 나누면서 우리는 살아가고 있는데.

그래도 제가 이걸 안 이상 그냥 있을 수가 없습니다.

그냥 있지 않으면 뭐, 뭘 하겠다는 건데? 당신 월급 주는 회사를 신고해서 당신한테 돌아갈 이익이 뭐 있나? 당신 힘들어질 거 뻔하고, 당신만 그렇겠나? 우리 다 같이 죽는 거야. 여기 다 가정 있는 사람들이야. 당신 때문에 제품 수거되고 불매 운동 일어나서 월급 밀려 봐. 애들 학교는 어떻게 보내고 밥은 어떻게 먹이나? 이 사원은 싱글이라 가장의 그걸 몰라. 모르니까 지금처럼 똥 된장도 구분 못 하는 거야. 여러 사람 원망 들을 일을 왜 나서서 하겠다는 거지? 머리가 그렇게 안 돌아가나?

영업부장과 말하는 동안 나는 점점 이상한 사람이 되어 갔다. 다들 괜찮다는데 분란을 일으켜서 사람들 밥줄 끊으려는 협박범으로 몰렸다.

당신만 옳으면 다야? 당신 빼고 다 바보야? 저기 정 과장도 김 과장도 설마 몰라서 가만있겠어? 생계잖아. 생계. 당신한테는 이 일이 뭐, 취미세요?

그게 아니라, 저는 정당하게 일하고 싶은 겁니다.

그렇게 말하는 순간 깨달았다. 프탈레이트 가소제가 아니더라도 나는 이미 부당하게 일하고 있다는 사실을. 월급이 통장에 찍힐 때마다, 사장이 돌돌 만 신문으로 내 정수리를 치며 고함칠 때마다, 죄짓듯 휴가를 쓰고 명절 직원 선물로 남성 양말 세트를 받을 때마다 나는 돌담을 쌓듯 모욕감을 쌓아 왔다. 돌아보기 싫은 감정이라 대충 쌓아 뒀던 그것이 흔들리고 있었다.

내가 지금 이 자리에 거저 앉아 있겠어? 조사도 징계도 다 때가 있는 거야. 우리 회사 하나 조지겠다고 그 큰 조직이 움직일 것 같아? 내가 그쪽에 아는 사람이 한둘이겠냐고.

영업부장이 말했다.

당신 마음대로 해 봐. 뭐가 어떻게 되는지 두고 보라고.

*

수업 끝나면 장미와 나는 학교 쪽문에서 만났다. 특별한 일이 없으면 거의 매번 그랬다. 쪽문은 거미줄 같은 골목으로 이어졌고 골목에는 취한 어른들이 많았다. 욕하고 침 뱉으면서 무서운 눈으로 사람을 노려보는 중학생도 있었고 종종 싸움도 일어났다. 우리는 손을 잡고 씩씩하게 그 길을 빠져나가 연못까지 갔다.

금요일에 나는 정문으로 나갔다. 도망치듯 달렸다. 장미는 아주 오래 나를 기다릴 것이다. 길이 어긋날까 봐 교실로 나를 찾으러 가지도 않을 것이고 제일교회 뒤 하얀 양옥집을 찾아가지도 않을 것이다. 그저 나를 기다릴 것이다. 장미가 그러리라는 걸 너무 잘 알아서, 그래도 설마 그러겠어? 생각했다. 아무리 장미라도 조금만 기다리다 집으로 가겠지. 밤이 오도록 기다리진 않겠지. 그렇게 믿고 싶었다.

일을 마치고 집에 돌아온 장미 부모는 집 치우고 씻고 밥 차리느라고 장미가 집에 없는 줄도 몰랐을 것이다. 밥 먹자고 장미루를 부르고. 아무리 불러도 장미루가 나오지 않아서 집과 마당과 과수원을 다 뒤진 다음에야 장미루가 근처에 없다는 걸 알게 되었으리라. 장미 담임은 반 아이들 집에 전화를 돌렸고 장미와 내가 친하다는 사실을 알게 되었을 것이다. 마침내 우리 집으로 전화가 왔다. 오늘 미루를 언제 마지막으로 봤어? 오늘도 미루랑 놀았어? 담임이 다급하게 물었다. 장미루랑 정문에서 만나기로 했는데 장미가 나오지 않아서 기다리다가 집에 왔어요. 놀란 채로도 나는 거짓말을 했다. 전화를 끊고는 무서워서 울었다. 쪽문으로 가 볼 생각도 못 하고 울기만 했다.

*

사고가 있었어.

물을 한 모금 마시고 엄마가 말했다.

그 집 딸이 죽었어.

밥을 먹다 말고 엄마를 쳐다봤다.

누가 죽어?

그 집 딸이.

장미가 죽어?

장미가 누군데?

죽었다며. 장미가.

나는 밥을 삼키지 못하고 밥상에 뱉어 냈다.

그 집 딸을 알아?

내 친구야. 내 친구.

어떻게 니 친구냐. 나이 차이가 얼만데.

내 친구라고. 장미라고.

아…… 딸이 둘이지. 그렇지. 언니가 있지.

엄마는 물을 한 모금 더 마시고 이야기를 시작했다.

이층집과 과수원은 장미 당숙 소유였다. 장미 부모는 이층집 지하에 살면서 과수원 일을 맡아 했다. 장미 당숙은 이층집과 도시를 오가며 큰 사업을 벌이다가 2, 3년 전 장미 부모에게 집과 땅을 싼값에 넘기고 도시로 완전히 떠났다. 장미 동생 장미래는 어릴 때 심장이 아파서 큰 수술을 받았고 남들보다 1년 늦게 학교에 들어갔다. 중학교 다니면서 1년 더 쉬었고 작년에 근처 대학에 입학했다.

중간고사가 끝나고 미래네 학과 학생들은 가까운 유원지로 엠티를 떠났다. 엠티를 마치고 돌아오던 밤, 버스 뒤쪽 엔진 부근에서 불이 났다. 기사는 경적을 울리며 버스를 갓길에 세웠다. 잠에서 깬 학생들은 하나뿐인 문으로 탈출했다. 학생들이 다 내리기도 전에 뭔가 터지는 소리가 들렸다. 그을음이 솟구쳤고 불길이 거세졌다. 그래도 다 내린 줄 알았다. 모두 살아남은 줄 알았다. 서로 이름을 부르면서 존재를 확인하다가 장미래가 없다는 사실을 알게 되었다. 누가 없어? 미래가 없어? 버스 기사는 허겁지겁 버스에 올랐다. 버스가 펑 소리를 내며 휘청거렸다.

버스 기사이자 버스 주인인 오명곤은 그 동네에서 태어나 자라고 늙은 사람이었다. 젊을 때는 시내버스를 몰아서 동네 사람들 중 누가 몇 날 몇 시면 어디에 가는지 다 꿰고 있었다. 퇴직한 다음에는 그동안 모은 돈에 퇴직금을 합쳐서 낡은 관광버스를 샀다. 그 버스를 10년 넘게 굴렸다. 동네 사람들은 저 버스가 아직도 굴러다니느냐, 저러다 큰 사고 친다, 뭔 일이든 당한 뒤에야 폐차시킬 작정이냐고 구시렁거리면서도 결혼식이나 야유회 등 단체로 타지에 가야 할 일이 생기면 오명곤의 버스를 빌려 탔다. 동네 사람이 버스 장사를 하는데 모르는 사람 것을 빌려 타기도 민망하고, 좀 낡긴 했어도 아는 사람이 운전하는 버스가 더 편하고 안심된다고 했다. 장미래가 엠티를 간다고 했을 때 아버지는 말했다. 버스를 빌릴 거면 오 씨네 버스를 써 줘라. 그 사람 벌이가 없다고 맨날 울상이더라.

장미래도 오명곤도 버스에서 나오지 못했다.

동네 사람들은 장미 부모를 위로하려고 이런저런 말

들을 했다. 그중에는 절대 하지 말아야 할 말도 섞여 있었다. 그래도 그 집에는 자식이 하나 더 있잖아. 오 씨네는 가장이 죽었어. 자식은 여럿이어도 아버지는 하나 아닌가. 미래는 어려서부터 죽을 고비 여러 번 넘겼잖아. 명보다 오래 살았다고 생각하면 맘이 좀 편할지도 몰라. 호사다마라고, 부자 삼촌이 과수원이랑 집이랑 넘겨준 게 화근이지. 재산 들어오니 사람 나가잖아. 장미래 건강을 걱정해서 여럿 들어 놓은 보험을 두고도 어떤 사람들은 위로를 가장한 나쁜 말을 주고받았다. 결국 큰 싸움이 났다. 슈퍼 앞 평상에 모여 쑥덕거리던 사람들을 향해 장미 어머니가 돌을 던진 것이다. 사람들이 말렸고, 어머니는 말리는 사람들을 물어뜯었다. 아버지는 도끼를 들고 슈퍼로 달려가 평상을 부수었다. 모이면 입으로 똥만 싸는 인간들! 살아 있는 게 뭔 유세라고 죽은 내 딸 목숨까지 저울질이야! 운 좋아 산 작자들! 니들이 죽을 수도 있었잖아! 니들도 죽어! 내 딸도 죽었으니 니들도 다 죽어! 아버지 말에 발끈한 사람이 아버지 멱살을 쥐어뜯었고 아버지는 그를 내팽개쳤다.

다음 날부터 장미 부모는 집 밖으로 나오지 않았다. 과수원도 썩고 마르도록 내버려 두었다. 과수원이 병들자 연못도 말랐다. 정돈된 식물로 아름답던 이층집 주변은 황폐해졌다. 산 사람은 살아야지. 저 넓은 땅을 언제까지 놀릴 작정이야. 손에서 일 놓으면 사람 금방 망가져. 부모가 이러면 안 돼. 자식은 무너져도 부모는 무너지면 안 돼. 사람들은 장미 부모를 자꾸만 일으켜 세우려고 했다. 어서 땅을 일구고 나무를 키우고 열매를 거두라고 했다. 일을 하고 움직여야 슬픔도 옅어진다고, 먹고 움직이고 사람처럼 살라고 어르고 달랬다.

겨울이 깊어질 무렵 집 밖으로 나온 장미 부모는 수레를 끌고 다니며 돌을 모았다. 담 없이 살던 집에 담이 쌓였다. 돌담이 높고 길어질수록 사람들 마음도 불편해졌다. 오고 가며 이런저런 참견과 걱정을 건네면, 장미 부모는 그 말을 묵묵히 들으면서 돌을 쌓았다. 어떤 사람은 눈물을 훔쳤고 어떤 사람은 혀를 찼다. 어떤 사람은 성을 냈고 어떤 사람은 성을 내는 사람에게 성을 냈다. 그리고 어떤 사람들은 돌을 가져다줬다. 오다가 주웠어. 산에 갔다 가져왔어. 생각나서 들렀어. 돌과 함께 그런 말을 내려놨다. 사람들이 두고 가는 돌이 많아질수록 돌담은 길어졌다.

돌은 왜 갖다준대. 담을 더 쌓으라고?

그러면 그 사람들 맘이 편해질까 싶어 그러는 거겠지.

불편하니까 보이지도 말라는 거 아니고?

……그런 마음도 없다고 할 수는 없고.

버스 아저씨 가족은?

그 사람들은 떠났어.

어디로?

모르지. 간다는 말도 없이 갔어.

*

운동장 쪽에서 어머니가 장미루를 부르고 있었다. 쪽문과 벽 모서리에 기대앉아 잠들었던 장미는 내가 조금 흔들자 놀라며 깼다. 얼른 일어나. 엄마가 널 찾잖아. 그렇게 말하고, 나는 돌아서서 골목으로 달려갔다. 심장이 터질 것처럼 뛰었다. 나는 내가 도망치고 있다는 걸 알았다. 무엇 때문에 도망치는지는 몰랐다. 모퉁이에 몸을 숨기고 장미를 바라봤다. 장미는 내가 달려온 쪽을 쳐다보다가 뒤를 돌아봤다. 엄마? 망설이며 부르다가 어머니 목소리가 가까워지자 엄마! 엄마! 큰 소리로 불렀다. 어머니는 장미를 붙들고 껵껵 울다가 화를 냈다. 뭐 하고 있었느냐고, 왜 이 시간까지 집에 안 들어와서 이 난리를 만드느냐고 크게 꾸짖었다. 멀뚱히 서서 야단만 맞던 장미가 깜짝 놀라며 물었다. 근데 엄마 미래는? 미래는 어디 있어? 미래는 혼자 있어?

장미는 끝내 내 얘기를 하지 않았다. 분명 어른들이 화를 내며 이유를 물었을 텐데 혼자 야단맞고 오해를 사고 벌을 서면서도 내 이름을 말하지 않았다. 내 잘못이 드러나지 않고 아무 대가도 치르지 않아서, 난 더 큰 죄책감에 빠져 버렸다. 그날 만약 장미 담임이 내게 전화하지 않았다면? 장미가 집에 없다는 걸 부모님이 몰랐고 쪽문에서 잠든 장미가 아주 깜깜한 밤에야 눈을 떴다면? 괜찮겠지 괜찮겠지 생각하며 그 밤을 그냥 보냈다면? 그러다가 나쁜 일이라도 당했다면? 나는 매일 그런 상상을 했다. 장미를 바로 볼 수 없었다. 장미에게 한마디도 건넬 수 없었다.

그때 내가 무엇을 피하려고 했는지 이제는 안다. 내가 어떨 때 거짓말하는 인간인지, 무엇을 부끄러워하고 무엇에서 도망치는 인간인지 생각하기 싫었다. 그런 나를 내게서 빼고 싶었다. 그래서 잊고 살았다. 비슷한 일이 반복될수록 더 잊으려고 했다. 결국 나는 나쁜 것을 나누며 먹고사는 어른이 되었다. 괜찮지 않다는 걸 알면서도 괜찮겠지, 괜찮겠지, 아직은 괜찮겠지, 기만하는 수법에 익숙해져 버린 형편없는 어른.

*

휴대폰 진동이 울렸다. 모르는 번호였다. 전원을 꺼버렸다.

아직까지는 부장 말이 맞다. 신고했지만 아무것도 달라지지 않았다. 공장은 계속 돌아간다. 언젠가는 단속에 걸리고 수거 명령을 받을 수도 있다. 나의 신고와 그 '언젠가'는 상관있는가? 모르겠다. 돌 하나를 쌓았을 뿐이다. 조사를 재촉하고 인터넷 카페와 SNS에 터트리면 돌은 더 쌓이겠지. 내게 그럴 책임이 있는가? 의무가 있는가? 나는 뱉어졌다. 나도 처음부터 뼈는 아니었다. 살이 될 수도 있었다. 그들의 살이 되고 싶었나? 아니. 절대 아니야. 그럼 뭐가 되고 싶었지? 모르겠다. 더 나빠지고 싶지 않다.

한때 나는 장미의 동생이고 싶었다. 장미가 세상에서 가장 사랑하는 그 아이.

눈보라가 몰아쳤다.

돌을 찾으며 길을 걸었다.

무슨 마음인지 알 수 없었다.

겨
울
방
학

이나는 지금도 고모의 휴대폰 번호를 외운다. 어릴 때 고모 집에서 잠깐 지낸 적이 있는데, 그때 고모가 이나를 앉혀 놓고 휴대폰 번호를 외우게 했다. 번호에는 숫자 9가 네 번이나 들어갔다. 그래서 더 헷갈렸다.

이나와 고모는 자주 만나지 못했다. 이나 집에서 고모 집까지 가려면 승용차를 타고 세 시간 넘게 달려야 했다. 이나 부모와 고모는 막역한 사이는 아니었다. 조부모 생일에는 조부모 집에서 고모를 잠시 만날 수 있었는데, 그럴 때 고모는 조용히 자기 몫의 일을 하고 밥을 먹고 먼저 떠났다.

최근에 이나는 고모가 남해 근방으로 이사 갔다는

소식을 들었다. 그 소식을 전해 준 엄마는 말끝에 '그 나이 되도록'이란 혼잣말을 덧붙였다. 이나는 그런 말을 듣고 싶지 않아서 귀에서 휴대폰을 조금 멀리했다. 고모에 관해서라면 칭찬도 비난도 듣고 싶지 않았다. 이나는 고모에게 하고 싶은 말이 있었다. 이나는 고모가 자기의 그런 마음을 전혀 모르길 바랐다.

*

이나가 아홉 살 되던 해 겨울이었다. 이나 아빠는 이나에게 겨울방학 동안 고모 집에서 지내면 어떻겠느냐고 물었다. 아빠의 제안을 들으며 이나는 그해 초여름 고모와 같이 걷던 조부모 동네의 시골길을 떠올렸다. 세상의 반은 하늘이고 반의반은 논밭이던 한적한 길을 고모와 이나는 손을 잡고 걸었다. 조금은 들뜬 마음, 경쾌한 걸음, 시원한 바람과 깨끗한 햇살, 달콤한 아이스크림. 이나와 둘만 있을 때 고모는 어른인데도 아이처럼 말했다. 아이처럼 어지럽히고 질문하고 경중경중 뛰었다. 이나는 고모를 조금 이상한 어른이라고 생각했다. 이나는 고모를 싫어하지 않았다.

아빠가 이나를 깨웠다. 이제 곧 도착할 거라고 했다. 이나는 차창 너머 넓은 도로와 빼곡한 아파트 단지를 바라봤다. 이나가 사는 동네와 비슷한 풍경이었다.

고모네 아파트는 무슨 아파트야? 이나가 아빠에게 물었다.

고모는 아파트에 살지 않아. 아빠가 고백하듯 덧붙였다. 사실 아빠도 고모 집에는 처음 가 보는 거야.

고모 집에 안 가 봤다고?

응.

왜?

갈 일이 없었어.

이나는 아파트에서만 살아 봤다. 어린이집도 유치원도 초등학교도 학원도 단지 안이나 근처에 있었다. 아파트 아랫동네에는 아파트보다 훨씬 낮은 빌라 건물이 모여 있었다. 어른들은 아이들에게 아파트 밖에서 노는 걸 허락하지 않았다. 하지만 이나는 아랫동네에 가 본 적이 있었다. 놀이터에서 놀다가 아린이 먼저 길 건너 동네에 가 보자고 했고, 지호도 그러자고 했다. 이나는 싫다고 말하기 싫었다.

아린과 지호와 이나는 아파트 단지 뒷문으로 나가 빌라가 모여 있는 동네까지 걸어갔다. 한낮이었고 한산했다. 길에는 사람도 차도 별로 없었다. 정수리가 뜨거웠다. 더운 바람이 불어 땀을 식혔다. 이나와 친구들은 인도 없는 좁은 찻길과 골목을 누비고 다녔다. 창이 열린 어느 집에서 남자 어른의 커다란 재채기 소리가 터져 나왔을 때는 나쁜 짓을 들킨 아이들처럼 부리나케 도망쳤다. 빌라 앞 낡은 의자에 앉아 더위를 피하던 서너 명의 노인을 마주치고는 잽싸게 등을 돌려 걸었다. 길고양이를 보고도 놀랐고, 교복을 입고 담배를 피우는 오빠들을 보고도 놀랐다. 놀라서 빨리 걸으면서도 서로를 보고는 키득키득 웃었다. 동네를 거의 벗어날 즈음 자기 또래 아이들을 만났을 때는 놀라거나 웃지 않고 긴장했다. 몇 살일까, 같은 학교일까 궁금해했다. 눈이 마주치자마자 외면했지만 이나는 등 뒤로 걸어가는 그들을 계속 의식했다. 우린 여기 놀러 온 거잖아. 우린 푸르지오에 살잖아. 이나는 큰 소리로 그렇게 말하고 싶었다. 우리 오늘일 절대 비밀이라고 아린이 말했다. 근데 완전 재미있었다고 지호가 대꾸했다. 이나는 고개만 끄덕였다.

고모의 동네는 지난여름 탐험을 갔던 동네와 크게 다르지 않았다. 비슷한 크기로 나란히 들어선 빌라와 빌라 사이에는 인도 없는 찻길이 있었다. 틈틈이 주차된 자동차 때문에 좁고 무질서해 보였다. 아빠 역시 무질서하게 주차하고 차에서 내렸다. 아빠가 트렁크에서 캐리어를 꺼낼 때 고모가 나타났다. 고모는 일단 집으로 들어가자고 했다. 아빠가 캐리어를 끌었다. 고모가 건물 현관의 유리문을 열었다. 엘리베이터가 없었다. 아빠는 캐리어를 번쩍 들고 계단을 올랐다. 고모의 집은 3층이었다.

아빠와 이나는 열린 현관문 너머로 고모의 집을 둘러봤다. 가만 선 채로 둘러봐도 충분할 만큼 작은 집이었다. 캐리어를 들여놓은 다음 아빠는 밥을 먹으러 가자고 했다. 근처 식당에서 석갈비를 먹으며 고모와 아빠는 건조한 대화를 나눴다. 요즘 회사는 어때? 여전하지 뭐. 언니 몸은 괜찮아? 병원에서 괜찮다니까 괜찮겠지. 언니가 많이 힘들겠네. 육아휴직은 얼마나 돼? 1년 써 보고 상황 봐서 더 쓰든가 해야지. 아기는 괜찮고? 애는 건강해.

이나는 어른들의 대화를 흘려들으며 방금 전에 엿본 고모의 집을 생각했다. 3층이 넘는데도 엘리베이터가 없는 건물은 처음이었다. 복도에 현관문이 나란히 늘어선 집도, 신발 벗는 곳이 그렇게 작은 집도 처음이었다. 이나는 이전에 친구들과 구경했던 빌라 동네를 떠올렸다. 그때가 정글 탐험이었다면 지금은 동굴 탐험이야. 난 진짜 그런 집에 들어가 보는 거야. 이나는 아빠가 먹기 좋게 썰어 준 고기 조각을 씹으며 생각했다.

떠나기 전 아빠는 이나에게 당부했다. 집에 오고 싶으면 언제든지 전화해. 아빠가 당장 데리러 올게. 그리고 덧붙였다. 한 달 동안 고모 말 잘 듣고, 고모 따라 책도 많이 읽고, 고집부리지 말고, 알았지? 아빠는 이나의 머리를 쓰다듬은 뒤 천천히 출발했다. 빨간 후미등이 점점 멀어졌다. 이나는 그제야 실감했다. 엄마 아빠 없이 낯선 곳에서 겨울을 보내야 한다는 사실을. 두어 시간 동안 친구들과 아랫동네를 돌아다니다 집으로 후다닥 뛰어갔던 그때와는 전혀 다른 상황이란 것을.

이나는 외투를 입은 채로 고모의 방을 둘러봤다. 벽을 따라 싱크대와 냉장고와 책상과 책장과 일인용 의자가 죽 늘어서 있었다. 바닥에는 네모난 카펫이 깔려 있었다. 카펫 위에 전기장판이, 전기장판 위에 도톰한 담요가 펼쳐져 있었다. 고모는 집에 들어서자마자 전기장판의 스위치를 올렸다. 고모가 외투를 벗어서 이나도 외투를 벗었다. 두 칸짜리 옷장에는 겨울옷 몇 벌이 걸려 있었다. 이나의 부모는 아파트 가장 안쪽의 작은 방 하나를 옷장으로 썼다. 붙박이장과 서랍장이 벽면을 가득 채운 방이었다. 이나는 화나거나 속상할 때 그 방에 숨곤 했다. 묵직하고 서늘한 어둠 속에 웅크리고 앉아서 엄마 아빠가 자기 이름을 부르길 기다렸다. 엄마 아빠가 영영 자기를 부르지 않으면 어쩌나 걱정하다 보면 방금 전의 화가 났던 사실이나 서운한 마음은 금세 희미해졌다.

옷장에 딸린 두 칸의 서랍장 중 한 칸은 텅 비어 있었다. 고모는 빈 서랍을 이나의 옷으로 채웠다. 부피가 큰 옷은 옷걸이에 걸었다. 고모가 짐을 정리하는 동안 이나는 책장을 훑어봤다. 가로로 긴 책장 중 여덟 칸은 책으로 빼곡했고, 두 칸이 비어 있었다. 고모는 빈 책장에 이나의 책과 학용품을 넣었다. 책장 위의 작은 바구니에는 화장품과 빗과 거울이 담겨 있었다. 고모는 이나의 로션과 머리끈 등을 바구니에 넣었다.

이나는 엄마의 화장대를 떠올렸다. 의자에 앉으면 동그란 거울에 이나의 상반신이 비쳤다. 화장대에는 수십 가지 화장품이 있었다. 이나는 엄마의 화장대에서 노는 걸 좋아했다. 화장품을 하나하나 꺼내서 뚜껑을 열고 향기를 맡고 그것을 바르는 상상을 하고 뚜껑을 닫아서 가지런히 정리하는 행위에 몰두하다 보면 특별한 사람이 된 것만 같았다. 고모에게는 화장대도 없었고, 화장품도 다섯 개밖에 없었다. 이나는 초조한 눈빛으로 고모를 바라봤다. 고모는 빈 캐리어를 들고 방 끝으로 갔다. 거기 파란색 커튼이 있었다. 커튼을 걷으니 불투명한 유리문이 나왔다. 유리문을 열자 보일러실 겸 발코니가 나타났다. 고모는 캐리어를 발코니 구석에 세워 넣었다. 유리문을 닫고 돌아온 고모가 비닐 가방에서 이나의 부츠와 운동화를 꺼냈다. 고모는 이나의 신발을 좁은 현관에 하나하나 놓았다.

신발장은? 이나가 물었다.

그런 건 없어. 고모가 대답했다.

그럼 신발은 어디에 둬? 이나는 현관에 나란히 놓인 자기 신발을 빤히 보면서 물었다.

신발장을 하나 사야 되나? 고모는 혼잣말처럼 중얼거렸다.

그럼 고모 신발은 다 어디 있는데? 이나가 물었다.

이게 다야. 고모가 흰색과 검은색 운동화 두 켤레를 가리키며 대답했다.

이것뿐이라고? 이나가 되물었다. 고모는 대답하지 않았다.

나는 신발 열 개도 넘는데. 이나가 항의하듯 말했다. 엄마 아빠 구두랑 운동화까지 합치면 오십 개도 넘을걸?

그래, 아무래도 신발장은 사야겠다. 고모가 결심했다는 듯 말했다.

하나뿐인 화장실은 좁았다. 이나는 수온을 조절하기 위해 샤워기의 수도꼭지를 조심스럽게 조작했다. 변기 커버에 자꾸만 물이 튀었다. 화장실에는 욕조도 샤워부스도 없었다. 이나는 화장실이 두 개인 자기 집을 생각했다. 이나는 욕조에서 노는 걸 좋아했다. 겨울에는 따뜻한 물을, 여름에는 미지근한 물을 욕조에 채워 두고 손바닥이 쪼글쪼글해질 때까지 인형이나 블록을 가지고 놀았다. 물에서 놀고 나오면 밥도 더 맛있고 잠도 금방 왔다. 좋은 꿈을 꿀 수도 있었다.

이나는 욕실 바닥에 쪼그려 앉아 따뜻한 물이 나올

때까지 기다렸다가 머리카락과 몸을 대충 헹궜다. 고모가 화장실 문을 두드리며 이나를 불렀다.

이나야, 이걸 쓰는 거지?

고모는 욕실 문을 살짝 열고 이나의 치약과 샴푸를 건네줬다. 이나는 좁고 추운 욕실에 오래 있고 싶지 않았다. 이나는 다 씻었다고 대답했다. 고모가 수건을 가져다줬다. 평소 이나가 쓰던 수건보다 얇고 작았다. 물기를 대충 닦고 화장실에서 나오니 살짝 한기가 돌았다. 이나는 보디로션을 바르지 않고 얼른 내복을 입었다. 집에서라면 욕실 바깥에 마련된 작은 파우더 룸에서 로션을 바르고 머리를 말린 다음에야 옷을 입었을 텐데. 모든 게, 정말 모든 게 달랐다. 비교하지 않을 수가 없었다.

카펫 위에 이불이 깔려 있었다. 이나는 머리카락의 물기를 닦으며 생각했다. 침대가 없다는 걸 이제야 깨닫다니. 사실 침대는 없어도 상관없었다. 여름이면 거실에 얇은 요를 깔고 에어컨을 켜 둔 채로 엄마 아빠와 같이 자곤 했으니까. 하지만 지금은 겨울이잖아. 겨울에는 꼭 침대에서만 잤단 말이야. 이나는 입술을 아래로 늘어뜨리며 생각했다. 고모가 이불을 들추며 이나에게 어서 들어오라고 했다. 이나는 쭈뼛거리며 고모가 하라는 대로 했다.

이거 바르는 거지? 고모가 바구니에서 이나의 로션을 들어 보이며 물었다.

이나는 고개를 끄덕였다. 고모가 이나에게 로션을 건네줬다. 이나는 이불로 다리를 덮은 채 로션을 발랐다. 고모가 헤어드라이어로 이나의 머리카락을 말려 줬다. 이나는 고모에게 머리를 맡긴 채로 방을 둘러봤다. 커다란 형광등을 켜 두어서 밤에도 환하던 자기 집과 달리 고모 집에는 스탠드 두 개만 켜져 있었다. 책장 옆 스탠드는 이나의 키보다 컸다. 책상 위 스탠드는 작았다. 두 개 모두 노란빛을 뿜고 있었다. 형광등 아래서 살 때는 몰랐던 빛의 그림자 같은 게 느껴졌다. 이나는 노란빛이 떨어져서 조금 눈이 부신 바닥을 가만히 쳐다봤다.

텔레비전. 소파. 탁자. 식탁. 정수기. 오븐. 스피커. 공기청정기. 김치냉장고. 드럼 세탁기. 세탁실. 화분. 쿠션. 로봇 청소기. 다른 방. 하늘이 보이는 베란다.

이나는 속으로 고모 집에 없는 것을 하나하나 찾아냈다.

고모 집에는 텔레비전이 없어.

헤어드라이어를 끄며 고모가 말했다. 이나는 깜짝 놀랐다.

근데 이나가 보고 싶은 거 있으면 노트북으로 보여 줄게.

고모가 이불 위에 떨어진 머리카락을 치우며 말했다. 보고 싶은 건 딱히 떠오르지 않았다. 일단 텔레비전을 켜면, 그러면 보고 싶은 게 나타나곤 했으니까.

시계.

이나는 고모 집에 없는 것을 하나 더 찾아냈다. 고모
가 커다란 스탠드의 불을 껐다. 그림자가 더 짙어졌다.
이나는 이불을 덮고 누운 채로 고개를 꺾어 위를 봤다.
싱크대가 보였다. 아래쪽을 봤다. 현관문이 보였다. 갑
자기 위이이이잉 소리가 크게 들렸다. 이나는 소리 나는
곳을 찾아 두리번거렸다.

냉장고 배가 꼬르륵거리는 소리야. 고모가 이나의 머
리카락을 매만지며 말했다.

이나는 집 냉장고에 넣어 둔 젤리를 떠올렸다. 그걸
두고 온 게 너무 후회됐다. 비상식량을 두고 온 것만 같
았다. 휴대폰 벨 소리가 들렸다. 고모가 책장 위에 올려
뒀던 휴대폰을 이나에게 내밀었다. 통화 버튼을 눌렀다.
엄마가 이나야, 하고 불렀다.

응, 엄마.

이나 잘 있지?

응.

이나 이 닦았지?

이나는 응, 하고 거짓말을 했다. 엄마는 무슨 일 있으
면 꼭 엄마에게 전화하라고 말한 뒤 고모를 바꿔 달라
고 했다.

이나는 자다가 오줌이 마려워서 깼다. 어둠 속 천장

도 벽도 이불도 낯설어서 벌떡 일어나 앉았다. 고모 집에 와 있다는 사실을 잊고 이나는 무서움에 빠졌다. 누군가 옆에서 등을 돌린 채 잠들어 있었다. 이나는 금방 모든 걸 깨달았다. 그래도 무서웠다. 이나는 고모의 어깨에 손을 올렸다. 같이 화장실에 가 달라고 말하고 싶었다. 이나는 그렇게 말하는 대신 울었다. 처음에는 찔끔찔끔 눈물만 흘렸다. 그래 봤자 달라지는 건 없어서 우는 소리를 냈다. 눈물이 쏟아졌다. 고모가 놀라서 깼다. 이나는 더 크게 울었다. 고모는 급히 불을 켜고 무슨 일이냐고 물었다. 이나는 어깨를 들썩이며 계속 울었다. 무서운 꿈 꿨어? 고모가 물었다. 이나는 고모 품에 안긴 채 맘껏 울었다. 냉장고도 위이이잉 소리를 내며 같이 울었다.

고모가 버터를 넣은 간장계란밥을 만들어 줬다. 이나가 밥을 먹는 동안 고모는 핸드 밀로 원두를 갈아서 커피를 내려 마셨다. 그게 고모의 아침이라고 했다. 이나는 고모가 만들어 준 간장계란밥을 남기지 않고 다 먹었다. 고모는 커튼을 걷고 창을 열었다. 걸레로 책장과 책상과 바닥을 닦았다. 고모가 청소하는 동안 이나는 발코니와 방을 다시 한번 찬찬히 둘러봤다. 발코니에는 보일러도 있고 작은 세탁기도 있었다. 방은 어젯밤보다 조금 넓어 보였다. 고모는 청소를 마치고 세탁기에 빨래를 돌렸다. 금세 점심 먹을 때가 되었다. 고모는 떡만둣국을 만들었다. 이나와 고모는 좌식 테이블에 마주 보고 앉아 떡만둣국을 천천히 먹었다.

고모는 이거 다 먹고 일해야 해. 그동안 이나는 방학 숙제 하고 책 볼래?

고모가 말했다.

그럼 고모 출근하는 거야?

이나는 조금 놀라서 물었다. 낯선 집에 혼자 있기는 싫었다.

아니, 고모는 저기서 일할 거야. 저녁이 될 때까지.

고모가 책상을 가리켰다. 고모는 원래 집에서 혼자 일한다고, 노트북이랑 인터넷만 있으면 일할 수 있다고 설명했다.

고모는 설거지를 한 다음 이를 닦고 세수를 하고 머리를 감았다. 머리를 말리고 단정하게 묶고 마치 밖에 나갈 사람처럼 옷을 갈아입었다. 이나는 혼란스러운 표정으로 고모를 쳐다봤다. 고모는 아침에 한 것처럼 커피를 내렸고 데운 우유에 코코아 분말을 탔다. 고모는 핫초코를 이나에게 주고 책상에 커피 잔을 올려 둔 다음 노트북을 켰다. 고모는 금방 일에 빠져들었다. 작은 집이 고요해졌다. 이나는 학습지를 풀다가 지우개 가루를 가지고 놀았다. 일기장에 그림을 그리다가 휴대폰으로 만화를 봤다. 이나는 좌식 테이블에 엎드린 채 고모의 뒷모습을 보다가 잠들었다.

고모가 조용히 이나를 불렀다. 이나는 금방 눈을 떴다. 이나는 담요를 덮고 베개를 베고 있었다. 고모는 오늘 할 일을 다 했다고 했다. 같이 산책을 가자고 했다. 이나는 고모가 꺼내 주는 대로 옷을 입고 털모자를 썼다. 부츠를 신을래? 고모가 물었다. 이나는 그러겠다고 했다. 집을 나서자 상쾌한 겨울 공기가 느껴졌다. 이나는 깊은 숨을 개운하게 토해 내며 고모 손을 잡았다. 저녁 어스름이 지고 있었다.

고모는 이나 손을 잡고 아파트 단지를 향해 걸었다. 이나는 두리번거리며 넓은 찻길과 상가와 신호등과 서행하는 자동차를 구경했다. 이나가 살던 동네와 별 차이 없는 풍경인데도 낯설게 느껴졌다. 이나는 엄마에게 전화하고 싶었다. 이나가 아는 그곳에 엄마 아빠와 집이 잘 있는지 확인하고 싶었다. 외투에서 휴대폰을 꺼내려는데, 고모가 이나의 손을 꽉 쥐고 빠르게 걸었다. 신호등의 파란불이 깜빡이고 있었다. 이나는 뛰듯 걸으며 통화 버튼을 눌렀다. 엄마는 금방 전화를 받았다. 이나는 엄마에게 하고 싶은 말이 많았다. 아기 우는 소리가 들렸다.

유나한테 인사할래? 엄마가 물었다.

그러고 싶지 않았지만 유나 안녕, 유나야 언니야, 유나야 사랑해, 하고 인사했다. 엄마가 지금 바깥이냐고 물었다. 고모와 산책을 나왔다고 대답했다. 아침도 점심도 잘 먹고 구몬 학습지도 풀었다고 대답했다. 이나가 하고 싶은 말은 그런 것이 아니었다.

아파트 단지 입구에 불을 환하게 밝힌 마트가 있었다. 이나 손을 잡고 마트에 들어간 고모는 장바구니에 식재료를 담고 스낵류가 있는 곳으로 갔다. 고모는 이나에게 먹고 싶은 것을 고르라고 했다. 이나는 젤리와 초콜릿을 바구니에 담았다. 고모는 이나의 손을 잡고 마트 구석으로 갔다. 청소 도구와 목장갑, 커다란 대야, 공구 등이 모여 있는 곳이었다. 고모는 그곳에서 박스 하나를 집어 들었다.

고모가 저녁으로 돈가스를 만들어 줬다. 고모는 원래 저녁을 먹지 않는다고 해서 이나 혼자 먹었다. 밥을 다 먹은 뒤 이나는 샤워를 했다. 이번에는 침착하게, 샴푸로 머리도 감고 몸도 깨끗이 씻었다. 물기를 꼼꼼히 닦고 로션을 바르고 내복을 입은 다음 머리도 빗었다. 고모는 현관에서 뭔가를 하고 있었다. 이나는 고모 가까이 다가갔다. 전에 없던 검은색 플라스틱 선반이 현관 한편을 차지하고 있었다. 고모는 선반에 이나의 신발을 올렸다.

이런 게 어디서 났어?

이나가 물었다.

방금 조립했지.

고모가 대답했다. 고모 옆에는 마트에서 산 박스가
뜯겨진 채 있었다. 그러니까…… 플라스틱 선반은……
신발장이었다. 이나는 그것을 과연 신발장이라고 부를
수 있는 걸까 생각했다.

고모가 씻는 동안 이나는 옷장과 책상 서랍을 열어
봤다. 의자 밑 상자와 냉장고와 싱크대도 열어 봤다. 발
코니도 살펴봤다. 고모의 신발은 정말 운동화 두 켤레뿐
이었다. 구두도 부츠도 없었다. 가죽 가방도, 숨겨 놓은
화장품도 없었다. 목걸이나 반지 같은 액세서리도 찾을
수 없었다. 겨울 외투는 세 벌뿐이었다. 그릇도 컵도 별
로 없었고 냄비와 팬은 각각 하나씩이었다. 이나는 뭔가
를 계속 찾았다. 무엇을 찾는지도 모른 채로 열심히 찾
았다.

고모가 욕실에서 나왔을 때, 이나는 이불 위에 앉아
서 초콜릿을 먹고 있었다. 엄마는 초콜릿과 젤리를 마음
껏 먹지 못하게 했다. 매일 개수를 정해 놓고 먹어야 했
다. 이나는 고모 보라는 듯이 초콜릿을 씹어 먹으며 물
었다.

고모, 고모 집에서 제일 비싼 건 뭐야?

고모는 방을 한 번 둘러본 뒤 책장 옆 일인용 의자를

가리켰다.

저거. 의자가 제일 비싸.

의자가 얼만데?

많이 비싸.

100만 원 넘어?

이나는 100만 원이 얼마큼인지 알아?

우리 엄마 아빠 월급 합치면 1000만 원도 넘는댔어.

그렇구나.

우리 아파트는 4억도 넘는댔어.

그래?

고모네 집은 얼마야?

여긴 고모 집이 아니야.

여기가 고모 집이 아니라고?

응. 다른 사람 집인데 고모가 돈을 주고 빌려서 사는 거야.

왜?

고모는 이나 엄마 아빠만큼 돈이 많지 않으니까.

그럼 고모 진짜 집은 어디 있는데?

고모는 집이 없어.

……그럼 고모는 가난해?

글쎄.

근데 고모는 왜 결혼 안 해?

고모는 지금이 좋으니까.

고모는 사귀는 사람도 없어?

사랑하는 사람 말이야?

이나는 고개를 끄덕였다.

있었는데 헤어졌어.

왜?

음…… 고모는 결혼하거나 아이를 낳고 싶지 않거든.

왜?

그냥, 그러고 싶지 않아.

난 결혼할 건데. 난 스물일곱 살에 결혼할 거야.

그래. 이나 결혼할 때 고모가 박수 많이 칠게.

근데 고모는 왜 신발이 두 개뿐이야?

응?

고모는 신발이 두 개뿐이잖아.

두 개면 충분하니까.

고모는 왜 화장대도 없어?

고모는 그런 게 필요 없어.

고모는 침대도 없잖아.

응. 고모는 침대가 없지.

고모는 밥을 왜 그렇게 먹어?

응? 고모 밥이 왜?

점심만 먹었잖아.

그 정도만 먹어도 충분하니까.

우리 집에는 냉장고가 세 개야. 김치냉장고랑 과일 냉

장고랑 그냥 냉장고랑. 우리 집 냉동실에는 고기랑 생선이랑 엄청 많아. 우리 집에는 베란다도 두 개 있는데 뒤 베란다에는 음료수랑 술이랑 홍삼 같은 게 막 쌓여 있어. 근데 우리 엄마는 젤리를 하루에 열 개 넘게 먹으면 뭐라고 그래. 다른 애들은 과자도 그냥 사 먹는데 나는 꼭 엄마한테 물어봐야 돼. 그래서 나는 밥을 많이 먹어야 돼.

응. 고모가 밥 많이 해 줄게. 먹고 싶은 거 있음 뭐든 얘기해.

근데 나는 밥보다 초콜릿이 좋아.

초콜릿도 많이 사 줄게.

근데 고모는 왜 아파트에 안 살아?

세상에는 아파트 아닌 집도 아주 많아, 이나야.

그래도 내 친구들은 다 아파트에 사는데. 우리 반 애들도 거의 푸르지오 아니면 이편한에 살아.

그렇구나.

고모는 아파트에 살아 본 적 있어?

아니, 살아 본 적 없어.

내 통장에는 500만 원 넘게 있어. 엄마가 보여 줬는데 내가 아기 때부터 용돈 받으면 모은 거랬어. 근데 고모도 통장 있어?

응, 있지.

고모 통장에는 얼마나 있어?

그런 질문은 실례야, 이나야.

고모와 대화하며 이나는 초콜릿 한 통을 다 먹었다. 이나가 젤리의 포장을 뜯으려고 하자 고모가 말렸다.

그건 내일 먹는 게 좋지 않을까?

싫은데. 나는 지금 먹을 건데.

내일 먹자. 군것질 많이 하면 이가 금방 썩을 거야.

싫어. 나는 지금 먹을 거야. 고모는 내일 또 사 주기 싫어서 그러는 거지.

응?

내가 지금 이거 먹으면 내일 또 사 줘야 하니까 못 먹게 하는 거잖아.

아니야. 내일도 사 줄 거야.

거짓말. 고모는 가난하잖아. 근데 나는 돈 많아. 나 지갑에 10만 원 넘게 있어. 나 여기 올 때 아빠가 줬어. 보여 줄까?

이나가 책장에 넣어 둔 파우치에서 지갑을 꺼내 고모에게 보여 줬다. 고모는 이나의 지갑을 파우치에 넣고 이나의 손에서 젤리를 뺏어 냉장고 가장 높은 칸에 올려 뒀다.

그날도 이나는 자다가 오줌이 마려워서 깼다. 이나는 울지 않았다. 익숙하게 화장실까지 가서 오줌을 눴다. 어둠 속에서 더듬지도 않고 고모 옆에 누웠다. 고모가 몸을 뒤척이다 한쪽 팔로 이나의 몸을 감싸 안았다. 이나는 고모의 가슴 쪽으로 파고들었다. 이불 속은 온탕처럼 따뜻하고 포근했다.

고모는 아침으로 계란말이를 하고 콩나물국을 끓였다. 반찬 가게에서 산 장조림과 멸치볶음도 꺼냈다. 좌식 테이블을 사이에 두고 앉아 이나는 밥을 먹고 고모는 커피를 마셨다. 점심으로는 카레라이스를 먹었다. 고모는 냉장고에서 젤리를 꺼내 이나에게 건네주고 일을 시작했다. 이나는 학습지를 풀고 휴대폰으로 게임을 하며 놀았다. 그러다 잠들었고, 고모는 담요로 이나의 몸을 덮어 줬다. 해 질 무렵 이나는 눈을 떴다. 어스름 속에 고모의 굽은 등과 밝은 모니터 빛이 보였다. 창밖으로 중고생들이 지나가며 떠들고 웃는 소리가 설핏 들렸다. 담요를 덮은 몸은 따뜻한데 코는 조금 차가웠다. 이나는 잠이 덜 깬 상태로 몸을 일으켜 앉았다.

계속 보여.

이나는 자꾸 감기는 눈을 겨우 뜨며 중얼거렸다. 이나를 돌아본 고모가 의자에서 내려와 이나 곁에 앉았다.

계속 보이는데.

뭐가? 고모가 물었다.

뭐가 계속 보여 이나야?

신발.

이나가 느릿느릿 대꾸했다.

누워도 앉아도 밥 먹을 때도 계속 보이잖아. 신발 냄새 나잖아.

고모가 현관 쪽을 바라봤다. 이나는 눈을 비비며 차차 잠에서 깼다.

고모와 이나는 저녁 산책을 나섰다. 화장품 매장을 지나면서 이나가 걸음을 조금 늦췄다.

들어가 볼까? 고모가 물었다.

이나는 대답을 망설였다. 이나는 화장품 매장에 들어가자고 조르다가 엄마에게 혼난 적이 있었다. 엄마는 이나가 화장품에 관심 갖는 걸 좋아하지 않았다. 벌써부터 꾸미고 치장하면 안 된다고 했다. 이나는 치장하고 싶은 게 아니었다. 화장품의 달콤한 향기와 다채로운 색깔을 좋아할 뿐이었다. 이나는 립스틱의 오묘한 색깔 차이를 다 구분해 내고 싶었다. 향기를 기억하고 이름을 외워서 언제든지 떠올리고 싶었다. 고모가 화장품 매장의 유리문을 당겼다. 이나는 고모를 따라 환한 그곳으로 들어갔다. 이나는 진열대의 화장품을 차근차근 들여다봤다. 고모는 이나 옆에 서서 이나가 이제 나가자고 할 때까지 기다렸다.

노란색 매니큐어와 반짝이는 스티커 여러 장을 사서 매장을 나왔다. 아파트 단지를 돌아 규모가 크지 않은 공원으로 들어섰다. 어른들이 산책로를 경보하듯 걷고 있었다. 고모와 손을 잡고 산책로를 걸으며 이나가 물었다.

근데 고모, 놀이터는 어디 있어?

글쎄…… 아파트 안에 있지 않을까? 이나 놀이터 가고 싶어?

그럼 여기 초등학교는 어디에 있어?

이나가 되물었다. 고모는 그런 것을 한 번도 궁금해한 적이 없었다. 집으로 돌아가는 길에 고모와 이나는 아파트 옆의 초등학교와 아파트 단지의 놀이터를 찾아냈다. 이나는 놀이터에서 그네를 탔다. 고모는 벤치에 앉아 이나를 바라봤다. 또래 아이들 서너 명이 시끄럽게 떠들며 놀이터로 달려왔다. 이나는 눈치를 살피며 천천히 그네에서 내렸다.

계속 타도 돼, 이나야. 여기 다 같이 노는 데야. 괜찮아.

이나 쪽으로 다가가며 고모가 말했다. 이나는 고모 손을 잡으며 배고프다고 했다. 집으로 가자고 했다.

집에 돌아와서 이나와 고모는 서로의 손톱에 매니큐어를 칠해 주며 놀았다. 이나는 손등과 눈 옆에 스티커를 붙인 채 잠들었다. 고모는 인터넷 쇼핑몰에 접속해서 가림막 커튼을 검색하고 적당한 사이즈와 디자인을 골라 주문했다. 포털 사이트에서 초등학생들이 좋아하는 영상과 노래를 찾아보기도 했다.

다음 날 산책길에는 문구사에 들렀다. 색칠 노트와 색연필, 할리갈리와 젠가를 샀다. 그날 이나와 고모는 밤늦게까지 할리갈리를 했다. 이나는 늦잠을 잤고 고모는 평소와 비슷한 시간에 일어났다. 오후에는 같이 낮잠을 잤다. 날이 저문 뒤에야 그날이 일요일인 걸 알았다. 저녁에는 아파트 앞 공원이 아니라 고모의 동네를 산책했다. 건물 높이는 거의 비슷했고 길은 적당히 좁았다. 왼쪽을 봐도 오른쪽을 봐도 높이 솟은 아파트 단지가 보였다. 마치 고모의 동네에만 움푹 파인 하늘이 있는 것 같았다.

엄마에게 전화가 올 때마다 이나는 유나에게 사랑한다고, 보고 싶다고 인사했다. 진심은 아니었다. 그렇게 말해야 엄마가 안심하니까 그럴 뿐이었다.

왜냐면 유나는 엄마를 아프게 했으니까.

이나는 그렇게 말해 버렸다. 고모한테.

그건 유나 잘못이 아니야. 모든 아기는 엄마를 아프게 해. 이나도 그랬고 고모도 그랬어. 엄마도 그랬을 거야.

이나는 고모의 대답이 마음에 들지 않았다. 자기는 그런 적 없고 엄마도 그랬을 리 없으니까. 그렇지만 유나가 태어나서 엄마가 아파하고 사람들이 걱정하는 건 자기가 분명히 봤으니까. 이나는 고모가 아무것도 모르면서 유나 편을 든다고 생각했다. 고모는 엄마도 아니면서. 고모는 동생도 없으면서. 고모는 신발이랑 같이 살면서 어른인 척한다고.

택배가 도착했다. 고모는 택배 상자를 뜯어 내용물을 꺼냈다. 기다란 두 조각의 천이 나왔다. 아이보리색 바탕에 자잘한 꽃잎이 수놓인 작은 커튼. 고모는 그것을 현관과 방의 경계에 달 거라고 했다. 고모가 의자에 올라가 손을 위로 뻗으며 커튼을 설치하는 모습을 이나는 가만히 바라봤다.

이제 좀 괜찮지?

작업을 마치고 주변을 정리한 고모가 이나에게 물었다.

뭐가 괜찮아?

신발 말이야. 좀 덜 보이잖아.

이나는 묘한 표정을 지었다. 고모 말대로 덜 보이긴 했지만, 어쨌든, 신발은 거기 있었다.

그냥 신발장을 사면 안 돼?

이나가 답답하다는 듯 물었다.

신발장을 둘 데가 없어. 신발도 많지 않고.

고모는 뭔가에 실패한 사람처럼 무기력하게 대꾸했다.

그럼 그냥 아파트를 사면 되잖아. 우리 아파트는 신발 벗는 데도 넓고 신발장도 있고 거실이랑 현관 사이에 문도 있단 말이야. 그럼 신발이 아무리 많아도 문제가 없단 말이야.

모든 사람이 그런 아파트에 사는 건 아니야, 이나야. 세상에는 굉장히 다양한 집이 있어.

이나는 고모가 또 아무것도 모르면서 어른인 척한다고 생각했다. 이나는 자기를 데리러 오지 않는 아빠가 미웠다. 전화할 때마다 유나 얘기를 하는 엄마가 미웠다. 신발이 두 켤레뿐인 고모도 미웠다. 이나는 자기 방에 두고 온 책과 피아노와 장난감을 떠올렸다. 놀이터에서 같이 놀던 친구들과 경비실과 경비 아저씨를, 복도에 세워 둔 자전거와 킥보드를 떠올렸다. 겨울방학 동안 『체르니 100번』을 다 치면 5월에 있을 콩쿠르를 준비할 거라고 했는데. 자기와 진도가 비슷했던 수빈이는 벌써 콩쿠르를 준비할지도 모르는데. 수빈이는 겨울방학 동안 마술도 배울 거라고 했는데. 지호는 수영을 배울 거라고 했는데. 이나도 겨울방학 동안 하고 싶은 게 많았다. 이나가 하고 싶고 할 수 있는 건 모두 푸르지오에서만 가능한 일 같았다. 고모가 아파트에 살았더라면 피아노도 치고 방송 댄스도 배울 수 있었을 텐데. 놀이터에서 친구를 사귀면서 마음껏 놀 수도 있었을 텐데.

고모는 가난하니까 이런 데서 사는 거잖아. 근데 난 푸르지오에 산단 말이야. 푸르지오에는 이런 거 필요 없단 말이야.

이나는 현관의 커튼을 가리키며 항의하듯 말했다.

이나는 고모 집이 싫은 거구나.

고모는 비로소 깨달은 사람처럼 중얼거렸다.

고모는 고모 집이 좋은데.

거짓말. 고모도 싫으면서.

거짓말 아니야. 난 정말 여기가 좋아. 이 정도면 충분해.

대꾸하면서 고모는 조금 웃었다.

그날 오후 고모는 일을 하지 않았다. 이나와 함께 실내 롤러스케이트장에 가서 놀았다. 패밀리 레스토랑에서 저녁을 먹었다. 코인 노래방에서 노래를 부르고 춤을 췄다. 이나는 신나게 놀았다. 먹고 싶은 것을 마음껏 먹었다. 엄마 아빠의 전화를 받지 않았다.

그날 밤 이나는 이불 속에서 고모에게 『체르니 100번』과 수빈이 얘기를 했다. 고모는 내일부터 같이 피아노를 배우자고 했다.

같이?

응. 나도 피아노 배우고 싶어.

고모는 피아노 쳐 본 적 없어?

응. 난 피아노 못 쳐.

근데 고모랑 어떻게 같이 배워?

학원에서 배우면 되지.

고모도 학원에 갈 수 있어?

그럼. 갈 수 있지.

어른인데?

어른도 배울 수 있어.

우리 엄마는 중국어 배우는데. 그거 해야지 회사 계속 다닐 수 있댔어.

응. 어른도 계속 배워야 되나 봐.

잠들기 직전에 이나는 고모가 중얼거리는 소리를 들었다. 네가 내게 배운 것이 가난만은 아니라면 좋을 텐데. 이나는 그 말이 무슨 뜻인지 몰랐다. 물어볼 수도 없었다. 쏟아지는 잠을 참을 수 없었다.

다음 날부터 고모와 이나는 초등학교 근처 피아노 학원에 다녔다. 스케이트를 타러 갔고 큰 서점 구경도 갔다. 보드게임 카페에서 게임을 했고 만화방과 목욕탕에도 갔다. 직업 체험 프로그램을 신청해서 다녀왔다. 같이 김밥을 말아 먹고 만두를 빚어 먹었다. 기차를 타고 바다에 다녀왔다. 대형 마트의 문화센터를 돌아다니기도 했다. 이나가 감기에 걸려서 나흘 동안 집 밖으로 나가지 못했을 때는 모형 비행기를 만들고 직소 퍼즐을 맞추며 놀았다. 고모는 아이처럼 질문하고 웃고 어지럽혔다. 어른처럼 침묵하고 치우고 늦게 잤다. 고모가 자기와 놀기를 선택한 순간부터 이나는 고모의 가난을 생각하지 않았다. 신발도 신경 쓰지 않았다.

고모와 함께한 그 겨울을 떠올릴 때마다 이나는 묘한 기분에 빠졌다. 고모는 한 달 동안 일을 하지 않았다. 일을 포기했다. 연차도 휴직계도 낼 수 없는 프리랜서였는데도 그랬다. 고모는 정말 피아노를 배우고 싶었던 걸까? 고모에게 나는 어떤 존재였나. 고모가 내게 가르쳐 주고 싶었던 건 무엇이었을까. 고모는 정말 가난했던가? '이 정도면 충분하다'고 중얼거리면서 고모가 지었던 미소를 이나는 똑똑히 기억했다. 대학 다닐 때도 직장 생활을 시작한 뒤에도 가끔 그 미소를 떠올렸다. 때로는 충만한 미소로, 때로는 쓸쓸한 미소로 떠올랐다. 자조적인 미소 아니었을까 싶을 때도 있었다. 어쩌면 나를 비웃었던 건지도 모른다는 생각이 들 때면 절로 얼굴이 일그러졌다.

이제 어른인 이나는 진심으로 유나를 사랑하고, 가끔 허공을 바라보며 자기도 모르게 중얼거린다.

거짓말 아니야. 정말 이 정도면 충분해.

이나는 고모에게 하고 싶은 말이 있었다. 이나는 여전히, 자기의 그런 마음을 고모가 전혀 모르길 바란다.

첫
사
랑

팔찌를 어떻게 돌려받아야 하나 고민만 하다가 나흘이 지났다. 결국 문자를 보냈다.

　　내 팔찌 돌려줘.

　　싫다는 답장이 왔다. 다시 문자를 보냈다.

　　그거 나한테 정말 소중한 거야. 돌려줘.

　　싫다는 답장이 왔다. 문자를 보냈다.

　　너 사이코 변태냐?

　　마음대로 생각하라는 답장이 왔다. 차라리 잃어버린 거라면 속상해도 단념할 수밖에 없을 텐데. 하지만 잃어버린 게 아니잖아. 이우현이 가지고 있잖아. 내 팔찌를 죽을 때까지 영영 간직하겠다잖아, 이우현 그 미친놈이!

*

　이우현과는 한두 해 알고 지낸 사이가 아니다. 그렇다고 친한 친구냐면 그 또한 아니다. 우린 같은 초등학교에 다니면서 봄가을마다 열리는 백일장 겸 사생 대회에 함께 나가곤 했다. 나는 글을 썼고 우현은 그림을 그렸다. 서로 다른 중학교에 입학한 뒤에도 이런저런 백일장 겸 사생 대회에서 종종 만났는데, 우현은 멀리서도 나를 발견하고는 잠깐 손을 들어 보이며 아는 척을 했다. 작년 봄에는 바로 옆에 서 있던 우현을 몰라보고 그냥 지나칠 뻔했다. 반년 사이 애가 너무 많이 커 버려서.

　고등학교에 들어가자 선생님들은 생활기록부 작성과 학교 적응에 도움이 될 거라며 동아리 가입을 권했다. 나는 문학 동아리와 천체 동아리 사이에서 고민하다가 천체 동아리에 들어갔다. 처음 열린 연합의 날—시내 고등학교들은 비슷한 동아리끼리 연합 활동을 하고 매년 전시나 공연을 함께 열었다—우현을 만났다. 나는 적잖이 놀랐다. 우현이라면 당연히 회화 동아리에 들어갈 거라고 생각했으니까.

　그림 그리는 거 지겨워.

　우현이 중얼거렸다.

　정말 그려야 할 때만 그리고 싶어.

　우현은 그림만 그리면 무조건 상을 받는 애였다. 그

만큼 그림만 그려야 하는 애였다. 내게 글쓰기는 매일 밤 마시는 따뜻한 우유 한 잔 같은 습관이었다. 우유를 꼬박꼬박 잘 마신다고 상을 받거나 칭찬을 듣는 건 아니니까. 그래서 글은 나를 외롭게 했다. 조금 다른 의미로, 그림은 우현을 외롭게 했을 것이다.

연합 모임은 매달 마지막 주 금요일에 열렸다. 그날이면 천체 망원경으로 별을 볼 수 있었다. 동아리에서 만든 잡지를 교환하고 다음 달에 있을 천체 이슈를 정리한 다음, 아이들은 천체 망원경 뒤로 길게 줄을 섰다. 그 무리에 섞여 내 순서가 오기를 기다리는 동안에는 호흡이 가빠지고 몸이 살짝 뜨거워졌다. 당장 토하고 싶을 만큼 흥분되었다. 그러다 접안렌즈에 눈을 대면 몸도 마음도 차분해졌다.

맨눈으로 밤하늘을 볼 때는 별이 거기 있는 것을 전혀 기이하게 여기지 않았는데, 망원경으로 그 실체를 자세히 보면, 보고 있는 그 순간에도 도저히 믿기지가 않았다. 저렇게나 커다랗고 예쁜 게 정말 저기 있다고? 지구도 저렇게 떠 있는 거라고? 자세히 볼수록 낯설고, 이상하고, 믿을 수 없어졌다. 저런 게 대체 왜 저기 있는가, 나는 왜 여기 있는가 생각하게 되었다. 그런 잡다한 생각을 끝없이 하다 보면 결국 허무해졌다. 그건 나쁜 허무가 아니었다. 광활한 허무였다. 나를 160센티미터짜리 인간에서 해방시키는 담대한 허무.

우현은 줄을 서지 않았다. 망원경 근처에는 오지도 않고 빛이 제일 약한 곳에 드러누워 금세 잠들어 버렸다. 그러다 모임이 끝나고 집으로 돌아갈 시간이 되면 영혼 없는 봉제 인형처럼 일어나 사방을 두리번거리며 나를 찾았다. 한번은 느티나무 아래 벤치에 누워 잠든 우현을 깨우며 물었다. 별도 안 볼 거면서 여긴 왜 꼬박꼬박 나오느냐고. 차라리 집에 가서 편하게 자라고. 우현은 길게 하품을 하며 웅얼거렸다.

여기 오면 학원을 빠질 수 있잖아.

우현은 매일 새벽까지 학원에서 그림을 그린다고 했다. 잠은 집이 아니라 바깥에서 짬짬이 자는 거라고. 그 말을 들으며 나는 우현의 미래가 어느 정도 정해졌다고 생각했다. 우현은 이미 궤도를 탄 것이다. 반면 내게는 궤도가 없었다. 아니, 아직 나의 궤도를 모른다. 궤도를 알게 되면…… 잠은 바깥에서 짬짬이 자야겠지. 우리는 각자의 궤도를 타다가 가끔 마주칠 수도 있었다. 잘 지냈느냐고 손을 흔들어 줄 수도, 다음 만남을 기약할 수도 있었다. 그날 우현이 내게 그런 짓만 하지 않았다면.

지난 수요일 우현에게 연락이 왔다. 토요일이 자기 생일인데 괜찮으면 만나서 같이 피자라도 먹자고 했다. 둘이서만 만난 적은 없어서 선뜻 내키지는 않았지만, 생일이라고 만나자는데 거절하기도 미안해서 알겠다고 했다. 토요일 점심에 만나 피자와 파스타를 먹고 함께 다닌 초등학교 주변을 걸어 다녔다. 저물 무렵에는 강변에 앉아 커피를 마셨다. 생일 선물로 전갈자리가 프린트된 휴대폰 케이스를 줬다. 우현은 그것을 기쁘게 받았다. 해가 완전히 가라앉는 것을 보고 자리에서 일어났다. 우리 집 여기서 가까운데 잠깐 들렀다 갈래? 집에서 치킨 시켜 먹자. 우현이 말했다.

우현의 집은 20층 아파트의 꼭대기 층이었다. 부모님은 중국에 가서 월요일에나 올 거고, 누나는 주말마다 학원에서 특강을 듣느라 밤늦게 들어올 테니 맘 편히 있으라고 우현이 말했다. 거실에 걸린 커다란 가족사진에 절로 눈이 갔다.

우미 언니가 네 누나야?

그날을 통틀어 가장 흥분한 목소리로 물었다. 입학후 처음으로 교내 점심 방송을 들었을 때, 나는 씹던 밥을 겨우 삼키고 숟가락을 내려놓았다. 그토록 우아한 목소리를 들으며 음식을 씹는다는 게 불경스럽게 느껴졌으니까. 방송 말미에 '아나운서 이우미'란 소개가 나왔다.

우리 누나 알아?

당연히 알지. 우리 학교 애들 중에 우미 언니 모르는 애는 없을걸. 우미 언니랑 친해지고 싶어서 방송반 들어간 애들도 많아. 언니가 목소리도 좋고 글도 잘 쓰니까 아나운서 하면서 대본도 같이 썼잖아. 그런 경우 흔

치 않다고 들었는데. 요즘도 가끔 언니가 마이크 잡으
면…….

너 갑자기 말이 많아졌다.

우현이 떨떠름한 표정을 지으며 말했다.

너무 놀라서…… 네가 우미 언니 동생인지 몰랐으니까.

그걸 알면 뭐가 다른데.

그냥, 반갑잖아. 신기하고.

알기 전에는 안 반가웠냐.

그런 말이 아니고.

여자애들은 이상하더라. 같은 여자한테 좋다고 선물
하고 편지하고.

그게 왜 이상해?

누나가 인기가 많다고?

몰랐어?

알 게 뭐야. 맥주 마실래?

우현이 냉장고 문을 열면서 심드렁하게 말했다. 소파
에 앉아 가족사진 속 우미 언니를 가만히 보고 있으려
니 내가 우미 언니 집에 있다는 사실이 점점 더 비현실
적으로 느껴졌다. 초인종이 울렸다. 우미 언니가 온 줄
알고 자리에서 벌떡 일어났다. 현관문을 열고 나간 우현
이 치킨을 받아 왔다. 빈집에서 우현과 단둘이 있다가
우미 언니를 만나고 싶진 않았다. 그만 가겠다고 하자
우현이 황당한 표정으로 치킨 박스를 들어 보였다.

너랑 먹으려고 시킨 거야, 이거.

생일에 집에서 혼자 치킨을 먹을 우현을 생각하니 그냥 가기도 미안했다.

미역국은 먹었어?

그 맛없는 걸 왜 먹어.

생일이잖아.

난 이런 게 훨씬 좋아.

우현이 치킨과 맥주를 가리켰다.

생일에 혼자 있는 거 서운하지 않아?

왜 혼자야. 너랑 있는데.

가족 말이야.

이런 게 훨씬 좋다니까. 우리 옥상 가서 별 볼래?

옥상에 갈 수도 있어?

응. 옥탑이랑 연결되어 있어.

치킨과 맥주를 챙겨 든 우현이 따라오라며 고갯짓을 했다. 주방 너머에 있는 나무 계단을 오르니 들창이 있는 조그마한 옥탑이 나왔는데, 맙소사, 그곳에 천체망원경이 있었다. 나는 천체망원경을 쓰다듬으며 중얼거렸다.

이거 학교에 있는 것보다 좋은 것 같은데.

우현은 대수롭지 않다는 듯 대꾸했다.

그런가. 지난봄에 샀어. 그림 그리는 데 도움 될 거라고 하니까 바로 사 주던데.

우현은 들창을 열고 밤하늘을 잠시 쳐다보다가 균형
추와 경통을 조절하고 내게 자리를 내줬다. 나는 접안렌
즈에 눈을 댔다. 목성의 줄무늬가 선명하게 보였다.

너 목성 좋아하지?

우현이 물었다. 난 나만의 생각에 빠져 있었다. 이런
식으로 지구를 보면 어떨까. 정말 예쁠 텐데. 목성보다
훨씬 예쁠 텐데. 망원경으로 보는 우주는 정말 차갑고
고요했다. 시각만으로 촉각과 청각을 동시에 느낄 수 있
었다는 말이다. 너무 가까이 가면 빨려들 것이다. 멀리
서 보면 왜곡을 받아들여야 한다. 언제나 진짜를 보면
서도 내가 보는 것이 진짜인가 의심한다. 차갑고 적막한
공간을 거세게 가로지르는 돌과 가스와 불덩어리들. 신
은 분명 귀가 먼 미치광이일 것이다. 나른한 허무가 발
끝을 조금씩 적시기 시작했다.

혜지야.

우현이 내 팔꿈치를 살짝 끌어당겼다.

나 너 많이 좋아해.

접안렌즈에서 눈을 뗐다.

매일 보고 싶어.

우현을 돌아봤다.

정말 많이 좋아해.

우현은 거의 울상을 짓고 있었다.

이거 잠깐만 봐 봐. 정말이야, 나 너 많이 좋아해. 이
것 좀 놓으라니까. 너도 나 좋아하잖아. 좋아하지, 인간
적으로. 인간적으로? 그게 무슨 말이야? 괜히 마음 불
편하게 이러지 말고……. 혜지야, 나 갑자기 이러는 거
아니야. 너 좋아한 지 진짜 오래됐어. 매일매일 너 때문
에 미칠 것 같아. 사랑한다고 말할 수도 있어! 알겠으니
까 이것 좀 봐 봐. 너도 나 좋다며. 난 너랑 이러긴 싫어.
내가 싫어? 자꾸 이러니까 싫어지잖아. 너도 나 좋아하
잖아. 내일 얘기하자. 너 좋아한다니까. 난 싫다니까!

놀랐다. 화가 났다. 이해할 수 없었다. 피자와 파스타
를 먹고 길을 걸으며 우리는 정말 많은 이야기를 나누
었다. 나는 가족이나 친구들에게도 하지 않던 말을 혜
지에게 했다. 내가 그림을 얼마나 좋아하는지. 그림 때
문에 내가 얼마나 한심해지는지. 그런 건 정말 쪽팔리
고 낯간지러운 얘기다. 그런 마음을 조금이라도 비치면
다들 내게 배부른 소리 한다고 했다. 나를 어리광 부리
는 애처럼 대했다. 그래도 혜지에게는 진심을 말하고 싶
었다. 잘난 척도 센 척도 하기 싫었다. 혜지가 "넌 그래도

그림을 잘 그리잖아."라고 했을 때 나는 왠지 울컥해서 오만 가지 말을 다 해 버렸다.

어릴 땐 내가 정말 그림을 잘 그리는 줄 알았다. 지금은 누군가가 "넌 그림을 잘 그리잖아."라고 하면 우울해진다. 세상에 멋진 그림이 얼마나 많은데! 난 그림을 적당히 보기 좋게 그릴 뿐이고, 그 정도로는 절대 내가 꿈꾸는 나에 가까워질 수 없다. 내 최초의 기억도 그림에 관한 것이다. 다섯 살이었다. 거실에 어른들이 많았다. 명절 아니면 할아버지나 할머니 생신이었겠지. 남자 어른 몇몇은 양복을 입은 채 방에서 잠들어 있었고 ─ 그 방에 들어가면 어른들 특유의 비릿한 냄새가 풍겼는데, 좀 더 나이가 들어서야 나는 그게 바로 술 마시면 몸에서 나는 냄새라는 걸 알게 되었다 ─ 여자 어른들은 거실에서 과일을 먹고 있었다. 누나는 사촌 누나들과 그림을 그리며 놀고 있었다. 누나들 틈에 끼여 참을성 있게 기다린 끝에 내게도 스케치북과 색연필이 주어졌다. 나는 공주나 왕자나 공룡이 아니라 눈앞에 있는 것을 그렸다. 과일 접시를 사이에 두고 여기저기 노곤하게 기대어 앉은 어른들을. 내 그림을 본 고모가 나를 꼭 미술 학원에 보내야 한다고 주장했다.

그림 그리기 싫다고 투정 부린 적도 있지만 이젠 그러지 않는다. 이제 와서 그림을 싫어해 버리면 죽도 밥도 안 된다는 걸 너무 잘 알기 때문이다. 실제로 난 그림을 제일 좋아하고, 스포츠 선수나 연예인보다는 화가가 훨씬 멋지다고 생각한다. 내가 두려워하는 가장 끔찍한 미래는 '화가가 아닌 나'다. 다르게 말하자면 나는 끔찍해질 확률이 높다. 그림을 좋아하고 남들보다 잘 그린다고 다 화가가 될 수 있는 건 아니니까. 다른 애들은 나를 부러워한다. 적어도 대학이나 진로 걱정은 안 해도 되지 않느냐고. 집에서 지원도 잘해 주지 않느냐고. 처음에는 그런 말에 반박도 해 보았지만 이젠 그냥 입을 다문다. 반박을 하다 보면 어느새 나는 하기 싫은 걸 억지로 하고 있는 사람처럼 말하고 있었으니까. 그건 아닌데. 하기 싫은 게 아니라 진짜 잘하고 싶은 건데. 친구들도 가족들도 내가 화가가 될 거라고 굳게 믿고 있다. 지금처럼만 계속하다 보면 언젠가는 원하는 바를 이룰 수 있을 거라고. 그런 믿음이 날 더 주눅 들게 한다. 그들이 바라는 만큼 해내지 못할 바엔 차라리 자살하는 게 나을 수도 있다. 요즘은 그림을 생각하면 그저 우울하고 답답하고 슬플 뿐이다.

이런 두서없는 이야기를 혜지는 고개를 끄덕이며 들어 주었다. 그래도 네 말처럼 좋아하는 뭔가가 있다는 건 정말 특별하고 멋진 일이지. 그렇게 말해 주었다. 나중 일은 나중에 생각하는 게 좋지 않을까? 10년 후에 우리는 지금과는 또 다른 생각을 하고 있을지도 모르니까, 하고 말해 주었다. 그때 나는 정말 혜지 손을 잡고 싶었다. 혜지를 안고 싶었다. 그걸 참느라 암에라도 걸리는 줄 알았다. 사실 나는 2년을 참았다. 열다섯 살 때부터 혜지를 좋아했다. 그해 봄에 사생 대회에서 혜지를 봤을 때부터. 날짜도 기억한다. 5월 12일이었다. 그날 본 혜지 모습이 머릿속에 콕 박혀서 지금까지 그린 혜지 얼굴만 100장이 넘는다. 나의 모든 그림에 혜지가 깃들었다. 노란색으로 깃들고 곡선으로 깃들고 농담으로 깃들고 정신으로 깃들었다. 그림 그리는 게 정말 지겹고 힘들 때도 혜지를 그린다고 생각하면 마음가짐이 달라졌다. 아주 특별한 그림을, 누가 보더라도 아름답다고 생각할 만한 그림을 그리고 싶었다.

동아리도 혜지 때문에 들어갔다. 한 달에 한 번이라도 만나려고. 혜지가 동아리 잡지에 쓴 글을 읽고 목성을 그린 적도 있다. 대적점과 줄무늬와 엷은 고리까지 아주 꼼꼼하게. 그때 학원에서는 인물 데생을 하고 있는데 나는 선생님 말을 안 듣고 몇 날 며칠 목성만 그려서 건방지게 제멋대로 군다고 엄청 혼났다. 그래도 어쩔 수 없었다. 그때 내가 그릴 수 있는 그림은 오직 그뿐이었으니까. 스케치를 하려고 선을 그을 때도, 색을 입히려고 붓을 놀릴 때도 마치 혜지의 얼굴이나 손등을 그리는 느낌이었다. 남들 눈에는 목성으로 보였겠지만 내가 그린 건 바로 혜지였다.

그렇게 매일 혜지를 그리고 생각했지만 절대 고백은

안 하려고 했다. 친구들 보니까 고백하고 사귀고 잠깐 꽃길이다가 1년도 지나지 않아 헤어지는 경우가 태반이었다. 그런 건 상상만 해도 최악이었다. 혜지와 그럴 수는 없었다. 고백 같은 건 안 하는 게 답이고, 하더라도 나중에, 대학에 군대에 유학까지 끝낸 다음에 해야겠다고 생각했다. 하지만 부모님은 주말 동안 중국에 있을 거라고 하고, 누나는 수능 준비 때문에 매일 늦게 들어오고, 때마침 내 생일이고, 날씨는 좋고 바람은 불고 목성은 잘 보이고, 혜지는 목성을 좋아하고 난 혜지를 좋아하고, 지금도 이렇게 하루가 길고 긴데 유학 끝날 때까지 어떻게 기다리지? 그런 생각을 하다가 혜지에게 연락해 버린 거다. 혜지랑 좋은 시간을 보내다 보니 정말 헤어지기가 싫었고, 그래서 집까지 데려왔다. 그래도 고백은 안 하려고 했는데, 생각과 다르게 나는 말하고 있었다. 좋아한다고. 매일 보고 싶다고. 생각과 다르게 나는 행동하고 있었다. 혜지 손을 잡아끌면서 내 마음을 좀 알아 달라고 빌었다. 그렇게 점점 지옥에 빠졌다. 고백하는 게 아니었어. 한 달에 한 번씩 만나면서 그림이나 수천수만 장 그리는 거였어. 늙어 죽더라도 좋아한다는 말 따위 하지 말아야 했어. 지금 난 최악이야. 사귀었다가 1년도 안 되어 헤어지는 것보다 더 최악이야. 혜지가 나를 밀어낼수록 나는 혜지를 끌어당겼다. 혜지가 아주 멀어질 것만 같아서 놓을 수가 없었다. 혜지를 안

아 보고 싶어서 그랬던 게 아니다. 내가 그 정도로 개새 끼는 아니다. 혜지가 나를 걷어차면서 개새끼라고 했다. 정신이 번쩍 들었다. 영혼까지 팔아서 그린 그림에 불이 붙은 기분이었다. 혜지는 무서운 표정으로 집을 나갔다. 혜지에게 바로 전화를 걸었지만 받지 않았다. "혜지야 미안해."라고 문자메시지를 썼다가 지웠다. "잘못했어 혜지야."라고 썼다가 다시 지웠다. 어떤 말도 소용없었 다. 혜지는 사라지고 내겐 혜지의 팔찌만 남아 버렸다.

혜지는 사흘 동안 내 연락을 무시했다. 3년 같은 사 흘이었다. 나는 3년만큼 생각을 했다. 어떻게 하면 토요 일 저녁으로 돌아갈 수 있을까. 당연히 그런 방법은 없 었다. 어떻게 하면 혜지의 마음을 되돌릴 수 있을까. 그 런 방법 역시 없었다. 이미 망친 그림에 아무리 덧칠을 해 봤자 더 흉측해질 뿐이다. 처음부터 다시 시작해야 한다. 지금 나는 혜지에게 개새끼다. 개새끼에서 시작해 야 한다.

*

언니에게 말하면 모든 상황이 종료될 것이다. 언니, 내 팔찌를 우현이가 가지고 있어. 언니가 좀 가져다줘. 그렇게 말하면 되는데, 그럴 순 없다. 만약 우현이 방에 서 내 팔찌를 보게 된다면 언니는 정말 놀랄 것이다. 언니가 오해하기 전에 이우현에게서 팔찌를 받아 내든가, 언니에게 그날 일을 설명해야 한다. 언니에게 거짓말하고 싶지는 않다. 그렇다고 이우현이 나를 좋아한대라고 사실대로 말하고 싶지도 않다. 이우현이 이우미 동생만 아니라면 나도 이렇게 참고 있지만은 않을 텐데.

팔찌를 되찾아야겠다는 생각으로 나흘 만에 우현과 문자를 주고받았다.

너도 나 좋아하는 줄 알았어.

넌 좋아하는 게 무슨 뜻인지나 아니? 라고 답장을 쓰는 중에 우현에게 다시 문자가 왔다.

나는 너 정말 좋아해.

좋아한다는 글자가 이렇게 징그러운 것이었나.

너 화 풀릴 때까지 기다릴게.

그 문자를 보고 나는 팔찌를 완전히 단념했다. 얼마 지나지 않아 문자 알림음이 들려서 또 우현인 줄 알았는데, 미진이었다.

너 이우현이랑 사귀어?

이게 무슨 소리인가 싶어 액정 속 글자를 한참이나 쳐다보다가 통화 버튼을 눌렀다. 미진이 바로 전화를 받았다.

이우현이 너한테 고백했다며? 둘이 사귀는 거야? 현수는 그렇게 알고 있던데? 야, 나수정이 이우현 좋아하잖아. 수정이가 현수한테 먼저 듣고 나한테 전화해서 너랑 우현이랑 사귄다면서 막 우는 거야. 현수 얘기 들어 보니까 이우현은 너 예전부터 좋아했다던데?

우현은 도대체 어디까지 말한 걸까? 무슨 생각으로 이런 소문을 내는 거지? 내가 알던 우현은 이렇게 막무가내 사이코가 아니었다. 졸린 눈으로 흐느적거리면서 강아지풀처럼 근처 어딘가에 조용히 존재하는 그런 애였다. 나는 어쨌든 이우현을 이해해 보려고 했다. 소심한 외골수가 감정 통제가 안 되면 그럴 수도 있겠거니 생각하면서 조용히 넘어가려고 했는데……. 우미 언니에게 동생이 있다는 건 알았지만 그게 이우현일 거라고는 상상도 못 했다. 이우현이 나를 좋아할 거라고도 상상 못 했다. 멀리서 충실히 자기 궤도를 돌고 있는 줄만 알았던 이우현이란 얼빠진 놈이 갑자기 내게로 돌진해서 모든 걸 망가뜨리고 있다. 이우현이 내 인생에 그렇게 중요한 존재였던가?

*

현수는 내가 혜지를 좋아한다는 걸 처음부터 알고 있었다. 혜지도 분명 나를 좋아하고 있을 테니 어서 고백하라고 부추기곤 했다. 그 부추김이 싫진 않았다. 생일에 혜지와 만날 거라고 말했을 때 현수는 마치 자기 일처럼 흥분하면서 어떻게 고백하면 좋은지 이런저런 예를 들어 줬다. 나는 고백할 마음도 없으면서 현수의 설레발을 내심 즐겼다. 생일날 밤늦어 현수에게 연락이 왔다. 고백했느냐고 묻기에 그렇다고 짧게 대답했다. 내 마음은 말할 수 없이 참담한데 현수 혼자 흥분해서 온갖 상상의 나래를 펼쳤다. 내가 어떤 멍청한 짓을 했는지 도저히 말할 수가 없어서 다음에 얘기하자 말하고 전화를 끊었다. 그런데 그새 소문이 퍼져 버린 것이다.

혜지도 분명 소문을 들었을 텐데 연락이 없다. 내 연락도 받지 않고 소문을 해명할 기회조차 주지 않았다. 그래서 연합 모임이 있는 오늘만을 기다렸다. 혜지를 만나서 오해를 풀고 진심을 진지하게 전할 것이다. 지난번처럼 일을 망치진 않을 것이다. 그동안 그린 혜지 그림 중에서 가장 깨끗한 것을 골라 화구통에 넣었다. 그런데 혜지가 나타나지 않으면 어쩌지? 나를 보기 싫어서 동아리도 그만두면 어쩌지?

내가 왜 너 때문에 좋아하는 걸 그만둬?

나오지 않을까 봐 걱정했다는 말에 혜지는 실소를 지으며 대답했다. 그런 대답이, 혜지가 모임에 나오지 않는 경우보다 나를 더 비참하게 했다. 혜지는 내가 선물한 그림을 펼쳐 본 다음 돌려줬다.

너 주려고 가져온 거야.

이걸 받으면 너는 또 오해할 거잖아. 내가 널 좋아한다고.

혜지의 말을 들을 때마다 몸이 통째로 폭발하는 것만 같았다. 내가 자기를 좋아하는 걸 알았으니까 이젠 혜지도 나를 좋아할 수도 있는 거 아닌가? 그날 함부로 굴어서 나를 싫어하게 됐나? 혜지는 정말 눈곱만큼도 나를 좋아하지 않는 걸까? 묻고 싶은 게 많았지만 모든 대답이 두려웠다.

미안하다고 했잖아. 내가 정말 잘못했다고. 그럼 너도 좀……

네 사과는 진짜가 아니야.

어째서? 나는 진심인데?

진짜라면 내 팔찌부터 돌려줬겠지.

그걸 돌려주면 너랑은 완전 끝이잖아. 넌 나를 상대도 안 할 거잖아.

지금은 내가 널 왜 상대하는 거 같은데? 니가 내 팔찌를 가지고 있어서?

난 진짜라니까. 진짜 미안하고 진짜 널 좋아해.

그 소리 좀 그만해.

좋아한다니까.

그만하라니까. 니가 날 좋아한다고 나도 널 좋아해야 하는 건 아니잖아.

그러면 안 돼?

그게 말이 돼?

왜 안 돼?

정신 차려. 미친놈아.

노력할 수 있지.

넌 노력해서 날 좋아해?

내가 이 정도로 진심을 보여 주면 좀…….

지금 너만 보여 준다고 생각하는 거야? 진심을?

왜, 너 좋다는 새끼가 또 있는 거야?

멍청아. 나한테도 진심이란 게 있고 그걸 지금 너한테 계속 말하고 있잖아.

니 진심이 뭔데.

너랑 그런 사이가 될 마음이 없다니까.

아, 알겠어. 알겠으니까 노력을 해 볼 수도 있는 거 아니냐고.

너랑은 정말 말이 안 통한다.

아, 진짜 자존심 상하게 내가 왜 이렇게까지…….

하지 마. 안 하면 되잖아.

나라도 이러지 않으면 너랑 난 아무것도 아닌 게 되잖아!

너무 분해서 눈물이 났다. 원하는 색을 만들려고 밤새 물감을 뒤섞던 날들, 연필이 몽땅 닳도록 선만 그어 대며 역동성을 끄집어내려던 날들, 평면에 담으려던 빛과 어둠, 감정과 속삭임, 깊이와 높이…… 나는 무엇도 이루지 못하고 흉내만 냈다. 허리가 나가고 손목이 시큰거리도록 그리고 또 그려도 내 앞의 종이는 그저 종이였다. 인간도 세계도 되지 못했다. 그래도 난 백지를 백지로 두지 않았다. 무엇이든 그려서 보여 주려고 했다. 나의 진심과 상대의 해석이 100퍼센트 들어맞은 적은 한 번도 없었지만, 의도는 오해되고 때로 모든 것을 부정당한 적도 있지만, 그래도 난 그리고 또 그렸다. 할 수 있는 건 그뿐이니까. 유일한 통로니까. 일찌감치 포기했어야 했나? 아무리 애써도 되지 않는 것이 있다. 노력 끝에 내 것이 된 것 같아도 그건 결국 내게서 벗어나고, 진짜 내 것이 되는 것들은 좋아하기도 전에 이미 내 것이었다.

가만 보면 너 이상해.

혜지가 나를 빤히 쳐다보며 말했다.

좋아한다면서 왜 그렇게 행동해? 난 이해가 안 돼.

답답하니까! 미칠 것 같으니까! 난 너무 좋은데 넌 아니라니까!

그건 좋아하는 게 아니지. 고집부리는 거지. 어린애처럼.

어린애들도 좋아하는 것에만 고집부리는 거야. 넌 왜 자꾸 날 무시하고 진심을 짓뭉개?

넌 니가 무슨 짓을 했는지 알고나 이러는 거야?

알아 달라는 거야. 알아만 달라고. 내가 미친 변태 새끼여서 너한테 그런 게 아니라고.

알았어. 네가 나 좋아하는 거 잘 알겠고.

혜지의 목소리는 나와 달리 아주 담담했다.

근데 나는 너 말고 다른 사람 좋아하거든.

그제야 깨달았다. 혜지가 다른 사람을 좋아할 수도 있다는 생각을 한 번도 해 본 적 없다는 사실을. 그래, 그럴 수도 있다. 내가 혜지를 좋아하듯 혜지도 다른 사람을 좋아할 수 있다. 혜지가 나를 싫어해서 내 마음을 받아 주지 않는 것보다는 이편이 차라리 나을지도 모른다. 아니다. 어떤 쪽이든 파멸이다. 혜지에게 나는 억지로 자기를 껴안으려다가 실패한 개새끼고 양아치에 불과하다. 내 첫사랑은 마음으로 고이 간직하지도 못할 만큼 찢어지고 구겨져 쓰레기통에 처넣어야 할 정도로 망가져 버린 거다. 혜지도 첫사랑 중인 걸까? 혜지의 첫사랑은 아름다울까? 하지만 혜지가 누구랑 사귄다는 얘기는 한 번도 들어 본 적 없는데.

너도 짝사랑이지?

내가 짝사랑이라면 혜지도 그럴 수 있다.

아니면 누군데? 누구랑 사귀는데?

혜지도 짝사랑 중이라면 우린 또 다른 이야기를 할 수 있다. 망할 때 망하더라도 지금보다는 천천히 망할 수 있는 것이다. 대학이니 군대니 유학이니 그런 거 다 지난 다음에 혜지에게 고백했다면 혜지는 내 마음을 받아 줬을까? 지금처럼 끔찍하게 말고 멋지게 고백할 수 있었을까? 그날 혜지는 10년 뒤를 얘기했었다. 10년 뒤

에 우리는 지금과는 다른 생각을 하고 있을지도 모른다
고. 블랙홀에라도 들어가고 싶다. 들어가서 10년을 끌
어당기고 싶다. 이대로 내 첫사랑이 붕괴되어 버리지 않
게. 이야기는 계속 진행된다고, 앞으로도 기나길게 이어
질 거라고 누구라도 내게 말해 준다면.

*

어떤 첫사랑은 쓰레기통에 처넣고 싶은 악몽이지만
어떤 첫사랑은 가장 이르게 빛나는 샛별처럼 그곳에서
인생보다 더 긴 시간 반짝인다. 가만 생각해 보면 참 신
기한 일이다. 내가 좋아하는 사람이 나를 좋아한다는
건. 그 이유를 이론적으로 풀어내는 사람도 있을 것이
다. 하지만 설명 가능하다고 신기함이 사라지지는 않는
다. 어째서 그 자리에 그렇게 있는지 이론으로 아무리
설명해도 행성들 고유의 아름다움과 신비는 여전한 것
처럼.

우현이 울상을 지으며 나를 좋아한다고 말했을 때 심
장이 쿵 하고 내려앉았다. 설레서가 아니다. 진심이란
걸 알았기 때문이다. 좋아하는 사람 앞에서는 그런 표
정이 나온다. 이우미 앞에서 내가 그랬다. 그런 나를 이
우미는 안아 줬다. 하지만 나는 우현을 안아 줄 수 없었
다. 우현이 나를 먼저 안았으니까. 너도 나 좋아하잖아

란 말을 100번쯤 하면서 나를 놓아주지 않으려고 했으니까. 팔찌는 대체 언제 빠진 걸까? 우현은 그걸 왜 돌려주지 않겠다는 거지?

네 글 참 좋더라.

지난봄 우미 언니가 나를 찾아와 그렇게 말했을 때, 나는 나의 지난밤들에 반짝이는 찬사를 보냈다. 따뜻한 우유를 후후 불어 가며 조금씩 마시듯 천천히 써 내려 간 나의 문장들은 바로 그 순간을 위해 쌓이고 간직되었던 거다. 언니는 천체 동아리 잡지의 산문 코너에 실린 내 글을 읽었다고 했다. 내 글에 마음 깊이 공감했다고, 산문 중 일부를 발췌해서 방송에 써도 되느냐고 물었다. 이후 나는 밤마다 언니를 생각하며 새로운 문장을 써 내려갔다. 언니가 내 글을 읽을 거라고 생각하면 단어 하나도 대충 쓸 수가 없었다. 잡지에 실리는 내 글은 나만 아는 러브 레터가 되었다. 수신인은 당연히 이우미. 그리고 이우미는 내가 보낸 러브 레터 가장 깊은 골짜기에 숨겨 놓은 마음을 언제나 알아봐 주었다. 그곳에 입김을 불어 나를 따뜻하게 해 주었다.

언니가 나를 찾아온 그날 이후 우리는 이상하게도 자주 마주쳤고 멀리서도 서로를 알아보았다. 매일 아침 나는 '학교'가 아니라 '이우미가 있는 곳'에 갔다. 이우미가 그곳에 있다는 사실만으로도 나의 하루는 이전과 비교할 수 없을 만큼 생생해졌다.

장마가 시작될 무렵이었다. 구름이 더께 쌓인 하늘은 낮았고 비릿한 바람이 불었다. 저녁 먹고 별관 앞에서 잠깐 보자고 언니가 문자를 보냈다. 허리 부분을 돌돌 말아 올려 치마를 짧게 만들고 별관으로 갔다. 돌계단에 앉아 이런저런 이야기를 나누던 중에 언니가 갑자기 내 손을 꽉 잡았다.

봤어? 언니가 하늘을 보며 물었다. 나는 내내 언니만 보고 있어서 언니가 무엇을 봤는지 몰랐다. 언니는 작은 소리로 하나 둘 세더니 두 손으로 내 귀를 막았다. 하늘이 찢어지는 소리가 와장창 들렸다. 나는 얼어붙은 채로 멍하게 하늘을 쳐다봤다. 얼마 지나지 않아 잿빛 하늘이 은빛으로 다시 번쩍 깨졌다. 이번에는 나도 언니를 따라 하나 둘 셋 세었다. 천둥이 적막을 깼고 우리는 서로의 귀를 막은 채 깔깔 웃었다. 곧 비가 쏟아졌다. 비를 피해 별관에 숨어든 우리는 그날 야간 자율 학습을 빼먹었다.

다음 날부터 저녁 시간마다 별관 꼭대기 층에서 언니를 만났다. 저녁을 먹고 이를 닦고 자판기에서 커피를 뽑아 그곳까지 가면 언제나 언니가 먼저 와 나를 기다리고 있었다. 이우미가 있는 곳에 가까워질수록 심장은 빠르게 뛰고 숨이 가빠졌다. 그러다 이우미 옆에 앉으면 세상 가장 안락한 동굴에 숨은 것처럼 안심되었다. 가까이서 보는 이우미는 훨씬 아름답고 우아했다. 나는 정말 믿을 수 없었다. 이우미가 내 옆에 앉아 비밀 얘기를 해 주고 있다니! 망원경 없이도 이우미를 자세히 볼 수 있다니! 멀리서는 볼 수 없었던 귓불의 갈색 점과 팔목의 회오리 모양 흉터도 볼 수 있었다. 심지어 만질 수도 있었다. 그곳에서 언니가 내 손목에 팔찌를 끼워 주며 마음을 고백한 날 나는 너무 좋아서 울어 버렸다. 웃고 싶은데도 자꾸 눈물이 났다. 언니는 구슬을 하나하나 골라 직접 팔찌를 만들었다고 했다. 세상 하나뿐인 팔찌라고 했다.

언니 졸업하면 난 여기 안 올 거야.

그래도 가끔 혼자 와 보고 그럴 거잖아.

그런 거 절대 안 할 거야.

그래. 우리 둘이 아닐 땐 여길 버리자.

삶은 활짝 펼쳐진 종이가 아니라 불규칙하게 구겨진 종이다. 펼쳐진 채로는 도무지 만날 수 없는 것들이 구겨지면 가까워지고 맞닿고 멀어지기도 한다. 나는 여기 가만히 있는데, 이우미는 거기 가만히 있는데, 우리 사이에는 수많은 사람이 존재하는데, 그런데도 우리는 서로의 빛을 알아볼 수 있었다. 이우미가 왜 나를 좋아하는가에 대해서는 생각해 본 적이 있다. 하지만 내가 왜 이우미를 좋아하는가에 대해서는 한 번도 생각해 본 적 없다. 이우현이 왜 나를 좋아하는가에 대해서도 생각해 본 적 없다. 나는 왜 이우현을 좋아하지 않는가에 대해서도 마찬가지. 이우현이 내게 "어째서 내가 아니라 이우미야?"라고 묻는다면 같은 질문을 이우현에게도 던질 수 있다. "어째서 나수정이 아니라 나야?" 이우현에게는 대답이 있을까? 답답하고 미칠 것 같아 고집이나 부리지 않을까? 지구에 생명이 존재하는 이유는 태양과의 적당한 거리 때문이고 그건 인간이 어찌할 수 없는 문제다. 태양과 거리가 달라진다면 지구의 생명도 박살 날 것이다. 이우미와 나의 거리가 달라진다면…… 나의 세계도 한 번쯤 박살 나겠지. 그래도 이우미가 거기 있었기에 난 생명을 알았다. 생명이란 게 존재할 수도 있다는 걸 알아 버렸다.

*

누군데? 누구 좋아하는데?

그걸 너한테 말할 이유는 없지.

혹시 내가 아는 애야? 우리 학교야?

그만하자, 좀.

우리 학교구나.

아니야.

맞잖아.

대체 그걸 알아서 뭐 하게?

왜 나는 아닌지 알아야겠어.

뭐?

왜 그 자식은 되고 나는 안 되는지!

알아야겠다. 혜지가 어떤 놈을 좋아하는지. 내가 보기에도 어마어마한 놈이라면 깨끗이 포기하겠다. 그리고 나도 꼭 어마어마해질 것이다. 10년 후에는 혜지도 나를 무시하지 못하게. 어떤 자식일까? 나보다 클까? 잘생겼을까? 혜지가 어떤 놈을 좋아하는지 알게 되면 난 그 자식을 엄청 증오하게 되겠지. 그런데 이상하게도 혜지를 싫어할 순 없다. 싫어지지 않으니까 더 괴롭다. 괴롭지만 계속 같이 있고 싶고, 어긋나는 대화라도 말을 섞고 싶다. 내 앞에 계속 있어 주면 좋겠다. 혜지는 그렇지 않겠지. 어서 나와 헤어지고 싶겠지. 왜 나는 아닌지, 사는 동안 이런 질문에 얼마나 더 휘말려야 할까.

너라서 안 되는 게 아니라 너와 내가 안 되는 거야. 무슨 말인지 모르겠어?

그러니까 내가 내가 아니면 되는 거잖아!

네가 네가 아니면 나를 좋아하지도 않겠지.

나도 너 좋아하기 싫어! 근데 그게 맘대로 안 되잖아!

혜지가 나를 가만히 쳐다봤다. 이미 어른의 세계에 진입해 버린 이모 같은 표정으로. 그 표정을 보며 난 완벽하게 졌다고 생각했다. 혜지가 혼잣말처럼 작게 중얼거렸다. 진짜 닮았다고 하는 것도 같고, 진짜 다르다고 하는 것도 같고, 제대로 알아들을 수가 없었다. 물어보고 싶었지만 용기가 나지 않았다. 잠시 자기 발밑만 내려다보던 혜지가 고개를 들고 그림을 다시 달라고 했다. 그림을 펼쳐서 골똘히 보더니 자기가 가져도 되느냐고 물었다. 사실 처음 봤을 때부터 마음에 들었다고, 보이는 대로 그리지 않고 마음껏 왜곡한 점이 특히 좋다고, 왜곡하고 조가냈는데도 한눈에 자기란 걸 알아볼 수 있었다고 했다.

정성을 다했다는 게 느껴져. 애정 같은 거.

혜지가 그림을 돌돌 말면서 말했다.

난 이런 게 진심이라고 생각해. 좋아한다는 말이나 뭐 그런 것보다, 이런 게.

혜지는 느껴진다고 했다. 나는 혜지를 싫어할 수가 없다. 혜지도 나를 싫어하지 않으면 좋겠다. 좋아하는 것까진 바라지도 않는다. 난 울상을 지었다. 좋아하고 그 마음이 전부인 사람 앞에서 내가 지을 수 있는 표정이란 아직 그런 것뿐이니까.

내 팔찌, 이젠 돌려줄 거지?

혜지가 물었다. 시간을 끌어당기는 방법은 없다. 오늘 밤에도 목성은 거기 있을 것이다. 10년 뒤에도 거기 있을 것이다. 나는 울면서 고개를 끄덕였다.

가
족

우리 엄마는 대장 스타일이야.

얼굴에 마스크 팩을 붙이고 누워 수호가 말했다.

대장 스타일?

수호와 같은 종류의 마스크 팩을 붙이고 주은이 되물었다.

진두지휘하는 걸 좋아해.

주은은 고개를 끄덕였다.

아버지는 약간 소심하고 상처 잘 받아. 예전엔 안 그랬는데.

예전에는 어떠셨는데?

왕이었지 뭐. 근데 지금도 자기가 왕이라고 생각은 하는 것 같아. 젊을 때는 왕이므로 참지 않겠다는 쪽이었다면 지금은 왕이므로 넘어가겠다는 쪽이랄까. 아, 그리고 아버지는 착각이 좀 심해.

주은은 다음 말을 마저 하라는 눈빛으로 수호를 바라봤다.

자기는 무조건 착한 사람이고 피해 보는 사람이라고 믿거든.

너는 어떻게 생각해?

나는 뭐?

아버지를.

불쌍하지 뭐.

아버지가 불쌍하다고?

늙어서 그런 거니까.

올해 육십삼이라며.

예순셋이라고 해야지.

수호가 웃으며 말했다. 그게 그거 아니냐고 대꾸하며 주은은 작년에 퇴직한 교장 선생을 떠올렸다. 정년퇴직을 앞둔 몇몇 교사는 착잡한 표정으로 말했다. 한창 일할 나이에 퇴직해서 어쩌느냐고. 평균수명이 늘어난 만큼 정년도 늘어야 마땅하다고. 주은은 '한창 일할 나이'와 '늙음'을 생각했다.

주은과 수호는 3년 전 결혼식장에서 만났다. 피로연 자리에서 두 사람은 우연히 같은 테이블에 앉았다. 맥주를 마시며 의례적인 인사를 주고받은 뒤 서로 하는 일이나 사는 동네, 신랑 신부와의 인연 등을 얘기하면서 조금 웃었다. 주은이 자리에서 일어날 때 수호도 따라 일어났다. 건물을 나오자 따뜻한 바람이 불었다. 주은은 수호가 "괜찮으면 커피 한 잔 더 할까요?"라고 물어보리라 예상했다. 수호는 정말 그렇게 물었다. 이후 상황도 대부분 주은의 예상대로 흘러갔다. 수호 때문에 속상할 때 주은은 '이 사람 참 뻔하다'고 생각했다. 수호가 사랑스러울 때 주은은 '우리 참 잘 맞는다'고 생각했다. 수호가 자기 부모님을 만나 보지 않겠느냐 물어보기 전에도 주은은 예상했다. '조만간 이 사람 가족을 만나게 될 것 같은데.'

수호는 아산, 주은은 청주, 수호 부모는 대전에 살았다. 수호 부모는 주은이 당신들 집으로 와 주길 바랐다. 수호는 부모와 상의해서 5월 첫째 주 토요일 저녁으로 약속을 잡았다.

4월 마지막 날 주은은 백화점에 들렀다. 백화점 4층에서 지하까지 내려오며 와이셔츠와 넥타이, 스카프와 화장품, 각종 건강 보조제와 티 세트, 전통주와 양주 등을 둘러봤다. 주은은 수호 부모의 취향을 몰랐다. 결국 상품권을 샀다. 수호와 상의하지는 않았다. 수호도 자기처럼 뭘 모르기는 마찬가지일 것 같았다.

금요일 저녁 주은과 수호는 회전 초밥집에서 저녁을 먹고 수호의 원룸으로 갔다. 와인을 마시며 영화 한 편을 본 다음 잠옷을 입고 서로의 얼굴에 마스크 팩을 붙여 줬다.

어려운 자리는 아닐 거야. 우리 부모님이 그렇게 깐깐하진 않아. 근데 어떤 척을 할 수는 있어.

무슨 척?

그건 직접 보면 감이 올 거야.

말하면서 수호는 미간을 약간 구겼다.

그런 게 느껴지면 당황하거나 기분 나빠하지 말고 그냥 귀엽다고 생각해 줘.

주은은 불쌍하거나 귀여운 부모를 상상했다.

그런 애들이라면 내가 좀 알지. 우리 반에 동주는 화난 척을 잘하는데 사실 무서워서 그러는 거야. 겁이 많아서.

우리 엄마 아빠는 애들이 아니야.

수호가 낮은 소리로 대꾸했다. 주은은 입을 다물었다.

……사실 애들 같을 때도 없진 않아.

수호가 중얼거렸다.

긴장돼?

주은이 물었다.

조금. 그런데 괜찮아. 내가 잘 말해 놨어. 걱정 마.

주은은 걱정하지 않는다고 대꾸했다. 주은은 정말 그랬다.

토요일 점심을 간단히 먹고 수호의 차를 타고 대전으로 갔다. 아파트 근처 마트에서 체리와 멜론을 샀다. 마트 주차장을 빠져나오며 수호가 부모에게 전화를 걸어 이제 곧 들어가겠다고 했다. 아파트 입구에 닿기 전 수호는 비상등을 켜고 갓길에 차를 세우며 꽃 사는 걸 깜빡했다고 말했다.

아. 주은은 짧게 탄식하며 중얼거렸다. 그 생각을 못 했네.

수호는 네비게이션으로 꽃집을 검색하고 기계가 알려 주는 대로 차를 몰았다. 꽃집 입구에는 카네이션으로 만든 꽃바구니가 가득 놓여 있었다. 수호는 꽃바구니를 하나 사서 주은에게 건넸다. 내가 이런 걸 받아만 봐서. 주은이 꽃바구니를 껴안고 중얼거렸다. 신경 쓰지 마. 내 부모잖아. 자동차 시동을 걸며 수호가 대꾸했다.

엘리베이터 문이 열렸다. 어서 와요. 현관문을 붙잡고 선 중년 여자가 환하게 웃으며 말했다. 주은은 두 손으로 꽃바구니를 든 채 허리 숙여 인사했다. 현관으로 들어서자 넓은 거실이 보였다. 아주 넓었다. 이렇게 큰 집에는 처음 들어와 본다고 주은은 생각했다. 중년 남자가 원예용 가위를 들고 베란다에 서 있었다. 주은은 남자에게도 허리 숙여 인사했다. 남자 너머로 푸른 식물이 보였다. 크고 작은 화분이 무척 많았다. 꽃 화분도 있었다. 주은은 자기가 들고 들어온 꽃바구니를 봤다. 꽃에 뿌리가 있을까 없을까 생각했다.

수영이도 올 거야.

중년 여자가 말했다.

수영이가 온다고?

수호가 되물었다.

그럼, 당연히 와야지.

누나네 가족은?

수미는 시댁 들렀다가 내일 온단다.

중년 여자가 말했다. 목소리가 높고 컸다. 긴장한 건지 화가 난 건지 원래 말투가 그런 건지 구분할 수 없었다. 주은은 가방과 겉옷을 소파 옆에 내려놓고 욕실에 들어가 손을 씻으며 넓고 깨끗한 거실 풍경을 곱씹었다. 욕실도 잘 정리되어 있었다. 모든 물건이 적당한 자리에 있었고 물기 하나 묻어 있지 않았다. 주은은 물이 튀지 않게 조심하며 손을 씻었다. 거울을 보며 머리카락을 매만지고 욕실을 나왔다. 중년 여자는 주방에서 마른행주로 다구를 닦고 있었다. 주은은 블라우스 소매를 접어 올리며 여자 쪽으로 갔다.

아직 밥 먹기는 이르니까 차를 좀 마실 거예요.

여자가 말했다. 전기 주전자에서 물 끓는 소리가 서서히 차올랐다. 여자는 다관에 찻잎을 담았다.

이걸 저리로 옮겨 주면 돼요.

찻잔과 숙우가 놓인 다반을 주은에게 주며 여자는 거실의 탁자를 가리켰다. 주은은 여자가 하라는 대로 했다. 탁자에 다반을 두고 다시 주방으로 가려는데 거기 앉아 계시라고 여자가 말했다. 수호가 주은 옆에 앉으며 속삭였다.

이런 거야.

귀여운 거?

주은이 입 모양으로 물었다. 수호가 고개를 끄덕이며 속삭였다. 우리끼리면 절대 이렇게 안 마셔. 나 집에서 이런 차 처음 마셔 봐. 수호는 약간 질린다는 표정을 지었다. 수호가 말한 '어떤 척'이 이런 것이라면 무척 좋다고, 귀엽기보다는 아름답다고 주은은 생각했다. 여자가 전기 주전자와 다관을 들고 거실로 오며 수호 아버지를 불렀다. 발코니에서 등을 보이고 앉아 꼼지락거리던 남자가 천천히 일어났다. 남자가 일어난 자리에는 주은이 건넨 꽃바구니가 놓여 있었다.

집이 참 넓고 좋아요.

주은이 말했다. 다관에 뜨거운 물을 부으며 여자가 대꾸했다.

좋기는. 하루 종일 청소하는 게 일인걸.

안 그래도 그 생각 했어요.

그래, 여자 눈에는 그런 게 보이지.

여자의 목소리가 조금 부드러워졌다.

수호 씨는 그런 생각 해 본 적 없어?

주은이 수호에게 물었다.

하지, 나도.

수호의 대꾸에 여자가 코웃음을 쳤다.

거짓말하지 마라. 네가 뭘 안다고.

수호 씨도 깔끔한 걸 좋아하니까요. 밥 먹고 나면 바로 설거지해야 되고 쓰레기 나오면 바로 치워야 되고 그런 성격이잖아요.

주은이 웃으며 말했다.

얘가 그렇다고?

여자가 눈을 크게 뜨며 되물었다.

말도 안 되는 소리. 지가 코 푼 휴지도 발밑에 던져두는 애가 무슨. 얘는 평생 지 팬티 한 장 빨아 본 적이 없어요. 내가 쫓아다니면서 다 치웠지.

무슨 말이야, 엄마.

수호가 억울한 표정으로 말했다.

내가 자취만 몇 년을 했는데. 그동안 내 팬티는 누가 빨았겠어? 요정이 나타나서 나 몰래 빨아 줬나?

그거야 내가 안 봐서 모르겠고. 평소에 너 하고 다니는 거 보면 내가 아주 속이 콱 막혀.

내가 뭘?

오늘 입고 온 옷도 그래. 매번 돈 주고 걸레를 사 입지.

수호와 주은의 눈이 잠깐 마주쳤다. 오늘 수호가 입

고 온 셔츠는 주은이 작년에 생일 선물로 사 준 거였다. 어버이날 선물을 상품권으로 준비해서 다행이라고 주은은 생각했다.

그러니까 어서 결혼을 해야지. 남자가 혼자 살면 아무리 잘 씻어도 쉰내가 나고 아무리 잘 차려 입어도 상거지 소리 듣는 거야. 여자가 옆에서 챙겨 주는가 아닌가가 얼마나 티가 나는데.

수호 씨는 깔끔하고 자기 생활 잘 챙기니까 그런 걱정은 안 하셔도 돼요. 어머님.

주은이 웃으며 말했다.

그래도 그렇지가 않다니까. 최 선생이 아직 몰라서 그래요. 아무래도 남보다는 낳아서 키운 엄마가 더 잘 알겠지. 안 그래요?

중년 남자가 차를 마시며 고개를 끄덕였다. 이것도 어떤 '척'인가 생각하며 주은은 자기 반 아이 예지를 떠올렸다. 예지는 매번 아는 척을 했다. 주은이 예지의 이름을 부르며 예지의 눈을 볼 때까지 틀린 답을 계속 말했다.

우리 아들이 어릴 때부터 집안사람들 사랑을 많이 받았어요. 예쁘고 똘똘한 짓을 얼마나 많이 했는지 지금도 어른들 모이면 오수호 영특하고 잘났던 얘기를 한다니까. 흰소리 하나 안 보태고 애는 진짜 자기 혼자 글자 깨치고 산수 했어요. 그래서 나는 우리 아들 위인전에 나올 법한 박사님이라도 될 줄 알았지. 귀하다고 야단 한 번 안 치고 오냐오냐 키웠더니 고집만 세져서 지금은 부모 말을 개똥으로 들어요. 세상에서 자기만 옳은 줄 아는 멍청이가 되어 버렸어. 우리 아들이.

이건 아들 자랑인가, 험담인가. 맞장구를 쳐야 하나, 그렇지 않다고 해야 하나. 말의 포인트가 어디에 있는지 알 수 없어서 주은은 입을 다물었다.

야단을 안 쳤다고, 엄마가?

수호가 차를 호로록 마시며 대꾸했다.

그건 대체 누구 기억이야. 나 어릴 때 파리채로 그렇게 때려 놓고는. 덩치가 커진 다음에는 때리지는 못하고 방에 가뒀잖아. 페트병 하나 넣어 주고 화장실도 못 가게 했잖아. 그리고 나만 고집 세나? 우리 가족들 다 그렇잖아. 우리 집에서 누가 누구 말을 들어. 다들 자기 말만 하지.

여자 표정이 잠깐 일그러졌다.

애 지금 말하는 것 좀 봐요. 자기 가족 얼굴에 똥칠하는 것 좀 봐요.

주은은 수호를 힐긋 쳐다보며 애매하게 웃어 보였다.

최 선생은 교편을 잡고 있다고?

중년 남자가 물었다. '교편'이란 단어에 살짝 놀라며 주은은 대답했다.

네, 초등학생들 가르치고 있어요.

그럼 우리는 저기 뭐냐, 직업군이 같네. 나도 나랏돈 받으면서 일했으니까.

남자가 자기 무릎을 쓰다듬으며 말했다. 주은은 '나 랏돈'이란 단어에 다시 살짝 놀랐다.

들었겠지만, 수호 아버지는 시청에서 40년 가까이 일 했어요.

여자가 말했다. 방금 전보다 낮고 단단한 목소리였다.

퇴직하기 전에 식을 올렸어야 했는데…….

여자는 아쉬운 듯 말끝을 흐렸다.

이 사람 퇴직하기 전에 내가 우리 아들한테 만나는 사람 있으면 한번 보자고 그렇게 말했는데 애는 시치미 딱 떼고 없다고 그랬거든. 맞지?

여자는 주은을 보고 말하다가 갑자기 수호를 쳐다 봤다.

그때는 우리 만난 지 얼마 되지도 않았었어. 그리고 무슨 결혼을 아버지 퇴직에 맞춰서 해. 이벤트 파티도 아니고.

그러니까 그때 만나긴 했었네, 둘이?

여자가 주은에게 물었다. 수호는 주은을 만나기 전 4년 가까이 만난 연인과 이별했다고 했다. 주은과 연애하던 초반에도 이전 연인에게 여러 번 연락이 왔었다. 남자가 퇴직한 해가 언제인지, 그때 수호가 만나던 사람이 자기 인지 이전 연인인지 계산해 보고 싶지는 않았다. 주은은 애매하게 웃었다. 학교에서 일한 지는 얼마나 되었느냐고 남자가 물었다. 이제 6년 되었다고 주은이 대답했다. 남자는 머릿속으로 무언가를 헤아리는 듯 먼 곳을 보다가 물었다.

올해 최 선생 나이가?

삼십······.

서른하나예요.

수호가 주은의 대답을 가로챘다.

임용은 바로 통과했는데 티오가 없어서 좀 기다렸대요. 주은 씨가 진짜 똑똑하고 부지런하거든. 학교에서 일하는 동안 석사도 땄어요.

수호가 자랑하듯 말했다. 여자가 잠깐 한심한 표정을 지었다.

초등학교 선생이 정말 좋지. 결혼하고 아이 낳아도 계속 일할 수 있고.

남자가 고개를 끄덕이며 중얼거렸다.

주은 씨는 다른 걸 해 볼 생각이에요, 결혼하면.

수호가 주은을 바라보며 말했다. 남자와 여자의 표정이 살짝 굳었다.

공부 더 해서 연구원 쪽으로 가 보면 어떨까 생각 중이에요.

주은은 애매한 미소를 유지하며 말했다.

아니, 남들 다 부러워하는 직장을 두고 왜 다른 걸 생각하나?

남자가 나무라는 투로 말했다.

아이들 가르치는 것도 좋지만 그 감각을 30년 넘게 쫓아가고 유지하기도 힘들 것 같고, 매너리즘이 빨리 올 것도 같고, 저는 가르치는 것보다 공부하는 걸 더 좋아하기도 하고요. 인생 정말 기니까, 좀 더 살다 보면 다른 게……

주은의 말이 길어지자 남자와 여자는 다른 생각을 했다. 그것을 눈치채고 주은은 말을 멈췄다.

네가 올해 서른이지?

남자가 수호에게 묻더니, 수호의 대답을 듣지도 않고 주은에게 바로 질문했다.

그럼 최 선생은 89년도 생인가?

서류상으로는 그런데요, 정확한…….

나이가 뭐 중요해.

수호가 돌을 던지듯 말했다.

둘 다 성인이고 자기 인생 책임지고 있으면 된 거지.

그래도 결혼을 하려면 정확한 연월일시를 넣어야…….

그런 거 다 옛날 말이야, 엄마. 요즘 누가 그런 걸 신경 써.

도어록 비밀번호 누르는 소리가 났다. 단발머리에 백 팩을 멘 여자가 문을 열고 들어와 현관에서 운동화를 벗었다.

재가 수영이.

수호가 주은에게 속삭였다. 주은은 자리에서 일어나 수영에게 목례했다.

안녕하세요, 언니. 저는 이 인간 동생이에요.

수영이 주은을 향해 손바닥을 펼쳐 흔들었다. 여자가 주방으로 갔다. 주은도 여자를 따라 주방으로 갔다. 여자는 가스레인지의 불을 켜고 수납장에서 그릇을 꺼냈다. 수호가 거실에 커다란 상을 펴고 닦았다. 여자가 그릇에 음식을 담으면 주은과 수영이 그것을 거실로 날랐다. 수호는 상에 수저와 컵을 놨다. 남자는 거실 소파에 가만히 앉아 있었다. 여자가 커다란 접시에 도미조림 담는 모습을 멍하니 지켜보던 수영이 불쑥 물었다.

근데 언니는 이름이 어떻게 돼요?

최주은이에요.

아, 예쁘다. 내 이름은 되게 흔한데.

제 이름도 흔해요.

언니 이름은 무슨 뜻인데요?

주님의 은총이요.

수영은 뭔가를 깨달은 사람처럼 입을 벌리고 아, 소리를 길게 냈다. 이름에 그런 뜻이 있었어? 그건 나도 몰랐네. 행주를 싱크대 위에 놓으며 수호가 말했다.

언니 교회 다녀요?

아뇨, 성당에서…….

아, 성당 다녀요? 그럼 언니도 그거 있어요? 그 뭐지? 성당 이름.

세례명이요?

네, 그런 거. 그거 있어요?

안나예요.

아, 예쁘다. 언니는 이름도 예쁘고 그거도 예쁘고 눈 코 입도 예쁜데 저 인간이랑은 왜 사귀어요?

수영이 새침하게 말하며 눈짓으로 수호를 가리켰다.

저 사람도 예쁘잖아요.

주은이 장난스럽게 대꾸했다. 수영은 헐, 소리를 길게 내며 어이없다는 표정을 지었다. 거실의 큰 상에 도미조림과 등갈비찜과 샐러드가 오르고 밥 다섯 공기가 차려졌다.

이게 다야?

남자가 상 가까이 앉으며 물었다.

이것도 많아. 다 못 먹어.

여자가 개인 접시를 놓으며 말했다.

그래도 손님이 왔는데…….

충분해요, 아버님.

그래, 요즘은 반찬 없이 요리 하나만 해서 먹는 게 유행이라던데.

네, 어머님. 메인 요리 있으면 반찬은 사실 먹지도 않으니까요.

그래도 국도 없고…….

남자는 자기 무릎을 매만지며 계속 못마땅해했다.

당신은 국에 숟가락만 담그고 먹지도 않으면서 왜 자꾸 그걸 찾아.

그래도 밥 먹다가 입이 마르면…….

물 있잖아.

여자가 남자 앞의 컵을 툭 치며 말했다. 남자의 얼굴이 굳었다.

이것 좀 봐요. 일평생을 머슴처럼 뼈 빠지게 일하다가 퇴직했는데도 밖에서는 퇴물 취급에 집에서는 찬밥 신세에, 요즘 세상에는 남자들이…….

남자가 자기 무릎을 매만지며 주은에게 하소연했다.

우리 다 밥상 차리겠다고 왔다 갔다 했는데 아빠만 앉아서 밥상 차려지길 기다렸잖아. 근데 무슨 찬밥이야.

수영이 대꾸했다. 너는 가서 술 좀 가져와라. 남자가 수영에게 말했다. 언니는 무슨 일 해요? 수영이 주은에게 물었다. 술 좀 가져오라니까. 남자가 다시 말했다. 여자가 으이구 소리를 내며 일어나 주방으로 갔다.

초등학교 교사예요.

주은은 눈으로 여자를 좇으며 대답했다. 여자는 냉장고에서 소주를 꺼냈다.

헐. 대박 희귀템. 개 멋져. 소문만 무성하던 초등학교 선생님이 내 앞에 있어. 근데 이런 남자랑 왜 사귀어요?

수영이 젓가락으로 수호를 가리키며 물었다. 수호가 수영의 뒤통수를 가볍게 쳤다.

헐. 방금 봤죠? 이런 남자랑 왜 사귀어요?

주은은 애매하게 웃었다. 정말이지, 그것 말고는 할 수 있는 말도 지을 수 있는 표정도 없었다.

이 집에서는 내 맘대로 할 수 있는 게 하나도 없어요. 먹고 싶은 것도 맘대로 못 먹고, 텔레비전도 내 맘대로 못 본다니까.

남자가 소주를 따르며 말했다. 여자가 기가 막힌다는 표정으로 대꾸했다.

여태 자기 맘대로 살아온 사람이 무슨 소리야. 그리고 집에 텔레비전도 두 갠데, 당신은 거실에서 보고 나는 방에서 보는데 뭘 맘대로 못 봐. 대체 누가 못 보게 하는데. 그게 지금 인사하러 온 사람 앞에서 할 말이야?

이건 무슨 '척'일까 주은은 생각했다. 남자는 소주를 마신 뒤 주은을 보며 말했다.

지금껏 내 인생 포기하고 평생을 성실한 가장이자 아버지로 나를 다 버리고 살아왔는데도 집에서 국 하나를 내 맘대로……

여자는 입술을 앙다물며 뭔가를 참는 표정을 짓더니 일어나서 주방으로 갔다. 가스레인지 켜는 소리가 들렸다. 주은은 '내 인생 포기하고'와 '가장이자 아버지'가 나란히 쓰일 수 있는 구절인가 생각했다. 수호는 도미조림의 살을 발라 주은의 밥그릇에 올렸다. 주은은 그러지 말라는 표정을 지었다. 먹어. 수호가 낮은 목소리로 말했다. 신경 쓰지 말고 그냥 먹어. 주은은 여자가 돌아올 때까지 숟가락을 들지 않았다. 남자는 계속 '퇴직한 남자의 삶'을 말했다. 요즘 세상과 젊은 사람들과 점점 거세어지는 여자들에 대해서. 처연한 표정으로 '간 큰 남자 시리즈'를 아느냐고 물은 뒤 한 집안의 가장을 우스갯소리로 골려 먹는 게 가당키나 하냐고 언성을 높였다. 여자가 국그릇을 들고 와 남자 앞에 놨다. 김이 모락모락 나는 콩나물국이었다.

이거 아침에 먹던 거잖아.

남자가 말했다.

그냥 드세요, 아버지.

수호가 소리 낮춰 말했다. 주은은 수호가 '불쌍하다'고 했던 말을 떠올렸다. 자기가 잘못 알아들었다는 생각이 들었다. 불쌍하긴 한데, 연민이 깃든 불쌍함은 아니었다. 한동안 젓가락이 그릇에 부딪히는 소리, 음식 씹는 소리, 벽시계 초침 소리만 들렸다.

정말 맛있어요. 어머님.

주은이 정적을 깼다.

언니는 이게 무슨 맛인지 알아요?

수영이 젓가락으로 생선 살을 집어 보이며 물었다.

나는 이게 무슨 맛인지 모르겠어. 아무 맛이 없잖아.

건성으로 생선 살을 씹으며 수영이 중얼거렸다.

애가 막내라 그런지 입이 짧아요. 어릴 때부터 뭘 지긋이 먹지를 못하고 얼마나 까탈을 부렸는데. 사탕이랑 초콜릿에만 빠져서 젖니도 간니도 다 썩어 버리고. 애 입 속에 차 한 대 돈이 들어갔다니까. 중학교 가면서부터 만날 햄버거나 피자 따위만 먹더니 입맛을 다 버렸어. 애는 담백한 맛 삼삼한 맛 이런 걸 몰라. 달고 짠 것만 알지. 이런 요리를 만들어서 먹일…….

최 선생은 무슨 요리를 잘하나?

여자의 말이 끝나지도 않았는데 남자가 대뜸 질문했다.

그냥 간단한 것들만……. 요리는 수호 씨가 훨씬 잘해요.

내 아들이 요리를 한다고?

여자가 눈을 크게 뜨며 물었다. 밥알이 조금 튀었다.

평소에는 이 새끼 저 새끼 그러면서 아까부터 왜 자꾸 아들 아들 그래. 낯설게.

수호가 표정 없이 중얼거렸다.

자기 손으로 라면 하나 못 끓여 먹는 애가 무슨 요리를 해?

또 무슨 말을 하는 거야, 엄마. 제발 그러지 말자.

내가 애 먹을 음식 만드느라고 손목이랑 허리가 몇 번이나 나갔는지 몰라요. 애 성장기 들어서고부터는 먹성을 따라가느라고 주방에서 음식 냄새 빠질 날이 없었다니까. 그래도 내 새끼니까, 뭐든 내가 만들어서 먹여야지 남이 무엇으로 어떻게 만드는지 알 수도 없는 음식을 먹일 수는 없으니까, 손목이 나가면 나가는 대로 채소 다듬고 고기 썰고, 왜 그렇게 미련을 떨었나 몰라. 부모 생각은 쥐똥만큼도 안 하고 오직 자기만 옳은 이런 새끼로 키우겠다고 그렇게 정성을……

엄마, 나 고등학교 내내 기숙사 있었잖아. 대학 때부터 자취했고. 혹시 나 말고 아들이 또 있나?

이런 애가 요리를 한다고? 대체 뭘 할 줄 아는데?

찌개나 찜도 종류 가리지 않고 잘하고요. 파스타도 잘 만들고……. 수호 씨가 눈썰미도 좋고 감각도 있어요. 대충 하는 것 같은데 깔끔하게 맛있어요.

나도 파스타 잘 만들어요. 나는 토마토소스도 직접 만들어요.

수영이 말했다.

별소리를 다 한다. 네가 뭘 할 줄 안다고.

여자가 수영을 나무랐다.

정말이야. 잘해. 다들 맛있다고 그랬어.

나는 네가 음식 하는 거 본 적이 없다.

엄마가 무조건 못 하게 했잖아. 괜히 나대다가 주방만 어지럽힌다고. 시켜 보지도 않고 무조건 못한대.

네가 하긴 뭘 해. 주꾸미 꼴뚜기도 구분 못 하는 애가.

몇 번을 말해야 알아. 나도 할 줄 안다니까.

그게 어디 제대로 하는 거겠냐? 아까운 음식 갖고 장난질하는 거지.

엄마는 자기 자식을 그렇게 깎아내려야 속이 시원하지?

수영의 말에 여자가 잠시 멍한 표정을 지었다. 남자가 소주를 들이켜고 말했다.

그래도 수호는 남자라고 지 앞가림은 잘했어. 대학도 직장도 한 번에 들어가고 부모를 어려움에 빠트리진 않았지. 여태 돈 문제 여자 문제도 없었고, 노름도 안 하고, 누구 패서 경찰서 간 적도 없고.

절도, 사기, 도박, 폭행 같은 거는 원래 하면 안 되는 거예요. 아버지. 범죄라고요. 저 이력서랑 자소서도 엄청 냈고요.

수호가 말했다.

그래도 부모 마음이 그런 거야. 최 선생, 술은 좀 합니까?

남자가 소주잔을 내려놓으며 말했다.

아뇨. 저는 즐기지는 않아요.

남자가 소주잔을 쥐고 조몰락거렸다. 그런 자기에게 아무도 신경 쓰지 않자 혼잣말처럼 중얼거렸다. 잔이 비었네, 잔이 비었어. 주은이 젓가락을 내려놓고 소주병을 잡으려고 하자 수영이 말했다.

요즘은 자기가 따라 마셔야 돼, 아빠. 누구한테 따르라 마라 그러면 안 돼.

너는 그런 태도로 사회생활은 어떻게 하냐? 윗사람한테 트집 잡히기 딱 좋지.

여기서 사회생활이 왜 나와?

최 선생은 어떻습니까? 학교에 나이 지긋한 선생들도 많지요?

네, 제가 젊은 편이죠.

잘 대해 줘요. 나이 들면 다 불쌍해. 머슴처럼 죽도록 일만 하고 대접도 못 받고. 내 집에서 술도 마음대로 못 마시고 말이야.

일은 다 죽도록 해. 당신만 그런 게 아니고 여기 있는 사람 다 그러고 살아. 그리고 지금 술 마시는 사람 당신뿐이고 마시고 싶은 만큼 마시면서 왜 또 자다가 방귀를 뀌어.

여자가 기가 차다는 듯 말했다. 주은은 간신히 웃음을 참았다. 남자가 소주잔에 소주를 따르며 말했다.

이것 좀 봐요. 나는 이렇게 하고 싶은 말도 못 하고.

여자가 주은의 밥그릇을 보더니 왜 이렇게 먹지를 못하느냐고 물었다.

음식이 입에 맞지 않나 봐?

아뇨. 맛있어요. 맛있게 잘 먹고 있어요.

주은이 손사래 치며 대답했다.

근데 언니는 이 인간 어디가 좋아요? 이 인간 코 판 손으로 과자 집어 먹는 거 알아요?

수호가 수영의 뒤통수를 쳤다. 수영이 눈을 부릅떴다.

최 선생은 지금 어디, 청주에 산다고?

남자가 물었다.

네, 대학 때부터 거기 살았어요.

그럼 언니 원래 집은 어디예요?

대학 가기 전까지는 경기도에 살았어요.

경기도 어디요? 어디서 태어났는데요?

그런 게 왜 궁금하냐.

수호가 말했다. 주은은 수호가 자꾸 피해 간다는 생각이 들었다.

그런 건 몰라요. 저는 고아니까요.

남자가 소주를 들이켰다. 여자는 발코니의 꽃바구니를 바라봤다. 수영은 등갈비를 먹으려다 멈췄다. 수호는 물을 마시며 상 아래에서 주은의 손을 잡았다. 갑자기 얼어붙은 분위기에 주은은 어떤 책임을 느꼈다.

수호 씨가 말씀드렸겠지만⋯⋯.

안 그래도 물어보고 싶었는데.

여자가 입을 열었다.

그러니까⋯⋯ 아주 모르는 거예요? 부모를? 그래도 그런 정보는 남기지 않나? 태어난 날짜나 키우지 못하는 이유나 그런 걸 적은 쪽지 정도는⋯⋯.

따로 들은 말은 없어요. 생일도 고향도 듣지 못했고, 태어나자마자 고아라는 것만 알고 있어요.

그게…… 다른 표현도 있을 텐데.

남자가 소주잔을 조몰락거리며 말했다.

부모님이 안 계신다거나, 가족이 없다거나, 혈혈단신이라거나…….

주은은 '고아'라는 단어를 생각했다. 부모가 없는 아이를 칭하는 명사. 이제 성인이니까 고아라는 단어를 쓰면 안 되는 건가? 주은은 남자와 여자를 봤다. 남자는 부모가 살아 있을까? 여자는? 수호에게 조부모 얘기를 들은 적이 있던가? 수호는 가족 얘기를 거의 하지 않았다. 작년 크리스마스에 수호는 주은에게 청혼했다. 그때 주은은 거의 처음으로 진지하게 생각했다. 가족이 생긴다는 것에 대해. 결혼을 한다는 건 가족이 된다는 것. 주은은 그것이 좋은지 나쁜지 알 수 없었다. 자기가 그것을 원하는지 원하지 않는지도 알 수 없었다. 일단 가족을 가져 본 다음에, 없는 경우와 있는 경우를 다 경험해 본 다음에야 판단할 수 있을 것 같았다. 선생 일을 시작하면서 학부모들을 어머님 아버님이라고 칭하게 되었는데, 그 단어를 말할 때 주은은 별 감정을 느끼지 못했다. 남자에게 고아라는 단어는 그렇지 않은 걸까? 어째서 다르게 표현해야 하는 걸까?

그래 뭐…… 이유야 어찌 됐든 반듯하게 잘 컸으면

된 거지. 고생 많았을 텐데. 정말 장해요.

여자가 주은을 바라보며 말했다. 그날 처음으로 보는 표정과 말투였다. 남자가 바로 말을 이었다.

나 어릴 때 우리 동네에도 최 선생 같은 친구 있었어. 그 친구는 부모 없이 누나랑 둘이 살았는데 그 누나가 그렇게 곱고 참하고 착했지. 동네 사람들은 입이 마르도록 그 누나 됨됨이를 칭송했어. 내 친구 녀석이 키는 땅딸하고 머리통은 동글동글해서 우리는 그 애를 감자라고 불렀지. 그때 다들 배고플 때니까 우리는 서로를 꼭 음식 이름으로…….

여자가 상 위의 그릇을 주섬주섬 치우기 시작했다.

왜 벌써 상을 치워. 아직 술이 남았는데.

남자가 술잔을 쥐며 말했다. 여자는 개의치 않고 수저와 그릇을 쟁반에 담았다. 수호와 수영은 여자를 도왔다. 개수대에 그릇이 쌓였다. 수호가 고무장갑을 꼈다. 주은이 수호 옆에 섰다. 내가 할게. 수호가 말했다. 수호의 원룸이었다면 수호에게 설거지를 맡겼을 것이다. 지금은 그러고 싶지 않았다. 주은은 수세미를 잡았다. 내가 한다니까. 수호가 말했다.

내가 지금 이걸 하지 않으면 뭘 해.

주은이 물었다.

저기 가서 앉아 있으라고?

주은이 고갯짓으로 거실을 가리켰다. 거실에는 수호

의 가족이 있었다. 남자는 작은 술상을 앞에 두고 소주
를 마시고 있었다. 여자는 걸레로 바닥을 닦고 있었다.
수영은 소파에 앉아 휴대폰을 보고 있었다. 주은은 그
곳으로 가고 싶지 않았다. 수호 옆에 있거나 혼자 있고
싶었다. 불편하면 작은방에 들어가 잠깐 쉬라고 수호가
말했다.

그냥 같이 해.

주은이 수도를 틀며 대꾸했다. 물줄기가 시원하게 쏟
아졌다. 대학에 들어갔을 때도 교사 일을 시작했을 때
도 고아라고 말하면 어떤 사람들은 불편해했다. 주은
은 숨기고 싶어서가 아니라 불편해지는 분위기가 싫어
서 자기를 감췄다. 주로 나이 많은 사람들이 이런 걸 물
었다. 아버지는 뭐 하시느냐, 본가는 어디냐, 형제자매
는 어떻게 되느냐. 가족이 없다거나 혼자라고 에둘러 대
답한 다음에는 불필요한 설명을 길게 붙여야 했다. 오랜
친구에게 물어봤었다. 고아라는 말, 이상한가? 내가 고
아라고 하면 갑자기 분위기가 이상해져. 그때 친구가 말
했었다.

가족을 당연하게 생각하는 사람들이 많으니까.

그런가.

이성애자를 당연하게 생각하는 것처럼.

낯설어서 그런 건가.

어떤 사람들은 이유를 듣고 싶어 하잖아. 고아인 이

유. 동성애자인 이유. 사실 이유가 어디 있냐. 그냥 그렇게 태어난 사람도 있는 거지. 근데 반드시 이유나 사연이 있을 거라고 생각하고 그런 걸 들어야만 납득하는 사람들이 있거든.

주은은 국그릇을 닦으며 콩나물국을 생각했다. 남자가 타박을 받으면서도 꿋꿋하게 국을 고집한 이유를. 어쩌면 그건 지금까지 국을 주장하면 결국 국이 나왔기 때문 아닐까? 여자 말대로 남자는 국에 숟가락만 담가뒀다. 남자는 입이 마르면 소주를 마셨다. 콩나물국은 그대로 식어 쓰레기가 되었다.

남자와 여자는 밤 운전을 하지 말고 하룻밤 자고 가라고 했다. 주은은 다음에, 좀 더 편해지면 그러겠다고 대답했다. 여자가 등갈비찜을 싸 주겠다고 했다. 수호는 괜찮다고 했다. 그래도 가져가면 먹게 된다면서 여자가 반찬통을 꺼냈다.

사실 내 입에는 내가 만든 음식이 더 맞아, 엄마.

수호 말에 여자는 이 새끼 말하는 것 좀 봐라, 힘들게 키워 놨더니 부모 생각은 눈곱만큼도 안 하고 세상에서 자기만 옳다고…… 그날 몇 번씩 들은 그 말을 또 했다.

어버이날 선물을 드리고 싶은데, 뭘 좋아하실지 몰라서…….

주은이 상품권을 내밀며 말했다. 여자는 좋아했다.

남자는 달가워하지 않았다. 주차장까지 따라 나온 수영이 주은에게 휴대폰 번호를 물었다. 차를 타고 아파트를 빠져나오는데 문자 메시지 도착 알람이 떴다.

언니, 아까는 죄송해요. 제가 몰라서 그랬어요.

수영의 문자였다. 주은은 미안해하지 않아도 된다고 답장을 보냈다. 다시 문자가 왔다.

제가 앞으로도 몰라서 실수할 수도 있는데 그럴 때는 바로 말해 주세요.

자기가 고아라는 사실이 누군가에게 미안한 일이 되어 버리면 자기 존재 자체가 미안한 건가 생각이 복잡하게 꼬여서 사실 자기도 잘 모르겠다고, 그래서 바로 말할 수 없을 것만 같다고 메시지를 쓰고 싶었지만 주은은 그냥 알겠다고, 오늘 고마웠다고 답장을 보냈다.

밤의 고속도로를 달리며 주은은 오늘 만난 가족을 생각했다. 오랜 시간을 같이한 사람들, 각자의 말을 하는 사람들, 험담인지 애정 어린 말인지 헷갈리는 표현들, 억울하고 서운한 표정들, 외로운 얼굴들, 주은의 가족이 될 수도 있는 사람들……. 그들은 수호의 어린 시절을 안다. 수호의 성장을 안다. 커다란 불행이 그들을 가로막지 않는다면, 수호의 늙음을 알아 갈 것이다. 서로의 마지막을 지킬 것이다.

오늘 불편했어?

수호가 물었다.

……잘 모르겠어.

차차 편해지면 좋겠다.

수호가 주은의 손을 살며시 잡았다.

그게 아니라, 가족이 뭘까 싶어서.

그건 나도 몰라.

가족이 있는데도 몰라?

응. 정말 모르겠어.

그럼 누가 알까?

안다고 믿는 사람들?

이상해.

지금 나를 가장 잘 아는 사람은 너야.

가족은 가장 가까운 사이 아닌가?

글쎄. 태어난 순간에는 그렇겠지. 근데 점점 멀어지는 것 같아. 무중력 우주에서 약한 힘을 받은 것처럼. 태어나는 순간 그 힘을 받아서, 만나자마자 멀어지는 거야. 서로의 한쪽만을 보면서 서서히 멀어지는 거지.

……쓸쓸한 말이네.

그래도 난 너와 같이 살고 싶어.

멀어지더라도?

그래도 오늘은 가장 가까이 있으니까.

……30년 뒤에 우린 어떤 대화를 하게 될까.

자다가 방귀 뀌는 소리는 절대로 하지 않을게.

주은은 웃었다. 남자와 여자 앞에서 웃지 못한 것까지 다 게워 내 웃었다. 같이 웃던 수호가 헛기침을 한 뒤 말했다.

멀리서도 사랑한다고 말할게.

밤의 고속도로는 검고 위험하고 아름다웠다. 따뜻하게 빛나는 가로등이 가까워지고 멀어졌다. 일정한 속도로 달리면서, 서로의 손을 매만지면서, 두 사람은 자기들의 말을 믿고 싶었다.

의
자

그동안 많은 가구를 만들었다.

식탁을 만들 때 가장 즐겁다. 식탁에 놓일 음식이나 식탁을 두고 마주 앉을 사람을 상상할 때도 즐겁지만, 기능이나 용도를 버린 모양 그 자체로, 여명을 받으며 외롭게 존재하는 새벽녘 식탁을 상상할 때 가장 즐겁다.

주문이 들어오면 침대도 만들고 책장도 만들었다. 탁자나 선반도 만들었다.

의자는 두 번 만들었다. 15년 전에 첫 의자를 만들었고 어제 두 번째 의자를 완성했다. 둘 다 일인용이다. 판매하거나 사용하려고 만들지 않았다.

지난 이야기를 하려고 한다.

떠나고 남겨지고 남겨 두던 일들이 차근차근 일어나던 한 시절의 이야기를.

그런 날이 지나고 오롯이 남은 하나의 의자에 대해.

*

내가 열다섯 살 되던 해 1월, 아버지가 집으로 돌아왔다. 7년 동안 아버지는 중동에서 일하며 돈을 부쳤고 어머니는 그 돈을 모아 아파트 한 채를 마련했다. 가족 생활비는 어머니 월급으로 해결했다. 어머니는 나를 낳은 다음 해부터 버스 터미널의 매표소에서 일했다. 당시 우리 집과 외갓집은 걸어서 10분 정도 거리에 있었다. 나는 외할머니 손에 자랐다.

외할머니는 이생에서 95년 6개월 12일을 살았고 15년 전에 이생을 버렸다. 95년 6개월 12일 중 29년 11개월 동안 외할머니와 나는 매일 만났다. 아니다. 다시 계산해 보자. 이모가 아이를 낳았을 때 외할머니는 3년 정도 이모 집에 머물렀다. 나는 20대 초반에 인제 2사단에서 3년 가까이 복무했다. 그런 날들을 모아 모두 뺀다고 해도 외할머니와 나는 20년 넘게 매일 얼굴을 봤고 짧게나마 대화를 나눴다. 한집에 같이 살지 않았는데도 그랬다. 지금까지 내 인생에 그런 사람은 외할머니뿐이다.

외할머니는 아흔넷 넘어서부터 갑자기 쇠약해졌다. 치매나 중병을 앓지는 않았지만 소화와 호흡 기능이 예전만 못해졌고 식사와 배변에 어려움이 컸다. 이생을 버리기 전 한동안 요양원에 머물렀는데 그곳에서 외할머니는 나는 안 춥다, 나는 안 아프다, 내 몸은 내가 안다, 나는 괜찮다, 필요 없다면서 약이나 주사나 타인의 정성을 거부해서 자식들을 난감하게 했다. 사람들은 그것을 '늙은이의 흔한 고집'이라고 말했다. 나는 외할머니의 그런 태도를 결백 혹은 결벽이라고 이해했다. 그때 외할머니는 정말 춥지 않고, 아프지 않고, 괜찮았던 것이다. 더는 약이나 주사가 필요 없었던 것이다. 괜찮지 않았던 사람은 외할머니가 아니라 이생에 남을 사람들, 남아서 외할머니를 떠나보내고 자신 또한 언젠가는 죽음을 맞이할 사람들이었다. 노환으로 서서히 죽어 가는 외할머니를 '괜찮지 않다'고 판단해야만 했던 외할머니의 자손들.

요양원에 들어가고 서너 달 지난 어느 날, 외할머니는 내가 포장해 간 노란 호박죽을 먹으며 내게 종교를 하나 가지고 꾸준히 믿어 볼 것을 권했다. 그럼 죽는 날이 다가와도 조금은 덜 무섭지 않겠느냐고. 나는 젊은 시절의 외할머니를 떠올렸다. 빛나는 눈동자와 카랑카랑한 목소리로 "나는 돈을 믿는다." 주장하던 외할머니를. 그때 외할머니는 노점에서 핫도그와 어묵을 팔며(학교가 끝나면 나는 매일 그곳에 들러서 핫도그를 먹고 용돈을 받아 냈다.) 어묵 12개와 쥐포 6개와 핫도그 5개의 가격을 계산기보다 빠르게 계산해 내곤 했다.

이제는 자다 깨면 무섭다. 잠들려고 하면 더 무섭고.
살면서 뭐든 하나 믿어 볼걸 그랬어.

할머니가 무서울 게 뭐 있어.

잘못 산 세월이 다 무섭다.

할머니가 헌이랑 나를 키웠잖아.

네 엄마가 낳았으니까.

할머니는 두 아기를 어른으로 만들었잖아.

내가 했나. 니들이 컸지.

할머니는 두 생명을, 아니지, 할머니는 자식이 여섯이니까, 여섯에 우리 둘에 삼촌 이모들 자식까지 사람을 열 명은 넘게 키워 냈잖아. 나는 그 어떤 잘못도 그 값에 비기지는 못할 거라고 봐.

내가 내 자식은 키우지 못했어. 돈 버느라 내팽개쳤어. 글만 떼면 일을 시켰어.

삼촌들만 공부시키고.

네 엄마는 나한테 원망이 많아.

알아. 그거는 내가 갚을게. 할머니가 나를 키웠으니까.

할머니는 호박죽을 반의반도 먹지 못했다.

할머니는 천국도 극락도 믿지 않잖아.

안 믿는 게 아니라 모르는 거지.

보통 사람은 모르고도 믿어. 근데 할머니는 그러지를

못하니까.

모르는데 어떻게 믿나.

그러니까 할머니한테는 천국도 극락도 없는 거야. 그럼 지옥도 삼악도도 없는 거지. 없으니까 그런 데 갈 일도 절대 없어. 그러니까 무서워하지 마.

할머니는 그거 말이 된다며 웃었다. 그래도 죽는 건참 무서운 일이라고, 이만큼 살아 놓고도 죽는 게 무서우니 내가 세상을 헛살았다고 중얼거렸다.

근데 그런 게 다 없으면, 그럼 이다음에 나한테는 뭐가 있겠나.

할머니가 그런 걸 물어서 나는 슬펐다. 할머니 건강하게 백 살까지 살아야 한다고 말하고 싶었지만, 백 살이 되면, 그럼 그다음에는? 백 살이라고 해 봤자 몇 년남지도 않았다. 언젠가는 죽는다. 슬픔과 고통의 날은반드시 온다. 오래오래 건강하게…… 라고 시작되는 말조차 할 수 없었다. 할머니는 이미 오래오래 건강하게살아 버렸다. 더는 욕심낼 수 없었다.

그냥 잠드는 거지, 할머니.

할머니에게는 대답이 필요했다. 죽어 본 적도 없고죽음이 뭔지도 모르고 제대로 살아 본 적도 없는 내가대답해야 했다.

천국이나 극락이 아니어도 좋은 세상에서 다시 사는꿈을 꾸는 거지.

할머니는 슬픈 눈으로 나를 봤다. 그렇게 우리는 매일 준비했다.

귀국하고 일주일도 지나지 않아 아버지는 다시 일을 시작했다. 어머니는 손님 대하듯, 나는 선생님 대하듯 아버지를 대했다. 뒤늦은 한파가 몰아친 3월의 늦은 밤이었다. 아버지가 많이 취한 채 집에 들어왔다. 아버지는 거실에 주저앉아 큰 소리로 가족들을 불러냈다. 자다 깬 채로, 나는 꿈을 꾸는 줄 알았다. 한 번도 그런 일을 겪어 본 적 없으니까. 방문을 조금 열고 거실을 엿봤다.

아버지는 어린 동물처럼 꿈틀거렸고 손바닥으로 얼굴을 자꾸 문질렀다. 어머니가 거실로 나와 아버지 옆에 섰다. 선 채로, 그다음 할 일을 찾지 못했다. 어머니에게도 낯선 경험이었던 걸까? 아버지가 손을 뻗어 어머니를 잡아당겼다. 어머니는 주저앉았다. 아버지는 어머니를 안으려 했고 어머니는 아버지를 밀어냈다. 아버지가 울면서, 화를 내면서 중얼거렸다. 여긴 내 집이다. 내 돈으로 산 내 집이다. 근데 왜 나를 불편하게 만드느냐. 내 것을 지키겠다고 여태 참아 왔는데 대체 뭘 지켰는지 모르겠다. 이런 대접을 받자고 내가 그 고생을 했느냐. 그런 말을 반복했다. 아버지는 계속 어머니를 끌어안으려 했고 어머니는 밀어냈다. 문을 닫아야 한다고 생각하면서도 나는 계속 엿봤다. 심장이 빠르게 뛰었다. 그들이 부모로 느껴지지 않았다. 드라마를 보는 것만 같았다. 아버지의 한탄이 계속되자 어머니는 거실 불을 끄고 방으로 들어가 버렸다. 아버지는 바닥에 드러누웠고 나는 가만히 문을 닫았다. 누운 채 뒤척이다가 선잠을 잤다. 추워 눈을 떴는데 창밖이 조금 밝았다. 방문을 열어 봤다. 아버지는 벗어 놓은 옷처럼 거실에 너부러져 있었고 안방 문은 닫혀 있었다. 여명을 받아 거실은 쇳빛이었다. 무섭게 고요했고 차가웠다. 그때 본 차고 고요한 쇳빛은 그 느낌 그대로 우리 집의 밑그림이 되었다. 취한 날도 취하지 않은 날도 어머니는 안방에서 아버지는 거실에서 잤다. 잠들 수 없는 밤이면 나는 방문을 조금 열고 나쁜 짓 하듯 바깥을 엿봤다.

그때는 항상 지는 기분에 짓눌려 있었다. 지금도 그런 감정이 나를 성가시게 하지만 이제는 그것이 열패감이란 것 정도는 안다. 그때는 감정에 이름 붙일 줄 몰랐다. 그저 더러웠고 불행했고 분했다. 또 무서웠다. 무언지 모를 것이 무섭고, 무서우니까 늘 잘못을 저지르는 기분이었다. 강제로 지워지는 것 같았다. 내가 나를 지우고 싶었는지도 모른다. 나는 작고 야위고 말 없는 아이였다.

더는 바람이 차지 않다 느껴지던 봄날이었다. 종일 교실 귀퉁이에 처박혀 수시로 창밖을 봤다. 같은 반 아이들은 그날따라 시끄럽고 유난스러웠다. 나는 풀처럼 돌처럼 가만있었다. 가만있는데도 찌그러지는 느낌이었다. 수업 끝나고 외할머니 포장마차에 들러 핫도그를 집어 먹었다. 외할머니가 돈 좀 줄까 물었고 나는 고개를 저었다. 같은 교복을 입은 아이들이 포장마차로 몰렸다.

나는 간다는 인사도 없이 포장마차를 나와 집과 반대 방향으로 자전거를 몰았다. 버스 터미널이 나왔다. 다시 방향을 틀었다. 시장을 지나 철교 아래를 지나 기차역에 닿았다. 길은 둥그렇게 이어져 그대로 달리면 결국 집이 나타날 것이었다. 몇 번씩 방향을 틀었지만 나는 집으로 가는 길을 알았고, 그 길을 피하려고 아무리 페달을 굴려도 집으로 가는 길은 계속 나타났다. 문득 석우가 떠올랐다. 같은 초등학교를 다녔고 중학교 1학년 때까지 제법 친했는데 2학년이 되기 전 옆 고장으로 이사 간 친구였다. 공중전화를 찾아 석우 집으로 전화를 걸었다. 다행히 석우가 받았다. 나는 다짜고짜 놀러 가겠다고 했고, 석우는 떨떠름한 목소리로 그러라고 했다.

자전거를 타고 국도를 달리는 사이 날이 저물었다. 한참 더 달렸다. 멀지 않은 곳에 안개꽃처럼 모여 있는 불빛들이 보였다. 자전거를 세웠다. 한쪽 발은 페달에 얹고 한쪽 발은 땅을 딛고 선 채로 그 불빛들을 오래 바라보다 자전거를 돌렸다. 뭔가에 홀린 듯 전화를 걸었고 놀러가겠다고 했지만 그렇게 말하는 순간에도 정말 그럴 수 있으리라고 생각하진 않았다. 어차피 석우 집도 몰랐고, 석우도 우리 집 어딘지 아느냐고 묻지 않았다. 아무리 페달을 밟아도 익숙한 풍경이 나타나지 않아 불안에 쫓길 때쯤 도로 표지판에 내가 사는 고장의 이름이 나타났다. 이제 다시는 석우에게 연락하지 않겠다고 다짐했다.

집 근처에 다다라 시계를 봤다. 자정 가까웠다. 그렇게 늦은 시간까지 집에 들어가지 않은 적은 처음이었다. 부모님께 야단맞진 않을까, 뭐라고 변명해야 하나 걱정하면서도 집에 들어가기는 싫었다. 강변을 달려 시내로 갔다. 상점 대부분 문을 달아 길은 어둡고 황량했다. 차도 사람도 거의 없어 자전거 타기 아주 좋았다.

구시가지의 컴컴한 가게 사이를 천천히 지나갔다. 길고양이 한 마리 보이지 않았는데, 작은 아이가 건물 입구에서 툭 튀어나왔다. 이불 가게가 모여 있는 건물이었다. 그 아이가 주변을 둘러보기에 나는 자전거를 세웠다.

소진이었다. 같은 중학교를 다니고 있었지만 친하지는 않았다. 말 한마디 나눠 본 적 없었다. 하지만 나는 소진을 알았고, 소진이 나를 아는지는 확신할 수 없었다. 소진은 건물과 건물 사이로 들어가 몸을 숨겼다. 자전거를 끌고 그쪽으로 천천히 걸어갔다. 소진이 숨은 곳 가까이 갈수록 담배 냄새가 났다. 평소의 나라면 모른 척 지나갔을 텐데, 아니, 소진이 있는 곳으로 자전거를 끌고 가지도 않았을 텐데, 나는 소진이 숨어든 곳에 멈춰 섰다. 그날 자전거를 타고 누빈 길들이, 내 안에 잠시 머문 작은 자유가 내 발을 잡아 붙든 것 같았다. 소진은 나를 보고 놀라며 담배를 떨어트렸다. 미안해, 놀라게 하려던 건 아니야, 그런 말이 절로 나왔다. 소진이 조용하라는 시늉을 하며 떨어진 담배를 주워 들었다. 소진은 다시 담배를 물었고, 나는 자전거 핸들을 쥔 채로 그 자리에 가만히 서 있었다. 나를 쳐다보던 소진이 잠시 의아한 표정을 짓더니 담뱃갑에서 담배 한 개비를 꺼내 내밀었다. 나는 그것을 받았고 물까 말까 망설이다 검지와 중지로 잡고만 있었다.

여기서 뭐 해. 이 시간에.

소진이 작은 소리로 물었다.

그냥…… 돌아다녀.

나도 작은 소리로 대답했다.

너네 집 여기서 멀잖아.

나는 놀랐다. 내가 사는 곳을 알고 있다니. 나는 고개를 끄덕이며 담배 쥔 손으로 코 밑을 훔쳤다.

근데 저기가 너네 집이야?

눈짓으로 소진이 나온 건물을 가리키며 물었다. 소진이 고개를 끄덕이며 손가락으로 건물 꼭대기 층을 가리켰다. 소진이 담배 한 개비를 다 피우는 동안 나는 소진과 적당히 떨어진 곳에서 자전거를 꼭 붙잡고 서 있었다.

혹시 동전 가진 거 있어?

소진이 물었다. 난 주머니에서 동전을 꺼내 보였다. 소진은 가까운 데 자판기가 있다며 커피를 마시러 가자고 했다. 소진이 앞장섰고 나는 뒤따랐다. 얼마 걷지 않아 자판기가 나타났다. 밀크커피 두 잔을 뽑아서 역시 멀지 않은 곳에 있는 나무 의자로 갔다. 우리는 나란히 앉아서 밀크커피를 마셨고 소진은 담배 한 개비를 더 피웠다.

이때가 제일 좋지 않냐.

소진이 말했다. 무슨 뜻인가 생각했다. 좋다니까, 좋은 뜻이겠지. 내가 아무 말도 않고 있으니 소진이 말을 이었다.

이맘때 말이야. 바람이랑 날씨랑 온도랑 향기랑. 좋은데 너무 짧아. 짧아서 더 좋은 건가. 근데 꼭 좋을 때 시험이 겹쳐.

나는 고개를 끄덕였지만, 사실 그런 생각은 해 본 적 없었다. 계절이 좋다는 생각 같은 거. 이맘때라는 말도 글자로만 본 것 같은데, 글자로만 볼 때는 몰랐는데 소리로 들으니 예쁜 말이었다.

커피를 다 마시고 소진의 집까지 같이 걸었다. 들어가기 전에 소진이 말했다.

너 얼른 집에 가. 좀 지쳐 보여.

나는 고개를 끄덕였다. 유리문을 밀고 소진은 건물

안으로 들어갔다. 갈색 유리 너머로 착착착착 계단을 밟고 올라가는 뒷모습이 보였다. 심장이 무척 뛰었다. 커피 때문인 줄 알았다. 그날 커피를 처음 마셔 봤으니까. 주머니에 손을 넣어 소진이 준 담배가 부러지지 않았는가 확인했다. 자전거 안장에 앉았다가 다시 내려왔다. 자전거를 끌고 걸었다. 날이 밝지 않길 바랐다.

*

　제대하고 3년간 경찰 공무원 시험을 준비하다 포기했다. 부모님은 한 번 더 응시해 보라고 권했지만 자신 없었다. 경찰이 되고 싶지도 않았다. 책을 다 버리고 일거리를 찾다가 근교 목재소에서 배송과 운반 일을 맡아 하게 됐다. 그때 나무 냄새에 빠져 버렸다. 오래 고민하다가 사장에게 물었다. 가구를 만들고 싶은데 어디서 무엇을 어떻게 배우면 되냐고. 사장은 알고 지내던 공방 목수를 소개해 줬다. 나는 목수의 조수가 되었다.

　좋았다. 나무를 만지고 다듬고 말없이 골똘히 무언가를 만드는 과정 자체가. 장인이 되고 싶었다. 사람들에게 그렇게 불리고 싶었다. 제일 먼저 만들어 보고 싶은 게 있느냐고 목수가 물었다. 관을 만들어야 한다고 대답했다. 외할머니의 관. 그때 나는 매일 외할머니의 죽음을 생각했다. 죽음과 외할머니를 떼어서 생각할 수 없어 괴로웠다. 영원히 함께할 수는 없는가. 어째서 영원할 수 없는가.

목수가 도와주겠다고, 좋은 나무를 구해 주겠다고 약속했다.

외할머니는 기뻐했다.

내가 만든 관에 누우면 무섭지 않을 것 같다고 했다.

내가 만든 관을 타면 좋은 곳으로 갈 수 있을 것 같다고 했다.

문상 온 사람들마다 호상이라고 했다. 아주 곱고 깨끗하게 돌아가셨다고, 자식들 복이 크다고. 아무리 가을이라도 날이 이토록 화창할 수 있겠느냐, 산 사람들 고생 말라고 덥지도 춥지도 않은 날, 비도 바람도 없는 날 골라서 돌아가셨다는 말이 돌림노래처럼 장례식장을 돌아다녔다. 나는 그런 말을 견딜 수 없었다.

이모들과 외삼촌들은 많이 울지 않았다. 죽음을 준비할 시간이 길었고, 그동안 각자의 죄책감과 원망과 설움을 적당히 내려놓은 것 같았다. 그들의 눈물도 웃음도 시냇물처럼 깨끗하고 투명했다. 나는 많이 울었다. 손님 접대를 하느라 엉엉 울지는 못하고, 소리도 없이 눈물을 흘리고 코를 풀었다. 너무 울어서 머리가 아프고 힘이 빠지면 장례식장 입구로 나가 바람을 쐬면서 전

광판을 멍청하게 바라봤다. 거기 푸르게 빛나는 '나유자'가 있었다. 살아 계실 때는 거의 떠올려 본 적 없는 외할머니의 이름. 속으로 계속 나유자 나유자 나유자를 외웠다. 나도 준비를 했는데, 준비를 잘해 보려고 관까지 만들었는데, 많이 상상했고 연습했는데, 그런데도 현실을 받아들일 수 없었다. 임종을 지켰고 모두가 울 때 같이 울었고 영정 사진 앞에서 절까지 했는데도 현실 같지 않았다. 이제부터 진짜 연습이 시작된 것 같았다.

장례 첫날 저녁, 이태 전에 헤어진 애인이 조문을 왔다. 조용히 절을 했고 내 손을 잡았고 내 눈을 봤다. 운듯 눈가와 코 주위가 붉었다. 7년 가까이, 20대의 굵은 마디들을 함께한 사람이었다. 외할머니에게 소개하기도 했었다. 눈매가 곱고 목소리가 정갈하다며 외할머니가 좋아했었다. 오래 만났고, 더 오래 만나리라고 생각했는데, 헤어지자는 말도 없이 헤어졌다. 당신의 진심을 모르겠다고, 시간을 갖자고 그 사람이 말했었고 그게 끝이었다. 어느 노래 가사처럼 아무도 우리가 그렇게 쉽게 이별할 줄은 몰랐는데, '쉽다'는 형용사 뒤에 '이별'이란 명사가 올 수 있는지, 그런 어법이 가능한지, 온갖 어리석은 질문이 내 안에 고여 고요히 썩어 가던 날들도 있었다.

어떻게 알고 왔느냐고 물었다.

그냥, 들었어.

밥 한술 뜨고 가라고 권했지만 그냥 가겠다고 했다.

당신이 겁에 질려 있을 거라고 생각했어.

장례식장을 나서며 그 사람이 말했다.

당신에게 할머니가 어떤 의미인지 아니까.

그 사람은 나를 '당신'이라고 불렀다. 연애할 때도 헤어지고 나서도 그 호칭은 바뀌지 않았다. 연애할 때는 몰랐는데 따뜻한 말이었다. 와 줘서 진심으로 고맙다고 말했다.

여태 본 당신 중에 지금이 가장 진짜 같아.

고맙다는 인사에 대한 그 사람의 대답이었다. 요즘도 나는 가끔 그 말의 의미를 생각한다. 진짜와 진심을 생각한다. 우리가 함께한 시간을, 각자가 느꼈을 외로움을 생각한다. 이별이란 칼날이 우리 근처를 서성이던 시절 그 사람이 작정한 듯 내뱉은 말이 있다. 당신은 관계를 더 좋아지게 하려는 노력을 전혀 하지 않는다고. 모든 걸 흘러가는 대로 내버려 두기만 한다고. 그때는 그 말을 그저 시비로 받아들였다. 호소가 아니었을까 하는 깨달음은 뒤늦게 왔다. 이별 아닌 다른 방법을 찾아보고 싶다는, 그 사람이 내게 보냈던 마지막 신호가 아니었을까. 그때 그것을 알았더라면 그런 식으로 미지근하게 헤어지지는 않았을 것이다. 이별에라도 최선을 다했을 것이다. 내게로 오고 내게서 떠나는 사람을 내가 어쩔 수는 없다는 당연한 사실이 늘 두려웠다. 진심을 드러내야 하는 순간마다 방패를 먼저 꺼냈다. 당신을 사랑한다거나 사랑하지 않는다고 말하는 노력조차 하지 않았다. 진심에는 노력이, 때로는 가장 큰 노력이 필요하다는 사실을 그때는 몰랐다. 겨우 그 정도의 인간이었다. 나는.

*

장례를 치르고 며칠 지나 갑자기 계절이 바뀌었다. 하늘에서 겨울이 뚝 떨어진 것만 같았다. 옷장 구석에 처박아 뒀던 겨울 점퍼와 털모자를 세탁도 못 하고 꺼내 입은 날이었다. 공방 일을 마치고 자전거를 타고 기차역 광장을 지나가다가, 어, 내뱉고 조금 더 달리다가 부드럽게 브레이크를 잡았다. 한 발로 땅을 딛고 서서 뒤돌아봤다. 광장 구석의 흡연 구역에서 소진이 담배를 피우고 있었다.

15년 전 새벽에 같이 밀크커피를 마시고 다음 날 학교에서 우린 마주쳤었다. 반갑게 아는 척은 못 하고 조심스럽게 눈으로만 인사했다. 소진은 자연스럽게 내 눈짓을 받아 줬다. 그리고 끝이었다. 더 가까워지지 못했다. 그래서 일부러 소진을 피했다. 멀리서도 소진이 보이면 돌아섰다. 그러던 어느 날 깨달았는데 나는 더 이상 문틈으로 거실을 엿보고 있지 않았다. 또 어느 날 깨달 았는데 아버지와 어머니는 안방 문을 걸어 잠그고 같이 잤다. 어느 날부터는 나도 방문을 잠그고 잤고, 어느 날 부터는 방문을 잠그고 밖으로 나가 여명이 길 위에 내려 앉을 때까지 자전거를 타고 구시내를 쏘다녔다.

소진의 집까지 가지는 못하고 그 근처만 헤매며 담 배 냄새를 찾았다. 만나고 싶은 마음과 만나고 싶지 않 은 마음이 팽팽하게 맞섰다. 까만 밤 인적 없는 길 위에 서는 나란히 앉아 밀크커피를 마시고 다음 날 학교에서 만나면 다시 원래대로 돌아가는 게, 한계를 확인하는 게 무서웠다. 중학교를 졸업할 때까지 그런 밤은 이어졌다. 교복을 바꿔 입고는 차차 잊었다. 하지만 아주 지워지지 는 않아 밤 깊어 자전거를 탈 때면 소진이 떠올랐다.

소진이 담배를 끄고 역 광장으로 천천히 걸어왔다. 나는 소진을 계속 바라봤다. 나를 먼저 알아봐 주길 바 랐지만 나를 알아보지 못했다. 나는 소진을 불렀다. 그 런 식으로 누군가를 먼저 부르는 사람이 아니었다, 나 는. 상대가 먼저 인사하면 받아서 인사하고, 상대가 그 냥 지나가면 나도 그냥 지나갔다. 열다섯 살에도 서른이 되어서도 소진과 나란히 서려면 잠시나마 나다움을 버 려야 했다.

너는 되게…….

소진이 내 눈을 빤히 보면서 중얼거렸다.

되게…… 달라졌다.

나는 털모자를 벗었다.

뭐랄까…… 커졌어. 사람이.

너도 커졌어.

소진의 말은 특별하게 들렸는데, 같은 말을 내가 하자 아주 당연한 말이 되었다.

물론 컸지 나도. 10센티는 넘게 컸을걸.

소진이 웃으며 내 말을 받았다. 헤아려 보니 나도 그 정도는 자랐다.

몸 말고, 덩치 말고, 느낌 같은 게…….

소진은 내게서 한 발 떨어져 나를 바라봤다. 나는 주머니에 손을 넣었다. 동전이 만져졌다. 동전을 꺼내서 소진에게 보여 줬다. 역 안에 들어가 밀크커피 한잔 마시자고 먼저 청했다. 소진이 웃었다.

소진은 큰 도시의 호텔에서 일한다고 했다. 나는 가구를 만든다고 말했다. 그동안 많은 일이 있었는데도 소진에게 할 수 있는 말은 '가구를 만들고 있어.'뿐이었다. '너로 인해 내게도 좋아하는 계절이 생겼어.' 같은 말을 할 수는 없었다. 소진은 두어 달에 한 번씩 고향 집에 내려온다고 했다. 그 말을 듣고 이제는 기차역을 예사롭게 지나치지 못하겠구나 생각했다. 소진이 지갑에서 명함을 꺼내 내게 주었다. 그때 소진의 신분증을 봤다. 나와 주민 번호 앞자리가 똑같았다. 우리 생일이 같다고 말하며 내 신분증을 꺼내서 보여 줬다. 소진도 나처럼 해 뜨기 전에 태어났다고 했다. 태어난 병원도 같았다.

한 바퀴 돌아 다시 만나는 건가.

소진이 말했다. 무슨 뜻인가 생각했다.

그냥…… 우리가 같은 날 비슷한 시간에 같은 장소에서 태어났고, 열다섯 살 새벽에 그렇게 우연히 만났고, 이제 우리 서른인데 이렇게 또 우연히 만나고 그러는 게…… 이렇게 접어 보고 싶은 거지. 15년을 주기로.

소진이 종이 접는 시늉을 하며 말했다. 나는 우연인가 생각했다. 그때도 지금도 내가 먼저 알아보고 멈췄고 머물렀는데도 우연이라고 말할 수 있는가. 소진은 그 시절에 어울려 놀던 아이들의 이름을 대며 그들의 안부를 아느냐고 물었다. 소진과 친했던 아이들을 나는 모르고, 아마도 소진 역시 모를 것이다. 나와 친했던 아이들과 그 시절의 나를. 소진과 나의 교집합이라곤 열다섯 살의 어느 새벽과 서른 살의 어느 밤뿐인지도. 소진이 내게도 명함을 달라고 했다. 나는 명함이 없다고 대답했다. 소진은 혹시 호텔에 머물 일이 있으면 자기에게 연락하라고 했다. 나는 가구가 필요하면 연락하라고 말하지 않았다. 소진은 사흘 후 밤에 올라갈 계획이라면서 그 전에 만나 밥이든 술이든 먹자고 했다. 그 시절 친구들과 거의 연락이 끊겼는데 이렇게 만나니 반갑다고, 종종 안부 전하자고 했다. 그 모든 말이 진심으로 느껴지지 않았다. 인사치레 같았다.

종이컵에 담긴 커피 양은 너무 적었고 나는 소진에게 할 수 있는 말이 없었다. 마음이 점점 헛헛해졌다. 소진의 명함을 주머니에 넣다가 소진이 내게 줬던 담배와 부러트리지 않으려고 조심하던 마음이 떠올랐다. 서랍 깊은 곳에 넣어 두고 아주 오랫동안 간직했는데, 언제 어떻게 사라졌는지 기억나지 않았다.

소진은 내 연락처를 모르니 만나려면 내가 먼저 연락해야 했다. 나는 소진의 명함을 몇 번씩 꺼내 보았고 연락처를 금세 외워 버렸다.

우리의 생일까지 남은 날짜를 헤아려 봤다.

일을 마치고 공방에 남아 도안을 그렸다. 등받이와 팔걸이가 부드러워 몸을 알맞게 감싸는 의자를 만들고 싶었다. 오래 앉아 있을 의자가 아니라 커피가 식을 때까지만 앉아서 쉬기에 적당한 의자를, 오후나 해 질 녘이 아니라 새벽에 어울리는 일인용 의자를 만들고 싶었다. 의자를 완성한 뒤 어쩔 것인가는 생각하지 않았다.

도안을 마친 밤, 옛 애인에게 문자 메시지가 왔다. 모든 일 잘 치렀느냐고, 마음은 좀 괜찮으냐고 묻는 문자였다. 나는 그제야 외할머니를 떠올렸다. 장례식 전에도 후에도 매일 외할머니를 생각했는데, 역 광장에서 소진을 보고 하루 넘도록 외할머니 생각을 하지 않았다는 걸 깨달았다. 너무 놀라워 헛웃음이 나왔다. 스위치를 내렸다가 올린 기분이었다. 자괴감과 죄책감이 차올랐지만, 하지만…… 이제 외할머니는 없고, 이제는 외할머니를 기억할 수밖에 없고, 다정한 걱정과 위로를 건네고 있지만 우리는 헤어졌다. 영원할 수는 없다. 그러니 애도는 끝이 없을 것이다. 가끔 잊을 수는 있어도 완전히 지울 수는 없는 것이다. 나는 모두 잘 치렀다고, 고맙다고 짧은 답장을 보냈다. 이별 후 위로와 걱정마저 참던 시기를 지나서 이제는 그런 것을 나눌 수 있을 만큼은 편안해진 것일까 생각하면서.

당신을 오해해서 미안하다고, 당신이 잘 지내길 바란다고 답장이 왔다.

메시지를 한참 들여다봤다.

이제까지는 연습이었고, 바로 그때 진짜 이별이 도착한 것 같았다.

나 역시 당신이 잘 지내길 바란다고 답장을 보냈다.

처음이자 마지막으로 그 사람을 당신이라 칭하고, 그 따뜻함이 가닿길 바라고, 나는 다시 의자를 생각했다.

*

　염을 하기 전에 큰 이모가 나를 따로 불러서 일렀다. 할머니 요양원 있을 때 너는 매일 들르지 않았느냐, 매일 들러 손잡고 말동무하고 그러지 않았느냐, 자식들도 못 하는 걸 너는 하지 않았느냐, 염할 때 너도 들어가서 마지막으로 손 한번 잡아 드려라, 할머니도 그걸 원하실 거다…….

　난 망설였다. 외할머니 시체를…… 보고 싶지 않았다. 희고 차가운 죽음을 느끼고 싶지 않았다. 하지만 싫다고 말하지 못했고 들어가서 외할머니 손을 잡았다. 그 순간 난 완전히 무너져 버렸다. 어른들이 나를 그곳에 들여보낸 이유를 알 것 같았다. 확인하라는 거였다. 외할머니는 확실히 죽었다는 걸, 시체가 되었다는 걸, 연습이 아니란 걸 확인하라고. 나는 주저앉은 채 통곡했다. 모두가 귀를 틀어막을 정도로 소리 질렀다. 욕을 했는지도 모른다. 누군가의 다리를 붙잡고 절절 기었다. 바닥을 내리찧고 머리칼을 쥐어뜯고 옷을 잡아 뜯었다. 죽고 싶었다.

　발인이 시작되자 모두들 심하게 울었다. 임종 때보다 서럽게, 지친 듯 울었다. 나는 눈물을 훔치면서도 최대한 눈을 똑바로 뜨고 정신을 차리고 모든 걸 지켜보려고 애썼다. 염할 때 미친 사람처럼 굴어 버린 게 마음에 걸렸다. 내가 만든 관에 들어가서 좋다고 했는데, 무섭지 않을 것 같다고 했는데 정작 내가 그렇게 울며 난동을 부렸으니 외할머니 마음이 좋지 않을 것 같았다. 마지막 날만큼은 믿음직스러운 나를 보여 주고 싶었다. 죽음에 대해 내가 한 말이 틀리지 않으리라는 확신을 주고 싶었다. 좋은 꿈에 잠긴 할머니를 우는 소리로 깨우고 싶지는 않았다.

*

역 광장에서 소진을 만나고 사흘째 되던 날 아침에 자작나무 원목을 받았다. 외할머니 관을 만들 때는 도안부터 마감까지 목수의 도움을 받을 수밖에 없었다. 의자는 시간이 오래 걸리더라도 혼자 힘으로 만들 작정이었다. 공방에서 내 몫의 일을 끝낸 뒤 도안대로 나무를 자르고 사포질을 하는 중에 날이 저물었다.

소진은 그날 밤에 떠날 거라고 했었다.

역 광장에서 내가 소진을 불렀을 때, 소진이 나를 알아봤을 때, 그때 소진은 반가워했던가. 잘 기억나지 않았다. 나는 어떻게 비쳤을까. 그때 내 표정은 어땠을까. 지난 사흘간 혹시라도 내 연락을 기다렸을까.

공방을 대충 정리하고 외투를 입고 목도리를 둘렀다.

의자 도안을 챙겨 가고 싶었지만 참았다.

소진은 우연이라고 했다. 나는 우연이라고 생각하지 않았다.

자전거를 타고 역으로 달렸다.

내가 먼저 소진을 알아봤다고 해서 우리 사이에 별다른 일이 생기진 않았다. 하지만 적어도 내게는 좋아하는 계절이 생겼고, 자판기의 밀크커피가 특별해졌으며, 머지않아 의자도 하나 생길 터였다. 내가 먼저 소진을 부르지 않았다면 생겨나지 않았을 것들이었다. 열다섯 살 그 새벽부터 소진은 거기 있는 것만으로 내 방향을 틀었다. 가던 길을 멈추게 했고, 돌아서게 했고, 막다른 길인 걸 알면서도 그리로 발을 떼게 만들었다. 내겐 흔치 않은 일이었다. 연애할 때 많은 사랑의 말은 나를 지치게 했다. 사랑은 그것 그대로 있을 텐데 때로는 내가 그것을 증명해야 했다. 하지만 어떻게? 난 아직도 그 방법을 모른다. 신을 믿는 사람에게는 신의 존재를 증명할 필요가 없다.

대합실 의자에 앉아 소진을 기다렸다.

시간이 흐르고, 안내 방송이 나오고, 기차는 도착하고 머물다 떠났다.

두어 시간 지나 유리문을 밀고 소진이 들어섰다. 나

는 자리에서 일어났다. 이번에는 서로를 동시에 알아봤다. 혹시 날 기다린 거야? 소진이 먼저 말을 걸었다. 배웅하러 왔어. 나는 대답했다. 연락하지 그랬어. 소진이 말했다. 커피 마실래? 내가 물었다. 소진은 웃었다. 자판기 앞에 서서 커피가 나오길 기다렸다. 나무 만지다가 왔나 봐. 소진이 손가락으로 내 머리칼을 툭툭 털어 내며 말했다. 뭘 만들었어? 소진이 물었다. 의자를 만들고 있다고 대답했다. 편하지는 않지만 잠시 앉아 쉬기에는 좋은 의자를.

소진이 타고 떠날 기차가 역에 닿기까지 10분 정도 여유가 있었다. 그사이 커피는 충분히 식을 것이었다. 더는 욕심낼 수 없다는 것을 잘 알고 있었다.

囚

1

흩뿌린 사금파리처럼 빛나는 정오의 갯벌. 많은 것이 빠져나간 곳, 바다도 대지도 아닌 곳을 따사로운 햇살이 가득 채우고 있다. 이편의 지평선과 저편의 수평선에서 너그러이 일렁이는 아지랑이. 푸르던 내가 감색이 될 때까지 이 너른 공간에는 주인 없는 햇살과 나뿐. 환하고 외롭고 행복하다.

2

눈을 떠 어둠을 대면하는 순간 깨달았다.

나는 갇혔다.

일어나 문으로 다가간다. 어둡지만 내 방이니 어려움 없이 걸을 수 있다. 문고리를 비틀며 밀고 당겨 본다. 열리지 않는다. 부술까? 하지만 안다. 문을 열면 벽이다. 거대한, 바투 놓인 벽. 본 적도 없고 누가 말해 주지도 않았지만 안다. 직감이라고 해 두자. 문을 열어 봤자 지금과 같거나 더 큰 불행이 있을 뿐이다. 나갈 수 없고 나가고 싶지 않다. 그렇다면 '갇혔다'라는 표현은 타당한가? ……감금? 유폐? 칩거? 폐쇄? 흡족한 단어를 찾을 수 없다. 별안간 '이별'이라는 단어가 떠오른다. 생각하고 싶지 않다. 꿈의 갯벌로 돌아가고 싶다.

3

눈을 뜬다.

문을 본다. 여전하다. 이불에서 빠져나와 커피를 끓인다. 매일 아침마다 진한 커피에 식빵 한 장을 먹고 담배를 피운다. 바쁘거나 아파서 먹지 못할 때도 있다. 그렇다고 불안하거나 초조하진 않다. 매일 밤 소주 두 병을 마시고 잠들지만 마시지 못한다고 괴롭진 않다. 늘 FM 93.1메가헤르츠를 틀어 놓지만 적막을 못 견디는 것은 아니다. 마트에 갈 때마다 소주, 생수, 라면, 휴지 따위를 박스째 사서 방 한구석에 쌓아 둔다. 매번 사는 품목이 비슷하니 영수증에 찍히는 금액도 얼추 같다. 재난 대비라도 하는 거야? 천장까지 쌓인 박스를 보고 놀리듯 묻던 여자가 있었다. 그 여자에게 제발 그만 찾아오라는 말을 들었다. 기억하고 싶지 않다.

4

팀장에게 전화가 온다.

자네 왜 이러나. 어디 아픈가?

그렇게 물으니 아프다. 너무 오래 아파서 아픈 상태가 오히려 정상에 가깝다고, 아프지 않은 감각이 기억나지 않는다고 대꾸하고 싶다. 팀장님은 건강한 상태가 어떤 건지 아십니까? 물어보고 싶다. 관념을 참고, 사실을 말한다.

문이 열리지 않습니다. 문을 열어 봤자 벽입니다. 나갈 수가 없습니다.

정갈한 침묵이 팀장과 나 사이를 서성인다.

수리공을 불러.

침묵을 밀어내며 팀장이 말한다.

이건 수리공 문제가 아닙니다.

건조한 목소리로 대꾸한다. 바깥에서 문을 열려면 일단 벽을 깨야 한다. 불현듯 '기권'이란 단어가 떠오른다. 기권하고 싶다.

무슨 뜻인가?

팀장이 묻는다. 그렇다. 수리공 문제가 아니다. 포클레인 문제도 아니다. 문을 열기 위해서는 우선 나를 설득해야 한다. 나가자고. 여기서 나가야 한다고. 설득은 쉽다. 한 문장이면 충분하다.

돈을 벌어야 한다.

되도록 많이 벌어야 한다. 문을 열고 나가서 일을 해야 한다. 야근도 하고 특근도 해야 한다. 돈 때문에 싫은 소리 하기도 우는소리 듣기도 싫다. 많이 벌어 풍족하게 살고 싶어서는 아니다. 입만 열면 돈이 없어 죽겠다고 말하는, 돈 때문에 다투고 마음 상하는, 돈이 원수라면서 돈을 신처럼 떠받드는 사람들의 손과 입과 주머니를 돈으로 가득 채우고 싶어서다. 그래야 내 마음이 고요해지기 때문이다. 불화도 평화도 돈으로 이룩된다. 그렇지 않은 이들도 있을 것이다. 돈에 휘둘리지 않고 평온한 마음과 관계를 이루는 사람들. 그들이 부럽다. 나는 언제나 돈 걱정을 하며 살았다. 아니, 돈 걱정을 하는 사람들 틈에서 살았다. 모두가 앞장서서 돈을 걱정하니 내 몫으로 남겨진 걱정은 없었다. 나는 기생충처럼 그들의 걱정을 걱정할 뿐이었다. 착한 그들은 강요와 폭력보다 걱정과 불행으로 나를 지배했다. 그것은 사라지지 않는 안개처럼 나를 에워싸고 축축하게 적셨다. 그 속에서 나는 필요 이상으로 춥고 무거워졌다. 매일 빛을 꿈꾸었다. 입자이고 파동인 빛. 자유롭고 가벼운 빛. 따뜻하고 찬란한 빛.

돈을 벌어야 한다.

자, 나는 충분히 설득당했다. 문을 열고 벽을 부수고 밖으로 나가야 한다. 돈이 불러오는 비명 같은 위기와 불안, 모멸과 비참은 차고 넘친다. 넘쳐 나를 뒤덮는 이 더러운 과잉…… 을 털어 내려면 나가서 뭐라도 해야 하는데, 그런데, 나가고 싶지 않다.

왜 그러나. 자네처럼 성실한 사람이.

이건 질문인가? 질책인가? 염려인가? 성실이 뭐지? 일을 잘한다는 뜻인가? 열심히 한다? 부지런하다? 아닌데. 아닌 것 같은데.

이제 그만 나오게. 나와서 자네 일을 해야지.

팀장은 같은 말을 반복하는 것을 싫어한다. 왜 말을 한 번에 못 알아듣나? 내가 지금 똑같은 얘길 몇 번째 하고 있는지 알아? 라는 말을 하루에도 수차례 반복한다. 나 역시 같은 말을 또 하고 싶지 않다. 입을 다문다.

자네 요즘 무슨 문제 있나?

팀장은 크게 화내지 않고 자잘한 짜증을 자주 낸다. 아니다. 화를 내지 않는 게 아니라 내지 못하는 것 아닐까? 보풀로 뒤덮였지만 구멍은 나지 않은 100년 입은 스웨터 같은 이 사람. 전쟁이 난다면 틈과 틈에 숨어 끝까지 살아남을 이 사람. 이 사람의 웃음을 본 적 있던가? 기억나지 않는다. 나는 팀장의 인내가 무섭다. 쏟아지지 않고 방울방울 떨어지는 짜증에 지쳤다. 오늘 팀장이 내게 화를 낸다면, 이 새끼 당장 안 튀어나와? 하고 소리 지른다면, 어쩌면 나는 사력을 다해 문을 부수고 나가리라. 웃으며 뛰쳐나가 팀장의 목을 졸라서 웃음이든 눈물이든 뽑아내고 말리라.

자네가 없으면 이 대리가 자네 일을 대신 해야 해. 알지 않나? 이 대리는 자네보다 사정이 더 딱하지. 가장이잖나.

이 대리는 두 아이의 아버지다. 아이들 이름이 봄이고 가을이다. 피어나고 열매 맺느라 사시사철 감기에 걸리는 아이들이다. 이 대리의 아내는 죽었다. 간단한 수술을 받다가 죽었다. 팀장은 이 대리와 나의 무엇을 비교하여 이 대리를 나보다 더 딱한 사람으로 만드는 걸까. 이 대리와 나는 다르다. 누가 누구보다 더 딱할 수 없다. 내가 만약 이 대리이고 지금 팀장의 말을 들었다면 팀장을 가만두지 않았을 것이다. 아니다. 그런 가정 없이도 나는 팀장을 가만둘 수 없다. 왜냐. 가장이 아닌데도 나는 딱하니까. 이 사람은 졸지에 이 대리와 나를 딱한 사람으로 만들었다. 문을 부수고 나갈까? 나가서 두들겨 팰까?

어서 나오게.

팀장이 말한다. 나가고 싶지 않다.

6

이 대리의 아내가 죽었을 때 나는 이틀 동안 장례식장으로 퇴근하고 그곳에서 출근했다. 그악스러운 바람이 거세게 휘몰아치는 겨울이었다. 무서웠다. 사람이 갑자기…… 사라진다는 것이. 죽음 자체가 터무니없이 느껴졌다. 나는 봄과 가을 곁을 맴돌았다. 먹이고 씻기고 재우고 때로 웃겨 줬다. 그리고 우는 이 대리를 멍청히 바라봤다. 장례가 끝나고 며칠 뒤 이 대리와 밤새 술을 마셨다. 빈 소주병이 늘어나자 이 대리는 울었다. 울면서도 아내 이야기는 하지 않았다. 나는 하고 싶었다. 만나자고 해서 만났고 마시자고 해서 마셨고 좋아한다고 해서 좋아했다고. 그렇게 1년 넘게 좋아하다가 내게 마지막으로 한 말이 제발 그만 찾아오라는 말이었다고. 이 모든 것은 세상에서 단 두 사람만 아는 비밀이었는데 이제 네 아내도 사라져 버렸으니 완벽하게 나만 아는 비밀이 되었다고.

7

돌아보니 그런 식으로 다가오고 떠난 사람만 다섯 명이다. 그들 모두 마지막 표정과 말투가 너무나 흡사했다. 무언가에 상당히 질린 표정들이었다. 화장실 거울 앞에 서서 나를 가만히 쳐다봤다. 저절로 그 표정이 지어졌다. 마침내 나도 내게 질려 버렸다. 살면서 무언가에 질린다는 느낌을 받기는 처음이었다. 그 처음이 나였다. 나는 금방 사랑하고 말 잘 듣다가 결국에는 질리는 인간이었다. 질린다는 느낌은 싫증이나 미움과는 확연히 달랐다. 최악이었다. 나에게 질려 버리자 나는 꼼짝할 수 없었다. 내 몸, 내 목소리, 나의 일, 나의 습관, 나의 생활, 그 모든 것에서 손을 떼고 싶었다. 제발 그만 찾아오라고 말하고 싶었다. 내게서 무관해지고 싶었다.

8

기다리겠네.

팀장이 말한다. 휴대폰을 귀에 댄 채 문을 쳐다본다. 오늘, 며칠이더라. 집 안에는 달력도 시계도 없다. 깜깜할 때 들어와 소주를 병째 들이켜다 잠들고, 네댓 시간 후 일어나 식빵을 입에 물고 출근하고, 아주 가끔 빨래를 하고 먼지를 털고, 빈틈이 생기자마자 장을 봐서 틈을 채워 넣는 이곳에서 시간관념은 불필요하다. 오래도록 그렇게 살았다. 그리 사는 게 너무나 당연해서, 태어나고 죽는 것을 당연하다 여기는 것처럼 당연해서, 사랑하면 으레 떠나나 보다 생각하고, 회복이나 다른 인생을 생각하지 않은 것은 아니지만, 그런 생각은 나를 더 괴롭게 할 뿐…… 어디로 새는지 모르는 시간은 통장에라도 쌓여 때가 되면 되찾아 맘껏 쓸 수 있으리라 생각한 적도 없지 않지만…….

사실 내가 기다리던 '때'라는 것이 대체 어떤 때인지도 잘 모르겠다. 이대로 늙으면 요양원에나 들어가야 할 텐데 그렇다면 나는 청춘을 팔아 요양원에 들어갈 돈을 모으고 있는 셈이다. 시간은 질병과 피로로 쌓이고 돈은 아무리 벌어도 삽시간에 사라지는데…… 어째서지? 월세가 자꾸 오른다. 대체 왜? 무리해서라도 은행 빚을 져야 하나? 다들 그런다고 하니까 그래야 하나? 내 돈으로 집 얻나, 은행이 얻어 주지. 그렇게들 말한다. 은행이 구세군인가? 우리 모두 불우 이웃인가? 빚을 져서 살 곳을 마련하는 게 언제부터 당연해졌지? 세상은 어째서 이런 식으로 굴러가지? 요양원에는 나보다 부모님이 먼저 간다. 우선 그 돈을 마련해야 한다. 황혼은 어떨까. 멋질까? 가장 멋진 때니까 젊을 때 개고생해서 준비하는 게 당연한가? 그만한 가치가 있는 때일까? 그런데 어제도 뉴스를 봤다. 일흔 넘어 자살한 노인에 대한 뉴스였다. 그와 비슷한 뉴스를 일주일 전에도 봤고 보름 전에도 봤다. 이상하다. 다들 오르기에 무언가 끝내주는 게 있을 줄 알고 평생을 바쳐 오르고 보니 그 끝은 텅 빈 허공이더라는 이야기가 생각난다. 시간은 겨울 외투 안주머니 한구석에서 납작 뭉치는 먼지 같은 것이다. 대체 쓸모가 없다. 아니다. 시간은 없다. 시간도 없고 돈도 없고 바빠 죽겠고 짜증 나 죽겠고 내가 너 때문에 못 살겠다고 사람들은 말한다. 그럼 우리에겐 뭐가 있지? 나가지 않는다면 나는 이곳에서 끝나지 않는 하루를 살 수도 있다. 그런데 어째서 팀장은 내게 기다린다고 말할까? 기다린다면 얼마나 기다릴까? 아니, 얼마나 기다렸을까? 물어볼까? 제가 저 문을 열지 않은 지 얼마나 되었습니까? 그토록 기나긴 꿈을 꾸는 사이 낮과 밤은 몇 번이나 바뀌었습니까? 저를 마지막으로 본 날이 언제입니까? 그때 추웠나요? 지금은 춥지 않습니까?

알고 싶지 않다. 나와 상관없다.
이곳에서 나가야 한다면, 저곳 역시 나가야 할 곳이다.

9

더 늦기 전에 나와야 해.
팀장이 말한다.
그러다 건강까지 버리면 정말 끝장이야.
이 대리의 아내는 건강했다. 몸이 가볍고 재빨라 잘 달렸다. 기분이 좋으면 혼자서 방방 뛰는 여자였다. 종종 이렇게 말했다.
기분이 좋아 가만있질 못하겠어. 나는 오늘 지구 끝까지 뛰어갈 수도 있어.

그 여자가 말하는 지구 끝에 대해 생각했었다. 어느 곳이나 지구 끝이었다. 너와 내가 서 있는 모든 곳이 지구 끝. 저마다 이 세계의 끄트머리에 있어 우리 각자 손을 뻗어 서로를 만질 때도 어김없이 세상에서 가장 먼 사이였지.

자네도 알지 않나. 거기 그렇게 있어서는 안 돼. 위험해.

안다. 그런데, 여기만 위험한가? 그곳은 안전한가?

일탈은 잠시여야 일탈 아닌가.

일탈이라면, 지금까지의 삶을 일탈로 돌릴 수도 있다. 안다. 이곳에서 나가지 않는 것은 바람직하지 않다. 하지만 나간다고 뭐가 다른가? 이러나저러나 가난하고 외롭게 살다 홀로 죽을 것이다.

박 차장도 정 과장도 다들 자네를 걱정하네. 그러다 몸 다 망가지고 인생 종 치는 거 시간문제라고 말들이 많아. 자네도 알지 않나. 사람은 그렇게 살면 안 돼. 당장의 쾌락만 좇다가는 남은 생을 모조리 망치게 돼. 미래를 생각하며 살아야지. 자네는 아직 젊잖나. 결혼도 하고 자식도 낳아야지. 그렇게 하나하나 이뤄 가며 사는 거야. 그게 바로 사는 재미 아니겠나.

그런데 일흔 넘은 그 노인은 왜 자살했을까? 팀장은 알까?

옳은 말씀입니다. 팀장님. 기억나시죠?

무엇 말인가?

지난번에 설렁탕 먹으며 우리 다 함께 보지 않았습니까. 30대 주부가 두 아이를 먼저 죽이고 자기도 목을 매지 않았습니까. 그게 9시 뉴스였습니다.

……그래. 자세히 기억은 안 난다만 그런 일은 종종 일어나지.

아닙니다. 종종 일어나는 일이 아닙니다. 우리는 대부분 그렇습니다. 같이 밥을 먹으며 9시 뉴스를 봅니다. 밤 9시 뉴스 말입니다.

…….

우리가 어째서 매일 밤 9시 뉴스를 같이 보면서 밥을 먹습니까? 우리가 군인입니까?

……사람이 살다 보면 그런 때도 있는 거지. 나태하게 사는 것보다 낫지 않은가.

저도 그런 때이고 팀장님도 그런 때이고 차 부장님도 그런 땝니다. 모두의 그런 때가 5년 넘게 계속되고 있습니다. 그러니 그런 때가 따로 있는 게 아니라 전부 그런 때 아닙니까? 좋습니다. 이곳에서 나가면 저는 부지런히 돈 벌어 결혼하고 자식 낳으면서도 팀장님과 매일 아침 9시에 만나 밤 9시 뉴스를 같이 보면서 순댓국을 먹고 자정 가까이 퇴근할 겁니다. 저는 돈도 쥐꼬리만큼 벌면서 가정도 못 챙기고 애들이랑도 안 놀아 주니까 무능력하거나 무관심한 남편이 될 겁니다. 저와 아내 둘 다 돈을 벌면 애를 키울 수가 없고 둘 중 하나만 돈을 벌면 애를 키울 수가 없습니다. 아닙니까?

이봐, 이 대리를 봐. 이 대리는 잘해 내고 있지 않나.

저는 이 대리기 아닙니다. 이 대리가 한다고 저도 할 수 있는 게 아니고 이 대리는 하는데 저는 못 한다고 제가 덜떨어진 놈도 아니란 말입니다. 팀장님은 어떻게 확신합니까? 이 대리가 잘해 내고 있다고? 잘한다는 게 대체 뭡니까? 이 대리의 두 아이가 지금 누구와 있는지 아십니까? 보모랑 있습니다. 이 대리는 보모를 고용하기 위해 월급을 반 넘게 씁니다. 애들이 클수록 돈은 더 들 테고 그 돈을 감당하려면 일을 더 해야 하고 그럼 그만큼 애들을 어딘가에 맡겨야 하니 돈은 더 나갑니다. 팀장님, 어린이집 유치원 학교 학원 학교 학원 학원 학교 학원 학원 학원 학교, 그렇게 갓난애가 어른이 되잖습니까. 저는 말입니다. 이상합니다. 그럴 바에야 가정이 왜 필요한지 모르겠습니다. 그런데 또 애들이 잘못되면 가정교육 운운하지 않습니까. 저는 제 아이가 절 보고 '저 아저씨는 누군데 가끔 우리 집에 들어와 자기 맘대로 똥을 싸고 내게 잔소리를 하지?' 하고 생각할까 봐 무섭습니다. "내가 네 아빠다."라고 가르쳐 주면 "아, 아저씨는 아빠군요. 그런데 아빠가 뭐예요?"라고 물어볼까 봐 걱정입니다. 뭐라고 대답해야 합니까, 그 질문에? 저는 분명 제 아이에게 동네 슈퍼 아저씨보다도 낯설고 어색한 사람이 될 겁니다. 우리는 매일 밤 한 식탁에 앉아 설렁탕을 먹으며 누가 누굴 죽이고 스스로 죽었다는 9시 뉴스를 보다가 다시 회사로 돌아가 일을 할 겁니다. 그런 것은 이상하지 않고 여기 처박혀 밖으로 나가지 않는 저는 이상합니까? 건강하지 않은 겁니까? 나태한 겁니까? 위험합니까?

……그러지 말게.

여기도 이상하고 거기도 이상합니다.

그건 핑계야.

팀장의 목소리가 엄격해졌다.

그런 말은 비겁해. 나약해 빠진 거라고. 이봐, 다들 그렇게 살지 않나? 죽고 죽이는 사람들은 몇 안 돼. 그러니 뉴스에도 나오는 거 아닌가? 죽거나 죽이지 않으면서도 주어진 조건 따라 충실하게 살아가는 사람들이 대부분이야. 조건이 마음에 안 들면 노력해서 스스로를 바꿔야지. 스스로를 바꾸면 조건도 저절로 바뀌네. 앓는 소리야 누구나 하지. 하지만 자네처럼 그런 곳에 처박혀 현실을 회피하는 사람은 소수야. 소수는 돌연변이지. 예외는 오류야. 알지 않나. 하나의 시스템에서 돌아가는 열 개의 프로그램 중 여덟 개는 멀쩡하고 두 개가 돌아가지 않으면 우리는 그 두 개를 비정상으로 분류하고 손을 대지. 두 개를 위해서 시스템 자체를 바꾸지는 않아. 그렇지 않나? 우리가 하는 일이 그런 일 아닌가.

나는 비겁하다. 나는 오류다. 이 말은 전혀 기분 나쁘지 않다. 그렇다. 나는 지금 스스로를 바꾸고 있다. 팀장이 추구하는 변화와 다를 뿐이다. 내게 동의를 요구하는 팀장의 말투가 거슬린다. 생각해 보면 "자네는 참 성실한 사람이야."라는 말을 들었을 때도 기분이 좋지는 않았다. 기분이 희박하다. 희박해 토하지 못하고 꺽꺽거리면서도 그게 바로 정상인 줄 알고 살았다.

나는 자네를 뉴스에서 보고 싶지는 않아. 나오게. 나와서 사람들과 어울리고 일을 하게. 좀 더 의미 있고 생산적인 일에 시간과 정성을 쏟게. 인생을 낭비하지 마.

하루의 절반 이상을 회사에 갇혀 같은 일만 반복했던 과거는 낭비가 아닌…… 절약이었나? 나는 꼭 필요한 일에만 나의 인생을 썼던가? 뭉텅뭉텅 잘려 나간 듯한, 돌아보면 단 몇 문장으로 요약되는 지난날이 내게 반드시 필요한 날들이었나? 아니, 낭비 아니면 절약인가? 이 세계에 적당함이란 없나? 지긋지긋한 물음표. 말없이 휴대폰의 종료 버튼을 누른다.

10

환하다.

환한 갯벌 저 끝에서 일렁이는 투명한 물빛. 빠져나

가는 중일까. 들어오는 중일까. 작고 마른 내 몸을 쓰다
듬는 따스한 햇볕. 저쪽으로 걸어갈까. 이쪽으로 돌아
설까. 신기하지, 참 신기해. 이토록 멋진 곳에 오직 나뿐
이라니.

11

눈을 뜬다.

문을 본다. 여전하다. 마음을 놓는다. 이불 위에 드러
누워 천장만 쳐다보고 있기를 한참. 극단으로 가닿는 생
각들. 팀장의 옳은 말들. 옳아서 화가 나는 말들. 미래는
중요하다. 일을 해야 한다. 여기 갇혀 있으면 안 된다. 어
떻게든 벗어나려고 애써야 한다. 문밖에 버티고 선 벽이
다이아몬드처럼 단단하더라도 깨부수고 나가야 한다.
대결하고 극복해야 한다. 그러면 모두들 박수 쳐 줄 것
이다. 나는 훌륭한 사례가 될 것이다. 누군가는 인간 승
리라는 표현을 쓸지도 모른다. 내게 독한 사람이라고 할
수도 있다. 자기와의 싸움에서 이겼다고도 하겠지. 나는
그것을 바라나? 인간 승리를? 자기와의 싸움을? 나가
고 싶은가? 남들처럼 살고 싶은가? 지금 이곳을 견딜 수
없는가? 견딜 수 없기는 바깥도 마찬가지다. 이곳에서

나 바깥에서나 망가지고 망한다. 이곳은 끝내 나를 파멸시킬 수도 있지만 당장은 나를 살게 한다. 이러다 죽어도 상관없다. 죽어도 '좋다'가 아니다. 이것은 선택인가? 문자 수신음이 울린다.

수리공을 보냈어. 그의 도움을 받아.

액정에 찍힌 두 문장을 읽고 또 읽다가 통화 버튼을 눌렀다. 통화 연결음만 울리다가 끊긴다. 문으로 다가가 문고리를 돌려 본다. 열리지 않는다. 수리공이 와 봤자 소용없다. 문을 가로막은 거대한 벽 때문에 문을 찾지 못할 테니까. 수리공은 포기하고 돌아갈 것이다. 팀장이 항의하면 그것은 자기 일이 아니라고 대꾸하겠지. 팀장은 고민할 것이다. 포클레인 기사까지 부를 만큼 꼭 필요한 직원인가? 장담컨대 결론은 금방 내려질 것이다. 나는 그 정도로 유능한 직원이 아니다. 내가 하는 일은 나 아닌 다른 사람이라도 충분히 할 수 있다. 사실 그렇지 않은 일이 없다. 꼭 나여야만 하는 일은 아무것도 없다. 수리공을 보낸 것만으로도 팀장은 할 만큼 했다. 그 정도로도 충분히 감동적이다. 하지만 팀장은 집요하다. 짜증을 흩뿌리면서도 주어진 일은 반드시 해내는 사람이다. 그런 모습이 존경스러울 때도 있지만 무서울 때가 더 많다. 팀장이 포기하지 않으면 나도 포기할 수 없으므

로, 원치 않더라도, 나 역시 집요해져야 했다. 그러니 내
가 반드시 필요한 직원이라서가 아니라, 나를 연민하거
나 걱정해서가 아니라, 팀장이 포기할 줄 모르는 사람이
어서 결국 포클레인 기사에게 연락을 할지도 모른다. 그
렇게 나를 꺼내고 팀장은 만족할 것이다. 보람과 성취감
을 느끼겠지. 나를 이대로 내버려 두라고 아무리 애원하
고 소리 질러도 인간답게 살아야 한다며 기어코 나를 끌
어내겠지. 인간다운 게 뭐지? 성실한 거? 끌어내 뭐라도
시키겠지. 수천억 번의 짜증을 견뎌야 하는, 견디다 보
면 어느새 노인이 되어 버리고 말 그런 과업을. 무섭다.
수리공이 이곳을 발견하면 어쩌지? 아주 유능한 수리공
이어서 포클레인 기사를 부르지 않고도 문을 열어젖히
면 어쩌지? 갇혔다는 것을 깨달았을 때는 느끼지 못한
불안과 두려움. 저 문이 열릴지도 모른다고 생각하니 확
연히 알겠다. 정말, 나가고 싶지 않다.

12

계십니까.
맙소사. 무척 가까이 들린다. 벽이 그토록 얇은가?
도와 드리러 왔습니다. 거기 계십니까.
없다. 나는 여기 없다.

잘 들으세요. 제가 문을 열 겁니다. 저 혼자서는 열 수 없으니 그쪽에서도 애써 주셔야 합니다. 아시겠어요?

이불 속에 기어 들어가 숨을 참는다.

힘드신 거 압니다. 고객님 같은 분 많이 봤어요. 고객님, 마음먹기가 힘든 거예요. 나오지 않겠다고 버티던 분들도 일단 나오면 대만족하십니다. 지금은 그곳이 좋으시죠. 그런데 그러다가 돌아가십니다. 정신 차리세요. 한창나이에 왜 그러고 계십니까, 대체.

저자는 문을 어떻게 열 작정일까. 부술까? 그건 부당하다. 저 문은 내 허락 없이, 아니, 집주인 허락 없이 부술 수 없다. 설마 집주인에게도 연락을 했나? 문을 부숴도 된다고 호락호락 허락할 사람이 아닌데. 집주인은 좋겠다. 집도 많고. 내 방의 내 문을 부수라고 내 허락 없이 허락할 수도 있고. 집주인은 햇빛 속에 살겠지? 바보들. 수리공이 아니라 집주인을 데려오면 나를 당장 꺼낼 수 있을 텐데. 아니다. 집주인도 못 한다. 나를 쫓아낼 수는 있어도 꺼내지는 못한다. 그건 아무도 못 한다.

자, 고객님, 부모님 생각부터 해 봅시다.

부모님?

자제분이 이런 상태라는 걸 아시면 부모님께서 얼마나 슬퍼하시겠습니까. 이건 정말 엄청난 불효예요.

부모님 얘기를 들으니 절로 돈 생각이 든다. 돈을 벌어야 하는데. 남의 자식들처럼 여행도 보내 드리고 용돈도 드려야 하는데. 여기서 나가지 않으면 월세도 낼 수 없고 부모님 보험료도…… 싫다. 나가기 싫다. 없는 사람처럼 살고 싶다.

고객님, 아직 앞길이 구만리 아닙니까. 벌써부터 이러시면 안 됩니다.

구만리 앞길이라니…… 토할 것 같다. 그런데 수리공은 바로 벽을 부수지 않고 어째서 저런 말을 늘어놓는 거지?

고객님. 진짭니다. 당장은 아니더라도 늙어서 고생하신다니까요. 그런 경우가 한둘이 아니에요. 보고된 자료만 정리해서 읊어도 평생 걸린다니까요. 잘 아시지 않습니까?

보고도 싫고 자료도 싫고 정리도 싫다. 다 필요 없고, 우리 부모님은 나처럼 어디 갇힌 적도 없는데 늙어서도 충분히 고생하고 있다고 대꾸하고 싶다. 젊어 고생하는 것처럼 늙어 고생하는 것 역시 이제 더는 특이한 일이 아니라고. 하지만 참는다. 나는 없다. 없는 사람이다.

13

어, 갯벌.

물이 서서히 들어온다.

바다가 점점 넓어진다.

먼 곳에서 차락차락 바닷물의 발걸음 소리가 들린다.

다정하고 따뜻한 바다가 내게 오고 있다.

14

눈을 뜬다.

맙소사. 잠들었던가? 이런 상황에? 저편에 귀를 기울인다. 잠잠하다. 문으로 살살 다가가 소리를 찾는다. ……아니, 이분은 자식이 없으니까. 자식 얘기면 한 방에 해결되는 사람도 있거든요. 애인 없는 거 확실해요? 회사 사람들이 모르는 뭐가 있을 수도 있잖아요. 사람 성실하면 뭐 합니까. 지금 저러고 있는데. 그러니까요, 일밖에 모르는 사람들이 더 위험하다니까. 아, 그놈의 성실…… 어떤 성실한 사람은 말입니다. 일이 좋아서 성실한 게 아니고요. 일이 쫓아오니까 성실한 거고요. 일 말고 다른 거에 꽂히면 일이고 뭐고 다 내팽개치고 꽂힌 그거에만 성실해진다니까요. 지금 못 빼내면 저 사람 인생 완전 끝이에요. 아니, 대답·자체를 안 한다니까. 의사? 보세요. 일단 저 사람이 저기서 나와야 의사든 장의사든 만날 거 아닙니까. 저 사람한테는 그럴 의지가 전혀 없다니까요. ……강제로요? 벌써? 그건 부작용도 크고 비용도…….

이상하다. 왜 다들 나를 빼내지 못해 안달이지? 문 앞에 선 채로 방을 둘러본다. 낡고 춥고 좁고 어둡다. 하지만 세상에서 가장 안락하고 평온한 곳. 나는 이곳에서 벌거벗고 춤추고 노래하고 맘껏 웃고 울고 취할 수 있다. 아무것도 하지 않을 수도 있다. 오직 이곳에서만 그럴 수 있다. 이곳에서 내가 괴로운 이유는 바깥을 신경 쓰기 때문이지. 바깥을 궁금해하고, 바깥에 미련을 두고, 사람들이 나를 어떻게 볼까 노심초사하고, 그들의 기대에 귀를 열기 때문이지. 바깥에서 해야 할 일들에 마음을 쓰고 바깥의 기준에 나를 끼워 맞추기 때문이지. 바깥을 몽땅 잊는다면 이곳에서 나는 한없이 자유로울 수 있다. 세상 누구보다 행복해질 수 있다. 그런 순간은 분명 올 것이다. 속지 말자. 들키면 안 된다. 나가면 안 된다. 문자 수신음이 울린다.

문을 부수라고 했네. 다 자네를 위해서야. 거기서 나와야 해. 지금은 그 이유를 몰라도 나오면 알게 될 거야.

문자를 다 읽기를 기다렸다는 듯 먼 곳에서부터 쿵, 쿵, 쿵 굉음이 터진다. 포클레인이나 트럭 소리라기엔 부족하다. 대포 소리에 가깝다. 탱크, 아니 어마어마한 덩

치의 공룡이다. 공룡의 발소리다. 팀장에게 전화를 건
다. 받지 않는다. 문자를 쓴다. 손이 벌벌 떨려 글자를
제대로 찍을 수 없다.

나가고 싶지

점점 가까워지는 소리. 문이 흔들린다. 부들부들 떨
다 휴대폰을 떨어뜨린다. 급히 주워 문장을 마저 쓴다.

않습니다.

잠시 정적. 안다. 알 수 있다. 일격을 가하기 전 적막
이다. 이 공포를 견딜 수 없다.

제발 가만히

무너진다. 벽이다. 벽이 깨졌다.

두세요.

깨진 벽을 잘게 으깨는 소리. 거대한 짐승이 동료의
뼈를 와작와작 씹어 먹는 듯 끔찍한 소리. 온몸이 흠뻑
젖도록 땀이 흘러 춥다. 바들바들 떤다. 어지럽다. 기관

총 쏘듯 기침이 터진다. 구역질이 난다. 겨우 전송 버튼을 누르고 다시 전화를 건다. 통화 연결음만 들린다. 제발 받으라. 받아서 내 얘기를 들으라. 당신은 나를 더 큰 불행 속에 처넣고 있다. 전화가 끊긴다. 다시 적막. 다음은 무엇일까. 이 적막은 무엇을 예고하는가.

전화벨이 울린다.

15

나야.

이 대리?

사실 나 들었다. 네 얘기.

나는 여기 있다. 여기 있는데 바깥에선 어째서 거기 없는 내 얘기를 나누고 지랄이지?

근데 진작 알고 있었어. 애들 엄마한테 먼저 들었거든. 사람 사는 게 불쌍해 보여 좀 친절하게 대해 줬더니 네가 뭔가 오해했는지 자꾸 치근덕거린다더군. 그래서 내가 처신 똑바로 하고 다니라고 화를 많이 냈는데…… 그때 애들 엄마를 믿어 줄 걸 그랬나? 하지만 어쩌겠어. 누구 말이 진짜든 불행하긴 마찬가지. 이봐, 나도 말 못 할 비밀 많아. 나이 들수록 점점 많아져서 마음이 이만저만 무거운 게 아니야. 근데 말이지. 그런 게 쌓이고 또 쌓여 마음이 터질 것 같대도, 그런 거는 철저히 혼자서 감당할 문제 아닌가?

무슨 말인가. 나는 아무 말도 하지 않았다. 마음으로만 지껄였다. 미치지 않고서야 내가 이 대리에게, 설마, 그럴 리가 없지 않은가.

그건 그렇고. 팀장이 문을 부수라고 했다며?

잠깐. 오늘 며칠이지? 지금 몇 시지? 아침인가 밤인가 새벽인가.

다들 나오라고 난리지?

모르겠다. 나는 팀장의 독촉만 받았다. 팀장이 전해준 말만 들었다. 그런데 팀장은 왜 나를 꺼내지 못해 안달이지? 정말 걱정되어 그러는 걸까? 왜 나를 걱정하지? 이 대리는 내가 해야 할 일을 대신 잘하고 있을까? 오늘도 팀장과 밥을 먹으며 9시 뉴스를 같이 봤을까? 오늘도 누가 누굴 죽이고 스스로 죽었다는 뉴스가 나왔을까?

네 생각은 어때? 나오고 싶어?

고개를 젓는다.

내 생각도 마찬가지야.

내 고갯짓을 본 사람처럼 이 대리가 말을 잇는다.

나오기 싫으면 나오지 마.

깊은 한숨을 내쉰 후 말을 잇는다.

나와 봤자 다를 것 없어. 거기 들어가기 전과 똑같이

살아야 할 거야. 그러고 싶은가? 거기 처박혀 있으면 잠시라도 말이야, 이곳의 불행과 고통을 잊을 수 있지 않나? 사실 나도 한동안 그랬어. 애들 생각해서 가까스로 나왔는데…… 모르겠어. 뭐가 더 좋은지. 여긴 정말 숨 쉴 구멍이 없다는 거, 갇혀 있다 나오니 더 실감 나더라. 애들만 아니었음 나도 나오지 않고 버텼을 거야. 넌 뭘 원하지? 사람들 말 듣지 말고 네가 원하는 걸 생각해 봐.

이 대리가 아닌 것 같다. 이 대리를 흉내 내는 누군가 같다. 팀장인가? 수리공? 의사? 혹시 부모님?

너도 알겠지만 벽은 이미 깨졌어. 문 부수는 거야 시간문제고. 그런데 말이야.

아닌가? 나인가? 내가 흉내 내는 건가, 이 대리를? 대체 난 누구와 통화하고 있는 거지?

부서진대도 네가 나오지 않으면 그만이지. 안 그래? 문 따위가 무슨 대순가.

16

전화가 끊기자마자 조용히 스러진다. 모래처럼. 신기루처럼. 뻥 뚫린 밖에는 무거운 어둠이 버티고 있다. 밤이었구나. 새벽인가? 기다리면 알겠지. 안다. 이곳에서는 사람답게 살 수 없다. 모르겠다. 사람다운 삶이 대체 무엇인지. 나는 나의 행복과 안락을 원한다. 그것을 얻으려면 사람답게 살아야 하나? 아닌데. 아닌 것 같은데. 사람답게 살 때 나는 평안이나 위로를 얻을 수 없었디. 걱정과 불안에 휩싸여 살았다. 사람다운 삶이란 걱정과 불안에 잠식된 삶인가? 모르겠다. 나갈 수 없고 나가고 싶지 않다. 아직은 아니다. 가만히 앉아 골똘히 쳐다본다. 그곳의 어둠을. 더 어두워질 것인가. 차차 밝아질 것인가. 다음을 기다린다.

17

세 개의 시곗바늘은 하늘 꼭대기를 가리킨 채 움직이지 않고,

고요하고 외롭고 아름다운 이곳에는 오직 나뿐인 줄 알았다. 그런데,

발아래서 아주 작은 기척이 느껴진다.

천천히 앉아 가만히 들여다본다.

기척은 보이지 않는다. 기척은 느껴진다. 기척은 거기 있다. 기척은 무수하다.

18

눈을 뜬다.
문을 본다.

막
차

밤 10시만 넘어도 시내는 어둡고 썰렁해졌다. 술집을 제외한 대부분 상점이 문을 닫았고 휑한 도로에는 쓰레기 수거차가 지나다녔다. 그 시간 읍내로 들어가는 막차를 타는 사람은 거의 정해져 있었다. 시내에 직장을 둔 성인들과 시내 고등학교를 다니는 학생들. 취한 사람들만이 날마다 바뀌었다.

장과 남과 승지는 주중에 늘 막차를 탔고 매번 비슷한 자리에 앉았다. 장과 남은 같은 학교를 다닌 선후배 사이였다. 승지는 그들을 모르지 않았지만 모르는 척했다. 승지에겐 면허와 저축이 있었다. 출퇴근을 위해 경차 한 대쯤은 장만할 수도 있었으나 그러지 않았다. 승지는 큰 차를 무서워해서 큰 차를 타야 했다. 무서운 것

안에 있어야 했다.

버스가 정거장 가까이 다가왔다. 승지는 정거장 뒤편 어두운 골목에서 그날의 마지막 담배를 피웠다. 남은 신호등의 빨간불을 빤히 보면서 횡단보도를 건넜다. 정거장으로 달려오던 장은 의도치 않게 행인을 밀쳤고 사과하지 못했다. 막차를 놓치지 않으려면 때로 옳은 일을 무시해야 했다.

버스는 금세 시내를 벗어났다. 버스 기사의 운전은 거칠었다. 급정거와 급출발을 반복했다. 의자에 앉은 사람도 두 손으로 앞좌석을 잡아야 할 만큼 과속을 했다. 승지는 이어폰으로 음악을 들으며 창을 멍청히 쳐다봤다. 승지는 지난여름 막차를 놓친 날을 떠올렸다. 택시 기사들은 늦은 밤 읍내로 들어가기를 꺼렸고 당당하게 왕복 요금을 요구했다. 그들이 부르는 요금은 모텔의 하루 숙박비보다 비쌌다. 승지는 혼자 택시를 타기도 모텔에 들어가기도 싫었다. 시내에 친구가 몇 있었지만 하룻밤을 신세 질 만큼 편한 사이는 아니었다. 승지는 큰 차를 무서워하는 만큼 사람을 어려워했다. 그래서 시내에서 가장 큰 PC방으로 갔다. PC방에는 사람이 많았다. 그날 승지는 70번 카드를 받고 70번 손님으로 앉아 아침이 올 때까지 좀비 영화를 찾아보다가 출근했다.

갑자기 버스 속도가 줄어 몸이 앞으로 심하게 쏠렸다. 승지가 귀에서 이어폰을 뺐다. 장과 남의 눈이 마주쳤다. 멈칫하던 버스 속도가 서서히 빨라졌다.

방금 뭐 이상하지 않았습니까?

장이 남에게 물었다. 승지는 검은 유리창에 비친 그들의 표정을 살피고 운전석을 바라봤다. 등받이에 가려 버스 기사의 머리도 몸도 보이지 않았다. 버스 실내등은 탁한 주황색이었다. 그 빛은 버스 내부에 진한 그늘을 만들었다.

뭐 처박은 것 같죠? 방금?

장이 목소리를 낮춰 남에게 물었다. 남은 두 손을 모로 세워 눈가를 가리고 어두운 창을 내다보며 중얼거렸다.

그런 것도 같은데. 근데 아무것도 안 보여.

느껴졌는데. 뭐 박았는데. 소리도 났잖아요. 형님은 못 들었어요?

모르겠어. 버스 소음이 너무 심하잖아.

난 들었는데. 들은 것 같은데.

정 이상하면 가서 물어봐.

남이 눈짓으로 버스 운전석을 가리켰다. 비틀거리며 운전석 가까이 다가간 장이 버스 기사와 두어 마디를 주고받다가 자리로 돌아왔다. 승지는 이어폰을 손에 든 채 검은 창을 보며 장과 남의 대화에 집중했다.

아니랍니다. 아무 일 없다는데요.

그럼 됐네.

근데 아니면 어떡합니까. 거짓말이면.

운전한 사람이 아니라는데 뭘 그렇게까지 생각해.

뺑소니치고 가는 거면 실토를 하겠습니까. 저 사람이.

그럴 리가 있나. 자기 혼자 탄 차도 아니고 여기 사람이 몇이나 있는데. 그리고 나 저 아저씨 알아.

아는 사람이에요?

같은 교회 다녀서 얼굴 몇 번 봤어.

인사도 하고 그럽니까.

그 정도는 아니고.

장과 남은 대화를 나누며 운전석 쪽을 계속 흘금거렸다.

근데 저는 분명히 느꼈는데. 뭐 박았어요. 이 버스가.

……도로에 뭐라도 죽어 있으면 그럴 수 있지. 여기 로드킬이 좀 있어.

에이, 형님. 죽은 거 밟는 거랑 멀쩡히 산 거 처박는 거랑 느낌이 같습니까. 그럼 길에 뭐가 있어서 그거 피하느라 그랬다고 아저씨가 말했겠죠. 근데 저 아저씨는 날 이상하게 봤다니까요. 뭔 소리 하는 거냐고, 운전하는데 왜 방해하느냐면서 따지듯이 그랬다니까요.

따졌다고?

장이 수차례 고개를 끄덕이며 말을 이었다.

그러니까 이상하다 이거죠. 그럼 우리가 느낀 거는 다 뭐란 말입니까. 분명 무슨 일이 있었는데 정작 운전한 사람은 아무 일도 없다는 듯 그러면. 뭐 켕기는 게 있으니까 오히려 따지듯이 그러는 거 아니겠어요?

야. 근데 생각해 보면 그럴 수도 있다.

뭐가요?

자기 의심한다고 생각했을 거 아냐. 뺑소니친다고. 그럼 좀 빡칠 수도 있지.

의심이 아니라니까요. 형님도 느꼈잖아요. 나도 느꼈고.

증거가 없잖아. 니가 직접 봤어? 아니잖아.

형님도 이상하다고 했잖아요.

니가 자꾸 물어보니까 그랬지. 야, 니가 괜한 말 해서 저 아저씨가 나한테도 나쁜 감정 가지는 거 아냐? 가끔 교회에서 마주치는데 어떡하냐. 사람들 모여서 하는 말이 얼마나 무서운데.

형님이 물어보라고 했잖아요. ……근데요. 진짜 사고가 난 거라면 그거 모른 척하는 우리도 공범 아니에요?

무슨. 내가 운전한 것도 아니고. 난 본 것도 들은 것도 없다니까.

느꼈잖아요.

느낌이 뭔 대수야. 그게 무슨 증거가 되냐. 뭘 쳤어도 개나 고라니 같은 거겠지 사람일 리가 없잖아. 여기가 원래 차 다니는 데지 사람 다니는 데도 아니고.

무슨 말이 그렇습니까. 차 다니는 길이 사람 다니는 길이지.

새끼, 되게 깐깐하게 구네. 여기가 원래 차 다니라고 만든 길이라는 거지, 내 말은.

그렇게 따지면 여기는 비행기 다니는 길이죠. 비상활주로 아닙니까.

두 사람의 말을 들으며 승지는 지난겨울을 떠올렸다. 금요일 밤이었다. 퇴근 무렵 갑자기 일이 몰렸다. 막차를 놓치고 나서야 매장에 지갑을 두고 나왔다는 사실을 알았다. 휴대폰도 방전 상태였다. 매장은 주말에 문을 열지 않았다. 겨울바람이 승지의 몸을 어두운 쪽으로 거세게 떠밀었다. 승지는 걸었다. 옆으로 커다란 차가 지나갈 때마다 절로 몸이 떨렸다. 기나긴 비상활주로를 걸을 때 승지는 비행기 소리를 들었다. 거리를 가늠할 수 없는 소리였다. 하늘을 올려다봤다. 높은 곳에서 오리온자리가 선명하게 빛나고 있었다.

승지는 소리 내어 구구단을 외웠다. 암산으로 두 자릿수 곱셈을 했고 끝말잇기를 했다. 생각나는 크리스마스캐럴을 모두 불렀다. 그래도 비상활주로의 끝은 보이지 않았다. 갓길에는 더러운 눈이 쌓인 채 얼어 있었다. 고급 승용차의 하얀 전조등이 도로를 비추며 지나갈 때 눈 위에 찍힌 발자국을 봤다. 승지는 그 발자국에 자기 발을 댔다. 아주 크고 무거운 사람의 발자국 같았다. 자기보다 앞서 이 길을 걸어간 사람이 있을지도 모른다고 생각하자 무서운 마음이 조금 가라앉았다. 한참을 더 걷다가 논두렁에 처박혀 있는 검은 덩어리를 봤다. 아주 크고 무거운 무엇 같았다. 누가 버린 것인지 스스로 버려졌는지 알 수 없었다. 인적 없는 비상활주로에서 자기보다 큰 발을 가진 누군가와 맞닥뜨린다면 반가워해야 하는지 도망쳐야 하는지도 알 수 없었다. 발자국이 주었던 안도감은 공포로 돌변했다. 승지는 달렸다. 미끄러져 넘어졌고 논두렁에 처박혔다. 벌떡 일어나 다시 달렸다. 새벽녘에야 읍내에 닿았다. 승지는 이 길을 걸어서 건넌 적이 있다.

동물을 친 거면 사실대로 말하면 되는 거 아닙니까. 동물 친다고 잡아가는 것도 아닌데. 근데 저 아저씨는 아예 딱 잡아뗐다니까요. 이 동네 버스 기사들이 운전을 얼마나 지랄맞게 하는지 형님도 알잖아요. 내가 진짜 멀미가 나서 죽겠는데 민원을 넣어도 고쳐지지도 않고. 버스 회사에서 제대로 교육을 안 시켜서 그런 거잖아요. 여기 교통을 한 사람이 독식하고 있으니까.

됐다. 하루 이틀 일이냐.

그러니까요.

그러니까 그러려니 해야지. 너처럼 그렇게…….

어떻게 그러려니 합니까. 사람 목숨이 달린 일인데. 모든 기사가 저 아저씨처럼 난폭한 것도 아니고 아주 가끔 안전 운전 하는 기사도 있다니까요. 형님 말대로라면 안전 운전 하는 기사의 버스를 탔을 때는 '아 오늘은 내가 운이 좋구나.' 그렇게 생각해야 됩니까? 그런 게 어떻게 운입니까? 당연한 게 어떻게 운이에요?

인미, 당연한 거는, 동물들 세계는 당연한 게 당연한데 인간세계는 그렇지가 않아. 인간은 당연한 그거를 노력해야 돼.

무슨 말입니까?

괜히 일 크게 만들지 말란 말이야. 니 인생이나 잘 살라고.

형님, 내가 지금 내 인생 살지 남의 인생 사는 것처럼 보여요?

남 일에 함부로 간섭 말라는 거야.

이게 어떻게 간섭입니까. 내가 탄 버스에서 벌어진 일인데.

여기 너만 있냐? 니가 그렇게 나대면 여기 가만있는 사람들은 다 뭐가 되냐 이거야.

남이 점퍼 주머니에서 휴대폰을 꺼내며 빈정거렸다. 버스가 크게 휘청거렸다. 휴대폰에 딸려 나온 지폐 몇 장과 담뱃갑이 바닥에 떨어졌다. 남이 바닥에 떨어진 그것들을 주우려는데 버스가 급정거를 했다. 남이 앞으로 고꾸라지며 의자에서 떨어졌다.

이봐요, 아저씨!

장이 소리를 질렀다.

에이 씨, 여기 왜 신호를 만들어 놔서. 이런 데 신호등이 있으면 사고가 더 난다고. 뭘 제대로 알지도 못하는 사람들이 감 놔라 배 놔라 하는 통에 도로가 아주…….

기사가 장 들으라는 듯 큰 소리로 중얼거렸다. 승지는 앞좌석을 붙들고 창밖을 봤다. 빨간 표지판에 하얀 글씨로 사고 다발 지역이라고 적혀 있었다. 신호등은 언제나 정확하다. 절대 실수하지 않는다. 그래도 사람들은 사고를 다발로 저지르고 다닌다. 여기 신호등이 생기기 전에도 사고는 빈번하게 일어났다. 승지는 이곳에서 죽은 사람을 안다. 누런 벼가 생명력을 과시하듯 쉬지 않고 일렁이던 계절이었다. 큰 차에 치이면 누런 논 저 멀리까지 날아간다. 벼 이삭마다 피가 튀어 멀리서 보면 벼가 마치 피처럼 보였다. 쌀값이 똥값이라 피를 솎지도 않고 그냥 둔다고 혀를 차던 사람이 있었다.

넘어진 자리에서 일어나 의자에 앉으며 남은 작은 소리로 짜증을 냈다. 그러다 지폐를 골똘히 쳐다봤다. 장이 휴대폰 액정을 켜서 지폐에 빛을 비췄다. 남의 손이 조금 떨렸다.

뭐냐 이거.

남이 중얼거렸다.

돈에 왜 이런 게 써 있냐.

그들이 무엇을 보고 있는지 승지는 궁금했다. 너무 궁금해서 그들의 지폐를 뺏고 싶었다.

이거 오늘 날짜 아니에요?

장이 남에게 물었다.

날짜는 오늘인데 연도가 없잖아.

형님 이거 어디서 받은 돈이에요?

모르지. 언제부터 가지고 있었는지도 모르겠는데.

여기서 교통사고 났었나 봐요. 목격자 찾겠다고 누가 써 놓은 것 같은데. 돈이란 게 돌고 도니까요.

너 같으면 이런 장난 같은 거를 보고 신고를 하겠냐?

누가 이런 걸 장난으로 합니까. 얼마나 간절하면 이러겠어요.

에이, 재수 없게.

남은 지폐를 거의 던지듯 장에게 줬다.

뭡니까?

난 그런 돈 만지기 싫다. 너나 가져.

됐습니다. 제가 무슨 거집니까.

장은 지폐를 남에게 다시 넘겼다. 남은 지폐를 바닥에 버렸다. 승지가 손을 뻗어 지폐를 집었다. 장과 남이 당황한 표정으로 승지를 쳐다봤다. 승지는 얼굴 가까이 지폐를 대고 그 위에 적힌 글자를 읽었다.

이상해요. 정말 이상해.

장이 승지를 흘깃거리며 중얼거렸다.

오늘 좀 그렇잖습니까. 형님.

몰라. 난 아무것도 모르겠고, 모르고 싶으니까 넌 입 좀 다물어.

승지는 오래전에 듣고 단박에 외운 성경 구절을 떠올렸다. ……의인은 없다. 하나도 없다. 깨닫는 자도 없다. 하나님을 찾는 자도 없다……. 승지는 그 구절을 떠올릴 때마다 안도와 불안을 동시에 느꼈다. 없다. 없는 것이다. 승지는 죄책감이 무엇인가 생각했다. 죄책감보다 더 타당한 단어를 찾아내고 싶었다. 분명 있을 텐데 자기가 모르거나, 분명 있는데도 사람들이 외면해서 만들어 내지 않은 단어를. 죄책감이 타당하다면 그다음 단어를 찾아내고 싶었다. 죄책감 다음에 오는 단어. 그다음을 몰라서 승지는 계속 거기에 머물러야 했다.

저기요. 그쪽도 아까 그랬죠?

장이 승지에게 물었다.

버스가 뭐 치고 가는 거 느꼈죠?

승지는 지난겨울의 크고 무거운 발자국과 검은 덩어리를 떠올렸다. 큰 차에 치이면 멀리까지 날아간다. 이 벌판에는 숨을 곳이 너무 많고 밤은 늘 까맣다.

인마, 그만하라니까. 그렇게 궁금하면 니가 다시 가보면 될 거 아냐.

남이 장에게 화를 냈다.

가요? 어디를요? 아까 거기를요? 어떻게요? 이거 막차인데?

내일 가서 확인해 보면 될 거 아냐.

형님, 보세요. 이거는 막차고 내일까지는 아무도 안

탑니다. 그럼 저 아저씨가 오늘 밤에 차에 남은 흔적을 싹 지우고 현장에 돌아가서 시체든 증거든 없애 버리면 결국 뭐만 남느냐. 우리만 남는다 이거죠. 근데 우리는 증거도 뭐도 없고 느낌만 있고.

또라이 새끼.

그렇다면 형님, 이게 어디 오늘만 있었던 일이겠느냐.

그만해.

우리가 대체 뭘 타고 있느냐.

남이 상스러운 욕을 하며 장의 머리를 내려쳤다.

창밖으로 읍내의 작은 불빛들이 보였다. 가로등 간격이 좁아지자 버스는 아주 조금 속도를 줄였다. 바람이 불어 버스 창이 울었다.

승지는 지폐를 구겨 쥐며 내일을 생각했다. 여전히 막차를 탈 것이고 장과 남을 만날 것이다. 서로 알지만 아는 척하지 않을 것이다. 버스는 비상활주로를 달릴 것이다. 그 길을 지나며 승지는 다시 떠올릴 것이다. 아주 크고 무거운 발자국을. 누런 논까지 날아가 잘 자란 벼 사이에 꽁꽁 숨어 버린 우리 영지를. 때로 조금 울 것이다. 까만 창에 비친 자기 얼굴을 견딜 수 없어 눈을 감을지도 모른다. 그렇게 많은 밤, 승지는 죄책감 다음에 오는 단어를 찾아 헤맬 것이다. 그런 밤을 살고 또 살 것이다. 막차를 탈 것이다.

어느 날 (feat. 돌페이)

영어와 숫자의 조합으로 이름 붙여진 돌덩어리가 지구를 향해 날아오고 있다는 헤드라인이 처음 인터넷 포털 뉴스에 올라왔을 때 나는 비씨카드 고객 센터의 상담원 김고순 님과 통화 중이었다. 나는 김고순 님께 사흘 전 강원도 정선의 식당에서 일시불로 결제한 25만 3000원을 5개월 할부로 바꿔 달라고 요청하면서 해당 기사를 클릭했다. 김고순 님은 본인 확인을 위해 주소와 주민 번호를 불러 달라고 했다. 내가 그것들을 천천히 말하는 동안에도 페이지는 해당 기사로 넘어가지 않았다. 김고순 님이 카드 사용 내역을 확인하겠다고 말하자 페이지를 찾을 수 없다는 화면이 떴다. 새로 고침 버튼을 여러 차례 눌러도 마찬가지였다. 김고순 님이 너무 오래 조용한 것 같아 휴대폰 액정을 들여다봤다. 통화가 종료되어 있었다. 재발신 버튼을 눌렀다. 통화 대기자가 많다는 안내음이 들렸고 대기 음악이 이어졌다. 휴대폰을 든 채로 인터넷 창을 닫았다가 다시 열었다. 실시간 검색어에 운석과 행성과 충돌과 멸망 같은 단어가 등장했다. 아까 본 헤드라인을 찾아 클릭했지만 계속 페이지를 찾을 수 없다는 화면이 떴다. 대기 음악이 멈췄고 이번에는 서나운 님이 무엇을 도와 드릴까요? 하고 물었다. 나는 먼저 주소와 주민 번호를 말하고 사흘 전 강원도 정선에서 결제한……까지 말하다가 휴대폰 액정을 들여다봤다. 이번에도 통화가 종료되어 있었다.

아버지 환갑을 맞아 강원도로 1박 2일 가족 여행을 떠났던 날 저녁, 부모님과 오빠와 새언니와 두 명의 어린 조카와 나는 정선의 커다란 식당에 둘러앉아 한우를 구워 먹었다. 여행 비용 대부분 — 점심값, 리조트 숙박비와 조식 이용권, 케이블카 탑승 티켓 등 — 을 오빠네 부부가 부담했기에 저녁 식사 정도는 내가 사려고 했다. 한우를 적당히 먹은 다음에는 된장찌개와 냉면을 시켜 먹었고 맥주와 소주와 사이다를 마셨다. 식사를 마친 뒤 가족들은 모두 밖으로 나갔고 나는 카운터를 찾아가 신용카드를 내밀었다. 몇 개월 할부로 결제하면 좋을까 생각하고 있는데 사장은 내게 묻지도 않고 일시불로 계산해 버렸다. 나는 깜짝 놀라서 방금 계산을 취소하고 5개월 할부로 다시 결제해 달라고 요구했다. 사장은 단말기에 카드를 연신 긁어 대며 기계가 이상하네요, 취소 버튼이 먹질 않아요, 이게 왜 안 되지 이상하네, 전에는 이런 적이 없는데, 하고 말을 줄줄 쏟아 냈다. 시간이 지체되자 식당 밖에서 나를 기다리던 엄마가 들어와서 뭐가 잘 안 되느냐고 물었고 바로 오빠가 따라 들어왔다. 그런 상황을 오빠에게 보여 주기 싫어서 사장에게 그만 됐다고, 카드를 돌려 달라고 말한 뒤 서둘러 식당을 나왔다.

리조트로 돌아가는 길에 엄마는 뭐가 잘못됐던 거냐고 다시 물었다. 대답을 하려고 입을 열다가 얼마 전 엄마 생일에 있었던 일이 떠올라서 별일 아니라고 얼버무렸다. 생일 선물로 운동화를 사 주려고 엄마와 같이 나이키 매장에 갔었는데, 그때도 10만 원 조금 넘는 운동화를 사면서 3개월 할부로 결제해 달라고 요구했었다. 옆에서 그 소리를 들은 엄마는 돈 10만 원이 없어서 그걸 할부로 긁느냐고 농담처럼 한마디 했었다. 나는 부쩍 그런 말과 상황에 자존심을 다쳤고, 그런 일에 자존심을 다칠 만큼 곤궁한 처지가 지속되는 데 약간 질려 있었다. 스무 살 때도 한 번에 5만 원 이상을 써 본 적이 없었고 서른 살이 되어서도 마찬가지인 현실이 창피했다. 일을 하건 하지 않건 돈은 늘 없었고 가까운 사람에게 아쉬운 소리를 하기도 부족한 사정을 보이기도 싫었다. 내 욕망의 크기를 줄이며 살 수는 있었지만 가족이니 연인의 욕망까지 내 사이즈에 맞출 수는 없었다. 생일이나 기념일이나 명절이 오면 빚을 내서 나의 사랑을 통째로 선물하고 그 사랑의 값을 다달이 쪼개어 갚아나가는 삶이 지속됐다. 최근에는 충치와 위통이 심해져 늘 고통을 느꼈지만 병원에 갈 엄두를 내지 못했다. 돈이 없었다.

겨우 연결된 인터넷 기사의 대략적인 내용은 다음과 같았다. 4년 전에 최초로 발견해서 꾸준히 추적해 온 돌덩이의 크기는 미 대륙과 비슷하다. 토성 궤도에 진입하여 소멸하리라고 예상했지만 돌덩이는 살아남았고 일정한 속도로 지구와 가까워지고 있다. 그것이 지구에 떨어진다면 인류는 그동안 한 번도 겪어 보지 못한 충격과 공포의 대재앙을 겪게 될 것이다. 핵미사일로 그것을 폭파하는 작전을 실행할 것이라는 뉴스와 제대로 폭파하지 못하고 덩어리 몇 개로 쪼개지기만 한다면 지구는 더 큰 위험에 처하고 말 것이라는 주장이 동시에 보도되었다. 블록버스터 영화의 예고편을 보는 것만 같았다.

비씨카드 고객 센터에 다시 전화를 걸었다. 이번에는 민영화 님과 연결되었다. 주소와 주민 번호와 용건을 말하자 민영화 님이 잠시만 기다려 달라고 하더니 이미 접수 처리된 내용이라고 알려 줬다. 그렇다면 휴대폰으로 승인 취소 내역과 할부 승인 내역을 알리는 문자가 와야 하는 것 아니냐고 묻자 민영화 님은 문자 발송이 되지 않았습니까? 하고 물었다. 민영화 님은 죄송하지만 잠시만 기다려 달라고 했다. 민영화님의 대답을 기다리며 연달아 업데이트되는 대재앙 기사를 하나하나 클릭해서 유심히 보다가 이상한 느낌이 들어 휴대폰 액정을 봤다. 통화가 종료되어 있었다.

엄마는 뉴스 내용을 이해하지 못했다. 초등학교를 졸업하고 열네 살부터 공장에서 일을 하며 돈을 벌어 온 엄마는 지구나 행성이나 우주 같은 것을 생각해 본 적이 없을 것이다. 지구가 태양 주위를 돌고 달이 지구 주위를 돈다는 것 정도는 알겠지만 그건 마치 '태초에 말씀이 있어 빛이 있으라 하니 빛이 생겼다'는 것을 아는 것과 비슷했다. 글자로만 알 뿐 그것을 현실이라고 생각해 본 적은 없을 거란 뜻이다. 엄마는 내게 전화를 걸어 지금 사람들이 말하는 난리가 무슨 난리냐고 물었다. 어디서부터 어떻게 설명해야 하는지 막막했다. 음, 그게 다 무슨 소리냐면, 그러니까 그게, 큰일이 벌어질 거란 뜻인데……. 나는 본격적인 설명을 미루고 적당한 단어를 골랐다. 하지만 아무리 말을 골라도 내 입에서 나올 수 있는 말이란 아주 뻔했다.

엄청나게 큰 돌덩이가 지구에 떨어질 거래.

그러게, 대포도 아니고 미사일도 아니고 돌이라며.
그럼 그 돌이 떨어지는 곳만 피하면 되는 거잖아.

우리나라보다도 큰 돌이라잖아. 그게 떨어지면 지진
도 나고 화산도 터지고 바다도 넘치고 하늘은 까매지고
다 흔들린대. 공룡도 그래서 멸종했다는 얘기가 있어.

공룡.

엄마는 한동안 말이 없었다. 공룡을 생각하는 듯했
다. 엄마는 공룡이란 단어와도 아주 먼 삶을 살았다.

근데 그런 돌이 왜 갑자기 떨어진대?

아주 멀리서부터 날아오고 있었대. 아주 오래전부터.

그렇게 큰 돌이 어떻게 날아오나. 돌은 무거운데.

그게…… 날아온다기보다는 돌은 그냥 자기 방향과
속도로 움직이는 건데. 우주는 무중력이고 아래위가 없
으니까.

우주.

엄마는 다시 침묵했다. 우주를 생각하는 것 같았다.
나도 우주를 생각했다. 엄마가 머뭇거리며 말했다.

돌이 하늘에서 떨어진다는 거지.

응.

그건 우주에서 오는 거고.

응.

우주가 어디 있는데.

나는 다 우주라고 대답했다. 지구도 하늘도 별도 엄마도 다 우주라고. 엄마는 다시 침묵했다. 엄마는 당신이 경상북도 영주시 풍기읍에 산다고만 생각했을 것이다. 때로 한국에 산다고도 생각했을 것이다. 지구에 산다고 생각한 적은 한 번도 없을 것이다. 침묵이 길어지자 걱정이 깊어졌다. 괜찮을 거야 엄마 하고 입을 떼었는데 먹먹한 기분이 들었다. 휴대폰 액정을 보니 전원이 꺼져 있었다.

카드 결제일은 지구가 파괴되기 전에 온다. 25만 원을 일시불로 남겨 둔다면 나는 연체자가 될 것이다. 이러나저러나 일시불 결제를 어서 할부로 바꿔야만 했다. 비씨카드 고객 센터에 전화를 걸었다. 상담원 배지우 님과 가까스로 연결되었다. 나는 주소와 주민 번호를 말하고 용건을 간략하게 전했다. 배지우 님이 잠시만 기다려 달라고 했다. 나는 또 전화가 끊길까 봐, 끊겼는데 끊긴 것도 모르고 계속 기다리게 될까 봐 배지우 님이 상담 내역과 결제 내역을 알아보는 동안 말을 걸었다.

그런데 출근을 하셨네요.

네. 고객님. 출근했습니다.

다 버리고 대피하는 사람들도 많다던데요.

네. 고객님. 저도 그런 얘기를 들었습니다.

실례지만…… 계속 출근하실 생각인가요?

네. 고객님. 저는 계속 출근을 합니다.

무섭지 않으세요?

네. 고객님. 무섭습니다. 그런데 고객님의.

말이 끊겼다. 휴대폰 액정을 보니 깜깜했다. 전원 버튼을 눌러 휴대폰을 켜자마자 엄마에게 전화가 왔다. 어디냐, 밥은 먹었느냐, 뉴스를 봤느냐, 물어보며 뜸을 들이던 엄마가 진짜 용건을 말했다.

네가 설명을 해 주면 좋겠다.

뭐를?

그 돌멩이. 우주도. 네가 전에 한 말들 있잖아.

그건 내가 설명할 수 없어. 나도 잘 몰라. 우주는 되게 어려운 거고 박사들이나 아는 건데.

네가 아는 것만 말해 주면 되잖아. 조금이라도 아는 게 있을 거 아니냐.

엄마. 성경 있잖아. 차라리 그걸 봐. 이제 와서 과학 같은 건 엄마한테 도움이 안 될 거야.

그래도 그건…… 그건 아닌 거 같다.

응?

그리 공들여서 사랑으로 만든 이 세상을 돌멩이 하나로 망친다는 건 말이 안 되는 거 같다고. 하느님이 그런 걸 몰랐을 리가 없잖아. 근데 알았어도 문제고 몰랐어도 문제고…… 나로서는 이해가 안 된다. 또 내가 못 찾은 건지도 모르지만 아무리 찾아봐도 성경에는 우주라는 단어가 안 나오는데. 근데 그 돌은 우주에서 날아온다며.

엄마. 그냥 기도를 해.

기도야 매일 하지. 그건 그거고. 성경을 읽으면 더 이해가 안 되니까 나는 다른 게 필요한 거지.

다른 거 뭐?

알아듣게 설명을 해 주면 좋겠어. 내가 죽으면 왜 죽는지는 알고 죽어야 할 거 아니냐.

치통과 위통이 심해졌고 약을 먹으면 토했다. 인터넷도 전기도 수도도 끊기지 않았다. 충돌 가능성에 대한 사람들의 언쟁과 토론은 계속되었다. 나는 공모전에 낼 글을 다듬으며 하루 한 번씩 비씨카드 고객 센터에 전화를 걸었다. 어느 날은 통화가 되고 어느 날은 되지 않았다. 통화가 되는 날이면 매번 다른 이름의 상담원과 연결되었고 요청이 접수되어 처리되었다는 말을 들었지만 내겐 아무 문자도 전송되지 않았다. 나는 매일 비슷한 시간에 고객 센터에 전화를 걸고 같은 요청을 했다. 전화를 끊은 뒤에는 글을 어떻게 마무리 지을까 고민했다. 썼다가 지우고 다시 쓰길 반복했다.

그리고 엄마를 생각했다.

엄마는 알고 싶다고 했다. 우주를. 돌덩이가 왜 만들

어졌는지를. 지구는 왜 여기 있어서 그것과 부딪혀야 하는지를. 우리가 죽는다면 왜 죽는지 그 이유를. 내가 무슨 말을 할 수 있겠는가. 모른다는 말은 정직한 말이지만 최선은 아니다. 거짓말쟁이가 되더라도 엄마에게 최선을 다하고 싶다. 하지만 우주에 대해 내가 아는 만큼만 말을 한다면 엄마는 내가 말한 것의 열 배 스무 배가 넘는 의문을 쏟아 낼 것이다. 아주 모를 때보다 아주 조금 알고 있을 때 답답함은 증폭된다. 엄마는 더 괴로워질지도 모른다.

상담원 김고순 님과 다시 연결되었다. 김고순 님은 그동안 불편을 드려 죄송하다며 당장 처리해 주겠다고 했다. 전화를 끊은 뒤 카드 사용 내역을 조회했더니 역시나 달라진 건 없었다. 나는 다시 고객 센터에 전화를 했고 이번에도 김고순 님과 연결되었다. 주소와 주민 번호를 말하려고 하자 김고순 님이 다그치듯 말했다.

이제는 저희도 방법이 없습니다, 고객님.

네?

저희 쪽에서는 분명 처리를 했는데요. 아무리 처리를 해도 승인 내역에 표시가 안 되는 건 전산 오류라고 볼 수밖에 없는데 그건 기계가 잘못된 거니까요. 저는 제 일을 했고요. 정말 분명히 했고요. 제가 기계 속에 들어가서 기계가 되어서 그걸 바꿔 놓을 수는 없는 거잖아요? 그리고 고객님께서 결제하지 않은 것이 결제되었다고 나온다면 그건 정말 큰 문제가 되는 거지만 고객님이 분명히 일시불로 결제하신 것을 뒤늦게 할부로 바꿔 달라고 하시는 거면 어차피 나갈 돈은 똑같은데 그걸 굳이 이런 시국에 매일 전화를 거셔서 요청을 하시면서 고객님은 마치 죽지 않을 사람처럼 그러시는데요. 이 순간 저는 정말 견디기가 힘들고요. 다음 결제일이란 게 오지 않을 수도 있는데 그렇게 뻔뻔하게 계속 혼자 살아 있을 사람처럼 태연하게 요구를 하시는 게 저는 이해가 안 되고요. 기록을 보니까 정말 매일 전화를 하셨는데 이게 과연 승인 변경을 요청하시려고 그러시는 건지 다른 의도가 있으신 건지 의심하지 않을 수가 없고요. 아무튼 저는 더 이상 고객님을 위해 할 수 있는 일이 없습니다. 사실 오늘 세 명이 출근했는데 고객님이 내일 또 전화를 하신다면 내일은 몇 명이나 출근해 있을지 저는 정말 모르겠고요. 내일이 있을지도 잘 모르겠고 저는 오늘이 끝입니다. 고객님이 끝입니다.

전화가 끊겼다. 휴대폰 액정을 보지 않아도 알 수 있었다. 먹먹한 기분으로 한동안 휴대폰을 귀에서 떼지 못했다. 마지막 말을 하며 김고순 님은 울먹였는데, 화가 나서인지 겁이 나서인지 억울하고 분해서인지, 어떤 감정이 가장 크고 무거워 울먹였는지, 알 것도 같았지만 제대로 안다고 말할 수는 없어서, 우리가 같이 울먹인 이유를 생각하고 또 생각했다. 위가 아파 토하고 수돗물로 입 안을 헹궜다.

고객 센터에 전화 거는 일을 그만두고 나는 매일 글을 썼다. 결말이 마음에 들지 않았다. 결말을 바꾸려면 중반부터 다시 써야 했다. 공모전 마감이 일주일도 남지 않았는데 이제 와서 중반부터 고칠 자신이 없었다. 흐름을 그대로 유지하면서 결말만 더 그럴듯하게 바꿀 수는 없을까. 노트북 앞에 앉아 내가 쓴 글을 읽고 또 읽었다. 그러면서 엄마와 매일 통화했다.

남들 다 집으로 내려온다는데 너는 왜 안 내려오느냐고 엄마가 물었다. 나는 표를 구할 수 없다고 대답했다. 이대로 정말 큰 난리가 난다면 너랑 나는 얼굴 한번 못 보고 죽는 거냐고 엄마가 물었다. 나는 엄마에게 정말 다 죽을 것 같으냐고 물었다. 엄마는 모르겠다고, 남들 죽을 때 같이 안 죽고 지옥 같은 세상에 혼자 살아 있는 것도 좋을 것 같지는 않다고 말했다. 나는 엄마에게 기도를 열심히 하라고 했다. 엄마는 그거야 늘 하는 거라고, 하던 만큼 하고 있다고 대답했다. 그리고 엄마는 잠깐 목소리를 가다듬고서 정리를 해 보자, 하고 말을 시작했다.

네가 말하길, 아주 조그마한 게 펑 터져서 점점 커져

서 우주가 됐다고 했잖아. 지금도 우주는 점점 커지고 있다고. 최대한 커졌다가 다시 한 점만큼 줄어들 거라고.

응.

줄어들었다가 터지고 또 줄어들고 터지고, 그게 계속 반복된다고.

응.

지구는 돌에 가깝고. 해 같은 게 진짜 별이고. 진짜 별에서는 아무도 살 수가 없고.

응.

밤에 보는 별도 내가 그 별을 보고는 있지만 그 별은 이미 폭발하고 없을 수도 있다고. 왜냐면 엄청 멀리 있으니까. 빛의 속도로도 몇백 광년이 걸릴 만큼 멀리 있으니까.

응. 엄마. 다 기억하네.

다 적어 놨다. 적어 놓고 보고 또 봤어. 빛의 속도가 뭔지 모르겠어서 너무 답답해. 빛에 무슨 속도가 있다는 건지 모르겠다.

빛이 우리에게 다가오기까지 걸리는 시간 같은 거야.

빛이 다가온다고.

응. 소리에도 속도가 있고.

……아무튼, 네가 말하길 우주에 비하면 지구는 먼지보다도 작고 인간은 미세 먼지만큼도 아니라고. 너무 작아서 없는 거랑 똑같다고. 인간이 우주에 머무는 순

간은 몇백억만 년의 1초만큼도 안 되고 우주는 인간이나 생명 같은 거에 관심도 없다고. 인간이 우주에서 사라진다고 달라질 것도 슬플 것도 아쉬울 것도 없다고.

응.

네가 말을 해 줘서 우주에 위아래가 없고 공기도 없고 아주 춥고 또 얼마나 무서운 건지는 내가 영화처럼 이해를 했어. 근데 이해를 하면 또 이해가 안 되는 게 생긴다. 우선 우주한테는 네가 미세 먼지인지 몰라도 나한테는 네가 미세 먼지가 아니야. 나도 미세 먼지가 아니다. 그리고 너나 나나 없는 거나 마찬가지가 아니고 분명히 있어. 또 네 말처럼 우리가 아무리 미세 먼지 같은 그런 존재라고 해도 나는 우리가 사라지는 게 아쉽고 슬프다.

……

그리고 또 너는 우주가 점점 팽창하고 그 속도도 점점 빨라진다고 했잖아. 별과 별이 멀어지는 것도 공간이 멀어지는 거라고.

……응.

그럼 우주도 팽창하고 속도도 점점 빨라진다는데 비록 별은 아닐지라도 돌멩이랑 지구도 멀어져야 되는 거잖아. 가까워지는 게 아니라.

그냥 기도를 해, 엄마. 우주고 뭐고 알아 봤자 우린 할 수 있는 게 아무것도 없어. 돌멩이가 날아오면 우린 그냥 사라지는 거야.

참아 오던 감정이 있어 눈물이 쏟아졌다.

인간은 참 이상하다. 엄청나게 커다랗다는 우주에 대해서는 그렇게 잘 알고, 또 신이 뭔지, 뭘 했고 뭘 할 수 있는지 그런 건 다 알면서 왜 돌멩이 하나 어쩌질 못해서 이 지경을 만드는 건지.

인간이 만든 게 아니잖아. 돌멩이는.

그래도 이 난리는 인간이 만든 거다.

어째서?

아주 옛날 같으면 그런 게 날아오고 있어도 몰랐을 거잖아. 그럼 이런 난리 없이 다들 사는 날까지는 덤덤하게 살았을 거잖아. 먹을 거 먹고 잘 거 자고 할 일 하면서. 적어도 세상 끝장난다고 나쁜 짓 하고 그러진 않았을 거잖아.

…….

나는 이참에 우주가 뭔지도 조금 알았고…… 네 말대로 그런 게 내 인생에 별 도움은 안 되겠지만 그런 걸 모르고 기도하는 것보다는 알고 기도하는 게 낫다고 생각했어.

엄마는 아주 오래전부터 아침에 일어나서 묵주기도 5단을 하고 밤에 자기 전에 또 5단을 했다. 하던 기도를 하던 만큼 계속한다고 했으니 엄마는 오늘 아침에도 묵주기도 5단을 했을 것이다. 오늘은 화요일이니까 '고통의 신비'를 했을 것이다. 내가 기도를 한다면…… 어색하지만 그런 걸 하게 된다면 무엇을 기원할 수 있을까. 일단 치통과 위통 때문에 글을 쓸 수가 없다고 불평할 것이다. 또 이번 글을 잘 마무리할 수 있게 해 달라고, 이왕이면 공모전에 당선되어서 상금을 받으면 좋겠다고 기도할 것이다. 다가올 멸망에서 인류를 구원해 달라는 기도는 하지 않을 것이다.

……엄마는 요즘 뭘 바라고 기도해?

난 뭘 바라고 기도한 적 없다. 해야 하니까 하는 거지.

……왜 해야 해, 기도를?

그건 나한테는 세상에 대한 인사 같은 거지. 잘 잤다는 인사. 잘 자라는 인사.

……엄마는 우리가 어떻게 되면 좋겠어?

글쎄. 이제 와서는 사는 건 모르겠고…… 그래도 우리가 가까운 곳에서 죽으면 좋겠다. 네가 오든가 내가 가든가 최대한 가까운 데서.

노트북을 끄고 간단히 짐을 챙겼다.

가까운 곳으로 갈 것이다.

신이나 과학이 아니어도 내 힘으로 그 정도는 할 수 있을 것이다.

다시 엄마와 통화를 하게 된다면, 그때는 우주의 96퍼센트는 인간이 모르는 암흑 물질과 암흑 에너지로 채워져 있고 4퍼센트는 대부분 먼지나 기체이며, 그중에서도 겨우 0.4퍼센트만이 별과 은하라는 점을 말해 줄 것이다. 알 수 없는 암흑 속에서 빛나는 0.4퍼센트, 그것의 일부인 엄마에 대해 꼭 말할 것이다. 통화를 길게 할 수 있다면 별의 탄생과 소멸도 얘기할 것이다. 지구가 사라지면 엄마가 어떻게 되는지, 어떻게 이 우주의 흙이 되고 물이 되고 바람이 되는지……. 내가 엄마 가까운 곳으로 얼마 가지 못하더라도 우주의 관점에서 보면 우린 이미 충분히 가까이 있다고, 우주는 무한하나 시작과 끝이 있기에 언젠가 지구가 없어진다고 해도 우린 어떤 식으로든 같이 있을 수밖에 없다고. 우주가 생기고 없어지고 다시 생기길 반복해도 우린 영영 같이 있을 거라고 꼭 말해 줄 것이다.

오늘의 커피

10

휴대폰 너머로 바람 소리가 들렸다. 근래 들어 본 적 없는 맑고 화창한 소리였다. 햇살 쨍쨍한 한겨울 얼어붙은 논 한가운데 홀로 서 있는 것만 같았다. 조는 소리에 담긴 습도와 온기를, 온도에 따라 달라지는 미세한 향기를 구별할 줄 알았다.

어릴 때는 남들도 다 그 정도는 구별하는 줄 알았는데, 그래서 느끼는 대로 말했을 뿐인데 관심을 끌려고 허풍을 떨고 엄살을 부리는 아이가 되어 버렸다. 아무리 자세히 설명해도 타인은 조가 느끼는 만큼 느끼지 못했다. 자기에게는 분명한 사실이 타인에게는 거짓말로 들릴 수 있음을 받아들이기까지 오랜 시간이 걸렸다. 중학생이 되어 온도와 습도에 따라 달라지는 분자운동을 배우면서 자기와 타인의 감각 정도가 어째서 다른지 어렴풋이 짐작할 수 있었다. 자기는 거짓말쟁이가 아니고, 자기의 감각이 맞고, 타인의 감각도 맞는 것이다. 각자 느끼는 정도가 다를 뿐.

750번 버스를 타고 마지막 정거장에 내리면 됩니다. 마지막인데 차고지는 아니고요, 거기서 버스가 같은 경로로 돌아가거든요. 유턴하기 전에 내려서 오른쪽 방향으로 30분 정도 걸어오셔야 해요. 블록이 절편처럼 나뉘어서 길을 자주 건너게 되는데 어디로도 꺾지 말고 계속 직진하셔야 합니다.

바람 소리에 마음을 쓰느라 조는 상대의 말에 제대로 집중하지 못했다.

정거장 이름을 말씀해 주시면…….

그게 생각이 안 나서.

그럼 주소라도.

지도 보고 찾으려면 더 어려워요. 여기가 워낙 그런 동네라. 750번 버스. 마지막 정거장. 내려서 오른쪽으로 30분 직진. 그거면 됩니다. 걷다 보면 보여요. 여기가.

9

겨울인데도 비가 자주 내렸다. 기온은 그다지 낮지 않았으나 충분히 추웠다. 옷을 껴입고 목도리를 둘러도 한기가 사라지지 않았다. 살과 뼈 사이에 살얼음이 깔린 것만 같았다. 비가 내리지 않는 날 하늘을 올려다보면 지난 계절보다 훨씬 멀고 아득한 곳에서 희뿌옇게 빛나는 태양을 간신히 찾아낼 수 있었다. 카페에서 마지막으로 야간 근무를 하던 날 조는 비로소 깨달았다. 홀로 우는 사람이, 싸우기도 전에 지치는 사람이, 밤 깊도록 불 꺼지지 않는 창이 많아졌다는 사실을.

들뜨고 뜨거운 여름밤보다 카페를 찾는 손님이 많았다. 그들이 문을 열고 들어설 때마다 겨울비의 차가운 발걸음 소리도 따라 들어왔다. 우산을 들고 있는데도 다들 적당히 젖어 있었다. 새벽 두세 시쯤 지친 표정으로 카페 문을 열고 들어와 아주 진하고 뜨거운 커피를 주문한 손님들은 하얗게 질린 얼굴로 숫자 2나 9처럼 앉아 있다가 다시 빗속으로 걸어 나갔다. 그들의 뒷모습을 보며 조는 온 힘을 다해 무언가를 포기하는 사람을, 포기조차 포기해 버리는 경우를 생각해 보곤 했다. 카페 스피커에서는 밤이나 낮이나 최신 인기 가요가 쾅쾅 흘러나왔다. 밤에는 잔잔하고 고요한 곡을 틀어도 괜찮지 않겠느냐고 언젠가 조는 점장에게 물어봤었다.

그런 음악을 틀어 놓으면 테이블 회전율도 좋지 않고 젊은 사람이 찾아오지 않아. 힘들수록 활기차게. 우울할수록 화창하게. 사람들은 그런 곳에 모이는 법이야.

점장의 말에 고개를 끄덕이면서도 조는 자기라면 그토록 자연스럽지 못한 곳으로는 전혀 가고 싶지 않을 것 같다고 생각했다.

8

마지막 퇴근을 하고 집으로 돌아와 잠들었다 눈을 뜨니 새벽 5시였다. 대충 계산해도 열다섯 시간 넘게 소변 한 번 누지 않고 잠만 잔 셈이었다. 내가 죽었었나. 죽었다가 살아났나. 수차례 휴대폰 액정을 껐다 켜면서 조는 눈을 껌뻑였다. 스물두 살 이후로 두 시간 이상 푹 잠들어 본 적이 없었다. 행갈이와 쉼표가 너무 많은 문장처럼 늘 자다 깨길 반복했다.

그런데 갑자기 이렇게 많은 잠을.

자기가 정말 살아 있는가 알아보기 위해 누구에게라도 전화를 걸고 싶었다. 대화를 하고 싶었다. 아침이 오기를 기다리다가 다시 잠들었다. 눈을 떠 보니 11시가 훨씬 넘어 있었다. 작은 창으로 바깥을 봤다. 새벽녘처럼 어둡고 눅눅했다. 끓인 물에 흰밥을 말아 먹고 그릇을 헹군 뒤 구인 구직 사이트에 접속해 여러 페이지를 넘겨 봤다. 며칠 전부터 눈여겨보던 구인 공고가 그대로 걸려 있어 그곳에 전화를 걸었다. 전화기 너머로 바람 소리를 들었다. 차고 맑고 쓸쓸한, 거의 잊은 줄 알았던 그 바람 소리. 통화를 마치고 몸을 씻고 옷장을 열고 제일 깔끔해 보이는 옷을 찾았다. 검은 터틀넥에 잿빛 스웨터를 껴입고 대학 입학할 때 샀던 모직 코트를 걸쳤다. 목도리도 잊지 않고 챙겼다.

7

정거장 가까이 가자 점점 빨리 떠나는 750번 버스의 뒷면이 보였다. 표지판을 살펴봤지만 노선도는 없고 배차 간격만 간단히 적혀 있었다. 한 시간을 기다려야 했다. 근처 카페에 들어가 아주 진하고 뜨거운 커피를 주문하고 시간이 흐르길 기다렸다. 커피에서 검게 그을린 플라스틱 맛이 났다. 카페 안은 좁고 시끄러웠다. 견디지 못하고 밖으로 나와 정거장 주변을 서성이다 노점에서 검은 털모자와 털장갑 세트를 만 오천 원 주고 샀다. 조에겐 낯선 경험이었다. 이렇게 시간이 빈다는 것. 집에서 일터로, 일터에서 일터로, 일터에서 집으로 바삐 걷지 않아도 된다는 것. 버스를 기다리며 카페에서 커피를 마시고 길거리 물건을 구경하다 계획에도 없던 지출을 한다는 것.

멀리서 750번 버스가 다가왔다. 모자를 쓰고 장갑을 끼고 버스에 올랐다. 앉을 자리가 없어 좌석 손잡이를 붙잡고 섰다. 복잡하고 요란한 도심을 지나는 동안 많은 사람이 타고 내렸다.

쇠락한 기차역과 오래된 유흥가와 낡은 모텔이 헐겁게 모여 있는 옛 시가지를 지나자 왕복 8차선 도로가 나타났다. 많은 사람이 버스에 올랐다. 똑같은 크기의 포스트잇을 붙여 놓은 듯 가지런히 늘어선 상가와 오피스텔, 빌라와 아파트 단지를 지나는 동안 버스는 다시 한산해졌고 도로 위 자동차도 눈에 띄게 줄었다. 가랑비가 내려 버스 창이 뿌옇게 흐려졌다. 조는 손바닥으로 창을 문질러 습기를 걷어 냈다.

신도시를 벗어나 넓은 강을 건너자 벌판이 시작되었다. 벌판 곳곳에 건축 중인 아파트 단지와 타워크레인이 들어서 있었다. 일정한 간격으로 나뉜 사거리마다 신호등이 우뚝 솟아 이 동네와 저 동네를 적당히 갈라놓았다. 한적한 도로에서 신호를 지키며 가다 서기를 반복하던 버스가 좌회전을 했다. 다 지은 건물과 짓고 있는 건물과 부서진 건물이 어지럽게 공존하는 동네로 들어섰다. 임대와 매매를 알리는 현수막이 곳곳에 걸려 있었다. 거치대에서 반쯤 떨어진 채 나부끼는 현수막은 사람을 밀어내는 손짓 같기도 간절히 부르는 손짓 같기도 했다. 그 길 어딘가에서 버스가 갑자기 유턴을 했고 왔던 길을 거슬러 갔다. 조는 허겁지겁 벨을 눌렀다. 방금 듣고 지나친 안내 방송에 정거장 이름이 나왔을 텐데 전혀 기억나지 않았다.

조는 홀로 그곳에 내렸다.

6

길을 건너 오른쪽 방향으로 천천히 걸었다. 편의점이 보여 우산을 사려고 했지만 문이 잠겨 있었다. 편의점 처마 밑에서 잠시 망설이다가 다시 빗속을 걸었다. 20분 정도 걸었나 싶어 시계를 보니 겨우 5분 지나 있었다. 걸음을 멈추고 사방을 둘러봤다. 막 지어 올린 콘크리트 건물의 비릿한 냄새와 젖은 흙냄새가 코끝을 더듬었다. 완만한 언덕길 꼭대기에는 높고 하얀 아파트가 줄지어 있었다. 네모난 건물의 너무 많은 창이 징그럽고 무서웠다. 사람 소리는 들리지 않았다. 전화기 너머로 들었던 바람 소리를 떠올리며 조는 천천히 걸었다. 비가 내리리라고는 생각지도 못했다. 내가 잘못 들었나. 750번 버스가 아니었던가. 전혀 다른 동네를 헤매고 있는 건 아닐까.

걸을수록 거리는 더욱 한적해졌다. 빗물과 추위에 찌

들어 버린 어린 가로수 뒤로 녹슨 컨테이너와 인적 없는 식당과 속이 텅 빈 건물이 띄엄띄엄 나타났다.

숙식 제공이라고 했다. 그곳에서 일을 하게 된다면 어린아이가 대충 조립하다 미뤄 두고 잊어버린 레고블록 같은 이 동네에서 매일을 보내게 될 것이다. 그렇게 된다면 좋을까. 더 나빠질까. 설마 예전과 똑같을까. 모르겠다. 될 대로 되라지. 이젠 다 끝이고 더는 머물 이유도 없다. 그렇다면 시작인가. 내가 그것을 바랐던가. 마지막 정거장에 내리고도 이렇게 스산한 길을 30분이나 더 걸어야만 닿을 수 있는 카페에 과연 손님이 있을까. 그런데도 숙식 제공이 가능할까. 카페 간판을 걸고 마약이나 불법 총기를 만들어 파는 곳이면 어쩌지. 감금되어 범죄에 연루되면 어떡하지. 그런 생각을 하며 걷던 중에 조는 의도치 않게 무언가를 포기해 버렸다고 느꼈다. 무얼 포기했는지는 모르겠지만 씁쓸하고도 개운한 감정이 거기 새로 고여 원래 그 자리에 무언가가 있었다는 것을 알도록 했다.

다만 걷는 중이라고, 조는 생각했다. 알 수 없는 정거장에 내려 어딘지 모를 곳으로 가는 중이라고. 'stop'도 'start'도 아닌 그 사이 어디쯤. 30분이 아니라 한 시간이 걸려도 상관없다. 왔던 곳으로 돌아가지만 않으면 괜찮다. 걷고 걸어 도착한 그곳에 허허벌판만 펼쳐져 있더라도 결코 예전으로 돌아가지는 않을 것이다.

멀리서 개 짖는 소리가 들렸다. 경고도 반가움도 담기지 않은 심심한 소리였다.

걷다 보면 보인다고 했다.

조는 묵묵히 걸었다.

5

조는 늘 다급했다. 월급 160만 원이 필요했다. 꾸준히 할 수 있는 일이어야 했고 정해진 날짜에 돈이 들어와야 했다. 그래야 월세와 요양원 비용과 대출금을 밀리지 않고 낼 수 있었다. 그러나 조가 할 수 있는 일은 많지 않았다. 면접을 보러 가면 열에 아홉은 조를 위아래로 훑어보며 "통화할 때 미리 말을 했어야지."라고 말했다. "멀쩡한 애들도 며칠 못 버티고 나가떨어지는 경우가 많다."라고 겁을 줬다. "같은 값을 주고 사람을 쓰는 건데 이왕이면……" 하고 말끝을 흐리기도 했다.

스물두 살 여름부터 시작된 생활 전선. 낮에는 편의점에서 물건을 팔고 밤에는 숯불갈비 집에서 불판을 닦았다. 불판 닦는 일은 오래 하지 못했다. 손님이 자꾸 줄어서 어쩔 수 없다고 사장은 말했다. 닦아야 할 불판은 매일 늘어났는데 손님이 줄었다니, 너무 빤해서 오히려 조를 부끄럽게 했던 거짓말. 바로 PC방 야간 아르바이트를 시작했는데 얼마 지나지 않아 편의점이 망했다. 그래서 주유소 아르바이트를 구했다. 주유소도 PC방도 망하지 않았지만 주유소 사장이 월급을 매번 늦게 줬다.

주유소도 PC방도 그만두고 공장에 들어갔다. 하루 열 시간 동안 한 자리에 선 채로 소형 스탠드를 포장하는 일이었다. 조는 두 시간 이상 같은 자세로 있을 수 없는 사람이었다. 척추와 어깨를 지나 목까지 통증이 올라왔다. 제때 월급을 받아 월세와 요양원 비용을 내고 대출금을 갚을 수 있는 건 좋았지만 몸의 고통을, 고통이 끌고 오는 공포를 견디기 힘들었다. 어느 날 아침 눈을 떴는데 손가락 하나 까딱하지 못해서 119에 전화도 걸지 못하고 누운 채로 굶어 죽는 상황을 상상하지 않을 수 없었다.

학자금 대출 상환이 끝나자마자 공장을 그만두고 시간제 아르바이트로 돌아갔다. 하루에 두 건씩 닥치는 대로 일하다가 연중무휴 24시간 운영하는 프랜차이즈 카페에 면접을 보러 갔다. 카페 점장은 조에게,

당신 다리가 그래서 우리랑 같이 일하기는 곤란해.

하고 말하는 대신 일단 일을 시켜 보고 고용할 수 없는 구체적 이유를 알려 주는 게 낫겠다고 생각했다. 5층 건물의 1층부터 3층까지 카페였고 대학교 앞 상권에 위치해 늘 손님이 많았다. 점장은 조가 며칠 견디지 못하고 나가떨어지리라고 짐작했지만 조는 적응했다. 대여

섯 시간씩 파트타임으로 일하는 아르바이트생들 속에서 조는 하루 열두 시간씩 2교대로 일했다. 가만히 서서 열 시간 일하는 것보다 앉고 서고 움직이며 열두 시간 일하는 게 몸에 맞았다.

어느 밤 조는 쓰레기통을 비우다가 새해 복 많이 받으라는 인사를 들었다. 테이블에 앉은 손님들끼리 주고받는 인사였다. 나 벌써 스물세 살이야. 너무 늙었어. 뭘 다시 시작할 자신이 없어. 우리 나이 너무 애매해. 그렇지 않아? 손님들 얘기를 들으며 조는 자기 나이를 셈해 봤다.

해를 넘겼으니 어느덧 스물아홉.

조와 아버지는 스물아홉 살 차이가 났다. 아버지의 재산이 실은 모두 빚이고 남들은 아버지를 사기꾼이라고 부른다는 사실을 조는 스물두 살 여름에 알았다. 그때 조는 대학생이었다. 아버지는 정말 사기꾼이었고 도주자가 되었다. 어머니는 아버지가 벌인 일을 수습하러 다니다 저혈당 쇼크로 의식을 잃었는데 하필 운전 중이었다. 큰 사고가 났고 큰 수술을 받아야 했다. 수술비와 병원비는 어머니가 들어 둔 보험으로 해결할 수 있었다. 조는 다행이라 생각했고 그 생각에 죄책감을 가졌다.

수술 뒤 재활이 불가능하다는 판정을 받았다. 어머니는 요양원으로 옮겨졌다. 조는 시간을 쪼개 가며 돈을 벌었고 번 돈을 쪼개서 여기저기로 보냈다. 아무도 아버지를 찾지 못했다. 조는 아버지를 원망하지도 그리워하지도 않았다. 그런 감정을 갖기에는 아버지와의 관계가 너무 애매했다. 조에게 아버지는 언제나 낯설고 어려운 사람. 조는 한 번도 아버지의 손을 잡아 본 적이 없었다. 그럼 아버지의 무엇을 만져 보았던가 생각해 보면…… 방바닥에 떨어진 머리카락조차 만져 본 적 없는 것 같았다. 아버지는 초상화 같은 존재였다.

교통사고가 나기 전 어머니는 이런 말을 했었다.

네 아버지는 믿고 기다린 거야. 그 땅값이 오르길, 그 사업이 잘되길, 그 물건이 정말 대박 나길. 자기가 남들에게 거짓말을 한다고는 꿈에도 생각하지 않았을 거다.

그런 말은 하지 않아도 된다고 조는 대꾸했다. 혼자 기다리지 못하고 감언이설로 여러 사람을 끌어들여 파산시킨 아버지는 사기꾼이 맞고, 자기는 어릴 때부터 지금까지 한 번도 아버지를 기다려 본 적이 없으며 앞으로도 그럴 것이라고. 정말 그랬다. 조는 아버지를 기다린 적 없었다. 그때 조는 자기 때문에 어머니가 그런 이야기를 꺼냈으리라고 짐작했다. 조의 마음에 원망이나 미움이 자랄까 염려되어 아버지 대신 변명하는 거라고. 그런데 그날 밤, 1월 1일로 넘어가던 그 밤에 카페에서 쓰레기통을 비우다가 문득 깨달아 버렸다.

아니었구나. 내가 틀렸구나. 어머니는 정말 아버지를 기다렸던 거구나.

어머니는 기다리는 마음으로 당신 남편 이야기를 꺼냈던 것이다. 언젠가는 남편이 나타날 거라 믿었기에 남편이 벌인 일을 수습하겠다고 그리 애타게 뛰어다녔던 것이다. 누구하고든 남편에 대해 좋은 이야기를 나누고 싶은데, 사기꾼에 도주자인 남편을 대놓고 그리워할 수는 없으니 누구에게도 하지 못한 이야기를 자식에게 조금 꺼내고 다시 입을 닫은 것이다. 모든 것이 망가져 버린 지금도 어머니 마음은 그럴까……. 그럴 수도 있겠다는 생각이 들자 조는 깊이 외로워졌다. 출근하는 사람들 틈에 뒤섞여 힘겹게 집으로 돌아오자마자 조는 옷장 속에 숨어 버렸다. 혼자 사는 좁은 방마저 너무 크게 느껴져서.

4

편의점이나 PC방에서는 맡은 일을 혼자서 잘해 내면 되었지만 카페 일은 그렇지 않았다. 주문받는 일부터 설거지까지 여러 명이 나눠 해야 했다. 조는 게으름을 피우지 않았지만 어떤 동료들은 당연히 자기가 조보다 더 많은 일을 한다고 믿어 버렸다. 조와 자기들의 시급과 대우가 같다는 것을 알게 되면 어쩐지 손해 보는 기분에 빠지기도 했다. 2교대 근무를 할 생각도 없으면서 조의 2교대 근무를 특혜라고 불평하기도 했다. 손님이 많아 스트레스와 예민함이 치솟는 시간이면 노골적으로 조에게 신경질을 내는 동료도 있었다. 일부러 몸을 부딪치며 거추장스럽게 왜 여기서 이러고 있느냐고 면박을 줬다. 어릴 때부터 종종 겪어 온 일이었지만 조는 익숙해질 수 없었다. 익숙해지면 안 된다고 생각했다. 고통에 익숙해질수록 병은 깊어진다. 한 명이 그러기 시작하면 두 명이 그러기 쉽고, 두 명이 세 명 되기는 더 쉽다. 그런 태도를 수긍하고 참아 버리면 어느새 조는 무시해도 되는 사람이 되어 있는 것이다. 이젠 징조만 느껴져도 알 수 있었다. 상대가 어떤 말로 자신을 폄하할지, 그 눈빛이 호기심인지 동정인지 경멸인지. 조는 상대에게 똑같은 말과 눈빛을 돌려주며 자신의 속도로 묵묵히 일했다. 돈을 벌고 쪼개고 보내는 것에만 집중하려고 했다.

벚꽃이 만개했던 어느 토요일, 아침부터 손님이 밀려들었다. 아무리 치우고 정리해도 카페는 점점 엉망이 되어 갔다. 시간마다 화장실을 청소하고 셀프 바를 정리하고 비품을 채워 넣고 테이블과 의자를 정돈하며 조는 정신없이 움직였다. 오후 4시가 되기도 전에 매출은 이미 그달 최고치를 찍었고 직원들 모두 지쳐 있었다. 손님이 조금 잦아든 틈에 조는 설거지를 시작했다. 조와 동갑인 동료가 조의 옆에 서서 마른행주로 그릇의 물기를 닦다가 무심히 물었다.

근데 힘들지 않아? 그런 다리로?

조는 수세미와 컵을 든 채 자기 다리를 내려다보고 그의 다리를 내려다봤다.

넌?

조가 물었다.

힘들지 않아? 그런 다리로?

동료가 잠시 손을 멈췄다. 미안하다고 했다. 걱정돼서 한 말이라고 덧붙였다. 미안해할 필요 없다고, 자기는 한쪽 다리를 절지 않으면서 일하는 게 어떤 건지 모른다고, 정말 궁금해서 물어본 거라고 조가 대꾸했다. 맑은 물에 세제 거품을 씻어 내며 조는 다시 물었다.

넌 어때. 힘들지 않아?

……힘들지. 오늘 같은 날은 오줌 누려고 서 있기도 힘들어.

……나도 그래.

진짜 죽겠다. 이런 날은 하다못해 택시비라도 받아 가야 되는 거 아니냐.

…….

……근데 있잖아.

…….

우리 이렇게 몸도 다르고 생각도 다르니까…… 너 힘든 거 나 힘든 거 저기 건이나 은이 힘든 것도 다 다를 거잖아.

…….

그럼 우리는 자기 힘든 것만 알지 시로가 얼마나 어떻게 힘든지는 영영 알 수 없는 건가?

…….

나쁜 건가.

뭐가?

모르겠다. 말하다 보니까 존나 외로워지네.

그게…… 자연스럽지 않나. 다 다른 게.

그런가.

다 같으면 이렇게 많이 존재할 이유가 없잖아. 단 한 명이면 되지.

…….

…….

……넌 9시 넘어 퇴근이지?

응.

난 곧 퇴근하니까 이거 내가 마저 할게. 넌 가서 좀 쉬어.

됐어. 같이 해. 그게 더 빨라.

빨리하면 뭐 하나. 일은 계속 쌓이는데. 아님 가서 카페모카 한 잔만 만들어 줘. 집에 가면서 마시게. 투 샷에 휘핑크림 가득 얹어서. 그거라도 마시면서 가야겠다.

네가 만들면 되잖아.

남이 만들어 주는 게 더 맛있더라고.

3

시간은 성큼성큼 지나갔고 함께 일하던 사람들은 하나둘 카페를 떠났다. 새로운 사람들이 들어와 유니폼을 입었고 조는 그들에게 메뉴 만드는 방법과 머신 다루는 법, 비품 관리하는 요령 등을 알려 줬다. 다시 겨울이 되었고 조의 시급은 450원 올랐으며 월세와 요양원 비용은 훨씬 많이 올랐다. 조는 오래 버텼고 더 버틸 수 있었다. 학자금 대출을 갚아 냈듯 요양원 비용이나 월세도 언젠가는 끝날 테니까. 그런데 그 끝은 무엇을 의미하는가. 빅뱅 이전을 생각하다 보면 신을 믿게 된다고 하던가. 신을 믿으면 무엇이 달라지나. 신을 믿어 버리면 혹시라도 나쁜 기적을 빌게 될까 봐 조는 두려웠다. 아무도 모르게 혼자 하는 생각이었으나 바로 자기가 알고 있으므로 모른 척할 수 없었다.

어머니는 어땠을까. 어머니도 나를 보며 나처럼 생각한 적이 있을까. 처음에는 그랬을지도 모른다. 스물세 살에 낳은 아이가 위험하다는 말을 들었을 때, 홀로 설 수 없을지도 모른다는 말을 들었을 때, 마침내 허리에 힘이 생기고 왼쪽 다리로 서고 기구에 의지해 절름절름 걷기 시작하기 전까지는 그 마디의 어디쯤에서 어머니도 한 번쯤은 나쁜 끝을 상상해 봤을 것이다. 그렇다면 나는 아직 처음 언저리에 있는 것인가. 아직도 처음인가.

불행을 바라보는 것만으로도 겁을 집어먹은 조는 자기 앞의 독촉을 해치우는 일에만 몰두했다. 그런데 전화를 받았다. 어머니 부고였다. 스스로 생을 놓으셨다고 했다. 전혀 상상해 보지 않은 방향으로, 생각보다 훨씬 빨리 끝이 왔다. 어머니의 결정을 이해하고 싶지 않았다. 이해하는 것만으로 죄를 짓는 것 같았다. 조는 나쁜 기적을 빌지 않았다. 다만 끝을 생각해 봤을 뿐이었다. 오랜 연습과 훈련 끝에 조는 결국 걸었다. 어머니는 그 끝을 기다렸고 봤다.

재활에 대해서는 아무 말도 하지 않는 곳에 가만히 누워서, 어머니는 희망에서 절망까지의 머나먼 길을 홀로 걸었을 것이다. 그 여정에 조는 없었다. 어머니가 다시 걷게 되리라고 조는 믿지 않았다. 홀로 서지도 못하던 자기가 결국 걷고 있다는 사실을 조는 잊었다. 잊고서 태어날 때부터 절룩거렸던 사람인 양 생각하고 행동했다. 꼭 걷게 되는 것이 아니더라도, 홀로 서거나 걷지 못하더라도 그것과는 다른 차원의 희망을 나눌 수도 있었다. 조는 그러기를 거부했다. 아직 그럴 때가 아니라고 생각했다. 마음을 드러내고 싶지 않았다. 돈으로 도리를 대신하고 싶었다. 어머니는 외로웠을 것이다. 옷장

속에 숨고 싶었을 것이다. 아무도 자기를 찾지 않으리란 걸 잘 알면서도.

장례를 치른 뒤 카페 일을 그만두겠다고 말했다. 후임자가 구해지고 그가 일을 익힐 때까지 한 달을 기다려야 했다.

2

걸으며 생각했다. 한 달에 50만 원이라도 저금할 수 있다면 1년에 600만 원. 그렇게 10년 동안 돈을 모아 마흔 살이 되어도 원룸 하나 구할 수 없다는 계산이 서자 무기력해졌다. 번 돈을 쪼개어서 이곳저곳으로 보내던 날들에는 이런 계산 따위 하지 않았고, 삶의 무기력은 조금 다른 영역에서 빛을 발했다.

코트는 점점 무거워졌다.

걸어오며 편의점을 두 군데나 지나쳤지만 우산을 사지 않았다. 가랑비는 곧 그칠 것만 같았고 그곳에 이내 도착하리란 기대도 있었다. 비는 지금 내리고 그곳은 보이지도 않는데 확실하지도 않은 것을 기대하고 기다리며 더욱 젖어 갔다. 조는 아버지를 떠올렸다. 아버지가 기다리던 게 무엇인지 조금은 알 것 같았다.

그칠 줄 알았던 빗줄기는 점점 굵어졌고 눈앞에 보이는 것이라곤 벌판과 폐허뿐. 30분이라고 했다. 절룩거리지 않는 사람 기준일 것이다. 조는 털모자를 벗어 쥐어짠 뒤 다시 썼다. 버스를 타고 한 시간 남짓 달리는 사이 시간 여행이라도 한 것 같았다. 시간 여행까지 했는데 어제와 한 치의 변화도 없는 오늘에 닿은 기분이었다. 아주 진하고 뜨거운 에스프레소를 마시고 싶었다. 차분하게 앉아 커피를 마실 수 있는 작은 의자 하나면 충분하다. 그럼 우산 없이도 다시 걸을 수 있을 것만 같았다.

조는 뒤늦게 지쳤다. 지금의 피로와 추위가 아니라 지난 20대 전체가 갑자기 몰려와 비에 젖은 코트처럼 조를 무겁게 짓눌렀다. 여전히 아버지를 기다리지 않고, 시간을 되돌린다고 해도 어머니의 말을 침묵으로 듣고 있을 자신은 없지만…… 쉬는 날마다 요양원에 찾아가 어머니와 점심 한 끼라도 같이 먹으며 괜찮을 거라고, 좋아질 거라고, 힘들수록 활기차게, 그런 말을 할 자신은 없지만…… 그러니 조가 후회할 수 있는 일은 아무것도 없었지만 조는 후회했다. 무언지 모를 것을 후회하며 조금 울었다. 고개를 숙인 채로 울며 걷다가 잠시 휘청거렸다. 조는 자기가 무엇을 찾아 걷는지 도무지 알 수 없었다. 찾는 것을 지나친 것도 같았고 찾는 것을 잊은 것도 같았다. 그러니 불가능만 남은 것 같았다. 더는 걸을 수 없다고, 비를 피할 곳 어디라도 들어가 코트를 벗어야겠다는 생각으로 고개를 들었는데, 보였다. 거기가.

1

길 끝이었다. 동그란 간판에 'CAFE PLANET'이라
고 적혀 있었다. 간판 테두리와 알파벳을 따라 파란 네
온이 설치되어 있었다. 벽은 선명한 노란색이었고 건물
외벽에는 잠수함에서나 볼 수 있을 것 같은 동그란 창이
있었다. 건물 왼편으로 나무 울타리가 촘촘히 세워져
있었다. 다가가 너머를 보려고 했지만 잘 보이지 않았다.
카페 출입문은 창 없는 나무 문짝이었다. 노크를 한 뒤
들어오라는 답을 기다려야만 할 것 같았다.

문 앞에서 잠시 주저하다 문을 당겼다. 밖에서 볼 때
는 2층인 줄 알았는데 층은 없고 천장이 높았다. 홀 가
운데에 나무 난로가 있고 왼쪽 벽면 가득 책장이었다.
카페 가장 안쪽으로 기다란 바와 주방으로 이어지는 통
로가 보였다. 묘하게 옛날 느낌이 났는데, 복고나 빈티
지를 콘셉트로 잡았다기보다는 수십 년 전 어느 날에서
시간이 정말 멈춰 버린 곳 같았다. 입구에 서서 카페 내
부를 가만히 바라보던 조는 문밖으로 나가 모자와 장갑
의 빗물을 짜내고 코트를 벗어 팔에 걸쳤다. 다시 문을
열고 들어가니 조금 전에는 없던 남자가 바 안쪽에 서서

어서 오세요, 인사했다.

구인 공고 보고 전화드린 사람입니다.

남자는 아아, 하고 고개를 끄덕이더니 뒤쪽의 작은
문을 열어 몸을 내밀고 큰 소리로 사장님을 불렀다. 그
러곤 조를 보며 편한 자리에 앉으라고 했다. 조는 난로
와 가장 가까운 의자에 코트를 걸고 그 옆에 앉았다. 온
기가 느껴지자 몸이 떨리기 시작했다. 의자 팔걸이를 꽉
잡아도 떨림은 멈추지 않았다. 남자가 테이블에 따뜻한
보리차가 담긴 컵을 내려놓고 조에게 메뉴판을 건넸다.
조가 당황한 눈으로 남자를 쳐다봤다.

아니, 저는 면접을…….

오시느라 고생하셨을 텐데 뭐라도 드세요.

조는 메뉴판을 받아 든 채로 덜덜 떨었다.

커피 좋아하시면 오늘의 커피로 한잔 드릴까요?

조가 고개를 끄덕였다. 카페 입구에 세워진 나무판
에 '오늘의 커피—과테말라 안티구아'라고 적혀 있었다.
남자는 바 안쪽으로 들어가 원두를 분쇄하고 여과지를
적셨다. 드립을 시작하자 커피 향이 홀을 감싸며 높이
올라갔다. 조는 따뜻한 보리차를 조금씩 마셨다. 떨림
이 서서히 잦아들었다. 손으로 컵을 감싸 쥐고 메뉴판
을 훑어봤다. 메뉴는 아주 간단했다. 그날그날 마련되
는 원두에 따라 달라지는 핸드 드립 커피와 유자차, 생
강차, 밀크티와 캐모마일. 그리고 크루아상이 전부였다.

가격은 비싼 편이었다. 메뉴판을 내려놓고 카페를 둘러 봤다. 손님이 없었다.

남자가 테이블에 커피 잔과 크루아상을 내려놓고 조의 맞은편에 앉았다. 지금껏 핸드 드립 커피를 한 번도 마셔 본 적이 없다는 데 생각이 미치자 조는 조금 긴장했다. 조심스럽게 잔을 들고 커피를 한 모금 머금었다. 여태 마시던 커피와는 전혀 달랐다. 같은 커피로 묶어 칭해도 되는가 의문이 들었다. 커피를 넘긴 뒤에도 향과 맛이 오래 남아 가만히 즐겼다. 그러다 문득 느꼈다. 가라앉은 고요를. 음악이 없는 카페. 음악을 틀지 않느냐고 남자에게 물었다.

아, 음악. 듣고 싶으면 저기에서 골라 들으면 돼요.

남자가 책장을 가리켰다. 책장의 3분의 1가량이 CD로 채워져 있고 가장자리에 CD 플레이어 세 개와 헤드폰이 부착되어 있었다.

각자 취향이란 게 있는데 한 곡만 크게 틀어 놓는 건 아니라고, 사장님이.

조는 고개를 끄덕였다. 오기 전에 통화한 사람이 사장인가. 그 목소리를 떠올리려고 애썼지만 바람 소리만 기억에 남아 윙윙 울렸다. 누군가와 통화를 했었다는 사실조차 꿈처럼 여겨졌다. 커피 일을 해 봤느냐고 남자가 물었다. 프랜차이즈 카페에서 일했다고, 핸드 드립이나 로스팅 쪽으로는 전혀 모른다고 조는 대답했다.

괜찮아요. 저도 여기 와서 다 배웠어요. 사장님한테.

남자가 자리에서 일어나 다시 뒷문으로 가더니 문을 열고 사장님을 크게 불렀다. 아주 멀리 있는 사람을 부르는 것만 같았다. 조는 크루아상을 베어 물었다. 따뜻하고 쫄깃했다. 무겁지 않은 버터 맛이 퍼졌다. 메뉴판에 적힌 가격이 떠올랐다. 비싸다고 말할 수만은 없었다.

여기가요.

남자가 돌아와 조의 맞은편에 앉으며 말했다.

다 있어요. 커피도 있고 빵도 있고 책도 많고 시간도 넉넉하고, 여기는 정말 시간이 다른 곳과 다르게 흐른다니까. 하루가 이틀처럼 느껴질 정도예요. 밤이 되면 더하죠. 흐르지 못하도록 어둠이 시간을 짓누르고 있는 것만 같아.

먼 곳을 바라보듯 남자의 눈동자가 잠시 묘연해졌다.

저기 주방에 가면 다 유기농이에요. 유기농 야채에 유기농 쌀에 유정란에 별별 것 다 있어요. 우리 카페는 손님 빼고 다 있지.

의자 팔걸이에 두 팔을 얹으며 남자가 싱긋 웃었다.

그래도 월급 걱정은 안 하셔도 돼요. 사장님이 워낙 열심히 일하니까.

사장님께서 따로 하시는 일이 있습니까?

여기 옆에서 농사지으세요. 오늘도 아침부터 고추 딴다고, 사장님이.

겨울인데 농사를…….

비닐하우스 있으니까요.

농사지어서 카페를 운영한다는 말씀입니까?

농사도 짓고 원두 납품도 하고 청도 만들어 팔고 컵도 만들어 팔고. 별별 거 다 해요. 사장님이.

그게…… 되나요?

어차피 이 집이랑 땅이랑 사장님 소유니까. 손님 없다고 카페 문 닫을 일은 없으니까요.

그래도 직원 월급을 주려면…….

그러니까 아주 바쁘죠, 사장님이. 지금도 봐요. 사람이 왔다는데 들어와 보지도 않고.

조는 커피를 마셨다. 미지근해진 커피 맛은 뜨거울 때와 또 달랐다.

여기가 24시간 오픈이라 사장님이랑 그쪽이랑 저랑 3교대로 일해야 돼요. 제가 아침에 출근하면 그쪽이 오후에 출근하거나 그 반대로. 당분간은 일을 배워야 되니까 같이 해야 할 거고요. 적응되면 그때부터…….

보셨겠지만, 다리가 불편합니다.

다친 거예요?

어릴 때부터 그렇습니다. 시간이 지난다고 나을 수 있는 건 아니고 평생 이럴 겁니다.

남자가 고개를 끄덕였다. 조는 차분히 말을 이었다.

다른 건 몰라도 서빙할 때 문제가 될 텐데 그건 제

가…….

괜찮아요. 천천히 서빙하면 되죠. 아님 테이블에서 직접 드립을 해 줘도 되고. 어차피 여기가 기다리는 곳이라.

조는 남자의 말을 되뇌었다.

일이 많지는 않아요. 청소하고 빵 굽고 로스팅하고 손님 오면 커피 내리고 설거지하고. 그게 다예요. 손님이 아예 없지는 않아요. 주로 대단히 혼자인 사람들이 와서 조용히 있다가 가요. 여러 명이 같이 오는 경우는 거의 없어요. 연인들이 데이트하러 오는 것도 못 봤고. 여긴 검색도 안 되니까 사실.

말을 하던 남자가 뒷문으로 다가가 다시 큰 소리로 사장님을 불렀다. 그리고 돌아와 태연히 말을 이었다.

손님들을 가만히 보고 있자면…… 그렇게 혼자 와서 다들 무언가를 기다리는 것 같더라고요. 기다리다 포기하고 카페를 나가고. 잊을 만하면 다시 찾아와 기다리고.

조와 남자는 마주 보고 앉아 사장님을 기다렸다. 난로 속에서 나무 타들어 가는 소리가 미세하게 울렸다. 몸이 녹고 노곤해지자 졸음이 몰려왔다. 정신을 차리려고 허리를 곧게 세우고 허벅지를 손으로 꽉 잡았다.

그럼 난 뭘 기다리는 건가 생각하게 되죠, 가끔.

남자가 혼잣말하듯 중얼거렸다. 조의 고개가 서서히 아래로 향했다.

손님을 기다리나 싶은데 막상 손님이 오면 손님을 기다렸던 건 아닌 것 같거든. 퇴근하길 기다리나 싶은데 막상 퇴근하면 그것도 아닌 것 같고. 월급을 기다리나 싶어도 월급을 타면 또 그렇게 반갑지만은 않고. 뭔지 모르겠어. 뭘 기다리는지. 근데 기다리긴 한단 말이에요. 생각하고 생각하다가 도저히 모르겠다 싶을 때 내가 뭘 하느냐면.

졸음에서 깬 조가 흠칫 놀라며 고개를 들었다. 남자와 눈이 마주치고 무안해진 조는 자기도 모르게 조금 웃었다.

커피를 내리죠. 원두 20그램을 2분 동안 200밀리리터 딱 맞춰서 아주 정성스럽게. 온도에 따라 달라지는 향과 맛 다 느끼면서 천천히 한잔 마시다 보면 내가 이 순간을 기다렸나 싶기도 하고.

눈을 비벼 댔지만 졸음은 지워지지 않았다. 의자가 너무 편했다.

여기는 그러니까 정거장 같은 곳이랄까.

조의 몸이 점점 작아지며 의자 깊은 곳으로 빠져들었다.

우린 기다리라고 고용된 사람들이고.

0

미세한 소리만이 살아 있는 고요 속에서 긴장은 비처럼 흘러 낮은 곳으로 사라졌다. 의자에 몸을 맡긴 채 단잠에 빠졌던 조는 아이처럼 작은 소리로 잠꼬대를 하다 눈을 떴다. 어리둥절한 표정으로 카페를 둘러보는 조의 눈길이 출입구에 놓인 나무판에 가닿았다. 글자를 처음 배운 사람처럼 한 글자 한 글자 천천히 읽으며 그 뜻을 생각했다. 코트는 조금씩 말라 가고 있었다. 아직 비가 내리는지 궁금해 둥근 창으로 눈을 돌렸다. 벽장에 몸을 기댄 채 음악을 듣고 있던 남자가 헤드폰을 벗고 바 안쪽으로 걸어가며 조를 불렀다. 조는 절룩거리며 카페 깊은 곳으로 걸어갔다. 직접 커피를 내려 보라고 남자는 말했다. 조는 남자가 알려 주는 대로 원두를 갈고 뜨거운 물로 서버와 찻잔을 데우고 여과지를 적셨다. 남자가 주전자에 뜨거운 물을 담으며 말했다.

약속을 했대요. 여기서 기다리겠다고.

드리퍼에 분쇄한 원두를 부었다.

그래서 24시간 문을 못 닫는 거예요. 사장님이.

남자가 가르쳐 주는 대로 뜸을 들이고 시계 방향으로 주전자를 돌리며 물줄기를 떨어트렸다. 가느다란 물줄기 떨어지는 소리만 들리는 카페 깊은 곳에서 조는 멈췄던 초침이 탁 하고 움직이는 소리를 들었다. 스물두 살

여름, 어머니가 수술실에 들어간 그때에서 이제야 1초가 흐른 것이다.

그만.

남자가 드리퍼를 치웠다.

크레마가 원두에 닿을 때까지 기다려 버리면 좋지 않은 맛까지 따라오니까.

서버에 고인 커피를 잔에 따른 뒤 천천히 한 모금 마셨다. 직접 내린 커피를 마시기 위해 비를 맞으며 먼 길을 걸어온 사람처럼 조는 오직 커피의 향과 맛에만 집중했다. 조의 속도로 다시 1초가 흘렀고, 뒷문이 열렸다.

0

책이 사라졌다.

분명 이 방 어딘가에 있었는데 없어졌다. 책 제목은
『The Earth』, 아니 『The other Earth』······『Another
Earth』였나. 모르겠다. Earth라는 단어가 들어간다. 그
단어를 분명 봤다. 지난여름의 한복판에 얻은 책이다.
친밀한 사이가 될 수도 있었지만 겁이 많고 체념이 빠른
점이 서로 비슷해 결국 친해지지 못하고, 어쩌다 우연히
만나면 의례적인 안부나 겨우 주고받는 사이가 되어 버
린 그를 합정역 4번 출구 근처에서 우연히 만난 날이었
다. 반쯤 탄 담배를 물고 있던 그는 한쪽 어깨에 삐딱하
게 걸치고 있던 가방에서 그 책을 꺼내 주며,

이걸 네가 읽어 보면 좋을 것 같다.

고 우물우물 말했다. 그도 나도 찡그린 인상이었다. 빽빽한 여름 햇살에 갇혀 자욱하게 떠 있던 담배 연기 때문이었을까. 모르겠다. 더위에 지쳐서 그랬을 수도 있다. 길 한복판에 가방도 없이 서 있던 내게 두꺼운 책을 건네는 그가 조금 미웠다. 처리하기 곤란한 짐을 떠넘기는 것만 같았다. 그렇게 엉겁결에 받아만 두고 읽어 보지 않았다. 아니, 책을 해치우고 해가 기우는 방향으로 총총 걸어가는 그의 뒷모습을 쳐다보다가 책 뒷면에 짤막하게 적힌 본문을 조금 읽었다.

"우주의 본질은 사이코패스에 가깝다. 우주는 생명 따위에 하등 관심이 없으며 생명이 존재하는 행성, 예컨대 지구 같은 것은 돌연변이에 불과하다."라는 내용이 적혀 있었다. "우주는 무자비하다."라는 문장을 봤다. 처음 볼 때도 그랬고 이후에도 그 문장을 떠올리면 마음이 아팠다. 무섭기도 외롭기도 했다. 나의 경우 굳이 한 문장을 써야 한다면 (우주의 무자비함을 모르지 않으면서도) "우주는 아름답다."라고 쓰는 쪽이었다. 그때 생각했다. '무자비하고 아름답다.'와 '무자비하지만 아름답다.'와 '무자비하여 아름답다.'의 차이에 대해. 무자비함과 아름다움의 관계와 그 단어의 의미에 대해. 생각하다가 깊은 자괴감에 빠졌다. 두 단어의 의미를 제대로 알지 못한다는 것을 깨달았기 때문이다. 사전을 찾아봤다. '무자비하다'는 '냉혹'과 '모질다'라는 단어를, '아름답다'는 '균형'과 '조화'라는 단어를 품고 있었다. 안개에 뒤덮인 도시의 뒷골목처럼 모호하고 위험한 단어들……. 그러니 내게 우주는 어떤 형용사도 자신 있게 붙일 수 없는, 다만 '우주'였다. 우주가 그럴진대 모든 게 그러하지 않겠는가. 우주가 품고 있는 모든 존재와 감정과 사물이.

하지만 언어는 나의 유일한 연장.

그 연장이 불편하고 무서웠다.

그 책을 받을 즈음부터 그랬다.

*

어딘가에 있다고 믿었기에 찾을 생각도 하지 않았던 책을, 사라졌을지도 모른다는 의심이 드는 순간부터는 찾지 않을 수 없었다. 나는 대개 그런 식으로 살아서, 참 많은 사람과 신뢰를 잃으며 살아간다. 하지만 이번에 잃어버린 건 사람이나 신뢰가 아닌 책이니까 마음만 먹으면 얼마든지 찾을 수 있으리라 생각했다. 책장과 책상과 의자를 샅샅이 훑고 바닥에 오래 깔아 둔 이불과 베개를 들춰 탁탁 털어 봤다. 폐지를 모아 두는 박스와 좁은 베란다를 꼼꼼히 뒤졌다. 싱크대와 냉장고를, 화장실 선반과 신발장을 열어 봤다. 실소를 지으며 세탁기 속도 들여다봤다. 없었다. 어디에도 없었다. 책은 찾지도 못

하고 내 삶의 터전은 너무나 산만하고 지저분하다는 사실만을 새삼 깨달았을 뿐이다. 그러니 어느 구석엔가 처박혀 있어 영영 찾지 못할 것은 제목에 Earth가 들어간 책만은 아닐 것이다. 생각지도 못한 많은 것을 잃거나 잊어 가며 살고 있는 게 분명한데…… 막상 그런 생각이 들자 확 귀찮아졌다. 잃은 것을 잃었다고 알게 되는 것이. 알게 되어 신경 쓰는 것이. 찾아야 한다는 강박에 시달리는 것이. 잊거나 잃었다는 사실 자체를 모르고 산다면 좋을 텐데. 잊거나 잃는 순간 그것과 관련된 기억이나 감정도 감쪽같이 사라져 버린다면.

*

일기는 그렇게 시작되었다. 숙제니까 써야 하는 일기가 아니라 누구라도 볼까 전전긍긍하여 베개 홑청 속이나 서랍 깊숙한 곳에 감춰 두던 일기. 그 일기에 '푸른색의 단파장들은 산란하여 여러 방향으로 흩어지고 붉은 계열의 장파장들이 우리 눈에 도달하므로 노을은 붉고 노랗게 보인다.'라는 문장이 있든 '태양의 진화가 끝날 때까지 지구가 남아 있다면 백색왜성이 된 태양과 함께 지구는 식어 간다.'라는 문장이 있든 '안경테를 하얀 투명에서 검정으로 바꿨다. 그래서 훨씬 선명하게 보이는 까만 눈동자를 자꾸 보다가 눈이 마주쳤고 나는 즉시

시선을 아래로 깔았다. 나는 네가 좋아, 라고 말하고 싶은 게 아니라 그냥 그렇게 보고 있는 게 좋으니까 눈치 보지 않고 내내 쳐다보고 싶을 뿐인데 그러면 내가 좋아한다는 걸 눈치챌 테니 자꾸 본다는 것은 좋아한다는 고백이랑 다르지 않다. 좋아한다는 걸 들키지 않고 하루 종일 쳐다볼 수 있는 방법은 없을까. 투명인간이 되고 싶다.'라는 문장이 있든 '수영이와 정혜가 등나무 밑에서 점심 먹자고 해서 지나에게 그 말을 전했는데 그걸 알고 수영이와 정혜가 체육관 옆 벤치로 장소를 바꾸고 지나한테는 말하지 말라고 했다. 점심시간에 수영이와 정혜가 나를 보고 눈짓을 했다. 나는 도시락을 챙겨 자리에서 일어났고 지나를 잠깐 봤는데 지나는 거의 울 것 같았다. 나쁜 짓을 하는 것만 같았는데 수영이는 지나가 나쁘다고 했다. 나는 수영이와 정혜가, 더 좁게 말하자면 수영이가 가장 나쁘다고 생각했고 제일 덜 나쁜 건 지나라고 생각했지만 말하지 않았다. 수영이의 말이 사실이라면 수영이와 정혜와 나, 그리고 지나까지 다 나쁘지만 지나는 적어도 내게 그렇게 굴지는 않는다.'와 같은 문장이 있든 아무도 노트에 적힌 내용을, 아니 노트 자체를 신경 쓰거나 궁금해하지 않는다는 것을 그때는 몰랐다. 그저 누구라도 그것을 읽고 나의 비밀을, 비열함을, 합리화를, 상처나 원망을 알게 될까 두려웠다. 그리고 또 몰랐다. 대체 왜 기록하는지를. 왜 내게 있었던 일

을 마음에 묻어 두지 않고 굳이 글자로 옮기고, 그것을
남들이 볼까 두려워하는지를.

*

　내 방에 제일 많이 들렀던 J에게 물어봤다. 이러저러
한 책을 여기서 본 적 있느냐고.

　응. 본 것 같아.

　J는 심지어 나보다 더 자세하게 책 표지를 묘사했다.
하지만 제목은 확신하지 못했다.

　『Their Earth』 아니었나?

　There?

　이거.

　J는 검지를 세워 방바닥에 알파벳 다섯 개를 그렸다.
그리며 말했다. 오늘도 부장이 얼마나 치졸한 방식으로
자기에게 모욕감을 줬는지.

　무조건 안 된다는 거야. 내가 하는 일은 무조건 틀려
먹었다 이거야. 너는 그 무거운 대가리를 뭣 하러 달고
다니느냐. 네 거기엔 뭔가 창의적이고 짜릿한 발상은 하
나도 없고 그저 남들 다 아는 거, 다 아니까 말할 필요
도 없고 아니까 기본인, 응? 넌 평소에 하는 거 보면 딱
견적 나와. 도대체 인내도 발상도 없고 재미도 감동도
없고 그렇다고 하라는 대로 하는 것도 아니고 무슨 말

만 하면 반사적으로 아 그게 아니고, 라는 말이나 지껄이고 넌 대책도 없이 무조건 아닌 놈이지. 아니야? 이렇게 시간 낭비, 돈 낭비, 자원 낭비 해 가지고 웹 사이트 긁어서 5분 만에 만든 애들 리포트 같은 걸 뭐라도 했다고 들이밀면서 내 속 뒤집어 놓는 게 네 특기이자 장기이자 삶의 이유 아니냐 이거야. 아니야?

J의 부장이 J에게 쏟아 낸 악담을 들으며 나는 움츠러들었다. 많은 사람들이 J의 입을 빌려 내게 쏟아붓는 비난처럼 들렸으니까. 나는 기본적으로 남들 다 아는 것들을 군이 시간 낭비, 돈 낭비, 자원 낭비 해 가지고 뭐라도 했다고 들이미는 일을 하고 있었다. 그게 내 삶의 이유이자 특기였다. 이제는 그마저도 못 하고 있고.

*

실은 귀찮았다.

맥주 캔을 따고 그것을 들이켜며 서서히 취해 가는 일 말고는 다 귀찮았다.

하지만 글을 쓰고 싶었고 글을 쓸 수 없었고 그 책을 찾아서 읽으면 꼭 글을 쓸 수 있을 것만 같았다. 귀찮다는 감정으로 모든 의욕이 수렴되기 전에 쏜살같이 첫 문장을 시작하고, 재빨리 두 번째 문장을 쓰고, 두 번째 문장을 돌아보지 않고 세 번째 문장을 쓰고, 세 번째 문장에 잡아먹히기 전에 네 번째 문장을 쓰고, 그렇게 득달같이 100문장을 쓰고, 다음 날이 되어도 그것을 지우거나 휴지통에 처넣지 않을 수 있을 것 같았다. 그런 나날을 쇠사슬처럼 이어 한 편의 글을 완성할 수 있을 것 같았다. 책은 어디 있을까. 우주는 왜 무자비하며 지구는 어째서 돌연변이일까. 나는 방 구석구석을 집요하게 훑어봤다. 그것은 분명 있었다. 이 방 어딘가에 두었고 방을 오가며 몇 번을 봤다. 봤던 것 같다. 앉거나 눕거나 걸을 때 방해가 되면 여기저기로 옮기기도 했고 이런저런 용도로 사용했다. 베고 잤다. 무릎에 올려 두고 그 위에 냄비를 놓고 라면을 먹었다. 다른 책의 독서대로도 썼다. 그 책 위에 다른 책을 쌓아 두거나 지갑이나 휴대폰 따위를 올려 두기도 했다. 그러니까 책장을 넘기며 읽는 짓 빼곤 다 했다.

내가 진짜 일을 못하는 걸까, 아니면 내가 제일 만만하니까 나한테 화풀이하는 걸까.

J가 물었다. 나도 묻고 싶었다. 내가 글을 왜 쓰는지부터 알아야 할까, 왜 못 쓰는지부터 알아야 할까.

그래 나도 알아.

J는 자기 질문에 자기가 답했다.

반반이지. 일도 못하고 만만하기도 하고 또 결정적으로 그 새끼도 사는 게 존나 짜증 나는 거야.

반반.

나는 중얼거렸다.

반반 무 많이.

내 말에 J가 웃었다. 웃는 줄 알았는데 우는 것도 같았다. 지저분하게 양념이 묻은 데다 무를 잔뜩 쏟아 버린 치킨 상자를 들고 컴컴한 밤 낡은 빌라 앞에서 우왕좌왕하는 배달원 같았다.

근데 정말 『Their Earth』일까? 『The earth』 아닐까?

J에게 물었다.

부장이 말 못하는 병에 걸렸으면 좋겠어.

J가 대답했다.

거기에 우주는 사이코패스라고 적혀 있었어. 너도 그렇게 생각해?

내가 물었다.

너 브로카 중추라고 알아? 거길 다치면 말을 잘 못하게 된대. 근데 굉장히 연습하면 조금씩 잘할 수 있게 된대. 부장이 거길 다쳐서 말을 못 해서 괴로워하면서 다시 말을 하려고 굉장히 연습하는 걸 보고 싶어.

J의 대답이었다.

*

일기는 계속되었다. 공부를 왜 하나, 밥은 왜 먹나, 말은 왜 하나, 나는 왜 이 모양인가, 대체 왜 사나 생각해 본 적은 있지만 일기를 왜 쓰나 생각해 본 적은 없었다. 노트에는 일관되지 않은, 비정형적인 그날그날의 내가 기록되었다. 얼시너 살 때부터 스물두어 살까지 쓴 크고 작은 노트만 100권은 넘을 것이다. 10여 년 전 어느날 마당 구석에 있던 양철 드럼통에 그 노트를 다 처넣고 불태웠다. 다시 들춰 보고 싶지 않은 과거의 기록이 집 어딘가에 탑처럼 쌓여 있다는 사실이 굉장히 부담스러웠다. 지난날의 내가 궁금하지도 않았다. 그때 쓰인 나는 진짜가 아니라고 생각했으니까.

어릴 때는 지나간 일이나 내가 지녔던 물건에는 나의 좋지 않은 부분이, 이를테면 누구도 알아서는 안 되는 나의 비밀이나 치부나 더러움 같은 것이 마치 유리에 찍힌 지문처럼 묻어 있다고 생각했다. 특별한 감각을 가진 누군가는 그것을 느끼거나 알아챌 것만 같았다. 그래서 내 손을 거친 것은 무엇이든 놓지 않으려 했고, 손에서 놓은 뒤엔 정해 놓은 장소에 두려고 했고, 그 장소를 나만 알고 있으려 했다. 어른들이나 친구들이 나와 관련된 과거 얘기를 하는 것도 싫어했다. 이야기하는 도중에 그들이 과거에는 몰랐던 무언가를, 나의 잘못이나 나쁜 면을 알아낼까 봐 두려웠다.

하지만 기록은 기억이나 말과는 조금 다른 성질을 가지고 있어서, 나를 좀 더 그럴듯한 사람으로 만들기에 좋았다. 글자라는 옷을 입은 나는 실제보다 덜 경박하거나 더 애틋한 사람이었다. 누군가를 좋아할 때도 그 감정을 그저 품고 있을 때보다 문장으로 옮기는 과정을 거치면서 더 고유하고도 깊은 사랑에 빠질 수 있었다. 비겁하고 우둔한 나를 변호하거나 합리화하기에도 문장은 쓸모 있었다. 나란 인간 자체는 너무 거칠고 날것으로 볼품없으니 그것을 말이나 글로 가공해야 했는데, 나는 말에 서툴렀다. 말은 피곤했고 가벼웠다. 일단 뱉으면 고칠 수도 없었다. 하여 나는 기록으로 나를 꾸몄고, 꾸며진 나를 기억했다. 본래의 나보다 훨씬 그럴듯한 나를.

*

J에게 부장이 있다면 M에게는 탐욕적이고 몰염치한 지도 교수가 있었다. M은 교수가 어떤 식으로 패거리를 만들고 학생들을 부려 먹고 동료 교수들을 엿 먹이고 예산을 빼돌리고 연구 실적을 조작하는지 분한 목소리로 늘어놓았다. L에게는 간섭이 심한 데다 거들먹거리는 시어머니와 개념 없고 더러운 앞집 남자가 있었다. K에게는 M의 교수와 비슷한 선배와 쪼개고 쪼개 써도 답이 안 나오는 월급이, H에게는 게으르고 눈치 없는 남편과 동생만 편애하는 엄마가 있었다. W에게는 짠돌이 사장과 손해 보기를 죽기보다 싫어하는 뻔뻔한 친구가,

N에게는 계약직에게만 비열하고 이기적인 회사 사람들이, C에게는 사람 마음을 몰라도 너무 몰라서 거의 일곱 시간 간격으로 다투는 애인 K가, L에게는 매일 혼자 집에 있을 걸 생각하면 애처로운 심정에 눈물부터 쏟게 되는 반려견 달리가 있었다. 이 모두, '책을 잃어버렸다'는 내 고민에 대한 대답이었다.

그래서 "사실 나는 요즘 글을 전혀 못 쓰고 있어."라는 말은 꺼낼 수가 없었다. 글이 안 써지면 여행을 가거나 새로운 경험을 해 보거나 그냥, 포기하면 되니까. 그런데…… 그렇다면 그들의 고민도 비슷한 방법으로 해결 가능하지 않은가. 이직하고 이혼하고 일을 더 하고 폭로하고 강아지 한 마리를 더 입양해서 몰리라고 이름을 지어 주면 되지 않는가. K가 늘 그런 식이라고, 그래서 싸우지 않을 수가 없다고 C는 말했다.

아니, 나는 정답을 내놓으라는 게 아니라 내 감정을 봐 달라는 건데 걔는 내 말에 자꾸 정답을 들이미는 거야. 그건 이렇게 하면 되잖아. 뭐 그런 걸 갖고 고민이야? 이러면서 나를 천하의 멍청이로 만들어 버린다니까. 대화가 완전 스피드 퀴즈 같고 어떨 때는 걔가 내 애인인지 직장 상사인지 헷갈린다니까. 아니 내가 그걸 몰라서 그러나? 나도 어떻게 하면 되는지 다 알아. 알지만 못 하는 거잖아. 그런 걸 공감해 주면 좋잖아. 공감 능력이 전혀 없다니까, 걔는.

나는 책장에 꽂힌 책을 하나하나 꺼내 훑으며 C의 말을 들었다. 사람들의 분노와 우울과 고통을 듣다 보면 잃어버린 책을 찾아야 한다는 생각이 점점 강렬해졌다. 그 책에는 내가 생각지도 못한 삶의 진리가 쓰여 있어서 그것을 읽고 나면 그들에게 그럴듯한 대꾸를 해 줄 수 있을 것만 같았다. 그 책에 분명 그렇게 적혀 있었으니까. 우주는 무자비하다고. 지구는 돌연변이라고. 하지만…… 어째서 무자비한지 알게 되면 사는 게 좀 달라질까? 내가 왜 글을 못 쓰는지 알게 되면 다시 글을 쓸 수 있나? 근의 공식을 안다고 모든 방정식을 척척 풀 수 있는 건 아니지 않나. 아니다. 일단 찾자. 그 책을 찾기만 하면 사람들의 말을 좀 더 집중해서 들을 수 있을 것이다. 들으며 공감하다 보면…… 공감. 그게 과연 인간의 영역인가. 돌고래나 코끼리는 그런 걸 할 수 있는지도 모른다. 하지만 인간은 노력해야 한다. 내가 저 사람이라면 어떨까, 상상해 보는 노력. 그러니 공감보다 필요한 건 상상력인지도 모른다.

네가 속상하고 힘들 만하네. 이 말 한마디 해 주는 게 그렇게 어려운가?

C가 물었다. 마치 K에게 묻듯이. 그런데 나는 K가 아닌데.

그래…… 도둑질하는 사람한테 도둑질하면 안 된다고 말하기는 쉽지. 아, 네가 도둑질을 할 수밖에 없었구

나. 이렇게 말하기가 힘들지.

나는 최대한 K와 다르게 말하려고 애쓰면서 대꾸했다.

야. 내가 그런 나쁜 짓을 하고 다니는 건 아니잖아!

C가 버럭 소리를 질렀다. 그 순간 나는 어쩐지 K가 되어 버린 것 같았다.

······근데 넌 별일 없어?

겸연쩍은 침묵 뒤에 C가 내 안부를 물었다. 나는 없어진 책을 찾느라고 며칠째 아무것도 못 하고 있다고 말했다.

뭔데. 무슨 책인데. 중요한 책이야?

그런 것 같기도 하고 아닌 것 같기도 하고······. 일단 찾아서 읽어 봐야 알 것 같아.

뭐야. 읽어 보지도 않은 책을 잃어버린 거야? 그럼 새로 사면 되잖아.

그 책은 살 수가 없어.

왜? 서점에 없어? 중고 서점이라도 뒤져 봐.

살 수는 없고 찾아야 해.

특별한 사람이 준 책이야?

아니, 그런 건 아니고······.

그럼 뭐야. 뭔데 그러는데.

뭐라 말하기는 어렵고······ 아무튼 찾아야 해.

C는 우리의 대화를 답답해하고 있었다.

그냥 새로 사. 괜한 데 시간 버리지 말고.

C가 덤덤하게 말했다. 나는 어쩐지 K와 이야기를 하고 있는 것만 같았다.

*

때로는 절박하게, 때로는 무성의하게 책을 찾으며 머릿속으로는 이런저런 문장을 써 보기도 했다. 어느 날에는 '그가 미워지자 무서워졌다.'라는 문장이 머릿속에 타닥타닥 찍히더니 지워지지 않았다. 그 문장을 주문처럼 읊으며 생각했다. 미움이 생기기에 가장 적당한 상태는 상대를 아주 많이 원하는 것. 원하여 갖게 되어 미워질 수도, 원했지만 갖지 못해서 미워질 수도 있지. 하지만 이런 생각은 너무 도식적이고 뻔하잖아. 나는 나의 생각을 비난했다. 다른 걸 생각해 보자. 미워하면 안 되는 사람인데 나도 모르게 미워하게 되면 그 감정 자체가 무서울 수도 있다. 미워하면 상대를 죽여야 한다는 강박에 빠진 사람이라서 살인을 저지를 자신이 무서울 수도 있다. 아니면 미워하는 것과 무서워하는 것은 전혀 상관없는 감정인데 그냥 그렇게 이어 붙인 것일 수도 있다. 그런 생각을 이어 가다 스스로 가소로워서 웃어 버렸다.

미워지자 무시워졌다는 것. 그건 어디에서 본 것도

들은 것도 아니었다. 그러니 그 문장의 정체를 아는 게 목적이라면 상상하거나 이야기를 꾸밀 필요가 없었다. 내가 아주 잘 아는 감정이니까. 답은 내 안에 있으니까. 나는 미워지면 무서워지는 인간이니까. 홀로 될까 봐. 물에 만 밥이나 간장에 비빈 밥으로 끼니를 때우게 될까 봐. 입과 귀를 닫고 문밖으로 나가지 않을까 봐. 봄과 가을을 싫어하고 겨울만 기다리게 될까 봐. 내가 나를 방치하여 다 쓴 형광등처럼 번거롭고도 위험한 존재로 만들고. 그러다 결국 방구석 어딘가에 처박아 둔 채 잊고 살까 봐. 잊고 살다 잃어버릴까 봐. 굳이 신경 써서 버릴 필요도 없이 그리될까 봐. 다시…… 그렇게 될까 봐. 하지만 그런 이야기를 글로 쓸 수는 없었다. 그건 너무 흔해 빠진 이야기니까.

하지만 내 안에는 온통 그런 이야기뿐이었다. 잊거나 잃거나 버리는 이야기. 그랬다. 나는 그가 미워지기 시작했고 그래서 무서웠다. 같이 있고 싶었고, 같이 있기 싫었다. 그가 너무 미워서 한숨도 못 자다가 여명이 시작되자마자 말도 없이 그의 방에서 나온 적이 있었다. 어슴푸레한 길에 발을 내딛고 아주 조금 걸었을 뿐인데 어느새 찬란한 아침이었다. 춥고 눈부시고 속이 쓰렸다. 나는 그새 후회했다. 나오지 말걸. 그냥 그의 곁에서 잠들걸. 그렇다고 돌아갈 수는 없었다. 돌아가서 내가 할 수 있는 말이란 '괜찮아.'뿐이었다. 그 말을 하느니 차라리 아무 말도 하지 않는 게 나았다. 하지만 한숨 자고 난 뒤 그의 말간 얼굴을 마주한다면 나는 분명 "괜찮아."라고 말할 거였다. 왜냐면 너무 밉다는 것과 너무 좋다는 것은 반대 의미가 아니니까. 국어사전에는 어떻게 나오는지 모르겠지만 내 마음의 사전에 두 단어는 유의어에 가까우니까. 너무 좋으니까 밉고 그래서 무서우니까. 무서운 마음에 할 수 있는 말은 '괜찮아.'뿐이니까.

그렇게 그의 집을 나와 아침 버스를 타고 집으로 돌아오는 내내 나는 울었다. 집에 돌아와 잠깐 눈을 붙였다가 햇살도 바람도 끝내주는 오후에는 동네 빨래방에 들렀다. 겨울 이불을 커다란 세탁기에 구겨 넣고 500원짜리 동전 일곱 개인가 여덟 개를 하나하나 집어넣었다. 하지만 내가 정말 빨고 싶었던 건 이불 따위가 아니라 바로 나였다. 나의 기억을 빨아 버리고 싶었다. 500원짜리 동전 열다섯 개 정도면 가능한가? 그럼 내게도 다른 냄새가 날까? 새로운 사람을 만나면서도 이전 기억에 간섭받지 않을 수 있을까? '그가 미워지자 무서워졌다.'라는 문장은 '그가 좋아지자 무서워졌다.'라는 문장과 다르지 않았다. 그리고 '그가 좋아지자 미워졌다.'라는 문장과도 별 차이가 없었다. 나는 셋 중에 어떤 문장을 선택해야 하는지 모르겠다. 이러니 글을 쓴다는 게 무슨 소용인가. 나는 문장 뒤에 무언가를 감추거나 아예 숨어 버리고 싶은데 문장과 나, 혹은 문장과 감추려는 것의 형태가 꼭 맞은 적은 한 번도 없었다. 머릿속에는 육각형 불안이 있는데 글이 되어 나오는 건 직선 아니면 점이다. 그 뒤에 어떻게 숨나. 가느다란 직선 뒤에 대체 무엇을 감출 수 있겠는가.

*

노트를 다 태워 버린 그날부터 나는 소설을 썼다. 그날그날 있었던 일과 생겨난 마음을 어정쩡하게 과장하거나 어설프게 꾸며서 기록하는 대신, 진짜 거짓 이야기를 지어내기 시작한 것이다.

……이상했다. 소설을 쓴답시고 가짜 인물과 사건을 지어내서 그것에 나의 감정만 입힐 뿐인데도 많은 경우 더 적나라하게 진짜 내가 드러났다. 감정의 축소나 왜곡, 합리화가 없진 않았지만 일기를 쓸 때보다는 그 정도가 덜했다. 나의 싸가지 없었던 말투, 비열한 행동, 내가 상상하는 상대의 마음 등을 좀 더 솔직하고 냉정하게 쓸 수 있었다. 그건 일기가 아니니까. 소설이란 명찰을 가슴에 붙인, 지어낸 이야기니까. 통쾌할 때도 있었다. 나의 어둡고 부조리한 면을 남 이야기 하듯 까발리는 것이. 내가 저지른 지저분한 말과 행동을 가상의 인물을 통해 드러내는 것이.

……정말 이상했다. 쓰려고 돌아보면, 간혹 뜻하지

않은 감정이 들었다. 분명 내가 상처받았다고 생각했는데 상대에게 미안했고, 내가 잘못해 놓고도 서러웠고, 모두의 칭찬과 인정을 받은 일에 모욕감이 들기도 했으며, 내가 왜 그런 어이없는 말과 행동을 했는지 전혀 이해할 수 없었고, 나 빼고는 아무도 모르는 일이지만 내가 그것을 알고 있다는 사실만으로도 부끄러웠다. 그러면서 다시 생각해 보는 나라는 인간, 입버릇처럼 말하는 인간다움, 의문, 의심, 나의 오해와 당신의 오해. 결코 메워지지 않을 우리 사이의 깊고 깊은 골짜기. 그 빈 공간을 간간이 채우는 메아리. 잠시 울리고 사라지는 메아리.

*

책을 찾지는 못하고 그것이 과연 어떤 책일까, 안에는 무슨 내용이 적혀 있을까, 생각만 하다 보니 나는 꼭 짝사랑에 빠진 사람처럼 굴게 되었다. 언뜻 비친 모습만을 마음에 품고 사귀어 보지 못한 사람과의 연애를 상상하듯 그 책을 상상하게 된 것이다. 그의 이름, 성격, 아침과 점심과 저녁 그리고 밤, 말투, 습관, 잠버릇, 꿈, 고민, 사소한 실수와 잔병……. 읽어 본 적 없으므로 상상에는 제약이 없었다. 내 머릿속에서 그것은 천체물리학 서적이었다가 철학과 역사를 겸비한 인문학책이었다가 공상과학소설이었다가 엄청나게 길고 긴 시가 되었다. 그 책을 반드시 찾아서 나의 상상을 확인해 보고도 싶었고, 영영 찾지 않고 그지 상상으로 남겨 두고도 싶었다. 그러다 마침내는 제목에 'Earth'가 들어가는 글을 직접 써 버리고 싶어졌다. 아주 오랜 시간 공들여서, 한 문장을 100번도 넘게 고쳐 쓰면서, 그렇게 내 마음에 꼭 드는 문장들만 이어서, 그 어떤 출판사에서도 받아 주지 않는 괴팍하고 이상한 글이 되더라도 각각의 문장에 우선 내가 동의할 수 있다면…… 그렇게 단 한 편의 글만 쓰고 삶이 끝장난다고 해도…… 좋을까? 모르겠다. 아무튼 쓰게 된다면, 그것은 정체가 아주 모호한 글이 될 것이다. 어떤 부분은 상징과 생략으로 가득 찬 문장으로, 또 어떤 부분은 메마른 사실만 늘어놓은 문장으로, 또 다른 부분은 지겨울 만큼 기나긴 독백으로 한 장 한 장 꾹꾹 눌러 채우고 싶다. 전체적으로는 아주 정확한 서술과 문장을 추구할 것인데 그 정확함이 오히려 모호함을 불러오도록 할 것이다. 그래, 그러니까, 젠장, 그렇게 쓸 수만 있다면.

아, 그거 나 읽어 봤어.

A가 말했다. 내가 책을 잃어버렸다고, 책 제목이 무척 헷갈리는데 『Another Earth』인지 『The other Earth』인지 모르겠다고, 아무튼 책 뒤에 우주는 무자비하다고 적혀 있다고 말한 뒤였다.

그 소설 무지 까다롭고 지루해서 겨우 읽었는데…….

A는 그 책이 소설이라고 했다.

자세한 내용은 기억 안 나. 뭐…… 이렇다 할 줄거리도 없고 그냥 어떤 사람이 여기저기 싸돌아다니면서 중얼거리는 게 다였던 것 같은데……. 되게 지독하고 우울한데, 근데 아주 잠깐씩 강렬하게 빛나는 부분이 있었어.

강렬하게 빛나는 부분이란 대체 어떤 것인지 미치도록 궁금했다. 그 책 제목이 정확히 뭐냐고 물어봤다.

『To Another Us』.

A가 미간을 찌푸리더니 대답했다.

『To Another Earth』?

그랬던 것 같아. 정확하진 않아.

A가 미심쩍은 표정으로 대꾸했다.

*

산만한 방에 틀어박혀 방을 채운 물건을 만지고 뒤집고 펼쳤다가 다시 내려놓는 일을 며칠째 반복하다 보니 쓰레기와 쓰레기 아닌 것의 경계가 모호해졌다. 쓰레기통에 넣으면 쓰레기인데 그냥 두면 쓸모가 생길지도 모를 물건들 천지였다. 방 전체를 쓰레기통에 처넣고 싶었다. 방을 버리고 싶었다. 참지 못하고 방을 나왔다. 나날이 추워지는 가을의 끝자락이었다. 건물도 차도 사람도 없는 황량한 곳으로 가고 싶었다. 그런 곳에 가려면 일단 건물과 차와 사람이 많은 곳을 지나가야만 했다. 도망이란 그런 것이다. 언젠가는 도망에 대해 글을 쓸 것이다. 미워지자 무서워지는 것에 대해. 무서워서 도망가는 것에 대해. '쓰고 있다.'라는 말을 해 본 지 오래되었다. '쓸 것이다.'라는 말만 하고 산다. 어쩌다 이렇게 되었지.

그는 내 말을 무척 잘 들어 주던 사람이었다. 처음엔 서로의 빈 부분을 채워 주는 것만 같았다. 시간이 흐르자 서로의 어떤 부분을 마모시키는 것 같았다. 설렘과 호기심의 영토에 익숙함과 권태가 조금씩 스며들던 때였다. 그 사람이 많은 빚을 지게 됐다. 평생 갚아야 할 거라고 했다. 나는 그럴듯한 위로를 건네고 도망쳤다. 이성적, 객관적으로는 나를 나쁘다 말할 수 없었다. 하지만 주관적, 감정적으로 나는 나빴다. '너와 있으면 좋은 사람이 되는 것 같아.'라는 말로 시작되었던 관계가 '너와 있지 않으면 나쁜 사람이 되는 게 싫어.'라는 말로 끝났다. 필사적으로 도망치고도 내 아픔을 그의 아픔보다 부풀리기 위해 글을 썼다. 도망친 내게도 네가 모를 고통이 있다는 식으로 썼다. 글을 그런 것에 써먹었다. 그러니 글이 써지지 않는다는 것은 고민거리나 좌절할 일이 아니라 어쩌면 아주 다행스러운 일인지도 모른다. C에게 말하고 싶었다. 공감이란 상대의 말에 어떻게 반응하고 대꾸하느냐의 문제가 아니라 듣는 행위 자체라고.

고개를 끄덕이고 추임새를 넣는 것보다 중요한 건 그 자리에서 너의 말을 끊거나 부정하지 않고 듣고 있는 그 사람 자체라고. 거기 빤히 있는 것을 없다고 우기지 말고 원래 없는 것을 없다고 시비 걸지 말고, 더는 너를 견딜 수 없다고 말하라고. 그랬어야 했다. 네 곁에 있을 자신이 없다고 솔직하게 말했어야 했다. 떠나고 싶지 않지만 떠날 수밖에 없다는 갚잖은 포즈로 나를 꾸미는 대신, 은근슬쩍 책임을 떠넘기는 대신 가감 없이 말하고 보여 줘야 했다. 내가 솔직하지 않다는 것을 나만 아는 줄 알았다. 하지만 그도 알았고 모두가 알았다. 모두가 안다는 것을 나만 몰랐을 뿐이다.

물론 사랑했다. 말할 수 없이 마음이 아프고 참담했다. 그도 불쌍하고 나도 불쌍했다. 불쌍한 상대를 아프게 할까 봐 우리는 맘껏 울지도 화내지도 못했다. 개운하게 속마음을 드러내지 못하고, 감정의 변두리만을 서성거렸다. 그래서 지저분하지 않게 헤어졌지만 남은 마음이 겨울 강처럼 깨져 버리지나 않을까 불안하고 위태로웠다. 얼어 버린 수면 아래에서 소용돌이치는 거센 물살을 서로 짐작하면서도 최선을 다해 모른 척했다. 지금쯤 그의 계절에도 봄이 왔을까. 왔다면, 그 마음의 얼음은 얼마나 녹았을까. 녹았다면, 제 마음을 채운 채 얼어 버린 그것이 맑은 물이 아니라 비리고 끈적끈적한 핏물이란 것을 그도 알게 되었을까. 알았다면, 나를 얼마나 원망할까. 미워하고 무서워하며 찾을까. 같이 소리 지르기 위해. 울고 화내고 욕하기 위해. 맘껏 탓하기 위해. 왜냐면 그때의 두려움과 불안을 아는 사람은 나뿐일 테니까. 우린 우리의 이별을 함께 경험했으니까. 아닐까? 사랑이 그러했듯 우리의 이별에도 시차가 있었을까? 그땐 계절 단위로 시간이 흘렀다. 수제비 반죽 뜯어내듯 시간을 뭉텅뭉텅 뜯어내는 것만 같았다. 모든 시간이 뜯기고도 한참 후에야 어릿어릿 녹아 가던 내 마음에도 핏물이 있었다. 도망친 내게도 그것이 있었다. 그러니 그의 마음은 오히려 맑을까? 나를 깨끗이 잊고 지낼까? 설마 그럴까? 모두를 고뇌에 빠트리고 때가 되면 그 고뇌를 서서히 가져가는 것 또한 시간이라면 나에게도 그에게도 그런 시간은 공평하게 주어질 것이다. 그 사실이 다행스럽고도 아팠다. 좋은 쪽을 볼 수도 있다. 우리 서로 애틋했으나 헤어질 수밖에 없었다고. 그렇지 않은 관계는 없을 것이다. 하지만 나는 하나의 문장을 선택해야만 한다. 모든 것을 다 말할 수는 없다. 우주는 분명 아름답다. 아름다움의 총체다. 또한 무자비하다. 내가 찾는 책의 저자는 바로 그 문장을 선택한 것이다. 무자비한 우주에 시선을 고정한 것이다.

1882년, 빈센트 반 고흐가 동생 테오에게 보낸 편지에는 이런 구절이 있다. "화가의 의무는 자연에 몰두하고 온 힘을 다해서 자신의 감정을 작품 속에 쏟아붓는 것이다. 그래야 다른 사람도 이해할 수 있는 그림이 된다." 고흐는 그것을 '의무'라고 했다. 나는 그런 의무가 무서웠다. 온 힘을 다한다는 게 무슨 뜻인지 알 수 없었다. 처절한 상황에서도 기어코 놓지 않던 고흐의 희망을 훔쳐서라도 갖고 싶었다. 하지만 잘 안다. 나와 같은 인간은 그것을 손에 쥔다 하더라도 금세 잃고 말리란 걸. 희망은 손에 쥐는 게 아니다. 오랜 시간 뭉개지고 절망하며 형성된 감각의 심지를 한데 뭉쳐 몸속 깊이 심는 것이다. 그렇지 않을까.

제목에 'Earth'가 들어가는 책 따위 원래 없었다. 없는 것을 있다고 믿고 그 거짓말에 나부터 속아야 했다. 그리고 모두를 속여야 했다. 글은 그렇게 시작되었으니까. 하지만 속고 있음을 영영 잊어서는 안 되겠지. 지금은 없다. 그렇다고 영영 없으리란 법은 없다. 언젠가는 그 책 위에 냄비를 올려 두고 라면을 먹을 것이다. 베고 잘 것이다. 그 책을 다른 책의 독서대로 삼을 것이다. 책장을 넘기며 읽을 것이다. 그러려면 우선 홀로 그에게 가야 한다. 그를 만나야 한다. 만나기 위해 건물과 차와 사람 속에 뒤섞여야 한다. 무서워도 사랑해야 한다. 그러다 다시 방을 뛰쳐나와 이른 아침 버스에 홀로 몸을 싣게 되더라도.

작가의 말

    등단하고 7년이 지나 첫 소설집을 묶었다. 그로부터 6년이 흘러 두 번째 소설집을 묶는다.

    그동안 이사도 자주 했고 많은 짐을 버렸다. 적지 않은 사람을 만났다. 건강이 조금씩 나빠지는 만큼 타인의 건강을 걱정하게 되었다.

    첫 소설집 「작가의 말」에 나는 "꾸준히 글을 썼다."라고 썼다. 그리고 다시 꾸준히 썼다. 이런 식으로 계속 써도 되나 싶어 환멸을 느낀 적도 있지만, 글을 쓰고 있어서 다행이라고 느꼈던 순간이 압도적으로 많다.

두 번째 소설집을 묶으며 생각했다. 나는 다른 방향으로 몸을 살짝 틀어 버린 것 같다고. 홀로 존재하는 나와 당신을 보면서, 이제는 우리의 연한 부분을 믿고 싶어졌는지도 모른다. 연해서 상처받기 쉽지만, 연하기에 서로를 더 끌어안을 수 있는, 우리가 드러내지 않는 어떤 마음을. 당신이 목소리를 낮추면 나도 따라 낮추게 된다는 것. 더 귀 기울이고, 당신 눈빛을 살피고, 당신 주위를 두리번거리게 된다는 것. 당신 따라 겁먹은 내 모습이 당신을 더 불안하게 할까 봐 걱정하는 말 대신 애써 의연한 척할 때 당신 또한 조금은 더 용감해 보인다. 그럴 때 우리의 마음은 비슷할 것이다.

나는 여전히 희망을 모르지만 사람을 믿지 않을 수는 없다. 단념 다음에 오는 긴 여백을 이전과는 다른 태도로 받아들일 수도 있다. 나는 아직 끝과 시작 사이에 있다.

여기저기 흩어져 있는 소설은 마치 나의 잘못들 같았다. 돌아보고 싶지 않았다. 그것들을 천천히 갈무리해 보자고 손 내밀어 준 김화진 님에게 고마운 마음을 전한다. 『해가 지는 곳으로』부터 이번 소설집까지 화진 님의 응원 덕분에 여러 번 마음을 다잡을 수 있었다.

추천의 글을 써 주신 조해진 작가님과 이슬아 작가님, 그리고 지금 이 글을 읽고 있을 독자분에게도 감사의 인사를 전한다. 앞의 문장을 한 시간 넘게 고쳐 쓰고 새로 썼다. 마음을 온전히 전하는 방법을 몰라서, 그래서 소설을 쓰는 건지도 모르겠다.

2019년 10월

최진영

세상에 소설가가 왜 필요할까?

이슬아(작가, 헤엄 출판사 대표)

우리는 어제 겪은 일이 무엇이었는지 오늘에야 어렴풋이 알아차리며 살아간다. 어떤 일들은 시간이 한참 흐르고 나서야 겨우 제대로 알게 되기도 한다. 소설가가 세상에 왜 필요할까? 이 질문에 대답하고 싶을 때마다 최진영이라는 이름이 내 마음 속에 떠오른다. 내가 뒤에 두고 걸어온 미안함과 고마움과 부끄러움을 그의 소설이 주섬주섬 챙겨와 주기 때문이다.

『겨울 방학』을 읽으며 거듭 어른이 되는 일에 대해 생각한다. 너무나 입체적인 어린이들이 이 책에 있어서다. 최진영이 그려 낸 어린이들처럼 나도 일면 나약하고 치사한 유년을 지나왔다. 나약해서 치사했던 것일지도 모른다. 자랄수록 심해진 나약함도 있는데 그런 점에서는 손쓸 수 없이 치사해진 채로 사는 최진영의 소설 속 어른들과 닮았다. 치사해지지 않기 위해서라도 강해지자고 나는 다짐한다.

이제 내겐 방학이 주어지지 않는데 그렇다면 「겨울 방학」의 고모 같은 사람이 되고 싶다. 그가 아홉 살 조카에게 자신의 집을 내어 주는 방식을 보며 어떤 과시도 없이 내 삶을 소개하는 법을 배운다. 초라하고도 찬란한 고모처럼 말할 수 있다면, 네가 내게 배운 것이 가난만은 아니라면 좋겠다고 소망하는 고모의 얼굴을 닮아 갈 수 있다면 좋겠다. 또다시 겨울방학의 계절이 다가온다. 어리고 나이 든 겨울 방학이다.

의자 모양의 희망

조해진(소설가)

자신이 죄를 모른다는 사실조차 모르는 사람들 속에서 한 소설가가 세상의 모든 기준치를 의심하며 혼자 깃발처럼 서 있다. 방향을 제시하려는 것이 아니다. 그는 단지 자신의 생을 스쳐가는 수많은 인물들과 그들 마음속의 가장 오목한 부분을 들여다볼 뿐이다.

그래서 그의 문장들은, 그 누구도 흉내 낼 수가 없다. 부당한 돈으로 생계를 유지하길 거부하는 장난감 회사 직원과 가난하지만 조카 앞에서 품위를 지키려는 고모, 미국 대륙만 한 돌덩이가 지구를 향해 날아오는 절멸 직전의 순간에도 출근을 하는 감정 노동자와 카드 값을 걱정하는 프리랜서 작가의 오목한 마음에서 건져 올린 문장들. 그러니까 회사의 부당한 돈벌이에 동의할 수 없다거나 따르지 않겠다고 말하는 대신 "그런 돈으로 나를 살아가게 하지 말"(「돌담」)라고 조용히 절규하는, 혹은 겨울방학 동안 헌신적으로 돌본 조카에게서 집에서 신발 냄새가 난다는 말을 듣고도 "네가 내게 배운 것이 가난만은 아니면 좋을 텐데"(「겨울방학」)라고 중얼거리는 그 화법은 최진영의 인물만이 구사할 수 있으므로 우리는 그의 소설 바깥에서는 이런 문장을 읽을 수 없는 것이다. 인물의 심장을 통과한 문장이므로 솔직하고 솔직하기 때문에 때로는 독자를 아프게 하지만, 결국엔 "우주가 생기고 없어지고 다시 생기길 반복해도 우린 영영 같이 있을 거"(「어느 날(feat.돌멩이)」)라는 독백으로 나아가는, 그야말로 살아 숨 쉬는 문장들.

『당신 옆을 스쳐간 그 소녀의 이름은』이라는 놀라운 첫 장편소설로 처연한 비관의 세계를 열어 보였고『해가 지는 곳으로』를 통해 정체불명의 바이러스로 지옥이 된 세계에서 절망적이면서도 절대적인 사랑을 찾아갔던 최진영은, 그의 두 번째 소설집『겨울방학』에서는 자신과 독자를 위해 의자 하나를 만들어서 보여 주려 했던 것인지도 모르겠다. "등받이와 팔걸이가 부드러워 몸을 알맞게 감싸는"(「의자」) 의자, 누군가에는 희망이 그런 의자 모양이지 않을까.

겨울방학

1판 1쇄 펴냄 2019년 10월 25일
1판 12쇄 펴냄 2024년 5월 31일

지은이 최진영
발행인 박근섭, 박상준
펴낸곳 (주)민음사

출판등록 1966. 5. 19. (제16-490호)
서울특별시 강남구 도산대로1길 62(신사동) 강남출판문화센터 5층
대표전화 02-515-2000 팩시밀리 02-515-2007
www.minumsa.com
ⓒ 최진영, 2019. Printed in Seoul, Korea
ISBN 978-89-374-7977-9 03810

아찰란
피크닉

아찰란

피크닉

오수완
장편소설

민음사

0 아찰라

아찰라.

정식 국명은 아찰라 공화국. 특이점 대전* 이후 자생적 공동체를 기반으로 수립된 내륙 도시국가 중 하나. 건국이 념은 자유, 신념, 명예이며 면적은 302.6제곱킬로미터, 인구 는 2년 전 기준 216만 명으로 내륙 도시국가 중 8위의 규모 다. 행정구역은 13개의 자치구와 특별 자치구인 헤임으로 구

---

* 특이점 대전 Singularity War: 2099년에 발발한 세계대전. 산발적 국 지전으로 시작해 세계적 전면전으로 확대됐다. 인공지능의 발달에 따른 전쟁 양상의 변화, 통제 불능의 바이러스의 발생과 확산, 문명의 존속을 위협하는 전방위적인 피해, 세계 질서의 불가피한 재편 등의 이유로 특이 점 대전이라 불린다.

성돼 있다. 이 중 헤임은 지상 면적 5.76제곱킬로미터, 복합 면적 14.56제곱킬로미터의 적층 피라미드 구조로 모두 91개의 소피라미드 구역으로 나뉘어 있으며 현재 25개가 완공되었고, 7개가 건설 중이다. 완공된 25개 중 거주 구역은 21개이며 나머지 4개 동은 생산 시설, 연구 시설, 행정구역으로 사용 중이다. 피라미드의 건설과 운영은 국가 운영 서비스인 DOMS*와의 협약에 따라 진행되고 있다.

주된 산업은 제조업으로 섬유, 신발, 약품과 함께 전자 장비, 기계 설비의 생산능력으로 동북 클러스터의 주요한 생산 거점의 하나로 자리 잡았다.

도시의 외곽을 둘러싸고 있는 장벽에는 출입국관리 사무소와 검역 사무소가 있으며 수송 차량, 외교 차량을 포함한 모든 출입 차량은 이곳에서 엄격한 심사와 검역을 거친다. 모든 과정은 감염병의 관리를 위해 인적, 물적 교류를 제한하는 국제 규약의 기준을 준수한다.

의회는 양원제이고 헤임의 상원 112명과 헤임을 제외한 아찰라의 하원 126명으로 구성돼 있다. 정부의 대표인 총리는

---

* DOMS(Domestic Operative Modeling System): 특이점 대전 후 세계 재건에 중요한 역할을 담당하고 있는 비영리 재단. 행정, 치안, 건설, 복지, 의료, 방위 등 사회 유지 서비스를 제공한다. 아찰라의 장벽과 피라미드의 건설은 DOMS의 원조와 기술 자원에 의한 것이다.

하원의 투표를 통해 선출되고 상원의 인준을 얻어 임기를 시작한다. 총리의 임기는 5년, 상원의원은 종신제, 하원의원의 임기는 4년이고……

아란은 단말기를 껐다. 트램이 흔들리는 데다 사람이 많아서 단말기의 작은 글씨에 집중할 수 없었다.

겨울방학 첫날인데 공부를 하고 있으려니 마음이 답답했다. 하지만 2월에는 9학년의 반 편성 고사가 있고 9학년의 성적은 종평, 즉 종합 적합도 평가에서 제일 가중치가 높다. 성적순으로 A반부터 배치되니 반 편성 고사를 잘 봐서 좋은 반에 들어가야 종평에 유리하다. 그러니 공부에 집중해야지. 지금까지의 성적이 괜찮았다고 앞으로도 성적이 좋으리라는 보장은 없으니까. 복지 점수도 별로 받지 못한 아란이 믿을 거라고는 성적뿐이었다. 물론 피크닉이 있기는 하지만.

어떤 애들은 방학이 시작되자마자 선생님을 붙여서 공부를 시작했을 것이다. 이를테면 아버지가 하원의원인 히에나 종평 1등인 디본 같은 애들은. 그리고 나머지 아이들도 종평을 포기한 게 아니라면 무슨 수를 써서든 점수를 올리려 할 것이다. 참고서나 문제집도 종류별로 사서 풀겠지. 그러나 아란의 집 형편으로는 그런 건 꿈도 꿀 수 없었다. 파보와 엄마의 수입으로는 수업료와 학생회비를 내는 것만도 빠듯하기 때문에 아란은 참고서 파일도 하나밖에는 사지 못했다. 방학 첫날부터 요제네 집에 가는 것도 그 때문이다. 요제의 참고서와 문제집을 빌려 보려고. 요제가 공부를 열심히 하지 않아서 다행이기는 한데…… 요제는 어쩌려고 그러는 걸까.

아란은 눈을 들어 창밖을 봤다. 먼지 낀 유리창 너머로 뿌연 거리의 모습이 천천히 지나갔다. 일기예보에서는 이번 주에 맑은 날에 이어 눈이 올지도 모른다고 했는데 오히려 먼지는 어제보다 더 심해진 것 같았다.

요제의 집에 가려면 트램을 타야 했다. 직선거리로는 그리 멀지 않았고 트램 정거장까지의 거리와 트램을 기다리는 시간을 생각하면 뛰어가는 게 차라리 더 빠를 수도 있었다. 그런데도 트램을 타는 건 먼지 때문이기도 하지만 요제의 집과 아란의 집 사이의 구역이 아찰의 거리가 됐기 때문이다. 아무리 정부에서 안전하다고 선전해도 그리로 가려는 사람은 없다. 제정신을 가진 사람이라면 누가 아찰의 거리에 가고 싶어하겠어? 그런데 정말 그 거리를 뛰어서 지나갈 수 있을까? 카렐이라면 그럴 수 있겠지. 정말 내가 트램을 타고 가는 것보다 더 빨리 도착할 수 있을지도 몰라. 그런데 그 애는 방학인데도 달리기 연습을 하고 있을까.

중심가인 하이타운에서 사람들이 많이 내렸다. 아란이 자리에 앉자 헤임의 피라미드 외벽에 반사된 은은한 햇빛이 얼굴에 쏟아졌다. 1년의 절반은 먼지 경보가 발령되는 이 도시에서도 피라미드의 외벽은 늘 반짝였다. 하지만 피라미드의 꼭대기는 오늘도 먼지구름에 싸여 있었다. 아찰라에서 태어나 18년을 살아오는 동안 아란은 피라미드의 꼭대기를 본 날이 딱 한 번 있었나. 하지만 너무 오래전 일이라 지금은 그게 정말 자기 눈으로 본 것인지, 아니면 그림책으로 본 것인지 분명하지 않았다.

아란은 빛 때문에 눈을 찡그리면서도 비어 있는 반대쪽 창가로는 옮기고 싶지 않았다. 그쪽에 앉으면 좋건 싫건 아찰의 거리를 계속 보며 가게 될 테니까. 하지만 햇빛이 눈부셔 잠깐 고개를 돌리자 아찰의 거리에 들어선 잿빛 건물들이 눈에 들어왔다. 멀리 아찰라를 둘러싼 장벽을 배경으로 내려앉은 낮은 건물들. 대낮인데도 아찰의 거리가 어쩐지 어두워 보이는 건 기분 탓인지도 모르겠다. 한 건물의 옥상에서 회색 코트를 입은 사람 그림자를 얼핏 본 것 같았지만 다시 보니 그건 찢어진 현수막이었다.

교과서나 참고서 그 어디에도 아찰에 관한 내용은 나오지 않는다. 그래서 아찰에 대한 것은 시험에도 나오지 않는다. 뉴스에도 아찰에 대한 내용은 보도되지 않는다. 마치 아찰에 대한 것은 말해서도 안 되고 말할 필요도 없는 것처럼. 하지만 아찰라의 시민 중에 아찰에 대해 모르는 사람은 없다. 우리 모두 언젠가 아찰이 될지도 모르기 때문이다. 자신이 아니면 가족이나 친구 중의 누군가가. 아찰라의 시민은 언제나 자신의 몸에 있는 종양의 숫자를 세면서 아찰이 되는 날이 다가오는 것을 초조하게 기다린다. 우리 중 누군가가 언젠가 아찰이 될 거라는 사실을 모른 척하는 것도 불가능하다. 현관의 옷걸이에 사람 숫자대로 걸린 회색 코트를 볼 때마다 언젠가 아찰이 돼 그 옷을 입고 집을 떠나는 자신의 모습을 상상할 수밖에 없기 때문이다.

이 삶을 빠져나갈 수 있는 단 한 번의 기회. 그 기회를 잡기 위해서는 종평 점수를 잘 받아야 하고 종평 최종 점수는 피크닉이 끝난 뒤에 나온다. 피크닉은 아직 열 달 넘게 남았다. 아니, 겨우 열 달밖에 안 남았다고 해야 될까. 아란은 다시 한번 피라미드의 꼭대기를 생각했다. 기억할 수도 상상할 수도 없는 그곳을. 그곳에 선 자신의 모습을. 아란은 눈을 감았다. 피라미드에서 쏟아지는 햇빛을 보지 않기 위해. 아찰의 거리의 어둠을 보지 않기 위해.

트램은 빛과 어둠 사이의 경계를 흔들리며 달렸다.

1 아란

"아, 죽을 것 같아."

아란은 펜을 책상에 던져 놓고 바닥에 벌렁 누웠다.

"왜? 어려워? 문제가 안 풀려?"

책상에서 등을 돌린 채 뭔가 하고 있던 요제가 고개를 돌려 물었다.

"아니. 힘들어서."

"힘들면 주스 좀 마시고 쉬었다가 해."

"오늘은 이제 그만할 거야. 문제집 다 풀었거든."

"정말? 그걸 벌써 다 풀었다고?"

"당연하지."

아란은 누운 자세 그대로 팔을 번쩍 들어 손가락으로 브이자를 만들어 보였다. 요제는 의자에서 내려와 아란의 문제집 파일을 훑었다.

"너 진짜 대단하다. 이 문제집 어제 시작한 건데 벌써 다 풀었단 말이야? 역시 시험 전교 1등이네."

"그래 봐야 뭐 해. 종평이 1등이 아닌데."

"그건 너네 엄마한테 가서 따져라. 왜 이렇게 키도 작고 얼굴도 못생기고 뚱뚱하게 낳아 줬냐고."

"솔직히 나 정도면 얼굴 괜찮지 않냐?"

"키 작은 거랑 뚱뚱한 건 인정하는구나?"

"나 키도 보통이고 몸매도 딱 보통 아니었어?"

"원래 평균 이하인 애들이 자기가 보통이라 그러는 거야."

"그러는 너는?"

"나? 나는 당연히 평균 이하지. 키도 작고 얼굴도 못생기고 뚱뚱하고 공부도 못하지. 그 대신 인정할 건 인정하는 겸손하고 비굴한 성격이잖아. 누구랑은 달리."

"그럼 겸손하고 비굴한 김에 내 부탁 하나만 들어줘."

"뭔데?"

"과자 좀 입에 넣어 줘. 힘들어서 못 일어나겠어."

"우리 둘 다 외동딸인데 왜 너만 이렇게 버릇이 없을까? 자, 여기. 입 벌려."

아란이 눈을 감고 입을 벌리자 요제가 입에 과자를 넣어 줬다.

요제의 집에는 늘 간식이 있다. 간식을 먹으러 오는 건 아니지만 맛있는 게 눈 앞에 있는데 안 먹을 수도 없지. 하지만 이렇게 계속 먹어 대다가 살이 찔 텐데. 안 그래도 최근에 옷이 조금 끼는 기분이다. 겨울이라 살이 조금 찐 걸까? 학교에서는 키나 몸무게 같은 신체 요소는 종평에 아무런 영향도 안 준다고 하지만 그 말을 믿는 사람은 없다. 왜냐하면 이제 껏 제7학교 졸업생 중에 종평 1등을 한 사람은 하나같이 키가 크고 얼굴이 잘생기거나 예뻤기 때문이다. 그리고 그건 다른 학교 졸업생들도 마찬가지였다. 헤임에 들어가는 건 언제나 그런 사람들이었다. 젊고 아름답고 뛰어난 사람들. 무엇 하나 흠잡을 데 없이 완벽한 사람들. 그 완벽에서 조금씩 점수가 깎여 종평의 서열이 매겨지는 것이다.

자기가 평균 이하라고 말하지만 아란이 보기에 요제도 못생긴 건 절대 아니었다. 살을 좀 빼고 조금만 신경 쓰면 아주 예쁜 얼굴이 될 것 같았다. 눈은 동그랗게 반짝이고 볼은 아이처럼 뽀얗고 무엇보다 웃을 때 입 모양이 아주 예뻤다. 요제는 정말 아이처럼 순진하기 때문에 종평의 인성 부문에서는 아주 좋은 점수를 받았을 것이다.

하지만 문제는 공부였다. 요제는 학교 공부와는 담을 쌓고 책만 읽었다. 요제의 방에는 책이 많았다. 어릴 때 보던 그림

책, 동화책은 물론이고 과학, 역사, 문화, 예술 등등 온갖 종류의 책들이 있었다. 가장 많은 건 소설책이었다. 그중에는 어려운 책도 꽤 있었는데 요제는 그 책들을 삼촌과 이모가 줬다고 했다.

요제는 부모님이 안 계셔서 친척들과 함께 살았다. 집안의 제일 어른은 외할머니였는데 아주 엄한 분이었다. 처음 봤을 때 외할머니는 아란에게 공부는 잘하는지, 부모님은 뭐 하시는지 묻고는 얼굴이나 옷차림, 몸가짐 같은 걸 한참 꼼꼼히 살피셨다. 꼭 학교에 한 명씩 있는 깐깐한 선생님 같았다.

요제네 부모님은 어딘가 멀리 계신다고 했다. 돈 벌러 가셨어. 어디로? 나도 잘 몰라. 그 뒤로 아란은 요제가 부모님에 대해 말하는 걸 한 번도 듣지 못했다.

아란은 요제를 처음 만났을 때를 생각했다. 예비 학교에 다닐 때였다. 요제는 쉬는 시간에 찰흙 인형을 만들고 있었다. 아란은 요제에게 미술 수업도 안 들었는데 왜 찰흙을 가져왔느냐고 물었다. 요제는 깜짝 놀라며 정말 미술 수업이 없느냐면서 자기는 다음 시간이 미술 수업인 줄 알고 미리 찰흙 인형을 만들어 두려고 했다는 것이었다. 아란과 요제는 금방 친구가 됐다. 가끔 요제가 어처구니없는 소동을 벌이기도 했지만 그래도 함께 있으면 늘 재미있고 웃을 일이 있어서 아란은 요제와 있는 게 좋았다.

"그런데 너 요즘 뭐 해?"

아란이 누운 채로 물었다.

"나?"

이건 곤란한 질문을 피하는 요제의 말버릇이라는 걸 아란은 알고 있었다.

"그래 너. 너 말이야. 공부하는 거 아니지? 뭔가 딴짓을 하는 게 분명한데."

"나? 나 그냥 뭐 써."

"편지? 시? 노래 가사?"

"아냐."

"그러면 딱 걸렸어. 소설이지?"

요제는 대답하지 않았다. 아란은 누웠던 자리에서 일어나 요제를 쳐다봤다.

"너 진짜 소설 쓰는 거야?"

"……응."

요제는 기어드는 목소리로 대답했다.

"대단하다. 어떻게 소설을 쓰냐. 나 소설 쓰는 사람 처음 봐. 무슨 소설인데?"

"그냥 소설."

"얼마나 썼는데? 나 봐도 돼?"

"별로 안 썼어."

"그럼 다 써서 나 보여 줘."

"볼 시간이 있어? 너 공부하느라 바쁘잖아."

"친구가 처음으로 쓴 건데 당연히 봐 줘야지."

요제는 대답하지 않고 그저 조금 애매하게 웃었다. 아무래도 방금 한 말 중에 어딘가 틀린 부분이 있는 모양이다. 친구? 처음? 당연히? 봐 줘야지? 어떤 말이 틀렸을까. 아란은 궁금했지만 계속 물었다간 정말로 요제를 불편하게 만들 것 같아 그 이상은 묻지 않기로 했다. 친구 사이라고 모든 걸 알아야 하는 건 아니니까.

"네 소설 정말로 읽고 싶어. 아주 재미있을 것 같아. 맞다. 우리 예전에 특활 시간에 같이 작문 들었잖아. 그때 네 이야기 듣고 나 정말 감동받았어. 아직도 기억나. 상자 속에 있는 괴물 이야기."

"응. 나도 기억나. 네가 그거 그림으로 그려 준 것도."

"아, 그랬나? 어쨌든 다 쓰면 꼭 보여 줘."

"응! 그럴게."

아란은 접시의 과자를 한 조각씩 먹으며, 주스를 한 모금씩 아껴 마시며 단말기로 메시지를 확인했다. 카렐의 연락은 오지 않았다. 아까 집에서 나오며 보낸 메시지도 아직 확인하지 않았다. 통신 장애 때문인지도 몰랐다. 카렐은 뭘 하고 있을까. 방학이 시작된 지 꽤 됐는데 아직 한 번도 카렐을 보지 못했다.

"너 요즘 카렐하고는 만나?"

마치 아란이 무슨 생각을 하는지 안다는 듯 요제가 물었다.

"몰라. 잘 지내겠지 뭐."

"니들 혹시 헤어졌어?"

"사귀는 것도 아닌데?"

"아니긴. 매일 붙어 다녔으면서."

"붙어 다닌 건 너랑 나도 마찬가지인데? 그렇다고 우리가 사귀는 건 아니잖아."

"그래도 다른 애들은 다 니들이 사귀는 줄 알던데."

"전혀 아닙니다. 그냥 집도 가깝고 해서 같이 다니는 동네 친구입니다만."

말은 이렇게 했지만 아란은 어쩐지 마음이 불편했다.

카렐과는 같은 예비 학교를 다녔다. 집이 가까워서 학교도 같이 다니고 학교가 끝난 뒤에는 서로의 집을 찾아가기도 했다. 제7학교에 온 이후에도 몇 번이나 같은 반이 됐고 그러면서 자연스럽게 가까워졌다. 카렐에게 단말기가 생겼을 때 제일 먼저 메시지를 보낸 것도 아란이었다. 아란은 어느 순간부터 자신이 카렐에게 특별한 사람이라는 걸 알게 됐다. 그리고 자신에게 카렐이 그렇다는 것도. 지금 와서 생각하니 그건 조금 이상한 일이었다. 좋아한다거나 사귀자거나 하는 말도 없이, 두근거림이나 어색함도 없이 그냥 자연스럽게 그렇게 돼 버렸다. 어쨌든 누군가와 서로 특별한 존재가 된다는 것이 나쁘지 않았다. 게다가 카렐은 키도 크고 얼굴도 잘생긴 편이고 친구들 사이에서도 인기 있었다. 그런 남자애와 친하게 지내는 자신을 다른 여자애들이 부러워하는 것을 눈치채고 우쭐한 기분이 든 적도 있었다.

카렐이 변하기 시작한 것은 2년 전 그의 아버지가 아찰이 되고 난 뒤부터였다.

어느 날 카렐은 할 말이 있다면서 집 근처 공원으로 아란을 불러냈다. 우리 아빠가 아찰이 됐어. 카렐의 말에 아란은 조금 놀랐지만 그를 안심시키기 위해 침착함을 유지하면서 말했다. 그렇구나. 올 것이 왔네. 카렐은 잠시 아란을 쳐다본 다음 고개를 숙였다. 아란은 카렐이 뭔가 말해 주기를 기다렸지만 그는 입을 다물고만 있었다. 아란이 손을 잡았는데도 여전히 움직이지 않고 가만히 있었다. 한참 뒤에야 카렐은 슬쩍 손을 빼고는 그럼 갈게, 하고 말하고 집으로 돌아갔다.

그날부터 카렐은 이전과는 다른 사람이 됐다. 과제를 잊는 때도, 달리기 연습을 빼먹는 날도 있었다. 아란은 카렐의 과제를 챙겨 주려 했지만 연락이 되지 않는 날이 더 많았다. 나중에 물어보면 바빠서 그랬다고만 대답했다. 한번은 조금 답답해서 뭐가 그렇게 바쁘냐고 물어보기도 했지만 카렐은 대답을 피했다.

어쩌면 내가 싫어진 걸까. 아란은 어느 날 저녁의 일을 떠올렸다. 달리기 연습이 끝나기를 기다려 함께 집에 돌아오는 길이었다. 먼지 냄새, 하수구 냄새에 카렐의 땀 냄새가 섞여 있었다. 어느 모퉁이를 돌자 하수구가 역류해서 생긴 웅덩이가 있었다. 아란이 그걸 건너려고 카렐의 팔을 잡으려 하자 카렐은 멈칫하며 팔을 뺐다. 더러운 것에 닿기라도 한 것처럼.

"내가 더러워 보였어? 그러는 자기는……."

아란은 자기도 모르게 중얼거렸다.

"응? 뭐라 그랬어?"

요제가 물었다.

"아무것도 아냐."

아란이 집에 돌아온 건 저녁때가 다 돼서였다. 집에 들어오자마자 아란은 인상을 찌푸렸다. 약품 냄새 때문이었다. 파보가 공장에서 묻혀 온 것이었다. 왜 공장에서 씻지 않고 그냥 돌아온담. 집에 돌아오는 내내 트램에서도 냄새를 풍겼을 텐데, 그러면 사람들이 얼마나 싫어하는지 모르는 걸까? 그런 데는 신경 쓰지 않을 정도로 무딘 걸까? 아니면 자기한테서 냄새가 나는 걸 모를 정도로 둔한 걸까? 엄마는 왜 저런 사람을 좋아하는 걸까? 내가 왜 저런 사람이랑 같이 살아야 되지?

"왔니? 아빠가 뭐 사 왔는지 봐. 책상 위에 올려놨어."

아란은 방에 들어갔다. 봉투는 책상 위에 있었다. 집에 오는 동안 꼭 쥐고 있었는지 봉투 곳곳이 구겨진 채였다. 어쩐지 봉투에서도 파보의 냄새가 나는 것 같았다. 아란은 손가락 끝으로 봉투를 잡고 열어서 내용물을 꺼냈다. 목도리였다.

"와!"

자기도 모르게 감탄이 터져 나왔다.

목도리는 책에서 본 옛날 하늘처럼 새파란 색이었다. 굳이 태그를 확인하지 않아도 감촉만으로 정품 목도리라는 걸 알 수 있었다. 목도리 끝에는 자수로 새긴 제7학교의 인장이 있었다.

아란은 몇 년 전부터 이 목도리를 사 달라고 졸랐더랬다. 목도리는 필수 품목이 아니고 색깔만 맞으면 꼭 정품 목도리를 할 필요도 없지만 조금이라도 여유가 있는 아이들은 모두 이걸 두르고 다녔다. 그래서 얼마 전에도 리본과 목도리를 사 달라고 엄마를 조르다가 말다툼을 하기도 했다. 이제 학생으로 맞이하는 겨울은 두 번밖에 남지 않았는데 그렇게 비싼 목도리를 뭐 하러 사냐는 엄마에게 아란은 엄마는 그런 거 하나 못 해 주냐며 성질을 냈었다. 결국 이렇게 사 줄 거였으면서. 그런데 함께 있어야 할 리본이 보이지 않았다.

"엄마, 리본은?"

아란은 식탁을 차리는 엄마에게 물었다.

"리본은 쓰던 거 있잖아."

"그거 떨어져서 새로 사야 한다고 그랬잖아."

"그냥 테이프로 붙여서 쓰면 안 돼?"

"그럼 바느질이라도 해 줘."

"엄마는 그런 거 못해. 알잖아?"

"그러면 엄마가 할 줄 아는 게 도대체 뭔데?"

목소리가 다시 높아졌다. 아란은 순간 아차 싶었지만 이미 내뱉은 말을 주워 담을 수 없었다.

그때 문소리가 나며 파보가 방에서 나왔다. 방금 샤워를 한 모양인지 머리가 젖어 있었다. 넉넉한 잠옷을 입었는데도 어깨와 목 언저리에 종양이 솟아 나온 것이 보였다. 파보는 방금 전에 아란이 엄마에게 소리치는 걸 들었을 텐데도 아란을 향해 부드럽게 웃었다. 파보는 늘 그런 식이었다. 화를 내지도 않고 큰 소리를 내지도 않고 버릇없게 군다고 야단을 치지도 않았다. 그리고 늘 조금 작고 부드러운 목소리로 말했다. 아란은 파보가 목도리에 대해 뭔가 말하기 전에 얼른 방으로 들어가 문을 닫았다.

책상 위에는 봉투가 아직도 그대로 있었다. 그걸 보자 순간 짜증이 솟구쳤다. 아란은 봉투를 쳐서 바닥에 떨어뜨리고 그때까지 손에 들고 있던 목도리도 바닥에 집어던졌다. 왠지 부끄러우면서도 화가 났다. 파보의 냄새와 종양이 부끄러웠고 그런 사람이 엄마의 남편인 것도 부끄러웠고 냄새 나는 봉투도 부끄러웠다. 그리고 그 모든 것들 때문에 화가 났다. 자꾸 떨어지는 리본 때문에 화가 났고 새 리본을 사 주지 않아 화가 났고 새 목도리를 받았는데 화를 내고 만 자신에게도 화가 났다.

밖에서는 이런 모습을 보일 수 없었다. 어딘가에 있는 카메라에 이런 모습이 찍혔다가는 종평에 마이너스가 될 테니까. 언젠가 선생님도 말하지 않았던가. 아란이 종평 3등이지만 디본, 히에와는 좀 격차가 있다고. 그래도 혹시 모르는 일이니 행동 점수 같은 데서 깎이지 않게 조심하면서 점수를 잘 관리하고 있으라고. 경박하게 웃어도 안 되고 자세가 흐트러져도 안 된다. 누군가를 괴롭히거나 험담하거나 싸움을 해서도 안 되고 화내거나 욕하는 것도 안 되는 건 물론이다.

바닥에 떨어진 봉투와 목도리를 보며 아란은 숨을 고르고 곧 자신의 행동을 후회했다. 이래서는 안 돼. 이러다 보면 언젠가는 정말로 사람들 앞에서 실수할지도 몰라. 학교에서 나도 모르게 화를 내게 될 수도 있잖아? 참아야 돼. 봉투를 손가락 끝으로 집어 한쪽에 세워 두고 목도리를 다시 잘 접어 책상 위에 올려놓는데 단말기에 알림이 떴다. 카렐의 메시지였다. 바빠서 지금 봤어. 미안해. 연락 못 해서.

아란은 얼른 카렐에게 전화를 걸었다.

"지금 어디야? 그럼 아직 트램 정거장이겠네? 잠깐 볼까? 나 뭐 사러 나가야 되거든."

아란은 전화를 끊자마자 외투를 입고 그 위에 새로 산 목도리를 둘렀다. 목도리를 한 모습을 카렐에게 제일 먼저 보여주고 싶었다.

"너 어디 가니? 이제 밥 먹어야 되는데."

황급히 나가는 아란을 보고 엄마가 말했다.

"응. 누구 만나러 요 앞에 잠깐. 금방 올게."

아란은 현관에서 머리를 만지다 문 옆에 걸린 회색 코트에 잠시 눈이 갔지만 곧 무시하고 바로 집을 나섰다.

카렐은 정거장 근처의 가로등 밑에 서 있었다. 가로등 불빛 때문인지 얼굴이 짙게 그늘져 있었다. 한 손에 들고 있는 가방은 제법 무게가 나가 보였다. 안에 뭐가 들었을까 아란은 궁금했다.

"많이 기다렸지?"

아란이 물었다.

"아니. 지금 막 내렸어."

카렐의 목소리에는 힘이 없었다.

"잠깐 걸을래?"

"오래는 안 돼. 동생이 혼자 있어서."

"엄마는?"

"일 나가셨어."

"그럼 너희 집으로 갈까?"

"그냥 조금 걷자. 아직 여유가 조금 있으니까. 넌 뭐 사러 가야 한다면서?"

"아니. 안 사도 돼."

뚜렷한 목적지도 없이 둘은 걷기 시작했다. 저녁의 붉고 탁한 하늘을 배경으로 가로등이 따뜻한 불빛을 내며 빛나고 있었다. 가끔 건조하고 차가운 바람이 불어왔다. 아란은 카렐에게 목도리 이야기를 할까 하다 포기했다. 카렐이 그런 이야기를 들을 기분이 아닌 것 같아서였다. 그러면 무슨 이야기를 해야 할까.

"많이 바빴어?"

아란이 물었다.

"뭐 매일 그렇지. 그냥 바빴어. 동생도 돌보고, 집안일도 하고."

"운동은? 연습은 하고 있어?"

카렐은 학교 대표 육상 선수였다. 대회에 나가 상을 받으면 종평 점수에 반영돼 경비대원을 뽑는 체육 특기자 특별 전형에 유리했다. 카렐은 어릴 때부터 경비대원이 되고 싶어했다.

"달리기는 아니지만 몸은 계속 움직이고 있어."

"식구들은 잘 있어?"

"응."

한참 뒤에 카렐이 물었다.

"너희 집에는 별일 없니?"

"응. 맨날 똑같지 뭐. 이 목도리 오늘 파보가 사 준 거야."

"예쁘네."

그것으로 끝이었다. 생각해 보니 아까부터 자기가 말을 걸고 카렐은 한두 마디 대답하는 게 전부였다. 카렐이 말수가 적기는 했지만 이 정도는 아니었다. 마치 둘 사이에 장벽이 있는 듯한 기분이었다. 나와 함께 있는 게 싫은 걸까. 그러면 만나자고 했을 때 왜 그러자고 한 걸까. 아란은 알 수 없었다.

카렐의 집 근처에 다다랐다.

"이제 들어갈게."

"혹시 내가 싫어?"

아란의 입에서 자기도 모르게 날 선 질문이 튀어나왔다. 카렐은 조금 놀란 것 같았지만 역시 입을 다문 채 대답하지 않았다.

"내가 너한테 잘못한 거 있어?"

"그런 거 아냐."

카렐이 대답했다. 그리고 뭔가 말할 것처럼 잠시 머뭇거리다가 한숨을 쉬고는 다시 입을 열었다.

"바빠서 그래. 정말로. 너는 내가 어떻게 사는지 모르잖아."

"네가 말을 안 하니까 모르지."

카렐은 다시 입을 다물었다.

"무슨 힘든 일 있어? 말해 봐. 내가 뭐 도와줄 거 없어? 공부 봐 줄까? 나 반 편성 고사 준비하고 있거든."

"아냐. 힘든 일 같은 거 없어. 그냥 다 내가 알아서 해야 할 일이야. 나 이제 들어갈게. 추운데 조심해서 가."

아란은 카렐과 헤어져 혼자 집을 향해 걸었다. 한참을 걷다 단말기를 확인해 봤지만 카렐에게서는 아무 연락이 없었다. 정말 그렇게 헤어지고, 그게 전부라고? 나를 이렇게 혼자 보내 놓고 아무런 말도 없다고? 아니. 그럴 수도 있지. 지금 동생을 보고 있다잖아. 하지만 메시지 하나 보내는 데 10초면 되잖아. 잘 들어가라는 인사 정도는 보내 줄 수 있는 거 아냐? 동생이 중요한 건 알지만 나는 오랜만에 만난 거잖아. 조금 더 신경 써 줄 수 있지 않았어? 조금 더 따뜻한 말을 해 줄 수도 있지 않았어? 내가 그렇게 시시하고 막 대해도 되는 사람이야? 아란은 어쩐지 자신이 초라하게 느껴져서, 그 모든 게 카렐 때문인 것 같아서 화가 났다.

그러다 문득 아란은 주위가 어둡다는 걸 깨달았다. 가로등은 있지만 불이 들어오지 않았고 건물의 불도 꺼져 있었다. 겁이 덜컥 났다.

아무 생각 없이 걷다가 그만 옛날에 걷던 길로 와 버리고 말았다. 이곳은 아찰의 거리였다.

지금이라노 돌아 나가려고 뒤를 돌아보니 저 앞에서 뭔가 이쪽으로 느릿하게 걸어오는 것이 보였다. 사람일까 아니면 아찰일까. 설령 아찰이라 해도 상관없다는 걸, 아찰은 결코 사람을 해치지 않는다는 걸 아란은 알고 있었다. 하지만 몸은 생각과는 달리 반대쪽으로 움직였다.

아란은 걸음을 빠르게 옮겼다. 거리에는 아무도 없었다. 사람도, 아찰도 없었다. 아찰은 모두 어디에 숨어 있는 걸까. 추워서 건물 안에 들어간 걸까. 어쩌면 지금 깨진 창문 너머로 내가 자신들의 거리를 지나가는 걸 지켜보고 있는 건 아닐까. 그래 봐야 그것들이 뭘 할 수 있겠어. 아찰 주제에. 아란은 일부러 등을 세우고 턱을 잡아당겨서 가슴을 펴고 걸었다. 그러나 그 걸음은 오래가지 못했다.

골목 앞에 뭔가 있었다. 아란의 몸이 굳었다.

그건 어깨를 웅크린 사람 그림자였다. 하지만 사람일 리가 없었다. 그러기에는 키도 덩치도 너무 컸다. 무엇보다 그것은 회색 코트를 입고 있었다. 그리고 회색 코트 아래로는……

아란은 자기도 모르게 몸을 떨었다. 하지만 추워서는 아니었다.

다리에 힘이 들어가지 않았다. 그래도 여기에서 멈춰 있을 수는 없었다. 아란은 힘겹게 걸음을 옮겼다. 한 걸음을 옮기자 다음 걸음을 옮길 수 있었고 그다음 걸음은 조금 더 빨리 뗄 수 있었다. 아란은 조금 비틀거리며 그 자리를 벗어났다. 어느 정도 속도가 붙은 뒤에는 아무것도 보지 않으려고 고개를 숙인 채 오직 걸음을 옮기는 데에만 집중했다.

정신을 잃어서는 안 돼. 다른 생각을 해서는 안 돼. 넋 놓고 있다가 이런 데로 들어와 버린 거잖아. 지금은 이 길을 끝까지 걷는 데에만 집중해야 해. 하지만 머리가 어지러워. 숨을 쉬기가 어려워. 정신까지 흐려지는 것 같아. 이상한 소리가 들려와. 노랫소리 같은 게. 아찰의 거리에 음악이 있을 수 있어? 잘못 들은 걸 거야. 거 봐. 금방 소리가 그쳤잖아. 이런 거리, 다시는 오지 않을 거야. 이렇게 춥고 더럽고 냄새나고 끔찍한 곳이라니. 생각도 하기 싫어. 여기서는 숨도 쉬기 싫어.

뛰다시피 하며 아찰의 거리를 빠져나온 아란은 집이 보이는 곳에 이르러서야 걸음을 멈추고 그때까지 가쁘게 쉬던 숨이 진정되기를 기다렸다. 목도리로 입을 가렸는데도 폐 속 깊이 들이마신 밤공기에서는 먼지의 맛이 났다. 어쩐지 비참하고 울고 싶은 기분이었다. 그러나 무엇 때문인지는 딱 잘라 말할 수 없었다. 카렐의 무심함 때문인지, 아찰의 거리에서 마주친 그것 때문인지, 파보가 사 준 목도리의 따뜻함 때문인지, 아니면 그저 지치고 배가 고프기 때문인지.

한참 그러고 있자 기운도 돌아오고 기분도 점차 나아졌다. 우선 집에 가면 파보에게 목도리를 사 줘서 고맙다고 해야지. 그리고 카렐에게는 편지를 써야겠어. 그냥 아무 말이라도 써서. 메시지보다는 그게 나을 것 같아. 그리고, 뭘 좀 먹어야지.

그러나 집에 들어가니 엄마와 파보는 벌써 자고 있었다. 아란은 식탁에 차려진 저녁을 먹고 그릇을 치운 다음 몸을 씻고 자기 전까지 공부를 조금 더 했다. 그날따라 방문 너머로 파보의 숨소리가 거칠게 들렸다.

다음 날 아란이 요제의 집에서 공부를 하고 돌아오니 집에 불이 모두 꺼져 있었다. 이 시간이면 엄마도 파보도 돌아와 있어야 할 시간인데? 둘이 나한테는 말도 없이 외출이라도 했나? 아란은 의아하게 생각하며 불을 켜려다 이상한 소리가 나는 것을 들었다. 사람 목소리였다. 신음하는 듯한, 우는 듯한, 아픔을 참는 듯한 소리. 그건 현실이 무너지는 소리, 이 집에서 나서는 안 되는 소리였다. 아란은 겁이 나서 얼른 불을 켰다. 식탁에 엎드린 사람이 있었다. 엄마였다. 아란은 목소리의 주인공이 낯선 사람이 아니어서 안도하면서도 한편으로는 엄마에게 무슨 일이 생겼나 싶어 다시 또 겁이 났다.

"엄마! 왜 그래, 응?"

엄마는 엎드린 채 울고 있었다. 아란은 엄마의 팔꿈치 옆에 놓인 종이를 봤다. 그 종이에는 큰 손바닥이 찍혀 있었다.

그렇구나.

아란은 어두운 현관 쪽을 돌아봤다. 걸려 있는 코트는 두 개뿐이었다. 한 자리가 비었다. 모든 걸 한순간에 이해할 수 있었다. 파보가 집에 없는 것도, 엄마가 울고 있는 것도, 식탁 위에 손바닥을 찍은 종이가 놓여 있는 것도, 코트가 비는 것도. 아란은 그 종이를 본 적은 없지만 그것이 무엇인지 알고 있었다. 그것은 증명서였다. 누군가 아찰이 되었음을 알리는 증명서. 그 손바닥은 아찰의 것이었다.

파보가 아찰이 된 것이다.

아란은 종이를 식탁 위에 올려 두고 맞은편에 앉아 엄마가 울음을 그치기를 기다렸다. 그러고 있노라니 여러 생각이 떠올랐다.

우선 파보가 이렇게 갑자기 아찰이 된 게 놀라웠다. 어제까지 얼굴을 마주했는데. 파보는 종양이 몇 개나 있었던 거지. 언제부터 위험군으로 분류됐을까. 종양이 많았다면 염색 공장은 그만두고 다른 일을 찾아봤어야 하는 게 아니었을까. 혹시 다른 일은 찾을 수 없었던 걸까. 애초에 다른 일을 했더라면, 아니 애초에 엄마가 그런 남자 말고 다른 남자를 만났더라면. 아니. 잘된 일이었다. 언젠가 이렇게 될 일이었고, 그래서 이렇게 됐다.

파보는 아란의 친아빠가 아니었다. 아란은 친아빠의 얼굴도 목소리도 몰랐다. 까마득하게 어렸을 때를 떠올려 보면 단지 누군가기 아란을 안고서 그림책을 읽어 주던 것만 기억날 뿐이었다. 아마 그게 아빠였을 것이다. 아란은 언젠가 엄마에게 아빠에 대해 물어본 적이 있었다. 엄마는 때가 되면 말해 주겠다고 했지만 그때가 언제인지는 말해 주지 않았다.

파보가 집에 들어온 건 아란이 다섯 살때였다. 그때도 파보는 이상한 냄새를 풍겼다. 지금과는 다른 냄새였지만 아란은 지금과 마찬가지로 그때도 그 냄새가 싫었다. 크고 이상하고 냄새가 나는 사람. 아란이 생각하기에 파보는 꼭 아찰 같았다. 그리고 막연하게나마 파보가 언젠가 분명히 아찰이 되리라고 생각했다.

드디어 그날이 왔다.

옛날 일은 잊어 버리자. 이제 앞으로의 일을 생각해야지. 보조금과 복지 점수가 있잖아. 아찰이 나온 집은 보조금이 나온다면서. 세금도 덜 내고 전기와 물도 혜택이 있다던데. 제일 중요한 건 종평 점수가 올라가는 거야. 그러면 나도 히에나 디본 같은 애들과 경쟁할 수 있어. 엄마. 들어 봐. 어쩌면 내가 종평 1등이 될 수도 있어.

그러니 울지 마. 이건 잘된 일이야. 엄마도 파보에게 종양이 많았다는 건 알고 있었잖아. 파보가 언젠가 아찰이 돼야 했다면 그런 날이 빨리 온 게 나쁜 일은 아니잖아. 이왕이면 종평에서 유리한 점수를 받을 수 있을 때, 피크닉 전에 그렇게 되는 게 낫잖아. 파보가 하는 일이 나와 엄마의 뒷바라지를 하는 것이었다면 이렇게 된 게 그의 입장에서도 더 잘된 일 아냐? 안 그래?

그런데도 엄마는 울음을 그치지 않는다.

엄마는 도대체 언제부터 울고 있었을까. 둘 사이가 얼마나 가까웠는지 아란으로서는 짐작할 수 없었다. 하지만 파보가 사라졌다고 이 정도로 슬퍼할 줄은 몰랐다. 만약 카렐이 그렇게 되면 나는 이만큼 슬퍼할까? 내가 아찰이 되면 엄마는 이만큼 슬퍼할까? 아니, 만약 엄마가 그렇게 되면 나는 얼마나 슬퍼할까? 가만. 나도 눈물이 나와야 정상 아닐까? 왜 나는 지금 하나도 슬프지 않지? 왜 아찰이 된 파보나 울고 있는 엄마가 불쌍하다는 생각이 하나도 안 들지? 이런 모습을 들켰다간 공감 능력 부족으로 종평에서 점수가 깎일지도 모르는데.

아란은 엄마의 옆으로 자리를 옮겨 앉았다. 그리고 엄마의 어깨에 손을 올렸다가 잠시 뒤에는 엄마의 어깨를 안았다. 함께 울어 주면 더 좋겠지만, 미안해 엄마. 아무리 슬픈 생각을 떠올려도 눈물이 나오지 않는 걸 어떡해. 그리고 운다고 어떻게 되는 것도 아니고 울어서 도움이 될 것도 없잖아.

저녁은 먹지 못했다. 엄마는 음식을 차릴 생각이 없어 보였고 아란도 도저히 뭔가 먹을 기분이 아니었다.

잠자리에 누워 아란은 요제에게 문자를 보냈다. '파보가 아찰이 됐어.' 요제는 우는 모양의 이모티콘을 보내며 '너 괜찮니?' 하고 물었다. 아란은 '괜찮아. 내일은 할 일이 많아서 못 갈 것 같아.' 하고 답장을 보냈다.

아란은 카렐에게 문자를 보낼까 생각하다 그만뒀다. 어쩐지 카렐에게는 알리고 싶지 않았다. 적어도 지금은 그랬다.

다음 날은 바빴다. 아침에 일어나 제일 먼저 엄마 대신 엄마의 직장에 연락해서 휴가 신청을 했다. 그러고 나서는 확인원을, 그러니까 전날 저녁에 식탁 위에 있었던 종이를 챙겨 지역 센터에 갔다. 복지과에는 아침부터 일을 보러 온 사람들이 많았다. 아란이 대기표를 뽑아 순서를 기다린 끝에 담당 직원에게 확인원을 제출하니 직원은 아란이 미성년자라 엄마의 신분증이 필요하다고 했다. 아란은 어쩔 수 없이 집에 다녀가야 했고 그러면서 엄마의 식사를 챙겼다. 다시 지역 센터에 가서 신분증을 제출하니 직원은 몇 가지 서류를 챙겨 주며 그걸 보건과에 갖다주라고 했다. 보건과에 서류들을 내니 이번에는 아찰이 되기 전에 파보가 진료 받은 내역서와 의사의 진단서가 필요하다고 했다. 아란은 파보가 다녔던 병원이 어디인지 몰라 엄마에게 물어야 했다. 파보가 다니던 병원은 염색 공장 근처에 있었는데 그곳 공기에서는 파보의 냄새가 났다. 아란은 그곳을 떠날 때까지 마스크를 바짝 눌러썼다. 다시 지역 센터로 돌아와 병원에서 받아 온 서류들을 제출하니 이번에는 아찰이 된 본인이 사전에 자필로 쓰고 날인한 포괄적 복지 신청 동의서, 즉 H3 서류가 필요하다고 했다. 직원은 그 서류는 아찰이 될 것으로 예상되는 사람은 누구나 작성하는 것이기 때문에 확인원과 함께 코트의 주머니에 있을 거라고 말했다. 다시 집에 가서 서류를 찾아봤지만 찾을 수 없었다. 동의서를 못 봤느냐는 아란의 질문에 엄마는 침대에 누운 채 모른다고, 찾아보라고만 할 뿐이었다. 어느 순간 화가 나려 했지만 그러기에는 너무 지쳐 있었다. 다시 지역 센터에 갔을 때는 이미 오후 늦은 시간이었다. 직원은 아란이 너무 지치고 딱해 보였는지 그 서류가 없어도 지원을 받는 데는 지장이 없게 해 주겠다고 했다. 그러고는 보건원에 제출하라며 서류를 몇 장 줬다.

지역 센터에서 준 서류를 보건원에 내고 돌아왔을 때는 저녁때가 다 돼 있었다. 아란은 잠시 쉬기 위해 트램 정거장의 의자에 앉았다. 한 발짝도 더 걸을 수 없을 것 같았다. 그리고 보니 오늘 아직 한 끼도 먹지 못했다. 왠지 비참하고 끔찍한 기분이 들었다. 살이 빠지겠군. 좋은 일이지. 하지만 오늘은 공부를 하나도 하지 못했어. 그건 나쁜 일이고. 필요한 일들을 몇 가지 했을 뿐인데 완전히 지쳐 버렸어. 공부는 어떻게 하지. 이제부터라도 해야겠지. 멈추면 안 되니까.

왜 이렇게 살아야 하는 거지. 언제까지 이렇게 살아야 하는 거지. 언제쯤이면 마음 놓고 쉴 수 있는 거지. 두려움도 초조함도 없이. 모르겠어. 내게 그런 날이 오기는 올까.

한참 그러고 있는데 누군가 옆에 와서 섰다. 고개를 들어 보니 카렐이 있었다. 아란은 카렐이 반가우면서도, 이상하게도 한편으로는 조금도 반갑지 않았다. 카렐은 지금 이 순간 이 자리에 가장 있어야 하는 사람이기도 했고 동시에 가장 있어서는 안 되는 사람이기도 했다.

"여기서 뭐 해?"

카렐이 물었다. 지친 목소리였다.

"그냥 앉아 있어."

그렇게 말하는 아란의 목소리도 지쳐 있었다.

"동생이 기다려."

아란은 카렐이 왜 그런 말을 하는지 몰라 멍하니 있었다. 잠시 뒤에야 아란은 카렐이 자기를 기다리느라 이 자리에 있는 거라고 생각한다는 걸 알았다. 그리고 어쩌면 아란을 조금 귀찮아한다는 것도. 하. 너 기다린 거 아니거든. 하지만 그런 말을 하는 것마저 귀찮았다.

"그래. 어서 가."

카렐은 당장 떠나지 않고 그 자리에 잠시 더 머물러 있다가 물었다.

"무슨 일 있어?"

아란은 고개를 저었다.

카렐은 머뭇거리더니 아란의 옆에 앉았다. 그리고 1분쯤 뒤에 아란의 손 위에 자신의 손을 얹었다. 아란은 잠시 그대로 있었다. 아주 잠깐 마음속에 불이 켜지는 것 같았고 무슨 말인가가 떠오르려 했지만 말도 불도 곧 사그라들었다. 아란은 한숨을 한번 쉰 뒤 손을 빼면서 자리에서 일어났다.

"나 갈게. 너도 들어가."

그러고는 뒤도 보지 않고 천천히 집을 향해 걸었다.

"너 괜찮니?"

다음 날 얼굴을 보자마자 요제가 물었다.

"응."

"그래도 많이 힘들었지?"

"어제 밥도 못 먹고 여기저기 다니느라 힘들었어. 엄마가 아무것도 못 해서 내가 다 해야 했거든. 그래도 서류 작업은

다 끝났어."

"니네 아빠 그렇게 되는 거 너도 봤어?"

"나는 못 봤어. 엄마는 봤을지도 몰라. 얘기는 못 해 봤지만."

아란은 파보는 아빠가 아니라고, 엄마의 남편일 뿐이라고 말하고 싶은 걸 참았다.

"엄마는 뭐래?"

"엄마는 그냥 집에 있어. 말도 잘 안 하고. 그래도 오늘 아침엔 밥을 좀 먹었어."

"코트는? 아빠가 코트 입고 나갔어?"

"코트는 입고 나갔어. 그리고 이 얘기 안 하고 싶어."

"아…… 미안해. 정말 미안해. 괴로운 이야기일 텐데 자꾸 물어봐서."

괴로운가. 글쎄. 괴로운 건 아니었다. 그저 대답하고 싶지 않은 걸 물어봐서 귀찮을 뿐이었다.

공부를 하고, 친구들에 관해 이야기하고, 농담을 하고, 과자를 건네받으면서도 아란은 왠지 요제와 벽이 생긴 것 같은 기분이 들었다. 며칠 전까지 세상에서 가장 가까운 친구였는데 지금은 아주 먼 사람으로 느껴졌다. 왜 그런 걸까. 나 때문일까 요제 때문일까. 알 수 없었다. 안다고 하더라도 어떻게 할 수 있는 일도 아닌 것 같았다.

아란은 저녁때가 가까워 그 집을 나서면서 어쩌면 당분간 요제의 집에는 안 오게 될 것 같다는 생각이 들었다.

엄마를 돌봐야 해서 아란은 며칠 집 밖에 나가지 않았다. 일주일의 휴가 동안에는 엄마를 대신해 밥을 차리거나 청소를 하는 등 집안일을 해야 해서였지만 휴가가 끝나고 엄마가 다시 일하러 나간 뒤에도 아란은 집에만 틀어박혀 공부를 했다. 엄마도 아란도 말수가 적어졌다. 어떤 날은 하루 종일 한마디도 안 하고 지나가기도 했다. 지역 센터에서 연락이 와서 겨우 몇 마디를 한 날도 있었다.

시간이 조용하게 흘러갔다. 마치 세상이 침묵 속에서 뭔가를 준비하고 있는 것 같았다. 그게 뭔지 아란은 생각하고 싶지 않았고 알고 싶지도 않았다. 그리고 그게 무엇이든 지금은 시험 준비를 해야 했다.

"미안해."

어느 날 저녁에 아란이 식탁을 차리고 있을 때 엄마가 말했다.

"뭐가?"

"지금이 중요한 시기인데 너한테 그런 일을 맡겨서. 엄마가 해야 하는데."

"괜찮아. 시간 별로 안 뺏겼어."

"이제 우리 아란이가 공부에만 신경 쓸 수 있도록 엄마가 더 노력할게."

"응. 알겠어."

"아빠는……."

엄마는 거기까지 말하고 말을 멈추더니 자리에서 일어나 화장실에 들어갔다. 물소리가 들렸지만 울음소리는 묻히지 않았다. 아란은 접시를 든 채 식탁 옆에 그대로 서 있었다. 잠시 뒤 엄마가 한숨을 쉬며 화장실에서 나왔다. 엄마는 얼굴과 눈이 젖은 채 입으로만 조금 웃었다. 둘은 식사가 끝날 때까지 말을 나누지 않았다.

그날 밤 아란은 문득 생각해 봤다. 그래도 파보가 있는 편이 더 좋았던 게 아닐까 하고. 파보는 염색 공장을 다니는 별볼 일 없는 노동자였지만 그렇게 번 돈으로 엄마와 아란을 먹여 살렸다. 물론 그것만으로는 부족해서 엄마도 식품 공장에 나가 일을 해야 했지만. 그는 자신은 낡은 옷을 입고 다니면서도 둘에게는 계절마다 새 옷이나 신발을 사 주려 했고 월급을 받으면 둘을 위해 뭔가 작은 것이라도, 아니 언제나 작은 것이었지만, 사 오고는 했다. 예쁘고 귀엽지만 별 쓸모는 없는 것들이었는데도 엄마는 그런 것들을 받을 때마다 좋아했다. 파보는 아란이 공부에 필요한 게 있다고 하면 어떻게든 그걸 준비해 줬다. 지금 듣고 있는 온라인 강의도 모두 파보가 사 준 것이었다. 애초부터 파보의 도움이 없었다면 종평 전교 3등을 유지하는 일은 불가능했을 것이다. 그렇다면 파보의 삶은 무엇이었을까. 그는 엄마와 아란을 위해서만 살았다. 어쩌면 파보는 혼자 살았다면 아찰이 되지 않았을지도 모른다.

그래도 아란은 파보가 싫었다. 왜였을까. 파보가 진짜 아빠가 아니라서? 파보에게 엄마를 뺏겼기 때문에? 그가 고약한 냄새가 나는 노동자라서? 내가 그의 도움을 받아야 했으니까?

그러고 보니 목도리를 받고 고맙다는 말을 못 했던 게 떠올랐다.

하지만 이미 늦은 일이었다.

어느 날 학교에서 연락이 왔다. 파보가 아찰이 됐다는 소식이 학교에 도착한 모양이었다. 행정 직원은 종평 반영을 위해 필요한 서류들을 알려 주며 지역 센터에 가서 발급받아 개학할 때까지 가져오라고 했다. 어느덧 다음 주가 개학이었다.

엄마에게 부탁할까 하는 생각이 떠올랐다. 하지만 엄마는 아침부터 저녁까지 일해야 해서 지역 센터에 갈 시간은 없을 터였다. 그리고 서류 업무는 이제까지 아란이 맡아 와서 엄마는 아무것도 몰랐다. 어쩔 수 없이 아란이 직접 나서야 했다.

아란은 지역 센터에 가기 위해 집을 나섰다. 오랜만에 외출해서인지 공기가 유달리 차갑게 느껴졌다. 그래도 이런 날은 먼지가 적어서 좋았다. 기온이 조금이라도 오른다 싶은 날은 어김없이 먼지 농도가 심해졌다. 봄이 되면 지금과는 비교도 되지 않을 정도로 짙은 먼지를 실은 바람이 장벽 너머에서 밀려오겠지.

다른 서류들은 다 발급받았지만 종평 정정 신청서인 H14 서류만은 H3 서류가 있어야 뗄 수 있었다. 하지만 H3 서류가 꼭 필요한 건 아니라고 했던 복지과 직원의 말이 생각났다. 그렇다면 H14 서류도 그런 식으로 처리될 수 있겠지.

그러나 서류를 받은 학교 행정 직원은 H14 서류가 없기 때문에 복지 점수가 종평에 반영될 수 없다고 말했다. 아란이 사정을 설명해도 그는 들으려 하지 않았다.

"학생, H14는 꼭 있어야 해. 지역 센터에서 뭐라고 했는지는 몰라도 교육청에서는 그 서류가 없으면 복지 점수를 종평에 반영해 주지 않아. 복지 점수 3점이 필요 없으면 상관없지만, 그 점수가 필요하면 H14 서류는 꼭 내는 게 좋아."

아란은 다시 지역 센터에 돌아가 사정을 설명했다. H3 없이도 H14 서류를 발급해 줄 수 있는지, 혹시 H14를 받을 수 있는 다른 방법은 없는지 물었다. 그리고 교육청에도 연락해서 사정을 설명하고 다른 서류로 대체할 수는 없는지 물었다. 그러나 모두 종평에는 H3이 필요하다는 대답뿐이었다.

"왜 내 종평에 아찰이 된 사람 동의서가 필요한 거예요?"

결국 참지 못하고 아란은 물었다.

"그분이 인격권을 최후로 행사할 수 있도록 법적으로 보장해 주는 장치라고 보시면 돼요."

그게 무슨 말이냐고 물었지만 교육청의 직원은 법적으로 정해진 절차이기 때문에 어쩔 수 없다는 대답만 반복했다.

춥고 지치고 짜증이 난 채로 아란은 엄마를 기다렸다. 마음속에서 원망이 끓어올랐다. 엄마는 이런 일을 모두 준비해 놨어야 했다. 엄마는 파보가 아찰이 된 그날 서류를 챙겨 놨어야 했다. 그리고 무엇보다 이런 서류 일은 원래 엄마가 해야 했다. 엄마는 어른이니까. 나는 학생이니까. 이 시간에 공부를 해야 하니까. 내가 이러고 있을 동안 다른 애들은…….

엄마가 돌아왔을 때 아란은 터지려는 화를 간신히 참고 엄마에게 서류에 대해 물었다. 역시 엄마는 아무것도 몰랐다.

"서류? 엄마는 몰라. 그런 건 전부 네가 알아서 했잖아."

"정말 그날 받아 놓은 거 없어? 확인원이 전부였어?"

"확인원이 뭐야?"

"그 손바닥 찍힌 종이 말야! 그게 확인원이야. 그것 말고 다른 건 없었어?"

"나는 몰라. 나는 그날 너무 정신이 없어서……."

"그 코트 주머니에 있었을 거라고. 그것도 확인 안 하고 뭐 했어?"

"소리 좀 지르지 마."

"내가 언제 소리를 질렀어?"

"지금 지르고 있잖아."

"그러면 그렇다고 쳐. 내가 지금 소리 안 지르게 생겼어? 그 게 없으면 종평이 얼마나 깎이는지 알아?"

"……."

"시험공부 백날 해서 한 등급 올려도 종평 1, 2점이야. 그런데 그 서류 하나만 있으면 3점이라고. 무슨 말인지 모르겠어? 집에 아찰 한 마리 있는 애가 나보다 더 유리하다고."

"아란이 너, 사람한테 그렇게 말해야겠니? 종평이 사람보다 더 중요해?"

엄마는 다시 울음을 터뜨리려는지 입술을 떨고 있었지만 아란도 이번에는 참을 수 없었다.

"나보고 헤임에 들어가라고 한 건 엄마야. 내가 지금 누구 때문에 이 고생을 하는데. 더 잘난 자식으로 낳아 주지 그랬어. 누구처럼 키도 크고 몸매도 좋고 얼굴도 예쁘든가, 아니면 누구처럼 아빠가 하원의원이든가. 그랬으면 나도 이러지 않았을 거 아냐. 내가 지금까지 얼마나 고생을 했는데, 그깟 종이 쪼가리 하나 안 챙겨서 그걸 다 헛고생을 만들어. 왜!"

마지막 한마디는 거의 발악에 가까웠다. 아란도 자기에게서 그렇게 큰 목소리가 나올 줄 몰랐다. 그리고 엄마가 자기 뺨을 때릴 줄도 몰랐다.

아란도 엄마도 놀라서 잠시 그대로 있었다.

모든 게 혼란스러웠다.

"미안해. 그만……"

엄마가 아란을 향해 손을 뻗었다.

"저리 가!"

아란은 소리를 질렀다. 그 순간은 다만 이곳에서, 엄마에게서, 이 지긋지긋한 곳에서 벗어나고 싶을 뿐이었다. 아란은 방에 들어가 목도리와 외투를 챙겨 나왔다.

"아란아. 어디 가? 아란아!"

아란은 아무 말도 하지 않고 뛰다시피 집 밖으로 나왔다.

밤이 되자 저녁보다 기온이 더 떨어졌다. 차가운 바람이 외투 속으로 스며들었다.

아란은 무작정 걸었다. 지금은 아무와도 이야기하거나 만나고 싶지 않았다. 카렐과도, 요제와도. 자신의 마음이 이렇게 사납고 혼란스러운 걸 누구에게도 들키고 싶지 않았다. 아니, 차라리 그들을 만나고 싶었다. 만나서 따지고 싶었다.

"니가 그렇게 잘났어? 니네 아빠가 아찰이 된 게 나 때문이야?"

그건 카렐에게 하는 말이었다.

"너는 언제까지 그렇게 멍청하게 살래?"

그건 요제에게 하는 말이었다.

"도대체 할 줄 아는 게 뭐야? 나한테 해 준 게 뭐가 있어? 왜 내가 그걸 다 챙겨야 하는데? 왜 내가 이렇게 살아야 돼? 내가 얼마나 힘들게 사는 줄 알아? 누구는 뭐 이러고 싶어서 이러는 줄 알아?"

그건 엄마에게 하는 말이었다.

"니들이 그렇게 잘났어? 부모 잘 만난 것 말고 니들이 할 줄 아는 게 뭔데?"

그건 디본과 히에에게, 그리고 다른 모든 경쟁자들에게 하는 말이었다.

아란은 자신의 목소리가 점점 커지고 있는 것도, 옆을 스쳐 가던 사람들이 걸음을 멈추고 자신을 쳐다보는 것도, 그러다 주위의 인적이 점점 드물어지는 것도, 자신이 아찰의 거리에 와 있다는 것도 모르고 있었다.

눈앞에 거대한 회색 코트가 나타나기 전까지는.

그때까지 아란은 아찰을 이렇게 가까이에서 본 적이 없었다.

아찰은 키가 2미터는 넘어 보였다. 몸무게도 200킬로그램은 될 것 같았다. 제일 큰 사이즈의 코트일 텐데도 어깨와 가슴이 끼었다. 코트 안에 뭘 입고 있는지는 알 수 없었지만 다만 코트 아래로 검은 털로 뒤덮인 다리가 보였다. 신발은 신고 있지 않았다. 고개를 들자 아찰과 눈이 마주쳤다. 옆으로 길게 찢어져 꼭 웃는 것처럼 보이는 눈 속에서 빨간 눈동자가 아란을 내려다보고 있었다. 아찰이 입을 열자 크고 가지런한 이가 드러났다. 아찰이 되면 이가 새로 난다고 했던 이야기가 떠올랐다. 숨결에서는 습하고 비릿한 냄새가 났다.

평소의 아란이었다면 놀라서 다리가 풀려 엉덩방아를 찧었겠지만 지금은 그렇지 않았다. 아란은 무서울 게 없었다. 게다가 아찰을 보니 파보가 떠올랐다. 그 바보 같은 파보. 서류 하나 제대로 챙겨 놓지 않아서 내 삶을 엉망으로 만들어 놓은, 그 멍청한 파보.

"내 앞에서 꺼져, 이 병신아!"

아찰이 뒤뚱거리며 뒤로 물러났다. 아란은 아찰이 너무나도 고분고분하게 자기 말을 따라서, 또 자기 입에서 그렇게 상스러운 말이 나와서 놀랐다.

그제야 아란은 주위를 둘러보고 자기가 아찰의 거리에 있다는 걸 알아차렸다. 거리 곳곳에 회색 코트를 입은 그림자들이 어슬렁거리고 있었다. 그 모습을 보자 슬그머니 겁이 났다.

내가 왜 여기에 왔을까. 정말이지 꿈속일지라도 오고 싶지 않았는데. 방금 전에 아찰에게 욕을 했을 때의 자신감이 어느 틈에 사라지려 하고 있었다.

문득 한 가지 생각이 떠올랐다. 파보. 여기가 아찰의 거리라면 파보도 여기에 있을지도 몰랐다. 아찰의 거리는 아찰라 곳곳에 있지만 어쨌든 여기가 집에서 제일 가까운 곳이었다. 파보는 자신의 코트를 입고 있을 테고 서류는 주머니에 있을 터였다. 그러면 이 중에서 파보를 찾기만 한다면. 이제까지는 아찰이 두려워서, 아찰의 거리가 두려워서 그런 생각을 하지 못했을 뿐이었다. 그런데 어떻게 찾을 수 있을까. 건물들을 모두 뒤져야 할까. 하지만 그러고 싶지는 않았다. 저 안에서는 아찰들끼리 온갖 끔찍한 일들을 저지른다는 소문이 있는데. 가끔 상처투성이 아찰이 어슬렁거리는 걸 보면 그 소문이 영 틀린 것만은 아닌 것 같았다. 그렇다면 남은 방법은 하나였다. 그것 말고는 달리 떠오르는 방법이 없었다.

아란은 심호흡을 한 번 했다. 차가운 공기가 폐를 채웠다 빠져나가는 것이 느껴졌다.

"파보."

크게 소리치려 했지만 처음 내지른 목소리는 아란 자신의 귀에도 시원찮게 들렸다. 아란은 다시 한번 용기를 냈다.

"파보!"

아란의 목소리가 거리 한가운데서 울렸다. 파보가 이 목소리를 들을까. 하지만 아무리 생각해도 다른 방법은 없었다.

"파보!"

아란은 다시 한번 소리쳤다. 외침 끝에 기침이 몇 번 터져 나왔다. 거리를 배회하던 아찰들이 이쪽을 한번 쳐다보고는 다시 어슬렁거리면서 제 갈 길로 갔다.

아란은 고개를 숙인 채 파보의 이름을 부르며 거리 끝까지 갔다가 다시 돌아왔다. 두 번째 지나갈 때는 길가에 서 있는 아찰을 발견하는 일이, 아찰의 거리를 걷는 일이, 그 거리에서 뭔가를 외치면서 걷는 일이 처음만큼 무섭지 않았다. 그리고 세 번째 지나갈 때는 주위를 둘러볼 수 있는 여유도 생겼다.

파보의 이름을 부르면서 걷는 동안 아란은 생각했다. 나는 왜 그를 아빠나 아저씨 대신 이름으로 불렀을까. 왜 그랬을까. 그건 파보가 그렇게 부르라고 했기 때문이지. 그게 언제였더라. 아주, 아주 오래전이지. 우리가 같이 공원에 놀러 갔을 때. 엄마랑, 파보랑, 나랑 셋이서. 날씨가 좋았어. 내가 노래를 부르자 파보가 웃었지. 그때 파보에게는 종양이 하나도 없었어. 내가 파보라고 부르자 파보는 더 크게 웃었지. 그래서 나는 그 이름을 자꾸 불렀나 봐. 파보. 파보. 파보. 내가 이름을 부를 때마다 파보는 그게 아주 재미있는 일이라는 듯 웃었어. 옆에서 엄마도 따라서 웃었고. 파보는 나를 어깨에 태워 주기도 하고 자기 무릎에 앉히기도 했지. 내게 아이스크림을 먹여 주기도 하고 또…… 책을 읽어 줬어.

그게 파보였구나. 아빠가 아니라.

그때 아란을 향해 누군가 다가오는 것이 보였다. 아찰이었다. 그 아찰은 새 코트를 입고 있었다. 아란은 잠시 멈칫했다가 아찰을 향해 똑바로 걸어가 그 앞에 멈췄다. 아찰도 아란의 앞에 와서 걸음을 멈췄다. 아찰이 입고 있는 코트의 한쪽 어깨 부분이 터져서 털이 삐져 나와 있었다.

더 크고 튼튼한 코트를 사지 그랬어.

아찰의 얼굴에 파보의 얼굴이 남아 있었다. 늘 조용하게 웃던.

아란은 한 번 심호흡을 하고 입을 열었다.

"파보, 맞지?"

아찰이 나즈막하게 그렁거렸다. 어쩐지 파보와 닮은 목소리였다.

"서류를 가지러 왔어. 주머니에 있을 거래."

아찰은 움직이지 않았다.

"그러고 있지 말고 주머니에 서류가 있는지 찾아봐."

아찰은 몸에 꽉 껴서 팽팽해진 코트의 양쪽 주머니를 서툴게 뒤졌다. 주머니에서 아무것도 나오지 않자 아찰은 당황한 것 같았다.

"속주머니에 있을지도 몰라. 속주머니도 찾아봐."

아란의 말에 아찰은 코트의 단추를 천천히 풀고는 속주머니를 뒤졌다. 아란은 아찰이 코트 안에 아무것도 입고 있지 않은 걸 보았다. 잠시 뒤에 아찰은 종이 하나를 내밀었다. 펴 보니 제일 위에 H3이라는 제목이 보였다. 밑에는 아직 사람이었을 때 피보가 남겨 놓은 서명이 있었다. 아란은 서류를 잘 접어 주머니에 넣었다. 어쨌든 이것만 있으면 이제 걱정할 게 없었다.

"이런 건 코트 주머니 말고 식탁 같은 데 올려놓았어야지. 내가 이것 때문에 오늘 하루 얼마나 고생했는지 알기나 해?"

아란은 짐짓 핀잔하는 투로 말했지만 목소리는 부드러웠다. 아찰은 꼼짝도 하지 않았다. 어쨌든 이제 집에 돌아가는 일만 남았다.

"나는 이제 갈게. 그럼 잘 있어."

아란은 아찰을 향해 손을 조금 흔들고 몸을 돌려서 집을 향해 걸어갔다.

그러나 아찰의 거리를 빠져나가기 전에 걸음을 멈췄다. 찬 바람이 자꾸 얼굴을 할퀴며 지나갔지만 걸음이 떨어지지 않았다. 몇 번 입술을 깨문 아란은 몸을 돌려 다시 아찰의 거리를 가로질러 갔다. 아까의 아찰은 아직 그 자리에 있었다.

아란은 아찰에게 한 걸음 다가갔다.

"몸을 좀 숙여 봐."

아찰이 아란을 향해 거대한 몸을 기울였다.

아란은 목도리를 풀었다. 파보가 사 준 목도리였다. 아란은 아찰의 목에 목도리를 감았다. 그리고 풀리지 않도록 한 번 더 감고는 살짝 매듭을 묶었다.

"옷을 좀 제대로 입고 나오지. 아무리 아찰이지만 추위는 느낄 거 아냐. 이거라도 해. 나는 괜찮아. 다른 목도리도 있으니까."

아찰은 아무 말도 하지 않았다. 다만 어깨를 한 번 크게 들썩일 뿐이었다.

"목도리 사 줘서 고마워."

아란은 아찰에게 한 걸음 더 다가섰다. 숨소리가 들릴 정도로, 큰 소리로 말하지 않아도 들릴 정도로 가까운 거리였다.

"내가 공부할 수 있게 이것저것 도와줘서 고마워."

아란은 작은 목소리로 말했다. 목소리가 조금 갈라졌다. 아란은 말을 멈췄다가 잠시 뒤에 다시 말했다.

"정말 고마워."

그리고 이번에는 한참 쉬었다.

"엄마를 보살펴 줘서 고마워. 엄마를 아끼고 사랑해 줘서 고마워. 나를 돌봐 주고, 보살펴 주고, 사랑해 줘서 고마워. 키워 줘서 고마워. 내 아빠가 돼 줘서 고마워. 그리고 내가 나쁜……."

내가 나쁜 딸이어서 미안해. 한 번도 다정하게 대하지 않아서, 냄새가 난다고 싫어해서 미안해. 냉정하게 굴어서, 그 모든 것들 때문에 미안해. 아란은 그렇게 말하려고 했다. 하지만 말할 수 없었다. 그 모든 말들보다 울음이 먼저 터져 나왔다. 아란은 자신이 울게 될 줄도, 울음소리가 그렇게 클 줄도 몰랐다. 왜 우는지도 몰랐다. 미안해서 우는 건지, 힘들어서 우는 건지, 파보가 불쌍해서 우는 건지도 알 수 없었다. 그저 어서 울음을 그치고 미안하다고 말하고 싶을 뿐이었다. 하지만 한번 터져 나온 울음은 쉽게 그치지 않았다. 아란은 두 손으로 얼굴을 가렸다. 아찰에게, 파보에게 자신이 우는 모습을 보이고 싶지 않았다.

그때 어깨에 묵직한 것이 닿았다. 아찰의 손이었다. 아찰은 두 손으로 아란의 어깨를 감쌌다. 아찰의 길고 단단하고 날카로운 손톱은 아란의 몸에는 조금도 닿지 않았다. 아란은 몸이 점점 따뜻해져 오는 것을 느꼈다.

마침내 울음을 그친 아란은 고개를 들었다. 아찰이 몸을 숙여서 자신을 내려다보고 있었다.

아란은 아찰의 몸을 안았다. 아찰에게서 코트 냄새와 먼지 냄새가, 그리고 파보에게서 늘 나던 약품 냄새가 희미하게 났다. 아란은 잠시 그대로 있다 떨어졌다.

이제 떠날 때였다.

"나는 이제 갈게. 잘 있어. 아프지 말고."

아란은 잠시 그대로 있다가 마지막 한마디를 했다.

"그리고 책 읽어 줘서 고마워. 아빠."

집에 돌아가는 길은 멀었다. 울음이 나올 때마다 골목에 숨어 울었다.

아란은 집에 돌아와서 엄마에게 미안하다고 사과했다. 파보를 만나고 왔다고 말할까 생각했지만 그 말은 하지 않는 게 좋을 것 같았다. 엄마는 말없이 아란을 껴안았다.

"가만. 너 이마가 왜 이렇게 뜨거워? 열나는 것 같은데?"

그러고 보니 몸이 떨리고 머리가 아파 왔다. 아란은 뜨거운 물로 몸을 씻고 감기약과 해열제를 먹은 뒤 이불 속으로 들어갔다. 몸을 동그랗게 말고, 열 때문에 쌕쌕거리는 자신의 숨소리를 들으며, 어디선가 희미하게 나는 파보의 냄새를 맡으며, 눈물과 땀에 젖은 채 아란은 천천히 잠들었다.

2 요제

점심시간의 9학년 전용 급식실은 언제나처럼 붐볐다.

"너 그거 다 끝났어?"

아란은 누가 듣기라도 한다는 듯 턱이 거의 식판에 닿을 정도로 몸을 바짝 숙이고 물었다.

"아니, 아직."

맞은편에 앉은 요제가 대답했다.

"언제까지지?"

"이제 2주하고 3일 남았어. 시간은 충분해."

"지금 3부 쓰고 있다고 했지?"

"응. 늦어도 이번 주 안에 3부를 끝내야 해서 매일 새벽까지 쓰고 있어. 목이랑 어깨가 빠질 것 같아. 이모가 나보고 9학년 되더니 갑자기 철들었냐 그러더라."

"나도 동감이다. 그 정성으로 공부를 했으면 1등급에 A반인데."

"지금 네가 1등급에 A반이라고 자랑하는 거야? 나는 G반인데?"

"이런. 마감 때문에 신경이 너무 곤두선 것 같지 않으신가요, 요제 작가님?"

"맞아. 나 요즘 되게 예민해진 것 같아. 주위의 사소한 것들이 모두 눈에 들어와. 그래서 하는 말인데, 네 리본 스프 그릇에 빠졌어."

"헉. 내 리본. 이제 빨 수도 없는데."

아란은 손수건을 꺼내 리본에 묻은 스프를 문질러 닦았다.

"카렐은 M반이지?"

요제가 물었다.

"응. 특기자 애들은 그리로 모아 놨으니까."

"요즘 자주 만나?"

"아니. 걔가 워낙 바빠서. 연습은 안 하는데 뭔가 다른 일이 있나 봐. 그리고 걔네 엄마가 저녁에 일을 나가서 걔가 동생을 봐야 된대. 그런데 왜 내가 이런 이야기까지 해야 되지?"

"왜냐하면 너는 그걸 누군가에게 말하고 싶을 테고 그런 이야기를 할 상대는 나밖에 없으니까."

"별로 안 하고 싶은데."

"원래 연애하면 자랑하고 싶을 텐데. 혹시 뭔가 숨기는 거 아냐? 말해 봐. 너희 무슨 일 있었지?"

"좋겠다. 상상력 풍부해서."

"그래. 내가 상상력 하나는 풍부하지. 하지만 상상력에도 재료가 필요한 법이니까. 무슨 일 있었어?"

"정말로 아무 일도 없어. 그냥 가끔 메시지 보내는 게 전부야. 아. 지난주에는 걔네 집에 가서 걔 올 때까지 동생이랑 놀아 주다가 같이 밥 먹고 왔다. 그걸로 끝."

"부부네."

"풉!"

아란의 입속에 있던 것들이 튀어나왔다. 아란은 다시 손수건을 꺼냈다.

"야. 웃기면 어떡해."

"너 콧물도 나왔어. 아주 볼만한 장면이네. 소설에 꼭 써 줄게."

아란에게는 여유가 있다는 듯이 말했지만 사실은 마음이 급했다. 물론 지금 정도 속도면 마감 안에는 충분히 완성할 수 있다. 잘 하면 이번 주 안에 3부를 끝내고 이야기를 완결할 수 있을지도 몰랐다. 하지만 언제 무슨 일이 생길지 모르는 것 아닌가. 갑자기 머릿속이 하얘지면서 아무것도 생각나지 않을 수도 있고 학교에서 끔찍하게 힘든 과제를 내 줄 수도 있고 집에 불이 나 지금까지 써 둔 소설이 모두 없어질 수도 있고 이모가 남자 친구와 헤어져서 매일 밤 그 고민을 들어 줘야 할 수도 있고 갑자기 몹쓸 병에 걸릴 수도 있고 어쩌면 오늘 저녁에라도 당장 아찰이 될 수도 있었다. 물론 종양은 하나도 없지만. 그러니까 써 둘 수 있을 때 써야 했다. 게다가 완성한 뒤에 처음부터 다시 읽어 보고 수정하는 시간까지 생각하면 빠듯할 수도 있었다.

　전에도 몇 번인가 짧은 이야기를 써 본 적이 있었다. 2000단어에서 3000단어 정도의. 하지만 이번에는 그 열 배는 되는 긴 이야기였고 이렇게 길고 복잡한 이야기를 써 보는 건 처음이었다. 처음에 줄거리를 잘 생각해 두고 시작했는데도 자꾸만 길을 잃었다. 주인공이 엉뚱한 행동을 하거나 갑자기 이상한 생물이 튀어나오기도 했고 쓸 때는 명장면이라고 생각했던 것이 다음 날 읽어 보니 어처구니없을 정도로 시시하기도 했다. 소설의 마지막 장면을 향해 가고 있는 지금도 요제는 자신이 이 이야기를 끝까지 써 내려갈 수 있을지 자신할 수 없었다. 그렇다고 누구에게 물어보거나 도움을 요청할 수도 없었다. 확인할 수 있는 방법은 한 가지뿐이었다. 혼자 힘으로 거기까지 가 보는 것. 소설의 마지막까지.

요제는 학교에서 돌아오자마자 곧바로 자기 방에 들어갔다. 마음 같아서는 당장 소설을 쓰고 싶었지만 언제 외삼촌이나 이모가 불쑥 방에 들어올지 몰랐다. 소설을 쓴다는 걸 두 사람에게 들키고 싶지 않았다. 부끄럽기도 했지만 만약 이 사실이 외할머니 귀에까지 들어갔다가는 무슨 소동이 벌어질지 몰랐다.

그때 문이 벌컥 열렸다.

"야. 왔으면 이모한테 달려와서 인사를 해야지."

역시 기대를 저버리지 않는 이모였다.

"응. 이모. 나 왔어. 이러면 됐지?"

"인사 한번 예쁘게 하네. 너 요즘 무슨 일 있니?"

"아니. 왜?"

"의젓해진 거 같아서. 아니다. 그보다 까부는 기운이 좀 사라졌달까."

"9학년 되니까 공부하느라 힘들어서 그래."

"너도 이제 공부라는 걸 하는구나. 뭐 이모도 그때가 제일 힘들었지. 근데 아무리 젊음이 좋아도 그때로는 다시 돌아가기 싫다."

"이상한데. 이모 그때 매일 놀러 다녀서 외할머니한테 야단맞지 않았어?"

"어머. 너 그게 무슨 말이니? 누가 들으면 오해하겠다."

"아닌데. 그래서 외삼촌이 이모 찾으러 다니고 그랬잖아."

"어휴. 쓸데없는 것만 기억하고 있어. 그럼 나도 너 자다가 오줌 싼 거 이야기한다?"

"이모. 어른이 그러면 안 되지. 자기보다 어린 사람의 약점을 공격하는 건 너무 비겁하지 않아?"

"네가 나보다 말을 더 잘하잖아. 어쨌든 좀 쉬다가 씻고 내려와. 밥 먹게."

침대에 누워 쉬면서 소설 생각을 해 볼까 했는데 이번에는 노크 소리가 들렸다.

"들어가도 되니?"

외삼촌이었다.

"응."

문을 연 채 고개만 안으로 들여놓았던 이모와는 달리 외삼촌은 방에 들어와 의자에 앉았다. 요제도 침대에서 일어나 앉았다.

"요즘 공부하느라 힘들지?"

"다른 애들도 다 하는 건데 뭐."

"뭐든 힘든 일이나 필요한 거 있으면 말해라. 공부에 필요한 거라면 뭐든지 외삼촌이 준비해 줄게."

"응. 지금은 특별히 없지만 생각나는 게 있으면 말할게."

"책도 좀 읽고 그러니? 공부도 좋지만 그래도 가끔 머리를 식힐 필요도 있어. 물론 지금이 인생에서 공부가 제일 중요한 시기이기는 하지만 그렇다고 공부만 하는 건 사람으로서 자연스러운 일이 아니다. 우리는 사람의 길을 벗어나면 안 돼. 혹시 읽고 싶은 책이 생기면 말하렴. 외할머니에게는 비밀로 하고 사 줄게."

"응. 그럴게."

"용돈 필요하지?"

"아냐. 저번에 준 것도 아직 남았어."

그래도 외삼촌은 단말기를 꺼내 요제에게 용돈을 입금했다.

"친구와 맛있는 것도 사 먹고 그래."

외삼촌이 나간 뒤 요제는 이번에야말로 침대에 벌러덩 누워 버렸다.

외삼촌과 이모는 요제를 조카가 아니라 나이 차이가 많이 나는 동생처럼 대했다. 요제도 두 사람이 마치 형제 같았다. 요즘 들어 외삼촌이 가장 노릇을 하려 들면서 조금 거리가 생기기는 했지만.

이모와 외삼촌은 엄마의 형제인데도 요제는 두 사람에게서 엄마의 모습을 떠올릴 수 없었다. 사진을 통해 얼굴은 알고 있지만 목소리가 어땠는지, 엄마 냄새가 어땠는지도 모두 잊어버렸다. 어렸을 때는 한번씩 메일을 보내오기도 했지만 그때도 어디에 사는지는 알지 못했다. 아찰라에 사는지, 헤임에 사는지, 아니면 장벽 너머의 어딘가에 사는지. 그나마 마지막 메일도 몇 년 전에 끊겨 버렸다. 엄마가 어디에 있는지 외할머니는 알고 있을까.

아빠에 대해서는 처음부터 아무것도 몰랐다. 외삼촌도 이모도 가끔 엄마 이야기는 했지만 아빠에 대해서는 아무 말도 하지 않았다. 어쩌다 대화에 그 비슷한 이야기라도 나오면 모두 입을 다물었다. 아무도 그 이야기를 하고 싶어 하지 않는 것 같아서 요제도 묻지 않았다.

하긴 엄마와 아빠가 꼭 있어야 하는 건 아니었다. 외삼촌과 이모가 있으니까. 두 사람은 요제에게 오빠와 언니였고 또 아빠와 엄마였다. 둘은 요제에게 이야기를 들려주고 책을 읽어 주고 새로운 것을 가르쳐 줬다. 글자를 가르쳐 준 사람은 외삼촌이었고 찰흙 놀이를 가르쳐 준 사람은 이모였다. 두 사람이 하는 말이 이해되지 않을 때도 요제는 곁에 붙어 있는 게 좋았다. 요제는 어서 빨리 커서 외삼촌과 이모와 같은 사람, 그들과 어울리는 사람이 되고 싶었다. 이모나 외삼촌의 책꽂이에 꽂혀 있던 종이책들에 일찍부터 관심을 가진 것도 아마 그 때문이었을 것이다. 요제가 그 나이에는 이해하지도 못할 책들을 더듬더듬 읽는 걸 보며 둘은 요제를 대견하고 기특하게 여겼다.

'그래서 내가 글을 쓰기 시작한 걸까? 이모나 외삼촌 같은 사람이 되려고? 두 사람에게 칭찬을 듣고 싶어서? 하지만 그게 아니어도 칭찬은 많이 들었는걸. 할머니에게는 늘 야단을 맞았지만. 그보다는 어려서부터 혼자 보내는 시간이 많았기 때문이겠지. 외삼촌과 이모는 학교나 직장에 가야 했고 외할머니와는 같이 놀 수 없었으니까. 그럴 때 혼자 그림을 그리거나 찰흙으로 뭔가 만들거나 거울을 보고 공상을 하며 놀았지. 가끔 너무나 심심하고 쓸쓸하면 골목 끝에 나가 외삼촌과 이모를 기다리기도 했지만. 나는 그런 아이였던 거야. 혼자서 뭔가를 만들며 공상에 빠지다 그게 버릇이 된 거지. 지금 쓰고 있는 소설의 줄거리도 얼마 전 찰흙으로 인형을 만들다가 문득 생각난 거잖아.'

소설의 주인공은 괴물이었다. 괴물은 말할 줄 알고 생각도 할 줄 알고 힘도 아주 셌다. 하지만 모습이 흉측하고 성질이 사나워서 마을 사람들은 괴물을 겁냈다. 어느 날 사람들은 힘을 모아 괴물을 마을에서 쫓아냈다. 상처 입은 괴물은 숲을 헤매다 외딴 오두막에 사는 소녀와 할머니를 만났다. 할머니는 앞이 제대로 보이지 않았고 소녀는 할머니 말고 다른 사람을 한 번도 본 적이 없었기 때문에 둘은 그가 괴물이라는 걸 알아보지 못했다. 두 사람은 괴물의 상처를 치료해 줬다. 상처가 나은 괴물은 그 보답으로 두 사람을 위해 땔감을 해오고 지붕을 고치고 밭을 일구고 물고기를 잡았다. 그러는 동안 괴물의 마음은 점차 부드러워졌고 셋은 점차 서로를 가족으로 여기게 됐다. 그러던 어느 날 마을 사람들이 숲에 들어와 나무를 자르다가 괴물과 오두막을 발견했다. 그들은 괴물을 쫓아내고 소녀와 할머니를 마을로 데려갔다. 혼자 숲을 헤매던 괴물은 나무가 사라져 헐벗은 산이 무너지려는 걸 발견하고 소녀와 할머니를 구하러 마을로 내려갔다. 그리고 마침내 소녀와 할머니를 구해서……

그다음에는 어떻게 해야 되지? 요제는 어느 틈에 책꽂이에 올려 뒀던 괴물, 소녀, 할머니의 찰흙 인형을 꺼내 책상 위에 늘어놓고는 그들에게 말을 시키고 있었다.

"빨리 도망가야 돼. 언제 산사태가 덮쳐 올지 몰라. 그리고 여기 계속 있다가는 사람들이 쫓아올 거야."

요제는 괴물의 목소리를 흉내 내서 말했다.

"하지만 산사태가 일어난다는 걸 알면서 우리만 갈 수는 없어. 우리는 사람들을 구해야 돼."

이번에는 소녀의 목소리였다.

"너는 왜 그들을 구하려 하지? 그들은 나를 마을에서 쫓아냈고 우리를 갈라놓았어. 그들은 우리가 함께 있는 걸 용납하려 하지 않았어. 나는 그들을 용서할 수 없어."

괴물이 말했다.

"그건 중요하지 않아. 우리는 우리가 할 수 있는 일을 해야 해. 그게 인간으로서 우리의 사명이며 도리야. 만약 여기서 그냥 가 버린다면 너는 그냥 괴물일 뿐이야."

소녀가 말했다.

"나는 너와 할머니를 구하려고 여기에 온 거지 그들을 구하려고 온 게 아냐."

괴물이 말했다.

"그래. 너는 나를 구했어. 그럼 그걸로 된 거야. 너는 네 일을 했으니까 이제 나는 내 일을 하겠어. 할머니를 모시고 가. 이제 우리는 여기서 헤어지는 거야."

소녀가 말했다.

"나도 여기에 남겠다."

할머니가 말했다.

"아니지. 나는 여기에 남겠다. 애야. 너도 괴물을 따라 가라. 누군가 해야 한다면 내가 해야지. 나는 이제 얼마 살지도 못할 테니까."

갑자기 할머니가 끼어들었다. 여기서는 할머니가 나서면 안 되는데? 그러나 할머니는 자기 주장을 굽히려 하지 않았고 그건 소녀도 괴물도 마찬가지였다. 산사태가 다가오는 것은 안중에도 없다는 듯이 말다툼은 이어졌다. 그들은 점차 서로의 말꼬투리를 잡더니 나중에는 거의 싸우기 직전까지 갔다. 할머니는 늘 그런 식이죠, 너는 왜 말을 그렇게 하니, 이런 멍청한 인간들을 보겠나. 어쩌고 저쩌고.

요제는 도통 말을 들어 먹으려 하지 않는 인형들을 다시 제자리에 올려놓았다. 하지만 인형들의 대화는 저녁 내내 머릿속을 맴돌았다.

"할머니라는 건 정말 끔찍한 존재군."

"내가 없으면 너희는 아무것도 할 수 없잖니."

"그 지긋지긋한 소리는 제발 그만 좀 하세요."

대화에 정신이 팔려 있던 요제는 식탁에 물컵을 엎지르고 말았다. 밥 먹을 때 딴생각 좀 하지 말라고 몇 번이나 말했냐, 얼마나 멍청하면 똑같은 소리를 몇 번을 해도 못 고치는 거냐고 외할머니가 꾸중을 할 때도 요제의 머릿속에서는 인형들의 대화가 끊이지 않았다.

"······특이점 대전이 생물학과 의학은 물론 일상생활 영역에서도 중요한 의미를 갖는 건 감염성 입자인 비리미온의 발견 때문이다. 비리미온은 유전 정보를 포함한 채 세포 밖에서 파괴되지 않고 존재한다는 점에서는 바이러스와 유사하지만 바이러스와는 달리 완전한 형태가 아닌 파편화된 형태로 존재하다 체내에서 효소와 만나······."

요제는 교재 화면에 그림을 그렸다 지웠다 했다. 괴물의 모습을 그리기도 하고 셋이 함께 사는 집을 그리기도 하고 산사태가 나서 모든 걸 덮어 버리는 걸 그리기도 하고……

"YHEJ가 누구지?"

생각에 빠져 있느라 선생님의 말을 못 들은 요제는 옆자리에 앉은 애가 팔을 건드려서야 그걸 깨달았다.

"네. 접니다."

"이름을 뭐라고 읽지? 이이즈? 이제?"

"요제요."

"수업 시간에는 수업에 집중해. 화면에 의미 없는 필기 같은 거 하지 말고. 앞에서 모니터링 되는 거 알잖아. 혹시 내 수업에 불만이 있어서 반항하는 거니?"

"아뇨. 죄송합니다."

수업 시간에 주의까지 듣다니. 그러고 보니 요 며칠 모든 게 엉망진창이었다. 과제와 준비물을 잊는 건 물론이고 체육복을 안 가져와서 교실에 남아 있기도 했다. 합동 음악 시간에 어떤 남자애가 노래를 했는데 엉뚱한 부분에서 박수를 치는 바람에 주위의 눈총을 받기도 했다. 최악은 남자 화장실에 들어가려다 어떤 애와 부딪혀서 욕을 먹은 것이었다.

하지만 그런 건 아무래도 좋았다. 머릿속에서는 계속 소설 생각뿐이었다. 괴물은 왜 괴물이 됐을까. 소녀의 엄마, 아빠는 어디로 갔을까. 소녀와 할머니는 어떤 사이일까. 서로 사랑할까 아니면 미워할까. 이들은 앞으로 행복해질까, 불행해질까.

난 이들이 어떻게 되기를 바라는 걸까. 왜 나는 이 이야기를 쓰려는 걸까. 내가 여기서 그만두면 이들은 사라져 버리는 걸까. 그렇다면 내가 이들을 책임져야 하는 건가. 내가 이들의 부모라도 된단 말인가. 그러면 왜 내 부모는 날 책임지지 않았지. 왜 내가 주인공들에 대해 책임을 지는 것만큼 나에 대해 책임지려 하지 않았던 거지. 내가 골목 끝에서 기다리고 있던 건 이모와 외삼촌이 아니라 사실은 엄마와 아빠가 아니었을까.

"그렇게 먹으면 맛있어?"

아란이 물었다. 요제가 고개를 들어 보니 아란이 뭔가 재미있다는 듯, 혹은 걱정스럽다는 듯 쳐다보고 있었다.

"뭐가?"

"아까부터 튀김을 소스에 안 찍고 스프에 찍어 먹고 있으니까 그러지."

"내가?"

"어휴. 너 또 딴 세상 가 있었지?"

요제는 대답하지 않았다. 뭐라고 말해야 할지도 몰랐고 대답하기도 귀찮았다. 어쩐지 아란이 자신을 약올리는 것 같다는 생각도 들었다.

"소설 때문에 그래? 뭐가 잘 안 돼?"

"그냥 좀."

"이제 다 끝났어야 되는 거 아냐? 얼마 안 남은 것 같은데."

"그게 무슨 말이야?"

"마감 말이야. 저번에 말하고 열흘쯤 지났으니까 이제 일주일 정도 남은 거 아냐? 맞지?"

"오늘 며칠인데?"

요제는 단말기를 꺼내 확인해 봤다. 이럴 수가. 아라의 말이 사실이었다. 마감까지 일주일밖에 남지 않았다니. 언제 이렇게 시간이 지나 버린 걸까.

더 이상 미룰 수 없었다.

요제는 주인공들과 이야기를 나눴다. 그들을 설득하고, 설득할 수 없으면 설득당했다. 그들과 싸우며 화내고 다시는 안 보겠다며 헤어졌다가 다시 돌아왔다. 그들과 함께 춤추고 노래하고 울고 웃었다. 그들에 대해 많은 것을 알게 됐고 또 많은 것을 배웠다. 그럼에도 불구하고 어떤 것들은 끝내 모르는 채로 남겨 둬야 한다는 것도 알게 됐다. 그리고 마침내 이야기의 결말에 이르렀다.

마지막 문장을 쓰고 마침표를 찍은 건 마감 날 새벽이었다.

소설 원고와 함께 보낼 줄거리와 신청서까지 쓰고 나니 원고를 점검하기는커녕 틀린 글자를 고칠 시간도 없었다. 제목은 '숲속 오두막으로'라고 지었다. 셋이 마지막에 돌아가는 곳이 그곳이기 때문이었다. 메일을 보내면서 요제는 그래도 정해진 시간 안에 소설을 완성해서 다행이라고 생각했다.

그날 하루는 어쩐지 꿈속에 있는 듯한 기분이었다. 갑자기 소리가 사라졌다가 한참 뒤에 돌아오기도 했고 눈이 흐려져서 사물이 제대로 안 보이다가 잠시 뒤에 괜찮아지기도 했다. 잠을 한숨도 못 잔 탓일까. 어쩌면 소설을 완성한 뒤의 피로와 허탈감이 한꺼번에 몰려온 때문인지도 모르지. 점심시간에 아란을 만나 소설을 완성했다고 말한 건 기억나지만 그 밖의 일은 하나도 생각나지 않았다. 오후의 가사 실습은 뜨개질이었는데 도저히 눈을 뜨고 있을 수 없어 뜨개질감을 든 채 그대로 잠이 들어 버렸다.

집에 돌아와 책장 위에 놓인 찰흙 인형들을 보자 그제야 소설을 완성했다는 게 실감이 났다. 요제는 가방을 바닥에 내려놓고 침대에 누웠다.

내가 그걸 해냈구나.

그런데 이상했다. 소설을 완성하고 나면 기쁘고 벅찰 줄 알았는데 오히려 마음 한가운데가 뻥 뚫린 기분이었다. 그 느낌은 기쁨보다는 슬픔에, 뿌듯함보다는 허탈함에 가까웠다. 잠시 그러고 있자 눈물이 조금 흘렀다. 왜일까. 요제는 눈물이 흐르는 대로 내버려 뒀다. 잠시 그대로 있자 문득 깨달음이 찾아왔다. 소설을 완성하기 위해 나는 내가 가진 모든 걸 쏟아부었구나. 요제는 그렇게 한 자신이 대견하고 불쌍했다. 그래서 조금 울었다. 자기 자신을 위해서.

발표를 기다리는 매일이 설레고 불안했다. 당선되면 어떻게 하지? 그럴 리 없지. 내게 그렇게 좋은 일이 있었던 일이 한 번이라도 있었어? 그건 내게는 어울리지 않는 일 같아. 그저 내가 그걸 썼다는 것, 그걸 해냈다는 것, 그것만이 중요해. 그게 정말 의미 있는 일이야. 그런데 그게 뭘 의미하는 걸까. 아마 나는 나 자신을 더 믿을 수 있게 된 것 같아. 나는 세상일에 서툴러서 뭔가를 자꾸 빼먹거나 흘리거나 실수하지. 그런 내게도 할 수 있는 일이 있다는 것을 알게 됐어. 그걸 알기 위해 나는 노력해야 했고 마침내 해냈어. 하지만 노력에 보상이 주어진다면 그거야말로 정말 멋진 일이 아닐까. 그런 일이 내게도 한 번쯤 일어나도 좋지 않을까.

상을 받는다면 기분이 어떨까. 아마 처음에는 얼떨떨할 거야. 주위에서 다들 기뻐해 주고 아란과 이모와 외삼촌이 축하해 주겠지. 종평에도 반영될 테니까 대학을 선택할 때 유리해질 거고 상금도 들어오겠지. 아마 상금은 외삼촌이 관리한다고 할 것 같아. 외삼촌 말을 들어야지. 하지만 가족들과 아란에게는 뭔가 선물을 하고 싶어. 그 정도는 하게 해 주겠지. 그리고 내 소식이 뉴스에도 실린다면, 그 소식은 멀리까지 갈 수 있을지도 몰라. 그러니까 엄마와 아빠가 있는 데까지. 그게 어디든.

발표는 4월 말이라고 했지만 당선자에게는 그 전에 연락이 온다는 걸 요제는 알고 있었다. 그런데 얼마나 전에 연락이 오는지, 1주 전인지 2주 전인지는 알지 못했다. 그건 오늘일 수도 아니면 내일일 수도 있었다. 내일이 아니라면 또 그다음 날이거나. 시간이 가면서 요제는 점점 초조해졌다. 어느 날은 연락이 오지 않는 게 당연하게 느껴졌고, 아마 연락은 평생 기다려도 오지 않을 것만 같았고, 다음 날에는 연락이 오는 그날이 바로 오늘일 것 같았다. 어느 날은 기다림의 가장 좋은 방법은 기다리지 않는 것이었다가 또 어느 날은 온 마음으로 기다리는 것이었다. 요제는 결국 자신이 기다리는 것 말고는 아무것도 할 수 없음을 깨달았다.

4월 30일에서 자정이 넘어 5월 1일이 됐을 때 요제는 마음을 접고 당선자를 알리는 페이지를 찾아봤다.

발표는 이미 며칠 전에 나 있었다. 요제의 이름은 어디에도 없었다. 허탈하고 씁쓸했다. 발표가 난 것도 모르고 마음을 끓이고 있었다니. 왜 진작 확인해 보지 않고 혼자 쓸데없이, 바보처럼, 마음을 끓이고 있었던 걸까.

요제는 무거운 마음으로 기사를 읽어 내려갔다. 수상작은 '몬스터 타운'이라는 제목이었다. 그 밑에는 본심에 올라온 작품들의 이름이 보였는데 요제의 작품은 그중에도 없었다. 아. 이 중에라도 있었더라면. 하긴. 당연하지. 나는 이제 처음 써 본 것뿐인걸. 그동안 그걸 잊고 있었다니 한심하다. 나는 완전 히 초심자니까. 게다가 아직 학생이잖아. 소설 쓰기를 어디서 배워 본 적도 없어. 그러니 잘 쓰지 못하는 게 당연하지. 본심 에도 못 올라살 징도였던 기야. 괜찮이. 다음에 더 잘 하면 돼

그러나 기사를 계속 읽어 내려가면서 수상자가 헤임에 사 는 학생이고 나이도 자신과 같다는 걸 알게 되자 다시 마음 이 오그라들었다. 더 이상 읽고 싶지 않았지만 눈은 자꾸 아 래로 향했다. 인터뷰 속의 그 아이는 어려서부터 글쓰기를 좋 아했고 이번 공모를 노리고 꾸준히 습작을 해 왔고 앞으로 관련 학과에 진학해 꾸준히 작품을 발표하고 싶다고 했다. 그 아래로는 심사평이 이어져 있었다. 신인다운 참신한 상상력 과 신인답지 않은 노련한 문장과 구성이 돋보였다. 괴물과 인 간의 경계를 허무는 따뜻한 인본주의는 아찰라의 현실에 대 한 알레고리이기도 하면서 독창적인 판타지로 읽히기에 충분 하다는 내용이었다.

그날 밤 요제는 오랫동안 잠들지 못하고 몸을 뒤척여야 했다.

"자, 친구야. 한잔해. 이 언니가 사는 거야."

아란이 주스 캔을 내밀었다. 유기농 과일이 주재료인, 매점에서 파는 가장 비싼 음료수였다. 아란은 자기 몫으로는 값싼 에너지 드링크를 골랐다. 둘은 좁은 운동장 한쪽에 자리를 잡고 앉았다. 먼지가 유난히 심한 날이라 둘 다 마스크를 쓰고 있었다. 피라미드는 먼지에 가려 보이지 않았다.

"뭘 그렇게 풀 죽어 있어. 좋은 경험 했다 치고 이거 먹고 또 쓰면 되지. 인생 많이 남았다."

"위로주냐. 성의를 봐서 마셔 준다."

요제는 마스크를 살짝 내리고 주스를 마셨다. 달고 신 맛이 났다. 요제는 주스를 마시면서 새벽에 본 기사의 내용을 아란에게 이야기해 줬다.

"우연이지. 나와 같은 나이의 아이가 나와 비슷한 이야기를 썼다니. 우리의 차이가 뭔지 생각해 봤어. 한 명은 혜임에, 다른 한 명은 아찰라에 태어났다는 거 말고는 없는 것 같아. 그래서 걔는 뭔가 체계적으로 공부도 하고 도움도 많이 받았겠지."

"그 차이가 크기는 하지. 그래도 뭔가 이상하지 않아? 너무 우연인데?"

"나이가 같은 게?"

"아니. 심사평이 꼭 네 작품에 대해 말하는 것 같았다면서. 그러면 내용도 되게 비슷한 거 아냐? 똑같이 괴물 이야기라며."

"몰라. 그냥 내 생각이겠지."

"당선작은 내용이 정확히 뭐야?"

"글쎄. 그건 나중에 책을 보면 알겠지."

책이 나온 건 3주쯤 뒤였다. 요제는 책이 나오자마자 바로 구해서 읽었다.

믿을 수 없었다.

그건 요제 자신이 쓴 이야기와 너무나 흡사했다. 괴물을 몬스터라 부르고 소녀와 할머니가 소년과 할아버지로 바뀌었을 뿐, 그리고 결말 부분이 조금 다를 뿐 나머지 내용은 거의 같았다. 심지어는 소년이 음식을 먹다 웃는 바람에 콧물을 뿜는 장면까지 있었다. 그건 아란에게 약속해서 넣은 부분인데.

이 일을 어떻게 받아들여야 할지 요제는 알 수 없었다.

이게 정말 우연일까. 이런 우연이 어디 있단 말인가. 혹시 착오가 있었던 건 아닐까. 뽑힌 건 내 작품인데 이름이 잘못 기재된 게 아닐까. 아니, 그럴 리 없다. 수상자는 인터뷰까지 하지 않았는가. 설마 누군가 내 작품을 가로챈 걸까. 그렇게 생각하고 싶지는 않았다. 그렇다면 어떻게 된 일일까. 어떻게 이 정도로 비슷한 두 작품이 있을 수 있을까. 내가 착각하는 걸까. 내가 멍청해서 그렇게 생각하는 걸까. 요제는 누군가에게 이걸 묻고 싶었다. 하지만 어디에 말하면 좋을까.

밤이었지만 아란에게 전화를 걸었다.

"아무래도 나 도둑맞은 것 같아."

"정말? 확실해? 혹시 어디 흘린 거 아니고? 잘 찾아 봤어?"

요제는 말문이 막혔다.

"이번에는 뭐가 없어졌는데? 또 지갑이야?"

"아니……."

요제는 아란에게 이걸 어디서부터 설명하면 좋을지 몰랐다.

"일단 주머니부터 봐. 지난번에 지갑 없어졌다고 난리 쳤을 때도 나중에 주머니에서 나왔잖아. 지금 강의 듣는 중이니까 이따가 전화할게."

전화를 끊은 뒤 요제는 멍하니 앉아 있었다. '난리'라는 말이 귓가에 맴돌았다. 내가 뭔가 잃어서 당황하고 애태운 일을 애는 그렇게 말하는구나. 난리. 공연한 난리. 멍청해서 실수를 저지르고 주위 사람에게 폐를 끼치는 일.

아란은 전화를 걸어오지 않았다. 그렇게 생각하는 거겠지, 나를. 물건이나 잃어버리고 공연히 주위 사람을 귀찮게 구는 애로. 내 얘기는 궁금하지도 않고 들을 가치도 없다는 거지. 어제까지만 해도 세상에서 가장 친한 친구라 생각했는데. 내가 왜 걔한테 이런 취급을 당해야 하는 거지.

요제는 그때까지 만지작거리고 있던 괴물 인형을 자기도 모르게 꽉 쥐었다가 손 안의 인형이 일그러지는 것을 깨닫고 얼른 놓았다.

"외삼촌. 할 말이 있어."

이런 걸 털어놓고 물을 사람은 역시 외삼촌밖에 없었다.

외삼촌은 요제의 말을 중간에 한 번도 끊지 않고 끝까지 참을성 있게 들은 나음 입을 열었다.

"우선 수고 많았다. 혼자서 쓰느라 힘들었지? 외삼촌도 예전에 소설을 쓰려고 해 본 적이 있었어. 조금 써 보다가 포기했지만. 그런데 그걸 해냈다니, 외삼촌은 우리 요제가 정말로 자랑스럽다. 그 조그만 애기가 이렇게 컸구나 싶어서 놀랍기도 하고."

요제는 조금 울컥했다. 외삼촌은 잠시 말을 멈췄다.

"그런데 그런 일이 있다니……. 외삼촌은 요제의 말을 전부 믿는다. 사실이라면 이건 간단한 문제가 아냐. 생각보다 큰일이 될 수도 있어. 그러니 신중하게 접근할 필요가 있다. 앞으로 어떻게 될지 모르겠지만 우선 외삼촌이 네가 쓴 소설과 그 친구가 썼다는 소설을 둘 다 읽고 비교해 봐야 될 것 같다. 이 문제는 그다음에 이야기하는 게 좋겠다. 어때?"

"응."

"그럼 우선 외삼촌에게 네가 쓴 소설을 메일로 보내 주겠니?"

"알겠어."

외삼촌은 토요일 저녁에 다시 요제의 방에 왔다.

"이거 정말 네가 쓴 거니?"

"응."

"그래. 네 말버릇이 들어 있어서 그렇다고는 생각했지만, 정말 놀랐어. 참 잘 썼더구나. 소설을 썼다고 했을 때는 그냥 대단하다고만 생각했는데 그냥 쓰기만 한 게 아니라 잘 쓰기까지 했어. 외삼촌은 우리 요제가 이렇게 글을 재미있게 잘 쓰는 줄은 정말로 몰랐어. 외삼촌이 이 분야의 전문가는 아니지만, 이 정도면 당선돼도 될 수준이라고 본다."

"⋯⋯고마워."

"그리고 그 문제 말인데, 외삼촌이 보기에 요제의 생각에 일리가 있더라. 두 작품이 많은 점에서 비슷해."

"외삼촌이 보기에도 그래?"

요제의 목소리가 높아졌다.

"응. 소재와 전개가 아주 닮았어. 문장이 비슷한 곳도 곳곳에 있었고. 이건 충분히 항의해 볼 만하다고 생각해. 그러려면 네 메일 기록이 필요해. 우선 네 단말기 화면을 저장해야겠다. 그리고 파일 정보도 저장해 두고. 이런 일에는 증거가 꼭 필요한 법이니까. 그리고 두 소설이 닮은 점을 몇 가지로 정리해야겠다. 외삼촌 생각에는 인물, 사건 전개, 배경, 문

장의 유사성을 적으면 될 것 같아. 그걸 정리해서 외삼촌에게
주면 다음 주에 외삼촌이 시간 내서 알아볼게. 이 문제는 외
삼촌에게 맡겨 둬."

요제는 외삼촌이 시킨 대로 두 소설의 닮은 점을 정리해서
외삼촌에게 줬다. 그날 밤은 설레고 두렵고 불안해서, 또 외롭
고 밉고 화가 나서 한숨도 잘 수 없었다.

"그런데 지갑은 찾았어?"

수요일 점심시간에 아란이 물었다.

"지갑?"

"저번에 지갑 도둑맞았다고 했잖아."

"응…… 찾았어. 주머니에 있었어."

"어쩐지 그럴 거 같더라."

요제는 음식을 입에 넣는 아란을 물끄러미 쳐다봤다. 갑자
기 아란과 밥을 먹는 일이 불편하게 느껴졌다.

"주말에 너희 집에 가도 돼?"

아란이 물었다.

"왜?"

"공부하러. 우리 동네 그날 정전이래."

"어. 그날 안 돼. 정전이야. 우리 집도."

요제의 입에서 자기도 모르게 거짓말이 튀어나왔다.

"그래? 그날은 우리 동네만 공사한다 그랬는데. 그럼 어디 가서 공부를 하나. 주말인데 또 학교에 와야 되나."

요제는 거짓말한 것이 마음에 걸렸지만 아란을 안 본다고 생각하니 이상하게 마음이 편했디. 그리고 보니 내일 점심에 만나는 것도 불편했다. 그런데 주말에까지 볼 수는 없었다. 게다가 하루 종일 같은 공간에, 그것도 가장 사적인 공간에 함께 머물러야 한다니 생각만 해도 괴로웠다. 왜 이렇게 된 걸까. 뭐가 잘못된 걸까. 나는 아무것도 잘못하지 않았다. 잘못이라면 아란에게 있었다. 나를 바보 취급한 아란에게. 그리고 이번에는 아란이 내게 속아 넘어갔다.

너는 내가 글을 쓰며 어떤 생각을 했는지 결코 알 수 없겠지. 그 일이 어떤 일인지, 그 일을 해냈다는 게 어떤 의미인지 알 수 없을 거야. 거기다 내게 닥친 일에 대해 말하려 할 때 너는 내 말을 들으려고조차 하지 않았어. 만약 내가 말을 꺼냈다면 너는 어떻게 받아들였을까. 내 말을 믿었을까. 멍청한 소리, 혹은 정신 나간 소리로 생각하지 않았을까.

밤에 외삼촌이 요제의 방에 찾아왔다. 이번에는 이모도 함께였다. 아마 외삼촌이 이모에게 이 일에 대해 이야기한 모양이었다.

"앉아 봐라."

외삼촌의 목소리가 어쩐지 좀 메마른 것 같았다.

"오늘 그 출판사에 다녀왔다."

외삼촌은 잠시 말을 쉬었다.

"메일은 미리 보내 뒀다. 그쪽도 내용을 검토할 시간이 있어야 하니까. 그쪽에서 오늘 오라고 하길래 회사에 반차를 내고 다녀왔다. 출판사가 하이나운에 있더구나. 어쨌든 담당자를 만나 자초지종을 다시 한번 설명했다."

외삼촌은 이번에는 좀 더 오래 말을 멈췄다.

"그쪽 말은, 그런 일은 있을 수 없다더구나. 그러면서 증거라고 담당자의 메일함을 열어서 보여 줬어. 분명히 제목이 '몬스터 타운'인 원고가 들어와 있었다. 그리고 그 원고를 바로 다운받아서 여는 것도 보여 줬지. 내가 읽은 그 소설이었다. 그래서 물어봤지. 그러면 이렇게 두 소설이 비슷한 건 어떻게 설명할 거냐고. 그랬더니 이야기 구조가 단순하면 충분히 그럴 수 있다고 말하더구나. 얼마든지 비슷한 작품이 만들어질 수 있다고. 그러면서 동화 이야기를 하던데…… 그 사람 말로는 누군가가 아찰라에서 괴물이 나오는 동화를 쓰려고 한다면 거의 이런 이야기가 되지 않겠느냐고 하더구나. 그래서 내가 이건 동화가 아니지 않느냐고 하니까 동화적인 이야기인 건 맞지 않느냐고 하더라. 누구나 생각해 낼 수 있는 인물들이고."

"하지만 똑같은 장면들도 있다고 외삼촌도 그랬잖아. 그 콧물 장면 말야."

"나도 그 이야기를 했다. 그것도 마찬가지로 이야기하더라. 분하지만 그 사람 말에도 어느 정도 일리가 있었어. 그리고 끝으로 그 사람이 메일함을 다시 한번 열어서 네가 응모하면서 보낸 메일을 보여 줬다. 그런데 그 메일에는 첨부 파일이 두 개밖에 보이지 않았어. 신청서와 줄거리는 있는데 본편은 빠져 있더라."

"그게 무슨 말이야?"

"담당자 말로는 뭔가 착오가 있었던 거 아닐까 하더라. 그러니까 본편을 깜박하고 안 보낸 거지. 아니면 시스템의 에러나 통신 장애 때문일 수도 있고."

"아냐. 그럴 리 없어……."

요제의 목소리가 떨렸다.

"그 사람 말로는 가끔 그런 경우가 있대. 시스템 에러나 통신 장애는 흔하지 않지만, 너무 긴장해서 실수로 파일을 빠뜨리는 사람은 종종 있다더구나."

"괜찮아. 사람이 그럴 수도 있지. 그냥 아깝다 생각하자. 다음에는 더 잘하면 되는 거야. 이번에도 잘했지만. 이모가 우리 요제 맛있는 거 사 줄게. 뭐 먹고 싶니?"

이모의 말이 귀에 들어오지 않았다.

요제는 그날 밤의 일을 떠올렸다. 새벽까지 한달음에 소설을 완성했지. 졸음 때문에 머리가 어지러웠고…… 다 끝났다고 생각했는데 줄거리와 신청서를 써야 한다는 걸 알게 돼 충격을 받았고…… 그래도 몸과 마음과 정신의 힘을 모두 쥐어짜내 파일을 정리해서 메일에 첨부 파일 세 개를 집어넣었다. 그 장면이 똑똑히 머리에 떠올랐다. 나는 그걸 분명히 기억하고 있어.

"분명 보냈어."

"그래. 그랬을 거야. 괜찮아."

"아냐. 분명히 보냈다고!"

"그런 일은 얼마든지 있을 수 있다."

"잘못 기억하는 게 아냐! 보냈어! 지금 내 말 안 믿는 거지? 난 멍청하지 않다고! 난 미친 것도 아니고 바보도 아냐! 난 분명히……!"

"그만해!"

외삼촌이 큰 소리를 냈다.

이 집에서 이렇게 큰 소리가 난 적이 없었기 때문에 모두들 잠시 놀라서 가만히 있었다. 소리를 지른 외삼촌을 포함해서.

어색한 침묵이 지난 뒤 먼저 입을 연 것도 외삼촌이었다.

"진정하고 내 말을 들어. 어쨌든 나쁜 이야기만 듣고 온 건 아니었다. 좋은 일도 있어. 네가 어떻게 생각할지는 모르겠다만. 그쪽에서 네 원고가 마음에 들었던 모양이야. 그래서 너와 계약을 하고 싶다고 하더라. 수상작과 비슷해서 그런 거냐고 물었더니 그건 아니라고 해. 아직 첫 작품을 발표도 하지 않은, 그것도 성인도 되지 않은 학생과 출간 계약을 하는 건 외삼촌이 아는 한에서는 생각도 할 수 없는 일이다. 그쪽도 이게 굉장히 파격적인 제안이라고 하더구나. 네 글솜씨를 아주 좋게 본 모양이야. 만약 올해 안에 계약을 하면 종평에도 가산점이 붙을 거라고 하더라. 네 생각은 어때?"

요제는 머리가 어지러우면서 눈앞이 흐려졌다. 외삼촌의 목소리가 멀어졌다 가까워졌다 했다. 귓가에서 심장 박동 소리가 들렸다.

"대신 두 가지 조건이 있다더라. 우선 이번에 응모한 것 말고 새로운 원고를 가져올 것. 빠르면 빠를수록 좋다더구나. 그리고 이번 수상작에 대해서는 앞으로 어떤 식으로도 문제를 제기하지 말 것. 일단은 본인 생각을 들어 보겠다고 하고 돌아왔다. 어때? 외삼촌 생각에는 정말 좋은 기회인 것 같다. 전화위복이랄까. 빠뜨린 원고를 들고 따지러 갔는데도 오히려 그걸 좋게 봐 준 그분들에게 정말 고맙기도 하고."

"어머. 그러면 우리 집에서 작가가 나오는 거야? 이 꼬맹이가? 아유, 요제야, 정말 잘됐다. 우리 이쁜 조카."

이모가 요제의 손을 잡고 볼을 부비고 하는데도 요제는

머리가 어지러워 가만히 있었다.

"어머니에게는 내가 말씀드리는 게 좋겠다. 틀림없이 기뻐하실 거야. 내색은 안 하시겠지만. 그럼 쉬었다가 이따가 밥 먹을 때 보자."

두 사람이 방에서 나간 뒤 요제는 책상 앞으로 옮겨 앉아서는 책장 위에 있던 괴물, 할머니, 소니의 인형을 꺼냈다.

동화적인 이야기. 단순한 구조. 누구나 생각해 낼 수 있는 인물.

외삼촌에게 들은 말들이 계속 떠올랐다. 그리고 다른 말들도 차례로 떠올랐다.

종평. 전화위복. 출간 계약. 문제 제기하지 않을 것…….

문득 깨달음이 찾아왔다.

그렇게 된 거구나. 외삼촌은 모르지만 나는 알아. 뻔한 일이야. 나는 내 작품을 도둑맞았고 입을 다무는 조건으로 출간이라는 대가를 얻게 된 거야. 이렇게 분명한 일을 왜 그 사람들은 속일 수 있다고 생각하는 거지? 이렇게 간단한 일을 왜 어른들은 모르지? 멍청한 건 내가 아니라 어른들이잖아. 세상이 뒤집힌 건가?

손에 힘이 들어갔다.

그건 옳은 일이 아니었다. 그리고 그런 일에 굴할 수는 없었다. 그러나 책을 낸다니. 그러면 종평 가산점을 받을 수 있겠지. 좋은 대학에 갈 수 있고. 그건 중요한 일이 아니었다. 하지만 외삼촌과 이모가 저렇게 기대하고 있는데. 그리고 책을 낸다면 엄마와 아빠도 그걸 알 텐데. 그게 옳은 일이 아니라는 데는 변함이 없지만⋯⋯.

이건 어리석은 선택인 걸까? 그래. 어리석은 선택이야. 하지만 나는 이렇게 할 수밖에 없어. 왜?

내가 멍청하니까.

요제의 손은 인형을 쥐어뜯고 있었다. 요제 자신도 그걸 알았지만 손을 멈출 수 없었다. 인형들은 모두 갈가리 찢겼다. 하지만 끝이 아니었다. 요제는 책장 위에 있던 다른 찰흙 인형들도 모두 책상 위로 가져와 잡아뜯기 시작했다.

아무 생각도 나지 않았다. 그저 귓가에 계속 어떤 소리가 웅웅거리고 눈앞이 빙글빙글 돌아갈 뿐이었다. 그 소리는 고함이었다가 웃음이었다가 했다. 그러다 점차 요제 자신의 웃음소리가 됐다.

나중에 정신을 차리고 보니 갈가리 찢겼던 찰흙 인형은 다시 커다란 하나의 덩어리가 돼 있었다. 몸통과 팔다리는 뜨개질 바늘로 관통시켰고 잘 붙지 않는 덩어리는 어느 틈엔가 풀과 접착제로 붙여 놓았다. 그건 애초의 괴물 인형보다 몸집이 몇 배는 더 큰 괴물이었다. 동화 속 괴물이 아니라 진짜 괴물. 어딘가 아찰을 닮은 괴물. 입이 있어야 할 자리가 웃는 모양으로 조금 벌어져 있기 때문일까. 요제는 그걸 물끄러미 보다가 자신도 따라서 웃어 보았다.

이모가 또 노크도 없이 방문을 열고 고개를 들이밀었다.

"밥 먹어라. 이제 곧 작가님이니까 특별히 직접 올라와서 말해 주는 거야. 그 인형은 새로 만든 거야? 알록달록해서 예쁘네. 그런데 너 얼굴이 왜 그래? 왜 그렇게 웃고 있어?"

저녁 식탁에는 오랜만에 고기가 올라와 있었다. 합성육이 아니라 진짜 고기였다. 이모와 외삼촌은 뭔가 기대에 찬 듯한 표정이었지만 외할머니의 근엄하고 딱딱한 얼굴은 평소와 조금도 다르지 않았다.

"어머니. 요제에게 뭔가 한마디라도 해 주세요."

이미 이야기가 다 전해진 모양이었다. 외할머니는 요제를 잠시 지그시 쳐다보다 입을 열었다.

"그래도 뭐 하나 재주는 있구나. 먹자."

"엄마가 이렇게 말하는 건 굉장히 큰 칭찬인 거 너도 알지? 이 고기 먹어 봐. 이모가 오늘 너 축하해 주려고 방금 나가서 사 온 거야. 얼른 먹어. 쑥스러워서 그래?"

요제는 포크를 들었던 손을 가만히 내려놓았다.

"엄마랑 아빠는 어디 있어요?"

요제의 질문에 순간 모두 입을 다물고 손을 멈췄다.

요제는 외할머니의 눈을 똑바로 쳐다봤다. 외할머니도 자

신을 똑바로 쳐다보고 있었다. 지금 요제는 외할머니가 무섭
지 않았다. 지금까지 무서워서 못 물어본 건 아니지만, 지금
이라고 외할머니가 진실을 말해 주리라고는 생각하지 않지만,
왜 하필이면 지금 자신이 그걸 물었는지 알 수 없지만, 요제
는 자신의 질문을 무를 생각이 없었다. 당황한 외삼촌과 이
모가 옆에서 어쩔 줄 몰라 하고 있을 때 외할머니가 입을 열
었다.

"나도 모른다."

오랫동안 침묵이 이어졌다. 침묵 속에서 요제는 외할머니
의 말이 사실이라는 것을 알 수 있었다. 그리고 지금까지 미
처 깨닫지 못하고 있었던 것, 어쩌면 자기만큼이나 외할머니
도 엄마의 소식을 기다리고 있었을지 모른다는 생각도 얼핏
들었다.

마침내 외할머니가 작게 한숨을 쉰 다음 다시 입을 열었다.

"밥 먹어라."

그날 밤 요제는 샤워를 하다 처음으로 배꼽 옆에 종양이
생긴 걸 발견했다. 콩알만큼 작은 종양이었지만 그래도 어쨌
든 종양은 종양이었다.

요제는 아란에게 연락해 주말에 집에 오라고 말했다.

아란은 선물이라면서 가느다란 체인을 가져왔다. 그걸로

지갑과 가방을 연결해 두면 다시는 지갑을 잃어버리지 않을 거라면서. 요제는 고맙다고 말하고 체인을 받아 뒀다. 그게 어쩐지 자신을 구속하는 것처럼 느껴졌지만 그 말을 입 밖으로는 꺼내지 않았다.

아란에게는 자세한 설명 대신 그저 어쩌면 책이 나오게 될지도 모른다고만 밀했다. 저번에 쓴 그거냐고 묻길래 아니라고 대답했다. 새로 글을 써야 하기 때문에 앞으로 혼자 있을 시간이 많이 필요할 거라고, 아마 점심도 따로 먹게 될 것 같다고 말했다. 아란은 마치 모든 걸 이해한다는 듯이 고개를 끄덕였다. 아란이 아찰 인형에 대해 물었을 때는 그저 으응, 그냥, 하고 넘어갔다.

아란이 돌아간 뒤에 요제는 새 노트를 한 권 꺼냈다. 한참을 고민하다 제목 쓰는 칸을 펜으로 검게 칠해 버린 뒤 그 밑에 작은 글씨로 썼다.

우리는 어떻게 괴물이 되는가.

펜을 내려놓은 요제는 한 손을 옷 속에 집어넣어 배꼽 옆의 종양을 가만히 만졌다.

3 네즈

네즈는 교복 셔츠를 입으면서 A 음을 내보았다.

아——

마음에 드는 소리가 아니었고 음정도 조금 낮았다. 네즈는 몇 번 헛기침을 해서 목을 가다듬은 뒤 다시 한번 소리를 냈다.

아——

이번에는 조금 나았다. 네즈는 음을 올렸다 내렸다 하면서, 또 발성을 바꾸면서 길게 소리를 냈다. 교복을 다 입은 뒤에는 노래를 흥얼거리면서 적갈색으로 염색한 머리를 젤을 발라 빗어 넘겼다. 작년까지는 눈 주위에 터치를 하고 속눈썹도 칠했지만 이제 밴드는 8학년에게 넘겼고 학기 초라 복장

단속에도 신경 써야 했다. 네즈는 눈썹만 조금 그린 다음 금속제 팔찌를 차고 선글라스를 썼다. 교사가 뭐라고 하면 시력 보호용이라고 해야지. 마지막으로 목과 손목에 향수를 살짝 바른 뒤 가방을 한쪽 어깨에 멨다.

"또 아침 안 먹고 가니? 아빠랑 같이 먹지."

엄마가 말했다.

"나 늦었어."

"늦었으면 머리나 하지 말지. 넥타이는 또 왜 그래. 얼른 제대로 매."

"교문 앞에서 맬게."

"또 벌점 받으려고 그래? 눈썹은 또 그게 뭐야. 얼른 지우지 못 해?"

"놔둬. 지금 아니면 언제 또 저렇게 멋을 내겠어. 학교 들어가기 전에 그 팔찌나 빼라."

새벽 순찰을 마치고 돌아와 맥주를 마시던 아빠가 말했다.

"네. 알겠어요. 그럼 다녀오겠습니다."

작년까지는 아무리 학교에 늦어도 서두르는 법이 없었다. 호흡이 가빠져서 목에 무리가 오면 안 되니까. 하지만 그보다는 학교에 늦었다고 서두르는 건 종평에 목을 매는 시시한 애들이나 하는 짓 같아서였다. 하지만 올해는 달랐다. 오늘 아침도 네즈는 마스크를 쓴 채 걸음을 재촉하고 있었다. 뒤늦게 종평을 관리하겠다고 그러는 건 아니었다. 디본 때문이었다. 디본을 잠깐이라도 보려면 서둘러야 했다.

9학년이 되자 학교는 성적순으로 반을 나누었다. 종평 1등인 디본이 속한 A반 교실은 최상층에 있어서 다른 교실들과는 떨어져 있었다. 게다가 A반은 교직원용 중앙 엘리베이터를 이용할 수 있었다. 그러니 디본을 볼 수 있는 건 등교 시간의 로비와 식사 시간의 급식실뿐이었다.

학교가 있는 거리에 들어서며 네즈는 머리를 한번 넘겼다. 여자애들이 자신을 흘끔거리며 본다는 것을 고개를 돌리지 않아도 알 수 있었다. 여자애들 모두 네즈가 누구인지 알았다. 하긴 모를 리 없었다. 학교 밴드 '단테'의 리드보컬을 맡은 6학년 때부터 교내 인기투표에서 5위 밖으로 밀려난 적이 없었다. 키도 작은 편에 몸도 말랐지만 그런 건 문제되지 않았다. 처음에는 멋만 부리는 날라리로 생각하던 애들도 네즈의 노래를 한 번이라도 들으면 마음이 싹 달라졌다. 8학년이 맡는 메인 보컬을 6학년 때부터 맡게 된 것도 네즈의 노래를 들은 선배들이 그 자리를 포기했기 때문이었다. 네즈의 목소리가 담긴 파일들을 공유해 듣는 애들도 있었다.

네즈는 자신의 인기에 익숙했다. 기둥 뒤나 창문 너머로 누군가 자신을 지켜보는 느낌이 들 때 슬쩍 돌아보면 어떤 여자애가 이쪽을 바라보다 얼른 눈을 돌리고는 했다. 서랍에 손

편지가 들어 있는 일도, 모르는 번호로부터 메시지와 사진을 받는 일도 있었다. 골목이나 길가에서 조심스레 다가와 말을 거는 여자애도 있었다. 가끔은 그런 애들 중 하나를 만나 같이 카페에 가거나, 암시장을 구경하고, 공원 같은 데를 걷고, 그러다 짧게 입맞춤을 하기도 하고…… 그러고 나면 얼마 안 가 곧 시들해져서 만나는 걸 그만뒀다. 남자애들이 자신을 부러워하면서 미워하는 것도 알고 있었다. 한번은 전교 부회장이 불러내서 갔더니 비니를 눌러쓴 무섭게 보이는 애와 같이 있었다. 돈만 주면 뭐든 한다는 소문이 있는 애였다. 부회장은 어디서 무슨 말을 듣고 왔는지 내가 만나 본 적도 없는 어떤 여자애를 그만 만나라고, 그러지 않으면 크게 혼날 거라고 했다. 순순히 알겠다고 하자 부회장은 당황한 눈치를 보이며 돌아갔다.

오늘은 평소보다 조금 일찍 도착했다. 네즈는 로비를 둘러보고 디본이 없는 걸 확인하고는 뭔가 볼일이 있다는 듯 근처를 어슬렁거렸다. 그런 네즈에게 남자애들은 알은체했고 여자애들은 무관심한 듯, 그러나 잔뜩 신경을 쓰며 지나갔다. 그러고 있자니 니바가 나타났다. 니바는 밴드의 리드기타로 네즈와는 마음이 제일 잘 맞았다.

"뭐 해. 안 올라가?"

"어. 잠깐만 있다가 갈 거야."

"너 여자 기다리지? 누구?"

"내가 여자를 왜 기다려. 그런데 오늘 급식 뭐냐?"

"버섯스파게티일걸?"

"우엑. 이따가 매점이니 기자."

"급식 먹을 거야. 돈 없어."

"거지냐."

"나 요즘 새 기타 사려고 돈 모은다."

"알았어. 그럼 점심은 내가 사 줄 테니까 이따가 점심에 매점에서 보자."

니바가 간 뒤 네즈는 점점 초조해졌다. 어쩌면 디본은 벌써 엘리베이터를 타고 올라갔을지도 몰랐다. 조금 있으면 가까스로 지각을 피하려고 몰려오는 애들 때문에 계단이 더 복잡해질 게 분명했다. 그러면 조금이라도 한가할 때 올라가야겠다고 생각하고 몸을 돌리려던 순간 네즈의 눈에 디본의 모습이 들어왔다. 디본은 다른 여자애들에 둘러싸여 로비로 들어오고 있었다. 재미있는 이야기라도 하는지 가볍게 웃는 얼굴이었다. 그날처럼. 네즈는 가슴이 뛰었다. 네즈가 서 있는 곳은 엘리베이터 근처였기 때문에 디본은 네즈의 앞을 지나가야 했다. 바로 앞을 지나갈 때 우연처럼 얼굴을 들어 눈을 마주쳐야지. 네즈는 고개를 조금 숙인 채 기다리다가 디본이 바로 앞까지 다가왔을 때 눈을 들었다. 그러나 디본은 네즈쪽은 돌아보지도 않고 지나쳐 갔다. 네즈는 자신을 스쳐 지나가는 디본의 모습을 눈으로 좇았다.

함께 있던 애들이 계단으로 향한 뒤 디본은 혼자서 엘리베이터를 기다렸다. 네즈는 천천히 디본의 뒤로 다가갔다. 주위에 많은 사람이 지나가고 있었지만 그런 건 중요하지 않았다. 디본의 모습만이, 그 모습을 눈에 남아 두는 것만이 중요했다. 연하게 굽이치는 머리카락, 바른 어깨, 곧은 목과 등, 날씬한 허리와 다리…… 그러다 디본의 가방에 찰랑거리며 매달려 있는 액세서리에 눈이 갔다. 기타를 멘 사람 모양의 금속 고리였다. 가수인가. 그때 엘리베이터가 도착하며 문이 열렸다.

"너는 왜 여기 있어?"

네즈의 옆에서 목소리가 들렸다. 돌아보니 교사가 눈을 가늘게 뜨고 네즈를 쳐다보고 있었다. 네즈는 고개를 조금 숙인 뒤 몸을 돌려 계단 쪽으로 향했다.

점심시간에 네즈는 매점에서 니바를 만나 빵을 고른 뒤 옥상의 운동장에 올라갔다. 네즈가 빵을 한입 먹고 마스크를 올려 쓰기를 반복하는 동안 니바는 귀에 이어폰을 꽂은 채 고개를 흔들면서 빵을 우적거리며 먹었다.

"뭐 듣나?"

빵을 다 먹은 네즈가 니바의 이어폰 한쪽을 빼서 제 귀에 넣으며 물었다.

"요즘 언더에서 유행하는 것들이야."

플레이리스트를 넘기는 네즈에게 니바가 바짝 나가와 속삭였다.

"다 해적판이다."

그러고 보니 이름도 못 들어 본 것들투성이였다. 리스트를 넘기던 네즈는 뭔가를 발견하고 손가락을 멈췄다.

"어?"

디본의 가방에 달려 있던 액세서리와 같은 디자인의 앨범이 있었다.

"이거 뭐야? 어떻게 읽는 거야? 키오베? 키오우?"

"카이오웨. 들어 볼래?"

니바가 플레이한 음악은 좀 실망스러웠다. 긴박한 리듬도, 화려한 효과음도, 아름다운 목소리도, 기묘한 화성도, 현란한 연주도 없었다. 그저 수수하고 심심한 리듬 파트에 기타 소리를 반주로 가수가 노래하는 게 전부였다. 그런데 디본이 이런 걸 좋아한다고?

"에이지드 포크 계통의 싱어송라이터야. 국적도 본명도 모르는데 마니악한 리스트에는 꼭 들어가지. 유통 금지 대상이라 정규 음원은 못 구하고 나도 해적판 파일 몇 개밖에 없다.

들어 볼래? 음질도 화질도 별로이긴 하지만."

그날 저녁 내내 네즈는 니바의 단말기에서 복사해 온 카이오웨의 노래를 들었다. 그리고 그에 대한 자료를 있는 대로 찾아서 읽었다. 음원은 유통되지 않지만 정보까지 막힌 건 아닌 모양이었다. 사진 속의 그는 수수한 옷차림에 머리는 덥수룩했고 두꺼운 안경까지 써서 쏙 학교 선생님처럼 보였다. 그리고 네즈가 보기에는 기타도 노래도 실력이 대단한 편은 아니었다.

도대체 이런 시시한 노래가 어디가 좋다는 건지. 하지만 디본의 관심을 끌 수만 있다면야. 네즈는 언젠가 디본 앞에서 카이오웨의 노래를 불러 깜짝 놀라게 해 주고 싶었다. 그러면 나를 다르게 보게 되겠지. 그러자면 한 가지 필요한 게 있었다.

"저 기타 사 주세요."

다음 날 아침 네즈는 엄마에게 말했다.

"얘가 지금 무슨 소리야. 밴드 이제 그만하는 거 아니었어?"

"밴드 하는 거 아니에요. 그냥 제가 배우고 싶어서요."

"너 지금 정신이 있니 없니? 이제 9학년이고 공부도 해야 되고 취직을 하든 대학에 가든 할 생각을 해야지, 지금 무슨 기타야?"

"노래 연습해서 이걸로 대학 갈게요. 그러려면 기타가 있어 야죠."

"쓸데없는 소리 하지 말고 밥 먹고 학교에나 가."

네즈는 아침을 먹으며 맥주를 마시고 있는 아빠 앞에 앉았다. 네즈는 아빠의 눈치를 살폈다. 아빠는 한참 뒤에 입을 열었다.

"기타가 얼마나 하는데?"

"여보!"

엄마가 소리를 질렀다. 네즈는 엄마가 뭔가 더 말하기 전에 얼른 말했다.

"아직 알아보지는 않았는데 제일 싼 거로 살게요."

"이왕 사려면 좋은 거로 사야지. 너무 좋은 거는 어렵겠지만."

"여보! 당신 정말 그걸 사 줄 거예요? 지금 공부를 해야지 기타는 무슨 기타예요?"

엄마가 또 한마디했다.

"집에 악기 하나 있으면 좋잖아. 스트레스도 풀리고. 어디 보니까 스트레스 때문에 종양도 늘어난다고 하더구먼."

"당신 지금 제정신이에요?"

"엄마!"

"안 돼! 너 지금 그 등급으로 대학이나 갈 수 있는 줄 알아?"

"기타 연습해서 그걸로 대학 갈 거라니까?"

"아 시끄러워. 둘 다 조용히 해. 아들, 9학년 올라갈 때 성적이 몇 등급이었지?"

"5등급이요."

"그럼 이번에 시험 봐서 4등급 나오면 사 줄게. 이때. 여보, 이러면 당신도 불만 없지?"

"3등급이요. 이왕 성적이 올라갈 거면 3등급은 돼야지."

"엄마! 내가 어떻게 3등급을 해요?"

기타를 사러 가는 날은 니바와 함께였다. 하이타운 중심 상가에 있는 악기점에 가고 싶었지만 니바는 자기가 잘 아는 곳이 있다면서 공구점들이 모여 있는 상점가로 데려갔다. 좁고 어지러운 골목을 한참 찾아 들어가자 과연 악기점들이 모여 있었다. 니바는 그중 한 곳으로 들어갔다.

"어떤 모델을 찾나?"

악기점 주인이 물었다.

"이것과 같은 걸로 주세요."

네즈가 단말기로 카이오웨의 사진을 보여 주며 말했다. 주인은 슬쩍 보더니 고개를 저었다.

"그건 구하기 어려운데."

"왜요?"

"오리지널 모델은 나무를 못 구해서 이제 단종됐어. 전쟁 전 물건이라고. 무슨 말인지 알지? 비슷한 건 많은데 그 소리기 안 나와. 그리고 그 가수가 들고 있는 선 커스텀일걸? 넥은 카본 파이버에 픽업도 튜닝한 거야. 그래도 꼭 필요하면 레플리카는 구해 볼 수 있어."

네즈는 무슨 말인지 몰라 그저 가만히 있었다.

"얘는 처음 배우는 거라서 그냥 입문용이면 돼요. 핑거링 편한 것 중에서 소리 좋은 걸로 골라 주세요."

니바가 끼어들었다.

"그래? 그러면 처음부터 그렇게 얘기해야지."

주인은 모델을 몇 개 보여 줬다. 니바가 그것들을 쳐 보면서 주인과 나누는 이야기를 네즈는 옆에서 듣고 있을 수밖에 없었다. 마침내 니바가 그중 하나를 골라 네즈에게 보여 줬다.

"내가 보기엔 이게 값도 적당하고 소리도 괜찮은 것 같은데?"

갈색과 검은색이 섞인, 어쩐지 평범하고 촌스러워 보이는 모델이었다.

"음. 글쎄……."

네즈는 벽에 걸린, 카이오웨의 기타처럼 파란색으로 칠해진 기타에 자꾸만 눈이 갔다.

"저게 마음에 들어? 아저씨. 저거 한번 쳐 봐도 돼요?"

니바가 네즈의 마음을 알아채고 아저씨에게 물었다.

"저거 쳐 보면 이건 못 살 텐데. 소리가 너무 달라서. 살 거면 쳐 봐도 돼. 그런데 학생이 사기에는 좀 비싸."

주인이 말했다.

"얼만데요? 이거 두 배는 돼요?"

"다섯 배."

네즈와 니바는 서로 얼굴을 쳐다봤다. 네즈는 고개를 저었다.

결국 마음에 드는 파란 기타 대신 갈색 기타를 샀지만, 기타를 등 뒤에 메고 집으로 돌아오려니 우쭐한 기분이 들었다. 어쩐지 당장이라도 기타를 치면서 노래를 부를 수 있을 것 같았다.

기타를 배우는 건 생각처럼 쉽지 않았다. 우선 손가락이 너무 아팠다. 제일 부드러운 줄로 끼웠는데도 손가락 끝이 아리고 살갗이 벗겨지고 굳은살이 박혔다. 더 큰 문제는 따로 있었는데 기타를 치는 동안에는 노래를 부를 수 없다는 것이었다. 노래에 신경 쓰면 기타를 칠 수 없었고 기타에 신경 쓰면 호흡이 되지 않았다.

"보컬은 네 담당인데 그걸 나한테 물어보면 안 되지. 하다

보면 되지 않겠냐?"

니바에게 물었지만 돌아오는 대답은 전혀 도움이 되지 않았다.

손가락이 아픈 걸 꾹 참으면서 그래도 어떻게든 연습을 해 보려고 했지만 또 다른 장애물이 있었다.

"그만 치고 공부 좀 해라. 언제까지 치고 있을 거야?"

엄마가 방문을 열고 들어와 말했다.

"조금만 더 치고 할게요."

"이제 그만 좀 해. 벌써 몇 시간째니? 이웃집에서 기타 소리 난다고 자꾸 뭐라고 한단 말야. 잘 치는 소리면 듣기 좋기라도 하지."

"이제 처음 연습하는 건데 당연하죠. 그럼 제 방에 연습실을 만들어 주세요. 방음 부스를 설치해 주시면 되잖아요."

"아예 그 길로 나가려고? 쓸데없는 소리 하지 마."

"기타 소리가 듣기 싫으시면 학원을 보내 주세요. 그러면 기타 소리도 안 나고, 실력도 늘고 좋겠네요."

"공부 학원도 안 가면서 기타 학원에 가겠다고? 니 아빠가 퍽도 허락해 주시겠다."

"아 몰라요."

그럼 갈 곳은 한 군데밖에 없었다. 다른 사람 눈에 띄지 않고 마음껏 소리를 낼 수 있는 곳이.

네즈는 수수한 후드티를 입고 기타 가방을 멨다.

"저녁 먹어야 되는데 어디 가? 기타는 또 왜 가져가고?"

"니바한테 뭐 물어볼 게 있어서요."

"언제 오는데?"

"몰라요."

이 동네에는 버려진 집이 많았다. 아니, 모두 버려진 집이었다. 창문에는 창틀이 남아 있지 않았고 문짝도 성한 게 없었다. 칠이 벗겨지거나 녹슬거나 금 간 것도 모두 그대로 방치돼 있었다. 네즈가 지름길로 이용하는 공원에는 길게 자란 풀이 웅덩이에 잠겨 썩은 내를 풍겼다. 더럽고 위험한 동네지만 좋은 점도 있었다. 이곳엔 사람이 오지 않았다. 아찰의 거리이기 때문이었다.

공원을 빠져나와 거리에 들어선 네즈는 주위를 둘러봤다. 저녁이 조금 지났는데도 해가 길어져 주위는 아직 밝았다. 거리에 나와 있는 아찰은 별로 없었다. 아찰들이 이 거리를 어슬렁거리는 건 보통 해가 지고 어두워진 뒤였다. 네즈는 누가 알아보지 못하게 후드를 눌러썼다.

주위를 살피며 걷다가 거리의 중간쯤에서 골목으로 들어갔다. 이미 많이 와 본 곳이라 길은 잘 알았다. 한 건물로 들어가자 시큼한 냄새가 코를 찔렀다. 네즈는 마스크 속에서 숨을 얕게 쉬며 계단을 올랐다.

계단 끝에서 낡은 철문을 어깨로 밀어 열면 옥상이었다. 옥상은 비어 있었고 누군가 머문 흔적도 없었다. 지난겨울에 왔다 간 뒤로 아무도 이곳에 오지 않은 게 분명했다.

네즈는 우선 주위 풍경을 둘러봤다. 건물들 사이로 멀리 아찰라를 둘러싼 장벽이 보였다. 몸을 돌리자 반대편에 피라미드가 보였다. 붉게 번지는 하늘빛이 피라미드에 뿌옇게 반사되고 있었다. 네즈는 의자 대신 쓰던 플라스틱 통을 가져와 깔고 앉은 뒤 기타를 꺼내고 마스크를 벗었다. 밖에서 먼지를 마시며 노래를 부르는 건 안 내켰지만 어쩔 수 없었다.

이곳은 네즈가 노래 연습을 할 때 찾아오던 곳이었다. 마지막에 온 것은 지난 겨울방학이었다. 밴드를 후배들에게 물려주는 파티를 한 뒤 그날 저녁 아쉬운 마음에 찾아온 것이 마지막이었다. 그게 끝인 줄 알았는데 이렇게 다시 찾아오게 되다니. 게다가 이번에는 기타까지 들고.

네즈는 코드를 잡으며 노래를 부르기 시작했다. 역시 노래를 부를 때는 기타가, 기타를 치려니 노래가 되지 않았다. 그래도 네즈는 포기하지 않았다. 그러는 동안 주위가 점점 어두워져 지판을 누르는 손가락이 잘 보이지 않았다. 네즈는 눈으로 보는 것 대신 손가락 감각으로 자리를 찾는 게 더 편하다는 걸 알게 됐다. 그러자 신기하게도 호흡이 자유로워졌다. 한참 그렇게 연습한 뒤 네즈는 노래 한 곡을, 물론 소리는 깨끗하지 않았지만 중간에 손을 멈추지 않고 끝까지 칠 수 있게 됐다.

손가락이 얼얼해서 더 이상 칠 수 없을 정도가 됐을 때는 이미 꽤 어두워진 뒤였다. 기타 가방을 어깨에 멘 네즈는 떠나기 전에 옥상 난간 너머로 거리를 내려다봤다. 어느 틈에 나타났는지 아찰들이 골목을 어슬렁거리고 있었다. 지난겨울에도 노래 연습을 마친 뒤 집에 갈 때쯤이면 골목에 아찰들이 나와 있고는 했다. 마치 노랫소리를 듣고 모여드는 것처럼. 께름칙한 기분이 드는 건 어쩔 수 없었지만 그래도 네즈는 이곳이 마음에 들었다. 방해받지 않고 마음껏 노래를 부를 수 있는 것도 좋았고 저녁 무렵에 옥상에서 보는 풍경도 좋았다. 그럴 수 있다면 언젠가 디본에게도 이 풍경을 보여 주고 싶었다.

네즈는 헤어스타일을 바꿨다. 검은색으로 염색한 뒤 젤을 바르지 않고 그대로 부스스하게 빗어 내렸다. 화장기 없이 수수한 얼굴에 테가 두꺼운 안경까지 쓰니 평소에 질색하던 시시하고 평범한 학생처럼 보였다. 엄마는 이제 마음 잡고 공부하려나 보다고 좋아했다. 아빠도 멋 부리는 것은 한때고 네즈도 이제 곧 한 사람 몫을 하게 되지 않겠느냐고 말했다.

"너 그 스타일 카이오웨 따라 한 거 아니냐?"

옥상에서 만난 니바가 물었을 때 네즈는 얼른 대답할 수 없었다. 니바에게 속마음을 들킨 것 같았기 때문이었다.

"시끄럽고, 카이오웨 새로 풀린 노래 뭐 없냐?"

"없어. 정 듣고 싶으면 인공지능 노래 생성기라도 찾아봐. 카이오웨 스타일로 20곡 정도는 바로 만들어 줄 텐데."

"그딴 걸 누가 들어."

"새로운 건 없고 「바람에게 물으면」의 구버전 라이브가 하나 풀리기는 했다. 들어 볼래?"

이어폰을 하나씩 나눠 낀 둘은 노래가 끝날 때까지 한마디도 하지 않았다. 노래가 끝난 뒤 네즈는 이어폰을 빼서 니바에게 넘겼다. 니바는 네즈를 잠시 쳐다보고 물었다.

"그런데 넌 왜 카이오웨를 듣냐? 네 스타일 아니잖아. 스트라이크팝이나 디스토피아 계열이 취향이었잖아."

그러고 보니 언제부터인가 카이오웨의 노래만 듣고 있었다.

"글쎄. 그냥 매력 있어."

네즈는 잠시 말을 끊었다.

"솔직히 잘 부르는 노래는 아니지. 목소리도 갈라지고 고음도 아예 안 올라가지. 기타도 그래. 아마 카이오웨보다 네가 더 잘 칠걸? 노랫말도 쉬운 말로만 하잖아. 그런데……."

"그런데 뭔가 있지."

"그래. 맞아. 뭔가 있어. 「바람에게 물으면」의 후렴을 한번 따라 불러 봤거든? 바람에게 물으면, 질문이 되돌아왔네. 그 부분 있잖아. 그런데 아무리 따라 부르려 해도 그 음정이 제대로 안 나오더라. 그런데 잘 들어 보니 이건 노래 부르는 음정이 아니라 말하는 음정인 거야. 카이오웨는 노래를 노래처럼 하는 게 아니라 말하는 것처럼 하더라고."

"다음에는 기타를 유심히 들어 봐. 별거 아닌 거 같은데 소리가 진짜 대단해. 놀라운 건 그게 다 다른 액세서리 없이 손가락으로만 연주한 거라는 사실이야."

"도대체 그런 소리를 어떻게 내나 했는데."

네즈의 말에 니바가 고개를 천천히 끄덕였다.

"진작부터 말하려고 했는데, 다른 애들은 너를 목소리 하나 믿고 노력도 안 하고 겉멋만 부리는 날라리 딴따라라고 생각할지 모르지만 나는 그렇게 생각 안 해. 네가 음악에 얼마나 진심인지, 또 얼마나 노력하는지는 내가 알지."

언제부터인가 여자애들에게서 연락이 오지 않게 됐다. 당연한 일이었다. 단테의 보컬도 넘기고 멋을 부리는 것도 그만두자 이제 네즈는 그저 작고 볼품없는, 뒤늦게 공부를 하겠다고 마음을 잡은 것처럼 보이는, 안경을 쓴 평범한 남자애일 뿐이었다. 하지만 네즈는 그다지 아쉽지 않았다. 디본의 마음을 얻을 수 있다면야 그런 것쯤은 얼마든지 포기할 수 있었다.

네즈는 디본이 자신에게 말을 걸었던 때를 떠올렸다. 그건 7학년 가을 축제가 끝난 며칠 뒤의 일이었다. 그해 축제에서 밴드 단테는 마지막 날 무대에 올리기 다섯 곡을 연주했다. 모든 것이 완벽한 무대였다. 연주도 퍼포먼스도 분위기도 모든 것이 좋았다. 그리고 무대를 압도한 건 역시 네즈의 목소리였다. 예정된 세 곡이 끝난 뒤에도 반응이 너무나 열광적이라 그 엄한 주임 교사가 특별히 앙코르곡을 연주하도록 허락해 줬다. 그다음 한 곡은 허락도 받지 않고 멋대로 연주를 시작해 버렸지만.

"너 개지? 노래 잘 부르는 애."

급식실에서 줄을 서서 차례를 기다리고 있는데 앞에 서 있던 키 큰 여자애가 뒤를 돌아보며 싱긋 웃더니 말했다. 그게 디본을 처음 본 순간이었다.

네즈는 오랫동안 그때 자신이 너무 바보같이 굴었다고 생각했다. 조금 더 침착할 수 있었다면, 조금 더 대담할 수 있었다면. 하지만 그때는 아무 대답도 할 수 없었다. 그렇게 예쁜 사람은, 그렇게 멋진 웃음은 이제껏 본 적이 없었으니까.

네즈가 아무 말도 안 하고 있자 디본은 어깨를 으쓱이고는 몸을 돌렸다.

"어. 맞아."

네즈가 뒤늦게 대답하자 잠시 뒤 디본은 뒤를 돌아보고 또 조금 웃었다.

그게 다였다. 디본은 배식이 끝난 식판을 들고 자기 친구들에게 갔고 네즈도 친구들에게 갔다. 그 뒤 디본이 네즈에게 다시 말을 걸어오는 일은 없었다.

네즈가 정말로 디본에 쑥 빠지게 된 건 8학년 봄 체육대회 때였다. 네즈는 테니스 대회에 나온 디본을 알아봤다. 디본은 테니스 실력이 좋았다. 발도 빠르고 스윙도 강한 데다 경기도 잘 풀어 나갔다. 디본은 마치 공이 어디로 날아올지, 어디로 얼마나 세게 보내야 하는지 아는 것 같았다. 네즈는 자기 반 대표를 응원하는 것도 잊고 디본의 모습만을 좇았다. 그러면서 새삼스레 디본이 얼마나 예쁜지 깨달았다. 땀에 젖은 머리카락이 뺨에 달라붙은 채로 코트를 뛰어다니며 라켓을 강하게 휘두르는 디본의 모습에 네즈는 푹 빠져 버렸다. 우승은 결국 다른 애에게 돌아갔지만 네즈가 보기에는 디본의 실력이 더 좋았다. 여자애들을 많이 만나 봤어도 누군가에게 그렇게 빠져 본 것은 그때가 처음이었다.

디본의 번호를 알아내 메시지를 보낸 적도 있었다. 나는 네즈라고 해. 학교 밴드 단테의 보컬이야. 예전에 급식실에서 인사했는데 기억나니? 그러나 디본은 네즈의 문자에 답하지 않았다. 답을 안 한 건 물론이고 읽지도 않았다. 얘는 뭔데 이렇게 콧대가 높지? 나중에야 디본이 종평 1등이라는 걸 알았다. 종평 1등이라니. 그럼 모든 면에서 완벽한 애라는 뜻이잖아. 집안도 좋고, 공부도 잘하고, 생활도 바르고, 인성도 훌륭하고, 생각도 건전하고, 배경도 좋고. 그런 애가 나 같은 애하고 어울릴 리 없지. 네즈는 씁쓸한 기분을 느끼며 디본에 관한 건 잊기로 했다.

그런데 마음대로 되지 않았다. 디본에 대한 생각이 떨쳐지지 않았다. 네즈는 어떻게든 디본과 이야기해 보고 싶었다. 잠깐이라도 좋으니 단둘이 있고 싶었다. 그러면 길을 조금 같이 걷거나, 같이 어떤 풍경을 보거나, 음악을 함께 듣거나, 학교 생활에 대해 이야기하거나, 서로의 생각을 나누거나, 함께 맛있는 걸 먹거나 할 수 있을 텐데. 네즈는 농담을 해서 재미있게 해 주고 싶었고 좋은 걸 줘서 기쁘게 해 주고 싶었다. 그렇게 해서 디본의 웃는 모습을 다시 한번 보고 싶었다.

네즈는 자기가 누군가를 이렇게 간절히 생각하고 보고 싶어 하게 될 거라고는 생각하지 못했다. 카이오웨의 음악을 들을 때마다 디본 생각이 났고 디본 생각이 날 때마다 카이오웨를 들었다.

어느 날 네즈는 자기 방에서 멍하니 있다가 문득 기타를 집어 들었다. 어떤 노랫말과 멜로디가 떠올라서였다. 그건 지금까지 한 번도 들어 보지 못한 노래였다. 네즈는 얼른 단말기를 꺼내 방금 떠오른 악상을 악보로 옮겼다. 한 줄을 쓴 다음 그 부분을 불러 보자 거기에 어울리는 다음 부분이 떠올랐다. 그래서 그 부분도 악보에 썼다. 그렇게 몇 줄을 더 썼다. 끝까지 쓴 뒤 네즈는 코드를 붙이고 기타를 치면서 그걸 불러 봤다. 멜로디나 가사가 어색한 부분이 있으면 다른 멜로디, 가사로 고쳤다.

"기타 그만 쳐. 지금 몇 시인 줄 알아?"

엄마가 문을 두드리며 나무랐지만 네즈는 대답할 수도, 하던 걸 그만둘 수도 없었다. 한참 시간이 더 흐른 후에 네즈는 마침내 기타를 손에서 놓았다. 그리고 문득 자신이 처음으로 노래를 만들었음을 깨달았다. 이것을 누군가와 나누고 싶었다. 누군가에게 들려주고 싶었다.

생각나는 사람은 한 명뿐이었다. 디본.

이건 디본을 위한 노래였다.

기회는 우연히 왔다. 정말로 우연히.

그날 저녁 네즈는 기타 가방을 메고 아찰의 거리로 향하고 있었다. 네즈의 몇 걸음 앞에 짧은 치마를 입고 키가 큰 여자애가 네즈처럼 후드를 눌러쓴 채 걸어가고 있었다. 그런데 뒷모습이 어쩐지 눈에 익었다. 등 뒤에 멘 가방도 어디선가 많이 본 것이었다. 그리고 가방에 매달려 찰랑거리는 액세서리는 카이오웨였다. 가슴이 뛰었다. 설마.

네즈는 걸음을 서둘러 여자애를 지나쳐 간 다음 멈춰 서서 몸을 돌렸다. 마스크를 쓰고 눈가에는 화장을 하고 있었지만 역시 디본이었다.

"잠깐만."

네즈가 말을 걸자 디본이 깜짝 놀라며 쳐다봤다.

"너 디본이지?"

디본은 대답하지 않았다. 표정이 굳어 있었다.

"나 네즈라고 해. 학교 밴드에서 보컬했던. 예전에 급식실에서 잠깐 얘기한 적도 있는데."

네즈는 마스크를 내려서 얼굴을 보여 줬다.

"아……."

디본은 그제야 네즈를 알아본 것 같았다. 하지만 경계심을 풀지는 않았다.

"누군지는 알겠는데, 무슨 일로?"

"지금 어디 가는 길이야?"

네즈가 물었다. 가슴이 두근거려서 목소리가 갈라지는 것 같았다.

"약속이 있어서."

"급한 일이야?"

디본은 고개를 끄덕였다.

"미안한데, 잠깐 시간 좀 내 줄 수 있어? 한 10분 정도면 돼."

"왜?"

"노래 불러 줄게."

디본이 갑자기 웃음을 터뜨렸다. 순간 디본을 처음 봤을 때가 떠올라서 네즈는 반갑고 안심이 됐다. 그러나 디본이 웃음을 거두며 씁쓸한 표정을 짓는 걸 보자 바로 후회가 몰려왔다. 당장이라도 그 자리를 벗어나고 싶었다. 하지만 이내 마음을 고쳐먹었다. 이 기회를 놓칠 수는 없었다. 디본을 만나기를, 얼굴을 마주 보고 이야기할 수 있게 되기를, 이렇게 둘만 있게 되기를 얼마나 간절히 바랐던가. 어떻게든 디본과 조금이라도 오래 함께 있고 싶었다.

"나 지금 좀 바쁜데. 다음에 불러 주면 안 될까?"

"다음에 언제?"

"글쎄. 아마 다음 축제 때?"

"나 이제 밴드 안 해. 그리고 이건 밴드가 연주하는 노래도 아니고. 카이오웨의 노래야."

"카이…… 누구?"

"네가 가방에 걸고 다니는 그 액세서리 말야."

"아…… 그래."

디본은 뭔가 생각하는 듯 작게 고개를 끄덕였다.

"궁금하긴 하지만 그래도 지금은 안 될 것 같아."

"약속이 어디야?"

"왜?"

"혹시 같은 방향이면 같이 기면서 얘기나 할까 하고."

디본은 이번에는 조금 오래 망설였다.

"10분이면 된다고 했지?"

"응? 아, 응. 10분이면 돼. 저 앞에 공원이 있어. 그리로 가자."

네즈는 언젠가 다른 여자아이와 함께 갔던 공원의 구석으로 디본을 데려갔다. 공원에는 사람이 제법 있었지만 그래도 한적한 곳에 빈 벤치가 있었다.

네즈는 가방에서 기타를 꺼낸 다음 튜너로 줄을 조정했다. 디본은 그런 네즈를 물끄러미 쳐다봤다. 어딘가 초조하고 불편한 모습이었다.

"더 기다려야 해?"

"이제 부를게. 네가 아는 노래일 거야."

네즈는 우선 카이오웨의 「바람에게 물으면」을 불렀다. 그의 대표곡이었고 또 네즈가 가장 좋아하는 노래였다. 카이오웨를 안다면 디본도 이 노래를 알고 있을 것이었다. 디본 앞이라서 그런지 네즈는 코드를 바꿀 때 몇 번 실수했지만 그것 말고는 별 실수 없이 끝까지 제대로 부를 수 있었다. 노래를 마친 네즈는 디본을 쳐다봤다. 디본은 살짝 미소를 지으며 작게 박수를 쳤다.

"잘 부른다. 정말."

네즈는 실망했다. 디본은 카이오웨에 대해 모르는 게 분명했다.

"노래 들었으니 이제 가도 될까?"

얘는 카이오웨에 대해 모르면서 왜 그런 액세서리를 하고 다니는 거지. 그저 모양이 예뻐서 고른 건가? 아니면 카이오웨를 안다고 잘난 체하고 싶어서? 혹시 내가 지금까지 얘에 대해 오해한 걸까. 하지만 그때의 웃음은 진짜였어. 카이오웨가 진짜 가수인 것처럼. 얘를 향한 내 마음이 진짜인 것처럼.

"하나만 더 불러도 돼? 내가 만든 노래야."

"네가 직접 노래도 만드니?"

"처음 만든 거야. 그리고…… 너를 생각하면서 만들었어."

디본의 눈이 조금 커졌다.

네즈는 노래를 불렀다. 디본을 생각하면서 만든 노래. 지금껏 누구에게도 불러 주지 않은 노래. 오직 디본에게만 들려주고 싶었던 노래. 단 한 사람의 청중을 위한 노래. 문득 멜로디가 어색하고 가사가 촌스럽게 느껴졌지만, 그래서 갑자기 몹시 부끄러워졌지만, 그러면서 잠깐 목소리가 흔들렸지만, 그러나 그것은 네즈 자신의 노래이기도 했다. 네즈는 노래를 끝까지 부르고 기타 연주를 멈췄다.

노래를 다 들은 디본은 잠시 가만히 있다 입을 열었다.

"그 노래는 제목이 뭐니?"

"여름의 마음."

"여름의 마음. 제목도 좋다. 노래도 좋았어. 고마워. 노래 들려줘서."

네즈는 얼굴이 화끈거렸다.

"나는 이제 가 봐야 할 것 같은데. 그 전에 부탁 하나만 해도 될까?"

"무슨 부탁?"

"오늘 나 본 거 누구한테도 말하지 말아 줘. 내가 네 부탁을 들어줬으니 너도 내 부탁을 들어줘야지."

"어…… 그래. 약속할게."

"그럼 갈게."

"혹시 연락해도 돼? 나 네 번호 알거든."

네즈가 급하게 물었다.

"글쎄. 문자를 보내도 내가 답장을 잘 못 할 거야. 그냥 안 하는 게 좋겠어. 미안해. 그럼 잘 있어."

디본이 가 버린 뒤 네즈는 한참 동안 그 자리에 앉아 있다가 주위가 어두워진 뒤에야 기타 가방을 메고 일어나 걷기 시작했다.

네즈는 자신이 행복한 건지 불행한 건지 알 수 없었다. 디본의 얼굴, 디본의 목소리, 디본의 말투가 아직도 기억에 생생했다. 디본을 만나서 이야기를 나눴다니. 잠깐이지만 단둘이 같이 있었고 노래를 불러 주기까지 했다니. 게다가 그중 한 곡은 디본을 생각하며 만든 노래였다. 모두 오랫동안 꿈꾸고 바라 온 일이었다. 그런데 왜 이렇게 허전하고 울적한 건가.

생각한 대로 되지 않았으니까. 디본은 내 노래를 전혀 좋아하지 않았어. 심지어 카이오웨가 누구인지도 몰랐다구. 아니, 중요한 건 그게 아냐. 내가 정말로 노래를 잘 불렀다면 카이오웨를 알건 모르건 그 노래를 좋아했을 거야. 오늘 내 목소리가 별로였나? 아냐. 목소리는 괜찮았어. 공원에 지나다니던 사람들도 멈춰 서서 노래를 들었잖아. 그럼 노래가 별로였을까. 카이오웨의 노래가? 아니. 그럴 리가 없잖아. 그럼 내가 만든 노래가 별로여서? 물론 그 노래가 카이오웨의 노래보다 좋지는 않겠지. 아냐. 그런 문제가 아냐. 걔는 처음부터 기분이 별로였어. 나랑 있는 게 싫은 것 같아 보였어. 아니지. 그랬다면 왜 공원까지 따라왔겠어? 그리고 내 노래가 싫었으면 왜 예전에 식당에서 만났을 때 나한테 알은체를 했겠어?

알았다. 기타 때문이야. 나는 원래 기타 없이 노래만 불렀잖아. 이제 기타를 치면서 부르다 보니 노래도 기타도 제대로 못하게 된 거야. 하지만 카이오웨의 노래를 어떻게 기타도 없이 부를 수 있겠어. 그리고 카이오웨는 혼자서 기타도 치고 노래도 부르지 않느냐고.

기타가 문제야. 이 기타가 문제라고. 처음부터 좋은 기타를 샀어야 했어. 그때 봤던 그 파란 기다를. 그것만 샀더라면, 그래서 기타 소리가 더 좋았더라면, 그러면 모든 일이 더 잘 풀렸을 거야. 디본은 내 노래를 좋아했을 거고 또 나를 좋아하게 됐을 거야. 기타 때문이야.

"이 기타 못 치겠어요. 기타 바꿔 주세요."

네즈는 집에 오자마자 큰 소리로 말했다.

"뭐? 너 미쳤니?"

엄마가 말했다.

"기타가 별로라고요. 생긴 게 거지 같으니까 거지 같은 소리밖에 안 나요. 이딴 싸구려로 어떻게 음악을……."

그때 누군가 우악스럽게 네즈에게서 기타 가방을 낚아챘다. 돌아볼 새도 없이 네즈는 그 힘에 몸이 끌려가며 순식간에 중심을 잃고 바닥에 넘어지고 말았다.

"이 자식아! 너 뭐라 그랬어?"

올려다보니 아빠가 있었다. 네즈는 놀라서 아무 말도 나오지 않았다.

"뭐? 기타가 거지 같애? 이 자식이 하나씩 봐주니까 끝이 없어. 이게 얼마짜리인지나 알아? 네가 돈 한 푼 벌어 봤어?

그거 벌려고 아빠가 무슨 꼴을 당하고 사는지 알기나 해?"

아빠는 가방에서 기타를 꺼내 목을 잡고 한 손으로 들었다. 빈 가방은 큰 소리를 내며 바닥에 떨어졌다.

"그런데 뭐? 거지 같은 기타? 그러면 그 거지 같은 기타 박살 나는 꼴 한번 볼까? 응?"

아빠는 손에 든 기타를 테니스 라켓처럼 가볍게 공중에 휘둘렀다.

"이 버르장머리없는 새끼. 아들 하나 있다고 오냐오냐해 줬더니 아주 끝도 없이 기어오르고 있어. 네가 뭐가 그렇게 잘났어? 네가 공부를 잘해, 덩치가 좋아, 아니면 사람 구실을 똑바로 해? 목소리 말고 네가 잘난 게 뭐가 있어? 그래도 엄마 아빠는 지금까지 하고 싶은 거 희생해 가면서 네가 해 달라는 거 다 해 줬어. 그런데 뭐? 거지 같애? 이 배은망덕한 새끼야. 네가 사람 새끼냐? 이 아찰만도 못한 새끼. 오늘 한번 혼나 볼래?"

아빠는 순간적으로, 마치 그걸로 네즈를 내려치기라도 할 듯 기타를 치켜들었다. 네즈는 자기도 모르게 거의 반사적으로 몸을 움츠리고, 무릎을 꿇고, 손을 모아서 빌기 시작했다.

"잘못했어요. 다시는 안 그럴게요. 잘못했어요. 잘못했어요……."

"여보, 애한테 무슨 소리예요! 그거 내려놔요, 빨리!"

엄마가 아빠의 팔에 매달렸다. 아빠는 조금 더 씩씩거리다가 마지못해 엄마에게 기타를 건넸다.

"에이, 젠장. 자식 새끼 하나 있는 게 지 애비 고생하는 줄은 모르고."

"애가 잘못했다고 하잖아요. 기분 풀어요."

아빠는 잠시 더 숨을 씩씩거리더니 문을 닫고 나갔다.

"너는 왜 쓸데없이 짜증을 부려 갖고 아빠 성질을 건드리니. 요즘 비상이라 안 그래도 스트레스 많은데. 뭘 잘했다고 그러고 있어. 너도 이제 일어나. 씻고 밥 먹어."

그러나 네즈는 한참 동안 일어날 수 없었다. 화가 나서이거나 슬퍼서가 아니었다. 그저 자신이 미웠다. 아니, 자신이 부끄러웠다. 한없이 부끄러웠다. 이렇게 벌벌 떠는 것도, 무서워서 눈물이 나는 것도, 비쩍 마르고 키도 작은 약골인 것도, 노래 말고는 할 줄 아는 게 없는 것도, 그런 주제에 디본을 좋아하는 것도, 디본에게 잘 보이려고 기타를 산 것도, 그것도 부모를 졸라서 산 것도, 노래랍시고 뭔가 만든 것도, 기껏 만든 노래가 결국 디본에게 무시당한 것도, 고작 그러려고 매일 손가락에 피가 나도록 연습했던 것도, 그런데도 그게 다 기타 때문이라고 생각했던 것도 모두 부끄러웠다.

그런데 내가 왜 부끄러워해야 하는데. 내가 뭘 잘못했는데.

네즈는 자리에서 일어섰다. 기타는 한쪽 옆에 기대 세워져 있었다. 네즈는 아빠가 그랬던 것처럼 한 손으로 목을 잡고 기타를 들어 봤다. 하지만 아빠처럼, 혹은 테니스 라켓을 휘두르던 디본처럼 그걸 한 손으로 휘두를 수는 없었다. 네즈는 기타의 목을 두 손으로 꼭 쥐었다. 어디선가 드럼 소리가 들리는 것 같았다.

다 부숴 버릴까. 다 부수고 그만둬 버릴까. 무엇을? 모든 것을. 정말로 모든 것을. 맥박은 내리쳐, 내리쳐, 하고 말하는 것 같았다. 네즈는 잠시 그대로 있었다. 기타를 꼭 쥔 채. 드럼 소리 같은 맥박 소리를 들으면서.

"너 뭐 하니?"

엄마의 목소리가 아득하게 들렸다. 엄마가 네즈의 팔을 흔들었지만 네즈는 기타를 놓지 않았다. 그리고 잠시 뒤 기타를 가방에 넣은 뒤 엄마가 말릴 새도 없이 기타 가방을 들고 집에서 뛰쳐나왔다. 뒤에서 부르는 소리가 들렸지만 네즈는 돌아보지 않았다.

아찰의 거리에 왔을 때는 가로등이 드문드문 켜져 있었다. 어디로 가겠다는 생각도 없이 나왔는데 어느새 이곳에 와 버렸다. 거리 입구에는 경비대원이 서 있었지만 굳이 그 길이 아니어도 들어갈 수 있는 길은 있었다. 경비대원의 눈을 피해 거리에 들어선 네즈는 늘 가던 건물에 들어가 계단을 올라

옥상으로 향했다. 옥상 철문이 부드럽게 열렸다.

아무도 없는 옥상에 기타를 내려놓고 네즈는 주위를 둘러봤다. 빛나는 피라미드와 반짝이는 사람의 거리와 어둠 속의 아찰의 거리와 그 모두를 감싸면서 시야 끝까지 이어지는 섬은 장벽을. 장벽 너머의 하늘 끝에 붉은빛이 남아 있었다. 예전에 공기가 깨끗했을 때는 저녁이 되면 하늘이 온통 붉게 물들었다고 했지. 카이오웨의 노래에서 구름이 불타오른다고 한 게 그걸 말한 건지도 모르겠다. 하지만 여기에서 보는 풍경은 이게 전부인걸. 먼지로 뿌연 하늘. 맑은 날은 1년에 열흘도 채 되지 않아. 평생 먼지를 마시며 살아가다 보면 어느 날 누군가는 아찰이 되지. 사람은 왜 아찰이 되는 걸까. 먼지 때문일까. 스트레스 때문일까. 아니면 어떤 사람은 처음부터 아찰이 되기로 정해져 있는 걸까. 이러다 나도 언젠가 아찰이 되는 건 아닐까. 어느 날 문득 종양이 생기고 그러다 어느 순간 종양에 잡아먹히면……. 그러면 다 끝나는 거지.

네즈는 오늘 있었던 일을 떠올렸다. 하늘 끝까지 올라갔다가 땅바닥으로 곤두박질친 것 같은 날이었다. 모든 걸 가진 것 같았지만 모든 걸 잃은 날이기도 했다. 노래도, 가족도, 디본도, 모두 그를 부정했다. 그럼 이제 뭐가 남았지? 아무것도. 아무것도 남지 않았다. 정말로 다 끝났어. 그래서 기타를 부수려고 치켜들었던 거야.

그런데 왜 안 부순 거지? 한번 내려치기만 하면 그만이었는데. 기타가 아까워서? 그런 짓을 했다가는 더 혼날까 봐 무서워서?

아냐.

그게 내게 정말 소중한 것이어서 그랬어. 이 기타가, 내가 만든 노래가 내게 정말로 중요한 것이어서 그랬어. 그걸 망가뜨릴 수 없었으니까. 나는 노래가 좋으니까. 카이오웨의 노래가, 또 내가 만든 노래가 좋으니까. 내 노래는 아직 누군가의 마음 하나 움직일 수 없지만 앞으로도 계속 진심을 다해 노래를 만들고 부른다면 언젠가는 그럴 수 있지 않을까. 그때는 디본도 내 노래를 좋아해 주지 않을까.

네즈는 문득 노래를 부르고 싶어졌다. 자신의 목소리로 이 마음을, 이 마을을, 아찰라의 밤하늘을 채우고 싶었다. 네즈는 기타가 있는 곳으로 돌아갔다.

기타가 사라졌다.

분명히 아까 옥상에 올라왔을 때 플라스틱 통 옆에 세워졌는데. 누군가 가져간 거야. 그제야 옥상 문이 열려 있는 것이 보였다. 네즈는 그곳으로 가 봤다. 계단으로 발소리가 들리는 것 같았다. 얼른 옥상 난간으로 몸을 내밀어 밑을 내려다봤다. 회색 코트를 입은 아찰 하나가 건물을 빠져나가고 있었다. 아찰이 안고 있는 건 그의 기타 가방이었다.

"야!"

아찰은 고개도 돌리지 않고 골목을 빠져나가고 있었다.

네즈는 달렸다. 계단에서 한 번 발을 헛디딜 뻔했지만 다행히 넘어지지는 않았다. 건물에서 나왔을 때는 아찰의 모습이 사라진 뒤였다.

네즈는 아까 아찰이 향했던 쪽으로 달렸다. 어두운 골목으로 뭔가 움직이다 사라지는 것 같았다. 네즈는 그쪽으로 달렸다. 마스크를 쓰지 않았지만 그런 걸 따질 때가 아니었다.

아찰은 서두르는 것 같지 않았지만 네즈가 숨이 턱에 찰듯 달리는데도 도저히 따라잡을 수 없었다. 네즈는 몇 번이나 갈림길에서 아찰을 놓쳤다. 만약 아찰이 네즈를 따돌리려고 했으면 얼마든지 따돌릴 수 있을 것 같았다. 하지만 아찰은 그럴 생각은 없어 보였다. 아니, 아찰이 생각이라는 걸 할수 있기는 하던가. 생각도 못 하면서 내 기타는 도대체 왜 훔쳐 간 거지.

기타 가방을 든 아찰은 어느 틈에 아찰의 거리를 빠져나가고 있었다. 네즈는 이 근방이 어디쯤인지 몰랐다. 곳곳에 불이 켜진 걸로 봐서 사람이 사는 곳임에는 분명했지만 거리의 풍경은 아찰의 거리와 그다지 다르지 않았다. 집은 작고 길은 좁고 거리 곳곳에 버려진 물건이 쌓여 있었다. 아무래도 아찰의 거리와 붙은 슬럼인 모양이었다. 이런 동네가 있다는 말은 들어 봤지만 직접 와 본 건 처음이었다.

더 이상 뛰지 못하겠다고 생각하며 모퉁이를 돌았을 때 아찰이 보였다. 아찰은 어느 집 앞에 서 있었다. 혼자가 아니었다. 아찰 앞에 작은 아이가 서 있었다. 네즈보다 한참 더 작고 깡마른 여자아이였다. 아찰은 기타 가방을 여자아이에게 건네려 하고 있었다.

"야! 멈춰! 내 기타야!"

네즈가 소리질렀다. 뛰어와서 숨이 찬 데다 소리까지 지른 탓에 기침이 나왔다.

네즈의 목소리를 들었는지 아찰이 그대로 움직임을 멈췄다. 아이는 기타를 받으려고 내민 손을 얼른 도로 집어넣고는 슬금슬금 뒷걸음치다 네즈가 다가가자 문 안쪽으로 사라졌다.

네즈는 지친 걸음을 옮겨 아찰에게 다가갔다. 아찰은 가방을 든 채 몸이 굳어 있었다. 네즈는 아찰에게서 가방을 뺏으려 했다. 그러나 아찰은 가방 손잡이를 꼭 쥐고 놓지 않았다.

"내 기타라고!"

아찰의 손은 돌덩이처럼 단단했다. 네즈가 아무리 힘을 줘서 손가락을 펴려고 해도 펴지지 않았다. 네즈는 아찰의 팔을 주먹으로 세게 때리고 다리를 힘껏 걷어찼다. 한 번. 두 번. 주먹질이 계속되는데도 아찰은 꼼짝하지 않았다. 아니, 어차피 이 녀석들은 아무 저항도 하지 못하지. 덩치만 커다란, 명령을 들어야 움직이는, 혼자서는 아무것도 못 하는 괴물들이지. 그런 주제에 감히, 내 기타에 손을 대? 내가 만만하게 보였어? 내가 아무것도 못 하는 섭생이 쏘나인 줄 알았어? 네즈의 주먹과 발길질이 점점 거세졌다. 내가 누군지 알아? 내가 학교 밴드 보컬을 3년이나 했던 사람인데. 내가 무대에 올라가기만 하면 다들 미쳐서 난리를 치는데. 학생 주임도 나를 못 건드리는데. 내가 얼마나 인기 많고 유명한 사람인데. 우리 아빠가 경비대 대장인데. 그런데 네가 감히 나를 건드려? 더러운 아찰 주제에?

네즈는 분이 풀릴 때까지 주먹을 휘둘렀다. 마지막으로 힘껏 주먹을 휘두른 다음 지쳐서 숨을 헐떡거리고 있는데 뒤에서 목소리가 들렸다.

"어이, 무슨 일이야?"

놀라서 돌아보니 경비대원들이 다가오고 있었다. 모두 네 명이었는데 다들 키가 크고 어깨가 딱 벌어져 있었다. 그중 상급자로 보이는 한 명이 네즈에게 다가왔다. 뒤에 있는 사람 중 한 명이 무전으로 어딘가에 연락하는 동안 나머지 두 명은 진압봉을 빼 들었다. 네즈는 방금 전까지의 흥분이 사라지고 갑자기 몸이 얼어붙는 느낌이 들었다.

"너 지금 여기서 뭐 하는 거야?"

경비대원이 네즈에게 말했다.

"이거 제 기타인데요."

네즈는 그때까지 아찰이 들고 있던 기타를 가리키며 말했다. 긴장해서인지 호흡이 가빠서인지 목소리가 갈라졌다.

"왜 아찰이 이걸 들고 있어? 네가 준 거야?"

"아뇨."

"그럼 훔친 거군. 이걸 어디에서 잃어버렸어?"

"……."

"바른대로 말하는 게 좋아."

경비대원의 목소리가 서늘했다.

"아찰의 거리에서요."

"거기엔 왜 갔어? 일단 상황 38로 보고해. 너는 경비대에 같이 좀 가야겠다. 이 아찰 녀석은 연행하고."

네즈는 겁이 났다. 경비대에 가게 되면 틀림없이 아빠에게 연락이 갈 텐데.

"저…… 저희 아버지도 경비대예요."

"뭐? 어디서 근무하시는데?"

네즈는 아버지의 근무지와 이름을 말했다.

"네가 대장님 아들이라고? 그런데 아찰의 거리에는 왜 갔어?"

경비대원의 목소리가 누그러졌다. 네즈는 사실대로 말하기로 했다.

"······노래 연습 하려고요."

네즈의 말에 경비대원은 피식 웃었다.

"너는 너희 아버지에게 잘 해야 돼. 아버지가 밖에서 얼마나 힘들게 일하는지 모르지? 너희 아버지 정말 좋은 분이고 대단한 분이시다. 그런데 네가 이 밤중에 아찰의 거리 같은 데 드나들면 되겠어?"

"죄송합니다."

"오늘은 봐줄 테니까 다음부터 이런 데는 얼씬도 하지 마. 집에 가서 아버지에게 잘 하고."

"네."

"반장님. 이 가방은 어떻게 할까요? 증거인데 가져갈까요?"

다른 경비대원이 물었다.

"그럴 필요 없어. 학생한테 돌려줘."

"그런데 이 녀석 꼼짝을 안 하는데요? 이걸 안 놓고 있어요."

"귀찮군. 하는 수 없지."

반장이 허리에 달린 주머니에서 뭔가 장치를 꺼내 목에 갖다대고는 말했다.

"몸에 힘을 빼고 가방을 학생에게 줘."

목소리를 변조시키는 장치인 모양이었다. 그 소리를 들은 아찰이 천천히 움직이더니 기타 가방을 네즈에게 내밀었다. 네즈는 얼른 가방을 받아 들었다. 다음 순간 경비대원이 진압봉으로 아찰의 무릎 뒤를 힘껏 내리쳤다. 아찰이 낮은 신음 소리를 내며 무릎을 꿇자 다른 경비대원이 목걸이 같은 걸 꺼내 아찰의 목에 채우고는 사슬을 연결했다. 문 뒤에서 짧고 날카로운 숨소리가 들렸지만 경비대원은 못 늘은 것 같았다.

"원칙대로 하면 경비대에 가서 조서를 써야 하지만 그냥 여기서 약식 구술로 대신할게. 무슨 일이 있었는지 순서대로 말해 봐."

네즈는 아찰의 거리에 갔던 일부터 경비대원을 만나기 전까지의 일을 간단하게 말했다.

"응? 네가 아찰한테 멈추라고 하니까 아찰이 멈췄다고?"

"네? 아, 네."

"대단한데? 나중에 경비대에 들어오면 되겠네. 아찰이 말을 아주 잘 듣겠어. 일단 그 전에 잘 먹고 운동 좀 하고."

네즈는 그의 말이 무슨 뜻인지 이해할 수 없었다.

"그리고 앞으로 아찰의 거리에는 얼씬도 하지 마. 이놈들 언제 무슨 짓을 할지 모르니까."

경비대원들이 아찰을 데리고 떠나간 뒤 네즈는 기타 가방을 든 채 그 자리에 조금 더 서 있었다.

어느 순간부터 문 뒤에서 우는 소리가 들려왔다. 좀 전에 봤던 아이가 아직도 문 뒤에 있었다. 그렇다면 그것을 다 보고 듣지 않았을까. 아찰이 얻어맞고, 목에 사슬이 채워지고, 아니, 그 전에 내가 아찰을 때리는 것을. 네즈는 목구멍이 조여들며 숨이 막혀 왔다. 아까의 일들이 선명히 떠올랐다. 아찰을 때리던 내 손. 아찰을 차던 내 발. 기타를 가져갔다는 이유로, 단지 그래도 된다는 이유로, 반항조차 하지 않는 아찰을, 아이가 보는 앞에서 때렸다. 아이의 엄마나 아빠, 오빠나 언니였을 아찰을. 내가 무슨 짓을 한 거지. 아찰이 아니라 아이를 때린 것만 같았다. 그래서 아이가 우는 것만 같았다. 그 순간을 지우고 싶었다. 하지만 그럴 수 없었다. 모든 것을 보고 들은 아이가 증인이었다. 얼얼한 주먹과 다리가 증거였다. 핏물을 뒤집어쓴 기분이었다. 씻어도 지워지지 않는 아주 차가운 핏물을. 울음소리가 계속 들렸다. 그 소리가 아빠의 호통보다 더 무서웠다. 당장 숨고 싶었다. 그 소리가 들리지 않는 곳으로 도망가고 싶었다. 참을 수 없어서. 참을 수 없을 정도로 무섭고 부끄러워서.

네즈는 기타를 바닥에 내려놓고 도망치듯 달려나왔다. 미안하다는 말이, 끝내 목에 걸린 채 나오지 않았다.

디본을 쫓아다니는 일은 그만뒀다. 급식실 앞에서 딱 한 번 눈이 마주쳤지만 디본은 알은체하지 않았다. 네즈도 마찬가지였다.

아찰에게 통하는 특정한 목소리의 주파수가 있다는 것을, 나중에 알게 됐다. 아빠나 경비대원의 이야기가 이해가 됐다. 아찰의 거리에 있는 건물 옥상에서 노래 연습을 할 때 아찰들이 모여들었던 것도. 그날 아찰이 꼼짝도 하지 않고 멈춰 있었던 것도. 자신이 연습했던 그 목소리가 사람이 아니라 아찰을 향한 목소리였다는 걸, 위로하는 목소리가 아니라 명령하는 목소리였다는 걸 알게 된 후에는 입을 열고 싶지 않아졌다.

네즈는 마스크를 쓰고, 안경을 쓰고, 학교에 늦으면 뛰고, 시간이 날 때마다 공부를 했다. 시시한 삶이었지만 달리 할 것도 없었다. 이렇게 살면 무엇이 될까. 경비대원이 되고 싶지는 않았다. 그렇다고 가수가 되고 싶지도 않았다.

그 무엇도 되고 싶지 않았다.

4 디본

디본은 그릇에 시리얼을 절반쯤 붓고 우유를 3분의 2 눈금까지 부었다. 다 먹는 데는 6분이 걸렸다. 영양제와 비타민을 삼키고 물을 마신 뒤 휴지로 입가를 닦고 그릇을 세척기에 넣고 양치질을 한 다음 거울 앞에 앉아 로션과 영양 크림을 바르고 미리 적셔 뒀던 머리를 잘 말렸다. 머릿결이 반곱슬이라 다행이었다. 안 그랬으면 매일 아침 10분 정도를 더 뺏겼을 테니까.

교복을 입고 거울 앞에서 한 바퀴 돌아 복장을 점검한 뒤마스크를 썼다. 단말기를 꺼내 중요한 연락이 있었는지 확인했다. 메시지가 몇 개 있었지만 중요한 건 없었다. 디본은 제대로 읽지도 않고 모두 지운 다음 마지막으로 과제물과 준비물을 점검하고 빠진 것이 없는지 확인한 뒤 가방을 멨다.

"다녀오겠습니다."

공동주택의 복도에 울리도록 일부러 조금 큰 목소리로 인사를 하는 것도 빼먹지 않았다.

트램에는 오늘도 제법 사람이 많았다. 디본은 일부러 출입문에서 멀리 떨어진 안쪽으로 들어갔다. 다행히 창가 쪽에 자리가 있었다. 아찰의 거리를 향한 쪽이었다. 구석에 자리를 잡은 디본은 단말기로 역사 참고서를 열었다. 집에서 학교까지는 35분. 그중 트램을 타고 가는 시간은 20분 정도. 한 챕터를 리마인드하기에 충분한 시간이었다. 9학년이 된 후로 공부해야 할 양이 많아졌다. 특별 활동도 모두 수업이나 자습으로 대체됐다. 게다가 디본이 속한 A반은 공부하는 기계 같은 애들만 모아 놓은 곳이었다. 트램에서 공부를 하는 건 꼴사납지만 그런 애들과 경쟁해야 하니 어쩔 수 없었다. 물론 종평에는 시험 성적만 들어가는 건 아니었다. 하지만 나는 완벽하지 않으면 안 돼. 디본은 속으로 되뇌었다.

어디쯤 왔는지 확인하기 위해 잠시 고개를 들자 아찰의 거리가 보였다. 아침인데도 그 거리는 습하고 더러워 보였다. 햇빛을 난반사하는 먼지 때문일까. 트램 안에 있는데도 그 거리의 냄새가 풍겨 오는 듯한 기분이 들었다. 반면 반대쪽에 있는 헤임의 피라미드는 얼마나 눈부시게 빛나고 있을 것인가.

하지만 디본은 그쪽으로 몸을 돌리고 싶지 않았다. 피라미드를 보고 싶지도 않고 피라미드에 자신의 모습을 보이고 싶지도 않았다. 아직은 때가 아니었다.

어떤 사람들은 아찰라와 헤임의 사람들이 평등하냐고 말한다. 장벽은 아찰라와 황야 사이에 있지 아찰라와 헤임 사이를 가로막는 건 아무것도 없다고 말한다. 아찰라와 헤임은 이웃이고 형제이며 운명 공동체이고 한 몸이라고 말한다. 모두 헛소리다. 헤임에 사는 사람은 아찰라에 올 수 있지만 아찰라의 시민은 헤임에 들어갈 수 없다. 그들이, 아찰라의 시민이 할 수 있는 것이라고는 피라미드의 불빛을 쳐다보며 그 안의 삶은 어떤지 상상하는 것뿐이다. 아찰라의 시민은 피라미드에 접근하는 것조차 허용되지 않는다. 경비대는 아찰라가 아니라 헤임을 위해 존재한다. 아찰라의 치안보다 헤임의 입구와 주위의 경비에 더 많은 경비대원이 배치돼 있다는 게 그 증거다. 그들은 아찰라 사람들이 헤임에 접근하지 못하도록, 해자를 건너 피라미드를 기어오르지 못하도록 막고 있다. 그래서 아찰라 사람들은 피라미드에 들어갈 수도, 올라갈 수도 없다. 일생에 단 한 번의 기회를 제외하고는.

아찰라의 9학년 학생은 모두 4만 명 정도이고 해마다 그중 스무 명이 헤임에 있는 대학교에 진학한다. 4만 명 중에서 스무 명. 한 자치구에서 한 명 혹은 두 명. 어쩌면 더 많을 수도 있고 또 어쩌면 한 명도 없을 수 있다. 그건 2000명 중에서 1등을 해야 한다는 뜻이 아니라 3만 9980명을 제쳐야 한다는 뜻이다. 불가능한 일은 아니다. 4만 명 모두에게 종평 점수를 매기면 그중 누군가는 20등 안에 들 테니까 그중에 자신이 포함되지 않을 것도 없었다. 정말이지 불가능한 일은 아니다. 지금처럼만 한다면. 완벽하기만 하다면.

내리기 두 정거장 전에 디본은 마스크를 벗어 가방에 넣은 다음 볼을 조금 만졌다. 마스크 자국이 남을까 봐서였다. 마스크를 쓰고 다닌다고 종평 점수가 깎이는 건 아니지만 마스크를 쓰고 다니는 애들을 조금 이상하게 보는 건 사실이었다. 먼지야 항상 있는데 자기 혼자 깨끗한 척한다고 손가락질당할 수도 있었다. 종평에는 평판 점수도 들어가기 때문에 항상 주위 사람들과 좋은 관계를 유지하고 가능하면 주위의 존경과 인정을 받아야 했다. 비록 내가 그들과 다른 곳에서 왔고 그들과는 다른 사람이고 언젠가 다른 곳으로 떠날지라도 종평 최종 점수가 나올 때까지는 그래야 했다. 그러니까 피크닉이 끝날 때까지는.

"디본, 안녕?"

트램에서 내리자 7학년 때 같은 반이었던 여자애가 말을 걸어왔다. 공부를 곧잘 했지만 성적이 점점 떨어진다며 고민하던 애였다. 지금은 C반이던가.

"안녕? 오랜만이다."

"넌 어쩌면 이렇게 맨날 피부가 좋니?"

"잠을 많이 자서 그래. 나 어제 아홉 시간 잤어. 하하."

거짓말이었다. 사실은 영양 크림 덕분이고 어제는 과제 때문에 네 시간밖에 자지 못했다.

"엄마가 뭐라고 안 해? 공부는 언제 하고?"

"우리 엄마도 나 잠자는 건 이제 포기했어."

"그래도 대단하다. 잠을 그렇게 자고 공부는 언제 하냐 도대체. 너 머리가 정말 좋은가 봐."

"우리 반에 머리 좋은 애들이 얼마나 많은데. 어떤 애들은 문제집을 하루에 하나씩 깨."

이 정도의 속어는 써 줘야 했다. 너무 바른말만 쓰는 것도 애들의 눈 밖에 나는 이유가 될 수 있었다.

"괴물들이네."

"그치!"

디본은 로비의 엘리베이터 앞에서야 그 애와 헤어졌다. 자꾸 말을 시켜 곤란했지만 그래도 이름을 모른다는 걸 끝까지 들키지 않을 수 있었다.

엘리베이터 안에는 A반 애들만 있었다. 학교 종평 상위 30등 안에 드는 우수한 아이들. 그러나 디본의 눈에는 속 편하게 사는 철없는 애들로만 보였다. 종평을 잘 받으면 행복한 삶이 펼쳐질 거라 믿는. 이 애들에게 왜 종평을 잘 받아야 하는지 물어보면 혜임에 가기 위해서라고 대답하겠지. 혜임에 왜 가려 하느냐고 물으면 부모가 시켜서, 혹은 혜임에 가야 행복해지니까, 하고 대답할 것이다. 만약 혜임에 못 가면 어떻게 할 거냐고 물으면 아쉽지만 다른 학교에 가야지, 하고 대답하겠지. 이 아이들은 끝내 모를 것이다. 그리고 이해하지도 못할 것이다. 혜임에 가지 않으면 안 되는 사람이 있다는 것을. 혜임에 가지 않는 미래는 생각해 본 적도 없는 사람이 있다는 것을. 디본은 이 아이들과 함께 있으면 숨이 막히는 듯 답답했다. 이 애들이 철없어 보여서만은 아니었다. 더 큰 이유는 따로 있었다. 이 애들이 노리는 것이 바로 자신이기 때문이었다. 왜냐하면 내가 이 학교의 종평 1등이니까.

종평은 '종합 적합도 평가'의 줄임말이다. 공식적으로는 학생이 건전한 시민으로서 사회에 얼마나 잘 적응할 수 있는지를 나타내는 단순한 평가 지표일 뿐 대학 진학이나 취업에는 아무런 영향을 미치지 못한다고 하지만 그걸 믿는 사람은 아무도 없다. 누구나 종평이 중요하다는 것을, 오직 종평만이 중요하다는 것을, 그것이 대학과 취업과 이후의 삶을 결정한다는 것을 알고 있다. 한 달에 한 번씩 갱신되는 종평 점수 발표를 위해 교육청의 인공지능은 학생들의 모든 학교 활동에 관한 정보를 상시적으로 수집했다. 인공지능은 학생들의 성적과 교사의 평가뿐만 아니라 학교의 카메라를 통해 학생들의 행동과 말을 모니터링했다. 작은 욕설, 은근한 따돌림, 겉으로 드러나지 않는 괴롭힘, 몰래 주고받는 쪽지나 이상한 물건, 그런 것들 전부를. 그중 무엇이 종평에 영향을 주는지는 아무도 몰랐다. 알고 있는 건 인공지능뿐이었다. 그래서 학교는 종평을 잘 받을 수 있는 나름의 기준을 세워 뒀다. 리더십, 자제력, 도덕심, 친화력, 문제 해결 능력, 신체 능력, 청결과 위생, 행실, 평판 등등. 그러니 종평에 신경 쓰는 아이들은 착하고 훌륭한 학생이 될 수밖에 없었다. 좋은 이야기를 하고 좋은 표정을 짓고 좋은 행동을 하고 좋은 관계를 맺고……. 그러나 지금이라도 학교의 카메라가 꺼지면 언제든 손톱을 들이밀 애들이 이 중에도 분명 있겠지. 디본은 표정을 감추며 생각했다.

3교시 사회 수업 때 디본은 각 도시국가의 행정부 형태에 대해 발표했다. 선생님은 발표자는 미리 발표 자료를 게시판에 올려 두라고 했지만 A반에서 그 말을 따르는 애는 없었다. 미리 올렸다가 공연히 꼬투리를 잡힐 수도 있었고 누군가가 단단히 벼르고 공격해 올 수도 있었다. 대답을 제대로 하지 못하면 종평에 불리할 텐데 그러느니 차라리 교사의 지시를 따르지 않는 편이 나았다.

"아시다시피 아찰라는 총리제를 따르고 있으며 총리는 하원의 투표와 상원의 인준을 얻어서 임명됩니다. 이는 앞서 살펴본 다른 도시국가들과는 다른 독특한 체제이며 DOMS의 서비스를 지원받는 다른 공동체와 비교해서도 유례없는 방식임에 분명합니다. 장벽을 가진 도시국가가 일반적으로 각자의 지리적, 정치적, 사회적, 역사적, 그리고 생물권역적 특성에 따라 독자적인 체제를 발전시켜 온 점을 생각해 본다면 상하원이 상호 견제를 통해 역동적이고 기능적인 행정체를 구성하는 아찰라만의 독창적인 방식은 오히려 세계에 모범이 될 만하다는 것이 저의 결론입니다. 이상으로 발표를 마치고 질문을 받겠습니다."

손을 드는 아이가 있었다. 히에였다.

"현재 상원은 종신제, 하원은 4년 임기의 선출제로 구성돼 있습니다. 발표하신 것처럼 헤임과 같은 메가시티를 포함하는 도시국가 중 양원 제도를 유지하는 곳은 아찰라밖에 없습니다. 그리고, 읽어 보셨을지 모르겠지만 최근 세계 회의에서는 아찰라의 이런 의회 형태가 사회의 불평등지수를 높일 수 있으므로 단일원으로의 전환이 필요하다는 진단과 권고를 내리기도 했습니다. 이에 대해서 발표자는 어떻게 생각하십니까?"

단단히 준비한 모양이네. 아마 오늘 내 발표에 대비해 과외 선생님이 콕 짚어 준 질문이겠지. 하지만 준비한 건 너만이 아닌걸.

"말씀하신 대로 뉴이즈미르에서 열린 제18차 세계 회의에서 아찰라에 대해 권고를 의결한 것은 사실입니다. 하지만 그 것은 피라미드의 건설에 따른 인구 이동의 결과로 양원의 균형에 변화가 올 것을 우려한 것이었습니다. 아찰라 의회는 인구 이동과 함께 발생할 수 있는 아찰리 시민의 불편을 최소화할 것과 함께 상원의 권한을 점진적으로 축소하고 하원의 권한을 늘릴 것을 합의했습니다. 현재 20년 계획으로 진행되고 있는 아찰라의 도시 정비 사업과 선거구제 개편을 위한 기구의 설립은 그러한 노력의 일환입니다. 다만 이를 위한 의회법 개정은 안타깝게도 현재 야당의 반대로 의회에서 몇 달째 처리되지 못하고 있는 중입니다. 아찰라의 예비 시민으로서 우리의 의무는 법안이 처리되는 과정에 끝까지 관심을 기울이고 의회의 약속이 성실히 이행되는지를 감시하고 평가하는 것이라 생각됩니다. 답변이 됐습니까?"

히에는 입을 다물었다.

"다른 질문 있습니까?"

이번에는 아무도 손을 들지 않았다. 디본은 고개를 꼿꼿이 들고 자기 자리로 돌아왔다.

"너 점심 누구랑 먹어?"

점심시간이 됐을 때 옆자리에 앉아 있던 애가 물었다. 디본은 조금 놀라서 얼른 대답이 나오지 않았다. 지금까지 한 번도 이야기해 본 적 없는 아이인데 너무나 자연스럽게 묻는 바람에 자기도 모르게 같이 먹자고 말할 뻔했다. 이름이, 아란이었던가. 이름을 기억하는 건 그 애가 종평 3등이기 때문이었다. 그러니까 너도 나를 끌어내리고 싶은 애들 중 하나란 말이지. 그 위치에 있으니 더욱 간절하겠지. 히에가 그런 것처럼. 옷차림을 보면 그리 살사는 집 아이가 아니라는 건 대번에 알 수 있어. 그런데도 거기까지 올라갔다는 건 그만큼 노력을 많이 했다는 뜻이겠지. 그래서 더욱 간절할 테고. 그런 애가 갑자기 같이 밥을 먹자고 하다니 무슨 꿍꿍이일까.

"나 급식실에서 테니스부 친구들 만날 건데. 같이 먹을 사람 없으면 나랑 같이 갈래?"

이 정도 친절은 베풀어 주지. 혹시 네가 나를 시험하려는 거라면.

"아니. 괜찮아. 도시락 싸 왔거든. 교실에서 먹지 뭐."

도시락을 싸 왔다면 뭐 하러 물어본 거지? 디본은 아란에게 웃음을 한번 지어 보인 다음 급식실로 향했다.

만나자는 약속은 안 했지만 테니스부 애들은 언제나처럼 급식실 앞 복도에 모여 있었다. 이제 테니스부 활동도 끝났고 공부를 열심히 하는 것도 아니고 학교에 재미있는 일도 없어서 그저 졸업만 기다리는 애들. 종평을 올릴 수 있는 남은 방법은 공부뿐이지만 그렇게 노력해서 눈곱만큼도 안 되는 점수를 더 받느니 얼굴이나 가꾸면서 남은 시간을 보낼 생각인, 근심도 계획도 노력할 것도 없는. 하지만 우리는 서로를 필요로 하지. 같이 있으면 서로 돋보이니까. 너희는 종평 1등과 친구인 셋으로, 나는 송평 1능인데도 공부에만 빠져 있지 않고 여전히 함께 운동했던 친구들과 어울리는 것으로.

"너희 부모님 오셨어?"

"우리 부모님이 왜? 나 뭐 사고 쳤어?"

"요즘 진로 상담 기간이잖아. 넌 아직 안 했어? 우리 엄마는 내일 오신다던데."

"헉. 나 말 안 했는데."

"나는 오늘 왔다 가셨어. 내 종평이 안 좋다고 어찌나 미안해하시던지 내가 다 죄송하더라."

"우리 아빠는 내 종평 점수 듣고는 나보고 뭐 하러 사냐 그러던데."

"어휴. 그건 좀 심했다."

"진짜 죽어 버릴까."

"아 맞다. 그런데 나 아까 상담실 앞에서 어떤 사람들 봤다."

"그럼 사람을 보지 아찰을 봤겠냐."

"들어 봐. 어떤 아저씨랑 아줌마였는데, 둘 다 옷이 엄청 세련된 거야. 그런데 남자분은 너무 잘생기고 여자분은 얼굴이 너무 하얀 거 있지. 난 무슨 배우나 모델이 온 줄 알았지 뭐야."

"그런 사람들이 우리 학교에 왜 와?"

"글쎄? 혹시 상담 온 거 아냐?"

설마. 몇몇이 디본을 흘끔 쳐다봤다. 디본은 모른 체하고 입안에 있던 물렁한 파스타를 넘겼다.

수업을 마치고 교문을 나서는데 두 사람의 모습이 보였다. 디본은 곧장 그들을 향해 걸어갔다. 그들도 다소곳하고 점잖은 태도로 디본이 다가오기를 기다렸다.

반가워해야지. 오랜만에 만났다는 티는 내지 말고. 아침에 헤어졌다가 지금 다시 만난 척해야지. 의외의 장소에서 만나서 놀란 척하고. 그래, 멋진 모습으로 학교에 찾아와 줘서 기뻐해야겠지. 자랑하는 것처럼은 보이지 않아야겠고. 웃음도 지어야지. 그래야 자연스러워 보이겠지.

"엄마 아빠가 학교에는 웬일로 오셨어요?"

디본은 얼굴 가득 웃음을 지으며 말했다.

"오늘이 진로 상담이라서, 마침 아빠도 오후에 시간을 낼 수 있다고 해서서 같이 왔어요. 아빠는 상담만 마치고 그냥 가려고 하는 걸 내가 우겨서 기다렸어요. 우리 딸 학교에서 나오는 모습 보고 싶어서."

엄마가 말했다. 여전히 단정하고 아름다웠다. 못 보던 사이에 눈밑 주름이 조금 생긴 것 같지만.

"차를 가져왔어. 타고 가자."

아빠가 말했다. 이뻬는 얼굴도 목소리도 부드럽고 반듯했다. 그래. 모르는 사람이 보면 그저 잘생겨 보이겠지.

디본은 잠시 망설였다. 주위에서 아이들이 디본과 두 사람을 보면서 지나가고 있었다. 여기서 둘과 헤어져 따로 간다면 쟤들이 어떻게 생각할까.

"그래요. 가요."

아빠가 조금 앞서서 가는 동안 엄마는 슬며시 디본의 팔짱을 꼈다. 엄마는 디본을 향해 조용히 웃었고 디본도 조금 웃었다. 그러나 서로 말은 하지 않았다.

학교에서 한 블록 떨어진 주차장에 와서 디본은 엄마의 팔에서 슬며시 손을 뺐다.

"나는 이제 여기서 혼자 갈게."

디본이 말했다.

"같이 가지 않고?"

엄마가 물었다.

"어디로?"

디본이 되물었다.

"집이죠."

"내가 사는 집은 거기가 아니잖아. 그리고, 알잖아. 가족 분리 신청해 놓은 거."

"그래도 아직은 가족이야. 가족 분리는 성인이 돼야 할 수 있는 거야."

아빠가 말했다.

"그래서 미리 신청해 뒀어. 효력은 내년에 생기지만 미리 연습해 둬서 나쁠 것 없잖아."

엄마와 아빠는 말이 없었다.

"그런데 진로 상담에서는 무슨 말을 했어?"

"네 미래는 너에게 맡기기로 했다고 했지. 어릴 때부터 자기 일은 알아서 잘……."

"오늘 온 용건은 그것뿐이야?"

디본은 아빠의 말을 잘랐다.

"우리 딸이 보고 싶어서 왔죠."

엄마가 말했다.

"그동안 키우면서 많이 봤잖아. 몇 번 더 보는 게 무슨 소용이 있겠어."

"밥은 잘 먹고 다녀요?"

"응. 잘 챙겨 먹고 있어."

"어디 아픈 데는 없고요?"

"나 말고 엄마 몸이나 걱정해."

"……여전히 마음씨 고운 아이네요."

"특별히 걱정해 주는 건 아냐."

"…… 그래요."

잠시 침묵이 이어졌다.

"사실은 곧 면담이 있을 거라고 연락이 왔다. 정착 프로그램 말야. 선생님에게 그 이야기를 했다. 미리 이야기를 해 둬야 수업을 뺄 수 있으니까."

아빠가 말했다.

"면담은 이민국에서 하지만 개별 면담이니까 거기서 만날 일은 없을 거야. 그래서 말인데, 우리끼리 미리 이야기를 좀 하는 게……."

"아니. 안 그러는 게 좋을 것 같아. 그냥 같이 살고 있는 척만 해 줘."

"그래도……."

"그냥 그것만 해 달라고."

셋 다 한참 말이 없었다.

"돈은 필요하지 않아요?"

엄마가 말했다.

"아직 예금이 남아 있어."

엄마가 가방에서 봉투를 꺼내 디본의 교복 주머니에 넣었다. 디본은 움직이지 않았다.

"뭐 좀 사 먹고 그래요. 영양제도 먹고. 잠도 푹 자고 아프지 말고."

디본은 대답하지 않았다.

"그럼 나 이제 갈게."

트램 정거장까지 걸어가는 동안 디본은 한 번도 뒤돌아 보지 않았다.

이민국의 면담이 중요한 건 프로그램이 제공하는 이주자 가산점 때문이었다. 정식 명칭은 '이주자의 정착을 위한 지원 프로그램'이었지만 보통은 정착 프로그램이라고만 불렀다. 그들은 이주자의 자식에게 종평 가산점을 부여했다. 나중에 그 자식들이 원래의 자리로 돌아올 수 있도록. 추방자인 부모는 여전히 아찰라에 남더라도. 그러고 보면 종평 1등을 하는 데는 이민국의 도움이 컸다고 할 수 있었다.

면담은 싱거웠다. 하긴 새로울 것도 없었다. 올해로 벌써 열 번째였고 5학년 때부터는 개별 면담을 했으니까 그것만도 벌써 다섯 번째였다. 면담관도 3년째 같은 사람이었다.

"학교 생활은 만족스러워요?"

면담관이 물었다.

"네."

"성적이 매우 우수하다고 들었어요."

"이주자 정착 프로그램 덕분이라고 생각합니다."

면담관이 웃음 지었다. 디본도 따라서 웃음 지었다. 미리 연습한 대로.

"졸업 후에는 어떻게 할지 생각해 봤나요?"

"정치학과 행정학을 전공하고 싶습니다. 부전공으로는 역사를 생각하고 있습니다."

"부모님은 약리학과 환경공학을 전공한 걸로 나오는데, 전혀 분야가 다르네요?"

"부모님과 저는 별개의 사람이니까요. 자라 온 환경도, 생각하는 바도 다르기 때문에 삶의 지향 역시 다를 수밖에 없다고 생각합니다."

"그렇군요. 희망하는 학교가 있나요?"

"헤임의 3대학에 진학하고 싶습니다."

"지금 성적으로 아찰라의 대학에 가면 졸업할 때까지 의회 장학금을 받을 수 있을 것 같은데요?"

"제가 가고 싶은 곳은 헤임의 3대학입니다."

"헤임에 가기를 희망하는군요. 가족 분리 신청을 한 것도 그 때문인가요?"

"네. 그렇습니다."

"어차피 진학이 결정되면 분리 신청의 기회가 있는데, 효력이 발휘되지도 않는 걸 미리 신청한 이유가 있나요?"

"마음의 준비를 미리 해 두려고요. 부모님도 동의해 주셨습니다."

지금도 떨어져 살고 있다는 이야기는 하지 않았다.

그 뒤로는 지루한 필기 면담이 있었다. 단순하고 무의미해 보이는 몇천 개의 문항들. 하지만 그것이 하나하나의 답변이 아니라 전체 답변의 패턴을 통해 심층 심리를 분석하는 테스트라는 것을 디본은 알고 있었다. 그리고 그 시험을 속일 수 없다는 것도. 속이려 하면 속이려 한다는 것을, 미리 연습하면 미리 연습했다는 것을 인공지능은 알아낸다. 종평과 마찬가지였다. 좋은 점수를 받으려면 좋은 학생이 되는 수밖에 없는 것처럼 좋은 시민으로 보이려면 좋은 시민이 되는 수밖에 없었다. 아찰라의 체제를 비판하거나 정부의 정책을 의심하는 따위의 생각은 해 본 적 없는 선량한 시민. 그렇다면 인공지능은 내가 얼마나 헤임에 가고 싶어하는지, 그것을 위해 얼마나 열심히 노력하고 있는지 모두 알아차릴 수 있겠지.

면담을 마치고 집에 돌아온 건 저녁 무렵이었다.

우선 씻고, 조금 쉬었다가 뭔가를 먹고, 공부를 조금 하고, 옷을 갈아입어야지.

가게에 나가야 하는 날이니까.

마토의 가게는 하이타운 변두리의 술집 거리에 있었다. 골목 안쪽인 데다 간판도 그리 눈에 띄지 않지만 손님은 꾸준히 있었다. 하긴 그 거리의 술집 어디에나 손님이 있었다. 아찰라의 어른들은 밤이 되면 그 거리로 모여드는 모양이었다.

마토를 알게 된 건 아미고 서비스를 통해서였다. 처음 시작은 방학 동안 용돈을 벌 목적이었다. 디본은 아미고 서비스가 연결해 준 사람을 만나 이야기 상대가 돼 주거나, 함께 음악을 듣거나, 옷을 골라 주거나, 같이 식당에 가 주거나 하면서 용돈을 벌었다. 디본을 만난 사람들은 대개 만족해서 추가 요금을 내고 시간을 연장하고는 했다. 가끔 이상한 걸 요구하려는 사람도 있었지만 디본은 상냥하지만 매몰차게 거절했다. 서비스가 끝난 뒤 따로 오는 메시지에는 답장하지 않았다.

아미고 서비스에서는 같은 사람을 계속 지명할 경우 추가 요금이 붙었다. 그런데도 계속 디본을 지명해 오는 사람이 있었다. 몇 번이고 계속해서. 그가 원하는 건 함께 식사를 하며 이야기를 나누고 남은 시간 동안 산책을 하는 것이 전부였다. 젊고 잘생긴 남자였고 언제나 괜찮은 식당으로만 데려갔다. 매너도 좋아서 디본에 대해 캐물으려고 하지 않았다. 가끔 좀 위태로워 보이기도 했지만, 글쎄, 아찰라에 사는 사람 중에 위태롭지 않은 사람은 없으니까. 그의 이름은 마토라고 했다.

"이거보다 괜찮은 일이 있는데 해 볼래?"

어느 날 마토가 물었다. 둘은 손님이 별로 없는 식당에서 저녁을 먹는 중이었다.

마토는 디본이 아미고 서비스 같은 하찮은 일 말고 더 괜찮은 돈벌이를 할 수 있도록 돕고 싶다고 했다. 일은 기본적으로 아미고 서비스와 다를 바 없었다. 말 상대가 되어 주고 함께 노래를 부르거나 음식을 고르는 정도. 시간도 더 자유롭고 같은 시간에 더 많은 돈을 벌 수 있다년 남는 시간에 공부도 더 할 수 있지 않느냐고도 했다.

"우리 손님들은 모두 깨끗한 사람들이야. 그리고 무슨 일이 생기면 내가 보호해 줄 거고 학교에 알려지는 일도 없을 거야."

드러내 놓고 말하지는 않았지만 마토는 이미 디본에 대해 어느 정도 알고 있는 것 같았다.

"사실은 여기가 내 가게야."

디본은 그제야 주위를 둘러봤다.

"여기는 홀이고 안쪽에 몇 개의 룸이 있어. 저녁에 오는 손님들은 안쪽에서 시간을 보내지. 잠깐 볼래?"

마토는 디본에게 가게의 곳곳을 보여 줬다. 주방, 사무실, 게스트 룸, 드레스 룸……. 드레스 룸에는 화려한 드레스가 많이 걸려 있었다.

일주일에 두 번, 화요일과 목요일 밤의 두 시간이었다. 그것만으로도 아미고 서비스 열두 시간을 하는 것보다 더 많은 돈이 들어왔다. 처음에는 드레스를 입는 게 어색했지만 금방 익숙해졌다. 하긴 처음 입어 보는 것도 아니었다.

그러면 될 것 같았다. 생활비에도 시간에도 여유가 생기면 미뤄 뒀던 강의도 들을 수 있고 혼자 공부할 시간도 늘어나고 식사와 건강에도 더 신경을 쓸 수 있고 가사 도움 서비스를 부를 수도 있을 테고 그러면 더 많은 시간이 생기고 또 어쩌면 운동을 좀 할 수 있을지도 모르고…….

그런데 어디서부터 잘못된 걸까?

일하는 시간을 늘린 것? 하지만 돈이 더 필요했는걸. 강의를 신청한 것? 부족한 공부를 메워야 했으니까. 가사 도움 서비스를 부른 것? 그러면 공부할 시간도 없는데 그 많은 빨래와 청소를 내가 다 어떻게 해. 단말기를 최신형으로 바꾼 것? 시간을 쪼개 공부를 하고 과제를 하려면 어쩔 수 없이 큰 화면에 처리 속도가 빠른 걸로 바꿔야 했어.

피로 때문에 학교 수업에 집중하지 못했고 신청한 온라인 강의는 제대로 듣지 못했고 생활은 더 불규칙해졌다. 생활비가 빠듯해 가사 도움 서비스를 중단하자 청소와 빨래가 밀리는 날이 많아졌다. 부족한 시간과 피로 때문에 과제를 제때 하지 못하는 날도 있었다. 그전에는 이러지 않았는데. 어디에서부터 잘못된 걸까. 어디부터 바로잡아야 하는 걸까.

알람 소리에 눈을 뜨자 아침이었다.

아침?

디본은 몸을 벌떡 일으켰다. 정신이 돌아오는 데 몇 초쯤
걸렸다.

오늘이 무슨 요일이더라.

금요일이었나. 학교에 가야 했다. 그런데 어젯밤에 무슨 일
이 있었지? 그래. 생각났다. 술을 조금 마셨다. 어쩔 수 없이
그렇게 됐다. 아니, 그래서는 안 되는 거였어. 그리고 지금은
그걸 생각할 때가 아니었다.

아직 외출복 차림이었다. 어젯밤에 집에 돌아와 씻지도 못
하고 그냥 잠들어 버렸다. 얼른 외출복을 벗고 얼굴을 씻는
둥 마는 둥 하고 머리에 물을 묻히고 로션을 바르고 교복을
입었다.

가방을 챙기는데 과제가 있다는 것이 떠올랐다. 세계 시민
의 의무와 권리에 관한 여섯 장짜리 리포트. 그걸 하려고 했
었지. 지난 주말에. 하지만 하지 못했다. 왜 못 했지? 청소를
하고 빨래를 하고 나니 피곤해서…… 그 생각은 그만하자.

집에서 나오는데 머리가 젖어 있었다. 깜박하고 말리지 않
았던 것이다. 하지만 돌아가서 말리고 나올 시간은 없었다.
누군가 아는 사람을 만나기 전에 머리가 마르기를 바라는 수
밖에. 그보다 과제가 더 문제였다. 어쩌지? 미룰 수도 없는데.

그렇다면 트램에서 하는 수밖에. 20분 안에 여섯 페이지를 완성하려면 유료 리포트를 사서 짜깁기하는 방법밖에 없었다. 그래도 빠듯하지만.

트램에 타고야 마스크를 하지 않은 게 생각나 일른 가방을 뒤져 보니 쓰던 마스크가 하나 있었다. 언제부터 여기 있었던 걸까. 마스크에서는 눅눅한 냄새가 났지만 없는 것보다는 나았다.

단말기가 신형이라 처리 속도가 빨라 다행이었다. 5일치 식비로 리포트를 세 개 구매하고, 그것들을 훑어보고, 새 창을 열고, 구매한 리포트에서 일부를 복사해 붙여 넣고, 문장을 바꾸고, 새 문장을 써 넣고, 그래프를 두 개 그리고……. 인공 지능에게 시키면 간단한 일이었지만 그랬다가는 쉽게 들킬 위험이 있었다. 트램에서 내릴 때쯤에는 결론을 막 쓴 참이었다.

걸음을 서두르다가 테니스부 애들을 만났다.

"이제 오는 거야? 오늘은 좀 늦네?"

"응. 오늘 늦잠 잤어. 엄마가 깨우는데도 못 일어나서."

"어쩐지 오늘 뭔가 다르다 했다."

디본은 얼굴은 웃었지만 속으로는 조금 놀랐다. 급하게 준비하다 뭔가 빼먹은 걸까.

"오늘은 마스크까지 했네?"

"아."

그러고 보니 트램에서 내리며 마스크 벗는 것을 잊었다.

"엄마가 하도 하고 가라고 해서. 우리 엄마는 먼지 좀 마시면 큰일 나는 줄 알아."

디본은 얼른 마스크를 벗고 볼을 문지르고 싶은 걸 참았다.

"그런데 가방에 달고 있는 건 뭐야? 가수야? 키오페? 키오베? 뭐라고 읽는 거야?"

한 친구가 디본의 가방에 매달린 액세서리를 손가락으로 건드리며 물었다. 디본이 대답하지 못하고 머뭇거리는 사이에 다른 친구가 대신 대답했다.

"카이오웨."

디본은 그가 누구인지 몰랐다. 액세서리도 마토가 준 것이었다. 음원도 선물해 줬지만 들어 보지는 않았다. 마토는 자꾸만 디본에게 뭔가를 주려 했다. 옷이나 가방 같은 것. 차라리 돈을 더 주면 좋을 텐데.

"이런 것도 들어? 너는 밥만 먹고 공부만 하는 줄 알았는데."

"나도 사람인데 음악도 좀 듣자. 어떻게 공부만 하고 사니? 하하."

"넌 사람 아니고 괴물인 줄 알았지."

"재수 없어."

"응?"

마지막 말을 잘못 들었나 싶어 디본이 되물었지만 돌아오는 대답은 없었다. 서늘하고 어색한 침묵이 내려앉았다.

디본은 테니스부 애들과 교직원 엘리베이터 앞에서 헤어졌다. 앞으로 저 애들과 어울리는 일은 줄여야겠다는 생각이 들었다. 내가 완벽하면 뭐 해. 나를 대하는 세상이 완벽하지 않은걸. 디본은 그 애들의 뒷모습을 눈으로 좇았다. 계단을 오르는 종아리가 탄탄해 보였다. 디본도 한때는 저랬었다. 그러나 언제부터인가 트램에서 서 있으면 종아리가 아파 왔다. 수면 부족 때문일까. 아니면 영양 불균형 때문일까. 무슨 수를 내지 않으면 안 돼. 벌써 6월인데. 11월에는 피크닉이 있으니 그때까지는 체력을 길러 두지 않으면 안 돼. A반의 다른 애들은 공부에 목숨을 걸고 있지만 나는 다르니까. 나는 완벽해야 하니까. 하지만 피로 때문에 언제나 엘리베이터를 타게 되고 만다.

교실에 도착해서 가방을 내려놓는데 옆자리에 앉은 아란이 물통에 든 음료수를 마시다 말고 잠시 디본의 얼굴을 쳐다봤다. 너도 오늘 내가 어딘가 이상해 보이는 거니? 내가 빈틈을 보이면 그 틈에 나를 끌어내리고 네 등수를 올릴 수 있을 것 같아서? 하지만 그럴 수는 없어. 그런 일은 일어날 수 없어. 왜냐하면 나는 이제껏 그랬던 것처럼 앞으로도 완벽할 거니까. 완벽하게, 누구도 문제를 제기할 수 없는 점수를 받을 테니까. 그러지 않으면 안 되니까.

그때 갑자기 배가 묵직하게 아파 왔다. 아침밥과 약을 거른 것이 생각났다. 마지막으로 뭘 먹은 게 언제였더라. 어제저녁? 아니. 어제저녁도 먹지 않았다. 어차피 가게에서 뭔가 먹게 될 거라 생각하고 저녁을 굶었다. 그러나 가게에서 먹은 건 스낵 몇 조각뿐이었다. 그리고 술 몇 잔 배가 아픈 것도 당연했다. 잠시 뒤 자기도 모르게 살짝 트림이 나왔다. 그 소리가 조금 컸다.

"이상한 냄새가 나."

두 칸 앞에 앉아 있던 히에가 옆에 앉은 애에게, 하지만 꼭 그 애만 들으라는 건 아니라는 듯이 말했다.

"어, 그러게. 무슨 시큼한 냄새 같은 거 나는데. 이거 뭐지? 어디서 나는 거지?"

히에가 고개를 뒤로 돌려 디본을 쳐다봤다. 이 끈적한 냄새, 너지? 그렇게 말하는 것 같은 눈이었다. 디본은 히에를 마주 보는 것 말고는 할 수 있는 것이 없었다.

그때 아란이 말했다.

"미안. 내 소독약 냄새야. 이게 양 조절이 안 되네."

아란이 손 소독제 통을 들어 보였다. 히에는 고개를 갸우뚱하고는 몸을 돌렸다.

디본은 아란을 쳐다봤다. 애는 정말 자기 소독제 냄새 때문이라고 생각하는 걸까? 그 정도로 바보인 걸까?

"나 이거 너무 많은데 너 좀 마실래?"

아란이 디본에게 자기가 먹던 물통을 내밀었다.

이건 또 뭐 하자는 거지? 그런데 내민 건 물통만이 아니었다. 새 마스크두 함께였다. 마스크는 가방 안에 넣어 두고 다니던 것인지 포장이 조금 구겨져 있었다.

"응 고마워. 안 그래도 목이 말랐는데, 조금만 마실게."

디본은 물통과 마스크를 받은 다음 그때까지 쓰고 있던 마스크를 벗었다. 그런데 쓰고 있던 마스크 앞부분에 뭔가 묻어 있는 것이 보였다. 많이는 아니고 조금. 그러나 못 보고 지나칠 수 없을 정도로는 선명하게. 그건 음식 찌꺼기인 것도 같았고 가게에서 일할 때 바른 화장품인 것도 같았다. 이런 걸 여기까지 쓰고 왔다니. 디본은 당장 얼굴이 달아오르는 걸 느낄 수 있었다. 얼른 마스크를 구겨서 주머니에 넣고 아란 쪽을 쳐다보니 아란은 어느 틈에 자리에서 일어나 교실 밖으로 나가고 있었다. 화장실에 가는 건가. 아니, 설마 고자질하러 가는 걸까. 선생님, 디본이 오늘 더러운 마스크를 하고 온 걸 봤어요. 그리고 트림하는데 술 냄새도 났어요. 그러면 마스크는 왜 준 거지? 네가 더러운 애라는 걸 나는 알고 있어. 그런 뜻인가. 그러면 이 음료수는? 혹시 침이라도 뱉었나? 혹시 뭔가 이상한 게 든 건 아닐까? 디본은 한참 동안 손에 들고 있는 물병을 쳐다봤다. 마침내 배고픔과 목마름이 의

심을 이겼다. 디본은 음료수를 조금 마셨다. 그리고 한 모금
더 마셨고, 잠시 뒤에 이번에는 천천히, 끝까지 마셨다. 다 마
신 물병은 다시 아란의 책상 위에 올려 뒀다. 그리고 한참 생
각한 끝에 '고마워'라고 쓴 작은 쪽지를 텀블러 밑에 끼워 뒀
다. 어쨌든, 이런 상황에서도 완벽하고 싶어서.

가게에 갈 때는 모자를 쓰고 마스크를 쓰고 평소에는 입
지 않던 옷을 입었다. 누구도 알아볼 수 없도록. 길도 멀리 돌
아서 갔다.

그런데 어느 날 가게에 가는 길에 누군가 디본을 불러 세
웠다. 같은 학교에 다니는 남자애였다. 학교 밴드에서 보컬을
하던 목소리가 좋은 아이. 그 애는 작고 마른 몸집에 비해 너
무 커 보이는 기타를 등 뒤에 메고 있었다.

디본은 그 애를 그냥 보낼 수 없었다. 이런 차림으로 거리
를 돌아다니고 있다는 소문을 내게 할 수는 없었다. 가게의
손님을 대하듯 그렇게 대하면 되겠지. 하고 싶어 하는 것을
조금 하게 해 주고 부탁을 들어 달라고 하면 되겠지.

그 애는 노래를 불러 주겠다며 디본을 공원으로 데리고 갔
다. 그 애가 부른 노래는 모두 두 곡이었다. 둘 다 모르는 노
래였다. 두 번째 노래는 디본을 위해 만들었다고 했지만 디본
은 그저 그 자리를 얼른 떠나고 싶을 뿐이었다. 노래가 끝난

뒤 디본은 자신을 만난 건 비밀로 해 달라고 했다.

그 애와 헤어져 가게에 가며 디본은 뭐라 말할 수 없는 끔찍한 기분을 느꼈다. 그러나 왜 그런 기분을 느끼는지는 알 수 없었다. 누군가에게 이 모습을 들켰기 때문인지, 그 애가 자기를 위해서 노래를 만들었다고 했기 때문인지, 노래의 아름다움을 자신이 전혀 느끼지 못했기 때문인지, 아니면 끝까지 그 애의 이름이 생각나지 않았기 때문인지.

그날은 드물게 손님이 적었다. 거리도 이상하게 조용했다. 알고 보니 갑자기 비상이 걸리는 바람에 오기로 했던 몇 팀이 예약을 취소해 버렸다. 마토는 시간제로 일하는 다른 사람들을 모두 돌려보냈다. 남은 사람은 디본뿐이었다. 드레스 룸에서 단말기로 과학 문제집을 풀고 있던 디본을 마토가 불러냈다.

"손님이 왔어. 어떻게 할래?"

"들어가죠 뭐."

"안 해도 돼."

"어차피 나밖에 없잖아요. 안 그래도 심심했는데요."

손님은 세 명이었고 모두 남자였다. 점잖아 보이는 얼굴들이었다. 그들은 술을 마시며 직장에서 있었던 일 이야기를 했다. 디본은 그들의 술잔이 비면 술을 따랐고 안주가 떨어지면 메뉴를 보이며 맛있는 음식을 추천했다. 그들은 가끔 디본에게 이런저런 질문을 하거나 농담을 던지기도 했다. 디본은 분위기에 맞게 적당한 대답을 했고 그들의 농담에 재미있다는 듯 웃었다.

일행 중에 아직 도착하지 않은 동료가 있는 모양이었다. 그들은 그 사람이 생긴 건 멀쩡한데 세상 물정을 모른다거나, 가끔 보면 정신이 나간 것 같다거나, 일 처리가 영 느리다거나, 어이없는 사고를 친다거나 한나는 이야기를 했다. 또는 사상이 썩었다거나 반쯤 미치광이라거나 불순분자라고 말하기도 했다. 그들은 마치 그 사람을 비웃고 업신여기기 위해 이 자리에 모인 것 같았다. 사람들은 다 똑같지. 애나 어른이나, 남자나 여자나. 앞에서는 웃으며 대하지만 뒤에서는 이렇게 헐뜯고 깎아내리지. 그 사람이 좀 안됐지만, 글쎄, 그게 나와 무슨 상관이 있겠어.

디본은 술을 조금 마셨다. 한 잔 정도야 뭐 어때. 오늘은 공부도 더 안 할 텐데. 집에 가거든 씻고 일찍 자야지. 이대로 조금 취한 채로 자고 일어나면 이 더러운 기분도 말끔히 사라지겠지. 너무 많이 마시지만 않으면 돼. 디본은 다시 한 잔을 마셨다. 그리고 조금 뒤에 한 잔 더. 디본이 술을 마시면 남자들도 술을 마셨다. 남자들이 술을 많이 마시면 마토가 좋아하지. 그가 내게 잘해 주는 건 알고 있어. 나를 어떻게 생각하는지도. 하지만 나는 언젠가는 이 거리를 떠날 거야. 그에게 뭔가 조금이라도 도움이 될 수 있다면……. 내가 왜 이런 생각을 하는 거지.

디본이 문득 정신을 차려 보니 한 남자의 손이 자신의 무릎 위에 와 있었다. 남자의 손등에 난 종양을 본 순간 정신이 퍼뜩 든 디본은 짧은 비명을 지르며 자리에서 벌떡 일어났다. 그러면서 드레스의 한쪽 어깨끈이 끊어지며 옷이 조금 흘러내렸다. 디본은 얼른 옷을 잡았다. 남자들의 눈이 일제히 디본의 몸을 향했다. 그 눈동자들을 보며 디본은 갑자기, 처음으로, 겁이 났다.

그때 문이 조용히 열리면서 중년의 남자가 나타났다. 기다리던 동료인 모양인지 그의 얼굴을 보고 남자들은 손을 들어 웃으며 인사를 했다. 그러나 남자는 문가에 서서 꼼짝도 하지 않았다. 그의 눈은 디본을 향해 있었다. 디본도 남자를 쳐다보며 잠시 얼어붙은 듯 그 자리에 서 있었다. 그러다 불에 덴 듯 황급히 그 방을 뛰쳐나왔다.

드레스 룸으로 도망간 디본을 마토가 쫓아왔다.

"왜 그래?"

"나 갈래."

디본의 목소리가 떨렸다.

"무슨 소리야. 왜 그래? 무슨 일 있어? 그 사람들이 지저분하게 굴었어?"

"응. 아니, 아냐. 아니라고. 그러니까, 아니 맞는데, 그런 거 아냐. 말하기 싫어. 아니……."

디본은 자기가 횡설수설하고 있다는 걸 알았다. 머리가 어지러웠다. 술 때문일까. 아니면…….

갑자기 문이 열렸다. 문 앞에는 그 사람이 서 있었다. 술자리에 가장 마지막으로 나타난 사람. 그들이 내내 비웃었던 직장 동료. 어릿광대. 미치광이. 불순분자.

"손님. 여기는 들어오시면 안 돼요."

마토가 막아서는데도 남자는 어떻게든 문 안으로 들어오려 했다. 키가 크고 잘생긴, 점잖고 반듯한 인상의 남자.

"아르신!"

"손님. 이러시면 곤란합니다. 여기는 그런 사람 없어요."

마토가 어깨를 밀자 남자의 몸이 휘청이며 뒤로 꺾였다.

"그러지 마!"

마토가 손을 거두고 디본을 돌아봤다.

"……우리 아빠야."

디본의 말에 마토의 몸이 굳었다.

"너 여기서 뭐 하는 거니."

아빠가 몸을 일으키고 디본에게 다가왔다.

"보면 알잖아. 일하고 있는 거야."

"네가 왜 이런 일을…… 생활비가 필요하면 말하면 되잖아."

"당신 돈 받고 싶지 않아. 그리고 이제 우린 가족도 아니잖아."

"아직은 가족이야."

"가족이면, 부모가 자식 인생을 자기들 마음대로 망쳐도 돼?"

"……."

아빠는 잠시 말이 없다가 마토를 향해서 말했다.

"미성년자를 이런 데서 일을 시키고 술까지 먹게 하고…… 우리 딸한테 무슨 짓을 저지른 겁니까?"

"그 사람은 잘못 없어. 내가 하겠다고 한 거야."

"아냐. 이건 잘못된 일이야. 이런 일이 있어서는 안 돼. 이런 곳은 당장 신고해야……."

"멍청한 소리 좀 하지 마!"

디본이 소리를 질렀다.

아무도 움직이지 않았다. 잠시 뒤 침묵을 깨고 디본이 입을 열었다.

"둘 다 나가 줘. 옷 갈아입을 거야."

옷을 갈아입은 디본은 바로 가게를 빠져나와 걷기 시작했다. 습하고 탁한 공기가 무겁게 느껴졌다. 어딘가 조용하고 어두운 곳에서 쉬고 싶었다. 깨끗하고 냄새가 나지 않는, 맑고 서늘한 곳에서, 잠시만이라도. 디본은 건물 사이의 골목으로 들어갔다. 속이 안 좋다고 생각한 순간, 그 자리에서 바로 토하기 시작했다. 마토의 가게에서 먹은 건 물론 저녁에 먹은 것까지 모두. 더 이상 나올 것이 없을 때까지 토한 디본은 입가를 닦았다. 머리가 깨질 듯 아파서 생각을 할 수 없었다.

내가 지금 뭘 하고 있는 거지. 이제 뭘 하면 좋지. 우선 벽에 기댈까. 아니면 이 자리에 주저앉을까. 그다음은? 울까? 그런다고 뭐가 될까 싶었어. 차라리 욕을 할까? 누구를? 무엇을? 부모를? 아찰라를? 헤임을? 마토를? 아니면 비웃을까. 내 우스운 꼴을, 내 멍청한 선택들을, 빌어먹을 완벽함을.

누군가 다가오는 소리가 들렸다. 디본은 자기도 모르게 흠칫 몸을 떨었다. 아까 무릎에 닿았던 손의 감촉이 떠올랐다. 돌아보니 마토가 서 있었다.

"다행이네. 멀리 안 가서."

마토는 디본의 옆에 다가오더니 말없이 담배를 피우기 시작했다. 담배 연기가 공기 속으로 힘겹게 흩어졌다. 담배 냄새가 역했지만 한편으로 마토가 옆에 있어 마음이 놓였다.

"그 사람들은?"

"다 갔어."

"…… 미안해."

"괜찮아."

마토는 담배 한 개피를 다 피운 다음 다시 새 담배를 꺼내 불을 붙였다.

"학교 다닐 때 우리 반에 어떤 애가 새로 왔었어. 피부색도 눈동자 색도 달랐지. 처음 봤을 때부터 나와는 다른 세계에 사는 애라는 걸 알 수 있었어. 나중에 누가 그러더군. 걔는 추방자라고. 그때는 그게 무슨 뜻인지 몰랐어. 시간이 지난 뒤에야 그게 헤임에서 쫓겨나 아찰라로 온 사람들이라는 걸 알게 됐지."

마토는 연기를 길게 뱉었다.

"착한 애였어. 애들이 놀리고 짓궂게 구는데도 누구에게나 친절했어. 어떤 애가 자기 물건을 달라고 하면 울면서도 줬어. 몇 번이고 계속해서. 바보처럼. 내가 보다 못해 그걸 다시 뺏어서 걔한테 돌려주면 걔는 그걸 뺏긴 애에게 다시 갖다줬어. 왜 그러는지 물어봤더니 착하게 굴면 헤임으로 돌아갈 수 있을 줄 알고 그랬대."

그렇게 말하고 마토는 입을 다물었다. 침묵이 한참 이어졌다. 디본은 벽에 머리를 기댔다.

마토는 피우던 담배를 바닥에 던지고 새 담배를 꺼내 물었다.

"넌 헤임에 돌아가지 못하면 어떻게 할 거야?"

디본은 대답하지 않았다.

"어떻게 할 거야?"

마토가 다시 물었다. 디본은 천천히 머리를 흔들었다.

"몰라. 그런 생각 안 해 봤어."

"그럼 지금이라도 해 봐."

"정말 몰라. …… 그냥 죽어 버릴까."

그렇게 말하고 디본은 신경질적으로 웃었다.

웃음을 그친 디본이 돌아보니 마토는 담배에 불을 붙이는 것도 잊은 채 자신을 쳐나보고 있었다. 디본은 그린 표정을 본 적이 없었다. 사람이 그런 표정을 지을 수 있을 거라 생각해 본 적도 없었다. 화를 내는 것 같은, 금방 울기 시작할 것 같은, 아니면 당장 웃음을 터뜨릴 것 같은, 그러나 이를 악물고 참고 있는 것 같은, 그러다 당장이라도 달려들 것 같은, 아니 오히려 다 포기한 것 같은, 버림 받고 굶주린 짐승 같은, 뭔가 중요한 걸 잃어버린 것 같은, 그걸 갑자기 깨달은 것 같은……. 그 표정 속에는 사람이 아닌 뭔가가 있었다. 어쩌면 이것이 아찰의 표정이 아닐까. 디본은 생각했다. 아찰을 본 적은 없지만.

한참이 지나고야 마토가 입을 열었다.

"이제 가게에는 나오지 마. 이 일은 너한테 안 맞아. 다른 애들도 너랑 같이 일하는 거 불편해해."

마토는 지갑을 꺼내더니 그 안에 있던 돈을 모두 디본에게 건넸다.

"받아. 작별 선물이라 생각하고."

디본은 마토가 준 돈을 잠시 쳐다보다 받아서 가방에 넣었다.

"혹시 나중에라도 도움이 필요하면 언제든⋯⋯."

디본이 마토의 입에 물려 있던 담배를 빼앗아 입에 물자 마토는 말을 멈췄다. 디본은 연기를 짧게 마셨디 내뱉었나. 둘의 눈이 가까이에서 마주쳤다. 길고도 짧은 한순간이 지나 갔다. 마침내 마토가 고개를 돌렸다. 디본은 연기를 깊이 마 시다가 몇 번 기침을 했다. 기침이 가라앉은 뒤 디본이 입을 열었다.

"이렇게 맛없는 걸 뭐 하러 피워. 담배 좀 줄여."

"⋯⋯똑같은 소리를 하네."

"그 여자랑?"

"여자라고는 안 했어."

"여자잖아. 그 추방자 친구. 그 여자는 어떻게 됐어?"

마토는 잠시 입을 다물고 있다가 대답했다.

"헤임으로 돌아가서 행복하게 잘살고 있지."

"거짓말."

마토는 대답하지 않았다.

계단으로 18층까지 올라가는 일은 처음에는 힘들었지만 2주쯤 지나자 숨을 몰아쉬지 않고 한 번에 올라갈 수 있게 됐다. 점심은 주로 급식실에서 먹었지만 가끔 시간이 아까울 때는 간편식을 사 와서 아란과 함께 먹기도 했다. 학교를 마치고 집에 가면 청소를 하면서 강의를 듣고, 씻고, 밥을 먹고, 그 뒤 자기 전까지 공부를 했다. 가끔 지겹고 피곤할 땐 카이오웨의 노래를 들었다. 그중에는 그 애가 불러 줬던 노래도 있었다. 이름이 네즈였던가. 문득 그 애가 자신을 위해 만들었던 그 노래를 다시 들을 수 있는 날이 있을지도 궁금했다.

마토가 마지막으로 준 돈은 꽤 많아서 두어 달은 충분히 지낼 수 있을 것 같았다. 아껴서 쓰면 세 달. 극단적으로 아끼면 네 달. 그러려면 문제집도 참고서도 사지 말아야 하겠지만. 그 뒤는? 글쎄. 마토가 준 옷이나 가방을 팔면 어떻게든 되지 않을까. 11월까지는 버틸 수 있을 것 같았다.

하루를 마치고 불을 끄고 누우면 헤임에 들어가는 자신의 모습이 눈앞에 그려졌다. 그 상상 속에서 친구들은 자신을 부러워하거나 시샘했고 아빠와 엄마는 자신을 축하하며 미안해했다. 그러나 그 모습이 잘 떠오르지 않는 날도 있었다. 또 다른 상상 속에서 디본은 아찰라의 밤거리를 비틀거리며 헤매고 있고 주위에는 얼굴을 가린 남자들이 서성거렸다. 어떤 밤에는 그 두 상상을 오가며 늦게까지 몸을 뒤척였다. 그런 밤이면 생각을 떨쳐 버리고 편하게 잠을 잘 수 있도록 술을 조금 마셔 볼까 하는 생각이 떠오르기도 했다.

5 카렐

카렐은 잠에서 깼다. 시계를 보니 새벽 3시였다. 집 안이 더
웠다. 옆에서 자고 있는 동생의 이마에도 땀이 맺혀 있었다.
창문을 열자 미적지근한 바람이 들어왔다. 그래도 밖의 공기
가 집보다는 나았다.

카렐은 한참 눈을 감고 있다가 떴다. 다시 잠이 오지 않을
것 같았다.

운동복으로 갈아입은 다음 동생의 머리를 쓰다듬은 뒤 소
리를 내지 않게 조심하며 집 밖으로 나왔다.

거리는 한적했다. 청소차가 낮게 윙윙거리는 모터음을 내
며 천천히 지나갈 뿐이었다. 적재함 뒤에는 회색 코트 차림의
사람 그림자가 둘 붙어 있었다. 카렐은 청소차가 거리 반대편

으로 사라진 뒤에 몸을 돌렸다.

우선 5분쯤 천천히 달린 뒤 멈춰서 온몸의 관절과 근육을 꼼꼼하게 풀었다. 목부터 시작해서 발목과 발가락까지. 스트레칭을 마친 뒤 이번에는 처음보다 조금 더 빨리 달린 다음 천천히 속도를 늦추다가, 걷다가, 멈췄다. 잠시 호흡을 고르고 다시 한번 관절을 가볍게 풀고는 바닥에 한쪽 무릎을 꿇고 앉았다. 그리고 숨을 깊이 들이마신 뒤 두 손을 짚고 바닥에 발을 붙인 채로 엉덩이를 들고 그 자세로 마음속으로 숫자를 센 다음, 전속력으로 달리기 시작했다.

100미터를 전력으로 달린 뒤에 탄력을 서서히 줄이면서 속도를 늦추다가 발을 멈췄다. 팽팽해진 근육을 풀면서 잠시 기다리자 맥박과 호흡이 잦아들었다. 카렐은 다시 천천히 달리기 시작했다. 5분 정도 달린 뒤에 걸음을 멈추고 숨을 고른 다음 바닥에 쪼그려 앉아 자세를 잡았다. 그리고 전속력으로 출발. 그걸 두 번 더 반복하고 카렐은 집을 향해 천천히 달렸다.

도착했을 때는 4시 반이었다. 동생은 아직 자고 있었다.

몸이 식기 전에 스트레칭을 했다. 하는 김에 코어 운동 몇 가지를 하는데 방문이 열리며 동생이 나왔다.

"깼니?"

"엄마는?"

"안 왔어."

"엄마 언제 와?"

"몰라."

동생은 그 자리에 그대로 서 있었다.

"오줌 마렵니?"

동생이 고개를 끄덕였다.

카렐은 동생을 화장실에 데리고 가 바지를 내리고 변기에 앉혔다.

동생이 자러 간 뒤 카렐은 몸을 씻고 동생 옆에 누웠다. 동생은 이마에 땀을 흘리고 있었다. 카렐은 수건으로 동생의 땀을 닦은 뒤 이불을 느슨하게 덮어 줬다.

잠이 오지 않았다.

하늘이 밝아 오고 있었다.

동생을 탁아원에 데려다준 뒤 카렐은 트램을 탔다.

한 시간쯤 걸려 현장에 도착했다. 카렐은 얼굴을 익힌 작업자들과 간단하게 인사를 나눈 뒤 가방에서 안전화를 꺼내 신었다. 작업 시작 전 점검 시간에 보니 오늘의 아찰은 모두 다섯이었다. 어제와 같은 아찰인지는 알 수 없었다. 아찰들은 모두 작업복을 입고 있었고 머리에는 안전모를 쓰고 있었다. 얼핏 보면 그저 키가 크고 덩치가 좋은 사람으로 보였다.

카렐은 오전 내내 작업자들의 심부름을 하거나 공구, 자재 따위를 날랐다. 아찰이 하는 것과 그리 다를 바 없는 일이었다. 기술이 없는 카렐이 할 수 있는 일이라고는 그런 것들뿐이었다. 안전모 속으로 땀이 비 오듯 흘렀다. 오늘 오후에는 먼지 경보와 함께 고온 경보가 내릴 예정이라고 했던가.

점심은 샌드위치 종합식이었다. 스프는 짜고 패티는 너무 기름졌지만 배를 채우려면 어쩔 수 없었다. 게다가 오전에 땀을 흘린 만큼 수분과 염분을 보충해야 했다. 근육을 유지하려면 단백질을 더 보충해야 하는데. 카렐은 먼지가 묻은 빵을 씹으면서 동생이 점심은 잘 먹었을지 생각했다.

점심시간이 끝날 무렵 작업반장이 카렐을 불렀다.

"몸 상태는 괜찮어?"

"네."

"이따가 분해 작업 들어갈 거니까 오후 작업 들어가지 말고 쉬면서 준비하고 있어."

"네."

카렐은 그늘로 돌아가 벽에 기대앉아 물을 마셨다. 물은 미지근했다.

"오늘도 올라가는 거야?"

한 작업자가 카렐에게 물었다.

"네."

"젊은 친구가 수고가 많네."

"……."

"위험하다 싶으면 바로 내려와. 그래도 뭐라고 할 사람 없으니까. 날도 더운데 괜히 욕심 부리지 말고."

"네."

오후 2시가 돼 고온 경보가 울리자 작업이 중단됐다. 작업 반장은 모두 지상으로 내려와 쉬라고 지시한 뒤 카렐을 따로 불러냈다. 작업반장이 쓰는 천막 안은 에어컨이 돌아가고 있어 시원했다. 작업에 필요한 물건들은 모두 가운데의 탁자 위에 있었다. 카렐은 허리에 공구 벨트를 채우고 안전모에 이어셋을 끼운 다음 벨트에 공구들을 끼워 넣었다. 작업반장은 이어셋이 제대로 연결됐는지, 공구들은 다 갖춰졌는지 확인했다.

"작업은 어떻게 하는 건지 알지? 가림막 안쪽이라 밖에서는 안 보이니까 걱정하지 말고."

뭘 걱정해야 하는 건지 모르면서 카렐은 그저 고개를 끄덕였다.

건물은 20층 높이였다. 건물 안으로 들어서자 거리의 소음이 저만치 멀어졌다. 계단을 올라가는 동안 텅 빈 건물에 발소리가 울렸다. 그것 말고는 자신의 숨소리만 들릴 뿐이었다. 그 소리를 들으면서 카렐은 자신이 혼자라는 것을, 지금 여기 살아 있는 건 자신뿐이라는 것을 떠올렸다. 마치 새벽에 달리기를 할 때처럼.

20층을 다 올라와서 건물 외벽에 설치된 지지대 쪽으로 나와 주위를 한번 둘러봤다. 오늘도 없었다.

"도착했어요."

"좋아. 지금 있는 자리에서부터 시작해서 쭉 끝까지 내려오면 돼. 알지? 안전하게 해. 서두르지 말고."

카렐은 지지대의 가로판을 밟고 봉을 두 손으로 잡으며 이동했다. 가로판과 건물에서 튀어나온 빔을 연결하는 부위에 이른 그는 몸을 고정한 뒤 공구를 이용해 핀의 고리를 젖히고 공구를 다시 허리에 끼운 다음 핀을 뽑아 아래로 떨어뜨린 뒤 마찬가지의 방법으로 다음 핀의 위치로 이동했다. 한 줄이 모두 끝난 뒤에는 지지대를 잡고 아래 줄로 미끄러져 내려와 같은 일을 반복했다. 이어셋 때문에 핀이 땅에 떨어지는 소리는 들려오지 않았다.

작업이 끝날 때까지 카렐은 한 번도 아래쪽을 내려다보지 않았다. 그래서 땅이 발에 닿았을 때에야 일이 끝났다는 걸 알았다. 벽에 기대 앉아 고개를 숙이자 턱 끝에 맺힌 땀방울이 바닥에 떨어지며 먼지를 일으켰다.

포장마차의 주인은 카렐의 얼굴을 보더니 작게 고개를 끄덕였다. 카렐도 조금 고개를 숙였다.

"치킨 누들 하나만 포장해 주세요."

주인은 카렐이 내민 용기 두 개를 받아 도마 위에 올려놓았다.

주인이 면을 삶는 동안 카렐의 눈은 주인의 움직임을 좇았다. 그가 한 손에 국자를 잡고 다른 손으로 냄비 뚜껑을 열고 국자로 국물을 젓고 큼지막하게 한 국자를 떠서 넘치지 않게 조심해서 용기에 담고 남은 국물을 다시 냄비에 붓고 국자를 냄비 가장자리에 두어 번 두드려서 국물을 턴 뒤 다시 한쪽에 걸어 두고 면 채망을 끓는 물에서 들어올렸다 다시 내려놓고 젓가락을 넣어서 조금 휘젓고 다시 채망을 들어올렸다 집어넣는 걸 두 번 더 반복하고 면에서 물이 빠지도록 채망을 잠시 걸쳐 두고 물기가 빠진 면을 다른 용기에 담고 마지막으로 국물에 야채 가루를 뿌리고 닭고기 조각을 넣고 용기 뚜껑을 닫는 것을, 무엇 하나도 빠뜨리지 않고 보았다.

카렐은 작업반장에게서 받은 돈으로 음식값을 내고 거스름돈을 받았다.

"감사합니다."

카렐의 말에 주인은 대답 없이 고개를 조금 끄덕였다.

동생은 혼자 있었다.

"혼자 잘 기다리고 있었구나. 착하네. 배고프지? 치킨 누들 사 왔으니 같이 먹자."

"엄마는?"

동생의 물음에 카렐은 대답하지 않았다.

"엄마 안 와?"

"나도 몰라."

카렐은 몸을 씻고 나와 치킨 누들을 그릇 두 개에 나눠 담았다. 동생은 포크로 누들을 먹고 숟가락으로 국물을 떠먹었다. 카렐은 동생의 입가에 묻은 국물을 휴지로 닦아 줬다. 동생이 더 먹겠다고 해서 카렐은 자기 몫을 양보했다. 그리고 자신은 오트밀에 단백질 보충제를 뿌려서 먹었다.

다 먹은 그릇을 씻으면서 문득 카렐은 현관 쪽을 봤다.

회색 코트 두 개가 걸려 있는, 아무도 오지 않는 현관을.

"훈련은 어떻게 하고 있어?"

정기 합동훈련이 끝난 뒤 코치가 물었다.

"혼자서 하고 있어요."

"몸 관리는?"

"나름대로 하고 있어요."

"그런데 기록이 좀처럼 나오지 않네. 작년보다도 떨어졌어."

카렐은 대답할 말이 없었다.

"대회까지 시간이 얼마 남지 않았는데 조금 더 관리를 해야겠다. 가능하면 한 달만이라도 실내 운동장에 나와서 같이 연습하는 게 좋겠어."

카렐은 고개를 숙였다.

"어려운 일이라도 있어? 선생님이 도와줄 게 있을까?"

"이미 많이 도와주셨어요. 일도 소개해 주시고."

"혹시, 요즘도 혼자서 동생을 돌보고 있어?"

"네."

코치는 한숨을 짧게 쉬고는 카렐의 어깨와 등을 두드렸다.

훈련을 마치고 집에 돌아왔을 때 동생은 아직 집에 오지 않았다.

카렐은 허벅지와 엉덩이, 종아리와 허리 근육을 스트레칭으로 푼 다음 잠시 쉬면서 근육이 진정되기를 기다렸다.

한참 그대로 있던 그는 뭔가 생각난 듯 몸을 일으켜 걸레를 가져와서는 거실 한구석을 닦기 시작했다. 마치 보이지 않는 얼룩이 묻어 있기라도 한 것처럼. 걸레질을 계속하자 몸에서 땀이 흘러 바닥으로 떨어져내렸다. 카렐은 걸레로 땀방울을 닦아 냈다. 닦은 자리에 다시 땀이 떨어지고, 또 떨어지고, 땀에 젖은 걸레로 그것을 닦고…….

땀으로 범벅이 된 몸을 씻으면서 카렐은 거울에 가슴과 배, 골반의 근육을 비춰 보고 그 부위를 손으로 더듬어 봤다.

몸을 씻고 나와 보니 아란의 메시지가 와 있었다. 아란은 물탱크와 하수도 공사 때문에 며칠 힘들었다는 이야기, 더위서 공부하는 중에 자꾸 잠이 온다는 이야기 등을 한 뒤에 몸은 어떤지, 연습은 잘 하고 있는지 묻고는 바쁘지 않은 날 저녁에 잠깐 보자고 했다. 카렐은 뭐라고 답을 해야 할지 몰라 망설이다 한참 뒤에야 짧게, 그럭저럭 지내고 있다고 답장을 보냈다. 메시지는 더 오지 않았다.

어느 날 오후에 발판이 꺼지며 아찰 하나가 5층에서 떨어졌다.

떨어진 자리는 파이프가 쌓여 있는 곳이었는데 충격 때문에 파이프가 공중에 떠올랐다가 바닥에 떨어지며 큰 소리가 났다. 온 거리에 울릴 만큼, 경보 사이렌만큼이나 큰 소리였다. 모두들 놀라서 하던 일을 멈추고 그쪽으로 모여들었다. 아찰은 파이프 더미 위에 부자연스러운 자세로 누워 있었다. 그 밑으로 피인지 뭔지 모를 검붉은 액체가 퍼져 나가고 있었다.

"애는 저리 가."

누군가 카렐을 뒤로 몰아냈다. 그러나 카렐은 그 모습에서 눈을 뗄 수 없었다.

놀랍게도 아찰은 잠시 뒤 혼자 몸을 일으켰다. 다만 아직 일어서는 건 힘든지 파이프 더미 위에 앉은 채로 숨을 몰아쉬었다. 숨을 내쉴 때마다 입가에서 거품이 섞인 핏빛 액체가 흘러나오며 작업복을 적셨다.

"재수 없게."

작업반장이 침을 뱉으며 중얼거렸다.

"오늘 작업은 중지. 다들 작업 내용 기록해 두고 감독관이 올 때까지 대기해."

"저는 어떻게 해요?"

카렐은 작업반장에게 물었다.

"빨리 옷 갈아입고 집에 가. 혹시 누가 물어보면 여기서 일한다고 하지 말고."

그래도 하루치 일한 몫을 다 받아서 다행이라고 생각하며 집에 가 보니,

엄마가 와 있었다.

두 달 만인가. 동생은 벌써 엄마의 팔에 매달려 있었다. 엄마는 카렐이 들고 있던 음식 용기를 낚아채고는 뚜껑을 열었다.

"왜 맛있는 거 놔두고 이런 걸 사 왔어?"

엄마는 큰 그릇을 꺼내 국물과 면을 붓고는 먹기 시작했다. 어제까지 조용하던 집을 오늘은 엄마가 음식을 쩝쩝거리며 먹는 소리가 가득 메우고 있었다. 이 텅 빈 집을. 카렐은 엄마 와 자기 사이의 공간이 점점 커지고 무거워지고 짙어지는 것을 보았다.

그릇을 거의 비운 엄마는 그제야 고개를 들었다.

"그런데 왜 한 그릇이야? 둘이면 두 그릇을 사 왔어야지. 누구를 닮아서 그렇게 머리가 안 돌아가?"

카렐은 그러게요, 하고 대답하고는 씻은 용기를 다시 가방에 넣어 집을 나와 포장마차를 찾아갔다. 주인은 카렐의 얼굴을 한번 살폈다.

집에 돌아왔을 때 엄마는 아직 집에 있었다. 엄마는 새로 사 온 치킨 누들도 가져가서 입에 넣으려다가 문득 카렐을 쳐다봤다.

"뭘 봐? 엄마가 먹는 게 아까워?"

카렐은 대답하지 않았다.

"기분 더러워서 못 먹겠네."

엄마는 그릇을 내동댕이치다시피 하며 식탁에 내려놓았다. 카렐은 남은 누들을 깨끗한 그릇에 담아 동생에게 주고 자신은 오트밀을 먹었다. 그러는 동안 엄마는 카렐의 단백질 바를 꺼내 씹어 먹고 있었다. 카렐은 셋이 먹은 그릇과 함께 전날 쓴 식기들도 씻었다.

동생은 엄마와 놀겠다며 고집을 부리다가 늦게야 잠이 들었다. 동생이 잠든 걸 확인한 뒤 카렐은 문을 조심해서 닫고 나왔다. 엄마는 식탁 앞에 앉아 술을 마시고 있었다.

"왜 왔어요?"

"이놈의 자식 말하는 것 봐. 왜 왔냐니. 내가 내 집에 오는데 자식한테 허락까지 받아야 해?"

"요즘은 어디서 살아요?"

"사람 살 만한 데서 산다. 그건 왜 물어? 네가 내 남편이라
도 돼?"

카렐은 더 이상 물을 것이 없었다.

그다음에는 엄마가 입을 열었다. 혹시 너희 학교에 얼굴 하
얗고 귀티 나게 생긴 애가 있지 않느냐고 물어서 카렐은 그런
애는 모른다고 대답했다. 요즘 운동은 어떻게 돼 가냐고 해서
알아서 하고 있다고 대답했다. 엄마는 말했다. 네가 달리기를
잘하는 건 엄마를 닮아서 그런 거라고. 아빠는 책이나 읽을
줄 알았지 운동은 영 젬병이었다고. 몸도 별 볼 일 없는데 돈
버는 재주도 없었다고. 그런 꼴로 무슨 공사판 같은 데 다니
더니 끝내 아찰이 돼 버렸다고. 네가 지금 그런 재주라도 있
는 건 다 엄마 잘 만난 덕이라고. 그러면서 예비 학교 3학년
때 벌써 엄마보다 달리기가 빨랐다고, 혼내 주려고 쫓아갔는
데 잡을 수 없었다고 말했다. 카렐은 엄마의 말이 끝날 때까
지 입을 다물고만 있었다.

"돈 있어?"

엄마가 물었다.

"돈은 엄마가 있어야 하는 거 아닌가요. 지원금을 엄마가
받잖아요. 우리한테 생활비 안 보내 준 지 벌써 몇 달이 됐

어요."

"그러면 음식은 무슨 돈으로 샀어? 코치가 안 도와줘? 애를 데려다가 운동을 시키면 책임을 져야 될 거 아냐. 말해 봐. 너 코치한테 돈 받았지?"

카렐은 대답 없이 고개를 돌렸다. 건조대에 아까 씻은 그릇이, 냄비가, 칼이 물방울을 떨어뜨리며 말라 가고 있었다. 카렐은 그것을 한참 쳐다봤다.

"가족은 모여서 살아야 돼. 엄마 말이 틀려? 그리고 집에는 남자가 있어야 돼. 그러니까 너희들에게 아빠가 있어야 된다는 말이야. 알겠어?"

엄마가 뭔가 말하고 있었지만 카렐에게는 물방울 떨어지는 소리만 들릴 뿐이었다.

카렐은 말없이 일어나 걸레로 거실 한구석을 닦기 시작했다. 오래지 않아 몸이 뜨거워지며 땀이 나기 시작했다. 땀방울이 바닥에 떨어지며 똑, 똑 하는 소리를 냈다. 그 소리를 들으며 카렐은 아찰의 입가에서 흐르는 핏방울을, 칼끝에서 떨어지는 물방울을 생각했다. 마침내 몸을 일으켰을 때 엄마는 이미 코를 골며 잠들어 있었다. 카렐은 식탁을 치우고 몸을 씻은 뒤 동생 옆에서 잠을 청했다.

다음 날 아침에 동생은 탁아원에 가지 않으려 했다. 엄마와 함께 집에 있겠다는 것이었다. 카렐은 우는 동생을 탁아원에 맡기기 위해 억지로 안고 나왔다. 동생이 계속 우는데도 엄마는 등을 돌린 채 자고 있었다.

저녁에 집에 왔을 때 엄마는 없었고 동생은 혼자 울고 있었다. 찬장, 책장이 어지러웠다. 뭔가를 찾으려고 집을 이리서리 뒤진 것 같았다. 돈을 미리 챙겨 놓기를 잘했다는 생각이 들었다.

"엄마 갔잖아. 오빠 때문이야. 오빠 미워."

동생이 울음 때문에 숨이 넘어가는 틈으로 말했다. 카렐은 동생을 안았다.

"미안해."

동생은 더 큰 소리로 울었다.

그날 밤에도 카렐은 새벽에 잠이 깨 거리를 달리고 좁은 거실에서 운동을 하고 바닥을 닦았다.

"저 이번 주까지만 일해야겠어요."

작업반장은 카렐의 얼굴을 살핀 뒤 천천히 고개를 끄덕였다.

"이제 개학해?"

"네."

정말로 2주 뒤면 개학이었지만 그것 때문은 아니었다. 다음 주에 대회가 있었다.

"일정이 조금 안 맞는데. 아예 오늘 편 작업을 해 버리면 되겠네. 그러면 오늘까지만 하면 되니까. 어때? 그러는 게 좋겠지?"

"네."

천막에서 나오니 당장 비가 올 것처럼 하늘이 흐렸다.

그날 절서하는 긴 몰은 이미 여기저기 금이 가 있었다. 벽은 아찰이 툭 건드리기만 해도 무너져 내렸다. 무너진 벽은 속까지 젖어 있었다. 눅눅한 벽돌을 손으로 만져 보면서 한 작업자가 고개를 저었다. 누군가는 바닥이 수평이 안 맞는다고 손가락으로 가리켜 보이기도 했다. 어쨌든 카렐에게는 오늘이 마지막이었다. 혹시 오늘은 있을까.

점심을 이르게 먹은 뒤 카렐은 바로 공구를 준비해 제일 위층으로 올라갔다. 텅 빈 건물에 울리는 발소리를 듣는 것도 오늘이 마지막일까. 문득 그 소리가 앞으로도 계속 자신을 따라올지 모른다는 생각이 들었다.

건물 밖으로 나와 지지대에 올라서자 발판이 삐걱거렸다. 카렐은 지지대를 잡으면서 천천히 발판 끝으로 몸을 옮겼다. 습기를 먹은 바람이 훅 지나갔다.

"……시작해. 비 오기 전에…… 서두르……."

이어셋이 지직거려서 작업반장의 목소리가 잘 들리지 않았다.

카렐은 핀을 하나씩 제거하며 이동했다. 몸을 고정하고, 공구를 이용해 핀의 고리를 젖히고, 공구를 다시 허리에 끼우고, 핀을 뽑아서 아래로 떨어뜨리고, 다음 핀의 위치로 이동하고.

처음에 일을 소개받았을 때는 그저 자질구레한 심부름만 했다. 작업장 주위를 청소하거나 철거 후에 남은 쓰레기를 정리하거나 급하게 물건을 사 오거나 하는 그런 일. 당연히 작업자 명부에는 이름이 올라가지 않았지만 그래도 급여는 밀리지 않았고 식사도 꼬박꼬박 나왔다. 위험한 일도 없었다. 어느 날 누군가가 갑자기 결근하기 전까지는 그랬다. 결국 오전 내내 아무것도 못 한 그날 점심에 작업반장은 카렐을 불렀다. 위험한 작업이라는 건 알았다. 불법적인 일이라는 것도. 하지만 핀 제거 작업을 하는 날은 정규 작업자만큼 돈을 받을 수 있었다. 그 돈이 무엇보다 필요했다.

멀리 천둥이 울었다. 바람이 거세졌다.

지지대가 끼이익 소리를 내며 휘청거렸다. 카렐은 순간 어지러운 느낌이 들어 지지대를 꽉 잡았다. 밥을 제대로 안 먹어서 그런가. 그게 아니었다. 몸이 계속 흔들렸다. 지지대와 발판이 천천히 흔들리고 있었다.

"빨리……!"

이어셋에서 작업반장의 다급한 목소리가 끊어질 듯 들려

왔다.

지지대가 흔들리면서 마찰하는 소리가 발과 손을 통해 온 몸에 울렸다. 카렐은 두 손으로 지지대를 힘껏 쥐었다. 그 순간 발판 고정쇠가 탕 소리를 내며 날아가면서 카렐과 건물 사이의 발판이 아래로 떨어져 내렸다. 발판이 있던 자리에, 그와 건물 사이가 뻥 뚫리면서 허공이 나타났다. 허공은 카렐을 향해 입을 벌리고 있었다.

"넘어와! 뛰어!"

카렐은 몸이 굳었다.

내 앞에 허공이 있다. 허공이 나를 흔들고 있다. 허공이 나를 휩쓸려 하고 있다. 이 허공 앞에서, 내가 뭘 할 수 있겠어. 난 허공을 건널 수 없다. 난 허공을 이길 수 없다. 허공을 이길 수 있는 건……

그 순간 카렐은 새를 떠올렸다. 처음 올라온 날 봤던 흰 새를.

카렐은 숨을 들이켰다.

몸을 날리는 것과 거의 동시에 지지대가 무너져 내렸다.

"3일치야. 정말 몸은 괜찮어? 어디 다친 데 없어?"

"네."

오른쪽 종아리가 조금 뭉친 것 같지만 말해 봐야 소용없는 일이었다.

"마지막 날 이런 일이 있어서 참……. 어쨌든 가서 공부 열심히 해. 그리고 오늘 일은 아무한테도 말하면 안 되고. 알지? 그러면 서로 피곤해."

"네."

"빨리 가 봐. 감독관 금방 올 거니까 뒷문으로 가고. 혹시 누가 물어보면 심부름 왔다 가는 길이라고 해. 알았지?"

천막을 나오면서 보니 빗속에서 작업자들이 무너진 지지대를 하나씩 치우고 있었다. 지지대 더미 밑으로 삐져나온 아찰의 다리를 보고 카렐은 고개를 돌렸다.

치킨 누들을 2인분 사서 집에 오니 아란이 동생과 놀아 주고 있었다.

"아."

카렐의 입에서 나온 말은 그게 전부였다. 다른 말을 하기에는 너무 지쳐 있었다.

"응."

아란은 고개를 끄덕이며, 모든 걸 이해한다는 듯 짧게 대답했다. 카렐이 씻고 나와 보니 아란이 치킨 누들을 그릇 세 개에 나눠 담고 있었다.

"이러면 될까?"

아란이 물었다.

"응."

카렐이 대답했다.

셋은 함께 저녁을 먹었다. 저녁을 먹은 뒤 아란은 동생과 함께 그림을 그리며 놀다가 8시쯤 돼 일어났다.

"나 좀 바래다줄래?"

카렐은 동생에게 잠시만 기다리고 있으라고 했다.

아란과 카렐은 트램 정거장까지 걸었다. 빗방울이 제법 굵었다. 거리 여기저기에 물웅덩이가 생겨 있었다. 둘은 조금 떨어져서 걸었다.

"연습은 잘돼 가?"

아란이 빗소리 때문에 목소리를 조금 높여서 물었다.

"그럭저럭."

"기록은 어때?"

"……별로 좋지는 않아."

"대회가 다음 주지?"

"응."

"그런데 너 다리 괜찮아? 조금 불편한 거 아냐?"

"괜찮아. 연습하다 조금 뭉쳐서 그래."

"대회 전에 너무 무리한 거 아니고?"

"조금 쉬면 괜찮아질 거야."

둘은 한참 말이 없었다.

"너희 어머니도 잘 계시니? 갈 때마다 집에 안 계시더라."

"응. 잘 지내셔."

"어떻게 지내는지 궁금해서 와 봤어. 문자 보내도 답이 잘 안 와서."

"미안해."

아란은 가방에서 꾸러미를 꺼내 내밀었다.

"이거 받아. 단백질 보충제야. 헤임에서 운동하는 애들은 이런 거 먹는다더라. 친구가 가르쳐 줬어."

"……고마워."

그때 트램이 도착했다.

"그럼 들어가. 대회 끝나고 또 올게."

"…… 그래."

아란이 우산을 접고 트램에 오르는 걸 보며 카렐은 왜 마지막에 안 와도 된다고 말하려 했을까 잠시 생각했다.

대회 날에도 새벽에 잠이 깼다. 3시였다.

눈을 감았지만 잠이 오지 않았다. 어둠 속에서 엄마와 아빠가, 작업반장이, 아찰이, 허공이 뒤섞여서 나타났다 사라졌다 했다. 카렐은 눈을 떴다. 잠시 그러고 있자 옆에서 잠들어 있는 동생의 숨소리가 들려왔다. 카렐은 그대로 한참 동안 동생의 숨소리를 들었다. 그 소리는 약하고 가볍고 부드럽고 따뜻하고 깨끗하고 규칙적이었다. 동생의 숨소리를 듣고 있으니 점차 마음이 편안해졌다.

카렐은 한참 뒤에 잠들었다.

아침에 눈을 뜨고 평소처럼 동생을 탁아원에 데려다주고 다시 집에 돌아와 오트밀에 난백실 보충제를 부어 칼턴아게 식사를 하고 그날 입을 옷들을 챙기고 가볍게 스트레칭을 하고 거실 바닥을 한 번 더 닦고 집을 나서서 트램을 타고 대회장인 실내 운동장으로 가서 같은 학교 애들을 만나서 함께 근육을 풀고 조금 달려서 호흡을 조절하고 물을 조금 마시고 종아리 근육을 마사지하고 준비하라는 말에 천천히 몸을 풀면서 출발선의 자기 자리로 가고 그 자리에서 팔과 다리를 털면서 동생의 가벼운 숨소리와 아란이 준 보충제와 치킨 누들의 맛을 생각하고 준비하라는 말에 무릎을 꿇고 앉아 스타팅 블록 위에 발을 올리고 두 손을 스타트 라인에 올리고 레디, 신호에 맞춰서 숨을 깊이 들이마시며 엉덩이를 들고 허벅지와 종아리에 힘을 주고

탕!

소리에 맞춰 튀어나간다 온몸으로

허공 속으로

심장을 폭발시키며

폐를 쥐어짜며

고통을 참으며

아니, 지금은 아무것도 참을 필요가 없으며

모든 것을 터뜨리며

봐,

나는 지금 그 무엇보다 강하고

빠르고

허공을 맨몸으로 찢으며

아무것도 두렵지 않으며

자유이며

새이며

허공이 없는

결승선 너머로

카렐이 트램에서 내리니 아란이 기다리고 있었다. 아란은 카렐의 얼굴과 보호대를 한 다리를 번갈아 쳐다봤다.

"다리는, 다쳤어?"

아란이 물었다.

"응. 근육을 조금."

"대회는?"

"잘 안 됐어."

"그래."

잠시 숨을 멈췄다가 아란이 다시 입을 열었다.

"그래도 수고했어."

카렐은 대답하지 않았다.

"오늘은 뭐 맛있는 거 먹자. 이제 대회도 끝났으니 식단 조절 안 해도 되지? 먹고 싶은 거 있으면 말해, 사 줄게. 아니면 내가 뭐 만들어 줄까? 카레는 어때? 먹어 본 지 오래 됐지?"

"괜찮아. 그냥 집에서 먹을게."

아란은 잠시 사이를 두고 말을 이었다.

"나 너희 집에 갔다 오는 길이야. 문이 열려 있어서 들어가 봤는데 아무도 없더라. 너희 엄마 집에 안 계시지? 너 혼자 동생 보살피고 있는 거 다 알아. 그러니까 고집 좀 부리지 마. 오늘 같은 날은 축하 받아도 돼."

"축하 받을 일 없어."

"아니면 그냥 위로라도."

카렐은 대답하지 않았다.

"방학 내내 아르바이트 다녔지? 훈련도 제대로 못 하고. 그러니까 하루쯤은 괜찮잖아. 너한테도 뭔가 좋은 일이 있어도 되잖아. 그러니까 오늘 저녁은 내가 사 줄게. 그렇게 하게 해 줘. 동생도 좋아할 거야."

잠시 뒤에 카렐은 입을 열었다.

"그럼 치킨 누들로. 동생이 그걸 좋아해."

아란은 치킨 누들과 함께 튀김 같은 것도 몇 가지 더 주문했다. 포장마차 주인은 카렐과 아란을 번갈아 쳐다봤다.

저녁을 먹은 뒤 카렐은 그릇을 씻고 이린은 동생에게 그림책을 읽어 줬다.

"바래다줄게."

"괜찮아. 다리도 아픈데 그냥 있어. 혼자 가도 돼."

"조금 걷는 게 나을 것 같아."

카렐은 아란과 함께 나왔다.

붉은 하늘이 뿌옇게 가라앉고 있었다. 둘은 조금 걷다가 트램 정거장의 의자에 앉았다.

"너 이제 나 안 좋아하니?"

아란이 물었다. 카렐은 얼른 대답할 수 없었다. 질문이 갑작스럽기도 했지만 어떻게 대답하면 좋을지도 몰랐다. 침묵이 한참 이어졌다.

"왜 이렇게 됐을까 생각해 봤는데, 그냥, 우리를 둘러싼 것들 때문인 것 같아. 우리가 너무 바빠지기도 했고. 연락도 잘 안 되는걸."

아란은 말을 멈추고 짧게 한숨을 쉬었다.

"앞으로도 가끔 이렇게 보겠지만 그래도 한 번은 말은 해두는 게 좋을 것 같아서. 그래서 대회 끝날 때까지 기다렸어."

"고마워."

"나는 방학 내내 계속 집에만 있었어. 친구도 한 번 안 만나고. 요제는 요즘 다른 거 하느라고 바빠. 우리 엄마는 잘 지내. 이제 많이 안정을 찾았고. 또 무슨 이야기를 할까. 우리 반 종평 1등, 우리 반 1등이면 전교 1등인데, 걔하고 좀 친해졌어. 자, 이걸로 내 이야기는 끝났어. 이제 네 차례야. 너도 뭔가 말해."

"무슨 말을?"

"네 이야기. 그동안 어떻게 지냈는지, 무슨 생각을 하는지, 요즘은 뭘 싫어하고 뭘 좋아하는지 그런 거 있잖아. 네 마음속에서 떠오르는 거면 뭐든지. 그런 대화를 너무 오래 안 한 것 같아. 나 말고 다른 사람하고 그런 이야기 해?"

"아니."

"그럼 나한테 해."

"왜?"

"그냥 듣고 싶어서. 너도 그런 이야기를 혼자 갖고 있을 필요 없잖아. 말해도 돼."

카렐은 하늘을, 거리를, 아란을 보았다. 그리고 아무 데도 아닌 데를 보았다.

말들이 그의 안에서 조금씩 피어올랐다. 하지만 무슨 말을 해야 할지, 또 어디서부터 이야기해야 할지 몰랐다.

너는 사람이 아찰이 되는 걸 본 적 있니. 나는 있어.

그날 집에는 아빠와 나뿐이었어. 아빠는 야간 일을 하고 집에 와서도 쉬지 못하고 하수구를 고쳤어. 온몸이 흠뻑 젖은 아빠가 거실을 지나가다 갑자기 공구를 떨어뜨렸어. 그 소리에 놀라 내가 아빠를 쳐다봤고. 아빠는 거실 한쪽에 가만히 서 있었어. 온몸에서 물을 뚝뚝 흘리면서. 사람이 아찰이 될 때 어떤 일이 일어나는지 알아? 온몸의 종양이 솟아오르면서 터지고 그 자리에서 피와 점액에 젖은 검은 털이 나와. 몸이 부풀면서 키도 커지고 얼굴도, 숨소리도 변해 버려. 그 일이 끝나는 데는 몇 분도 채 걸리지 않아. 아찰이 된 아빠는 현관으로 가서 회색 코트를 걸친 뒤 뒤도 돌아보지 않고 나갔어. 그리고 아빠가 서 있던 자리에는 몸이 부풀면서 걸레짝처럼 찢어진 옷가지가 떨어져 있었는데 거기엔 피와 점액, 그리고 피부 조각이 들러붙어 있었어. 아무리 비눗물로 문질러도, 그 냄새가 지워지지 않았어.

그날 저녁에 너를 만났을 때 나는 무슨 말이든 하고 싶었어. 아니면 무슨 말이든 듣고 싶었어. 그런데 아빠가 아찰이 됐다고 하니까 네가 뭐라고 말했는지 기억해? 올 것이 왔다고 했어. 그 말을 들으니 더는 아무 말도 할 수 없었어. 그래도 엄마보다는 나았어. 그날 밤에 엄마에게 아빠가 아찰이 됐다고 하니까 엄마는 슬퍼하기는커녕 지원금을 받게 됐다며 좋아했으니까.

아빠가 아찰이 되기 전부터 엄마는 가끔 집에 들어오지 않았어. 처음에는 어쩌다 한 번이었는데 언젠가부터는 안 들어오는 날이 많아졌어. 그러다가 작년에는 아예 짐을 챙겨서 나가서는 연락도 받지 않았어. 동생이 가끔 엄마를 찾기는 했지만 나는 엄마가 집에 있든 없든 상관없었어.

다만 돈이 없는 게 문제였어. 엄마는 생활비를 보내 주지 않았어. 그리고 난 누구에게도 도움을 구할 수 없었고. 우리는 친척도 없으니까. 네게도 말할 수 없었어. 말했다면 넌 아마 복지과에 엄마를 아동 학대로 신고하라고 했겠지. 너는 똑똑하고 냉정한 애니까. 나도 그 방법을 생각해 봤지만 그렇게 할 수는 없었어. 복지 감독관이 알면 동생을 시설로 보낼지도 모르잖아. 엄마가 버린 동생을 나까지 버릴 수는 없었어.

돈이 너무 필요해서 작년 겨울부터 일을 했어. 철거 현장에서 심부름을 하거나 일을 돕거나 하는 거였는데, 조금 위험하기는 해도 벌이는 괜찮았어. 그런 데서 아찰들이 일하는 거 알고 있었어? 아찰의 몸이 엄청나게 튼튼하다는 것도?

하루 일을 마치고 오면서 치킨 너들을 사는 게 그 일의 보람이었어. 집에 올 때는 몸도 마음도 너무나 지쳐서 네 메시지에 제대로 답장조차 할 수 없었어. 그리고 사실은 내 사정을 이야기해도 네가 이해할 수 있을 것 같지 않았어.

그래. 이해하지 못할 거야.

가끔 아빠가 꿈에 나와. 아찰이 되던 날의 그 모습으로. 그러면 잠을 깨서는 다시 잠들 수 없어서 새벽에 거리에 나가서 달리기를 해.

또 가끔은 내가 아찰이 되는 꿈을 꿔. 아마 내게도 종양이 있어서 그런가 봐. 세 개. 겨드랑이와 옆구리와 골반에 하나씩 있어. 언젠가 네가 내 팔을 잡으려 했을 때 내가 팔을 뺀 적 있잖아. 네가 종양을 만질까 봐 나도 모르게 그랬던 거였어.

오늘 새벽에도 잠을 설쳤지만 그래도 컨디션은 그리 나쁘지 않았어. 사실 컨디션 같은 건 상관없었어. 어떻게든 좋은 성적을 내야 했으니까. 스타트는 다른 애들보다 조금 늦었어. 그래도 30미터에서 스피드가 오르기 시작해 60미터에서는 선두의 바로 뒤까지 쫓아갔어. 그러다 선두를 막 따라잡았다 싶었을 때 갑자기 종아리에 뭔가 날아와 맞은 것 같은 느낌이 오면서 쓰러졌어. 그 뒤로 더는 달릴 수 없었고. 종아리 근육이 파열된 것 같으니 의사에게 가 보라고 하지만 그래 봐야 무슨 소용이 있겠어. 이제 대회 성적으로 종평을 잘 받아서 경비대에 들어가는 건 다 틀렸는데. 코치는 부상이 나으면 장거리로 바꿔서 피크닉에서 다시 한번 도전해 보라고는 하지만.

얼마 전 네가 와서 동생과 놀아 준 날 있잖아. 사실은 그 날 철거 현장에서 사고가 있어서 종아리를 다쳤어. 오늘 부상이 그때 다친 것 때문일까. 잘 모르겠어.

그런데 너 새 본 적 있어? 나는 있어. 딱 한 번. 아찰라에 새라니, 넌 믿지 못하겠지. 처음 건물 꼭대기에 혼자 올라갔던 날 새를 봤어. 흰 새였어. 처음에는 가림막 쪼가리나 건물 꼭대기까지 날아온 쓰레기인 줄 알았어. 하지만 내가 본 건 분명히 새였어. 금방 사라져 버렸지만.

새는 어떻게 허공을 향해 뛰어들 수 있는 걸까?

높은 곳에 올라가면 이상한 기분이 들었어. 사방에서 뭔가가 나를 팽팽하게 짓누르며 노려보는 것 같은 기분이. 그게 뭐였는지 알아? 바로 허공이었어. 아무것도 없는 텅 빈 허공. 내 주위에는 언제나 허공이 있었던 거야. 내가 일하던 텅 빈 건물에, 내가 달리던 텅 빈 거리에, 내 머리 위에, 내 발밑에도. 나는 그걸 똑바로 마주 볼 수 없었어. 그것과 마주치면 눈을 돌릴 수 없을 것 같아서. 거기에 빨려들 것 같아서. 그러다 허공에 끌려가게 될 것 같아서.

나중에 보니까 허공은 엄마와 나 사이에도, 출발선과 결승선 사이에도 있더라. 그리고 너와 나 사이에도.

그게 사라질 수 있을 거라 생각해? 말 몇 마디 한다고 뭔가 달라질 수 있을 거라 생각해?

내 생각에는 아무 소용없는 일인 것 같아. 이런 말을 해도 무엇 하나 달라지지 않을 것 같아. 희망이 없는 것도, 우리가 다른 세계에 살고 있는 것도, 네가 언젠가 이곳을 떠날 거라는 것도, 나는 매일의 끼니를 걱정하며 살 거라는 것도.

그런데도 너는 말했어. 내게도 좋은 일이 있어도 되지 않냐고. 그 말을 들었을 때 오늘 아침 출발선에 섰을 때를 떠올렸어. 그때 나는 너를 떠올렸어. 그리고 동생의 숨소리와 치킨 누들의 맛을. 공통점이 뭔지 알아? 모두 내가 좋아하는, 나를 편안하게 해 주는 것들이라는 거야.

나는 왜 너를 생각했을까. 이제 우리가 나눌 수 있는 게 별로 없는데. 뭔가를 함께 하기에는 시간이 얼마 남지 않았는데. 그 시간 동안 우리가 나눌 이야기는 깊은 계곡에 던져지는 돌멩이처럼 허공을 메우기에는 턱없이 부족할 텐데. 나는 네게 무슨 이야기를 들려줘야 할까.

주위는 이미 어두워져 있었다. 아란의 얼굴도 어둠 속에 잠기고 있었다. 카렐은 아란을 쳐다봤다. 아란의, 아니 아란이 아니더라도 그 누군가의 눈을 이렇게 가까이에서 본 적이 있었던가. 아란의 눈동자는 어둡고 깊었다. 허공처럼. 그러나 카렐은 무섭지 않았다. 그건 허공이 아니라 아란의 눈동자니까. 갑자기 가슴이 아파 오며 눈이 왈칵 뜨거워졌다. 카렐은 잠시 눈을 비볐다. 그리고 다시 아란의 눈을 쳐다봤다. 눈동자 속을 작지만 반짝이는 것이 스쳐 지나갔다. 어쩌면 새일지도 모를 것이. 카렐은 하늘을 한번 올려다본 다음 크게 숨을 한번 들이마신 뒤 내쉬었다.

그때 가로등에 불이 들어왔다.

출발 신호지럼.

6 히에

보라는 내가 푼 문제들을 점검하고 있다. 보라의 목덜미는 희고 머리는 길고 검다. 남자들은 이런 걸 좋아해. 보라는 말했었다. 하지만 너는 갈색 머리가 어울려. 애들 사이에서는 그게 더 돋보이고. 어떻게든 돋보이는 게 종평에 유리하지. 그래서 내 머리는 갈색이다.

잘했어. 그런데 틀리던 문제를 또 틀렸네.

보라가 말한다.

네. 선생님.

내가 대답한다.

같은 문제를 왜 틀렸지? 내가 푸는 방법을 두 번이나 가르쳐 줬잖아.

죄송해요. 선생님.

이번이 마지막이야. 유형 문제 열 개. 20분. 할 수 있지?

네. 선생님.

보라는 유형 문제집을 다운받아서 그중 풀어야 할 범위를
알려 준다.

문제를 푸는 동안 보라는 과일을 믹으며 차를 마신다.

끝났어요.

채점해.

답안지 파일을 열어 채점한다.

다 맞았어요.

거 봐. 할 수 있잖아. 그런데 아까는 왜 틀렸지?

모르겠어요.

집중하지 않아서 그래. 그러니까 선생님이 해 준 말을 잊어
버리지.

네. 선생님.

너는 누구보다 뛰어나고 똑똑한 애야. 지금도 잘하고 있지
만 앞으로 더 잘할 수 있어. 고작 학교 2등에서 만족할 거야?

아뇨.

너는 아찰라 전체 10등 안에도 들 수 있어. 피크닉까지 내
가 시키는 대로 제대로 따라오기만 하면 돼. 그렇게 할 수 있
지?

네. 선생님.

그럼 10분만 쉬었다가 언어와 논리를 하자. 에너지 보충해야 하니 그동안 과일이라도 먹어.

네. 선생님.

보라가 시키는 대로 과일을 먹고 차를 조금 마신다.

지난번 내용은 리뷰했니?

네. 선생님.

문제는 안 풀었네. 리뷰하고 문제 풀라고 했는데. 시간이 없었니?

네. 선생님.

그러면 학교에서 수업 시간에라도 했어야지.

학교에서 눈에 띄는 행동은 하지 말라고 하셔서 안 했어요.

그러면 지금 풀어. 여덟 페이지야. 20분. 다 푼 뒤 채점해.

네. 선생님.

이번에는 세 개를 틀렸다.

틀린 내용을 포함해서 전체 리뷰. 이해 안 되는 건 물어봐.

네. 선생님.

내가 참고서를 읽는 동안 보라는 단말기로 누군가와 메시지를 주고받는다.

다 끝났어요.

그럼 조금 쉬어. 나갔다가 20분 뒤에 와. 갔다 와서 사회과

기출 문제를 풀어 보자. 알지? 쉬는 시간 동안 영상을 보는 건 안 돼. 음악을 듣는 건 되지만 그것도 10분 이내로. 가볍게 몸도 좀 풀고.

방에 가서 단말기로 대화창을 열어 쓸데없는 메시지들을 지운다. A반 대화방에는 새로운 메시지가 없다. 6학년 때 같은 반이었던 애들의 대화방에 새로운 메시지가 있어 들어가 대화를 읽어 본다.

뭐 해? 공부하느라 죽음. 2학기 되니까 과제 없어서 좋다. 차라리 과제가 낫다. 시험 시간표 아는 사람? 첫날 과학과 기술인가? 시험 끝나고 같이 놀러 갈래? 어디? 몰라. 가자. 니들 운동해라. 피크닉 준비 해야지. 엘리베이터 타고 내려올래? 한 층에 마이너스 2점. 0.2점 아냐? 타는 순간 인생 추락. 네 얼굴도 추락. 네 인성도 추락. 너는 이미 바닥. 종평 나락. 교육청 엿이나 먹으라 그래. 피크닉 너무 싫다. 피라미드 안 무너지나. 공부나 해라.

보라는 말했었다. 대화방에 무슨 말이든 남겨. 할 말이 생각나지 않으면 웃기라도 하면 돼. 그러면 잘 웃는 애로 볼 테니까. 그러는 게 평판에 유리해.

그래서 하하하, 라고 남긴다.

어, 히에다. 공부 안 해? 응. 공부하다 쉬고 있어. 수고해.

그 뒤로 침묵이 이어진다.

더 이상 메시지가 없는 걸 확인한 뒤 단말기를 내려놓고 다리를 찢는 스트레칭을 한다. 학교에서 이걸 할 수 있는 건 나밖에 없다. 발레를 하는 것도 나뿐이다.

이번에는 일어나 포인 자세를 한다. 엄지발가락에 체중이 모인다.

발가락이 아프다. 아픔이 점점 번진다. 아픔이 발에서 종아리로, 무릎으로, 허벅지로, 엉덩이로, 배로, 등으로, 가슴으로, 어깨로, 목으로, 머리로 퍼진다. 아픔이 나를 가득 채운다. 바람 소리가 들리지 않는다.

시간이 돼 다시 공부방에 간다.

보라는 못 보던 문제들을 꺼낸다.

이 문제들 중에서 반드시 50퍼센트 이상 나온다고 생각해. 답은 반드시 외워야 돼. 하지만 문제에 변형이 있을 수 있으니까 푸는 법도 알아야 하고. 내가 반드시 나온다고 하면 반드시 나오는 거 알지?

네. 선생님.

그럼 시작해.

디본은 머리가 더 이상 찰랑거리지 않는다. 디본은 피부색이 탁해졌다. 디본은 가끔 옷이 구겨져 있다. 디본은 이제 더이상 좋은 냄새가 나지 않는다.

그래도 디본은 여전히 잘 웃는다. 디본은 여전히 예쁘다. 디본은 여전히 인기가 있다. 언젠가부터 디본은 아란과 가까이 지낸다. 둘은 옆자리다. 디본은 종평 1등, 아란은 3등이다. 어쩌면 디본이 아란처럼 공부를 잘하게 되고, 아란이 디본처럼 외모가 깔끔해질지도 모른다.

네게 피해가 없으면서 상대에게 피해를 줄 수 있는 방법이 있으면 그렇게 해야 하지 않겠니? 그래야 네 종평이 올라가는 거니까. 나쁜 일이라고 생각하지 마. 다 그렇게 경쟁하는 거야. 보라는 말했었다. 디본과 아란이 떨어져 있는 게 좋겠다는 생각이 든다.

교무실에 가서 담임선생님을 찾는다.

선생님. 자리를 한 번 바꿔 주시면 좋겠어요.

왜?

같은 자리에 오래 앉아 있으니 왠지 집중이 안 되는 것 같아요. 분위기도 바꿔 보고 싶고요. 저랑 같은 생각을 하는 애들이 많은 것 같아요.

자기 자리에 익숙한 애들은 자리 바꾸는 걸 싫어하지 않을까?

편하고 좋은 자리에 앉은 애들은 그렇겠죠. 그런 자리면 다른 애들도 좋아하지 않을까요? 자리를 바꾸는 게 모두에게 공평할 것 같아요.

하지만 벌써 2학기이고 이제 와서 자리를 바꿀 명분이 없 잖니.

보라가 말했었다. 할 말이 없을 때는 그냥 입을 다물고 가 만히 상대를 쳐다보면 돼. 침묵도 대화의 기술이니까. 그래서 그렇게 한다. 역시 잠시 뒤에 선생님이 입을 연다.

그럼 방법은 선생님이 한번 생각해 볼게. 혹시 히에는 특별 히 앉고 싶은 자리가 있니?

두 자리 뒤요. 지금 디본이 앉아 있는 자리요. 그리고 사실 은 디본과 아란이 자꾸 떠들어서 신경이 쓰여요.

그래? 참고할게.

며칠 뒤 새로운 자리 배치가 나온다. 나는 디본이 있던 자 리로 가고 디본과 아란은 멀리 떨어졌다. 그래도 둘은 함께 문제를 풀고 함께 매점이나 급식실에 간다. 둘은 더 친해진 것 같다. 그러다 보면 공부할 시간이 줄어들겠지.

주사를 맞으러 가는 날이다. 엄마와 함께다. 주사를 맞으러 가는 날은 운전 기사 대신 엄마가 운전한다.

요즘 보라 선생님과 공부하는 건 어떠니? 부족한 건 없니?

네. 없어요. 엄마.

실은 보라 선생님을 어떻게 할까 생각 중이야. 이번 시험이 마지막이니 시험 때까지만 봐 달라고 할지 아니면 피크닉까지 생활 지도를 봐 달라고 할지. 히에 생각은 어때?

잘 모르겠어요.

그렇구나. 그럼 엄마가 아빠하고 이야기해 볼게.

네. 엄마.

지난번에 말해 둔 것처럼 시험이 끝나면 바로 트레이닝에 들어갈 거야. 전문 트레이니 선생님을 섭외했어. 이분은 작년에도 헤임에 두 명이나 보내셨다는구나. 어렵게 모신 분이지만 너무 부담 갖지는 마. 우리 히에와 잘 맞는 게 제일 중요하니까.

네. 엄마.

남은 시간 동안 마지막까지 힘내야지. 그럴 수 있지?

네. 엄마.

의사의 아파트는 고층 아파트의 꼭대기 층이다. 넓은 창으로 장벽 밖의 황야가 보인다.

오랜만이다. 그동안 잘 지냈니? 몸은 어때? 어디 아픈 데는 없니?

의사가 밝은 목소리로 묻는다.

네. 없어요.

그럼 우선 표층 검사부터 시작해 볼까. 옷을 전부 다 벗어 볼래?

옷을 모두 벗는다. 의사는 보랏빛이 나오는 전등으로 내 몸

구석구석을 비춰 보고 피부 여기저기를, 특히 발가락과 팔 안쪽을 꼼꼼하게 만져 본다.

요즘도 발레를 계속하니? 발가락이 조금 아프겠는데?

공부하다가 몸을 풀 때만 해요.

이제 거친 운동은 안 하지? 테니스나 격투술 같은 거. 칼리라고 했나. 손가락 마디가 많이 부드러워졌네.

네. 발레만 해요.

좋아. 종양도 전종양도 없는 건 확인했고. 흉터도 이제 완전히 숨었네. 옷을 입어도 돼.

내가 옷을 입는 동안 엄마가 의사와 이야기를 나눈다.

선생님. 학교의 마지막 평가가 2주 남았는데 오늘은 거기에 도움이 되는 처치를 부탁드려도 될까요.

학습 증진제, 산화 억제제, 성장호르몬을 영양 주사에 믹스해서 놔 줄게요. 그리고 디톡스 에너지 알약을 처방해 드릴게요. 그러면 시험 볼 때까지 체력과 컨디션을 유지하는 데는 아무 문제 없을 거예요.

감사합니다. 그리고 선생님. 오늘은 다른 문제로 상담드리고 싶은 게 있는데요.

말씀하세요, 어머님.

아시겠지만 피크닉이 다음 달에 있잖아요. 일정에 맞춰 특화된 프로그램이 있으시다고 들었는데 어떤 게 있는지 궁금해서요.

예전에는 도파민 전구체와 글리코겐 합성 증진제가 유행했는데 요즘은 혈구 배양 요법이 제일 좋아요. 심폐 지구력 향상과 피로 회복에 월등한 효과가 있어요. 후유증이나 부작용이 없는 건 물론이고 무엇보다 도핑 테스트에 안전해요. 자신 있게 말씀드리지만 피크너 준비에는 이만 한 게 없어요.

죄송하지만, 파워 주사라는 게 있다고 들었는데요. 그건 어떤 거죠?

어머님. 그건 별로 권하고 싶지 않아요.

왜죠?

우선 파워 주사는 민간에서는 사용이 금지돼 있어요. 약리도 불명확하고 심각한 부작용에 대한 보고도 있어요. 굳이 그런 이유가 아니어도 국내에서는 유통이 안 되는 약이에요. 설령 구할 수 있다고 해도 저는 정말 권하고 싶지 않아요. 특히 히에 같은 히스토리가 있는 경우에는 더 위험할 수 있어요.

의사와 엄마가 나를 한번 쳐다본다.

그 문제는 이따가 자세히 이야기해도 될까요. 그리고 오늘 저도 히에 치료받는 동안 저번처럼 같이 치료를 받고 싶은데요.

그러면 저번처럼 헤라 세트로 준비해 드릴게요. 미백과 항노화 코스예요. 이쪽으로 오시면 어머니 먼저 세팅해 드리고 히에를 봐 줄게요.

의사가 엄마와 함께 안쪽 방으로 들어간 뒤 나는 혼자 치료용 의자에 앉아 기다린다. 의자의 발치 쪽으로 큰 창문이 있고 창문 너머로 장벽 밖 황야의 모습이 보인다.

의사가 잠시 뒤에 혼자 나오더니 장비를 가져와 내 팔다리에 기구를 연결하고 측정을 시작한다.

요즘 잠은 잘 자니?

네. 선생님.

그래? 꿈은 많이 안 꾸고? 자다가 중간에 깨지는 않니?

꿈도 안 꾸고 중간에 깨지도 않아요.

의사는 기구를 모두 뗀 뒤 주사기와 주사액이 담긴 쟁반을 갖다 놓는다.

스트레스 지수가 조금 높게 나오고 있어. 아마 깊은 수면을 못 하는 것 같아. 하긴 9학년 가을인데 잠을 잘 자는 것도 이상하지. 그런데 패턴은 언제나처럼 굉장히 안정돼 있네. 마음속이 아주 고요하다는 뜻이지. 감정 변화도 크지 않고. 너무 변화가 없는 거 아니니? 최근에 뭔가 강렬한 감정을 느꼈던 건 언제였는지 기억나니?

잘 모르겠어요. 선생님.

시험을 앞두고 감정이 요동치는 것도 좋은 일은 아니지. 어쨌든 이제 주사를 놓을게. 주사 맞는 동안 푹 잘 수 있게 안

정제도 놔 줄 수 있지만 그러다 수면 패턴이 달라지면 더 힘들 수 있으니까 그건 뺄게.

네. 선생님.

이제 주사약이 들어가면서 차갑고 뻐근한 느낌이 들 거야. 어때. 괜찮니?

네. 괜찮아요. 선생님.

히에는 강한 아이구나. 이번이 마지막 시험이라고 했지? 끝나고 한 달 있으면 피크닉이고.

네.

생각하고 있는 학과가 있니?

헤임에 가고 싶어요.

그건 학과가 아니잖니? 어쨌든 헤임을 목표로 할 수 있다는 것만 해도 정말 대단한 일이지. 엄마에게 들었는데 종평 점수가 아주 좋다면서? 선생님은 히에가 꼭 헤임에 들어갈 수 있을 거라고 믿어. 그래도 너무 스트레스는 받지 말고. 알고 있니? 스트레스가 종양의 가장 큰 원인 중 하나라는 거.

네. 알아요. 선생님.

요즘은 커트라인이 스무 명이지? 나 때는 열 명이었어. 자랑은 아니지만 나는 아찰라 전체에서 12등이었다? 요즘이었다면 헤임에 들어갈 수 있었는데. 어쨌든 헤임에는 못 들어가고 대신 3의과대학에 들어갔지. 결과적으로는 잘된 일이라고 생각해. 헤임에 들어갔으면 공무원이나 됐겠지. 아찰라 출신들은 헤임에 들어가도 높은 자리에는 올라가기 힘들어. 그러느니 여기서 의사를 하는 게 낫지.

선생님은 왜 의사가 되셨나요?

그게 왜 궁금할까. 혹시 히에도 의사가 되고 싶니?

아뇨.

그럼 뭐가 되고 싶어?

모르겠어요. 전 아무것도 되고 싶은 게 없어요.

그래. 나도 그때는 그랬어. 하지만 곧 되고 싶은 게 생길 거야. 히에 성적이라면 의대도 충분할 거야. 히에는 강한 아이니까 의사가 적성에 맞을 것 같아. 내가 의대에 간 이유는 성적에 맞춰서 학과를 선택한 게 가장 크지만, 사실은 어렸을 때부터 꼭 해 보고 싶은 게 있었거든.

그게 뭔데요?

아찰을 치료하는 거. 어릴 때는 모두 한번씩 그런 생각 하잖아. 훌륭한 사람이 돼서 세상을 바꾸고 싶다는 생각. 나는 아찰이 되지 않는 예방법이나 이미 아찰이 된 사람을 다시 사람으로 되돌리는 치료법을 찾고 싶었어. 의대에 가서 이 얘기를 하니 다들 웃더라. 그래도 누구나 한때는 그런 꿈을 꿀 수 있는 거 아니겠니? 꿈은 이왕이면 높고 아름다운 게 좋잖아.

그 치료법은 찾으셨어요?

아찰을 사람으로 되돌리는 법? 못 찾았으니 아직도 아찰이 있는 거겠지? 자, 주사 다 맞는 데는 한 시간 정도 걸릴 거야. 블라인드는 닫아 줄까?

아뇨. 그대로 둬 주세요.

저런 삭막한 풍경을 좋아하는구나, 히에는. 하긴 누구나 저런 게 좋을 때가 있지. 그럼 한 시간 뒤에 올게.

주사를 맞는 한 시간 동안 먼지를 실은 바람이 황야를 떠도는 것을 본다.

오빠가 집에 온다.

오빠는 아빠를 대신해 외국에 출장을 다녀왔다. 2주간의 격리가 오늘 끝났다.

식구들이 모두 모여 식사를 한다. 그 자리에 왠지 보라도 함께 앉아 있다. 식탁에는 처음 보는 음식들이 있다. 오빠가 외국에서 가져온 것들이라고 한다. 엄마는 음식들을 담았던 포장을 가져와서 하나씩 이름을 알려 준다. 굴라쉬. 슈쿠르트. 치오피노.

오빠는 외국에서 어떤 일이 있었는지 이야기한다. 이야기를 들은 아빠는 그쪽 정부의 정책을 비판하면서 그러다가는 오래 못 갈 거라고 말한다. 아빠는 이어서 현재 의회에 상정

된 법안에 대해 이야기하다 여당과 상원의원들이 아주 지독한 사람들이라며 고개를 젓는다. 나머지 사람들은 모두 잠자코 듣고 있다.

아빠는 엄마에게 집에 별일이 없느냐고 묻는다. 엄마는 없다고 대답한다.

아빠는 내게 피크닉이 언제냐고 묻는다. 나는 11월이라고 대답한다. 준비는 잘 하고 있느냐고 물어서 그렇다고 대답한다.

아빠는 보라에게 나를 잘 부탁한다고, 헤임에 들어가게 되면 은혜를 잊지 않겠다고 말한다. 보라는 최선을 다하고 있으며 히에가 워낙 우수한 학생이라 결과를 기대하셔도 좋다고 말한다.

엄마는 보라가 3년 동안 나를 계속 봐 줘서 이제 가족처럼 느껴진다고, 그리고 주위에 보라를 스카우트하고 싶어서 히에의 피크닉이 끝나기만을 기다리는 사람들이 여럿 있다고도 말한다. 보라는 감사합니다, 하고 고개를 숙인다.

오빠가 우리 동생 잘 부탁드려요, 하고 말하고 웃는다. 보라도 따라서 살짝 웃는다.

식사가 끝난 뒤 아빠는 나를 서재로 부른다.

이번에 꼭 좋은 성적을 내야 한다. 피크닉에도 차질이 없어야 하고. 이건 그냥 의례히 하는 이야기가 아냐. 자세한 사정은 아직 말해 줄 수 없지만 너는 물론이고 우리 가족 모두에게 중요한 문제라고 생각해라.

네. 알겠어요. 아빠.

정신 단단히 차리고 해야 해. 이제 올라가 봐라.

공부를 하고 있는데 보라가 잠시 나가더니 한참 뒤에야 돌아온다. 보라의 목덜미가 조금 붉어져 있다.

오빠는 자신의 집으로 돌아가지 않고 예전에 쓰던 방에서 잔다.

나는 그날 밤 오빠 방 앞을 지나다 보라의 목소리가 새 나오는 것을 듣는다.

점심시간에 복도에서 어떤 남자애가 나를 불러 세운다. 작년에 내가 학생회장일 때 부회장이었던 애다.

잘 지냈어?

남자애가 묻는다.

응. 너는?

나도 잘 지냈어. 공부하느라 힘들지? A반 애들은 공부 정말 많이 한다면서?

응. 다들 열심히 해.

그렇구나. 우리 B반 애들도 정말 열심히 하는데, 그래도 A반 애들한테는 못 이기겠지.

그렇지도 않을 거야. 공부 열심히 해. 그럼 나는 이만 갈게.

너 왜 내 메시지에 답장 안 해?

나는 할 말이 없어서 가만히 있는다.

내가 계속 메시지 보냈잖아. 왜 답장 안 했어? 이유가 있을 거 아냐.

대답할 필요 없는 것 같아서.

그게 무슨 소리야. 혹시 너 지금 나 무시해?

나는 남자애를 가만히 쳐다본다.

말해 봐. 너 지금 나 무시하는 거냐고.

남자애의 목소리가 커진다. 복도에는 사람이 많은데 지나가던 애들이 나와 남자애를 쳐다본다. 눈에 띄는 행동을 해서는 안 돼. 하지만 이 상황은 내가 만든 게 아니다. 보라는 이런 상황에서는 어떻게 하라고 알려 주지 않았다. 대답하지 않고 그냥 가려 하자 남자애가 내 손목을 잡아끈다.

어디 조용한 데 가서 얘기 좀 해.

남자애가 내 손목을 잡고 계단을 내려가려고 한다. 나는 손목을 돌리면서 무릎으로 남자애의 무릎을 민다. 남자애가 중심을 잃고 휘청이더니 발을 헛딛으며 몸이 뒤로 넘어간다. 남자애의 몸이 계단 아래로 구르면서 다른 애들을 덮친다. 그 바람에 계단에 있던 애들 몇 명도 함께 넘어진다. 누군가 비명을 지른다. 밀지 마. 사람 깔렸어. 괜찮아? 어떡해. 밀지 말라고. 소란은 금방 가라앉지 않는다. 잠시 뒤에 넘어져 있던 애들이 부축을 받으며 하나씩 일어난다.

나는 계단 위에서 그걸 모두 보았다.

다친 애들이 보건실에 간 뒤에 선생님으로부터 호출이 온다.

어떻게 된 일이니?

선생님이 묻는다.

그 애가 저를 끌고 가려고 해서 제가 손을 놓았더니 그렇게 됐어요.

선생님은 모니터를 본다. 거기에는 아까의 복도의 모습이 나온다. 그 속에서 남자애는 내 손목을 억지로 잡고 계단을 내려가려 하고 나는 그 손을 뿌리친다. 선생님은 그 장면을 몇 번 되돌려 본다.

그래. 네 말대로구나. 얘가 너를 끌고 가려고 했고 너는 그냥 뿌리친 것뿐이야. 그렇지?

내가 교실로 돌아가기 전에 선생님이 다시 한번 묻는다.

정말 네가 민 게 아니지? 그리고 가만히 서 있던 건 놀라서, 어쩔 줄 몰라서 그랬던 거지?

시험은 쉽다. 보라의 말대로다. 보라가 가르쳐 준 문제가 대부분이다. 어떤 건 보라가 보여 준 문제와 완전히 똑같다. 그런 건 금방 푼다. 그러나 보라가 가르쳐 주지 않은 문제도 있다. 그런 건 내가 알아서 풀어야 한다.

보라가 했던 말들을 떠올리며 문제를 푼다.

쉬운 문제가 나오면 바로 풀어. 아는 문제는 바로 답이 보일 거야. 그래도 답을 외우고 있다는 티를 내면 안 돼. 문제를 끝까지 읽는 척해.

어려운 문제가 있으면 나중으로 미뤄. 그다음 문제가 어려우면 또 미뤄. 세 번째로 어려운 게 나오면 그때는 미루지 마.

보라는 말했었다.

시간을 잘 배분해. 우선 끝까지 푼 다음에 다시 처음으로 돌아가서 처음에 못 푼 걸 풀어. 제일 어려운 걸 제일 나중에 풀어. 문제를 네가 쓰러뜨려야 할 상대라고 생각해. 상대를 하나씩 쓰러뜨리면 나중에는 너만 남는 거야.

침착해. 침착하게 생각해 보면 모두 네가 아는 문제야.

중요한 건 오로지 점수야. 무슨 수를 써서든 정답을 찾는 거야. 답을 하나씩 대입해 보든, 주사위를 굴리든, 정답의 빈도를 맞춰 보든, 출제자의 의도를 파악하든, 어떤 방법이든 상관없어. 답만 맞으면 되는 거야. 과정은 중요하지 않아. 결과가 중요해.

보라는 말했었다.

시험 시간은 제일 고독하고 제일 자유로운 시간이야. 시험 문제와 너밖에는 없어. 문제들을 다 무찌르고 나면 너만 남는 거야. 그럼 너는 할 일이 아무것도 없고, 다른 애들이 문제를 푸는 동안 기다리고 있으면 되는 거야. 그건 피라미드에 제일 먼저 올라가서 다른 애들이 네 발밑으로 기어 올라오는 걸 내려다보고 있는 것과 똑같은 거야.

누군가 말했었다.

너는 보통 애들이랑은 다르다. 너는 언젠가 사람들의 꼭대기에 있어야 될 사람이야.

이것밖에 못 할 리 없어. 최선을 다했다면 말야. 네게 부족한 게 뭐가 있니?

얘는 꼭 인형 같아요. 생긴 것도. 행동하는 것도.

엄마 아빠에게는 비밀이야.

최근에 뭔가 강렬한 감정을 느낀 게 언제였는지 기억나니?

너 지금 나 무시해?

나는 피라미드의 꼭대기에 있고 목소리들은 내 주위를 떠돈다.

바람 소리가 점점 강해져 목소리들을 묻어 버린다.

시험 3일 뒤 종평 점수가 나왔다. 디본이 1등인 건 변함이 없고 아란이 2등이 됐다. 나는 3등이다. 아란은 점수가 올랐고 나는 그보다 낮은 데까지 떨어졌다.

가족회의가 열린다. 오빠도 와 있다.

마지막 평가가 끝나면 등수가 올라갈 줄 알았는데 오히려 떨어졌군. 어떻게 된 일이지?

아빠가 엄마에게 묻는다.

이번 시험 성적이 별로 안 좋았어요.

그래도 마지막 시험 한 번에 순위가 떨어지다니.

종평 평가 기준이 모호한 건 아시잖아요. 어쩌면 뭔가 착
오가 있었던 건 아닐까요.

아니. 종평에는 착오란 있을 수 없어. 그건 교육청의 인공지
능의 주업무야. 그리고 교육청의 인공지능은 이 나라에서 두
번째로 성능이 우수해. DOMS에서 만든 거라고.

최근에 학교에서 계단 사고도 있었잖아요.

그건 아무런 문제 없이 해결된 거 아니었나.

저도 선생님에게 그렇게 들었어요. 그럼 정말로 시험을 많
이 못 봤던 걸까요.

너무 걱정하지 마세요. 그래도 아직 피크닉이 남았잖아요.

오빠가 엄마, 아빠의 대화에 끼어든다.

피크닉에서 달라질 게 뭐가 있지. 완주하는 것 말고 뭘 할
수 있겠어.

굳이 뭘 하지 않더라도 피크닉 중에 무슨 일이 생길 수도
있죠.

무슨 일?

내가 묻는다.

단체로 배탈이 날 수도 있고 모래 폭풍이 오거나 벼락이 떨어질 수도 있지. 네 경쟁자가 발을 헛딛어서 떨어질 수도 있고. 아니면 갑자기 사라져 버리거나. 그런 소문 못 들어 봤어?

지금은 진지한 자리다. 이런 자리에서 농담은 어울리지 않아.

아빠의 말에 오빠가 입을 다문다.

모두 입을 다물고 있자 에어컨의 바람 소리만 들린다. 그 소리는 황야에 부는 바람 소리 같다.

아무래도 지금 이 말을 해야겠군.

아빠가 말한다.

지금부터 하는 이야기는 우리 식구 말고 다른 사람에게는 아무에게도 말하지 않겠다고 약속해야 해. 당신도. 너희들도.

네.

모두 대답한다.

우리 가족은 내년에 헤임으로 이주할 거야. 특별 이주 허가가 내려졌어.

엄마와 오빠가 놀란 입을 다물지 못한다.

아버지. 그럼 그 법안을······.

오빠가 뭔가 말하려 하자 아빠가 막는다.

잘 알지도 못하면서 함부로 말하지 마라.

죄송합니다.

나는 우리 가족을 위해, 13지구를 위해, 아찰라를 위해 선택을 했어. 세상이 나를 손가락질하더라도 상관하지 않겠어. 역사가 그들의 생각을 바로잡아 줄 거야.

엄마가 급히 눈물을 닦는다.

……미안해요.

어쨌든 심사 통과는 확정적인데 다만 문제가 하나 있어. 그건 히에 바로 너야. 성인은 대학 졸업 이상의 자격과 경제 활동을 했다는 증거가 필요하다는군. 히에가 내년에 대학에 들어가서 졸업하고 경제 활동을 하려면 몇 년은 걸리는데 그때까지 기다릴 수는 없어.

그게 무슨 말이에요, 여보?

만약 히에가 헤임에 있는 대학에 진학하지 못하면 우리 모두 헤임에 못 가게 된다는 거지. 아니면 가족 분리 신청을 하거나.

가족 분리라면…… 그러면 히에 혼자 남으라는 건가요? 정말 그것밖에 방법이 없어요? 몇 년 더 기다릴 수는 없나요? 여기서 대학을 나오고 직장을 얻을 때까지 조금 더 기다리면 안 돼요?

기회는 지금뿐이야.

하지만…….

네 생각을 말해 봐라. 이건 너한테 달린 일이니까.

잘 모르겠어요.

너무 갑작스러운 이야기라 받아들이기 힘든 모양이군. 간단히 말하면 헤임에 있는 대학에 못 가면 너는 여기 혼자 남아야 한다는 거야. 이 위험한 도시에. 여자 혼자서.

의사 선생님도 여자인데 아파트에서 혼자 살아요.

그 사람하고 너를 비교할 수는 없어. 네게 어떤 능력이 있니? 우리 가족이 헤임에 들어가면 그때는 너를 도와주려 해도 도와줄 수 없어. 아니 그 전에 가족에서 분리되면 우리는 이제 남이나 마찬가지야.

잘 모르겠어요.

여보. 히에만 남겨 두는 게 과연 올바른 일인지 다시 한번 생각해 주세요. 헤임에 간다는 건 꿈 같은 일이지만 그러기 위해 가족이 무너지는 건 저는 납득할 수 없어요.

아빠는 고개를 젓는다.

아찰라에서 사람은 바보가 되거나 악인이 되거나 장벽 밖으로 쫓겨나거나 아찰이 되거나 할 수밖에 없어. 아무것도 모른 채로 살면 바보가 되고, 알면서도 분노하지 않으면 악인이 되지. 분노해서 뭔가 행동하려 하면 추방당하고, 분노하면서도 아무것도 하지 못하면 끝내 아찰이 되는 거야. 아찰이 뭐라고 생각해? 그건 인간 존재의 광란이야. 정신이 미치는 광인과 신체가 날뛰는 광전사가 합쳐진 거라고. 아찰라에서 우리를 기다리는 운명이 그것뿐이라면 우리는 이곳에 머물러서는 안 돼. 사람답게 살기 위해서는 피라미드 안으로 들어가야 해. 더러운 먼지가 없는 곳으로, 언제 아찰이 될지 모르는 공포가 쫓아오지 못하는 곳으로, 무작위로 주는 네 글자 코드 따위가 아니라 진짜 이름을 가질 수 있는 곳으로, 인간이 자신의 삶과 죽음의 주인이 될 수 있는 곳으로 가야 해. 우리는 비록 헤임에서 태어나지는 못했지만 죽을 때는 거기서 죽어야 해.

아빠의 말을 들으며 나는 내 이름 HYEE와 사회보장 번호 9308182013027HYEE7와 학교에서 사회보장 번호에 대해 배운 내용을 생각한다. 아찰라의 모든 시민은 출생 후 15일 이내에 출생일, 성별, 출생지 등의 정보가 포함된 사회보장 번호를 부여받는다. 사회보장 번호의 궁극적 목적은 시민의 복지와 안녕으로 모든 시민은 사회 구성원으로서의 마땅한 권리를 누리기 위해 행정적으로 필요한 모든 경우 이를 제출할 의무가 있으며……

그러면 피크닉에 최선을 다해야겠네요.

준비는 어떻게 돼 가고 있어? 내 생각에는 지금 있는 선생님 말고 피크닉을 전담할 다른 선생님을 모시는 게 좋을 것 같은데.

트레이너는 벌써 섭외했어요. 보라 선생님은 피크닉 때까지는 있는 게 좋을 것 같아요. 얘도 정이 많이 들었고 또 그

때까지 생활 관리도 해야 하니까요. 피크닉 준비에 대해서도 노하우가 있을 거예요.

히에도 그렇게 생각해?

저는 잘 모르겠어요.

히에야. 너도 이제 곧 성인인데 언제까지고 잘 모르겠다고 하면서 다른 사람의 의견 뒤로 숨을 수는 없어. 앞으로는 네 느낌과 생각을 말해야 해.

저는 정말 잘 모르겠어요.

아빠의 생각을 말해 줄게. 한 번 실패한 사람에게 두 번 기회를 줄 필요는 없어. 기회를 얻기를 원하는 사람은 많이 있으니까. 그리고 우리는 그 사람에게 이미 충분히 많은 기회를 줬어. 마지막으로 한 번 더 기회를 주기 위해 일생에 한 번뿐인 피크닉을 담보로 걸 수는 없는 거야.

그렇죠. 능력이 없으면 자르는 게 맞죠.

오빠가 맞장구친다.

그러면…… 네. 알겠어요.

엄마가 말한다.

엄마. 그게 무슨 뜻이에요?

내가 묻는다.

보라 선생님이 곧 그만두게 될 거라는 말이야.

무슨 얘기 했니?

방에 돌아오니 보라가 묻는다.

시험 얘기.

내가 말한다.

내가 말한 대로였지? 내가 가르쳐 준 데서 반 이상 나왔어. 그런데도 점수가 안 좋았다니 아쉽네. 이유가 뭐라고 생각해?

나도 잘 모르겠어.

시험은 이제 끝이니까 거기에 대해서는 더 말할 필요 없겠어. 그리고 무슨 이야기를 했어? 시험 이야기 말고 다른 이야기도 있었어?

있었어.

선생님한테는 존댓말로 해야지. 어쨌든, 무슨 얘기?

헤임 얘기.

헤임 얘기라니?

비밀이야.

그리고 다른 얘기는?

네 얘기.

보라가 나를 본다.

히에야. 선생님에게 친근하게 반말을 할 수도 있지만 그렇다고 너라고 부르면 안 돼.

왜 안 돼?

그건 옳은 행동이 아냐.

하지만 너는 이제 선생님이 아니야.

무슨 말이야?

나는 이제 너한테 배울 게 없어.

그래도 한 번 선생님이면 계속 선생님이야.

가족도 가족 분리를 하면 더 이상 가족이 아니잖아. 그런데 왜 선생님은 계속 선생님이야?

보라는 잠시 생각한다.

선생님은 네가 모르는 걸 가르쳐 주는 사람이야. 그리고 그 관계는 계속되는 거야. 한 번 선생님은 계속 선생님인 거야.

그러면 보라가 모르는 걸 내가 가르쳐 주면 내가 선생님이야?

어떤 면에서는 그렇다고 할 수 있지.

그러면 보라가 모르고 있던 걸 가르쳐 줄게. 우리 가족은 내년에 헤임으로 갈 거야.

…… 그건 어렴풋이 알고 있었어.

나는 몰랐어. 그리고 너는 오빠 방에 들어간 스물세 번째 여자야.

상관없어.

오빠가 그랬어. 능력이 없으면 자르는 게 맞다고. 보라 너에 대해서 그렇게 말했어.

보라는 나를 본다. 나도 보라를 본다.

오빠가 그렇게 말했다고?

응.

보라의 얼굴이 점점 붉어지며 숨소리가 거칠어진다.

그리고 내 얘기도 했어. 헤임에 못 가면 아찰라에 혼자 살아야 된대.

보라는 아무 말도 하지 않는다.

그래서 무슨 수를 써서든 헤임에 가야 된대.

흥. 그따위 점수 갖고? 피크닉은 겨우 한 달밖에 안 남았는데. 주제도 모르고 무슨 말 같잖은 소리를 하고 있어. 니 생각에는 그게 될 거 같니?

보라가 지금까지 한 번도 들어 본 적 없는 말투로 말한다.

피크닉에서 무슨 일이든 일어날 수 있대. 벼락이 떨어질 수도 있고 모래 폭풍이 올 수도 있고 단체로 배탈이 날 수도 있고 그 애들이 피라미드 아래로 떨어질 수도 있고.

너 지금 무슨 말을 하는 거니?

상대를 하나씩 쓰러뜨리면 나중에는 나만 남는 거야.

보라는 나를 본다. 나도 보라를 본다.

과정은 중요하지 않아. 결과가 중요하지. 헤임에 가야 되잖아. 무슨 수를 써서든.

보라의 표정이 굳는다.

내게 피해가 없으면서 상대에게 피해를 줄 수 있는 방법이 있으면 그렇게 해야 하지 않겠어? 나쁜 일이라고 생각하지 마. 다 그렇게 경쟁하는 거니까.

나는 입을 다물고 가만히 보라를 쳐다본다.

마침내 보라가 입을 연다.

너 미쳤니?

그날 밤 나는 오빠의 방에 간다.

우리 가족이 헤임에 간다는 거 오빠는 미리 알고 있었어?

왜?

보라가 알고 있었다고 해서.

내가 네 선생님한테 말했다고 생각하는 거야? 그건 이미 알 만한 사람은 다 알고 있었어.

나는 몰랐어.

네가 아직 어려서 그래. 어른들 일은 하나도 모르잖아.

무슨 뜻이야.

정말 아무것도 모르는 거야? 뉴스에서 어떻게 말하는지 몰라? 이번 법안 처리에서 아빠는 여당 쪽에 표를 던질 거야. 그 대신 헤임 이주를 허락받은 거지. 이미 기자들이 냄새를 맡고 배신자들 명단을 뽑아 놨어. 그중에 아빠의 이름이 들어 있다고. 아무리 이 선택이 미래를 위해서라고 해도 사람들은 당장 코앞의 것밖에 못 보니까 그런 훗날의 일 같은 건 생각하지 않아. 게다가 우리가 이주한다는 걸 알게 되면 표와 이주를 바꿨다고 생각하고 다들 가만 있지 않을 거야. 이제 어떻게 돌아가는지 알겠어? 우리가 헤임에 간 다음 너 혼자 여기 남는다고 생각해 봐. 아빠가 너한테 왜 그렇게 말씀하셨는지, 그 말씀 하실 때 아빠의 심정이 어떠셨을지 이해돼?

잘 모르겠어.

그래. 너는 아는 게 하나도 없지. 그래서 너한테는 미리 아무 말도 안 했던 거야. 알았으면 이제 시간 낭비하지 말고 가서 피크닉 준비나 해.

나도 아는 게 있어.

뭔데?

오빠가 옛날에 나한테 했던 일.

무슨 일?

오빠가 이 방에서 나한테 했던 일. 내가 수술받기 전에 있었던 일 말이야. 아무한테도 말하지 말라고 했잖아. 나는 그게 무슨 일인지 알아. 그때는 어려서 몰랐지만 지금은 알아.

오빠의 얼굴이 점점 굳는다. 보라가 그랬던 것처럼.

너 지금 무슨 소리를 하는 거야? 종평 스트레스 때문에 머리가 어떻게 된 거 아냐?

그때 진찰받았던 기록이 의사 선생님에게 다 있어. 나는 아무 말 안 했지만 의사 선생님은 무슨 일이 있었는지 다 알고 있을 거야.

오빠는 입을 다문다. 나는 오빠를 본다.

뭘 봐? 너 그 눈 안 깔어?

내가 보고 있는 동안 오빠의 눈이 점점 커진다. 오빠가 자리에서 일어서며 팔을 올린다. 오빠는 나보다 크고 힘이 세다. 그날도 그랬었다. 나는 눈을 돌리지 않는다. 그날은 그러지 않았다.

잠시 뒤 오빠는 아무것도 못 하고 팔을 내린다. 마침내 눈을 돌리는 건 오빠다.

누가 네 말을 믿어 주기나 한대? 도대체 왜 그런 소리를 하는 건데? 너 혼자 헤임에 못 가게 되는 게 분해서? 그래서 있지도 않았던 일을 갖고 떠드는 거야? 우리 가족 모두 엿 먹이려고? 도대체 무슨 생각으로 이래? 네가 원하는 게 뭐야?

돈.

돈?

오빠가 어이없다는 듯 웃는다.

돈을 줘. 그러면 아무한테도 말 안 할게.

어디에 쓰게?

나는 그 질문에는 대답하지 않는다.

……얼마나?

많이.

보라가 떠난 방은 조용하고 환하다. 이제 여기는 나 혼자다. 혼자 있으니 들리는 것은 바람 소리뿐이다.

나는 피라미드 위에 있다. 내 머리 위로는 아무것도 없고 사방으로 지평선 끝까지 황야가 펼쳐져 있다.

천천히 포인 자세를 취한다. 발끝의 통증이 머리를 찌른다.

내 옷은 흰 튀튀, 신발은 토슈즈. 피라미드 꼭대기는 바늘처럼 뾰족해서 내 발은 벌써 피로 물들어 있다. 피는 피라미드의 벽면을 타고 흘러내린다. 까마득한 아래, 피라미드 주위에 사람들이 있다. 그들은 한데 엉겨 쓰러진 채 움직이지 않는다.

피라미드의 꼭짓점이 발끝을 찌른다.

바람 소리가 끝없이 들린다.

7 이투

학교에 가지 말까.

잠을 깬 이투는 잠시 그대로 누워 이대로 집에 있을까 생
각했다. 이러든 저러든 상관없었다. 그러나 곧 마음을 바꿨다.
학교에 가기는 싫지만 집에 있는 건 더 싫었다. 그렇다고 달
리 갈 데도 없었다. 방에서 나와 보니 집 안이 어둡고 어지러
웠다. 식탁 위에는 술병과 빈 접시가 있었고 어디선가 시큼한
냄새도 났다. 넘어지거나 깨진 물건은 없었다. 이투는 침실 쪽
을 잠깐 쳐다본 다음 화장실로 들어갔다.

학교 갈 준비를 마친 이투는 검은색 비니를 눌러쓰고 귀에
보청기를 꽂았다. 그리고 집을 나서기 전에 현관에 걸린 회색
코트 세 벌과 침실 쪽을 한번 더 쳐다봤다.

트램은 붐볐지만 이투가 타자 사람들이 조금씩 자리를 비켜 줬다. 어떤 젊은 남자가 이투의 어깨에 밀리자 짜증을 내며 뒤를 돌아봤다. 그는 이투와 눈이 마주치자 얼른 눈을 내리깔면서 작은 목소리로 사과한 뒤 다음 정거장에서 내렸디.

학교에는 소금 이른 시간에 도착했다. 이투가 현관에 들어서자 소란스럽던 로비가 순간 조용해졌다. 이투를 알아본 아이들은 모두 입을 다물고 그 자리에 멈추거나 길을 비켰다. 침묵은 이투가 계단을 올라가 모습을 감춘 뒤에야 사라졌다.

이투의 K반은 9학년 전체에서 종평이 제일 낮은 애들이 모인 곳이었다. K반 아이들은 결석이 흔했고 학교에 나와서도 수업 시간에 딴짓을 하거나 책상에 엎드려 자기 일쑤였다. 남자애들은 서로 장난을 칠 때도 난폭했고 여자애들은 속옷이 비치는 블라우스나 짧은 치마를 입었다. 그들은 선생님이 교실에 들어오거나 말거나 칠판을 등진 채 책상 위에 걸터앉아 떠들었고 종이를 찢어 서로에게 집어던지거나 책상을 밟고 교실 이쪽에서 저쪽으로 옮겨 다니거나 했다. 싸움도 종종 있었고 때로는 의자나 책상이 나동그라지기도 했다. 이들의 관심은 이미 망칠 대로 망친 종평 따위가 아니라 어떻게 하면 최대한 빨리, 최대한 많은 돈을 벌 수 있는가 하는 것이었다. 어떤 애들은 벌써 밤마다 몰래 업소로 출근하고 있었다.

이투가 문을 열고 들어가자 교실이 조용해졌다. 모두 하던 걸 멈추고 이투를 쳐다봤다. 말을 걸어오는 사람은 없었다. 이투 역시 누구에게도 눈길을 주지 않고 교실 제일 뒤 창가 쪽의 자기 자리에 가서 앉았다. 그리고 수업이 시작될 때까지 창밖을 쳐다봤다.

1교시 수업 중간에 이투는 교실에서 나와 매점에 갔다. 그 시간이면 손님이 아무도 없을 줄 알았는데 여자애가 한 명 있었다. 본 적 있는 얼굴이었다. 언젠가 남자 화장실에 들어오려 했던 멍청한 여자애. 그때 이투는 여자애에게 욕을 했었다. 여자애는 펜을 고르는 모양이었다. 이투는 한쪽에 서서 빵과 음료수를 먹으면서 여자애를 쳐다봤다. 여자애는 수업 시간에 잠시 빠져나왔을 텐데도 펜을 고르는 데 정신이 빠져 뒤에서 이투가 쳐다보고 있는 것도 모르는 것 같았다. 한참 뒤 펜을 다 고른 여자애는 계산하고 나가려다 이투를 발견하고 놀란 듯 잠시 멈추더니 고개를 살짝 숙이고는 황급히 그 자리를 떠났다. 빵을 다 먹은 이투는 천천히 교실로 돌아와 자기 자리에 앉았다. 선생님은 그가 교실을 나갈 때도, 돌아올 때도 아무 말 하지 않았다. 심지어는 그를 쳐다보지도 않았다. 마치 그라는 사람이 거기에 없는 것처럼 대했다. 그건 다른 애들도 마찬가지였다.

이투는 바닥에 끌리도록 천천히 의자를 뒤로 잡아 뺀 다음 보청기를 빼 주머니에 넣고는 책상에 엎드렸다. 고개는 한

쪽으로 조금 돌렸다. 혹시 자다가 움직이더라도 이마의 뿔이 책상 바닥에 긁히지 않도록.

처음에는 맞아서 생긴 혹인 줄 알았다. 그때는 매일 그런 일이 있었다. 늘 어딘가 멍들거나 부어 있었고 가끔은 머리에 혹이 나 있기도 했다. 맞는 동안에는 너무 정신이 없어서 어디를 어떻게 맞았는지 기억도 안 났다. 그래서 이마에 돋아난 그것이 무엇인지 알 수 없었다. 알았다고 해도 달라질 건 없었겠지만.

맞는 동안에는 늘 오늘이 마지막이기를 바랐다. 오늘 이렇게 맞다가 죽으면 내일은 안 맞아도 될 테니까. 주먹으로, 손바닥으로, 발로, 허리띠로, 몽둥이로 맞았지만 결국 죽지는 않았다. 운이 좋았던 걸까. 아니면 반대로 운이 나빴던 걸까. 아니면 놈이 딱 죽지 않을 정도로만 때렸던 걸까.

혹이 너무 오래 없어지지 않아서 엄마가 병원에 데려가서야 그게 종양이라는 걸 알았다. 어린 나이에 종양이 생기는 것도, 종양이 이마에 나는 것도 극히 드문 경우라고 의사가 말했다. 예비 학교에 들어가기도 전이었다. 엄마가 집에 와서 그 사실을 알려 주자 놈은 말했다.

"그것 봐. 내 말이 맞았지. 내가 이렇게 될 거라고 했잖아. 우리는 결국 다 아찰이 될 거라고."

그게 놈의 입버릇이었다. 우리는 다 아찰이 될 거라는 말. 놈은 술에 취해 있을 때도, 술에서 깬 다음에도, 드물게 정신이 말짱할 때도, 이투나 엄마를 때릴 때도, 물건을 부술 때도 그 소리를 했다. 우리는 결국 다 아찰이 되고 말 거라고. 아무리 바둥거려 봐야 마찬가지라고. 아찰라에 사는 인간들은 언젠가 아찰이 되게 돼 있다고.

이마에 종양이 돋아난 후로 놈은 이투를 아찰이 되다 만 새끼라고 불렀다. 결국 아찰이 될 새끼. 괴물 놈의 새끼. 너 같은 새끼는 왜 태어난 거야. 이마에 뿔이나 나 갖고. 너도 언젠가 아찰이 되게 돼 있어. 나중에 아찰이 되면 볼만하겠다. 그런 게 생긴 건 네가 마음이 비뚤어졌다는 증거야. 네가 아직매를 덜 맞아서 그래. 아예 오늘 아찰이 되든가 뒈지든가 해라. 그렇게 살아서 뭐 해.

상처 때문에 집 밖에는 잘 나가지 않았지만 어쩌다 나가야할 때는 모자를 썼다. 이마에 난 종양을 가리기 위해서였다. 예비 학교에 들어가는 날에도 모자를 썼다. 이투는 교실에서 모자를 쓰고 있어도 된다는 허락을 받았다.

"우리 친구 이투는 머리가 아파요. 그래서 언제나 모자를 쓰고 있어야 된대요."

선생님이 그렇게 말하자 다른 애들이 호기심 어린 눈으로 이투를 쳐다봤다.

그러나 이투는 학교에 가지 못하는 날이 많았다. 놈에게 맞은 상처가 낫지 않거나 멍이 사라지지 않았기 때문이었다.

놈은 술에 취하면 소리를 지르고 집안의 물건을 부쉈다. 어떤 날은 다 죽여 버리겠다고 했다가 또 어떤 날은 지금 꽉 죽어 버리겠다고 했다. 그러다 갑자기 엄마를 때리기 시작했고 그다음은 이투 차례였다. 경비대가 와서 놈을 데려가는 때도 있었지만 놈은 곧 다시 돌아왔다. 젊었을 때 경비대에서 일해서 그놈들이 자꾸 풀어 주는 거라고, 다 썩어 빠진 놈들이라고 엄마는 말했다.

놈은 술에 취해 물건을 부수다 지쳐 잠들면 잠꼬대를 했다. 그것들이야. 그것들이 있어. 그것들이 온다. 나중에는 깨어 있을 때도 술에 취하면 그 소리를 했다. 그것들이 거기 있다니까. 불! 불이라고! 불타고 있다고! 나는 다 봤어. 우리도 다 나중에는 그렇게 될 거야. 때로는 아무것도 없는 데를 한참 쳐다보거나 손으로 가리키기도 했다.

어느 날 놈이 부르는데도 대답을 하지 않았다는 이유로 얻어맞았다. 못 들었다고 말해도 그렇게 가까이에서 부르는데 듣지 못했을 리 없다고 거짓말을 한다면서 또 맞았다. 똑바로 서 있으라고 했는데 몸을 자꾸 떤다면서 또 맞았다. 나중에 병원에 가서 검사를 하고야 한쪽 귀가 안 들린다는 걸 알았다. 의사는 다른 쪽 귀도 청력이 얼마 안 남았다면서 보청기를 꺼야 하며 몇 년마다 교체해야 한다고 말했다. 보청기를 한 뒤로 놈은 머리와 귀는 때리지 않았다. 그러나 그것도 처음 얼마 동안뿐이었다.

때리는 게 지겨워지면 놈은 다른 벌을 주기도 했다. 한쪽 다리로 앉았다 일어났다를 100번, 손가락으로 엎드려뻗쳐를 10분, 다리 들고 윗몸일으키기를 100번, 누워서 다리를 들고 온몸을 비틀기를 100번, 무릎을 구부린 채 서 있기를 10분…… 놈은 몽둥이를 옆에 둔 채 지켜보고 있다가 비틀거리거나 쓰러질 때마다 때렸다.

4학년 때 엄마가 집을 나간 뒤 놈은 술을 더 많이 마셨다. 그때쯤 놈의 몸은 여전히 크고 두껍고 단단했지만 이투의 몸도 점점 자라고 있었다. 이젠 예전만큼 놈이 무섭지 않았고 이렇게 맞는다고 죽을 것 같지도 않았다. 그러나 맞는 건 여전히 아팠고 갈수록 더 아파졌다. 아무 잘못도 없는데 맞는 게 싫었다. 매일이 너무나 끔찍했고 오늘보다 내일이 더 끔찍했다. 내일 같은 건 생각하고 싶지도 않았고 당장 죽어 버리고 싶었다. 그러나 그 전에 먼저 놈을 죽이고 싶었다. 그래서 이투는 언젠가 반드시 놈을 죽여 버리겠다고 결심했다.

5학년 때였다. 수업이 끝난 뒤 한 학년 위의 선배가 불러서 골목으로 따라갔다. 거기에 선배들 몇 명이 더 있었다. 그중 한 명이 이투에게 다가오더니 눈빛이 건방지다며 때렸다.

보청기가 귀에서 떨어지자 뭐라고 하는지 들리지 않았다. 보청기를 주우려다가 또 맞았다. 몇 번을 쓰러지다가 문득 생각했다. 그놈은 그놈이라서 때리지만 이놈들은 뭐길래 나를 때리는 거지. 마지막에 일어날 때는 손에 돌을 들었다. 나중에 보니 그들 중 몇몇은 쓰러져 있고 나머지는 도망가고 없었다. 서 있는 건 이투 하나뿐이었다. 이투는 피 묻은 돌을 버렸다. 그런 일이 몇 번 더 있은 뒤로는 아무도 이투를 건드리지 않았다.

어느 날 학교에 새로 부임한 체육 교사가 복도에서 이투를 불러 세웠다. 그는 들고 있던 막대기로 이투의 머리를 두드리고 배를 찌르고 귀를 툭툭 건드렸다. 이 새끼 똑바로 안 서? 누가 학교에서 모자 쓰고 있으래. 이어폰도 빼. 이투는 이마에 종양이 있어서 모자를 쓰고 다녀도 좋다는 허락을 받았고 귀에 있는 건 이어폰이 아니라 보청기이고 몸을 떠는 건 의사도 이유를 모른다고 했다고 말했다. 그러나 교사는 여전히 막대기로 이투의 머리를 두드렸다. 그러니까 벗어 보라고. 이투는 모자를 살짝 올려 교사에게 종양을 보여 줬다. 교사는 이투의 모자를 확 벗겼다. 앞머리를 길러서 가리면 되겠네. 이제 앞으로는 모자 벗고 다녀. 알겠어? 그리고 이어폰도 빼. 야. 손 내려. 손 내리라고. 안 내려? 교사는 이마의 종양을 가린 이투의 손을 막대기로 때렸다. 한 번. 두 번. 세 번. 네 번.

안 내려? 어디, 해보자는 거야? 교사는 때린 데를 계속 때렸다. 때리는 강도가 점점 세졌다. 이 새끼, 손 안 치워? 이 아찰이 되다 만 새끼. 그 순간 이투는 교사의 막대기를 빼앗았다. 그리고 금속으로 된 막대기를 반으로 접어서 던져 버린 다음 뒷걸음치는 교사의 멱살을 잡아 벽에 밀어붙이고 말했다. 내가 정말로 아찰이 되면, 우리는 어차피 다 아찰이 될 거니까, 니네 집에 찾아가서, 싹 다 죽여 버릴 거야. 다 찢어 죽여 버릴 거라고. 그 일 때문에 이투는 한 달간 학교에 갈 수 없었다. 다시 학교에 갔을 때 그 교사는 없었다.

한동안은 불량한 애들과 어울려 다니기도 했다. 그들은 수업이 끝나면 시내 곳곳을 돌아다녔다. 다른 지역에 가서 공연히 싸움을 걸기도 하고 잘 차려입은 애들한테 돈을 빼앗기도 하고 돈을 받고 누군가를 혼내 주기도 했다. 그러다 할 일이 없으면 아찰의 거리에 가서 아찰을 괴롭혔다. 아찰은 저항하지 못하니까. 어느 날 무리 중 하나가 저녁에 아찰을 하나 잡아서 불을 붙여 보자고 말했다. 다른 애들이 낄낄거리는 동안 이투는 놈의 말을 떠올렸다. 그것들이 거기 있다니까. 불타고 있다고. 이투가 누군가를 먼저 때린 건 그때가 처음이었다. 그 뒤로 이투는 그들과 어울리는 것을 그만뒀다. 그러자 이투의 주위에는 이제 아무도 없었다. 어쩌다 가끔 돈을 줄 테니 누군가를 혼내 달라고 찾아오는 애들을 빼고는.

수업을 마친 뒤 그는 아찰의 거리로 갔다.

육교 위에서 밑을 지나가는 아찰들의 머리를 향해 먼지와 가래가 섞인 침을 뱉으며 이투는 생각했다. 나도 언젠가는 저렇게 되겠지. 앞으로 얼마나 남았을까. 내 몸에 지금 종양이 몇 개나 될까. 종양이 몇 개부터 위험하다고 했지. 종양이 몇 개면 지역 센터에 신고하라고 했지. 언제부터 종양 개수를 세지 않게 됐지. 아마 그날부터였던 것 같다. 놈이 아찰이 된 그날.

놈은 그즈음에는 일을 나가지 않고 매일 집에서 술을 마셨다. 어느 날 학교에서 돌아와 보니 토사물과 빈 술병이 굴러다니는 속에 놈이 드러누운 채 잠들어 있었다. 이투는 놈의 머리맡에 가서 문득 자신의 두 손을 내려다봤다. 지금이라면 그 일은 간단할 것 같았다. 정말이지 아주 간단한 일일 것 같았다. 그리 오래 걸리지도 않을 터였다.

그러나, 그렇게 한다고 해서, 그 시간이 갚아지는 건 아닐 테니까. 내가 당한 걸 놈이 똑같이 당하는 건 아닐 테니까. 내가 당한 게 없어지는 것도 아닐 테니까. 그리고 우리는 언젠가 아찰이 될 테니까. 아찰이 되면 모든 게 끝나니까. 놈이 먼저든 내가 먼저든.

하지만 그래도 좋은 걸까. 그렇게 아찰이 돼 버려도 좋은 걸까. 그렇게 되도록 내버려 둬도 좋은 걸까. 그러면 내가 맞은 건 다 뭐였던 거지. 놈을 죽이고 싶다고 생각했던 건 다 뭐였던 거지. 이투는 어떻게 해야 할지 알 수 없었다. 단지 두렵고 두려울 뿐. 혼란스럽고 또 혼란스러울 뿐.

그때 놈이 눈을 떴다. 놈은 가늘게 뜬 눈을 깜박이며 이투를 한참 쳐다봤다. 잠이 덜 깼는지 술기운 때문인지 놈의 눈이 젖어 있었다. 이투는 마주친 눈을 돌릴 수 없었다. 방금 자신이 했던 생각을 놈에게 들킨 것 같았다. 하지만 그게 뭐 어때서. 그걸 안다고 뭐가 달라지겠어. 내가 지금부터 무슨 짓을 하든 놈이 뭘 어쩔 수 있겠어. 가슴이 세차게 뛰었다. 갑자기 놈이 숨을 꺽꺽 몰아쉬면서 눈물을 흘리기 시작했다. 눈물만이 아니었다. 코에서도, 입에서도 물이 쏟아져 나왔다. 놈이 숨이 막히는지 기침을 하자 비린내 나는 물이 이투의 얼굴에까지 튀었다.

숨이 끊어질 것 같은 기침 소리는 이투가 화장실에 가서 수건으로 얼굴을 닦는 동안에도 계속되다가 어느 순간 뚝 그쳤다. 이상한 느낌이 들어 거실로 나와 보니 놈이 누워 있던 자리에 아찰이 서 있었다. 발치에는 놈의 옷이 찢어진 채 널려 있었다. 이투는 단번에 알았다. 놈이 아찰이 됐다. 다만 이투가 보아 오던 다른 아찰들과는 생긴 모습이 조금 달랐다. 온몸의 검붉은 털이 허공을 향해 치솟았고 시뻘건 얼굴의 이마 한복판에는 검은 뿔 두 개가 돋아나 빛을 받아 반짝거렸다. 놈이 숨을 내쉴 때마다 술 냄새 비슷한 비린내가 풍겨 나왔다.

이투는 자기도 모르게 소리를 질렀다. 누가 너보고 아찰이 되라 그랬어. 왜 니 맘대로 아찰이 되냐고.

그 소리에 놈이 고개를 돌려 이투를 쳐다봤다. 눈이 마주치자 놈의 얼굴이 일그러졌다. 그 표정이 웃는 건지, 우는 건지, 고통을 참는 건지 이투는 알 수 없었다. 어쩌면 아주 끔찍한 생각을 하는 것도 같았다. 놈은 이투를 향해 다가오면서 한 손을 천천히 들어 올렸다. 마치 때리려는 것처럼. 이투는 자기도 모르게 뒷걸음질쳐 방 안으로 들어가서는 얼른 문을 걸어 잠갔다. 아찰이 그를 해칠 리는 없지만. 만약 해치려 한다면 방문 따위 아찰 앞에서는 아무 소용도 없지만. 곧 뭔가가 부서지는 아주 큰 소리가 났고 잠시 뒤에는 한 번 더 소리가 났다. 조용해진 뒤 나가 보니 식탁이 반으로 쪼개진 채 주저앉아 있었고 현관 문짝도 떨어져 나가 있었다. 현관에 걸려 있던 코트 한 벌도 사라지고 없었다.

얼마 뒤 어떻게 알았는지 엄마가 집에 돌아왔다. 이투는 엄마에게 그동안 궁금했던 것들을 물었다. 정말 그놈이 진짜 아빠가 맞는지. 엄마는 그렇다고 했다. 그러면 왜 나와 엄마를 그렇게 때렸는지 묻자 그건 자기도 모른다고 했다. 다만 알고 보면 불쌍한 놈이라고 했다. 젊었을 때 경비대 일을 하다 사고가 있었는데 그때 경비대원 하나가 죽는 바람에 그 길로 경비대를 그만두게 됐다고 했다. 그 뒤에는 시청의 시설 관리부에서 지하 시설을 관리하는 일을 했는데 술에 취해 난동을 부리는 바람에 그곳에서도 잘렸고, 그 뒤 어렵게 처리장에 일자리를 얻었고······.

이투는 놈이 어떻게 살았는지 궁금하지 않았다. 다만 지금 어디에 있는지 그것만이 궁금했다. 지원금이 계속 나오는 걸 보면 놈은 어딘가에 아직 살아 있었다. 이투는 그날 본 놈의 모습이 수라라는 것을, 사람이 미쳐 아찰이 되는 것처럼 아찰이 미쳐 수라가 된다는 것을, 수라는 성질이 포악해서 사고를 일으키고 사람을 해친다는 것을 나중에 알았다. 놈이 제 성질을 못 이겨 탁자와 문을 때려 부순 것도 그 때문이었다. 만약 그놈이 그때 방문을 부수고 들어왔다면······. 그래서 그게 뭐 어쨌다고.

아찰의 머리 위에 침을 뱉으면서 이투는 혹시 저 중에 놈이 있지 않을까 생각했다. 그놈을 찾아서, 찾으면, 그다음은 어떻게 하지. 그건 생각해 본 적 없었다. 그저 궁금할 뿐이었다. 왜 자기를 그렇게 때렸는지. 그리고 어떻게 해야 그것들을 되갚아 줄 수 있는지.

집에 돌아오는 길에 버려진 공원을 지나가는데 웃자란 풀

숲 가운데 상자가 떨어져 있는 것이 보였다. 그런데 상자가 조금씩 움직였다. 이투는 상자를 발로 건드려 봤다. 작고 날카로운 소리가 들렸다. 상자를 들어 보니 역시 뭔가가 안에서 움직였다. 상자를 열어 본 이투는 안에 든 것을 확인한 뒤 얼른 다시 닫아서는 옆구리에 낀 채 집으로 가져왔다.

방에 들어와 상자를 책상 위에 올려놓고 내용물을 방바닥에 조심해서 내려놓고 나서야 이투는 자신이 뭘 했는지 서서히 깨달았다. 그건 강아지였다. 살아 있는 강아지를 이렇게 가까이서 보는 건 처음이었다. 강아지는 정말로 작았다. 눈도 귀도 코도 배도 발도 엉덩이도 꼬리도 작았다. 다만 뒷다리가 하나뿐이었다. 그래서 버려진 걸까. 이투는 강아지를 오랫동안 쳐다봤다. 몸을 떨지 않고 아주 오랫동안. 그런데 강아지는 기운이 없는지 자꾸 잠들려고만 했다. 배가 고파 그런가 싶어 합성육 조각을 조금 줘 봤지만 씹지 못하고 뱉어 버렸다.

이투는 암시장의 잡화점을 찾아가서 강아지가 먹을 만한 걸 달라고 했다. 잡화점 주인이 강아지에 대해 이것저것 물었지만 이투는 그저 손 모양으로 대강 강아지의 크기를 그려 주며 이 정도 크기에 뒷다리가 하나 없다고 대답할 수 있을 뿐이었다. 주인은 답답하다는 듯 쳐다보다가 사료와 함께 앞으로 먹여야 할 사료의 단계와 사료 먹이는 방법을 자세하게 써 준 다음 강아지를 한번 데려와서 예방접종을 시키라는 말을 덧붙였다. 이투는 필요한 것들을 몇 가지 사서 집에 돌아왔다.

"너 그거 뭐냐? 먹을 거냐?"

꾸러미를 안고 들어오는 이투를 보고 엄마가 물었다.

"알 거 없어"

이투가 방에 들어와 강아지 사료를 준비하는데 노크 소리가 들렸다.

"너 방 안에서 뭐 해."

"알 거 없다니까! 들어오지 마!"

다행히 강아지는 사료를 먹었다. 먹은 걸 조금 토하기는 했지만. 그리고 한참 뒤에는 무른 똥을 싸기도 했다. 이투는 잠든 강아지를 보다가 따라서 잠들었다.

학교에 가며 분명히 잠그고 나갔는데 돌아와 보니 방문이 열려 있었다. 그리고 강아지가 보이지 않았다. 암시장에서 산 사료와 다른 용품들도 치워져 있었다.

"어떻게 했어?"

거실에서 잠을 자고 있던 엄마를 흔들어 깨워 물었다.

"뭘?"

"내 방에 있던 거!"

"그 병신 개새끼 말야? 누구 줬어."

"왜 내 거에 맘대로 손대?"

"아빠한테 알레르기 있는 거 몰라? 얼굴이 붓고 기침을 해서 이상하다 하고 찾아 보니까 방에서 똥개 새끼를 키우고 있었어? 환기도 안 시키고? 개 냄새랑 똥 냄새 때문에 구역질이 나더라."

"똥 냄새가 댁들 술 냄새보다 나아."

"뭐야?"

"누구한테 줬어?"

"가르쳐 줄 줄 알고?"

"말해!"

이투는 주먹을 들어 벽을 때렸다.

"관리인 줬어."

"찾아와."

"왜 소리를 질러. 이 집에서는 개 못 키워. 키우고 싶으면 나가. 나가서 키워. 아빠는 개랑 못 살아."

"그 소리 그만해. 그 인간이 왜 내 아빠야."

"내 남편이면 너한테는 아빠지. 아빠라 부르기 싫으면 가족 분리하고 나가든가. 나가서 개똥이나 치우면서 살아."

아파트 관리인은 저녁 늦게야 찾을 수 있었다.

"아저씨. 그거 어디 있어요?"

이투는 다짜고짜 물었다.

"뭐 말하는 거지?"

"강아지요."

"아."

관리인은 이투를 가만히 쳐다보다가 빙긋 웃더니 자기를 따라오라고 했다. 관리인이 데려간 곳은 1층 복도 끝 창고에 딸린 관리인 숙소였다. 불을 켜자 구석에서 담요에 싸인 채 잠들어 있는 강아지가 보였다. 주위에는 푹신한 개집과 새것 같은 밥그릇, 강아지가 갖고 놀 장난감들이 흩어져 있었다.

"저 물건들은 예전에 어떤 사람이 이사 가면서 버린 것들이야. 그 사람도 개를 키운 적이 있었던 모양이지. 그런데 예방접종은 했나?"

"몰라요."

이투는 잠든 강아지를 한참 쳐다봤다.

"가까이 가서 봐도 돼."

이투는 강아지에게 다가갔다. 강아지가 숨을 쉴 때마다 배가 오르락내리락했다.

"7층 살지?"

"네."

"아까 엄마가 내다버리려는 걸 아저씨가 데려왔어."

이투는 아무 말도 하지 않았다.

"집에서는 키우기 힘들 것 같은데 아저씨가 맡아서 키우면 어떨까? 강아지가 보고 싶으면 언제든 여기 와도 좋아. 강아지를 위해서도 그게 좋을 거야. 학생은 학교에도 가야 하지만 나는 여기 계속 있으니까 보살펴 줄 수 있잖아. 예방접종도 때맞춰서 해야 하고 사룟값도 만만찮게 들 거야. 지금은 너무 어려 실내에서 돌봐야 하지만 조금 더 크면 옥상에 데려갈 테니 거기서 강아지랑 놀면 되지 않겠어? 그리고 아저씨는 예전에 개를 키워 본 적 있어. 이것보다 훨씬 큰 놈들이었지만."

이투가 관리인을 쳐다봤다.

"난 개를 버리는 그런 사람이 아냐."

이투가 망설이고 있는데 관리인이 다시 입을 열었다.

"이름은 뭐야?"

"내 이름은 왜요."

"아니. 자네 말고 강아지 말이야."

"……몰라요."

"이름을 아직 안 지었구나. 그럼 지금이라도 지으면 되지. 좋아하는 걸로 지어 봐. 뭘 좋아해?"

이투는 잠시 생각해 봤다.

"없어요."

"그래? 그럼 음식 이름으로 지어 볼까?"

"왜요. 잡아먹게요?"

이투가 인상을 쓰면서 묻자 관리인은 조금 웃었다.

"아니. 맛있고 달콤한 이름을 붙여 주면 부를 때마다 기분이 좋아지거든. 정말로."

이투는 한참 생각했다. 지금까지 먹어 본 것 중에서 제일 맛있었던 것. 문득 떠오르는 것이 있었다. 예전에 딱 한 번 먹어 봤던 것. 예비 학교의 급식 시간에 먹어 본, 헤임에서 길렀다던 과일.

"딸기요."

"딸기라. 예쁜 이름이네."

이투는 학교가 끝나면 아찰의 거리에도 가지 않고 집에도 들르지 않고 바로 아파트 옥상으로 올라갔다. 딸기는 이투가 오면 꼬리를 흔들고 이투의 얼굴과 손을 핥았다. 관리인이 개는 목과 머리를 쓰다듬어 주면 좋아한다고 알려 줘서 이투는 그가 알려 준 대로 했고 딸기가 배를 보이며 드러누우면 배를 만져 줬다.

옥상에는 녹슨 운동 기구들이 몇 개 있었다. 이투는 딸기와 놀다가 심심해지면 한쪽 구석에서 샌드백을 때렸다. 땀을 흘리고 난 뒤에는 또 딸기와 놀았다. 저녁때쯤 관리인이 올라와서 딸기를 데려가면 이투도 집으로 돌아갔다.

한번은 관리인이 샌드백을 때리는 이투를 쳐다보다가 발의

각도와 어깨 높이를 고쳐 보라고 말했다. 그러고는 시범을 보이기 위해 샌드백을 때리기 시작했다. 그가 샌드백을 때릴 때마다 뼁, 뼁 하는 소리가 났다.

"아저씨, 싸움 잘해요?"

"싸움? 글쎄. 이마 너 성도는 이길 수 있을 것 같은데."

이투는 코웃음을 쳤다. 관리인은 이투의 엄마보다도 나이가 많아 보였다. 키도 이투보다 작고 팔도 이투보다 가늘었다.

"그럼 나를 한번 쓰러뜨려 볼래?"

관리인은 그렇게 말하면서 벽에 기대 세워져 있던 매트를 바닥에 내렸다.

"안 싸워요."

"그럼 딸기는 아찰한테 줘 버린다. 그럼 놈들이 한입에 뼈째로 씹어 먹을걸?"

"씨발. 그러기만 해 봐."

다음 순간 관리인이 약 올리듯이 이투의 코를 툭 건드렸다. 이투는 화가 나서 자기도 모르게 주먹을 휘둘렀다. 그러나 관리인은 맞지 않았다.

관리인은 이투를 꼼짝 못 하게 눌렀다가 풀어 줬다. 한 번도 아니고 여러 번이나. 이투가 지칠 때까지. 그동안 이투는 단 한 번도 관리인을 제대로 때리거나 차거나 붙잡을 수 없었다.

이투가 간신히 숨을 돌리고 매트에 일어나 앉자 관리인은 이투의 맞은편에 쪼그려 앉았다.

"이런 귀 본 적 있어?"

관리인은 자신의 짓뭉개진 귀를 보여 주며 물었다.

"그거 종양 아니에요?"

관리인은 빙긋 웃었다.

"운동 배우고 싶니? 그러면 가르쳐 줄게. 싸움 말고 운동."

"왜요. 어디 가서 맞고 오지 말라고요? 저 지금도 싸움 잘 해요."

"싸움 말고 운동을 해. 너 그러다 정말로 아찰이 될지도 몰라."

"필요없어요. 어차피 우리는 다 언젠가 아찰이 되게 돼 있어요."

"누가 그렇게 정했는데? 사람으로 살려고 하는 동안에는 우리는 사람이야. 사람이 굳이 아찰처럼 살 거 없잖아. 사람인 동안에는 말야."

이투는 그 뒤로 관리인에게 여러 가지를 배웠다. 펀치, 킥, 태클, 조르거나 꺾기 같은 것들을. 그것을 가르치는 동안 관리인은 모자를 벗으라고도 이어폰을 빼라고도 몸을 떨지 말라고도 말하지 않았다. 이투는 관리인이 가르쳐 준 것들을 매일 똑같이 반복했다. 이투의 몸은 점점 넓어지고 단단해졌다.

그래도 관리인을 이길 수는 없었다. 관리인은 작은 몸으로도 이투를 찍어 누르고 들어 올리고 바닥에 메쳐 나동그라지게 만들었다. 매트 위에서 스파링을 하고 온 날이면 온몸이 쑤시고 아팠다. 하지만 이투는 그 느낌이 싫지 않았다. 오히려 그 반대였다.

한번은 입식 스파링에서 관리인의 몸이 흔들리는 걸 보고 이투가 킥을 날렸다. 평소라면 몸을 돌려 흘렸을 킥이었지만 그러기엔 준비가 늦었다. 순간 관리인은 다리를 벌려 몸의 중심을 낮추면서 주먹을 가슴 앞에서 교차시켰다. 이투의 킥은 큰 소리를 내며 제대로 들어갔는데도 관리인의 몸은 조금도 흔들리지 않았다. 대신 이투의 다리가 얼얼했다. 이투는 글러브를 낀 주먹을 내렸다.

"아저씨, 그거 뭐예요? 그 자세요."

"……대아투 1식."

"대아투? 그게 뭔데요? 칼리 같은 거예요?"

"……"

"그런 걸 어디서 배웠어요?"

아저씨는 대답은 하지 않고 글러브와 가드를 벗어서 한쪽에 치웠다. 그리고 장벽 쪽을 잠깐 물끄러미 쳐다봤다.

그날 이후로도 이투는 옥상에 올라가서 운동을 계속했다. 아저씨는 한번씩 올라와 이투에게 이런저런 새로운 기술과 자세들을 가르쳐 줬다. 그중에는 대아투 1식이라고 했던 기술도 있었다. 이투는 어렴풋이 아저씨가 대아투인가 하는 걸 가르쳐 준다는 걸 알았지만 대놓고 묻지는 않았다. 기술에 자신이 붙은 날이면 이투는 아저씨에게 스파링을 하자고 덤볐다. 그러나 아저씨를 이길 수는 없었다. 그래도 이투는 아저씨에게 덤비는 것이, 매번 지는 것이 기분 나쁘지 않았다.

두 사람의 몸이 엉켰다 떨어졌다 하는 동안 딸기가 한번씩 멍, 하고 짖었다.

"보청기가 잘 안 돼. 이제 바꿔야 돼."

이투는 엄마에게 말했다. 소파에 누워 있던 엄마가 눈을 치켜뜨고 이투를 쳐다봤다.

"그거 바꾼 지 얼마나 됐다고 또 바꿔."

"3년도 넘었어. 3년에 한 번은 바꿔야 된다고 했잖아."

"그거 바꿀 돈 없어. 못 바꿔."

"신청하면 나오잖아."

이투는 장애 청소년 보조금이 있다는 걸 알고 있었다.

"그거 이제 끝났어. 나이가 너무 많아서 너 이제 그거 신청 못 해."

"거짓말하지 마. 학교 졸업할 때까지는 되는 거잖아."

"법이 바뀌었어."

"언제?"

엄마는 대답하지 않았다. 이투는 짚이는 것이 있었다.

"그거 벌써 신청했지?"

엄마는 입을 다물고 있었다.

"받았지? 어떻게 했어?"

"무슨 소리야? 너 지금 나 의심해?"

"그 돈 어떻게 했냐고. 바른대로 말해."

"어떡하긴 뭘 어떡해. 다 썼지."

"그걸 썼다고? 어디다 썼는데?"

"니가 그걸 알아서 뭐 하게? 너 입히고 멕이는 데 들어갔다. 왜?"

"웃기고 있네. 그 돈으로 술이나 처먹었겠지."

엄마가 갑자기 몸을 일으켜 앉더니 옆에 있던 접시를 집어 던졌다. 접시는 벽에 부딪히며 깨져 바닥에 흩어졌다. 이투는 한참 엄마를 노려보다 문을 세차게 닫고 집을 나갔다.

옥상으로 올라간 이투는 딸기는 쳐다보지도 않고 샌드백을 두드리기 시작했다. 그러나 아무리 샌드백을 때려도 화가 사그라들지 않았다. 마침내 숨이 턱에 찬 이투가 벽에 기대 앉자 딸기가 옆에 다가왔다. 한쪽 다리가 없는 딸기의 뭉툭한 아랫배를 보니 다시 또 화가 났다. 다리가 없어서 주인한테 버려진 딸기와 나는 뭐가 다르지. 너는 뭐 하러 태어났니?

그러면 나는? 나는 왜 태어난 거지? 아찰이 되려고? 결국, 아
찰이 되려고? 그러면 지금 하는 이 짓은 도대체 뭐지? 사람답
게 산다는 게 뭐지? 어떻게 해야 사람답게 살 수 있는데? 내
가 어떻게 해야 되는데? 이 꼴로, 도대체 내가 어떻게? 딸기가
이투의 다리를 코로 건드렸다.

"저리 가."

이투는 딸기를 밀어냈다. 그런데도 딸기는 다시 다가와 이
투의 다리에 몸을, 다리가 없는 아랫배를 비볐다.

"저리 가라고!"

발로 딸기를 밀어내는데 그만 다리가 떨리면서 자기도 모
르게 힘이 실리고 말았다. 딸기가 비명을 지르며 한쪽으로 나
동그라졌다. 몸을 일으킨 딸기는 다리를 절룩이면서 한쪽으
로 도망갔다. 방금 한 일에 놀라 몸을 일으키려는 순간 이투
는 자신을 보는 관리인과 눈이 마주쳤다. 관리인이 뭐라고 말
했지만 이투는 대답하지 않았다. 관리인이 하는 말이 잘 들리
지 않았다.

관리인은 그날따라 이투를 험하게 대했다. 이투는 몇 번이
나 목이 졸렸다가 풀려났다. 관리인은 굳은 표정으로 계속 뭔
가 말했지만 이투는 그 말을 알아들을 수 없었다. 하지만 그
가 자신에게 화를 내고 있다는 것만은 알 수 있었다.

"안 들린단 말이에요!"

그러나 관리인은 계속 그의 팔과 다리와 목을 억세게 누르고 조르고 비틀었다.

다시 한번 몸이 엉키고 목이 졸렸을 때 이투는 항복의 표시로 관리인의 팔을 두드렸다. 그런데 관리인은 이번에는 팔의 힘을 풀지 않았다. 이투는 몸부림쳤다. 이러다 죽을 것만 같았다. 씨발. 이럴 줄 알았어. 이렇게 뒤통수를 칠 줄 알았어. 지들 멋대로 때리고 뺏고 조르고, 나 같은 건 벌레만도 못한 놈 취급하고…… 웃기지 마. 내가 이렇게 죽을 줄 알고? 이투는 손에 잡히는 걸 집어 들어서 그걸로 관리인의 머리가 있는 쪽을 향해 힘껏 휘둘렀다. 묵직한 충격이 있었다. 팔이 풀린 뒤에 일어나 보니 관리인의 머리에서 피가 흐르고 있었다. 피에 젖은 머리카락이 수라의 털처럼 보였다. 순간 그날 마지막으로 봤던 놈의 모습이 떠올랐다. 이투는 자기도 모르게 손에 들고 있던 공구를 다시 한번 치켜들었다. 그때 딸기가 둘 사이에 뛰어 들어오더니 이투를 향해 짖기 시작했다. 이투는 잠시 그대로 있다 몸을 한번 떤 다음 공구를 내려놓았다.

집에 가 보니 복도 끝에서부터 벌써 싸우는 소리가 들렸다. 망가진 보청기로도 들을 수 있을 정도로 소리가 컸다.

"니가 우리 아들 보청기 할 돈 다 술 사 먹었잖아."

"나만 먹었어? 너는 안 먹었냐? 그리고 니가 까먹자 그랬잖아."

"니가 돈을 못 벌어 오니까 그랬지, 이 등신아."

"뭐라 그랬어? 등신? 너 죽어 볼래?"

"그래. 쳐 봐. 이 못난 새끼야. 내가 아찰 될까 봐 겁나서 때리지도 못 하겠지?"

뭔가 깨지는 소리가 들렸다.

"그래. 죽여 봐. 죽여 보라고!"

엄마가 악을 썼다.

이투는 문을 열고 들어갔다.

경비대의 취조실은 작고 어두웠다. 이투는 몸을 떨었다.

"춥냐?"

덩치 큰 조사원이 물었다.

"잘 안 들려요."

조사원은 이투의 귀를 잡아당겼다.

"춥냐!"

"아뇨."

이투는 무덤덤하게 대답했다.

"그럼 모자 벗어. 다리 떨지 말고."

이투는 모자를 벗었다. 조사원은 이투의 이마에 난 종양을 잠시 노려봤다.

"다시 써."

이투는 조사원이 시키는 대로 했다.

"다리 떨지 말라고."

"원래 떨려요."

조사원은 이투를 조금 노려보고 고개를 저었다.

"왜 아빠를 때렸어?"

"그 사람은 아빠 아니에요."

"나랑 말장난하자는 거야? 누구 말하는지 알지?"

"네."

"왜 때렸어."

"그 사람이 엄마를 때리려고 해서요."

"엄마를 방어하려고 그랬다? 그런 것치고는 너무 많이 때린 거 아냐?"

이투는 대답하지 않았다.

"물건은 왜 부쉈어?"

"생각 안 나요."

정말로 자신이 부순 건지 생각나지 않는다는 뜻이라고 말하려는데 조사원은 이미 뭔가 쓰고 있었다.

조사는 몇 시간 동안 계속됐다. 그동안 조사원은 중간에 한 번 방을 나갔다가 들어왔다.

"병원에서 연락이 왔어. 아빠가 정신을 차렸다는군. 어디

부러지거나 깨진 데도 없고. 운이 좋은 건가. 아니면, 일부러 그렇게 때린 거냐? 강제 봉사 명령을 피하려고?"

이투는 대답하지 않았다.

"너 예전에 아찰의 거리에 가서 아찰들 괴롭힌 적 있지? 싸움도 하고 다니고. 그때는 별문제 없이 넘어갔지만 이번 일 때문에 그게 다 한꺼번에 종평에 반영됐다. 니네 아직 피크닉 남았지? 너 거기서 완주 못 하면 바로 장벽 밖으로 상세 봉사 명령이야. 완주해도 또 무슨 사고를 치고 결국 쫓겨나겠지만. 그렇게 되느니 차라리 바로 봉사대에 자원해서 네 발로 밖으로 나가는 게 어때? 쫓겨나면 최소 30년이지만 네 발로 나가면 15년이야. 나가서 15년만 굴러. 그러면 벌점 소멸되지, 지원금 나오지, 먹여 주고 재워 주지, 나갔다 오면 집도 주고 직장도 줘. 뭐 대부분은 1년도 못 채우고 아찰이 되지만. 그런 걸 떠나서 너도 사람 새끼면 이왕 태어난 거 그냥 아찰이 되느니 세상에 뭐 하나라도 도움이 돼야 하지 않겠어? 그게 낳아 주고 길러 준 부모와 사회에 대한 도리 아냐?"

이투는 조사원의 말이 귀에 들어오지 않았다. 그 인간이 정신을 차렸든 어쨌든 그건 관심이 없었다. 그보다 관리인이 어떻게 됐을지가 궁금했다.

다음 날 복지과의 상담사가 찾아왔다. 그는 예비용 보청기를 가져오지 못해서 미안하다고 단말기 화면에 써서 보여 줬다. 이투는 고개를 끄덕였다. 상담사는 그동안 있었던 일에 대해 듣고는 혹시 부모 외에 다른 후견인은 없는지 물었다. 부모님은 이번 일을 용서하기로 하셨어. 대신 가족 분리를 받아들이는 게 조건이야. 너는 피크닉이 끝나면 그 집에서 나와야 해. 이투는 상담사의 단말기에 뜬 글자들을 한참 봤다. 혹시 지금이라도 복지 시설에 들어갈 생각이 있니? 이투는 고개를 저었다. 모르겠어요. 집을 나가면 갈 데는 있니? 모르겠어요.

풀려난 건 3일 뒤였다.

아파트 앞에까지는 왔지만 어디로 가야 할지 몰랐다. 옥상으로 갈 것인지, 집으로 갈 것인지. 정말 이 삶으로부터 벗어날 수 있는 건지. 아찰이 되는 것 말고 다른 길은 없는 건지. 이투는 알 수 없었다. 그가 있을 곳은 어디에도 없는 것 같았다.

다시 몸이 떨렸다.

이투는 그 자리를 떠나 한참 동안 거리를 돌아다녔다. 아찰의 거리에도 갔고 싸움을 하고 다녔던 골목에도 갔다. 마지막에는 딸기를 처음 발견한 공원에 가서 해가 저물 때까지 앉아 있었다.

어두워진 뒤에야 그는 자리에서 일어났다.

이투는 다시 아파트 앞으로 돌아왔다. 그는 모자 속으로 천천히 손을 넣어 이마의 종양을 한번 만져 봤다. 문득 딸기가 보고 싶었다. 마지막으로 한 번만 더 볼 수 있다면.

그는 계단을 오르기 위해 발을 뗐다.

그때 뒤에서 누군가 그를 부르는 것 같았다. 돌아보니 갈색
머리 여자애가 어둠 속에 서 있었다. 여자애는 이투에게 다가
와 뭔가 말했다. 하지만 이투는 알아들을 수 없었다.

"큰 소리로 말 해, 잘 안 들리니까."

여자애는 잠시 멍하니 있다가 단말기를 꺼내 화면에 글씨
를 찍어서 보여 줬다.

네가 돈만 주면 무슨 일이든 한다는 그 애니?

8 피크닉

집결 시각은 5시 20분이었다. 집에서 나올 때는 밤처럼 어두웠는데 지금은 하늘이 조금씩 밝아 오고 있었다. 어둠 속에서도 진입로 앞 광장은 학생들과 가족들로 붐볐다.

"엄마, 추우니까 먼저 들어가. 나도 이제 곧 들어갈 거야."

아란은 엄마에게 말했다.

"괜찮아. 너 들어가는 거 보고 갈게. 힘들면 무리하지 마. 포기해도 되니까. 아프면 참지 말고 꼭 선생님에게 얘기하고. 곤란한 거 있으면 옆에 애들한테 도와 달라고 하고. 응?"

"알았어."

"간식 잘 챙겨 먹어. 물도 잘 마시고. 추워도 수분은 계속 빠져나가니까."

"도대체 같은 얘기를 몇 번째 하는 거야. 계속 그런 얘기 하려면 그냥 지금 가."

"그런데 정말 학교 체육복 안 입어도 괜찮아? 입은 애들이 저렇게 많은데? 점수 깎이는 거 아냐?"

"어휴. 안 입은 애가 더 많은 거 안 보여? 괜찮다니까 정말."

카렌은 허벅지와 종아리의 근육을 풀면서 동생을 생각했다. 동생은 어제 탁아원의 선생님네 집에서 잤다. 피크닉을 위해서는 새벽에 집에서 나와야 했고 그러면 동생을 챙길 수 없어서였다. 밤에 그 집에 맡겨 놓고 돌아 나올 때 봤던 동생의 얼굴이 자꾸 떠올랐다. 오늘만 지나면 당분간 집에서 동생을 보살펴 줄 수 있다. 학교를 마칠 때까지. 그런데 그다음은 어떻게 되지? 알 수 없다. 그 뒤의 일은 모두 오늘 피크닉의 결과에 달려 있다.

"기억하지? 4시간이야. 4시간 안에만 들어오면 역전할 수 있어. 그 아이들은 서브4를 할 수 없지만 우리 히에는 할 수 있어. 트레이너 선생님도 그렇게 말했잖아. 선생님 말을 믿고 엄마를 믿어. 그리고 너 자신을 믿어. 할 수 있지? 그 안에 들어올 수 있지?"

"네. 엄마."

히에는 대답했다.

"몸 상태는 걱정하지 마. 주사를 두 번이나 맞았잖아. 분명히 할 수 있어. 못 하면 오히려 그 편이 이상한 거랬어. 남은 건 네 마음가짐이야. 이제 무조건 달리기만 하면 돼."

"네. 엄마."

이투는 주위를 둘러봤다. 날이 추워서인지 자기처럼 비니를 쓰고 있는 애들이 몇 있었다. 기분이 이상했다. 평소에는 혼자 눈에 띄는 게 거북했는데 모두가 비슷한 모습을 하고 있으니 그것도 어색했다. 하지만 곧 생각을 고쳐먹었다. 오늘은 그러는 편이 나았다. 조금이라도 남의 눈에 안 띄는 게 도움이 될 것이다.

"도시락이랑 따뜻한 물 챙겼어."

"시원한 걸로 넣어 달라니까."

네즈는 엄마에게 짜증을 부렸다.

"모르는 소리 하지 마. 나중에 춥고 체력 떨어지면 따뜻한 물이 최고야. 에너지 파우더도 넣었으니까 물에 타서 먹어. 네 친구도 잘 챙겨 주고. 걔는 왜 이럴 때 다리를 다쳐서는. 걔네 엄마도 속상하시겠다."

"니바는 1층만 하고 나올 거야. 그러면 0.5점은 나오니까. 학교에서 그날 다친 애들 다 그러라고 했대. 잘됐지 뭐. 어차피 걔 체력도 안 돼서 완주도 못 할 건데."

"으이그 이 녀석아. 니가 부모 마음을 알아?"

"그런데 아빠는?"

"오늘도 비상 대기라더라."

요제는 외삼촌에게 가방을 받아서 등에 뗐다.

"너 정말 이렇게 가방이 무거워도 괜찮겠니? 이제라도 뭔가 빼는 게 좋지 않을까? 봐. 네 가방이 제일 큰 거 같지 않아?"

이모가 말했다. 하지만 가방은 어젯밤에 이모와 같이 싼 것이었다. 그때는 이것저것 다 필요하다며 가방에 쑤셔 넣더니.

"출판사에서 완주해 달라고 했지만 꼭 그러지 않아도 될 걸로 본다. 그러니까 너무 부담은 갖지 말도록 해. 그래도 이왕이면 완주할 수 있으면 좋겠지? 이건 네 인생에 다시 못 할 경험이니까. 앞으로 네가 글을 쓰는 데 분명히 도움이 될 거다."

"오빠. 왜 애한테 또 부담을 주고 그래. 괜찮아, 요제야. 할 수 있는 만큼만 해. 무리하면 안 돼? 알았지?"

요제는 대답하지 않았다.

디본은 어스름 속에서도 엄마와 아빠를 알아볼 수 있었다. 어떻게 할까 잠시 고민하다가 그쪽으로 가서 낮은 목소리로 물었다.

"왜 왔어?"

"우리 딸 출발하는 거 보러 왔지요."

엄마가 말했다.

"그러니까 왜 보러 왔냐고. 두 사람이 오면 나한테 도움이 안 된다고 했잖아. 우리는 한 달 뒤에는 가족도 아냐."

"알고 있지만 그래도 올 수밖에 없었어요."

"왜?"

"부모잖아요. 오지 말라고 해도 응원하러 와야죠."

디본은 대답하지 않았다.

그때까지 입을 굳게 다물고 있던 아빠가 입을 열었다.

"무슨 일이 있어도 우리는 언제까지나 네 편이다. 사랑한다. 아르신."

디본은 아빠를 한참 노려보고 자리로 돌아갔다.

각 반의 담임이 학생들을 불러 모으더니 발신기를 나눠 주기 시작했다.

"발신기는 받자마자 손목에 차도록 해. 버클만 채우면 길이는 자동으로 조절되니까 억지로 조정하려고 하지 말고. 처음에는 좀 어색해도 금방 익숙해질 거야. 받자마자 자기 학번 입력하고 사회보장 번호 확인해라. 확인은 두 번이야. 모르겠거나 잘 안 되는 사람은 선생님한테 물어봐."

아란이 다이얼을 조정해 학번을 입력하자 잠시 뒤 사회보장 번호가 표시됐다.

9303272013110ALRN2 맞습니까? 맞으면 화면을 길게 눌러 주세요. 사회보장 번호를 다시 한번 확인해 주세요. 맞습

니까? 맞으면 화면을 길게 눌러 주세요. 설정을 마쳤습니다.

로딩이 끝나자 화면에 여러 가지 숫자가 나타났다. 가장자리에는 파란색과 녹색 테두리가 있었다.

"다 알고 있겠지만 다시 한번 설명할게. 파란 테두리는 남은 거리고 녹색은 시간이야. 알겠지? 항상 안쪽에 있는 시간이 더 길어야 한다고 생각해. 그래야 시간 안에 도착할 수 있으니까. 이 정도는 설명 안 해도 알겠지? 가운데 제일 큰 숫자 0은 현재 속도니까 이따가 걸을 때는 속도가 항상 5 정도를 유지해야 된다는 거 잊지 마. 그래야 50분에 4킬로미터를 걸을 수 있지."

"48분이죠."

누군가 말했다. 선생님이 조금 웃었다.

"그래 48분. 정지하고 10분 있으면 알람 울리는 거 알지? 자, 설정이 끝났으면 손목 들어서 보여 줘."

아란은 손목을 들어 올렸다.

"좋아. 이제 길에 대해 설명할게. 다 알고 있겠지만 길 제일 안쪽은 유틸리티 구역이니까 중간에 쉴 사람은 거기서 잠깐 쉴 수 있어. 화장실 이용할 사람은 유틸리티 룸의 화장실을 이용하고. 유틸리티 구역 제외하고 안쪽부터 보행로, 추월로야. 추월할 때도 길 가운데에 있는 노란 선은 넘지 않도록 해. 난간 쪽으로는 절대로 가지 말고. 난간 쪽으로는 선생님들하고 경비대원이 서서 지키고 있을 거야. 그리고 A반은 안 그러겠지만 엉뚱한 짓 하지 마라. 이것도 교육의 연장이니까 학교나 마찬가지라고 생각해. 곳곳에 카메라가 있어서 이상한 행동 하면 다 기록에 남으니까 마지막에 사고 쳐서 종평 깎아먹지 말라는 뜻이야. 알겠지?"

"네."

아이들이 대답했다.

"출발 순서는 M반이 제일 먼저. 나머지는 A반부터 K반 순서로 차례로 갈 거야. 선생님들이 페이스 메이커로 동행하니까 선생님만 잘 따라오면 완주는 걱정 안 해도 돼. 자 이제 각자 관절 좀 풀어. 단말기는 다 제출했지? 안 냈으면 지금이라도 내. 사용하거나 소지하고 있다가 걸리면 바로 퇴장이니까."

M반은 A반 바로 앞에 모여 있었다. 카렐은 종아리 근육을 풀고 있었다. 아란은 카렐에게 다가갔다.

"컨디션은 어때?"

"나쁘지 않아."

"다리는 괜찮아?"

"응."

"동생은?"

"탁아원 선생님네 집에서 잤어."

"나보다 집에 먼저 가겠네."

카렐은 대답 대신 고개를 조금 끄덕였다.

"이따가 끝나고 연락할게. 힘내."

"응. 너도."

아란이 디본에게 돌아가자 디본은 카렐 쪽을 쳐다보며 물었다.

"남자 친구?"

"그냥 친구."

아란은 이제는, 이라고 덧붙이려다가 말았다.

디본은 문득 마토가, 또 그 거리에서 보냈던 날들이 생각나 얼른 고개를 저었다. 그리고 누가 그 생각을 눈치채기라도 하지 않았는지 주위를 둘러봤다. 오늘은 아무것도 잘못 돼서는 안 됐다. 이곳에서는 아무것도 그르칠 수 없었다.

디본은 가림막 너머로 솟아오른 피라미드를 올려다봤다. 뿌옇게 밝아 오는 하늘빛을 피라미드의 유리가 은은하게 반사하고 있었다. 이만큼 가까이 다가오니 피라미드가 얼마나 거대한지 다시 한번 느낄 수 있었다. 꼭대기가 구름 속에 있어 높이는 여전히 가늠되지 않았지만 2.4킬로미터의 가로 폭만으로도 시야를 압도하기에 충분했다. 어쩐지 숨이 막히는 기분이 들어 디본은 숨을 한번 깊이 쉬었다.

곧 저곳으로 들어가게 되겠지. 이제 와서 종평이 역전될 리는 없었다. 어차피 피크닉에서 중요한 건 완주니까. 중간에 낙오하지 않고 정해진 시간 안에 도달하기만 하면 다들 같은 점수를 받으니까. 그건 어려운 일이 아니니까. 완주만 한다면 아란에게 역전당할 리는 없었다. 다만 위협이 아주 없는 것은 아니었다.

디본은 히에를 찾아봤다. 히에는 M반의 무리에 섞여 있었다. 몸에 달라붙는 흰 운동복을 입고 있어 조금 떨어진 곳에서도 눈에 잘 띄었다. 아마 고가의 기능성 의류겠지. 오늘을 위해서 달리기 연습도 했겠지. 그뿐 아니라 특수한 처치도 받았을 거야. 테니스 대회에서 히에가 우승하게 된 것도 오늘을 위한 사전 작업이었겠지. 교내 대회 우승이라면 체육 특기자 자격이 생기니까. 그러나 히에가 피라미드 꼭대기까지 달려서 올라갈 수 있을 리 없다. 서브3은 물론이고 서브4도 할 수 있을 리 없다. 그건 장거리를 전문적으로 훈련한 특출한 아이들만 할 수 있는 거니까. 평지는 무사히 통과할 수 있을지도 몰라. 하지만 문제는 계단이지.

피크닉은 예비 학교 3년과 본학교 9년을 마무리하는 가장 큰 이벤트였다. 피크닉에서 학생들은 피라미드를 일주했다. 참가자는 우선 지상에서 피라미드를 한 바퀴 돈 뒤 모서리의 계단을 이용해 다음 층으로 올라갔다. 그리고 같은 일을 피라미드의 여섯 개 층을 다 돌고 꼭대기에 오를 때까지 반복한 뒤 마지막에는 엘리베이터를 타고 지상으로 내려왔다. 거리는 평지 33.6킬로미터에 계단 2.1킬로미터, 제한 시간은 12시간이었다. 평지도 만만찮은 코스지만 정말 힘든 건 계단이었다. 피라미드 꼭대기에 오르려면 35도 경사의 계단을 모두 7500개 올라야 했다.

애초에 피크닉은 참가자가 나중에 살게 될 헤임의 전모를 눈으로 직접 파악하도록 하기 위해 마련된 행사였나. 처음 피라미드가 건설되기 시작할 당시에는 이름 그대로 소풍에 가까웠다. 그러나 피라미드가 한 층씩 높이를 더해 갈 때마다 올라가는 일은 그만큼 더 힘들어졌다. 피크닉이 종평에 반영되는 비율도 처음에는 형식적이었지만 언젠가부터 점수가 세분화되기 시작했다. 참가자는 누구나 0.2점을 받았고 1층을 주파하면 0.5점, 12시간 안에 코스를 전부 주파하면 1점을 받았다. 시간 안에 주파하지 못하거나 중간에 포기하면 위치에 따라 점수를 받았다. 4시간 안에 주파하는 서브4에는 2점, 3시간 안에 주파하는 서브3에는 3점의 가산점이 있어 처음부터 그것을 목표로 훈련하는 아이들도 있었다.

피크닉이 열리는 건 날씨가 비교적 안정적인 매년 11월 14일에서 11월 30일 사이에 휴일을 제외한 13일 동안이었다. 이 기간 동안 각 학교는 배정된 시간표에 따라 매일 0시, 6시, 12시, 18시에 서로 떨어진 두 지점에서 출발했다. 13구역

제7학교는 제8학교와 함께 마지막 날의 마지막 순서였다.

5시 45분에 게이트가 열렸다.

"다들 천천히 이동해. 난간 쪽으로는 가지 말고."

아란은 디본과 함께 인솔 교사의 바로 뒤에 섰다. 교사를 따라 게이트를 지나자 피라미드로 향하는 다리가 보였다. 다리 밑으로는 깊은 해자가 놓여 있겠지. 난간 가까이에 경비대원들이 지키고 있어 그쪽으로는 다가갈 수 없지만 그래도 주위 풍경으로 해자의 깊이를 짐작할 수 있었다. 어쩐지 숨이 제대로 안 쉬어지는 기분이었다. 그게 다리의 높이 때문인지 피크닉에 대한 긴장 때문인지 아니면 그저 막연한 불안 때문인지 아란은 알 수 없었다. 문득 피크닉에 대해 들었던 소문이 생각났다. 무서운 이야기를 좋아하는 애들이 지어냈을 법한 조금 어처구니없고 으스스한 소문이. 그런 일이 정말로 있을까. 아니겠지. 아란은 심호흡을 한 뒤 가방을 고쳐 멨다.

카렐은 M반의 다른 아이들과 함께 출발선에 섰다. 앞으로 4시간이었다. 35.7킬로미터를 4시간 안에. 시간당 9킬로미터로 달릴 수 있다면 가능한 일이었다. 준비는 할 수 있는 만큼 했다. 식이요법을 했고 체중도 줄였고 장거리 훈련도 했다. 3일 전에 에너지를 고갈시켰고 이틀 동안 쉬면서 탄수화물을 비축했다. 네 시간 동안 쉬지 않고 달릴 마음의 준비도 됐다.

필요한 것은 모두 몸과 마음속에 있었다. 하지만 이건 의지만으로 되는 일이 아니라 근육과 심장이 하는 일이었다. 장거리로 전환한 지 반 년도 되지 않았다. 종아리가 다 나았는지도 자신할 수 없었다. 하지만 다른 길은 없었다. 그래서 짐도 아무것도 가져오지 않았다. 오로지 네 시간 동안 계속 달리기 위해. 이제 자신을 믿고 달리는 수밖에 없었다. 평균 시속 9킬로미터를 유지하면서. 카렐은 발신기를 다시 한번 확인했다. 손목 안쪽에 찬 특기자용으로 세팅된 발신기 화면에 출발 시간이 카운트다운되고 있었다.

10, 9, 8, 7······.

아무것도 보면 안 돼. 허공을 봐서는 안 돼. 오직 속도만을 생각해. 앞으로 네 시간. 그 전에 한 번 더 동생의 숨소리를 떠올리고 싶었다. 그러나 출발 시간이 다가오고 있었다.

······2, 1.

출발.

신호와 동시에 흰옷을 입은 여자애가 빠른 속도로 앞으로 달려 나갔다. 테니스 대회에서 우승한 전력으로 M반에 임시로 편입된 애였다. 저런 페이스로는 결코 완주할 수 없을 거야. 카렐은 천천히 속도를 높였다. 하위권 그룹으로 달리면서 체온이 올라가고 관절과 근육이 충분히 부드러워지기를 기다리다가 1층 첫 번째 코너를 돈 지점부터 속도를 올리는 것이

코치가 알려 준 전략이었다. 현재 속도는 시속 7.6킬로미터. 종아리는 괜찮은 것 같았다.

아란은 M반 아이들 틈에서 달리는 카렐의 모습을 눈으로 좇았지만 카렐은 곧 시야에서 사라졌다. 아란의 옆에는 디본이 나란히 걷고 있었다. 둘은 A반의 최선두였고 둘 앞에는 인솔 교사뿐이었다. 불안한 마음은 사라졌다. 한참 걷자 등에 멘 가방도 더 이상 무겁지 않았고 다리도 가벼워졌다. 손목에 찬 발신기도 익숙해졌다. 이제 계속 걷기만 하면 되는 거야. 피라미드 꼭대기에 도착할 때까지. 올라가면서 피라미드와 아찰라를 두 눈으로 똑똑히 봐 둬야지. 날씨가 좋아야 할 텐데. 오늘은 다행히 먼지가 적었다. 다만 구름이 많아서 피라미드 꼭대기는 보이지 않았다. 옆을 보자 디본은 고개를 조금 숙이고 시선을 고정시킨 채 묵묵히 걷고 있었다. 긴장 때문일까. 디본의 얼굴이 조금 굳어 보였다.

요제는 가방이 무거운 것 같았다. 옷도 너무 두꺼운 것 같았다. 추울 거라고 두꺼운 양말을 신으라고 한 이모가 원망스러웠다. 양말은 그래도 얇은 걸 신어야 했을 것이다. 내가 처음부터 그러겠다고 했는데. 애초에 이모가 간섭하지 않았다면 자신이 알아서 옷을 잘 골랐을 것이다.

"야. 미안하다."

니바는 네즈에게 말했다.

"그 소리 안 지겹냐?"

니바는 무릎에 보조 기구를 찬 채 절룩였다. 이미 둘은 뒤로 처져 다른 반 무리에 섞여 있었다.

"나 때문에 너무 뒤처지는 거 아냐?"

"한 바퀴만 돌고 바로 쫓아가면 되지. 충분해."

"그러지 말고 지금이라도 빨리 쫓아가지그래? A반은 벌써 많이 갔을걸?"

"나 이제 걔한테 관심 없거든?"

"나는 누구라고 말한 적 없는데? 그냥 A반이라고만 했지."

"자꾸 그런 소리 하면 너 혼자 놔두고 그냥 가 버린다?"

"알았어. 미안하다."

"그러니까 그 소리 안 지겹냐고."

K반의 출발은 제일 나중이었다. 열심히 걸어서 시간 안에 완주하는 데 아무도 관심이 없다는 게 걸음걸이에서 드러났다. 교사들도 속도에는 관심 없고 그저 문제나 생기지 말았으면 하고 생각하는 것 같았다. 다른 아이들이 모두 정말 소풍이라도 온 듯 흐트러져 걷는 동안 그중 한 명만은 무리와 떨어진 채 앞쪽을 향해 부지런히 걸음을 옮기고 있었다. 검은 비니를 쓴 이투였다.

1층을 반 바퀴 돈 곳에서 첫 번째로 쉬었다. 아직 해는 뜨지 않았지만 주위는 벌써 환해져 있었다.

"하. 힘들다."

아란은 자리를 잡고 앉아 가방에서 간식과 물을 꺼냈다.

"에너지바 있는데 줄까?"

"아니. 괜찮아. 나도 간식 챙겨 왔어. 이따가 바꿔 먹자."

디본은 허리를 꼿꼿하게 세우고 앉아 있었다. 출발하고 5킬로미터쯤 걸었는데 이 정도로는 조금도 힘들지 않은 것 같았다. 그러고 보니 어쩐지 피부색도 평소보다 밝아 보였다.

"너 오늘 컨디션 되게 좋아 보인다."

"중요한 날이니까 조절 좀 했지."

아란은 문득 자신이 디본에게 음료수를 권했던 일이 생각났다. 그날 자신이 왜 그랬는지 아란 자신도 알 수 없었다. 평소에는 말 한마디 하지 않았었는데. 하긴 다른 애들과도 그리 가까운 건 아니었지.

"A반에 친한 애가 없어서 피크닉 때 어떻게 하나 걱정했는데 너랑 같이 걸어서 다행이다."

"나도 그래. 테니스부 애들은 반도 다르고 완주에 관심이 없어서 고민이었거든."

"테니스부 아니어도 다른 친구들도 많지 않아?"

"내가 같이 걷자고 하면 그러자고 하는 애들은 많았겠지만 방해하고 싶지 않았어. 학생 시절 마지막의 중요한 이벤트인데 저마다 마음속으로 그리던 모습이 있을 테니까. 그리고 혼자 걷는 것도 의미 있는 일인 것 같아. 12년을 마무리하며 현재의 자신을 점검하고 새로운 미래를 위해 자신의 한계에 도전하는 거지."

틀린 말은 아니었지만 디본의 말은 어쩐지 책에 나오는 모범 답안 같았다. 아란은 잠시 사이를 두고 작게 고개를 끄덕였다.

발신기가 출발 시간을 알렸다.

"다들 자기 발신기 확인하고 알람 울리는 순서대로 출발!"

인솔 교사가 몸을 일으키며 말했다.

그러는 동안 다른 출발 지점에서 출발했을 제8학교의 특기반이 추월로를 달리며 지나가서는 그대로 계단을 뛰어 올라가기 시작했다. 그들을 보며 아란은 카렐을 생각했다.

첫 번째 계단이 나타났다. 카렐은 한 계단씩 뛰어서 올라갔다. 코치는 계단에서는 걸어도 된다고 했지만 평균 속도를 생각하면 속도를 늦출 수는 없었다. 아직까지 종아리는 괜찮았다. 대신 허벅지가 뻐근해 왔다. 단거리 훈련을 해 둬서 허벅지 근력에는 자신 있다고 생각했는데 착각이었다. 힘이 걸리는 느낌이 전혀 달랐다. 카렐은 계단이 얼마나 남았는지 궁금했지만 고개를 들지는 않았다. 앞을 보면 안 되니까. 아무것도 보지 않기로 했으니까. 계단 끝은, 도착하면 저절로 알게 될 테니까. 호흡을 잊으면 안 돼. 마시고, 내쉬고. 마시고, 내쉬고.

그리고 정말로 계단 끝이 나타났다.

"이아, 잘힌다! 좋아!"

계단 끝에 서 있던 교사가 응원하려고 박수를 치며 환호했다. 그 소리를 듣자 힘이 났고, 그래서 순간 마음이 놓였고, 카렐은 잠깐이지만 고개를 들어 앞을 봤다. 선두는 벌써 한참 앞서서 달리고 있었다. 시간이 갈수록 그들이 점점 더 멀어질 거라는 생각이 들었다. 그리고 이제 겨우 첫 번째 계단을 올라왔을 뿐이라는 것과 앞으로 이런 계단이 다섯 개나 더 남아 있다는 것이 한꺼번에 떠올랐다.

갑자기 허벅지가 무겁고 뻣뻣해지는 것 같았다. 그러나 달릴 수밖에 없었다.

카렐은 발신기로 평균 속도를 확인하며 호흡을 가다듬고 다시 속도를 올렸다.

휴식 지점에 도착한 요제는 가방을 내려놓고 그 자리에 주저앉았다. 다리가 아프고 목이 말라서 물을 꺼내 마셨고 어쩐지 그래 뒤야 할 것 같아서 간식을 조금 먹었다. 그러면서 영혼을 잃은 채 어딘가로 흘러간다면 이런 느낌일 거라고 생각했다. 새로운 아침이 시작되는 하늘을 보며 이 아침은 가장 빛나는 하루거나 가장 끔찍한 하루, 혹은 아무 의미 없는 날들 중 하나에 불과한 그 어떤 하루의 시작일 거라는 생각도 했고 이 모든 일들이 다 무슨 의미가 있는 건가 하고도 생각했다. 그리고 오늘은 종일토록 입을 다물고 있겠다는 다짐도 다시 한번 떠올렸다. 그런 생각들에 빠져 있느라 요제는 알람 소리를 듣지 못했고 인솔 교사가 크게 부르는 소리를 듣고야 깜짝 놀라 부리나케 짐을 챙겨 일어났다. 간식 가방은 내버려 둔 채.

이투는 그 여자애를 알아봤다. 화장실 앞에서 부딪혔던 여자애였다. 여자애는 함께 걷는 다른 애 없이 혼자인 것 같았다. 자기처럼. 이투는 여자애가 넋을 놓고 생각에 잠겨 있다가 가방도 제대로 닫지 않고 허겁지겁 출발하는 것을 보았다. 여자애가 떠난 자리에는 작은 가방이 남겨져 있었다. 아무도 그 가방에 손을 대지 않는 것 같아서 이투는 그것을 집어 들어 재킷 주머니에 넣었다.

너는 아무것도 생각할 필요 없어. 그냥 달리기만 하는 거야. 끝까지. 멈추지 말고 계속.

네. 엄마.

주사를 두 번이나 맞았으니 충분히 할 수 있어.

네. 엄마.

과정은 중요하지 않아. 결과가 중요해.

네. 선생님.

피크닉은 제일 고독하고 제일 자유로운 시간이야. 피라미드와 너밖에는 없어. 다른 애들을 다 무찌르고 나면 너만 남는 거야.

네. 선생님.

너는 강한 아이구나.

네. 선생님.

하하하.

아란과 디본은 말없이 계단을 올랐다. 한 걸음씩. 한 걸음씩. 속도를 떨어뜨리지 않으면서. 말을 하려고 해도 숨이 차서 할 수 없었다. 한마디라도 했다가는 당장 주저앉을 것만 같았다. 허벅지가 점점 아파 왔다. 한 층의 계단은 1250개였다. 계단 중간에 엘리베이터가 있는 이유와 몸이 안 좋은 참가자는 1층만 돌고 기권하게 하는 이유를 알 것 같았다. 이런 길을 카렐은 뛰어서 올라갔겠지. 뭔가 울컥 올라오는 기분이 들었다.

마침내 계단 끝에 이르자 10분의 휴식 시간이 주어졌다. 아란은 피라미드의 유리 벽에 바짝 붙어 앉았다. 조금 전까지는 어두워서 잘 보이지 않았지만 이제는 피라미드 안이 들여다보였다. 피라미드 내부에는 학교에서 배운 대로 소피라미드가 있었고 그 속으로 피라미드를 지지하는 거대한 트러스 구조물들이 보였다. 구조물 속으로는 뭔가가 지나가는 듯 빛이 반짝거렸다. 발밑에 보이는 소피라미드 속에는 푸른 식물들이 있었다 어쩌면 공원이거나 농장인지도 몰랐다.

"와. 이리 와서 이것 좀 봐. 정말 대단해."

아란은 디본을 불렀다.

"뭐가 있는데?"

"트러스랑 식물들. 어. 사람이 있다. 손을 흔드는데?"

"나는 그냥 이대로 좀 쉴게."

아란은 잠시 더 구경하다 디본 옆에 와서 앉았다.

"나는 저게 저렇게 큰 줄 몰랐어."

"처음 보면 다 그렇게 생각해."

"너는 전에도 본 적 있어?"

"응? 아니."

아란은 디본을 쳐다봤다. 디본은 간식을 먹고 물을 마시는 동안에도 벽에 등을 꼿꼿하게 세우고 있었다. 그러다 입가로 물을 조금 흘렸고 얼른 손으로 닦아 냈다.

요제는 가방을 뒤졌다. 간식 가방이 보이지 않았다. 가방

속의 물건들을 모두 꺼내다시피 하며 뒤져 봐도 마찬가지였다. 아까 쉬면서 두고 온 걸까. 이럴 줄 알았으면 정말 체인 같은 걸로 연결해 두는 게 나을 걸 그랬다. 그것으로 에너지 보충을 해야 하는데, 소화가 되지 않을까 봐 식사는 포기하는 대신 간식만 많이 쟁겨 왔는데 그걸 잃어버리다니. 후회해 봐야 아무 소용없다. 지금이라도 다시 돌아가야 할까. 하지만 되돌아갈 수도 없거니와 그게 아직 그 자리에 남아 있을 것 같지도 않다.

어쩌면 그 가방은 뒤에 따라오던 어떤 선하고 정의로운 사람의 손에 들려 내게로 돌아오고 있는 중일지도 모른다. 하지만 그런 걸 기대하는 건 어리석은 일일 것이다. 누군가 그걸 챙겨서 자기 주머니에 넣었겠지. 그들은 내 것이 분명한데도 빼앗아 갔으니 내가 챙기지 못한 것을 가져가는 일은 훨씬 손쉽게 해내리라.

가방이 돌아오지 않는다면 내게는 먹을 것이 하나도 없다. 누군가 내게 먹을 것을 나눠 주기를 기다리거나 다른 애들에게 뭔가 좀 나눠 달라고 말해 볼 수도 있겠지만 나는 오늘 아무 말도 하지 않을 테고 그러면 굶어서 쓰러질지도 모른다.

요제는 가방을 끌어안고 가만히 앉아 있었다. 이투는 멀리 떨어져서 요제를 보고 있다가 먼저 일어나서는 요제를 앞질러 다시 길을 걷기 시작했다.

"고맙다. 친구."

"됐고 어서 집에나 가라."

네즈와 니바는 게이트 앞에 와 있었다.

"너 마스크 없지? 이거 써라. 좋은 거다."

"숨 쉬기 답답한데 무슨 마스크야. 됐어."

"우리 엄마가 먼지바람 불 것 같다고 주시더라. 우리 엄마 코가 일기예보보다 더 정확하니까 그렇게 알고 그냥 챙겨."

네즈는 마스크를 주머니에 넣었다.

"그럼 나 먼저 집에 가니까 너는 고생 좀 하고 천천히 와라."

절룩거리며 게이트를 지나 다리 쪽으로 향하는 니바의 뒷모습을 잠시 보다가 네즈는 첫 번째 계단을 오르기 시작했다. 발신기를 확인해 보니 행렬은 이제 2층의 모퉁이에서 쉬고 있을 것 같았다. 부지런히 가면 점심 휴식 즈음에는 행렬을 따라잡을 수 있겠지.

계단을 얼마 오르지도 않았는데 다리가 후들거리기 시작했다. 그러나 디본은 이걸 다 올라갔겠지. 다른 애들도 모두. 그러니 내가 못 할 리 없어. 그렇게 한 층씩 오르다 보면, 마침내 피라미드 꼭대기에 이르게 될까. 네가 앞으로 어디에서 무슨 일을 하든 그 정도는 해야 사람 구실 한다는 소리를 듣지. 사회 나가서 평생 완주도 못 한 놈이라는 소리 듣고 살 거냐. 아빠의 목소리가 들리는 것 같았다. 아빠의 말을 따르고 싶지는 않았다. 그렇다고 반항하려는 것도 아니었다. 되고 싶은 것은 없었지만 피하고 싶지도 않았다. 네즈는 잠시 걸음을 멈추고 계단 위를 올려다보았다. 계단 끝은 이제 얼마 남지 않았다.

그 너머 어딘가에 디본이 있을 터였다. 마지막으로 그 애를 봐 두고 싶었다. 할 수 있는 일은, 하고 싶은 일은, 지금은 그것뿐이었다.

카렐은 발신기를 확인했다. 속도가 오르지 않았다. 페이스를 많이 끌어올렸는데도 여전히 서브4가 아슬아슬했다. 하지만 더 큰 문제가 있었다. 아까부터 종아리가 아파 왔다. 단지 느낌이 아니었다. 통증은 정말로 있었다. 철거 작업할 때 다쳤던 자리, 대회에서 다쳤던 그 자리였다. 근육 재생 치료까지 받았는데 제대로 아물지 않았다. 이것 때문에 돈을 얼마나 썼는데.

처음부터 이렇게 될 줄 알았다. 이건 의지만으로는 안 되는 일, 심장과 근육이 하는 일이니까. 아무리 노력해도, 아무리 간절히 바라도 안 되는 일은 안 되는 거니까. 무얼 어떻게 하든 안 되는 일이니까. 치킨 누들과 싸구려 단백질 바로는, 혼자 새벽에 거리를 달리는 것으로는 안 되는 일이니까.

그러면 내가 뭘 어떻게 해야 했는데.

카렐은 어금니를 깨물었다.

숨을 마시고, 내쉬고, 마시고, 내쉬고, 마시고, 내쉬고…….

카렐은 달리는 폼을 조금 바꿨다. 종아리의 통증이 조금 줄어들었다.

하지만 이대로 얼마나 더 달릴 수 있을까.

이렇게 얼마나 더 달려야 할까.

아무것도 보지 않으면서.

제8학교 애들의 무리가 보였다. 인솔 교사가 이끄는 행렬에서 뒤처진 모양이었다. 옷 입은 모양이나 걷는 폼으로 봐서 성실한 애들은 아닌 것 같았다. 그들은 제7학교의 인솔 교사가 보이면 잠시 조용해졌다가 교사가 안 보이는 곳에서는 다시 서로를 밀치면서 장난을 치거나 큰 소리로 욕을 하거나 했다.

그중 머리를 빨갛게 염색한 한 명이 문득 걸음을 멈추더니 갑자기 이투를 향해 달려와 발차기를 날렸다. 기습을 당한 이투의 몸이 꺾이면서 나동그라졌다.

"드디어 찾았네. 나 기억나지? 응?"

이투는 얼른 몸을 일으키고 상대와 마주 섰다. 예전에 어디선가 만난 적이 있는지도 모르지만 이투의 기억에는 없는 얼굴이었다.

제7학교 애들이 지나가면서 소동을 봤지만 아무도 걸음을 멈추지 않았다. 주위에는 인솔 교사도 보이지 않았다.

"이 자식이야. 내가 말했지. 돌멩이로 내 머리 찍은 놈."

빨강 머리의 무리가 이투의 주위로 모였다. 모두 다섯 명이었고 다들 넝지가 좋았다.

"뭐 해, 이 멍청한 자식아. 형씨. 미안해. 얘가 사람을 잘못 봤나 봐."

무리 중 하나가 빨강 머리와 이투 사이에 섰다.

"이 새끼 맞다니까."

"그래서 뭐 어쩌라고. 그냥 가기나 해. 너 점수도 간당간당하잖아."

"그게 무슨 상관인데!"

"이 또라이야. 지금 유예기간인 거 잊었어? 여기서 한 번 더 찍히면 바로 아웃이라고. 너 인생 여기서 종 칠래? 너 때문에 우리까지 끌려가야겠어? 하려면 우리 없는 데서 하든가."

"어차피 나중에 밖에서 만나게 돼 있어. 그때 가서 죽이든 말든 네 맘대로 하고 지금은 그냥 가자."

빨강 머리는 씩씩거리면서 이투를 노려봤다.

"가자고!"

무리가 짜증을 내자 빨강 머리는 포기한 듯 뒤돌아섰다가 갑자기 몸을 돌리며 이투의 얼굴을 향해 주먹을 날렸다. 이투가 몸을 숙이자 주먹은 이투의 귀를 스쳤다. 빨강 머리는 이투의 발 앞에 침을 뱉었다.

"다음에 만나면 진짜 내 손에 죽는다."

이투는 몸을 털고 다시 대열에 합류해 걷기 시작했다. 한참 걷는데 옆에 누군가 뛰어서 다가오는 게 느껴졌다. 또 그 자식들인 줄 알고 이투는 몸을 돌리며 주먹을 들었다.

여자애였다. 그 여자애가 놀란 눈으로 서 있었다. 처음 화장실 앞에서 봤을 때 그랬던 것처럼. 손에는 이투의 모자를 들고 있었다.

요제의 입술이 움직였다. 하지만 이투에게는 요제의 목소리가 들리지 않았다.

"뭐?"

요제는 다시 한번 입술을 움직였지만 역시 이투에게는 아무 소리도 들리지 않았다. 처음에는 보청기가 고장났다고 생각했다. 하지만 다른 소리가 들리는 걸 보니 그건 아니었다. 그러면 이 여자애는 말을 못 하는 건가. 그것도 아니었다. 예전에 화장실에서 마주쳤을 때 뭔가 말을 하지 않았던가. 그러면, 혹시 나를 놀리는 건가.

"하고 싶은 말이 있으면 해. 입만 뻥긋거리지 말고."

"괜찮냐고요."

요제는 작은 목소리로 대답했다.

"뭐가!"

"이마요. 안 아프세요?"

이투는 이마를 만져 봤다. 종양이 만져질 뿐 다친 데는 없었다. 이마가 안 아프냐고? 내 이마가 왜? 이 종양 말이야? 이게 뿔 같아 보여서? 신기해서? 웃겨서? 더러워서? 너도 내가 사람 같지 않아 보여? 이투는 주먹에 힘을 풀지 않은 채 요제를 쳐다봤다.

요제도 이투를 쳐다봤다. 자신을 무섭게 노려보는 사람을, 예전에 자신에게 욕을 했던 사람을, 방금 전에 어떤 사람들과 사납게 싸움질을 벌인 사람을, 다친 사람을, 자신의 배에 난 것처럼 이마에 종양이 있는 사람을, 자신을 해칠 이유가 하나도 없는데도 죽일 듯 노려보는 사람을.

둘은 그렇게 잠시 서로를 쳐다봤다.

요제가 모자를 내밀자 이투는 요제의 손에서 모자를 빼앗아서 얼른 머리에 덮어썼다.

"꺼져."

이투가 거친 말을 내뱉고 떠난 뒤에도 요제는 한참 그 자리에 서 있었다. 오늘 아무 말도 하지 않겠다고 다짐했는데 결국 뭔가 말해 버렸다. 하지만 그건 필요한 말이었다. 다친 사람, 도움이 필요한 사람, 종양을 가진 사람에게 마땅히 해야 할 말이었다. 그런데 그 말을 건네고 돌려받은 것이 이런 것이라니. 꺼지라는 말. 이게 내 몫이구나.

요제는 다시 걸음을 옮겼다. 이제는 누구와도 이야기하고 싶지 않았다. 쉬고 싶지도 않았다. 더는 아무것도 하고 싶지 않았다. 어디에도 가고 싶지 않았다. 그저 이 길을 계속 걷고 걷다가 사라지고 싶을 뿐이었다. 아빠와 엄마가 그랬듯 어딘가로 사라져 결코 돌아오지 않고 싶었다.

"야."

거친 목소리가 요제의 걸음을 멈춰 세웠다. 눈을 들어 보니 이투가 손에 든 뭔가를 요제를 향해 내밀고 있었다.

"이거 네 거지?"

"아."

요제는 자기도 모르게 짧게 소리를 냈다. 그것은 요제의 간식 가방이었다. 요제는 이투의 얼굴을 다시 한번 쳐다봤다. 이투는 가방을 내민 채 고개를 돌리고 있었다.

요제는 가방을 받았다.

"고맙습니다."

요제는 고개를 숙이며 작은 목소리로 말했다. 고개를 들었을 때 이투는 벌써 저만큼 앞에서 걸어가고 있었다.

티를 내면 안 돼. 네. 선생님. 너는 갈색 머리가 어울려. 네. 선생님. 하하하. 죽기 살기로 뛰는 거야. 네. 엄마. 네 운명이 달렸다. 네. 아빠. 하하하. 너 혼자 아찰라에서. 무슨 일이든 일어날 수 있지. 네. 오빠. 하하하. 왜 틀렸지. 너는 달려야 해. 하하하. 너는 이것보다는 잘할 수 있어. 네가 쓰러뜨려야 해. 네. 선생님. 어떻게 시험 한 번에. 하하하. 너만 남는 거야. 제일 먼저. 그 정도는. 하하하. 나 지금 무시하는 거냐고. 중요한 건 오로지. 그 주사는 위험한 거예요. 하하하. 무슨 수를 써서든. 너는 그저 시키는 대로만. 하하하. 시키는 대로만. 하하하. 사람도 아냐. 하하하. 너는 사람도. 하하하. 어떻게 오빠의 방에. 하하하. 하하하. 하하하. 하하하.

바람 소리.

발가락의 통증.

바람 소리.

피라미드의 끝.

바람 소리.

피를 뒤집어쓰고 누워 있는 사람들.

바람 소리.

모든 것을 집어삼키는.

포인.

세 번째 계단이 나타난다. 한 번에 두 계단을. 걸어서 오른다. 허벅지가 터질 것 같지만. 계속. 쉬지 말고. 계속. 계속. 계속, 숨을 한 번 크게 들이마시고, 천천히 내뱉으면서, 속도를 잃지 말고, 계속, 계속, 계속……

계단을 끝까지 올라가서, 다시 천천히 달리기 시작하며, 발신기를 확인한다.

거리 25.2킬로미터, 시간 3시간 5분, 평균속도 8.17. 예상 소요 시간 4시간 22분, 22분 초과.

나는 안다. 더 달려 본들 소용이 없다는 걸. 이 다리로는 시간 안에 들어갈 수 없다는 걸. 애초에 안 되는 일이었다. 그저 고통을 참기만 한다고 되는 일이 아니었다. 그러나 달리 무슨 수가 있단 말인가. 내가 할 수 있는 일은 달리는 것뿐이다. 아무것도 보지 않으면서. 허공을 외면하면서.

그러나 새가 있다. 저 앞에, 다리가 긴 흰 새가 몸을 똑바로 편 채 서 있다.

그것 봐. 정말로 새가 있잖아.

아니다. 저것은 발끝으로 서 있는 흰옷을 입은 여자애다. 여자애는 움직이지 않는다. 마치 허공에 사로잡힌 것처럼. 이상하다. 저 애는 이상하다. 아니. 이상한 건 나다. 나는 뭘 하고 있는 거지. 저 애는 뭘 하고 있는 거지. 우리는 이런 곳에서 뭘 하고 있는 거지.

생각하지 말자. 지금 할 수 있는 일을 하자. 지금 해야 하는 일을 하자.

여자애를 지나치려는 순간 어떤 소리가 들린다. 여자애의 발신기에서 알람이 울리고 있다. 알람은 10분 동안 위치에 변화가 없으면 울리게 돼 있지. 그럼 이 애는 10분 동안이나 이 자리에 있었을까. 혹시 이 자세로 계속 있었던 걸까. 카렐은 자신도 모르게 여자애의 얼굴을, 눈을 본다. 이 세상이 아닌 곳을 보고 있는, 허공을 응시하는 눈을. 눈동자 속에 숨어 있던 허공을. 아주 짧은 한순간이지만, 그러나 카렐은 허공과 눈이 마주친다. 순간 다리가 꺾이며 넘어질 뻔하지만, 다시 중심을 잡고 몸을 일으켜서, 시선을 고정시키고, 아무것도 보지 않으며, 숨을 들이마시고 내뱉으며, 허벅지와 종아리와 폐와 심장과 엉덩이와 어깨와 두 팔로, 다시 하나씩 걸음을 쌓으며, 마음을 텅 비우며, 용기를 잃지 말자, 끝까지 최선을 다하자, 다짐하며, 끝까지, 이 길의 끝까지, 피라미드의 꼭대기까지, 네 시간 안에 들어가지 못하더라도, 그게 지금 내가 할 수 있는 유일한 일이기 때문에, 또 내가 해야 할 유일한 일이기 때문에, 또…….

그 순간 갑자기 세상이 멈췄다. 정전이 되며 등이 갑자기 꺼지듯. 팽팽하게 당기던 줄이 툭하고 끊어지듯. 예고도 조짐도 없이. 무슨 일이 일어났지. 세상이 왜 멈췄지. 아니. 멈춘건 세상이 아니라 나야. 내 다리가 멈춘 거야. 그런데 왜 멈췄지. 또 어딘가 다친 건가. 그건 아냐. 종아리의 통증이 더 심해진 것도 아냐. 그런데 왜 안 움직이는 거지. 카렐은 달리고 싶었다. 달려야 한다고 생각했다. 그래야만 하니까. 그것밖에 할 수 있는 일이 없으니까. 그러나 다리는 조금도 움직여지지 않았다. 피로 때문일지도 몰라. 그러면 우선 잠깐만 걷자. 그러다 다시 달리는 거야. 그러나 다리는 여전히 꼼짝도 하지 않았다.

카렐은 주위를 둘러봤다. 누가, 도와주지 않을까! 그러나 아무도 없었다. 앞도 뒤도 먼지로 뿌옇기만 했다. 들려오는 소리도 없었다. 귓가에 울리는 것은 자신의 심장 박동과 숨소리뿐이었다.

허공이 그를 둘러싸고 있었다. 그 속에서 그는 혼자였다.

먼지를 실은 바람이 불어왔다. 시야도 아침보다 꽤 흐려졌다. 먼지 주의보는 내리지 않았는데. 어쩌면 고도가 높아지며 먼지 밀도도 함께 높아진 건지도 몰랐다.

"아무래도 마스크 써야겠어. 마스크 있어?"

아란이 디본에게 물었다.

"응. 피크닉에 그 정도 준비는 기본이지."

디본은 마스크를 꺼내 피부에 살짝 붙이듯 썼다.

어디선가 낮게 우르릉거리는 소리가 들린 것 같았다. 저 아래 어딘가 공사장의 소음일까. 설마 천둥소리는 아니겠지.

휴식 장소는 3층의 중간 지점이었다.

"여기서 30분간 휴식할 거니까 점심 먹고 다들 잠깐씩 쉬도록 하자. 혹시 몸 안 좋은 사람 있으면 선생님한테 말하고."

아란은 엄마가 준비해 준 꼬마주먹밥을 하나씩 꼭꼭 씹어 먹고 디본에게도 몇 개 나눠 줬다. 디본도 자기 샌드위치를 조금 잘라 줬다. 전날 사 둔 샌드위치는 조금 눅눅했지만 맛은 괜찮았다. 둘은 음료수를 마시고 간식도 조금 먹었다.

그러는 동안 뒷반 아이들이 도착했다.

아란은 요제를 발견하고 손을 흔들었다.

"별일 없지?"

아란이 요제에게 가서 물었다. 요제는 고개를 끄덕였다.

"너 괜찮니? 어디 아픈 건 아니지?"

요제는 아란의 질문에 아무 대답도 하고 싶지 않았다. 예전 같았으면 마음속에 있는 것들을 모두 이야기했을 텐데. 간식 가방을 잃어버렸다가 되찾은 이야기나 이모가 챙겨 준 무거운 가방과 도움되지 않는 두꺼운 옷에 대한 이야기를. 그리고 누구에게도 말하지 않은, 여기에 있는 그것들에 대한 이야기도. 그러나 너는 내 말을 믿으려 하는 대신 어떻게 알게 됐는지, 누구에게 들었는지를 묻겠지. 너는 똑똑하고 나는 멍청하니까. 그러니 나는 차라리 입을 다물고 있는 편이 나으리라.

"왜 그래? 말도 한마디 안 하고. 목이 아파서 그래?"

"으응."

요제는 차라리 거짓말하는 게 나을 것 같았다.

"나 마스크 하나 더 있는데 갖다 줄까?"

"괜찮아. 나도 있어."

"그래. 혹시 뭐 필요한 거 있으면 말해."

아란이 돌아간 뒤 요제는 간식 가방을 꺼내 무릎 위에 올려놓았다. 그리고 가방을 열지 않고 계속 그대로 손에 쥐고만 있었다.

이투는 조금 떨어진 데서 요제를 쳐다봤다. 그리고 잠시 뒤에는 시선을 아란과 디본에게 돌렸다. 평소보다 몸이 더 떨려서 이투는 자꾸만 주먹을 쥐었다 폈다 했다. 언제 해야 할까. 지금일까. 더 나중일까. 걷는 중이면 좋을까. 다음 휴식 때일까. 더는 미루면 안 된다. 그래. 지금 하자. 저 애한테 가서, 하려고 마음먹었던 그걸 하자.

이투가 막 걸음을 옮기려는데 인솔 교사가 나타났다. 이투는 걸음을 멈췄다.

"자, 모두 주목해. 지금 기상 상황이 안 좋아서 휴식은 그만하고 바로 출발할 거야."

여기저기서 볼멘소리가 튀어나왔다.

"조용. 아직 밥 못 먹은 사람도 바로 정리해. 가면서 먹든가 다음 휴식 시간 때 먹도록 하자. 중간에 대피소를 이용하게 되면 그때 먹어도 되고. 대피소 이용 시간은 전체 시간에서 제외될 거니까 조급하게 생각하지 말고. 끝으로 한 가지더. 기상에 따라 돌발 상황이 생길 수 있으니까 앞으로 어떤 일이 있더라도 절대 당황하지 말고 주위의 인솔 교사나 경비대원의 지시에 따리 침착하게 행동하도록 해. 알겠지? 꼭 지시에 따라서 행동해라. 혹시 마스크 없는 사람 손 들어 봐. 없지? 그럼 출발."

멈춰 서 있는 카렐의 어깨를 툭 친 건 경비대원이었다. 그는 한 손으로 히에의 소매를 잡고 있었다.

"학생. 이 애와 같은 학교지?"

"네."

"학생도 낙오된 건가?"

낙오. 그렇구나. 나는 낙오된 거구나.

"그럼 이 학생과 동행하도록 해."

경비대원은 히에를 향해 몸을 돌렸다.

"여기부터는 이 학생하고 같이 가는 거야. 알겠지?"

"네. 선생님."

히에는 그렇게 대답하고 앞을 향해 걷기 시작했다.

"어서 빨리 쫓아가. 저 학생 저러다 쓰러진다고."

경비원이 카렐의 어깨를 슬쩍 밀었다. 카렐의 다리가 저절로 히에를 쫓아갔다.

히에의 걸음은 위태로웠다. 팔은 춤추듯 흔들거렸고 다리도 취한 사람처럼 비틀거렸다. 몸을 빙그르 돌리다 휘청이기도 했고 갑자기 제자리에 멈췄다 다시 걷기도 했다. 그러다 어느 순간 제 발에 걸려서 넘어졌다.

조금 뒤에서 따라오던 카렐은 넘어진 히에에게 다가가서 팔을 잡고 몸을 일으키려 했다. 그러나 카렐의 손이 닿기까지 히에는 팔을 거세게 휘둘러 손을 쳐 내며 소리를 질렀다.

"떨어져! 떨어져! 나한테서 떨어져! 떨어지라고!"

그러고 보니 경비대원이 소매만 잡고 있었던 게 생각났다.

카렐은 히에를 자신의 힘으로는 일으킬 수 없다는 걸 알았다. 그러면 이대로 여기 있어야 할까. 이 애를 두고 혼자 가도 좋을까. 하지만 어디로. 이 길을 계속 가는 게 무슨 의미가 있겠어. 나는 낙오자인데. 더 이상 노력할 필요 따위 없는. 그래 봤자 아무 의미도 없는. 그리고 그건 이 애도 마찬가지지.

"⋯⋯떨어져야 해. 떨어져야⋯⋯."

카렐은 넘어져 있는 히에를 보았다. 새벽에 출발할 때 깨끗했던 운동복이 더러워져 있었다. 새것이 분명한 운동화도 마찬가지였다. 흰 운동화는 엄지발가락 코 부분만 빨간색이었다.

빨간색. 그건 신발에 원래부터 있는 무늬 같은 게 아니었다. 그렇다면, 피겠지. 카렐은 히에가 발레를 하는 폼으로 꼿꼿하게 서 있던 것을 기억했다.

"너 괜찮니?"

"괜찮아요. 선생님."

"발가락 아프지 않아?"

"아프지 않아요. 선생님."

그럴 리 없었다. 정말이지, 그럴 리 없었다. 무엇이 이 애를 처음부터 미친 듯 달리도록 만들었는지, 달리다 말고 발끝으로 서 있도록 만들었는지, 운동화가 피로 물들 때까지 그렇게 있도록 만들었는지는 알 수 없었다. 그러나 한 가지만은 분명했다. 이 애도 고통 속에 있다는 것. 그리고 그 고통은 카렐만큼이나 큰 것 같았다. 그 생각이 들자 카렐은 이 애를 내버려 둘 수 없었다.

"……너 걸을 수 있어?"

"걸을 수 있어요. 선생님."

이 애가 걸을 수 있다면 나도 그럴 수 있겠지. 이 애가 견딜 수 있다면 나도 견딜 수 있겠지.

"그럼 가자. 일어나."

"네. 선생님."

먼지도 바람도 더 거세졌다. 피라미드 벽면에 먼지가 뽀얗게 쌓여서 더 이상 안쪽이 보이지 않았다. 오늘 날씨는 아무래도 이상했다. 11월에 이렇게 먼지가 심한 날은 이제껏 없었다. 그것도 봄철의 가장 지독한 날만큼이나 심한 먼지라니. 먼지의 냄새와 맛도 평소와 달랐다. 우르릉거리는 소리도 가까워졌다. 인솔 교사는 어딘가와 자꾸 연락을 주고받고 있었다.

아란은 디본과 함께 여전히 무리의 제일 앞, 인솔 교사의 바로 뒤에 서 있었다. 그런데 뿌연 먼지 속으로 저 앞에 두 사람의 뒷모습이 보였다. 제8학교에서 뒤로 처진 애들일까. 여기까지 오는 동안 그런 애들을 몇 번이나 지나쳤다. 그런데 아니었다. 먼지 속의 두 사람은 운동복 차림이었다. 아란은 그중 한 사람의 어깨와 등을 알아봤다.

카렐이었다.

아란은 카렐의 팔을 잡았다. 카렐은 고개를 돌려 아란을 쳐다봤다.

"아……. 너구나. 다리 때문에."

카렐이 말했다. 아란은 무슨 말을 하면 좋을지 몰라 카렐의 팔을 잡은 채 잠시 그대로 있었다. 디본은 조금 난처한 얼굴로 아란 옆에 멈춰 섰다. 그러는 동안 뒤에서 따라오던 애들이 둘을 앞질러 갔다. 뒤따라오던 인솔 교사가 히에를 알아보고 다가왔다.

"히에야. 너 괜찮니? 어디 다쳤니? 계속 걸을 수 있겠어? 아니면 엘리베이터로 내려갈래?"

인솔 교사가 히에에게 물었다.

"계속 걸을 수 있어요. 선생님."

"그래? 너, 히에와 같이 가고 있었지? 그리고 너희들 같은 반이잖아. 그럼 히에를 좀 부탁해."

교사는 히에를 맡기고 떠났다. 아란과 카렐, 디본은 잠시 어색하게 서 있었다.

"히에. 너도 어디 아프니?"

아란이 히에에게 물었다.

"아프지 않아요. 엄마."

엄마? 아란은 고개를 갸우뚱했다. 히에는 어딘가 이상해 보였다. 눈동자에 초점이 없고 자꾸만 중심을 못 잡고 비틀거렸다. 그동안 디본은 가방에서 마스크를 꺼내 히에와 카렐에게 내밀었다. 카렐은 마스크의 포장을 뜯어 얼굴에 썼지만 히에는 받으려고 하지 않았다. 디본은 마스크를 다시 가방에 넣었다.

"걷는 거 괜찮아?"

아란이 카렐에게 물었다.

"나는 괜찮은데 얘는 발이 좀 안 좋은 것 같아."

아란은 어쩌면 좋을지 망설여졌다. 어떻게 된 건지 모르지만 카렐은 히에와 함께 걷고 있었다. 그러면, 히에를 카렐에게 맡기고 가면 되는 거 아닐까. 선생님도 히에를 카렐에게 맡겼잖아. 그리고 내가 카렐과 같이 갈 필요는 없는 거 아닐까. 이제 여자 친구도 아닌데. 그리고 어차피 헤임에 가게 되면 헤어질 게 뻔한데. 그래. 여기서 둘과 따로 가는 게 좋겠어. 하지만 그걸 어떻게 말로 하지. 아냐. 어쩌면 카렐도 그러기를 바라고 있을지도 몰라. 자기 때문에 내가 뒤처지면 오히려 그걸 니 부담스러워할 거야. 아란이 마음을 단단히 먹고 말을 꺼내려는데 디본이 먼저 입을 열었다.

"두 사람 다 달리느라 힘들었지? 여기부터는 우리와 함께 걷자. 마음속으로 서로 응원하며 걸으면 분명 다 같이 함께 완주할 수 있을 거야. 자, 다시 한번 더 용기를 내자."

꼭 어린아이들을 달래는 예비 학교 선생님 같은 말투였다. 여기서 갑자기 리더 노릇이라니. 종평 1등이라는 걸 과시하고 싶은 걸까. 그래, 그건 좋아. 그런데 애들과 함께 걷다가 너무 뒤처져 버리면? 완주는 하겠지만…… 아니. 그건 걱정하지 않아도 되는구나. 여기에 종평 1, 2, 3등이 다 같이 있으니까. 비슷한 시간에 함께 들어가면 다 같은 점수를 받게 되겠지.

이제 넷은 조금 떨어진 채, 그러나 너무 떨어지지는 않은 채 함께 걸었다.

"이거 먹어."

아란은 에너지바를 하나 꺼내 포장을 벗겨서 카렐에게 줬다. 카렐은 걸으면서 그것을 먹었다. 히에에게도 권했지만 히에는 받지 않았다.

어느 틈에 셋은 행렬의 중간으로 처져 있었다. 이제 줄은 완전히 엉켜 있고 반 구분도 없는 것 같았다.

"정지! 정지!"

어디선가 목소리가 들렸다.

"모두 멈춰서 통로 중앙으로 이동!"

"통로 가운데로 가래."

아이들은 웅성거리면서 벽에서 떨어져 통로 가운데에 가서 섰다. 여기서 휴식을 취한다고 생각했는지 바닥에 주저앉는 애들도 있었다.

"네가 왜 여기 있어?"

누군가 디본에게 다가와 말을 걸었다. 돌아보니 테니스부 아이가 옆에 와 있었다. 누구였더라. 아버지한테 종평 때문에 나가 죽으라는 말을 들었다는 개였던가.

"너 A반이잖아. 제일 앞에 있어야 되는 거 아냐? 뭐 하다가 여기까지 떠내려왔어?"

"아. 친구랑 같이 걷다가 뒤처졌어."

상대가 피식하고 웃었다.

"친구 좋아하시네."

느낌이 이상했다. 그전에는 살갑지는 않아도 만나면 농담도 하고 웃고 떠들던 사이였는데. 피크닉 때문에 긴장한 걸까.

"괜찮아? 어디 아픈 건 아니지?"

상대는 디본을 가만히 쳐다봤다. 그러는 동안 둘은 조금씩 난간 쪽으로 밀려갔다.

"아프면 같이 선생님에게 가 볼까?"

디본은 한쪽 손을 상대의 팔에 얹었다.

"안 그래도 돼, 금방 끝날 거니까."

"아. 약 챙겨 왔어?"

상대는 다시 한번 디본을 물끄러미 쳐다봤다. 디본은 그 눈길이 왠지 부담스러웠다.

"야. 너는 사는 게 좋아?"

"응? 글쎄. 그런 건 피크닉 끝난 다음에 생각해 보기로 했어."

"좋겠다, 너는. 그런데 예전부터 궁금했는데, 너는 그게 언제까지 통할 것 같았어?"

"뭐가?"

디본은 문득 상대가 자신의 팔을 잡은 걸 알아차렸다. 그리고 어쩐지 자신을 난간 쪽으로 끌어당기는 것 같았다.

"그쪽으로 가면 안 돼. 난간이 있어서 위험해."

"다행이네.. 여기서 너를 만나서. 나 하나만 끝나면 되는 줄 알았는데, 그게 아니었어. 네가 있었어."

"왜 이래. 그만 잡아당겨. 위험하다니까?"

"너 내 이름 모르지?"

디본이 순간 할 말을 잃고 멈칫하는 사이에 상대가 디본의 몸을 확 끌어당기더니 난간에 밀어붙였다.

"거기! 난간에서 물러서!"

어디선가 고함 소리가 들렸다. 그러나 디본은 난간에 몸이 눌려 움직일 수 없었다. 믿기지 않았다. 분명 상대는 자신을 난간 쪽으로 밀어붙이고 있었다. 왜? 잠깐, 둘은 눈이 마주쳤다. 디본은 상대의 눈 속에 있는 것이 무엇인지 종잡을 수 없었다. 단지 그 속에 아주 무서운 것이, 허벅지에 올라왔던 손보다 더 징그럽고 끔찍한 것이, 아니 그것보다 더 시퍼렇고 어두운 것이, 지금까지 한 번도 겪어 보지 못한 어떤 것이 있다는 것만을 알 수 있었다.

갑자기 그 아이의 눈빛이 싸늘하게 식더니 한발 물러서 디본의 몸을 놓고는 난간에 다가가 팔을 걸치고 몸을 띄웠다. 그리고 어렵지 않게 한쪽 다리를 난간 위로 걸쳐 올렸다. 그건 누가 봐도 난간을 넘으려는 동작이었다. 디본은 놀라서 아무것도 할 수 없었다. 그 아이는 몸을 넘기기 전에 마지막으로 디본을 돌아보고 말했다.

"잘 있어라. 나쁜 년아."

그 아이가 몸의 중심을 넘기려는 순간 어디서 나타났는지 경비대원이 뛰어오르며 그 아이의 뒷덜미를 잡아챘다. 아이는 큰 소리를 내며 등부터 바닥으로 떨어졌다. 경비대원은 쓰러진 아이의 몸 위에 올라타더니 익숙한 동작으로 두 팔을 뒤로 꺾어서 묶었다. 그러고는 몸부림을 치며 악을 쓰는 아이를 일으켜 세운 다음 어디론가 데려갔다.

"무슨 일이야?"

"방금 쟤 뛰어내리려고 했어."

주위에서 웅성거렸지만 디본의 귀에는 그 말들이 제대로 들어오지 않았다. 방금 전에 있었던 일들이 믿기지 않았다. 걔가 뭘 하려고 그랬던 거지? 걔가 왜 그랬지? 걔가 나한테 왜 그랬지? 걔가 나한테 무슨 말을 했지? 걔가, 이름이 뭐였지? 아무것도 제대로 생각나지 않았다.

아란은 디본이 테니스부 애와 함께 사라진 쪽을 쳐다봤다. 뭔가 소동이 일어난 것 같았지만 사람들에 가려 무슨 일인지는 알 수 없었다. 그래도 가 볼까. 아무래도 디본이 옆에 없는 게 신경이 쓰였다. 아란이 아이들을 헤치고 몇 걸음 옮기는데 인솔 교사의 목소리가 들렸다.

"지금부터 무슨 일이 있어도 당황하지 말고 그 자리에 그대로 대기해. 알겠지? 아무 일도 없을 거니까 당황하지 말고."

조금 떨어진 곳에서 그 소리를 들은 요제는 가슴이 두근거렸다. 이제부터 일어나려는 일이 무엇인지 알 것만 같았다. 아무도 말해 주지 않았지만 나는 알고 있어. 여기에는 그것들이 있어. 왜냐하면 그럴 수밖에 없으니까. 여기는 그것들의 도시이고 이곳은 그것들의 성채이니까. 요제는 두 손을 마주 잡고 눈을 부릅떴다. 이제 곧 세계의 진실이 드러날 것이다. 요제는 그걸 두 눈에 새겨 두고 싶었다.

통로 중잉에 사람이 놀리면서 더 이상 걸음을 뗄 수 없을 지경이 되었다. 아란은 고개를 돌리다가 가까이 있는 남자애와 눈이 마주쳤다. 검은 비니를 쓴 사납게 생긴 남자애였다. 남자애는 아란을 노려보고 있었다. 내가 발이라도 밟았나. 그 자리를 벗어나 다른 곳으로 가고 싶었지만 사람이 붐벼 몸을 움직이기 어려웠다. 남자애의 눈 때문에 아란은 왠지 불편하고 겁이 났다.

그 순간 무거운 기계음이 들렸다.

"어. 저기 봐."

아이들이 가리키는 쪽을 보니 유틸리티 구역 쪽에 있던, 이 제까지 그냥 벽인 줄로만 알았던 문이 열리고 있었다. 그리고 열린 문 안쪽에서 거대한 회색 그림자가 걸어 나왔다. 그것이 무엇인지 알아보기도 전에 곳곳에서 비명이 터져 나왔다.

아찰이었다. 그것도 하나가 아니었다. 둘, 셋, 넷……. 아찰의 수는 계속 늘어났다.

"조용히! 조용히 해! 그 자리에 그대로 있어!"

하지만 교사의 말은 소용이 없었다. 비명 때문에 다른 소

리는 들리지 않았다. 도망가려는 아이도 있었다. 하하하. 어디
선가 웃음소리가 들려서 돌아보니 히에가 사람들에 떠밀리며
웃고 있었다.

"괜찮아! 움직이지 마! 아무 일도 없을 거니까 그 자리에서
가만히 대기해!"

그러나 아이들은 통로로 쏟아져 나오는 아찰들을 피해 점
점 난간 쪽으로 밀려나고 있었다. 비명과 고함이 여기서기서
들렸다.

"밀지 마!"

"그대로 가만 있어!"

어디선가 확성기 소리가 들렸다.

"아찰은 최대한 피라미드 벽면에 붙어서 대기해라."

아찰들이 지시에 따라 움직이자 혼란은 더욱 심해졌다. 게
다가 문에서는 아찰들이 계속 쏟아져 나왔다.

아란은 사람들에 떠밀려 난간까지 밀려났다. 고개를 돌려
보니 비니를 쓴 남자애가 자기 바로 옆에 와 있었다. 그 남자
애는 아란을 계속 노려보고 있었다. 아란은 순간 소름이 끼쳤
다. 피하고 싶지만 피할 데가 없었다.

이투는 드디어 아란 앞에 도달했다. 역시 그 애가 맞았다.
작년 겨울의 어느 날 저녁 이투는 아란을 본 적이 있었다. 아
찰의 거리 근처였다. 처음에는 미친 사람인 줄 알았지. 그때

이 애는 혼자서 큰 소리로 욕을 하며 길을 걷고 있었으니까. 그러다 아찰의 거리로 들어갔어. 그 모습을 보며 이투는 다시 한번 그 말을 떠올렸었다. 우리는 모두 언젠가 아찰이 될 거야. 그때 너는 이미 아찰이었어. 그러는 나는? 우리는 이미 아찰이 됐는지도 몰라. 미친 듯이 욕을 내지르던 너도. 끔찍한 생각을 하고 있는 나도. 그렇다면, 지금, 인간의 모습인 채 끝장나는 게 나은 거 아닐까. 간단한 일이었다. 정말이지 간단한 일이었다. 이렇게 일이 쉽게 풀릴 줄 몰랐다. 그저 같이 넘어지기만 하면 돼. 목에 손을 얹으면 돼. 나머지는 다른 사람들이, 몸으로 짓누르면서, 알아서 해결해 줄 거야.

아란은 사람들에 밀려 뒷걸음치다 뭔가에 발이 걸려 휘청였다. 그러나 난간에 부딪치며 완전히 넘어지지는 않고 반쯤 쪼그린 자세가 돼 버렸다. 어떻게든 일어나려고 하는데 뭔가가 목에 와서 닿았다. 검은 비니를 쓴 남자애의 손이었다. 그 손이 목을 짓누르는 것 같았다.

이투는 자신의 손 아래를 내려다보았다. 여자애의 목은 가늘었다. 그에 비해 자신의 손은 크고 두꺼웠다. 그놈처럼 크고 두꺼운 손. 여자애의 얼굴빛이 창백해지면서 눈가에 눈물이 맺히는 것이 보였다. 마치 수라가 되던 날의 놈처럼. 머릿속으로 온갖 소리들이 윙윙거리며 지나갔다. 우리 친구 이투는 머리가 아파요. 너 같은 새끼는 왜 태어난 거야. 아찰이 되다만 새끼. 너 이 새끼 눈빛이 건방져. 다 찢어 죽여 버릴 거야. 니가 그걸 알아서 뭐 하게. 니가 돈만 준다면 뭐든지 한다는 개니. 그것들이 거기 있다니까. 불타고 있다고. 어차피 우리는 다 아찰이 되게 돼 있어. 그 순간 이투의 귀에 어떤 목소리가 또렷하게 들려왔다.

사람으로 살려는 동안에는 우리는 사람이야.

아란은 갑자기 숨 쉬기가 편해지는 걸, 이윽고 자신의 몸이 끌어올려지는 걸 느꼈다. 숨을 돌리고 눈을 떠 보니 바로 앞에 검은 비니의 남자애의 잔뜩 일그러진 얼굴이 있었다. 아란은 얼른 숨을 삼키고 고개를 돌린 뒤 그 자리를 피하려고 했다. 그러나 그럴 수 없었다. 주위에는 아찰과 사람들이 뒤섞여 있었다. 그 속에서 남자애는 거의 아란을 껴안을 것 같은 자세로, 난간을 꽉 쥔 채 등 뒤의 아찰을 밀어내고 있었다. 남자애는 거친 숨을 내뿜고 있었고 아란은 자신이 그 남자애가 온 힘을 모아 만들어 낸 작은 공간 속에 있다는 것을 깨달았다.

디본은 무슨 일이 벌어지고 있는지 알 수 없었다. 다리가 떨렸지만, 그저 선생님이 말하는 대로 통로 중앙에 있으려고 했다. 선생님이 그러라고 말했으니까. 지금은 그렇게 하는 게 가장 모범적인 행동이니까. 이곳은 피라미드니까. 헤임의 모든 사람들이 지금 나를 보고 있으니까. 단 하나의 행동도 흐트러져서는 안 되니까.

나는 아무 잘못이 없어. 모두 개 혼자서 벌인 일이라고. 개가 혼자서 멋대로 지껄인 거라고. 나는 아무것도 잘못하지 않았어. 아무것도 잘못되지 않았어. 나는 이제까지 완벽하게 해 왔고 앞으로도 완벽하게.

눈앞에 아찰이 나타났을 때도 디본은 그 자리에서 버티려고 했다. 선생님이 그러라고 했으니까. 규칙을, 나는 단 하나도 어기지 않을 테니까. 그러나 몸이 저절로 물러서는 것은, 그러다 갑자기 다리에 기운이 빠지며 주저앉아 버리는 것은, 머릿속이 하얗게 지워지는 것은, 주저앉은 자신을 향해 아찰이 다가오는 것을 멍하니 지켜보는 것은, 곧 아찰의 발에 자신이 짓뭉개질 것을 알면서도 움직일 수 없는 것은, 어쩔 수 없는 일이었다. 그 순간.

"멈춰!"

높은 목소리가 공기를 찢었다. 그러자 근처의 아찰들이 움직임을 멈췄고 그 틈에 누군가 디본을 일으켜 세워서 한쪽으로 데려갔다. 디본은 소리가 났던 쪽을 쳐다봤다. 작은 남자애가 마스크를 고쳐 쓰며 자신을 보고 있었다.

"모든 아찰은 피라미드의 유리면을 기어 올라가며 먼지를 닦는다. 실시."

경비대원이 확성기로 지시를 내리면서 지나갔다.

아찰들은 피라미드 벽면에 몸을 붙인 채 먼지를 닦으며 기어오르기 시작했다. 아찰들이 온몸으로 문지르고 간 자리의 유리면은 다시 투명해졌다. 아이들은 방금의 혼란과 소동은 잊고 그 모습을 멍하니 쳐다봤다.

"학생들은 모두 대피소로 이동! 지금부터 신호가 있을 때까지 대피소에서 휴식하며 대기해! 주위에 혹시 다친 사람 없는지 확인해 보고. 꾸물거리지 말고 다들 이동해!"

인솔 교사가 외치면서 지나갔다.

아란이 뭔가 말하기도 전에 이투는 몸을 돌려서 어딘가로 사라졌다. 잠시 뒤에 카렐이 아란에게 다가왔다.

"괜찮아?"

"응. 큰일날 뻔했는데 이제 괜찮아."

"아까 그 자식…… 너한테 뭔가 하지 않았어?"

카렐은 사람들 틈으로 얼핏 봤던 아란과 이투의 모습을 떠올렸다. 잔뜩 일그러진 이투의 얼굴과 고통스러운 표정으로 서서히 가라앉던 아란의 모습을. 그 자식은 뭘 하려던 거였을까.

"무슨 말이야?"

"……아냐."

카렐은 입을 다물었다. 입 밖으로 꺼내기에는 자신의 생각이 너무나 끔찍했다.

아란은 디본을 찾았다. 디본의 눈에는 초점이 없었다.

"너 괜찮니?"

디본은 대답하지 않았다. 어디선가 이상한 냄새가 나는 것 같았다. 아찰이 남긴 냄새일까. 아란은 혹시나 싶어 디본에게서 조금 떨어져 봤다. 그제서야 이유를 알 수 있었다. 디본의 바지가 젖어 있었다. 피도 물도 아니었다. 아란은 얼른 재킷을 벗어 디본의 허리에 둘렀다.

"화장실에 가자."

디본은 아란이 이끄는 대로 맥없이 따라왔다. 화장실에는 다행히도 빈칸이 있었다. 아란은 디본과 함께 화장실 칸 안에 들어가서 작은 목소리로 물었다.

"여분 옷 있어?"

디본은 고개를 저었다.

"그럼 벗어. 내가 빨아 줄게."

디본은 움직이지 않았다. 뭘 어떻게 해야 할지 모르는 것 같았다. 평소 영리하고 당당하던 종평 1등의 그 아이라고는 믿기 어려운 모습이었다.

"얼른 벗어. 속옷까지 다. 그걸 입고 있을 수는 없잖아. 피크닉 계속 안 할 거야? 이대로 끝낼 거야? 나랑 끝까지 같이 안 갈 거야?"

그제서야 디본은 천천히 움직이기 시작했다. 좁은 화장실 칸 안에서 디본이 바지와 속옷을 벗는 동안 아란은 눈을 돌린 채 한쪽으로 몸을 피했다.

아란이 나간 뒤 디본은 반쯤 벌거벗은 채 서 있었다. 세상이 무너진 것 같았다. 아무 생각도 나지 않았다. 잠시 뒤에 노크 소리가 들렸다.

"나야. 아란."

디본이 문을 열자 아란은 열린 문틈으로 따뜻한 물에 적신 수건을 내밀었다.

"그걸로 우선 닦아."

디본은 수건을 받아서 들고 있다가 천천히 몸을 닦기 시작했다. 엉덩이와 다리에 따뜻한 수건이 닿자 어떤 감촉과 목소리가 떠올랐다. 아주 오래된 기억 속에 있는 감촉과 목소리였다. 우리 예쁜 아기. 사랑해요. 아르신. 그러자 제정신이 돌아오면서 감정의 둑이 터졌다. 갑자기 터져 나온 울음은 그칠 줄 몰랐다. 소리가 새어 나오지 않도록 디본은 입을 다물고 이를 악물었다. 폭풍과도 같은 그것이 지나갔을 때 디본은 한숨을 크게 한 번 쉬고 수건 모서리로 눈물을 닦아 냈다. 잠시 뒤 다시 한번 노크 소리가 들렸다.

"이걸로 한 번 더 닦아."

"응."

아란이 내민 손에 수건을 들려 주는 디본의 목소리는, 울음이 조금 남아 있었지만 평소의 침착한 목소리로 돌아와 있었다.

수건을 건네받은 아란은 다시 세면대 앞으로 돌아왔다. 세면대 안에는 디본의 체육복 하의와 속옷이 있었다. 모두 아란은 한 번도 가져 보지 못한 고급 브랜드였다. 세제나 비누는 없지만 두 번이나 문지르고 헹궜으니 냄새는 나지 않겠지. 이제 한 번만 더 헹구고 물기를 잘 짜서 디본에게 전해 주면 된다. 젖은 채지만 기능성 의류일 테니 시간이 지나면 체온으로 마르겠지. 마르는 동안에는 어쩔 수 없이 춥겠지만 디본은 튼튼하니까 체온도 많이 떨어지지 않을 거야.

하지만 이걸 못 받게 된다면.

아란이 손을 멈추는 것과 함께 찰박이는 소리도 멈췄다. 수도꼭지에서 물이 쏟아지는 소리만 계속됐다. 그 소리가 몇 초쯤 이어졌다. 그동안 아란의 머릿속에는 디본의 옷을 들고 화장실을 빠져나가는, 그 옷들을 난간 너머로 던지는, 피라미드의 꼭대기에 도착한, 마침내 종평 1등이 된 자신의 모습이 그려졌다. 아란은 문득 깨달았다. 인생을 건 선택이 눈앞에 있다. 지금까지의 인생은 물론 앞으로의 인생 전부를 건. 아란은 손에 쥔 디본의 옷을 내려다봤다.

얼마나 오래 손을 쉬고 있었던 걸까.

아란은 큰 한숨을 쉬고 몸을 한 번 부르르 떤 뒤 다시 손을 움직였다. 그리고 마지막으로 물기를 털어 낸 바지와 속옷을 화장실 문틈으로 디본에게 전해 줬다.

잠시 뒤에 디본이 젖은 바지를 입고 나왔다.

"짜느라고 짰는데 물기가 아직 남았어."

"고마워. 정말로."

디본은 작은 목소리로 말했다.

"그런데 얼굴도 한번…… 좀……."

아란의 말에 디본은 거울에 얼굴을 비춰 봤다.

"화장이 엉망으로 번졌네, 정말. 다 씻는 게 낫겠어."

세수를 하고 수건으로 얼굴을 닦고 난 디본의 얼굴은 아침과도, 평소와도 조금 달라 보였다. 그러고 보니 음료수를 권한 날도 이런 얼굴이었던가. 고단하고 지친, 텅 비어서 투명한, 붙잡아 줘야 할 것 같은 사람의 얼굴. 그 얼굴로 디본은 아란에게 조금 웃어 보였다.

대피소는 방금 아찰들이 나왔던 문 안쪽이었다. 그곳에 30명쯤 되는 아이들이 몇 명씩 짝을 지어 모여 있었다. 들어온 쪽 맞은편에 다른 문이 있는 것 말고 대피소 안은 가구도 시설도 없고 조명도 어두웠다. 무엇보다 냄새가 났다. 아찰라의 하수구에서 나는 냄새였다.

디본은 아란과 함께 한쪽에 자리를 잡았다. 기침 소리가 크게 울려서 쳐다보니 작고 마른 남자애가 구석에 서서 기침을 하고 있었다. 이름이 뭐였더라. 문득 아까 아찰이 나타났을 때의 일이 어렴풋이 떠올랐다. 아찰이 갑자기 멈추지 않았더라면 정말로 큰일이 났을지도 몰랐다. 그런데 정말 저 애 때문에 아찰이 멈췄던 걸까? 그 목소리를 낸 게 정말 저 애였을까? 그럴지도 모르지. 아닐지도 모르고. 중요한 건 내가 그때 아무것도 할 수 없었다는 거지. 게다가 최악의 모습을 보이고 말았어. 고작 아찰 때문에. 이제 모두 나를 손가락질하겠지. 그런 것도 조절하지 못하는 한심한 사람이라고 비웃겠지. 완벽한 모습. 종평 1등. 그런 게 이제 와서 무슨 소용이 있어. 내가 지금 있는 곳이 바닥인데.

아란은 방금 전에 화장실에서 있었던 일들을 떠올렸다. 내가 했던 일들은 옳았다. 곤경에 빠진 친구를 도왔다. 하지만 그때 내 마음도 그랬을까. 그게 내 진심이었을까. 나는 사실 디본을 아래로 밀어 버리고 싶었던 건 아니었을까. 내가 옷을 감추거나 버렸으면……. 아까 카렐에 대해 했던 생각들은 어땠지. 그 애를 두고 갈 생각을 했어. 디본이 함께 가자고 하지 않았으면 분명 히에와 함께 남겨 두고 갔겠지. 하지만 그게 틀린 생각이었을까.

네즈는 마스크를 쓴 채 간간이 기침을 했다. 목이 아팠다. 그동안 오래 목을 쓰지 않았으니까. 급하게 뛰어오느라 답답해서 마스크를 안 쓰고 있었지. 그래서 먼지를 너무 많이 마셔야 했는데, 가까스로 도착해 보니 디본이 아찰에 떠밀려 넘어지고 있었지. 달리 생각할 틈이 없었어. 숨이 차고 목이 아팠지만 소리를 질러야 했어. 정말 아찰이 멈출지는 몰랐지만. 그래도 해야 했어. 그럴 만한 가치가 있는 일이었지. 디본을 구했으니까. 그런데, 내가 왜 그랬던 거지? 나를 무시했던 애를, 피크닉만 끝나면 떠날 애를 내가 뭐 하러.

카렐은 아까 봤던 모습을 떠올렸다. 검은 비니를 쓴 그놈은 아란에게 무슨 짓을 하려고 했던 걸까. 아란은 괴로워하고 있었고 그놈은……. 카렐은 그 이상은 생각할 수 없었다. 뭔가가 생각을 막고 있는 것 같았다. 카렐은 벽에 기대 앉은 채무릎 사이에 고개를 묻었다. 눈은 감지 않았다. 대신 다리 사이에 좁게 드리운 어둠을 내려다봤다. 그 좁은 틈의 어둠 속에서도 허공은 한없이 깊다고 생각하면서.

요제는 이 모든 일이 자신 때문인 것 같았다. 이곳에 아찰이 있다고 모든 사람에게 미리 알렸더라면 아까 같은 일이 생겼을 때 모두들 침착하게 대처했을 것이었다. 나는 그들에게 외쳐야 했다. 피라미드에 아찰이 살고 있다고. 여기가 바로 아찰의 집이라고. 왜냐하면 이곳은 아찰의 도시 아찰란이고 아찰란의 중심에는 피라미드가 있기 때문이라고. 우리는 아찰이 우리의 집으로부터 나와 아찰의 거리로 가는 건 알지만 그로부터 어디로 향하는지는 알지 못하지 않느냐고. 헤임의 피라미드가 늘 반짝이는 건 아찰이 먼지를 닦기 때문이라고. 내가 이렇게 말하면 그들은 학교에서 배운 대로 내게 말했을 것이다. 피라미드가 깨끗한 건 송풍 환기 시스템 때문이고 아찰은 노동 연한이 끝나면 자연 수명이 끝난 뒤 매장된다고. 하지만 아찰의 무덤이 어디인지는 아무도 알지 못한다. 나는 그것도 안다. 피라미드야말로 아찰의 무덤이다. 아무도 내 말을 믿지 않았겠지만 나는 이 말을 해야 했다. 그랬다면 누군가는 적어도 한순간만은 그런 가능성을 생각해 보게 됐을 것이고 마침내 우리가 살고 있는 세계의 진실에 눈을 떴을 것이다.

이투는 자신이 하려 했던 일과 자신이 했던 일을 생각했다. 그리고 관리인의 목소리를 생각했다. 그 목소리가 너무 또렷해서 정말 관리인이 옆에 있는 것 같았다. 그가 옆에서 보고 있는 것 같았고, 왠지 무서웠고, 부끄러웠고, 화가 났고, 그래서 난간을 꽉 잡고 있었던 것을 생각했다. 이투는 머리를, 이마를, 뿔을 움켜쥐었다.

히에는 문에 기대 창밖을 보며 바람 소리를 듣고 있었다. 그런 히에의 모습을 누군가 한구석에서 골똘히 쳐다봤다.

대피소의 창문에 먼지가 쌓이는 동안 아무도 아무 말도 하지 않았다.

발신기에 출발 표시가 나타나며 다시 타이머가 돌아가기 시작했다. 누군가 이제 나오라고 말하면서 문을 두드리고 지나갔다. 문을 열고 나와 보니 바람은 잔잔해지고 다시 행렬이 움직이고 있었다. 다만 공기가 꽤 차가워져 있었다. 디본은 몸을 조금 떨었다.

통로에는 아직도 아찰이 있었지만 처음보다는 숫자도 적고 질서 있게 움직이고 있었다. 아이들도 아까만큼 동요하지 않았다.

아란은 아찰을 보며 파보를 떠올렸다. 파보가 아직도 파란 목도리를 하고 있지는 않을 것 같았지만 혹시 파란 목도리를 한 아찰은 없을까 주위를 두리번거리며 찾아보기도 했다. 파보는 아찰이 될 때까지 계속 염색 공장에서 일했다. 그리고 그렇게 번 돈으로 아란을 학교에 보내고 공부를 가르쳤다. 그의 삶에 다른 건 아무것도 없었다. 파보의 인생은 결국 뭐였던 걸까. 평생 가족을 위해 희생하다가 결국 아찰이 되고 마는 삶이라니. 그리고 지금은 엄마가 그런 삶을 살고 있다. 엄마는 내게 자기처럼은 살지 말라고 했다. 하지만 다른 식으로 어떻게 살라고는 말해 주지 않았다. 왜냐하면 엄마도 모르니까.

엄마는 내게 늘 공부를 열심히 해야 한다고 말했다. 왜? 그래야 헤임에 갈 수 있으니까. 왜 헤임에 가야 돼? 그래야 잘사니까. 왜 잘살아야 해? 그래야 먼지가 없는 깨끗한 공기를 마시니까. 그리고 엄마는 덧붙였다. 헤임에는 아찰이 없어. 그리고 헤임 사람들은 아찰이 안 된대. 그러면 헤임에 가지 않으면 모두 아찰이 되는 거야? 그런 사람도 있고 안 그런 사람도 있어. 하지만 엄마. 아찰이 되지 않는 사람들의 삶이 아찰과 뭐가 달라? 결국 헤임에 들어가는 애들은 극소수잖아. 아찰라에 남는 나머지 애들도 언젠가 아찰이 될지도 모르는데 왜 부모들은, 또 우리는 이렇게 살아야 해? 왜 우리는 종평에 목숨을 걸고 살아야 돼? 선생님과 경비대원이 지키고 서서 난간 가까이 가지 말라고 하는 이유를 우리는 다 알고 있어. 피크닉에서 사라지는 애들이 있다는 소문의 정체도 우리는 알고 있어. 매년 여기서 뛰어내리는 애들이 있어서잖아. 그 애들은 피라미드 꼭대기에 오를 수도 없고 아찰이 될 수도 없어서 그랬던 거잖아. 다른 식으로 살면 안 되는 거야? 헤임에 가지 않고 아찰이 되지 않고 피라미드에서 뛰어내리지 않고 살 방법은 없는 거야?

답답해서 고개를 드는 순간 얼굴에 차가운 것이 와서 닿았다.

"아."

만져 보니 차갑고 촉촉했다. 하늘을 올려다보니 먼지 같은, 그러나 먼지보다는 큰 뭔가가 날아오고 있었다.

눈이었다.

곳곳에 아이들이 멈춰 서서 하늘을 보고 있었다.

"멈추지 말고 계속 가. 괜찮아. 금방 그칠 거야."

인솔 교사가 큰 소리로 외치면서 지나갔다.

그러나 교사의 말과는 달리 눈은 그치지 않았다. 문득 카렐은 춥지 않을지 마음이 쓰였다. 식사도 제대로 못 했을 텐데. 고개를 돌려 보니 카렐은 입을 굳게 다문 채 천천히 걸음을 옮길 뿐이었다. 그 옆을 히에가 따라오고 있었다.

눈은 점점 굵어졌다. 처음 진눈깨비였던 것이 제법 눈송이가 커졌다. 그러면서 천둥소리도 점차 가까워지고 있었다. 이대로 계속 내리면 제법 쌓일 것 같았다. 피크닉에 눈이라니. 이런 일은 들어 본 적 없었다. 교사들도 당황스럽지 않을까. 아까부터 교사들도, 경비대원들도 부산하게 움직이고 있었다.

아란은 난간 너머를 바라봤다. 항상 봐 왔던 뿌연 먼지 색 대신 밝은 잿빛이 하늘을 덮어 가고 있었다. 먼지에 익숙해서인지 잿빛 하늘이 오히려 창백해 보였다. 그러는 동안 눈송이는 점점 굵어졌다.

눈 속에 아찰과 아이들이 뒤엉켜 보였다. 흐릿한 눈발 속에서 아찰과 아이들은 꼭 어른과 아이처럼 보였다. 어른들이 눈을 치우며 길을 닦고 아이들이 그 길을 지나가고 있었다. 아찰들이 가까이에 있는데도 거기에 신경 쓰는 사람은 없었다.

이제 익숙해서인 것도 같았고 또 눈 때문에 기분이 들떠서인 것도 같았다. 아이들은 아찰들 사이를 천천히 걸었다.

그러다 한 아찰이 움직임을 멈추고 천천히 몸을 돌리며 누군가의 모습을 눈으로 좇는 것을, 그리고 몸을 떠는 것을 아무도 보지 못했다.

대열은 5층으로 올라가는 계단 아래서 멈췄다. 앉아 있는 동안에도 눈은 계속 내렸다. 아무리 털어 내도 머리와 어깨에 눈이 쌓이고 있었다. 아찰들이 부지런히 치웠지만 눈은 피라미드에도, 길에도 계속 쌓였다. 사방이 온통 흰색이었다. 그러고 있으니 여기가 아찰라 한복판의 피라미드가 아니라 어딘가 아주 먼 곳처럼 느껴졌다.

아란은 물통을 꺼냈다. 물은 차가웠지만 그래도 조금 마셨고 간식도 꺼내서 먹었다. 아란은 카렐에게도 물과 간식을 나눠 줬다. 조금 떨어져 앉은 히에는 여전히 아무 말이 없었다. 아란은 벽에 등을 기대고 풍경을 바라봤다.

"이렇게 눈이 많이 오는 거 처음인 것 같아. 그렇지 않아?"

아란이 디본에게 말했다. 디본은 고개를 조금 끄덕였다.

"지금은 눈 때문에 안 보이지만, 눈이 안 왔으면 먼지 때문에 저 밑이 안 보였을 거야. 이러고 있으니, 꼭 여기가 세상의 끝 같아."

그래서 매년 여기서 뛰어내리는 애들이 있는 거야. 먼지 때문에 제대로 보이지 않는 저 밑으로, 45도의 경사면을 고통스럽게 굴러 내려가서 끝내⋯⋯. 아란은 잠시 눈을 감고 심호흡을 했다. 차가운 공기가 폐를 찔렀다.

　"만년설이라는 말 들어 봤어?"

　디본이 입을 열었다.

　"그게 뭐야? 설마 만년 동안 내리는 눈?"

　"영원히 녹지 않는 눈이야. 그보다는 녹는 눈보다 내리는 눈이 많아서 1년 내내 눈이 쌓여 있는 걸 말한대. 세상 어딘가에는 아직 그런 데가 있대."

　"그게 어딘데?"

　"나도 잘 몰라. 저 밖의 어딘가겠지."

　저 밖의 어딘가.

　순간 가까운 곳에서 천둥이 쳤다.

　큰 소리에 놀라 아란은 자기도 모르게 비명을 질렀다. 잠깐이지만 몸에 전기가 통하는 느낌도 들었다.

　"괜찮아?"

　카렐이 물었다.

　"응. 괜찮아."

　잠시 뒤 곳곳에서 발신기가 꺼졌다며 웅성대는 소리가 들렸다. 아란의 것도, 디본의 것도 마찬가지였다.

보청기에서 갑자기 큰 소리가 나는 바람에 이투는 얼른 보청기를 빼 주머니에 집어넣었다. 그러자 곧 아무 의미 없는 잡음이 귓속에서 윙윙거리기 시작했다. 그건 욕하는 소리, 때리는 소리, 부서지고 깨지는 소리처럼 들렸다. 이투는 몸을 웅크리고 손으로 귀를 막았다. 나는 여기서 뭘 하고 있는 거지. 이제 다 끝났는데. 아까 거기서 실패했을 때, 그때 다 끝난 거야. 그런데 왜 나는 이걸 계속 가고 있는 거지. 왜냐하면 돌아갈 데가 없으니까. 세상에 내가 있을 데란 없으니까. 아무도 나를 기다리지 않으니까. 아무도 내가 돌아오기를 바라지 않으니까. 그렇다면 여기가 끝이지.

그때 누군가 이투의 발 앞에 와서 섰다. 이투는 고개를 들었다. 요제였다. 요제가 뭐라 말했지만 이투에게는 들리지 않았다. 요제는 가방에서 뭔가 꺼내더니 이투에게 내밀었다.

"이거. 가방을 찾아 준 답례로."

이투의 시선이 요제가 내민 빵에서 손으로, 그리고 눈에 이르렀다. 누군가를 닮은 것 같은 눈이었다. 이투는 요제의 눈을 한참 동안 쳐다봤다. 요제는 눈을 돌리지도, 빵을 내민 손을 거두지도 않고 그대로 서 있었다. 요제는 이투가 또 자신에게 화를 내며 욕을 할까 봐 무서웠지만 이건 꼭 해야 하는 일이라는 생각이 들어서 그 자리에서 움직이지 않았다. 이투는 다시 빵을 쳐다봤다. 하루 종일 아무것도 먹지도 마시지도 못한 터라 저절로 침이 삼켜졌다. 목소리는 듣지 못했지만 여자애가 왜 주는지도 알 것 같았다. 손을 내밀어 빵을 받고 싶었다. 그러나 그럴 수 없었다. 자신에게는 그럴 자격이 없는 것 같았다.

이투는 자리에서 일어났다.

"비켜"

보청기가 없는 탓에 이투의 목소리는 평소보다 더 크고 거칠게 튀어나왔다. 이투는 몸이 굳어 버린 요제를 지나쳐 걷기 시작했다. 추위 때문인지 몸이 심하게 떨렸다. 이투는 자기도 모르게 주먹을 꼭 쥐었다.

카렐은 이투가 비틀거리며 걸어오는 것을 보고 몸을 일으켰다. 이투는 벽에 기대앉아 쉬고 있던 아란과 디본 앞에서 잠시 걸음을 멈췄다. 주먹을 꼭 쥔 채. 아란은 이투를 올려다봤다.

"아. 너는 아까……."

아란의 말이 끝나기도 전에 카렐이 다가와 이투의 앞을 가로막고 멱살을 잡았다.

"너 뭐야? 너 아까 무슨 짓 했어?"

카렐이 말했다. 그러나 이투에게는 들리지 않았다. 이투도 카렐의 멱살을 맞잡았다. 카렐은 자신이 왜 그러는지도 모르면서 이투를 난간 쪽으로 밀어붙였다.

"너 왜 그래?"

아란이 말했다.

둘은 난간까지 밀려갔는데도 서로 손을 풀지 않았다. 이투는 어깨 너머로 눈을 돌려서 밑을 내려다봤다. 눈발 속에서 사라져 가는 피라미드의 비스듬한 경사를. 그리고 카렐도 그것을 보았다. 둘은 서로의 눈을 봤다. 그리고 상대가 무슨 생각을 하는지 알았다.

"너 왜 그래. 이거 빨리 놔!"

아란이 달려와 둘 사이를 떼 놓으려 했지만 역부족이었다.

"너희들 뭐야. 거기 위험하니까 빨리 떨어져."

경비대원이 다가왔다.

그때 조금 떨어진 곳에서 또 다른 소동이 일어나고 있었다.

"거기 서!"

아찰 하나가 통로 한가운데를 걸어 이쪽을 향해 다가오고 있었다.

"명령한다. 거기 서!"

경비대원의 명령에도 아찰은 걸음을 멈추지 않았다.

"상황 발생. 상황 발생. 진압을 시작한다. 실시!"

경비대원들이 진압봉을 꺼내 들더니 문제의 아찰을 향해 달렸다.

"너희들 저리로 가 있어."

이투와 카렐을 말리던 경비대원도 진압봉을 꺼내 들더니 뛰기 시작했다. 그의 표정이 잔뜩 긴장해 있었다.

첫 번째 진압봉이 아찰의 어깨에 꽂혔다. 그래도 아찰은 멈추지 않았다. 경비대원들은 아찰의 어깨, 머리, 옆구리, 무릎 뒤, 정강이를 향해 진압봉을 사정없이 휘둘렀다. 어떤 경비대원은 사슬 같은 장비를 아찰의 몸에 걸어서 벽에 고정시키기도 했다. 마침내 아찰은 쓰러졌다.

"저리 가! 고개 돌려! 쳐다보지 마!"

교사들이 학생들을 막아섰지만 경비대원들이 쓰러진 아찰을 향해 진압봉을 내리꽂는 걸 못 보게 할 수는 없었다.

그때까지도 이투와 카렐은 난간에서 서로의 멱살을 잡은 채 엉켜 있었다.

"너 뭐 하는 자식이야. 무슨 짓 하려고 했어!"

카렐이 외쳤다.

"비켜! 죽고 싶어?"

이투는 카렐을 뿌리치려 했으나 카렐의 손이 이투의 목덜미를 더욱 파고들었다. 이투가 참지 못하고 주먹을 내지르려는 순간.

끼야아아악.

괴성이 아찰라의 공기를 찢으며 순식간에 주위로 퍼져 나갔다. 모든 사람과 모든 아찰이 고개를 들어서 소리가 난 쪽으로 고개를 돌렸다. 그러나 그들은 소리의 출처를 확인하기도 전에 이미 알았다. 그 소리를 낸 것이 사람이 아니라는 것을. 그렇다고 아찰도 아니라는 것을. 그 소리가 분노와 고통으로 가득 차 있다는 것을.

곧이어 뭔가 끊어지는 소리와 함께 경비대원의 몸이 날아가더니 피라미드의 벽면에 큰 소리를 내면서 부딪혔다가 미끄러져 내려왔다. 어디선가 경보가 울렸다. 그와 동시에 아이들의 손목에 채워진 발신기 화면이 붉게 변하며 큰 소리를 내기 시작했다.

"뭐야? 무슨 일이야?"

누군가 비명을 지르며 뛰기 시작했다. 아이들은 무슨 일이 일어나는지도 모르면서, 어디로 가야 하는지도 모르면서 달리기 시작했다. 아찰들은 하던 일을 멈추고 그 자리에 가만히 서 있었다. 안 그래도 복잡한 통로가 아찰과 사람들로 뒤엉켰다.

손을 푼 카렐도, 풀려난 이투도 잠시 그 자리에 멍하니 있었다. 먼저 정신을 차린 건 아란이었다.

"뛰어!"

셋은 한 방향으로 뛰기 시작했다.

"뭐 하고 있어. 너도 빨리 와!"

디본은 멍하니 있는 히에의 손을 잡아끌었다.

네즈는 어리둥절해 있었다. 무슨 일이 벌어진 거지? 한쪽으로 뛰어가는 아이들 너머로 아찰들이 하나씩 쓰러지는 것이 보였다. 그러면서 큰 소리가 점점 가까워졌다. 그리고 마침내 그것이 시야에 들어왔다. 온몸이 검붉은 털로 덮이고 이마에 긴 검은 뿔이 두 개 솟아난 아찰. 아니, 아찰이 아냐. 저건 수라야. 그리고 수라에 쫓기며 누군가의 팔을 잡고 이쪽을 향해 정신없이 뛰어오는 건 바로 디본이었다. 순간 정신이 퍼뜩 들면서 아빠에게 들었던 이야기가 떠올랐다. 아무 놈이나 수라가 되는 게 아니야. 인간이었을 때 아주 저질이었던 놈. 아주 막 살았던 놈. 그런 놈이 수라가 되는 거야. 놈들은 사람을 해쳐. 예전에 경비대원이 죽은 적도 있었어.

네즈는 자신도 모르게 통로 중앙으로 나와서 섰다. 다리가 떨렸다. 도망치는 아이들이 어깨를 치며 지나가는 바람에 네즈의 몸이 휘청였다. 디본이 지나쳐 갔지만 네즈는 돌아보지도 물러서지도 않았다.

디본은 도망치던 중에 그 작은 애가 통로 중앙에 서 있는 것을 봤다. 아찰에게 멈추라고 소리쳤던 애. 나한테 노래를 불러 줬던 애. 네즈! 이제야 이름이 생각났다. 그런데 저 애가 또. 디본은 걸음을 멈추고 네즈를 돌아봤다.

수라가 더 다가왔다. 네즈는 숨을 크게 들이마셨다.

"멈춰!"

그러나 수라는 걸음을 멈추지 않았다. 목이 갈라지는 것 같았다. 그러나 물러설 수 없었다. 네즈가 다시 한번 외치려고 숨을 크게 들이마시는 순간 갑자기 기침이 터져 나왔다. 폐를 찢는 것 같은 격렬한 기침이었다. 기침 때문에 네즈는 숨을 들이마실 수도, 몸을 펼 수도, 걸음을 옮길 수도 없었다. 그러는 동안 수라가 쿵쿵거리는 발소리를 내며 바로 앞까지 다가왔다.

순간 네즈의 몸이 확하고 한쪽으로 날았다.

잠시 뒤 네즈가 고개를 들어 보니 수라는 바닥에 쓰러진 자신을 지나쳐 멀어져 가고 있었다. 옆에는 디본이 네즈의 목덜미를 잡은 채 함께 쓰러져 있었다.

"밀지 마!!"

"앞에 빨리 좀 가라고!"

"밀지 마! 넘어져!"

"아악!"

"어떡해!"

통로는 아이들로 꽉 막혀 있었다. 그럴 리 없는데. 저쪽에는 분명히 더 갈 수 있는 공간이 있을 텐데. 사람이 한꺼번에 너무 많이 몰렸어. 제발, 앞으로 좀. 어떤 아이들은 피라미드를 기어오르려 했지만 잡을 수 있는 곳이 없어서 미끄러져 내려왔다.

카렐은 난간에 몰린 채 꼼짝달싹할 수 없었다. 어떻게든 앞으로 가고 싶었지만 사람이 많아 그럴 수 없었다.

"밀지 말라고!"

"앞으로 좀 가!"

바로 옆에 아란이 숨이 막혀 괴로워하고 있었다. 어떻게든, 아란에게 뭔가 해 줄 수 있다면, 하다못해 숨 쉴 수 있는 공간이라도 만들어 줄 수 있다면. 그러나 아무것도 할 수 없었다.

아니. 할 수 있는 것이 있었다. 카렐은 난간 쪽으로 고개를 돌렸다. 거기에 허공이 있었다. 내가 없어지기만 한다면.

통로를 메운 아이들에게서 조금 떨어진 곳에서 수라가 갑자기 걸음을 멈추더니 다시 한번 찢어질 듯한 소리를 질렀다. 그 소리에 아이들이 비명을 지르며 엉켰다. 순간 마지못해 따라오느라 무리의 제일 끝에, 수라와 가장 가까운 곳에 있던 히에가 마치 누군가 밀어낸 것처럼 앞으로 튕겨져 나오면서 바닥에 쓰러졌다. 히에가 있던 자리의 바로 뒤에는 부회장이 있었다. 그는 히에와 눈이 마주치자 얼른 얼굴을 돌렸다.

히에는 몸을 일으켰다. 수라가 다시 한번 고함을 질렀다. 고통의 울부짖음, 분노의 외침, 전투의 함성, 울음 섞인 절규. 그 모두를 합친 것. 그것은 황야에 부는 거대하고 거친 바람 소리였다.

네가 쓰러뜨려야 해. 무슨 수를 써서든.

"봐! 저기 좀 봐!"

통로에 몰린 채 도망갈 곳이 없어 패닉에 빠져 있던 아이들은 수라가 더 이상 쫓아오지 않는 이유가 궁금해 뒤를 돌아보기 시작했다. 흰옷을 입은 여자애가 수라 앞에 서 있었다.

"저거, 히에 아냐?"

자세를 잡은 히에가 수라의 배를 향해 주먹을 내질렀다. 둔탁한 소리가 났지만 수라는 꼼짝도 하지 않았다. 히에는 연거푸 주먹을 날렸다. 그러다 수라가 휘두른 팔에 몸통을 얻어맞고는 피라미드의 벽면에 처박혔다 미끄러져 떨어졌다.

"꺄악!"

아이들이 비명을 지르며 다시 물러섰다.

그러나 다음 순간 히에는 바로 일어섰다. 그렇게 세게 날아가서 부딪혔는데. 뼈가 부러지거나 정신을 잃거나 내장을 다쳤을 것 같았는데.

히에는 다시 한번 수라의 앞에 섰다. 벽에 날아가며 부딪힌 등과 다리가 아팠다. 그래도 자세를 잡고 주먹을 날렸다. 다시 한번 수라가 휘두른 팔에 맞아서 바닥을 굴렀다. 이번에는 옆구리가 아팠다. 한번 더 몸을 일으켰다. 아픈 동안에는 아무 소리도 들리지 않았다. 그래서 살아 있었다. 아플수록 더욱 살아 있었다. 이것만은 내 것이니까. 아무도 내게서 이것을 가져갈 수는 없으니까. 히에는 다시 한번 수라를 향해 몸을 날렸다. 그리고 세 번째로 나동그라졌다.

카렐은 난간에서 눈을 돌려 수라를 쳐다봤다. 그리고 히에가 몸을 일으키려 하다가 곧 주저앉는 것도 보았다. 카렐의 옆에는 아란이 있었다.

마치 모든 게 이때를 위해 준비된 것 같았다.

카렐은 아란의 손을 쥐었다. 자신을 돌아보는 아란에게 카렐은 말했다.

"동생을 부탁해."

그리고 아란이 뭐라 말하기 전에 난간 너머로 몸을 넘겨서, 난간을 잡은 채 몰려 있는 아이들을 피해 앞쪽으로 이동해서 다시 난간을 넘어와서는 수라 앞에 섰다.

카렐은 바닥에 몸을 웅크리고 앉아 수백 번, 수천 번도 더 연습한 자세를 취했다. 이것밖에 할 수 있는 게 없었다. 하지만 정말, 마치 모든 게 이때를 위해 준비된 것 같았다. 새도. 허공도. 다만, 미안해. 아란아. 미안해. 내 동생.

카렐은 달리기 시작했다.

그 어느 때보다 강하게. 그 어느 때보다 빠르게. 마지막으로. 마지막으로 단 한 번만.

카렐은 마지막 순간 발을 굴러 수라를 향해 몸을 날렸다. 그리고 그대로 난간을 향해 수라를 밀어냈다. 이대로, 이대로 계속, 저 허공까지 계속.

"으아아아아!"

카렐은 소리를 지르며 수라의 몸을 밀었다. 한 발. 한 발. 한 발. 한 발. 한 발.

그것으로 끝이었다. 수라의 몸은 더 이상 밀리지 않았다. 다음 순간 카렐의 몸이 날아서 대피소의 문에 큰 소리를 내며 부딪힌 뒤 바닥에 쓰러졌다. 잠시 뒤 카렐은 다시 일어섰다. 저 애가 할 수 있는 거라면 나도 할 수 있으니까. 카렐은 다시 한번 크라우칭스타트 자세를 취했다. 그리고 셋을 세고 다시 수라를 향해 몸을 던졌다. 그리고 잠시 뒤 다시 한번 바닥을 굴렀다.

이투는 보았다. 팔을 휘두르는 수라와 바닥에 쓰러진 두 아이를. 혹은 주먹을 휘두르는 덩치 큰 남자와 그의 발 아래 쓰러진 여자와 아이를. 몸이 떨려 왔다. 하지만 그건 이전과는 다른 떨림이었다. 끝이 아니었어. 아직 할 일이 남아 있었어.

발이 저절로 움직였다.

"비켜!"

그는 아이들의 무리를 헤치고 앞을 향해 걸어 나갔다.

"비키라고!"

이투는 수라를 향해 똑바로 걸어갔다. 마침내 아이들의 무리에서 벗어났을 때 그는 수라를 향해 무작정 달리기 시작했다.

"으아아아아아악!"

이투는 높게 뛰어서 수라의 가슴에 발차기를 날렸다. 수라의 몸이 한순간 휘청였다. 이투는 소리를 지르며 수라의 가슴과 배와 얼굴에 미친 듯이 주먹질을 퍼부었다.

"죽어! 죽어! 죽으라고!"

수라는 한 걸음씩 뒤로 물러서다 난간 끝까지 몰렸다. 수라가 휘청이며 난간에 기대자 손잡이가 큰 소리를 내며 부러져 나갔다. 이제 한 걸음만 더 가면 난간 너머로 떨어질 것 같았다.

그 순간 이투가 주먹질을 멈췄다.

"밀어!"

카렐이 신음 섞인 목소리로 외쳤다. 그러자 멀리 떨어져 있던 다른 아이들도 한 목소리로 외쳤다.

"빨리 밀어!"

"몰아붙여!"

그러나 이투는 두 주먹을 든 채 그대로 멈춰서 숨을 몰아쉬다 다시 한번 악을 썼다.

"나한테 왜 그랬어! 왜!"

수라가 한 손을 천천히 들어올렸다. 그날 그랬던 것처럼. 때리려는 듯이. 아니면,

머리를 쓰다듬으려는 듯이.

이투는 주먹을 쥔 손을 그대로 든 채 수라의 눈을 봤다. 우는 걸까, 웃는 걸까. 그날 봤던 놈의 모습이 떠올랐다. 눈물을 흘리던, 놈은 그때 무슨 생각을 했을까. 이투는 수라의 손을 피할 수 없었다. 수라가 뭘 하려는지 알 수 없어서. 정말이지, 뭘 하려는지 알고 싶어서.

그 손이 이투에게 막 닿으려는 순간 확성기 소리가 들렸다.

"모든 아찰은 이탈자를 제압하라."

그 소리에 수라의 표정이 일그러지며 다시 한번 끔찍한 소리로 울부짖더니 내리던 팔을 치켜들었다. 이투는 알 수 있었다. 남자애와 여자애에게 휘두른 것과는 다른 것이 날아온다는 것을. 이것을 피할 수 없다는 것을. 이걸 정통으로 맞았다가는 아찰도 버티지 못하리라는 것을. 이투는 자기도 모르게 숨을 들이마시며 자세를 잡았다. 대아투 1식. 순간 아저씨의 얼굴이 떠올랐다. 아저씨, 미안해요. 내가 잘못했어요.

뭔가 터지는 것과 같은 소리와 함께 다음 순간 이투의 몸이 피라미드의 벽에 가서 처박혔다. 잠시, 이투는 자신이 죽었는지 살았는지 알 수 없었다. 몇 초 동안 숨을 쉴 수 없었다. 간신히 눈을 뜨고 고개를 드니 수라가 자신을 보고 있다가 다시 한번 고함을 질렀다.

그 순간 수라의 뒤에서 나타난 아찰 둘이 수라에게 달라붙어 팔을 마구잡이로 휘두르며 때리기 시작했다. 수라의 몸이 눌리는가 싶었지만 다음 순간 날아간 건 아찰의 몸이었다. 그러나 다른 아찰들이 곧 수라에게 덤벼들었다. 그리고 아찰의 수는 점점 늘어났다.

아이들은 보았다. 그들의 검고 붉은 몸이 뒤엉키는 것을. 그들이 짐승의 소리로 울부짖으며 팔을 휘두르고 이빨을 세우고 발길질하고 물고 뜯고 할퀴고 잡아뜯고 때리고 차고 짓누르고 꺾고 침 흘리고 피 흘리는 것을. 녈과 녈이 읽히고 살과 피가 튀면서 그들 모두가 점차 검붉게 물들어 가는 것을. 그러면서 하나씩 무너지듯 주저앉는 것을.

아란의 시선이 아찰의 무리 중 하나에 박혔다. 목에 푸른색 천 쪼가리를 두른 아찰. 그 아찰이 수라의 등 뒤로 다가가더니 천 쪼가리를 풀어 수라의 목에 단단히 감았다. 아찰의 무리는 한데 뒤엉킨 채 점점 부러진 난간 쪽으로 이동했다. 그리고 그 둘은 다른 아찰들 틈으로 사라졌다가, 다음에 모습을 나타냈을 때는 둘이 함께 난간 너머로, 피라미드 아래로 떨어지고 있었다. 아란은 수라의 등 뒤에 매달려 있던 그 아찰과 눈이 마주친 기분이 들었다. 그 눈은 웃는 듯, 또 우는 듯 보였다. 모든 아찰의 눈이 그렇듯.

아란은 둘이 피라미드의 사면을 굴러 내려가 마침내 바람과 눈 속으로 사라져 더 이상 보이지 않을 때까지 눈으로 좇았다.

잠시 뒤 그때까지 붉은색 경보를 보내던 발신기가 원래의 화면으로 돌아갔다.

"다들 이동! 이동해! 거기 너희들! 내 말 안 들려? 빨리 난간에서 떨어져! 빨리 이동하라고! 밀지 말고 앞에서부터 간격을 두고 이동해!"

어디서 나타났는지 인솔 교사가 고함을 지르며 지나갔다.

"선생님! 얘가 머리가 아파서 못 걷겠대요."

"죽을 정도 아니면 일단 걸어서 이동해! 아니면 통로 옆으로 비켜서 있어!"

카렐은 벽에 기대 서 있었다. 팔을 들어 올릴 수 없는 모양이었다. 아란이 다가오자 카렐은 조금 웃어 보였다.

"너 아까 그 말 무슨 뜻이야?"

아란의 말투가 차가웠다. 카렐은 웃음을 거뒀다.

"동생을 부탁한다고? 그거 무슨 뜻으로 한 말이었어? 너 혹시, 설마, 죽으려고 했어? 아까 그거랑 같이, 정말 죽으려고 했어? 네가 뭔데 그런 생각을 해? 같이 뛰어내려서, 다 끝내고 싶었어?"

아란의 목소리가 울먹였다.

"그래서 나한테 동생을 부탁한다고 한 거였어? 죽으러 간다고 말하는 게 어려워서 그랬어? 아니면 그렇게 말 안 하고 그냥 죽으면 네 동생 몰라라 할 것 같았어? 내가 너한테 그 정도밖에 안 되는 사람이었어? 야! 내 눈 봐. 내 눈 보라고!"

카렐은 고개를 들어서 아란의 이글대는 눈동자를 쳐다봤다.

"네가 그렇게 잘났어? 네가 무슨 영웅이라도 돼? 네가 뭔데 그걸 다 혼자 짊어지려고 하냐고! 네가 우리 아빠라도 돼? 네가……."

아란은 말을 잇지 못하고 얼굴을 가렸다. 그래도 터져 나오는 울음을 막을 수는 없었다. 온몸으로 흐느끼는 소리를 감출 수도 없었다. 카렐은 아란의 우는 모습을 본 적이 없었다. 아란이 자신에게 이토록 화를 낸 적도 없었다. 카렐은 아란이 울 수도, 화를 낼 수도 있다고 생각해 본 적이 없었다.

카렐은 들 수 있는 한쪽 팔을 들어 아란의 어깨를 안았다.

아란의 울음이 그치는 데는 한참 걸렸다.

수라의 소동과 눈 때문에 피크닉은 다시 한번 중단됐다.

이번에 들어간 대피소는 작아서 안으로 들어올 수 있는 사람도 적었다. 모두 일곱 명이었는데 다들 춥고 지친 채로 벽을 등지고 서 있었다. 아무도 아무 말도 하지 않았다. 쉽게 말문을 열기에는 너무 많은 일들이 있었으니까. 어딘가 틈이 있는지 바람 소리가 계속 들려왔다. 출입문의 자그맣게 뚫린 창으로 보이는 바깥 풍경 속으로 여전히 눈이 내리고 있었다.

"너 괜찮니? 안 다쳤어?"

침묵을 깨고 아란이 입을 열었다. 조금 떨어져 서 있던 히에에게 물은 것이었다. 히에는 고개를 들어서 아란을 쳐다봤지만 대답하지 않았다.

"혹시, 배고픈 사람?"

잠시 뒤 요제가 입을 열었다. 모두 요제를 쳐다볼 뿐 대답하는 사람은 없었다. 또 침묵이 이어졌다.

네즈와 디본은 구석에 조금 떨어져서 서 있었다.

"아까 고마워."

네즈가 작은 목소리로 디본에게 말했다.

"너도 나 구해 준 거 아니었어?"

디본의 말에 네즈는 보일 듯 말 듯 고개를 끄덕인 뒤 어깨를 으쓱였다.

그때 어디선가 꾸르륵하는 소리가 들렸다. 그 소리가 너무 크고 갑작스러워서 누군가 조금 웃었다.

"나야. 미안."

카렐이 손을 조금 들어 올리며 말했다.

"간식 좀 남았는데 줄까?"

요제가 간식 가방을 꺼냈다.

"나도 엄마가 싸 준 거 아직 안 먹었어. 내 거 같이 먹어도 돼."

아란이 말했다.

아이들은 대피소 가운데로 모여서 먹을 것을 꺼냈다.

요제는 구석에 서 있는 이투에게 갔다.

"너도 이쪽에 와서 뭐 좀 먹어."

이투는 요제가 하는 말이 하나도 들리지 않았다. 팔과 옆구리가 너무 아팠고 입안에서는 쇠맛이 났다. 그래서 한쪽 손은 재킷 주머니에 찔러 넣었다. 다행히 다리는 괜찮았다. 그러면 걸을 수 있겠지. 피라미드 꼭대기까지. 왠지 지금은 그러고 싶었다. 여자애가 다시 한 번 입을 움직였다. 이투는 그제야 보청기를 빼 뒀던 게 떠올라 주머니에서 보청기를 꺼내 귀에 꽂았다. 주위의 소리가 웅웅 울렸다.

"안 올 거면 이거라도 받아."

요제는 늘어뜨린 이투의 손을 잡고 그 안에 과자와 빵, 젤리 몇 개를 넣어 줬다. 젤리는 강아지 모양이었다. 이투는 다시 한번 요제의 눈을 봤다. 이제야 이 애의 눈이 누구를 닮았는지 알 것 같았다. 딸기였다.

"내 가방 찾아줘서 고마워."

요제가 말했다.

"이름이 뭐야? 나는 요제라고 해."

"……이투."

디본은 초콜릿 한 조각을 집어서 벽에 기대 서 있는 히에에게 갔다.

"아까 네가 싸우는 거 봤어. 나는…… 지금까지 너를 오해했던 것 같아. 네가 그렇게 용감한 줄 몰랐어."

히에는 고개도 들지 않고 가만히 있었다.

"이거 받아."

디본은 초콜릿을 내밀었다. 히에는 움직이지 않았다.

"얼른 받아. 먹기 싫어도 먹어. 너 지금 아프고 힘든 거 다 아니까. 피크닉은 아직 끝나지 않았어. 먹어서 기운을 내야지."

히에는 초콜릿을 받아서 잠시 보고 있다가 포장을 벗겨서 입에 넣었다. 초콜릿은 천천히 녹으면서 입속으로 스며들었다.

카렐은 몸을 떨고 있었다.

"혹시 여벌 옷 있는 사람 있어?"

"재킷은 있는데 내 건 사이즈가 안 맞을 것 같은데…… 대신 장갑은 있어."

네즈가 가방에서 장갑을 꺼냈다.

"나 스웨터 있어."

요제가 가방에서 스웨터를 꺼냈다. 카렐은 요제의 스웨터를 입고 네즈의 장갑을 꼈다.

"히에도 추울 거야. 네 옷, 쟤 빌려 줘도 될까? 체격이 비슷해서 맞을 것 같아."

디본이 네즈에게 물었다. 히에는 디본이 옷을 주는데도 받아서 들고만 있다가 한참 지나서야 천천히 입기 시작했다.

"나 뜨거운 물도 있어. 엄마가 억지로 싸 준 건데."

네즈가 가방에서 물을 꺼냈다.

"다들 조금씩 마시자. 너희 엄마에게 꼭 감사하다고 전해 줘."

"히에. 너도 이리 와. 혼자 있으면 춥잖아."

아란이 히에를 불렀다.

"너도 저쪽으로 가서 뜨거운 물 좀 마셔."

요제는 벽에 붙어 있는 이투를 데리고 왔다. 이투와 카렐은 눈이 마주쳤다. 아까 서로 멱살을 잡고 난간에서 몸싸움을 했던 것이 까마득한 옛일처럼 느껴졌다.

간식을 먹고 물을 다 마신 뒤에도 아이들은 다시 떨어지지 않고 팔짱을 낀 채 어깨를 붙이고 서 있었다.

"그래도 모여 있으니까 아까보다는 낫다."

"몸을 딱 붙여 봐."

일곱 명은 촘촘하게 섰다.

"이제 먹을 것도 없고 뭐 하지?"

"그냥 누가 아무 얘기나 해 봐."

"정말? 정말 아무 얘기나 해도 돼?"

"무슨 이야기를 하려고."

"내가 지금 무슨 생각 하냐면, 우리가 동전이면 일곱 명이 딱 붙어 있을 수 있다는 생각을 했어. 동전 하나가 가운데.

둘레에 여섯 개. 맞붙은 동전 세 개의 중심은 정삼각형이 되고."

"너 공부 잘하나 보다."

"얘 우리 학교 시험 1등이야."

"A만? 가서 엘리베이터나 타라."

"지금 같아선 당장이라도 그러고 싶다, 정말."

나는 무슨 생각을 하냐면, 치킨 누들이야. 갑자기 그게 먹고 싶어. 그러면 나는 카레. 나는 매점에서 파는 야채빵. 그거 좀 질리지 않아? 크림빵이 더 낫지. 맞아. 크림빵 승. 나는 딸기. 딸기는 안 돼. 왜? 그럼 나는 맥주. 어, 너 맥주도 마셔? 불량 청소년이네. 혹시 그런 데서 일하지 않았어? 어떻게 알았어? 정말? 정말이겠어? 그냥 아무 말이나 하는 거지. 우리 엄마가 너 같은 애 봤다고 했어. 그런데 난 우리 엄마 안 믿어. 왜냐면 나와 동생을 버리고 집을 나가다시피 했거든. 무슨 엄마가 그래? 우리 엄마는 내가 맞아 죽도록 내버려 두고 혼자 도망쳤어. 누구한테 맞았는데? 아빠. 커서 아빠에게 복수하고 싶었는데 그러지 못했어. 왜? 아빠가 아찰이 돼 버리는 바람에. 우리 아빠도 아찰이 됐어. 너 아까 잘 싸우더라. 누가 가르쳐 줬어. 그런데 아까 그게 정말 수라였어? 맞아. 털 색깔이 빨간색이었잖아. 그런데 완전히 빨간색은 아니었어. 어디서 들은 건데 수라가 그렇게 난폭한 건 사람이었을 때 굉장히 힘들게 살았기 때문이래. 예전에 수라 때문에 경비대원이 죽은 적도 있었잖아. 맞아. 우리 아빠한테 들었는데 그때 경비대원 하나가 수라와 함께 처리장에 떨어져서 간신히 퇴치했었대. 그런데 그 일 때문에 경비대 그만두고 술만 마셨다더라. 그러다가. 누군가 갑자기 재채기를 하듯 혹은 욕을 하듯 울음을 터뜨렸다. 그리고 단 한 번도 울어 본 적이 없는 사람처럼 울었다. 누군가 그의 손을 잡았다. 나 사실 추방자야. 알고 있었어. 학교 애들 전부 알걸? 나 혼자 헤임에 가려고 가족 분리 신청을 했어. 종평을 잘 받기 위해 학교에서도 가식적으로 행동했었고. 술집에 나간 것도 사실이고. 나는 어쩌면 그렇게 해서 아빠와 엄마에게 복수하고 싶었던 건지도 몰라. 예전부터 궁금했는데 헤임에서는 정말 코드 말고 다른 이름을 써? 응. 네 이름은 뭐였어? 아르슈나. 집에서는 아르신이라고 불러. 그런데 오늘 아침에 아빠가, 까지 말하고는 숨을 크게 몇 번 몰아쉰 다음 조금 잠긴 목소리로 다음 사람, 하고 말했다. 누군가 그의 손을 잡았다. 나는 아찰을 때린 적 있어. 아찰의 거리에 갔다가 기타를 잃어버렸거든. 거기엔 왜 갔는데? 노래 연습하러. 가만. 나 들은 적 있어. 그게 너였구나. 내 기타를 가져간 건 아찰이었어. 아찰은 그걸 어떤 애에게 주려고 했나 봐. 그런데 그 애가 그걸 다 봤어. 내가 때리는 것도. 아찰이 경비대원한테 끌려가는 것도. 걔가 벽 뒤에서. 거기까지 말하고 말

소리가 그쳤다. 그러다 다시 이어졌다. 개가 벽 뒤에서 그걸. 다시 말소리가 그쳤다. 잠시 뒤 울음소리가 들렸다. 누군가 그의 손을 잡았다. 나는 아찰과 함께 일을 한 적이 있어. 무슨 일이었는데? 철거. 학생이 그런 거 해도 돼? 불법 아냐? 엄마가 집에 안 들어오고 생활비도 안 보내 주니까 어쩔 수 없었어. 높은 데 올라갈 때마다 떨어질까 봐 무서웠어. 그런데 어느 날 그런 생각이 드는 거야. 말소리는 이어지지 않고 대신 숨소리가 점점 거칠어졌다. 말하지 않아도 돼. 누군가 그의 손을 잡았다. 나는 프랄린이 먹고 싶어. 뭐야 그게. 먹는 거야? 먹는 거 말하는 순서는 아까 지나갔어. 너 가만 보면 분위기 파악 잘 못 하더라. 그럼 무슨 말을 해야 해? 아무 얘기나 해. 가슴속에 묻어 뒀던 거. 아무한테도 말하지 못했던 거. 오빠가 나한테 나쁜 짓을 했어. 그 뒤에 종양이 생겼어. 무슨 짓인데? 남자가 여자한테 하는 나쁜 짓. 너 그거 정말이야? 정말이야. 정말로? 정말로. 침묵이 잠시 이어졌다. 너도 알고 보면 불쌍한 애구나. 누군가 그의 손을 잡고 누군가 그의 어깨를 안았다. 나는 피라미드에 아찰이 사는 거 알고 있었어. 피라미드를 계속 짓고 있잖아. 거기서 일하는 거 아찰이야. 아찰라의 아찰들이 지하를 통해서 헤임으로 들어가는 거야. 그거 어디서 들었어? 내가 생각한 거야. 정말 그럴지도 몰라. 피라미드가 어떻게 건설되는지는 헤임 사람들도 모르거든. 나 한

마디 더 해도 돼? 응. 해. 난 아찰을 직접 본 건 오늘이 처음이지만 그 모습이 낯설지 않았어. 아찰이야말로 우리의 진짜 모습이니까. 그렇게 되지 않도록 우리 마음이 지켜 주고 있어. 그리고 마음이 한 번씩 무너질 때마다 종양이 하나씩 생기는 거야. 그걸 어떻게 아느냐면 언젠가 마음이 무너지는 일이 있은 뒤로 종양이 하나 생겼거든. 누군가 그의 손을 잡았다. 나는 종양이 세 개 있어. 나도 하나 있어. 나는 예전에 종양이 생겼다가 수술로 없앴어. 그게 수술로 없앨 수 있는 거야? 그러면 아찰도 다시 사람으로 되돌릴 수 있는 거 아냐? 너는 몇 개나 있어? 몰라. 종양이 몇 개나 있어야 아찰이 되는 거야? 사람마다 다르고 크기나 부위에 따라서도 다르대. 우리 아빠는 목에 큰 종양이 있었어. 있었어는 과거형이잖아. 지금은 없어? 응. 아찰이 됐거든. 아. 그랬구나. 몰랐어. 아빠를 만나러 아찰의 거리에 간 적이 있어. 서류를 받을 게 있어서. 그날 아빠한테 목도리를 줬어. 파란색 우리 학교 목도리 있잖아. 아찰도 너무 추우면 안 될 것 같아서. 아까 수라랑 함께 떨어진 아찰이 파란 목도리를 하고 있었어. 응. 나도 봤어. 혹시 얘네 아빠 아니었을까. 그럴지도 몰라. 우리 아빠는. 거기까지 말하고 목소리가 울기 시작했고 누군가 따라 울었고, 또 누군가도 울었다. 손을 잡은 채. 공기는 차가웠지만 서로 몸을 붙이고 있는 아이들은 서로의 온기로 따뜻했고 따뜻해서 울었다.

울음소리가 잦아든 뒤 누군가 말했다.

"바람 소리가 안 들려."

밖에 나와 보니 눈이 그쳐 있었다.

아이들은 그 자리에 멈춰 서서 하늘을 올려다봤다. 먼지 폭풍과 눈이 지나간 하늘은 코발트블루로 어두워지고 있었다. 아찰라에서 이제껏 한 번도 본 적 없는 맑은 하늘이었다. 기온은 낮았지만 이제 더 이상 춥지 않았다. 아무도 몸을 떨지 않았다.

아이들은 말없이 걸었다.

행렬은 6층으로 올라가는 계단 밑에서 멈췄다.

"모두 잘 들어. 교육청에서 지침이 내려왔다. 올해 피크닉은 기상 사정 때문에 여기서 종료한다. 기록은 걱정하지 않아도 돼. 여기까지 왔으면 다 완주로 인정한다. 모두 그 자리에서 대기하다가 반 순서대로 엘리베이터를 타고 내려가도록. 피크닉 완주를 축하한다. 모두 수고했다!"

교사가 큰 소리로 말했다.

그 자리에 주저앉는 아이도, 우는 아이도 있었고 작은 눈덩이를 뭉쳐서 눈싸움을 하는 애들도 있었지만 대부분은 발밑으로 넓게 펼쳐진 풍경을 보고 있었다. 아찰라의 건물들과 장벽이, 그리고 장벽 너머의 황야까지 눈에 덮여 있는 것이

한눈에 보였다. 그것은 언제까지나 마음속에서 지워지지 않을 풍경이었다.

하지만 몇몇은 반대쪽을, 즉 계단 위쪽 끝에 있을 피라미드 꼭대기를 보고 있었다. 시퍼런 하늘을 배경으로 눈 쌓인 피라미드의 정상이 푸르게 보였다. 아란이 디본에게 다가갔다. 둘은 잠시 서로를 봤다. 상대가 무슨 생각을 하는지 알 것 같았다.

"여기까지 와서 저기 못 올라가면 너무 아깝지?"

"허락해 주지 않을 거야."

히에도 피라미드 꼭대기를 올려다봤다. 마음속에 선명히 떠오르는 말이 있었다. 높고 아름다운 꿈. 그것이 저기에 있다. 다리가 저절로 움직여졌다. 히에는 경비대원이 막을 틈도 없이 계단을 뛰어서 올라가기 시작했다.

"어, 너……. 야. 거기 서!"

그러나 히에는 멈추지 않았다.

"뭐야? 올라가도 되는 거였어?"

"우리도 가자."

다른 아이들도 하나둘씩 히에를 따랐다. 아이들이 한꺼번에 움직이기 시작하자 경비대원들과 교사들도 막을 수 없었다.

계단은 눈에 덮여 있었다. 아이들은 한 손으로는 계단 난간을, 다른 손으로는 뒤따라오는 친구의 손을 잡았다. 누구도 발이 미끄러져 혼자 아래로 굴러떨어지지 않도록. 꼭대기를 향해 오르는 동안 몸은 이제껏 걸어온 어떤 길에서보다 힘들고 무거웠지만 마음은 어느 때보다 가볍고 상쾌했다.

아무도 아무 말도 하지 않았다. 아무 말도 필요 없었다.

마침내 정상에 도착했다. 사방으로 해가 저문 뒤의 눈 덮인 황야가 펼쳐져 있고 푸른 하늘 끝에는 노을이 아직 걸려 있었다. 피라미드의 정상은 생각했던 것보다 넓어서 많은 아이들이 올라와 있어도 서 있을 공간이 충분했다. 아이들은 이쪽 난간에서 저쪽 난간으로 옮겨 다니며 풍경을 보거나 서로 사진을 찍어 주거나 했다.

"아까는 미안해. 내가 말이 너무 심했어."

아란은 노을을 바라보다가 카렐에게 말했다.

"아냐."

둘은 잠시 말이 없었다. 카렐이 먼저 입을 열었다.

"이제 보기 힘들겠구나. 너는 헤임에 들어갈 테니까."

아란은 고개를 저었다.

"잘 모르겠어."

"점수는 충분하잖아."

아란은 입을 다물었다. 뭐라 말해야 할지 알 수 없었다. 헤임에 가도 되는 건지, 다른 사람의 희생으로 얻은 삶을 살아도 되는 건지, 엄마, 아빠의 뒷바라지로 얻은 종평으로 살아

가도 되는 건지. 평생 죄지은 기분으로 살아도 되는 건지.

"내 점수로는 안 될 수도 있어. 그리고 우리 학교 피크닉은 망했고. 아마 여기 올라온 것 때문에 전원 감점될지도 몰라."

카렐은 고개를 끄덕였다.

"너는 이제 어떻게 할 거야?"

이번에는 아란이 물었다.

"나도 잘 모르겠어."

카렐은 마음속으로 자신이 제일 좋아하는 것들을 다시 한 번 생각했다. 동생의 부드러운 숨소리. 치킨 누들의 맛. 그리고 아란. 동생의 숨소리를 언제까지나 들을 수 있다면. 아란을 언제까지나 떠올릴 수 있다면. 치킨 누들을 언제까지나 먹을 수 있다면.

카렐은 셋이 함께 치킨 누들을 먹었던 날을 떠올렸다. 문득 요리사가 되는 것도 나쁘지 않겠다는 생각이 들었다.

아란은 카렐의 옆얼굴이 조금 웃는 것을 보았다.

이투는 옆구리에 팔을 꼭 붙이고 있었다. 차가운 공기를 들이마실 때마다 폐가 아팠다. 바닥에 침을 뱉자 피가 섞여 나왔다. 이투는 발로 눈을 비벼 피를 덮었다.

"왜 아까 딸기를 먹으면 안 된다고 했어?"

요제가 다가와서 물었다.

"강아지 이름이야."

목소리가 갈라지며 새 나왔다. 입안에 다시 한번 쇠맛이 번졌다.

"아, 강아지. 딸기가 강아지 이름이야? 강아지 키워?"

"응."

"나 진짜 강아지 한 번도 본 적 없는데. 보러 가도 돼?"

요제는 문득 강아지 인형이 만들고 싶어졌다. 이투는 잠시 망설이다 대답했다.

"어쩌면."

"아, 진짜?"

아이처럼 좋아하는 요제를 보며 이투는 얼른 고개를 돌렸다.

그래. 어쩌면. 어쩌면 딸기와 오래 함께 지낼 수 있을지도 몰랐다. 그리고 정말로 어쩌면, 아찰이 되지 않는 미래가 있을지도 몰랐다. 여기서 내려간다면. 사람으로 살려고 한다면. 다시 한번 울컥 피맛이 올라왔다. 이투는 입 안에 고인 것을 삼켰다.

"목 괜찮아?"

디본이 네즈에게 물었다.

"응. 이제 괜찮아."

"사과하고 싶은 게 있어. 나 사실은 그때 네 노래 제대로 못 들었어. 미안해."

"괜찮아."

"그때는 아주 힘든 때였어."

"응. 그래 보였어."

잠시 뒤 디본이 물었다.

"그 노래 다시 불러 줄래?"

네즈는 조금 놀라서 디본을 쳐다봤다.

"지금? 여기서?"

"응."

네즈는 목을 가다듬고 노래를 부르기 시작했다. 노래는 맑은 공기 속으로 퍼져 나갔다.

"어딘가 카이오웨의 노래 같아. 하지만 난 네 노래가 더 마음에 들어."

디본은 그렇게 말하며 웃었다. 처음 만났을 때와는 다른, 그러나 더 강한 웃음이었다. 네즈는 방금 디본이 한 말보다 더 큰 칭찬과 응원을 받아 본 적이 없었다.

히에는 피라미드의 꼭대기에 선 자신을 생각했다. 발끝으로 뾰족하게 홀로 선 대신 다른 사람들과 함께 여기에 와 있는 자신을. 그리고 높고 아름다운 꿈에 대해, 의사 선생님과 나눴던 대화에 대해 생각했다. 고개를 들어 하늘을 올려다봤다. 아무것도 없었다. 구름조차 없었다. 그저 시리도록 푸른, 끝없이 어둡게 깊어 가는 하늘뿐이었다. 높고 아름다운 꿈을 꾸기에 이보다 더 좋은 곳이 있을까.

히에는 디본에게 가서 말했다.

"나는 의사가 될 거야. 의사가 돼서 아찰이 다시 인간이 되는 방법을 찾아낼 거야."

"그거 멋진 생각이네."

디본은 히에가 왜 자신에게 그런 말을 하는지는 몰랐지만 그렇게 대답했다. 그리고 잠시 뒤에 그건 정말 멋진 일이라는 생각이 들어서 이렇게 덧붙였다.

"꼭 그럴 수 있기를 바래. 정말로."

"너는 어떻게 할 거야?"

"나는……."

디본은 잠시 말을 멈췄다. 그리고 조금 뒤에 말했다.

"우선 엄마, 아빠를 만날 거야."

그리고 이야기를 나눠야겠다고 생각했다. 두 사람이 왜 혜임에서 추방당했는지, 왜 그런 선택을 해야 했는지 알아야겠다고 생각했다.

"그것도 멋진 생각이네."

"고마워."

"나야말로 미안해. 그리고 고마워."

히에가 말했다.

마지막 말을 히에는 이투에게도, 아란에게도 했다. 미안해.

고마워.

"소설은 어떻게 돼 가?"

아란은 요제에게 물었다.

"피크닉만 끝나면 바로 계약하기로 했어."

"정말? 잘됐다! 언젠가 이런 날이 올 줄 알았어. 얘기했지? 내가 네 작문 읽고 감명 받았다고."

"응. 기억나지. 상자 속 괴물 이야기. 난 네가 그거 그림으로 그려 준 것도 좋았어."

아란은 요제가 전에도 같은 말을 했었던 게 기억났다.

문득 그림책을 그리는 것도 좋겠다는 생각이 들었다. 아니, 그림책을 만들고 싶다는 생각이 들었다. 왜 그 생각을 한 번도 해 보지 않았을까.

세상이 그렇게 말했기 때문이지. 헤임에 가야 한다고. 높은 종평을 받아야 한다고. 피라미드의 꼭대기에 올라가야 한다고. 안 그러면 굴러떨어져 결국 아찰이 되고 말 거라고.

여기까지 올라오니 알 수 있었다. 세상은 넓고 헤임은, 아니 아찰라는 아주 작은 곳이라는 걸. 황야는 아득하게 넓고 지평선은 그보다도 훨씬 더 먼 곳에 있었다. 아란은 대지 끝에 있는 지평선을 바라보았다. 문득 아주 먼 곳에서 불빛이 반짝인 것 같았다. 어쩌면 잘못 본 것인지도 몰랐다. 아란은 불빛이 있던 자리를 한참 동안 봤다. 그리고 눈을 오래 감았다가 떴다.

세상으로 내려갈 시간이었다.

작가의 말

　이 이야기는 어느 한가한 오후에 그린 낙서에서 태어났다. 춥고 어두운 거리를 배경으로 코트를 입은 괴물이 구부정하게 서 있고 열 살 정도 되는 소녀가 상자를 딛고 올라가 괴물의 목에 목도리를 걸어 주는 그림이었다.

　어떤 장면이나 인물은 생명력이 강해 자신의 세계를 만들어 낸다. 아니면 장면이나 인물을 오래 품고 있으면 그 세계에 대해 저절로 알게 되거나.

　시간이 흘러 괴물에게는 아찰(Atzal, 阿刹)이라는 이름이 생겼다. 괴물이 사는 곳은 아찰라(Atzala, 阿刹羅)가 됐고 도시의 중심에는 피라미드가, 둘레에는 장벽이 솟아올랐다. 피라미드에 들어가려는 아이들이 주인공이 되면서 이야기가 움직이기 시작했다. 동력을 제공한 것은 피라미드였다. 아이들은 이야기의 마지막에 피라미드를 올라야 했다. 모험의 끝에 가파른 유리 산을 기어오르는 동화 속 주인공처럼.

쓰는 동안 줄곧 위화감을 느꼈다. 왜 아이들에 관한 이야기를 쓰고 있을까. 동화나 청소년 소설을 써 보려 한 적도, 그럴 수 있다 생각해 본 적도 없으면서.

대답은 그날 오후의 그림에 있는 것 같았다.

처음에는 그림이 아이들을 보호해야 한다고 말한다 생각했다. 세계의 겨울로부터, 이 세계를 지옥으로 만드는 것들로부터, 차별, 폭력, 불안, 경쟁, 환경 파괴 따위로부터 아이들을 지켜야 한다고. 아이들을 괴물로 만들어서는 안 된다고. 비록 우리는 괴물이 될망정.

그런데 과연 그게 답일까. 우리가 괴물이 되면 아이들은 괴물을 보며 자라게 되지 않을까. 이미 우리 주위에는 자기 자식을 위한다며 괴물이 된 부모들이 넘쳐 나는 게 아닐까.

대답은 따로 있었다.

아이가 목도리를 감아 줄 수 있도록 괴물은 가만히 고개를 숙이고 있다. 보살핌을 받는 건 아이가 아니라 괴물이다. 아이는 괴물의 안에 여전히 사람의 마음이 남아 있음을 믿는다. 아이는 말한다. 우리는 괴물이 아니라 사람이라고. 그러니 괴물이 되지 말라고. 사람으로 남아 있어 달라고.

이 소설은 스스로 괴물이 되지 않으려고, 사람의 마음을 지키려고, 괴물을 사람으로 되돌리려고 세계에 맞서 싸우는 이들의 이야기다. 그래서 주인공은 아이들일 수밖에 없었다.

이야기 속 아찰라의 모습이 지금 우리가 사는 모습과 닮은 건 내 상상력이 부족해서이거나 우리가 사는 세상이 지옥에 충분히 근접했기 때문이리라. 그러나 산을 내려가는 시시포스가 행복했던 것처럼 피라미드를 내려가는 아이들 역시 그럴 것이다. 이들에게 아찰라가 더는 닫힌 세계가 아니라면, 그 세계에서 이들이 자신과 서로를 구원할 수 있다면, 우리의 아이들 역시 그럴 것이다.

구원을 믿는다.

출간을 수락해 준 민음사의 박혜진 편집자에게, 원고를 꼼꼼히 읽고 용기를 준 친구에게, 내가 괴물이 되지 않도록 지켜 주는 가족에게, 특히 첫 독자였던 둘째에게 고마움을 전한다.

2024년 여름
오수완

『아찰란 피크닉』을 읽으며 오래전 보았던 영화의 제목을 떠올렸다. '행복은 성적순이 아니잖아요'. 이제는 고색창연하게 느껴지는 그 문장과 지금의 간극을 생각했다. 우리는 달라졌을까? 2024년 오늘 '행복은 성적순이 아니잖아요'는 '스카이 캐슬'이 되었지만 실은 아무것도 달라지지 않은 것처럼, 22세기를 맞이한 소설 속 미래 세계도 마찬가지다.

아찰라의 사람들은 종양이 몸을 뒤덮어 아찰로 변해 회색 코트를 입고 떠나게 될 날을 두려워한다. 아감벤 식으로 말하자면 '호모 사케르'가 되지 않기 위해 소설 속 인물들은 안간힘을 쓰고, 이는 계급과 자본 투쟁 속에서 밀려나지 않기 위해 삶을 스스로 생지옥으로 만드는 지금 우리의 모습을 아프게 비춘다. 우리는 그래왔고, 그러고 있고, 어쩌면 앞으로도 그럴 것이다. 따라서 아찰라와 헤임, 아찰과 주인공들의 이야기는 단순한 당대의 알레고리에 그치지 않고 시대를 넘어 유효한 보편적 상징으로 발돋움한다.

아란, 요제, 네즈, 디본, 카렐, 히에, 이투…… 당장이라도 손에 잡힐 것 같은 생생한 아이들의 이름을 불러보다가 생각한다. 나라고 다를 수 있을까? 그리고 곧 알게 된다. 나 역시 아찰라에서 헤임의 빛나는 피라미드를 바라보고 있었다는 것을. 피라미드를 바라보고 있는 동안에는 결코 내 표정을 볼 수 없다는 것을.

과연 우리는 이 피크닉에서 살아남을 수 있을까?

— 문지혁 (소설가)

우리가 사는 세계가 어떤 방식으로 뒤틀려 있는지 직시하게 만드는 이야기들이 있다. 우리가 어떤 식으로 서로를 구분 짓고, 혐오하고, 억압하는지. 그게 왜 징그럽고 무서운지.

피라미드로 이뤄진 초상류층의 세상과 성실하고 고된 노동자는 끝내 괴물이 되고 마는 아찰의 세상이 있다. 이분화된 세계에서 살아남는 길은 이곳에서 저곳으로 넘어가는 방법뿐인 것처럼 느껴진다. 이 거친 구별의 주된 먹잇감은 아이들이다. 아이들은 자기 자신과 우정까지 바쳐 가며 살아남기위해 발버둥친다. 하지만 세상은 그런 식으로만 기능하지 않는다는 것을 누군가는 분명 깨닫는다. 서로의 손을 꼭 붙잡고 균열을 내는 것으로 새로운 미래를 만들 수도 있다는 것을. 이걸 깨닫는 것도 당연히 우리의 아이들이다.

『아찰란 피크닉』은 어른들의 방식이 아닌 자신들만의 기준으로 새로운 미래를 만들어 가는 일곱 아이들의 여정을 그린다. 소설을 읽으며 이 아이들만은 어른들의 비관이 닿지 않는 곳에서 저마다 최대치의 어른이 될 수 있기를 자꾸 바라게 됐다. 이건 이미 어른이 되어 버린 내가 꾸는 꿈이고, 우리 모두가 잊어버린 용기에 관한 이야기다.

— 한소범(기자)

오늘의
젊은 작가
45

아찰란 피크닉

오수완 장편소설

1판 1쇄 찍음 2024년 8월 9일
1판 1쇄 펴냄 2024년 8월 23일

지은이   오수완
발행인   박근섭·박상준
펴낸곳   **(주)민음사**

출판등록 1966. 5. 19. 제16-490호
주소   서울시 강남구 도산대로1길 62 (신사동)
          강남출판문화센터 5층(06027)
대표전화 02-515-2000 | 팩시밀리 02-515-2007
홈페이지 www.minumsa.com

ⓒ 오수완, 2024. Printed in Seoul, Korea

ISBN 978-89-374-7389-0 (04810)
ISBN 978-89-374-7300-5 (세트)